Mario Vargas Llosa

La fête au Bouc

Traduit de l'espagnol (Pérou)
par Albert Bensoussan

Gallimard

Titre original :

LA FIESTA DEL CHIVO

© *Mario Vargas Llosa, 2000.*
© *Éditions Gallimard, 2002, pour la traduction française.*

Né en 1936 au Pérou, Mario Vargas Llosa passe une partie de son enfance en Bolivie. Dès l'âge de quatorze ans, il est placé à l'Académie militaire Leoncio Prado de Lima, qui lui laisse un sinistre souvenir. Parallèlement à ses études universitaires, il collabore à plusieurs revues littéraires et, lors d'un bref passage au Parti communiste, découvre l'autre visage du Pérou. Il se lance dans le journalisme comme critique de cinéma et chroniqueur. Il obtient une bourse et part poursuivre ses études à Madrid où il obtient un doctorat en 1958. L'année suivante, il publie un recueil de nouvelles très remarqué, *Les caïds*, et s'installe à Paris. Il publie de nombreux romans, couronnés par des prix littéraires prestigieux. Devenu libéral après la révolution cubaine, il fonde au Pérou un mouvement de droite démocratique et se présente aux élections présidentielles de 1990, mais il est battu au second tour. Romancier, essayiste, critique, Mario Vargas Llosa est considéré comme l'un des chefs de file de la littérature latino-américaine.

À Lourdes et José Israel Cuello,
et à tant d'amis dominicains

« Le peuple célèbre
en grand enthousiasme
la fête au Bouc
le trente du mois de mai »

On a tué le Bouc
Merengue dominicain

I

Urania. Drôle de cadeau de la part de ses parents ; son prénom évoquait une planète, un métal radioactif, n'importe quoi, sauf cette femme élancée, aux traits fins, hâlée et aux grands yeux sombres, un peu tristes, que lui renvoyait le miroir. Urania ! Quelle idée ! Heureusement plus personne ne l'appelait ainsi, mais Uri, Miss Cabral, Mrs. Cabral ou docteur Cabral. Autant qu'elle s'en souvienne, depuis qu'elle avait quitté Saint-Domingue (« Ciudad Trujillo, plutôt », car au moment de son départ on n'avait pas encore rendu son nom à la capitale), personne, ni à Adrian, ni à Boston, ni à Washington D.C., ni à New York, ne l'avait plus appelée Urania, comme autrefois chez elle et au collège Santo Domingo, où les *sisters* et ses compagnes prononçaient avec la plus grande application le prénom extravagant dont on l'avait affublée à sa naissance. Qui en avait eu l'idée, elle ou lui ? Un peu tard pour le savoir, ma petite ; ta mère était au ciel et ton père mort vivant. Tu ne le sauras jamais. Urania ! Aussi absurde que d'affubler Saint-Domingue, l'antique Santo Domingo de Guzmán, du nom offensant de Ciudad Trujillo. Son père était-il responsable aussi de cette idée farfelue ?

Elle attend de voir apparaître la mer à la fenêtre de sa chambre, au neuvième étage de l'hôtel Jaragua, et elle la voit enfin. L'obscurité cède en quelques secondes et la splendeur bleutée de l'horizon, croissant à toute allure, lui donne le spectacle qu'elle attend depuis son réveil, à quatre heures, malgré le cachet qu'elle a pris en dépit de ses préventions contre les somnifères. La surface bleu foncé de la mer, émaillée de taches d'écume, va à la rencontre d'un ciel de plomb sur la lointaine ligne d'horizon et, ici, sur la côte, elle se brise en lames sonores et bouillonnantes contre le boulevard du Malecón, dont elle aperçoit par endroits la chaussée entre les palmiers et les amandiers qui le bordent. Autrefois, l'hôtel Jaragua regardait le Malecón de face. Maintenant, il le regarde de côté. La mémoire lui rend cette image — de ce jour-là ? — de la fillette conduite par la main de son père, entrant au restaurant de l'hôtel pour déjeuner seuls tous les deux. On leur avait donné une table près de la fenêtre et, à travers les rideaux, Uranita apercevait le vaste jardin et la piscine avec ses plongeoirs et ses baigneurs. Un orchestre jouait des merengues dans le Patio Español, orné tout autour d'azulejos et de pots d'œillets. Était-ce ce jour-là ? « Non », dit-elle à haute voix. Le Jaragua d'alors avait été démoli et remplacé par ce volumineux immeuble couleur panthère rose qui l'avait tant surprise en arrivant à Saint-Domingue voici trois jours.

As-tu bien fait de revenir ? Tu vas le regretter, Urania. Gaspiller une semaine de vacances, toi qui n'avais jamais le temps de connaître tant de villes, de régions, de pays que tu aurais aimé visiter — les cordillères et les lacs glacés de l'Alaska, par exemple —, pour revenir sur cette petite île où tu t'étais juré de ne jamais remettre les pieds. Symptôme de décadence ? Sentimentalisme de l'âge ? Curiosité, rien d'autre. Te prouver que tu peux marcher dans les rues de cette ville qui n'est plus la tienne, parcourir ce pays étranger, sans en éprouver tristesse, nostalgie, haine, amertume, rage. Ou bien es-tu venue affronter le naufrage de ton père ? Vérifier l'impression que tu ressens à le revoir après tant d'années. Un frisson la parcourt de la tête aux pieds. Urania, Urania ! Et si, après toutes ces années, tu te découvrais, sous cette petite tête volontaire, ordonnée, imperméable au découragement, et derrière cette force d'âme qui fait l'admiration et l'envie des autres, un cœur tendre, effarouché, meurtri, sentimental ? Elle se met à rire. Arrête tes idioties, ma petite.

Elle enfile ses baskets et son survêtement, emprisonne ses cheveux dans une résille, boit un verre d'eau froide et s'apprête à allumer la télé pour regarder C.N.N., mais elle y renonce. Elle reste près de la fenêtre à observer la mer, le Malecón, puis, en tournant la tête, la forêt de toits, de tours, de coupoles, de clochers et d'arbres de la ville. Comme elle s'est étendue ! Quand tu l'as quittée, en 1961, elle abritait trois cent mille âmes. Plus d'un million, maintenant. Elle a multiplié quartiers et avenues, parcs et hôtels. La veille, elle s'est sentie dépaysée, dans sa voiture de location, en faisant le tour des élégants lotissements de Bella Vista et de l'immense parc El Mirador où il y avait autant de joggeurs qu'à Central Park. Dans son enfance, la ville finissait à l'hôtel El Embajador ; après quoi, ce n'étaient que fermes et cultures. Le Country-Club où son père la menait le dimanche se baigner à la piscine était entouré de terrains vagues, et non de rues asphaltées, de maisons et de lampadaires comme aujourd'hui.

Mais la ville coloniale reste immuable, ainsi que Gazcue, son quartier. Et elle est tout à fait sûre que sa maison a à peine changé. Elle doit être tout pareille, avec son petit jardin, le vieux manguier et le flamboyant aux fleurs rouges protégeant la terrasse où, le week-end, ils déjeunaient en plein air ; son toit pointu et le balcon de sa chambre, où elle sortait attendre ses cousines Lucinda et Manolita, puis, cette dernière année, 1961, guetter ce jeune homme qui passait à bicyclette et la regardait du coin de l'œil, sans oser lui parler. Est-elle bien la même à l'intérieur ? La pendule autrichienne qui sonnait les heures arborait des chiffres gothiques et une scène de chasse. Et ton père, est-il le même ? Non. Tu l'as vu décliner sur les photos que périodiquement, au fil des mois, des années, t'envoyaient ta tante Adelina et d'autres parents éloignés qui continuaient à t'écrire, malgré ton silence obstiné.

Elle se laisse tomber dans un fauteuil. Les premiers rayons du matin frappent le centre de la ville ; la coupole du Palais national et l'ocre pâle de ses murs étincellent doucement sous la voûte azurée. Sors une bonne fois, bientôt la chaleur sera insupportable. Elle ferme les yeux, gagnée par une inertie peu commune chez elle, habituée à être toujours en activité, à vouer tout son temps à ce qui, depuis qu'elle a remis les pieds sur le sol dominicain, l'obsède nuit et jour : se souvenir : « Ma fille est un bourreau de travail, même en dormant elle récite ses leçons. » C'est ce que disait de toi le sénateur Agustín Cabral, le ministre Cabral, Cabral la Caboche, si fier, devant ses amis, de sa fille qui raflait tous les prix, de l'élève que les *sisters* donnaient en exemple. Et devant le Chef, se flattait-il des prouesses scolaires d'Uranita ? « J'aimerais tant que vous la connaissiez, chaque année, depuis qu'elle est entrée au Santo Domingo, elle a décroché le prix d'excellence. Quel bonheur pour elle de vous connaître, de vous serrer la main ! Uranita dans ses prières du soir demande toujours à Dieu de vous garder cette santé de fer. Et elle prie aussi pour doña Julia et doña María. Faites-nous cet honneur. Le plus fidèle de vos chiens vous le

16

demande, vous en prie, vous implore. Vous ne pouvez me le refuser : recevez-la, Excellence ! Chef ! »

Tu le détestes ? Tu le hais ? Encore ? « Plus maintenant », dit-elle à voix haute. Tu ne serais pas revenue si la rancœur t'avait encore taraudée, si ta blessure avait encore saigné, la déception t'anéantissant, t'empoisonnant, comme dans ta jeunesse lorsque l'étude et le travail étaient devenus pour toi l'obsédant viatique de l'oubli. Alors oui, bien sûr, tu le haïssais. De toutes les fibres de ton être, de toutes les pensées et les sentiments qu'abritait ton corps. Tu avais souhaité pour lui malheurs, maladies, accidents. Dieu t'a entendue, Urania. Ou plutôt le diable. N'est-ce pas assez que cette rupture d'anévrisme ait fait de lui un mort vivant ? N'est-ce pas une douce vengeance qu'il soit depuis dix ans cloué sur un fauteuil roulant, sans marcher, sans parler et à la merci d'une infirmière pour manger, se coucher, s'habiller, se déshabiller, se couper les ongles, se raser, uriner, déféquer ? « Non. »

Elle prend un second verre d'eau et sort. Il est sept heures du matin. Au rez-de-chaussée du Jaragua elle est assaillie par le bruit, cette atmosphère déjà familière de cris, moteurs, radios tonitruantes, merengues, salsas, danzones et boléros, ou rock et rap mêlés, s'agressant et l'agressant de leur boucan. Chaos animé de ce qui fut ton village, nécessité profonde de t'étourdir pour ne pas penser, voire ne pas sentir, Urania. Explosion aussi de vie sauvage, imperméable aux vagues de la modernisation. Quelque chose chez les Dominicains s'accroche à cette forme prérationnelle, magique : cet appétit de bruit. (« De bruit, non de musique. »)

Elle ne se rappelle pas, du temps où elle était petite et que Saint-Domingue s'appelait Ciudad Trujillo, pareil vacarme dans la rue. Peut-être n'y en avait-il pas ; trente-cinq ans plus tôt, quand la ville était trois ou quatre fois plus petite, provinciale, isolée et léthargique de peur et de servilité, l'âme saisie de panique respectueuse envers le Chef, le Généralissime, le Bienfaiteur, le Père de la Nouvelle Patrie, Son Excellence le Docteur Rafael Leónidas Trujillo Molina, peut-être était-elle plus silencieuse, moins frénétique. Aujourd'hui, les bruits de la vie, moteurs de voitures, cassettes, disques, radios, avertisseurs, aboiements, grognements, voix humaines, sont tous diffusés à plein volume, au maximum de leur capacité de bruit vocal, mécanique, digital ou animal (les chiens aboient plus fort et les oiseaux criaillent plus volontiers). Et dire que New York a une réputation de ville bruyante ! Jamais, pendant ces dix années passées à Manhattan, son ouïe n'a rien perçu de pareil à cette symphonie brutale et discordante qui la submerge depuis trois jours.

Le soleil embrase les palmiers d'orgueilleuse cime, le trottoir défoncé et comme bombardé de quantité de trous et de monceaux d'ordures, que des femmes en fichu balayent et ramassent dans des sacs trop petits. « Haïtiennes. » Maintenant elles sont silencieuses, mais hier elles chuchotaient entre elles en créole. Un peu plus avant, elle voit les deux Haïtiens, pieds nus et dépenaillés, assis sur des caisses, au pied des douzaines de peintures aux couleurs criardes envahissant un mur. C'est vrai, la ville, peut-être tout le pays s'est rempli d'Haïtiens. Il n'en allait pas ainsi, naguère. N'est-ce pas ce que disait le sénateur Agustín Cabral ? « Du Chef on dira ce qu'on voudra. L'histoire lui reconnaîtra au moins le mérite d'avoir fait un pays moderne et d'avoir remis les Haïtiens à leur place. Aux grands maux, les grands remèdes ! » Le Chef a trouvé au départ un petit pays ravagé par la guerre des chefs, sans loi ni ordre, appauvri, qui perdait son identité, envahi par ses voisins affamés et féroces. Traversant à gué le fleuve

Masacre, ils venaient voler biens, animaux, maisons, ôtaient le pain de la bouche de nos ouvriers agricoles, pervertissaient notre religion catholique avec leur diabolique sorcellerie, violaient nos femmes, adultéraient notre culture, notre langue et les coutumes occidentales et hispaniques en nous imposant les leurs, africaines et barbares. Le Chef a coupé le nœud gordien : « Ça suffit ! » Aux grands maux, les grands remèdes ! Non seulement il justifiait ce massacre d'Haïtiens de 1937, mais il le tenait pour un haut fait d'armes du régime. Cela n'a-t-il pas empêché la république de se prostituer une seconde fois dans son histoire à ce voisin rapace ? Qu'importe la mort de cinq, dix, vingt mille Haïtiens s'il s'agit de sauver un peuple ?

Elle marche d'un bon pas, en reconnaissant les hauts lieux : le casino de Güibia, transformé en club, et la station balnéaire devenue maintenant un immonde cloaque ; elle débouchera bientôt à l'angle du Malecón et de l'avenue Máximo Gómez, itinéraire du Chef dans ses promenades vespérales. Depuis que les médecins lui avaient dit que c'était bon pour le cœur, il allait de l'Estancia Radhamés à l'avenue Máximo Gómez, en faisant escale chez doña Julia, la Sublime Matrone, où Uranita était entrée une fois dire un compliment qu'elle n'avait presque pas pu prononcer, puis il descendait jusqu'au boulevard George Washington en front de mer, tournait à l'angle et poursuivait jusqu'à l'obélisque copié sur celui de la capitale nord-américaine, d'un pas vif, entouré de ministres, conseillers, généraux, assesseurs, courtisans, à distance respectable, le regard éveillé, le cœur plein d'espoir, guettant une attitude, attendant un geste qui leur permît de s'approcher du Chef, de l'écouter, de mériter de dialoguer avec lui, fût-ce même pour être sermonné. Tout, sauf d'être tenu à distance, dans l'enfer des oubliés. « Combien de fois t'es-tu promené parmi eux, papa ? Combien de fois as-tu mérité qu'il s'adressât à toi ? Et combien de fois es-tu revenu attristé parce qu'il ne t'avait pas appelé, craignant de ne plus appartenir au cercle des élus, d'être rabaissé au rang des réprouvés. Tu as toujours vécu dans la terreur de revivre l'histoire d'Anselmo Paulino. Et tu l'as revécue, papa. »

Urania se met à rire et un couple en bermuda qui vient en face croit qu'elle rit d'eux : « Bonjour. » Mais non, elle rit seulement de l'image du sénateur Agustín Cabral trottinant toujours en fin d'après-midi sur ce Malecón, au milieu des serviteurs de luxe, attentif, non à la chaude brise, aux bruits de la mer, à l'acrobatie des mouettes ni aux luisantes étoiles des Caraïbes, mais aux mains, aux yeux, aux gestes du Chef qui, peut-être, l'appellerait, le distinguerait des autres. La voilà arrivée à la Banque Agricole. Puis elle atteindra l'Estancia Ramfis, où se trouve toujours le secrétariat aux Affaires étrangères, et enfin l'hôtel Hispaniola. Et puis demi-tour.

« Rue César Nicolás Penson, au coin de la rue Galván », pense-t-elle. Irait-elle la voir, ou rentrerait-elle à New York sans avoir jeté un œil à sa maison ? Tu vas entrer et demander à l'infirmière comment va l'invalide, puis tu monteras dans sa chambre et sur la terrasse où on le mène faire la sieste, cette terrasse toute rouge des fleurs du flamboyant. « Bonjour, papa. Comment vas-tu, papa ? Tu ne me reconnais pas ? Je suis Urania. C'est vrai, comment pourrais-tu me reconnaître ? La dernière fois j'avais quatorze ans et maintenant j'en ai quarante-neuf. Ça en fait du temps, papa. N'était-ce pas l'âge que tu avais le jour où je suis entrée à l'université d'Adrian ? Oui, quarante-huit ou quarante-neuf ans. Un homme en pleine maturité. Maintenant, tu vas en avoir quatre-vingt-quatre. Tu es devenu très vieux, papa. » S'il est encore capable de penser, il aura bien eu le temps, toutes ces années, de dresser un bilan de sa longue vie. Sans doute auras-tu pensé à ta fille ingrate qui, en trente-cinq ans, n'a pas répondu à une seule de tes lettres, ne t'a envoyé ni photos ni vœux d'anniversaire, de Joyeux Noël ou de Bonne Année, et qui, même quand tu as eu ce transport au cerveau et que mes oncles, tantes, cousins et cousines croyaient que tu mourrais, n'a pas daigné venir ni prendre de tes nouvelles. Une vilaine fille vraiment, papa !

La maisonnette de la rue César Nicolás Penson, au coin de la rue Galván, ne recevra plus de visiteurs dans ce vestibule d'entrée toujours orné de la statuette de la Vierge d'Altagracia avec cette plaque de bronze ostentatoire : « Dans cette demeure Trujillo est le Chef ». Où l'as-tu remisée, cette preuve de loyauté ? L'as-tu jetée à la mer comme les milliers de Dominicains qui l'avaient achetée et suspendue à l'endroit le plus visible de la maison, pour que personne ne puisse douter de leur fidélité au Chef, et qui, lorsque le charme n'opéra plus, voulurent en effacer la trace, honteux de ce qu'elle représentait : leur lâcheté. Je parie que tu l'as fait disparaître toi aussi, papa.

La voilà à la hauteur de l'Hispaniola. En nage et essoufflée, elle franchit un double fleuve de voitures, fourgonnettes et camions sur l'avenue George Washington et il lui semble que tous ces véhicules, la radio à plein volume, lui crèvent le tympan. Parfois un conducteur passe la tête par la portière et ses yeux croisent aussitôt un regard insistant qui la brûle aux seins, aux cuisses, aux fesses. Ah, ces regards d'homme ! Elle guette un creux dans le flux des voitures qui lui permette de traverser et une fois de plus elle se dit, comme hier, comme avant-hier, qu'elle est en terre dominicaine. À New York personne ne dévisage les femmes avec pareil culot. La jaugeant, la soupesant, calculant le volume de chacun de ses seins, le galbe de chacune de ses cuisses, tâchant de deviner les poils de son pubis, de dessiner la courbe de ses hanches. Elle ferme les yeux, prise d'un léger étourdissement. À New York, même les Latinos, Dominicains, Colombiens ou Guatémaltèques, n'osent vous regarder ainsi. Ils ont appris à se contrôler, compris qu'ils ne doivent pas reluquer les femmes comme les chiens tournent autour des chiennes, les chevaux autour des juments, les cochons autour des truies.

Profitant d'une accalmie, elle traverse, à la hâte. Au lieu de faire demi-tour pour retourner au Jaragua, ses pas, malgré elle, lui font contourner l'Hispaniola et revenir sur l'avenue Independencia, une artère qui, si sa mémoire est fidèle, bifurque là en une double allée de lauriers touffus dont le feuillage, se rejoignant par-dessus la chaussée, fait un frais ombrage et part se perdre dans la ville coloniale. Que de fois t'es-tu promenée en tenant la main de ton père, sous l'ombre bruissante de ces arbres ! Ils descendaient la rue César Nicolás Penson jusqu'à cette avenue, puis gagnaient le parc de l'Indépendance. Chez le marchand de glaces italiennes, à main droite au début de la rue El Conde, ils prenaient un sorbet à la mangue, à la goyave ou à la noix de coco. Que tu étais fière de tenir la main de ce monsieur — le sénateur Agustín Cabral, Cabral le ministre. Tout le monde le reconnaissait. On s'approchait, on lui serrait la main, on ôtait son chapeau sur son passage, on lui faisait des courbettes, les gardes et les militaires claquaient des talons en le voyant passer. Comme tu as dû regretter ces années où tu étais si important, papa, en devenant un pauvre diable quelconque. Toi, ils se sont contentés de t'insulter dans le « Courrier des lecteurs », mais ils ne t'ont pas jeté en prison comme Anselmo Paulino. C'est ce que tu craignais le plus, pas vrai ? Qu'un beau jour le Chef ordonne : Caboche en prison ! Tu as eu de la chance, papa.

Cela fait trois quarts d'heure qu'elle marche et il reste encore tout le chemin de retour à hôtel. Si elle avait retiré de l'argent, elle entrerait dans une cafétéria quelconque prendre un petit déjeuner et se reposer. La sueur l'oblige à éponger tout le temps son visage. Le poids des ans, Urania. À quarante-neuf ans on n'est plus jeune. Bien que tu sois plutôt mieux conservée que d'autres. Non, elle n'est pas bonne à jeter comme un vieux machin, à en juger par les regards qui, ici et là, se posent sur son visage et son corps, appuyés, cupides, effrontés, insolents, de ces mâles, de ces obsédés, habitués à déshabiller des yeux toutes les femelles dans la rue. « Tu portes à merveille tes quarante-neuf ans, Uri », avait osé lui dire Dick Litney, son collègue et ami du cabinet d'avocats à New York, le jour de son anniversaire. Audace qu'aucun homme du bureau ne se serait permise à moins d'avoir, comme Dick ce soir-là, deux ou trois whiskys dans le corps. Pauvre Dick ! rouge de confusion quand Urania lui avait lancé un de ces très lents regards de glace. Façon pour elle de réagir, depuis trente-cinq ans, à toutes les galanteries, plaisanteries, allusions un peu osées, à tout ce baratin amusant ou niais des hommes et, parfois, des femmes.

Elle s'arrête pour reprendre son souffle. Elle sent son cœur s'emballer, sa poitrine monter et descendre. Elle se trouve à l'angle des avenues Independencia et Máximo Gómez, au milieu d'une grappe humaine attendant de traverser. Son nez enregistre des odeurs aussi variées que les bruits multiples qui martèlent ses oreilles : vapeurs de gazole au pot d'échappement des *guaguas*, effiloches de fumée qui se défont ou flottent autour des piétons, odeurs de graisse s'élevant des poêles crépitantes d'un stand ambulant qui propose fritures et boissons, et cet arôme dense, indéfinissable, tropical, de résines et de feuilles en décomposition, de corps qui transpirent, cet air imprégné d'essences animales, végétales et humaines que le soleil protège, retardant leur dissolution et leur évanescence. C'est une odeur chaude, qui touche quelque part une fibre intime de sa mémoire et la renvoie à son enfance, aux grappes de passiflores multicolores débordant des toits et des balcons, à cette avenue Máximo Gómez. La fête des Mères ! Bien sûr. Le mois de mai au soleil radieux, les pluies diluviennes, la chaleur. Les fillettes du collège Santo Domingo triées sur le volet pour aller offrir des fleurs à Mamá Julia, la Sublime Matrone, génitrice du Bienfaiteur, symbole par excellence de la mère quisquéyenne[1]. Elles étaient arrivées dans un bus du collège, en uniforme blanc immaculé, accompagnées de la Supérieure et de *sister* Mary. Tu brûlais de curiosité, d'orgueil, de tendresse et de respect. Tu allais représenter le collège chez Mamá Julia. Tu allais lui réciter le poème « Mère et maîtresse, Sublime Matrone », que tu avais écrit, appris et récité des douzaines de fois, devant ton miroir, devant tes compagnes, devant Lucinda et Manolita, devant papa, devant les *sisters*, et que tu avais répété en silence pour être sûre de ne pas oublier une syllabe. Le glorieux moment venu, dans la grande maison rose de Mamá Julia, étourdie par tous ces militaires, ces dames, ces aides de camp, ces délégations qui remplissaient jardins, chambres, couloirs, saisie d'émotion et de tendresse au moment d'avancer à un

---

1. Quisqueya est le nom précolombien de l'Hispaniola découverte par Colomb en 1492 et partagée au début du XIXᵉ siècle entre Saint-Domingue dans sa partie orientale et Haïti dans sa partie occidentale. (*Toutes les notes sont du traducteur.*)

mètre à peine de la vieille dame qui lui souriait avec bienveillance dans son fauteuil à bascule, tenant à la main le bouquet de roses que venait de lui remettre la Supérieure, sa gorge s'était serrée et son esprit vidé. Tu t'étais mise à pleurer. Tu entendais les rires, les paroles d'encouragement des dames et des messieurs qui entouraient Mamá Julia. La Sublime Matrone te fit signe d'approcher, souriante. Alors Uranita se ressaisit, sécha ses larmes, se redressa et, ferme et rapide, quoique sans y mettre le ton qu'il fallait, elle débita par cœur « Mère et maîtresse, Sublime Matrone ». On l'applaudit. Mamá Julia lui caressa les cheveux et sa bouche froncée de mille rides l'embrassa.

Enfin le feu passe au vert. Urania poursuit son périple, protégée du soleil par l'ombre des arbres de l'avenue Máximo Gómez. Voici une heure qu'elle marche. Il est agréable d'avancer sous les lauriers, de découvrir ces arbustes à petite fleur rouge et pistil doré qu'on appelle cayena ou sang du Christ, absorbée dans ses pensées, bercée par l'anarchie des cris et des musiques, attentive, néanmoins, aux dénivelés, ornières, trous et déformations des trottoirs où elle est sans cesse près de trébucher, ou de mettre un pied dans les ordures que flairent des chiens errants. Étais-tu heureuse, alors ? Quand tu es allée avec ce groupe d'élèves du Santo Domingo apporter des fleurs et réciter ton poème, pour la fête des Mères, à la Sublime Matrone, tu l'étais. Encore que, depuis la disparition du toit familial de cette figure protectrice et si belle de son enfance, la notion de bonheur se fût peut-être évaporée aussi de la vie d'Urania. Mais ton père, ton oncle et ta tante — surtout la tante Adelina et l'oncle Aníbal, et tes cousines Lucindita et Manolita — ainsi que les fidèles amis avaient fait leur possible pour combler l'absence de ta mère en te dorlotant et te choyant, de façon que tu ne te sentes pas seule et diminuée. Ton père avait été, ces années-là, ton père et ta mère. C'est pour cela que tu l'avais tant aimé. Pour cela aussi qu'il t'avait fait si mal, Urania.

Quand elle arrive à la porte de derrière de l'hôtel Jaragua, large grille par où entrent les voitures, les majordomes, les cuisiniers, les femmes de chambre, les balayeurs, elle ne s'arrête pas. Où vas-tu ? Elle n'a pris aucune décision. Elle est si concentrée sur son enfance, sur son collège, sur les dimanches où elle allait avec tante Adelina et ses cousines aux matinées enfantines du cinéma Elite, que l'idée de ne pas entrer dans l'hôtel se doucher et prendre son petit déjeuner ne lui est pas venue à l'esprit. Ce sont ses pieds qui ont décidé de poursuivre. Elle marche sans hésiter, sûre de sa destination, au milieu des piétons et des autos piaffant aux feux. Es-tu sûre de vouloir aller où tu te rends, Urania ? Maintenant, tu sais que tu iras, dusses-tu le regretter.

Elle tourne à gauche sur la rue Cervantes et avance en direction de l'avenue Bolívar, reconnaissant comme dans un rêve les villas à un ou deux étages, avec clôture et jardin, terrasse découverte et garage, qui éveillent chez elle un sentiment familier, des images préservées, détériorées, légèrement décolorées, ébréchées, enlaidies par des ajouts et des rafistolages, petites pièces aménagées sur les terrasses, accolées aux flancs, au milieu des jardins, pour loger les rejetons qui se marient, qui ne peuvent vivre seuls et viennent s'agglutiner aux familles, en exigeant plus d'espace. Elle longe laveries, pharmacies, fleuristes, cafétérias, plaques de dentistes, médecins, comptables et avocats. Elle avance sur l'avenue Bolívar comme si elle essayait de rejoindre quelqu'un, comme si elle allait se mettre à courir. Son cœur bat à tout rompre. À tout moment, tu pourrais t'effondrer. À la hauteur de la rue Rosa Duarte, elle tourne à gauche et se met à courir. Mais l'effort est excessif pour elle et elle reprend sa marche d'un pas plus lent maintenant, en s'approchant du mur blanc d'une maison, pour le cas où le vertige la reprendrait et elle devrait prendre appui pour retrouver son souffle. Sauf un ridicule immeuble très étroit de quatre étages, qui a pris la place de la villa aux murs ornés de pointes du docteur Estanislas qui l'avait opérée des amygdales, rien n'a changé; elle jurerait même que ces domestiques qui balayent les jardins et les façades vont la saluer : « Bonjour, Uranita. Comment vas-tu, petite. Ce que tu as poussé, fillette. Où vas-tu si pressée, Sainte Mère de Dieu. »

La maison non plus n'a pas tellement changé, quoique le gris de ses murs soit plus intense dans son souvenir alors que le voilà pâli, écaillé, lépreux. Le jardin n'est plus qu'un fourré de plantes, de feuilles mortes et d'herbe sèche. Personne ne l'arrose ni ne le taille depuis des lustres. Tiens, voilà le manguier. Et c'était cela, le flamboyant? Il devait l'être quand il portait des feuilles et des fleurs; mais c'est maintenant un tronc aux rachitiques bras pelés.

Elle s'appuie sur le portail de fer ajouré qui donne sur le jardin. Le sentier aux petites dalles envahies d'herbe aux jointures est tout moisi et, sur la terrasse, à l'entrée, il y a une chaise éventrée avec un pied brisé. Les meubles aux coussins de cretonne jaune ont disparu. Ainsi que la petite lampe à l'angle, en verre dépoli, qui éclairait la terrasse et autour de laquelle s'aggloméraient les papillons de jour et bourdonnaient la nuit les insectes. Le balconnet de sa chambre à coucher n'a plus ces passiflores mauves qui le recouvraient : ce n'est qu'une saillie en béton, taché par la rouille.

Au fond de la terrasse une porte s'ouvre en grinçant longuement. Une silhouette féminine, serrée dans un uniforme blanc, la regarde avec curiosité :

— Vous cherchez quelqu'un?

Urania ne peut parler ; elle est si agitée, émue, effrayée. Elle demeure muette en regardant l'inconnue.

— Que puis-je pour vous ? demande la femme.

— Je suis Urania, dit-elle enfin. La fille d'Agustín Cabral.

II

Il se réveilla, paralysé par une impression de catastrophe. Immobile, il clignait des yeux dans l'obscurité, pris dans une toile d'araignée, prêt à être dévoré par une bestiole poilue pleine d'yeux. Il put enfin tendre la main vers le guéridon où il posait toujours son revolver et sa mitraillette au chargeur engagé. Mais au lieu de l'arme il saisit son réveil : quatre heures moins dix. Il respira. Cette fois il était bel et bien réveillé. Un cauchemar, à nouveau ? Il disposait de quelques minutes encore, car, maniaque de ponctualité, il ne sortait jamais de son lit avant quatre heures. Ni une minute avant ni une minute après.

« C'est à la discipline que je dois tout ce que je suis », songea-t-il. Et la discipline, règle de sa vie, il la devait aux *marines*. Il ferma les yeux. Revivant ses examens à San Pedro de Macorís, si difficiles, pour intégrer le corps de la Police nationale dominicaine que les Yankees venaient de créer trois ans après leur occupation de l'île. Il avait franchi l'obstacle sans difficulté, alors qu'au peloton la moitié des aspirants étaient éliminés. Il brilla dans chaque épreuve par son agilité, sa fougue, son audace ou sa résistance, même dans ces féroces exercices où, pour tester sa volonté et son obéissance à ses chefs, on le faisait plonger dans des bourbiers avec son équipement de campagne ou survivre dans le maquis en buvant sa propre urine et en mâchant des tiges, des herbes, voire des sauterelles. Le sergent Gittleman lui avait accordé la plus haute qualification : « Tu iras loin, Trujillo. » Et c'est ce qu'il avait fait, grâce à cette discipline impitoyable, digne de héros ou de mystiques, que lui avaient enseignée les *marines*. Il pensa avec gratitude à Simon Gittleman. Un gringo loyal et désintéressé, dans ce pays de pingres, de suceurs de sang et de cons. Les États-Unis avaient-ils jamais eu d'ami plus sincère que lui, ces trente et une dernières années ? Quel gouvernement avait appuyé leur politique à l'O.N.U. ? Quel fut le premier pays à déclarer la guerre à l'Allemagne et au Japon ? Qui avait arrosé de plus de dollars représentants, sénateurs, gouverneurs, maires, avocats et journalistes américains ? Et pour quelle récompense ? les sanctions économiques de l'O.E.A. pour faire plaisir à ce négro de Rómulo Betancourt qui leur permettait de biberonner le pétrole vénézuélien ! Si Johnny Abbes avait mieux fait les choses et que la bombe eut vraiment arraché la tête de cette pédale de Rómulo, il n'y aurait pas eu de sanctions et ces cons de gringos ne le feraient plus chier avec leur souveraineté, leur démocratie et leurs droits de l'homme. Mais alors il n'aurait pas découvert que, dans ce pays de deux cents millions de cons, il avait un ami tel que Simon Gittleman. Capable d'entreprendre une campagne personnelle pour défendre la République dominicaine, depuis Phoenix, Arizona, où il était devenu un homme d'affaires après avoir pris sa retraite des *marines*. Et sans réclamer un sou ! Il y avait encore des hommes de cette trempe chez les *marines*. Sans rien demander ni toucher ! Quelle leçon pour ces sangsues du Sénat et de la Chambre des Représentants dont il graissait la patte depuis tant d'années et qui réclamaient toujours plus de chèques, de concessions, de dérogations, d'exonérations fiscales et qui, maintenant qu'il avait besoin d'eux, faisaient la sourde oreille.

Il regarda sa montre : encore quatre minutes. Un gringo magnifique, ce Simon Gittleman ! Un véritable *marine*. Il avait laissé là ses affaires en Arizona, indigné par l'offensive de la Maison-Blanche, du Venezuela et de l'O.E.A. contre Trujillo et il avait bombardé la presse américaine de lettres pour rappeler que la République dominicaine avait été durant toute l'Ère Trujillo un bastion de l'anticommunisme et le meilleur allié des États-Unis dans l'hémisphère occidental. Non content de cela, il avait fondé — avec son propre fric, bordel à cul ! — des comités de soutien, fait des publications, organisé des conférences. Et, pour donner l'exemple, il était venu à Ciudad Trujillo avec sa famille et il avait loué une maison sur le Malecón. Ce midi, Simon et Dorothy déjeuneraient avec lui au Palais, et l'ex-*marine* recevrait l'ordre du Mérite Juan Pablo Duarte, la plus haute décoration dominicaine. Un véritable *marine*, nom de Dieu !

Quatre heures pile, cette fois oui. Il alluma la lampe de sa table de nuit, mit ses pantoufles et se leva, sans la souplesse d'autrefois. Ses os lui faisaient mal et les muscles de ses jambes et de son dos étaient aussi douloureux que quelques jours plus tôt, à la Maison d'Acajou, lors de cette maudite nuit avec la gamine insipide. La contrariété le fit grincer des dents. Il gagnait maintenant sa chaise, où Sinforoso avait disposé son survêtement et ses baskets de gymnastique, quand un doute l'arrêta. Anxieux, il examina ses draps : l'informe tache grisâtre souillait la blancheur de la toile. Ça s'était échappé de lui, une fois de plus. L'indignation effaça le souvenir désagréable de la Maison d'Acajou. Bordel de merde ! Vérole de cul ! Cet ennemi-là, il n'en viendrait pas à bout comme ces centaines, ces milliers d'ennemis qu'il avait affrontés et vaincus au fil des ans, en les achetant, en les intimidant ou en les tuant. Celui-ci était en lui, chair de sa chair, sang de son sang. Il le détruisait précisément au moment où il avait plus que jamais besoin de force et de santé. La jeune fille — un vrai squelette ambulant — lui avait porté malheur.

Il trouva, lavés, blanchis et repassés, son suspensoir, son short, son tricot de peau, ses baskets. Il s'habilla, en prenant sur lui. Il n'avait jamais eu besoin de beaucoup d'heures de sommeil ; tout jeune déjà, à San Cristóbal, ou quand il était chef des gardes champêtres à la sucrerie Boca Chica, quatre ou cinq heures lui suffisaient, même s'il avait bu et baisé jusqu'au petit matin. Sa capacité de récupération physique, avec un minimum de repos, avait contribué à lui conférer l'auréole d'un être supérieur. Époque bien révolue. Il se réveillait fatigué et ne parvenait même pas à dormir quatre heures ; deux ou trois tout au plus, et d'un sommeil agité de cauchemars.

La veille, dans l'obscurité, il n'avait pu fermer l'œil. Il voyait par les fenêtres la cime de quelques arbres et un bout de ciel étoilé. Dans la nuit claire lui parvenait, par moments, le bavardage de ces vieilles couche-tard, déclamant des poésies de Juan de Dios Peza, d'Amado Nervo, de Rubén Darío (il flaira, donc, la présence parmi elles de l'Ordure Incarnée, capable de réciter par cœur ce Darío), les *Vingt poèmes d'amour* de Pablo Neruda et les stances pimentées de Juan Antonio Alix. Et, bien sûr, les vers de doña María, écrivaine et moraliste dominicaine. Il se mit à rire, tout en grimpant sur son vélo d'appartement et en commençant à pédaler. Sa femme avait fini par se prendre au sérieux et, de temps à autre, elle organisait dans la patinoire de l'Estancia Radhamés des veillées littéraires où elle conviait des actrices à déclamer ses vers cons comme la lune. Le sénateur Henry Chirinos, qui se targuait d'être poète, participait généralement à ces séances en petit comité qui lui permettaient de nourrir sa cirrhose aux frais du contribuable. Pour se gagner les faveurs de María Martínez ces vieilles conasses, tout comme Chirinos, avaient appris des pages entières des *Méditations morales* ou des dialogues de sa bluette théâtrale *Fausse amitié*, elles les récitaient et tous ces moulins à paroles applaudissaient. Et sa femme — car cette grosse vieille peau, la Très Honorable Dame, était sa femme, après tout — avait pris au sérieux son activité d'écrivaine et de moraliste. Pourquoi pas ? Les journaux, la radio, la télé ne le disaient-ils pas ? Et ces *Méditations morales*, préfacées par le Mexicain José Vasconcelos, n'étaient-elles pas un livre de lecture obligatoire dans les écoles, réimprimé tous les deux mois ? *Fausse amitié* n'avait-il pas été le plus grand succès théâtral des trente et une années de l'Ère Trujillo ? Les critiques, les journalistes, les universitaires, les curés, les intellectuels ne l'avaient-ils pas porté aux nues ? Et loué ses concepts les gens de soutane, les évêques, ces corbeaux hypocrites, ces Judas, qui après avoir vécu à ses crochets, s'étaient, comme les Yankees, mis à parler des droits de l'homme ? La Très Honorable Dame était écrivaine et moraliste. Pas grâce à elle, mais grâce à lui, comme tout ce qui se passait dans ce pays depuis trois décennies. Trujillo pouvait transformer l'eau en vin et multiplier les pains, si ça le chatouillait. Il le rappela à María lors de leur dernière dispute : « Tu oublies que ce n'est pas toi qui as écrit ces conneries, toi qui ne sais même pas signer ton nom sans faire de faute, mais José Almoina, ce salaud de Galicien, payé par mes soins. Tu ne sais pas ce que disent les gens ? Que les initiales de *Fausse amitié*, F et A, signifient Fait par Almoina. » Il éclata d'un rire franc et joyeux qui éclipsa son amertume. María s'était mise à pleurer : « Tu veux m'humilier, c'est ça ! » et elle avait menacé de se plaindre auprès de Mamá Julia. Comme si sa pauvre mère qui allait sur ses quatre-vingt-seize ans pouvait encore entendre ces ragots de famille. Tout comme ses frères et sœurs, sa femme prenait toujours la Sublime Matrone pour le Mur des lamentations. Pour avoir la paix il fallut lui graisser la patte une fois de plus. Ce que disaient les Dominicains à voix basse était bien vrai : l'écrivaine et moraliste n'était qu'une grippe-sous, une âme noire d'avarice. Elle l'avait été dès qu'ils avaient été amants. Toute jeune encore, elle avait eu l'idée de ce pressing pour les uniformes de la Police nationale dominicaine, avec quoi elle fit ses premiers pesos. Pédaler lui réchauffa le corps. Il se sentait en forme. Quinze minutes : ça suffisait. Quinze autres pour ramer, avant d'entreprendre la bataille du jour.

Le cyclorameur était dans une petite pièce adjacente, bourrée d'appareils de musculation. Il se mettait à ramer, quand un hennissement vibra dans la paix de l'aube, long, musical, comme un joyeux éloge de la vie. Depuis combien de temps ne montait-il plus à cheval ? Des mois. Il ne s'en était jamais lassé, depuis cinquante ans il y prenait plaisir, autant qu'à la première gorgée d'un verre de cognac espagnol Carlos I, ou qu'au premier regard sur le corps nu et blanc, aux formes opulentes, d'une femelle désirée. Mais cette idée fut gâtée par le souvenir de la maigrichonne que ce fils de pute avait réussi à fourrer dans son lit. L'avait-il fait exprès pour l'humilier ? Il n'avait pas assez de couilles pour ça. Elle avait dû le lui raconter, et lui se tordre de rire. Le bruit allait se répandre dans les petits bars d'El Conde. Il trembla de honte et de rage, sans cesser de ramer, régulièrement. Voilà qu'il transpirait. Heureusement qu'on ne pouvait pas le voir ! Un autre mythe qui courait sur son compte était : « Trujillo ne transpire jamais. Au plus chaud de l'été il revêt cet uniforme de drap, son tricorne de velours et ses gants, sans qu'on voie briller sur son front la moindre goutte de sueur. » Il ne suait pas s'il ne le voulait pas. Mais dans l'intimité, quand il faisait ses exercices, il permettait à son corps de le faire. Ces derniers temps, difficiles et problématiques, il s'était privé de chevaux. Mais peut-être qu'il irait cette semaine à San Cristóbal. Il monterait à cheval en solitaire, sous les arbres, au bord du fleuve, comme autrefois, et il se sentirait rajeuni. « Même les bras d'une femelle ne sont pas aussi affectueux que les flancs d'un alezan. »

Il cessa de ramer en sentant venir une crampe au bras gauche. Après s'être épongé le visage, il regarda son pantalon, à la hauteur de la braguette. Rien. Tout était encore dans l'obscurité. Les arbres et les arbustes des jardins de l'Estancia Radhamés faisaient des taches sombres sous un ciel limpide, plein de petites clartés scintillantes. Comment était ce vers de Neruda qui plaisait tant aux perruches amies de la moraliste ? « Et les astres bleus palpitent au loin. » Ces vieilles peaux palpitaient en rêvant que quelque poète les gratterait là où ça les démangeait. Et elles n'avaient auprès d'elles que Chirinos, ce Frankenstein. Il rit à nouveau de bon cœur, ce qui lui arrivait rarement ces temps-ci.

Il se déshabilla et, en peignoir et pantoufles, se rendit à la salle de bains pour se raser. Il alluma la radio. C'était la revue de presse sur La Voz Dominicana et sur Radio Caribe. Voici quelques années encore, les bulletins commençaient à cinq heures. Mais quand son frère Petán, propriétaire de La Voz Dominicana, sut qu'il se réveillait à quatre heures, il avança les informations. Les autres chaînes de radio l'avaient imité. On savait qu'il écoutait la radio tandis qu'il se rasait, se baignait et s'habillait, et on faisait du zèle.

La Voz Dominicana, après un jingle de l'hôtel-restaurant El Conde annonçant une soirée dansante avec Les Géants du Rythme, sous la direction du maestro Gatón et avec le chanteur Johnny Ventura, énonça le verdict du prix Julia Molina veuve Trujillo couronnant la Mère la plus Prolifique. La gagnante, doña Alejandrina Francisco, avec vingt et un enfants en vie, en recevant la médaille à l'effigie de la Sublime Matrone, déclara : « Mes vingt et un enfants donneront leur vie pour le Bienfaiteur, s'il le leur demande. » « Je ne te crois pas, connasse. »

Il s'était lavé les dents et maintenant il se rasait, avec la même minutie que dans sa jeunesse misérable, à San Cristóbal. Quand il ne savait même pas si sa pauvre mère, à laquelle le pays tout entier rendait hommage pour la fête des Mères (« Puits de charité et mère de l'homme insigne qui nous gouverne », dit le présentateur), aurait des haricots et du riz à donner à manger ce soir aux huit bouches de la famille. L'hygiène, le soin du corps et le souci de la tenue avaient été pour lui la seule religion qu'il ait pratiquée en conscience.

Après une autre longue liste de visiteurs chez Mamá Julia, venus lui souhaiter la fête des Mères (pauvre vieille, recevant imperturbable les vœux et les fleurs de ce défilé de collèges et lycées, associations et syndicats, et remerciant d'une voix faiblissime), le présentateur se mit à attaquer les évêques Reilly et Panal, « qui ne sont pas nés sous notre soleil et n'ont pas souffert sous notre lune » (« Joli », pensa-t-il), « et se sont immiscés dans notre vie civile et politique, en s'aventurant sur le terrain pénal ». Johnny Abbes voulait entrer au collège Santo Domingo et en déloger l'évêque yankee qui s'y était réfugié. « Que peut-il se passer, Chef ? Les gringos vont protester, bien sûr. Ne protestent-ils pas à tout bout de champ depuis longtemps ? Pour Galíndez, pour le pilote Murphy, pour les Mirabal, pour l'attentat contre Betancourt et mille autres choses ? Qu'importe qu'ils aboient à Caracas, Porto Rico, Washington, New York ou La Havane ? Ce qui est important c'est ce qui se passe ici. Ce n'est que lorsque les soutanes auront peur qu'elles cesseront de conspirer. » Non. Le moment n'était pas encore venu de régler ses comptes avec Reilly, ou avec Panal, cet autre fils de pute, ce petit évêque espagnol. Mais il viendrait et alors ils paieraient. Son instinct ne le trompait jamais. Les évêques, ne pas leur toucher un cheveu pour le moment, quoiqu'ils fassent toujours chier, depuis le dimanche 25 janvier 1960 — un an et demi déjà ! — quand la Lettre pastorale de l'épiscopat fut lue à toutes les messes, inaugurant la campagne de l'Église catholique contre le régime. Les salauds ! Les corbeaux ! Les eunuques ! Lui faire ça à lui, décoré par le Vatican, par Pie XII, grand-croix de l'ordre papal de Saint-Grégoire ! Dans La Voz Dominicana, Paíno Pichardo rappelait, dans un discours prononcé la veille en sa qualité de ministre de l'Intérieur et des Cultes, que l'État avait dépensé soixante millions de pesos pour cette Église dont « les évêques et les prêtres font maintenant tant de mal aux fidèles catholiques dominicains ». Il changea de fréquence. Sur Radio Caribe on lisait la lettre de centaines d'ouvriers protestant parce qu'on n'avait pas inclus leurs signatures dans le Grand Manifeste national « contre les troublantes machinations de l'évêque Tomás Reilly, traître à Dieu et à Trujillo, ainsi qu'à sa condition d'homme, qui, au lieu de rester dans son diocèse de San Juan de la Maguana, avait couru comme un rat effrayé se cacher à Ciudad Trujillo dans les jupes des sœurs américaines du collège Santo Domingo, repaire du terrorisme et de la conspiration ». Quand il entendit que le ministre de l'Éducation avait retiré au collège Santo Domingo son caractère officiel, en raison de la « collusion de ces religieuses étrangères avec les intrigues terroristes des cardinaux de San Juan de la Maguana et de La Vega contre l'État », il revint à La Voz Dominicana, à temps pour entendre le présentateur annoncer une autre victoire de l'équipe dominicaine de polo, à Paris, où, « sur le beau terrain de Bagatelle, après avoir défait les Léopards par cinq à quatre, elle avait remporté la coupe Aperture, en éblouissant le public connaisseur ». Ramfis et Radhamés, les joueurs les plus applaudis. Un mensonge pour embobiner les Dominicains. Et lui. Il sentit au creux de l'estomac cette acidité qui lui venait chaque fois qu'il pensait à ses fils, à leurs échecs retentissants et à ses désillusions. Jouer au polo à Paris et s'envoyer des Françaises, alors que leur père livrait la plus dure bataille de son existence !

Il épongeait son visage. Le sang lui montait au visage quand il pensait à ses fils. Mon Dieu, ce n'était pas lui qui était fautif. Sa race était saine, un bel et bon géniteur de haute volée. Il fallait voir, pour s'en convaincre, les enfants que sa semence avait plantés dans d'autres ventres, celui de Lina Lovatón sans aller plus loin, robustes, énergiques, qui méritaient mille fois d'occuper la place de ces deux bons à rien, de ces deux nullités au nom d'opéra. Pourquoi avait-il accepté que la Très Honorable Dame donnât à ses fils les noms d'*Aïda*, cet opéra que, par malheur, ils avaient vu à New York ? Quelle malchance ! Cela avait fait d'eux des clowns d'opérette, au lieu d'hommes pur jus. Des bohèmes, des paresseux sans caractère ni ambition, seulement bons à faire la bringue. Ils ressemblaient à ses frères, pas à lui. Aussi incapables que Négro, Petán, Pipí et Aníbal, ce ramassis de vauriens, de parasites, de cossards et de pauvres diables qu'étaient ses frères. Aucun n'avait hérité le millionième de son énergie, de sa volonté, de sa vision des choses. Que deviendrait ce pays quand il mourrait ? Sûr que Ramfis n'était même pas aussi bon au lit que le prétendait la réputation que lui faisait sa cour de flatteurs. Et qu'il s'était fait Kim Novak ! Et qu'il s'était envoyé Zsa Zsa Gabor ! Et qu'il avait pris son pied avec Debra Paget et la moitié de Hollywood ! Tu parles d'un mérite ! À coup de Mercedes-Benz, de Cadillac et de manteaux de vison, même ce dingue de Valeriano pouvait se payer Miss Univers et Elizabeth Taylor. Pauvre Ramfis ! Il se demandait même s'il aimait tellement les femmes. Ce qui lui plaisait c'étaient les apparences et qu'on dise qu'il était le meilleur baiseur de ce pays, meilleur même que Porfirio Rubirosa, ce Dominicain célèbre dans le monde entier par les dimensions de sa verge et ses prouesses d'étalon international. Jouait-il aussi au polo avec ses fils là-bas à Bagatelle, le Grand Concupiscent ? La sympathie qu'il éprouvait pour Porfirio du temps qu'il faisait partie de son équipe de conseillers militaires, et qu'il ressentait encore malgré l'échec de son mariage avec sa fille aînée, Flor de Oro, le mit de meilleure humeur. Porfirio avait de l'ambition et s'était envoyé de grandes dames, depuis la Française Danielle Darrieux jusqu'à la multimillionnaire Barbara Hutton, sans leur offrir un seul bouquet de fleurs, en vivant plutôt à leurs crochets et s'édifiant une fortune à leurs dépens.

Il remplit sa baignoire de sels de bain et de mousse, puis s'y plongea avec l'intense satisfaction de tous les matins. Porfirio avait toujours mené la belle vie. Son mariage avec Barbara Hutton avait duré un mois, juste ce qu'il fallait pour lui soutirer un million de dollars en liquide et un autre en propriétés. Si Ramfis ou Radhamés avaient été au moins comme Porfirio ! Ce chibre vivant ruisselait d'ambi-

tion. Et, comme tout triomphateur, il avait des ennemis. On ne cessait de lui rapporter ce qu'en disait
la rumeur publique, en lui conseillant de déloger
Rubirosa de la carrière diplomatique car ses scan-
dales entachaient l'image du pays. Propos d'envieux.
Quelle meilleure propagande pour la République
dominicaine qu'un chibre pareil! Depuis qu'il était
marié à Flor de Oro, on voulait qu'il arrachât la tête
à ce mulâtre fornicateur qui avait séduit sa fille, en
se gagnant son admiration. Il ne le ferait pas. Il
connaissait les traîtres, il les flairait avant qu'ils
sachent eux-mêmes qu'ils allaient trahir. C'est pourquoi il était encore en vie et que tant de Judas crou-
pissaient dans les geôles de La Quarante, de La Victoria, sur l'île Beata, dans le ventre des requins ou
engraissaient les vers de la terre dominicaine. Pauvre
Ramfis, pauvre Radhamés! Encore heureux qu'Angelita ait eu assez de caractère pour rester près de lui.

Il sortit de sa baignoire et se rinça sous la douche.
Le contraste entre l'eau chaude et l'eau froide le revi-
gora. Cette fois il avait repris du poil de la bête. Tout
en se passant du déodorant et du talc il prêta une
oreille à Radio Caribe, qui exprimait les idées et les
consignes de cette « crapule intelligente », comme il
appelait Johnny Abbes quand il était de bonne
humeur.

La radio disait pis que pendre du « rat de Miraflores », du « déchet vénézuélien », et le présentateur,
en prenant le ton qu'il fallait pour parler d'un pédé,
affirmait que, non content d'affamer le peuple du
Venezuela, le président Rómulo Betancourt lui portait la guigne : un nouvel avion de la Ligne aéropos-
tale vénézuélienne ne venait-il pas de s'écraser en faisant soixante-deux morts? Cette grosse pédale ne
l'emporterait pas au paradis. Il était parvenu à lui
faire imposer des sanctions par l'O.E.A., mais là c'est
toujours le dernier qui parle qui a raison. Il ne s'in-

quiétait ni du rat du Palais de Miraflores, ni de Muñoz Marín, le narcotrafiquant de Porto Rico, ni de ce gangster costaricien de Figueres. Mais de l'Église, oui. Perón l'avait averti, en quittant Ciudad Trujillo pour gagner l'Espagne : « Méfiez-vous des curés, Généralissime. Ce n'est pas l'hydre oligarchique ni l'armée qui m'a mis à terre, mais la soutane. Pactisez avec elle ou liquidez-la une bonne fois. » Non, lui, il ne se laisserait pas terrasser. L'Église le faisait chier, ça oui. Depuis ce noir 25 janvier 1960, il y avait un an et quatre mois exactement, elle n'avait pas cessé un seul jour de l'emmerder. Lettres, mémoires, messes, neuvaines, sermons... Tout ce que la canaille ensoutanée faisait et disait contre lui retentissait à l'extérieur, et les journaux, les radios, les télés évoquaient la chute imminente de Trujillo, maintenant que « l'Église lui a tourné le dos ».

Il enfila son slip, son maillot de corps et ses chaussettes de fil, que Sinforoso avait pliés la veille, près de l'armoire, à côté du valet de nuit sur lequel trônaient le complet gris, la chemise blanche et la cravate bleue à pois blancs qu'il porterait ce matin. À quoi l'évêque Reilly consacrait-il ses jours et ses nuits au Santo Domingo ? À s'envoyer des bonnes sœurs ? Elles étaient horribles, certaines avec du poil au menton. Il s'en souvenait, Angelita avait étudié dans ce collège, celui des gens comme il faut. Ses petites-filles aussi. Comme elles l'avaient adulé, ces religieuses, jusqu'à la Lettre pastorale. Peut-être qu'il avait raison, Johnny Abbes, le moment était venu d'agir. Puisque les manifestes, les articles, les protestations des radios et de la télévision, des institutions, du Congrès ne leur servaient pas de leçon, il fallait frapper. C'est le peuple qui a fait ça ! Il a débordé les piquets de gendarmerie placés là pour protéger les évêques étrangers, il a fait irruption au Santo

Domingo et à l'évêché de La Vega, a traîné par les cheveux ce gringo de Reilly et cet Espagnol de Panal, et les a lynchés. Il a vengé l'affront fait à la patrie. On enverrait des condoléances et des excuses au Vatican, au Saint-Père Jean Ventru — Balaguer était un maître en écriture — en assurant qu'une poignée de coupables, choisis parmi des criminels de droit commun, recevraient un châtiment exemplaire. Cela servirait-il de leçon aux autres corbeaux, quand ils verraient les cadavres des évêques mis en charpie par la colère populaire ? Non, ce n'était pas le moment. Pas question de donner un prétexte à Kennedy pour faire plaisir à Betancourt, à Muñoz Marín et à Figueres en ordonnant un débarquement. Garder la tête froide et procéder prudemment, comme un *marine*.

Mais ce que lui dictait la raison ne convainquait pas ses glandes. Il dut interrompre son habillement, aveuglé d'une fureur qui grimpait par tous les recoins de son corps, des flots de lave lui montaient au cerveau, sa tête était en feu. Fermant les yeux, il compta jusqu'à dix. La rage était mauvaise pour le gouvernement et pour son cœur, elle le menait droit à l'infarctus. L'autre nuit, à la Maison d'Acajou, il était au bord de la syncope. Peu à peu il se calma. Il avait toujours su se contrôler, quand il le fallait : dissimuler, se montrer cordial, affectueux, avec les pires ordures humaines, ces veuves, ces fils ou frères des traîtres, chaque fois que c'était nécessaire. C'est pourquoi il y aurait bientôt trente-deux ans que le poids d'un pays reposait sur ses épaules.

Il était empêtré à la tâche compliquée de fixer ses supports-chaussettes, pour éviter le moindre pli aux chevilles. Quel bonheur maintenant de donner libre cours à sa rage, quand il n'y avait là aucun risque pour l'État, quand il pouvait régler leur compte aux rats, crapauds, hyènes et vipères. Le ventre des requins était témoin qu'il ne s'était pas privé de ce plaisir. Ne trouvait-on pas, là-bas au Mexique, le cadavre du perfide Galicien José Almoina ? Et celui du Basque Jesús de Galíndez, un autre serpent piquant la main qui lui donnait à manger ? Et celui de Ramón Marrero Aristy, qui croyait que, parce qu'il était un écrivain célèbre, il pouvait transmettre au *New York Times* des informations hostiles au gouvernement qui lui payait ses cuites, ses éditions et ses putes ? Et les corps des trois sœurs Mirabal qui jouaient aux communistes et aux héroïnes, n'étaient-ils pas là pour prouver que lorsque la rage le prenait rien ne pouvait plus l'arrêter ? Même Valeriano et Barajita, ces deux cinglés d'El Conde, pouvaient en témoigner.

Il resta le soulier en l'air, se rappelant le très célèbre couple. Toute une institution dans la ville coloniale. Ils vivaient sous les lauriers du parc Colón, entre les arcs-boutants de la cathédrale, et, à l'heure de plus grande affluence, ils se pointaient aux portes des élégantes boutiques de chaussures et des bijouteries d'El Conde pour faire leur numéro de fous et que les gens leur jettent une petite pièce ou quelque chose à manger. Il avait vu bien des fois Valeriano et Barajita, avec leurs guenilles et leurs absurdes ornements. Quand Valeriano se prenait pour le Christ, il traînait une croix ; quand il faisait Napoléon, il brandissait son manche à balai, rugissait des ordres et chargeait contre l'ennemi. Un *calié*[1] de Johnny Abbes l'informa que ce fou de Valeriano s'était mis à ridiculiser le Chef, en l'appelant Quincaille. Sa curiosité fut éveillée. Il alla l'épier, depuis sa voiture aux vitres teintées. Le vieux, la poitrine pleine de paillettes et de capsules de bière, se pavanait comme un clown en arborant ses médailles, devant un groupe de gens

1. Mouchard, indicateur de la police.

43

effrayés, ne sachant s'il fallait rire ou fuir. « Applaudissez Quincaille, bande de cons », criait Barajita en pointant la poitrine rutilante du fou. Il sentit, alors, l'incandescence courir le long de son corps, l'aveugler, exiger le châtiment de l'insolent. Aussitôt, il en donna l'ordre. Mais le lendemain, pensant qu'après tout les fous ne savent pas ce qu'ils font et que, au lieu de punir Valeriano, il fallait plutôt arrêter les rigolos qui avaient inspiré le couple, il ordonna à Johnny Abbes, un matin aussi sombre que celui-ci : « Les fous sont fous. Relâche-les. » Le chef du Service d'intelligence militaire fit la grimace : « Trop tard, Excellence. Dès hier, nous les avons jetés aux requins. Tout vivants, comme vous l'aviez ordonné. »

Il se mit debout, cette fois chaussé. Un homme d'État ne regrette pas ses décisions. Il ne s'était jamais repenti de rien. Ces deux évêques il les jetterait vivants aux requins. Il passa à l'étape de sa toilette quotidienne qui lui donnait une véritable jouissance, en évoquant un roman qu'il avait lu dans sa jeunesse, le seul toujours présent à son esprit : *Quo Vadis ?* Dans cette histoire de Romains et de chrétiens, il n'avait jamais oublié l'image du très riche et élégant Pétrone, renaissant chaque matin grâce aux massages et aux ablutions, aux onguents, essences, parfums et caresses de ses esclaves. S'il en avait eu le temps, il aurait agi tout comme cet arbitre des élégances, s'abandonnant chaque matin aux mains de masseurs, pédicures, manucures et coiffeurs, après avoir satisfait aux exercices d'éveil musculaire et d'entretien cardiaque. Il s'accordait un bref massage à midi, après le déjeuner, et, plus calmement, le dimanche, quand il pouvait distraire deux ou trois heures à ses absorbantes obligations. Mais les temps ne se prêtaient pas aux sensualités du grand Pétrone. Il devait se contenter de ces dix minutes qu'il passait à s'asperger du déodorant parfumé Yardley que lui envoyait de New York Manuel Alfonso — pauvre Manuel, comment était-il après son opération? —, à soigner son teint en s'enduisant de la douce crème hydratante *Bienfait du Matin*, pour finir par cette eau de toilette Yardley, au subtil parfum de maïs, dont il frictionnait sa poitrine. Quand il fut peigné et eut retouché les poils de la moustache en demi-mouche qu'il portait depuis vingt ans, il poudra d'abondance son visage, masquant d'un délicat nuage blanc la matité de ses ascendants maternels, ces Noirs haïtiens, qu'il avait toujours méprisée sur la peau des autres et la sienne propre.

Il fut habillé, en veston et cravate, à cinq heures moins six. Il le vérifia avec satisfaction : il ne dépassait jamais l'heure. C'était une de ses superstitions ; s'il n'entrait pas dans son bureau à cinq heures pile, ce jour-là se produirait un malheur quelconque.

Il s'approcha de la fenêtre. Il faisait encore sombre, comme si c'était le milieu de la nuit. Mais il aperçut moins d'étoiles qu'une heure plus tôt. Leur éclat s'était amorti. Le jour levant les ferait battre en retraite. Il prit une canne et gagna la porte. Il l'ouvrit, en entendant aussitôt claquer les talons de ses deux aides de camp :

— Bonjour, Excellence.

— Bonjour, Excellence.

Il leur répondit d'une inclinaison de la tête. Il vérifia, d'un coup d'œil, leur impeccable uniforme. Il n'admettait ni laisser-aller ni désordre chez aucun officier ou simple soldat des forces armées, mais chez ses aides de camp, le corps en charge de sa garde rapprochée, un bouton décousu, une tache ou un pli sur le pantalon ou le blouson, un képi mal coiffé étaient des fautes gravissimes, punies de plusieurs jours d'arrêts de rigueur et, parfois, d'expulsion et de renvoi aux bataillons réguliers.

Une brise légère berçait les arbres de l'Estancia

Radhamés, tandis qu'il traversait, attentif au bruissement des feuilles et, dans l'écurie, au hennissement d'un cheval. Johnny Abbes, rapport sur le déroulement de la campagne, visite à la base aérienne de San Isidro, rapport de Chirinos, déjeuner avec le *marine*, trois ou quatre audiences, réunion avec le ministre de l'Intérieur et des Cultes, réunion avec Balaguer, réunion avec Cucho Álvarez Pina, le président du Parti dominicain, et promenade sur le Malecón, après avoir rendu visite à Mamá Julia. Irait-il dormir à San Cristóbal, se laver la tête des mauvais présages de l'autre nuit ?

Il pénétra dans son bureau, au Palais national, quand sa montre indiquait cinq heures. Sur sa table de travail, il y avait le petit déjeuner — jus de fruit, biscottes beurrées, café fumant — avec deux tasses. Et, se mettant debout, cette chiffe molle de directeur du Service d'intelligence militaire, le colonel Johnny Abbes García :

— Bonjour, Excellence.

III

— Il ne viendra pas, s'écria soudain Salvador. Une autre nuit de perdue, vous verrez.

— Il viendra, répondit aussitôt Amadito avec impatience. Il a mis son uniforme vert olive. La garde personnelle a reçu l'ordre de tenir prête sa Chevrolet bleue. Pourquoi ne voulez-vous pas me croire ? Il viendra.

Salvador et Amadito étaient assis à l'arrière de la voiture stationnée sur le Malecón, échangeant pour la deuxième fois les mêmes mots depuis une demi-heure qu'ils étaient là. Antonio Imbert, au volant, et Antonio de la Maza à ses côtés, le coude appuyé sur la vitre baissée, ne firent aucun commentaire cette fois non plus. Tous quatre regardaient anxieusement passer devant eux les rares véhicules de Ciudad Trujillo, trouant l'obscurité de leurs phares jaunes, en direction de San Cristóbal. Aucun n'était la Chevrolet bleu clair, modèle 1957, avec des rideaux aux fenêtres, qu'ils attendaient.

Ils se trouvaient à quelques centaines de mètres de la Foire au bétail nationale, où il y avait plusieurs restaurants — le Pony, le plus populaire, devait être plein de clients mangeant de la viande grillée — et deux bars à musique, mais le vent soufflant à l'est ne permettait pas au bruit d'arriver jusqu'à eux, alors qu'ils voyaient les lumières, au milieu des palmiers, au loin. En revanche, le fracas des vagues se brisant contre la barre des rochers et le claquement du ressac étaient si forts qu'ils devaient forcer la voix pour s'entendre entre eux. L'auto, portes fermées et phares éteints, était prête à démarrer.

— Vous rappelez-vous quand c'était à la mode de venir ici, sur le front de mer, prendre le frais, à l'abri des *caliés* et de leurs grandes oreilles ? — Antonio Imbert passa la tête par la fenêtre pour aspirer à pleins poumons la brise nocturne. — C'est ici qu'on a commencé à parler sérieusement de la chose.

Aucun de ses amis ne lui répondit sur le coup, comme s'ils cherchaient dans leurs souvenirs, ou n'avaient pas prêté attention à ses paroles.

— Oui, ici, sur le Malecón, ça fait quelque chose comme six mois, dit, au bout d'un moment, Estrella Sadhalá.

— Ça remonte à avant, murmura Antonio de la Maza sans se retourner. Quand on a tué les trois sœurs Mirabal en novembre, nous avons parlé ici même de ce crime. J'en suis sûr. Et il y avait déjà pas mal de temps qu'on venait sur le Malecón, le soir.

— C'était comme un rêve, murmura Imbert. Difficile, très loin. Comme lorsque, enfant, on s'imagine qu'on va devenir un héros, un explorateur, un acteur de cinéma. Je n'arrive pas encore à croire que ça va être cette nuit, putain !

— À condition qu'il vienne, rabâcha Salvador.

— Je te parie tout ce que tu voudras, Turco[1], répéta Amadito avec force.

— Ce qui me fait douter c'est qu'on est mardi, gro-

1. On appelle « Turc » en Amérique latine tout immigrant venu, ou dont les parents sont venus, du Moyen-Orient (Syrie, Liban, Palestine), munis d'un passeport turc. Ils ne sont pas toujours musulmans, mais souvent chrétiens ou juifs.

gna Antonio de la Maza. Il se rend toujours à San Cristóbal le mercredi, Amadito, toi qui fais partie de la garde personnelle, tu le sais mieux que personne. Pourquoi aurait-il changé de jour ?

— Je ne sais pas pourquoi, insista le lieutenant. Mais il s'y rendra. Il a revêtu son uniforme vert olive. Il a commandé la Chevrolet bleue. Il viendra.

— Il doit y avoir un joli petit cul qui l'attend à la Maison d'Acajou, fit Antonio Imbert. Un tout neuf, pas encore étrenné.

— Si ça ne te fait rien, parlons d'autre chose, l'interrompit Salvador.

— J'oublie toujours que devant quelqu'un d'aussi bigot que toi, on ne peut pas parler de culs, s'excusa le chauffeur. Disons qu'il a un rancard à San Cristóbal. On peut dire comme ça, Turco ? Ou est-ce que ça offense encore tes oreilles apostoliques ?

Mais personne n'avait envie de plaisanter. Pas même Imbert, qui ne cherchait qu'à meubler l'attente.

— Attention, s'écria Antonio de la Maza en avançant la tête.

— C'est un camion, répliqua Salvador, après un bref coup d'œil aux phares jaunes qui se rapprochaient. Je ne suis ni bigot ni fanatique, Antonio. Je suis pratiquant, rien de plus. Et, depuis la Lettre pastorale des évêques du 31 janvier de l'année dernière[1], fier d'être catholique.

C'était, en effet, un camion, qui passa en vrombissant et en faisant tanguer un haut chargement de caisses tenu par des cordes. Le rugissement du moteur faiblit, puis s'effaça.

— Et un catholique ne peut pas parler de trous du cul mais tuer il peut, hein, Turco ? — le provoqua

1. Cette Lettre pastorale mettant en cause le régime fut lue dans les églises le 31 janvier 1960.

Imbert. Il le faisait souvent : Salvador Estrella Sadhalá et lui étaient les amis les plus intimes de tout le groupe : toujours à plaisanter entre eux et parfois si lourdement que l'assistance croyait qu'ils allaient en venir aux mains. Mais ils ne s'étaient jamais disputés, leur fraternité était indestructible. Cette nuit, pourtant, le Turc ne manifestait pas la moindre once d'humour :

— Tuer n'importe qui, non. En finir avec un tyran, oui. Tu as entendu le mot tyrannicide ? Dans des cas extrêmes, l'Église le permet. Saint Thomas d'Aquin l'a écrit. Tu veux savoir comment je le sais ? Quand je suis venu en aide au groupe du 14 Juin[1] et que j'ai compris qu'il me faudrait un jour me servir de mon arme, je suis allé consulter notre directeur de conscience, le père Fortín. Un prêtre canadien, de Santiago, qui m'a obtenu une audience avec monseigneur Lino Zanini[2], le nonce de Sa Sainteté. « Est-ce que ce serait un péché pour un croyant de tuer Trujillo, monseigneur ? » Il a fermé les yeux, a réfléchi. Je pourrais te répéter ses paroles, avec son accent italien. Il m'a montré la citation de saint Thomas d'Aquin, dans la *Somme théologique*. Si je ne l'avais pas lue, je ne serais pas ici cette nuit, avec vous.

Antonio de la Maza s'était retourné pour le regarder :

— Tu as parlé de cela avec ton directeur de conscience ?

Sa voix était altérée. Le lieutenant Amado García Guerrero craignit de le voir exploser dans une de ses

1. Le 14 juin 1959, 56 opposants à la dictature, entraînés à Cuba, atterrissent à Constanza, et il faut plusieurs semaines à la dictature pour en venir à bout et les abattre les uns après les autres.
2. Lino Zanini, nonce apostolique, est dépêché en juin 1959 à Saint-Domingue par Jean XXIII.

colères dont il était coutumier depuis que Trujillo avait fait assassiner son frère Octavio[1], quelques années plus tôt. Une colère comme celle qui fut sur le point de briser l'amitié qui l'unissait à Salvador Estrella Sadhalá. Ce dernier le tranquillisa :

— Ça remonte à longtemps, Antonio. Quand j'ai commencé à aider les gars du 14 Juin. Tu me crois assez couillon pour confier à un malheureux prêtre quelque chose comme ça ?

— Explique-moi pourquoi tu peux dire couillon et pas cul, con ni baiser, Turco, se moqua de lui Imbert en essayant une fois de plus de faire baisser la tension. Tous les gros mots n'offensent-ils pas Dieu ?

— Dieu n'est pas offensé par les mots mais par les pensées obscènes, fit le Turc en se résignant à entrer dans son jeu. Les couillons qui posent des couillon-neries de questions ne l'offensent peut-être pas. Mais qu'est-ce qu'ils doivent l'enquiquiner !

— As-tu communié ce matin pour faire face au grand événement avec une âme de bon chrétien ? le piqua encore Imbert.

— Je communie tous les jours, depuis dix ans, acquiesça Salvador. Mais je ne sais pas si j'ai l'âme comme doit l'avoir un chrétien. Seul Dieu le sait.

« Tu l'as », pensa Amadito. Parmi toutes les per-sonnes qu'il avait connues durant ses trente et une années de vie, le Turc était celui qu'il admirait le plus. Il était marié à Urania Mieses, une tante d'Amadito que celui-ci aimait beaucoup. Depuis le temps où il était aspirant à l'école militaire Bataille de Las Car-reras, que dirigeait le colonel José León Estévez (« Biscoto »), mari d'Angelita Trujillo, il avait l'habi-tude de passer ses jours de permission chez les

1. L'assassinat, déguisé en suicide, d'Octavio de la Maza eut lieu le 7 janvier 1957.

Estrella Sadhalá. Salvador comptait beaucoup dans sa vie : il lui confiait problèmes, inquiétudes, aspirations et doutes, et il sollicitait ses conseils avant toute décision. C'étaient les Estrella Sadhalá qui avaient organisé une fête quand Amadito était sorti major — le premier d'une promotion de trente-cinq officiers ! — à laquelle assistèrent ses onze grand-tantes maternelles, et une autre, des années plus tard, quand le jeune sous-lieutenant avait cru recevoir la plus belle nouvelle de sa vie : l'acceptation de sa candidature à faire partie de l'unité la plus prestigieuse des forces armées, la garde personnelle, chargée de la sécurité rapprochée du Généralissime.

Amadito ferma les yeux et aspira la brise salée qui entrait par les quatre fenêtres ouvertes. Antonio de la Maza, le Turc et Imbert demeuraient silencieux. Il les avait tous trois connus rue Mahatma Gandhi, au domicile de Salvador, où il fut témoin par hasard de la dispute entre le Turc et Antonio, si violente qu'il s'attendait à les voir se tirer dessus, pour, quelques mois plus tard, assister à la réconciliation des deux hommes autour d'un même dessein : tuer le Bouc. Qui aurait dit à Amadito, ce jour de 1959, quand Urania et Salvador avaient offert en son honneur cette fête où le rhum coulait à flots, qu'avant deux ans il allait se trouver, par une nuit tiède et étoilée du mardi 30 mai 1961, à attendre Trujillo en personne pour le tuer ? Que de choses s'étaient passées depuis ce jour où, peu après son arrivée au 21 rue Mahatma Gandhi, Salvador l'avait pris par le bras et conduit dans le coin le plus éloigné du jardin, en lui confiant avec gravité :

— Je dois te dire quelque chose, Amadito. Avec la tendresse que j'ai pour toi. Que nous avons tous pour toi dans cette maison.

Il parlait si bas que le jeune homme pencha la tête pour l'entendre.

— Pourquoi dis-tu cela, Salvador ?

— Je ne veux pas nuire à ta carrière. En venant ici, tu peux avoir des problèmes.

— Quelle sorte de problèmes ?

Le visage du Turc, si calme d'ordinaire, se crispa. Un éclat inquiet traversa son regard.

— Je collabore avec les gars du 14 Juin. Si on le découvre, ce serait très grave pour toi. Un officier de la garde personnelle de Trujillo, tu te rends compte !

Le sous-lieutenant n'aurait jamais imaginé Salvador en conspirateur clandestin, trempant dans la lutte contre Trujillo après l'invasion castriste du 14 juin à Constanza, Maimón et Estero Hondo, qui se solda par tant de morts. Il savait que le Turc détestait le régime et, malgré la retenue de Salvador et de sa femme devant lui, il les avait quelquefois entendus pester contre le gouvernement. Ils se taisaient immédiatement, car ils savaient qu'Amadito, bien que ne faisant pas de politique, professait, comme tout officier de l'armée, une fidélité de chien, une loyauté viscérale au Chef Suprême, Bienfaiteur et Père de la Nouvelle Patrie, qui, depuis trois décennies, présidait aux destinées de la République, avait droit de vie et de mort sur les Dominicains.

— Pas un mot de plus, Salvador. Tu me l'as dit. Je l'ai entendu et j'ai déjà oublié ce que j'ai entendu. Je vais continuer à venir ici, comme d'habitude. Je suis ici chez moi.

Salvador le fixa de ce regard limpide qui provoquait chez Amadito une impression gratifiante de vie.

— Allons boire une petite bière, alors. À bas la tristesse !

Et, bien entendu, les premières personnes à qui il présenta sa fiancée, quand il tomba amoureux et pensa à se marier, furent, après sa grand-tante Meca — sa préférée des onze sœurs de sa mère —, Salvador et Urania. Luisita Gil ! Chaque fois qu'il pensait à elle, le remords lui tordait les tripes et le mettait en rage. Il tira une cigarette et la porta à ses lèvres. Salvador l'alluma de son briquet. Belle brunette, Luisita Gil, gracieuse et coquette. Après quelques travaux d'approche, ils étaient allés, deux copains et lui, faire un tour en voilier à La Romana. Au débarcadère, deux jeunes filles achetaient du poisson frais. Les voilà bavardant ensemble et allant écouter l'orphéon municipal. Et elles les avaient invités à une noce. Seul Amadito avait pu répondre à leur invitation, car cela tombait un jour de permission, alors que ses compagnons avaient dû regagner la caserne. Il était tombé follement amoureux de cette brunette élancée et piquante, au regard pétillant, qui dansait le merengue comme une vedette de La Voz Dominicana. Et elle de lui. Lors de leur seconde sortie, au cinéma et en boîte, il put l'embrasser et la caresser. C'était la femme de sa vie, il ne pourrait jamais vivre avec nulle autre. Le pimpant Amadito avait débité cela à bien des femmes depuis son entrée à l'école militaire, mais cette fois il l'avait dit du fond du cœur. Luisa le présenta à sa famille, à La Romana, et lui l'invita un jour à déjeuner chez sa tante Meca, à Ciudad Trujillo, ainsi qu'un dimanche chez les Estrella Sadhalá : ils furent enchantés de la connaître. Quand il leur dit qu'il pensait se marier avec elle, ils l'encouragèrent : c'était une merveille de femme. Amadito demanda, donc, sa main, comme il est de mise, à ses parents. Et en accord avec le règlement, il sollicita l'autorisation de se marier au commandement de la garde personnelle.

Ce fut son premier heurt avec une réalité que jusqu'alors, malgré ses vingt-neuf ans, ses notes splendides, son magnifique dossier d'aspirant et d'officier, il ignorait totalement. (« Comme la plupart des Dominicains », pensa-t-il.) La réponse à sa requête tardait. On lui expliqua que le corps de la garde personnelle l'avait transmise au S.I.M., pour que celui-ci enquêtât sur la personne. Dans une semaine ou dix jours il aurait satisfaction. Mais la réponse tarda, quinze, vingt jours. Le vingt et unième jour, le Chef le fit appeler à son bureau. C'était la première fois qu'il échangeait quelques mots avec le Bienfaiteur, alors même qu'il s'était trouvé tant de fois près de lui, dans des cérémonies officielles, la première aussi que cet homme qu'il voyait quotidiennement à l'Estancia Radhamés levait les yeux sur lui.

Le sous-lieutenant García Guerrero avait entendu parler depuis tout petit, dans sa famille — surtout de la bouche de son grand-père, le général Hermógenes García —, et plus tard à l'École militaire, du regard de Trujillo. Un regard que personne ne pouvait soutenir sans baisser les yeux, intimidé, anéanti par la force qu'irradiaient ces pupilles perçantes, et qui semblait lire les pensées les plus cachées, les désirs et les appétits secrets, donnant à ses interlocuteurs l'impression d'être nus. Amadito riait de ces divagations. Le Chef était, certes, un grand homme d'État, dont la vision, la volonté et la capacité de travail avaient fait de la République dominicaine un grand pays. Mais ce n'était pas Dieu. Son regard ne pouvait être que celui d'un mortel.

Il lui suffit d'entrer dans le bureau, de claquer des talons et de se présenter de la voix la plus martiale qu'il put tirer de sa gorge — « Sous-lieutenant García Guerrero, à vos ordres, Excellence ! » — pour se sentir électrisé. « Approchez », dit la voix aiguë de l'homme qui, assis à l'autre bout de la pièce, devant une écritoire en cuir rouge, écrivait sans lever la tête. Le jeune homme fit quelques pas et se mit au garde-à-vous, sans bouger un muscle ni penser, ses yeux posés sur les cheveux gris lissés avec soin et l'impeccable tenue — veste et gilet bleus, chemise blanche au col immaculé et amidonnée aux poignets, cravate argentée tenue par une perle — et les mains, l'une maintenant une feuille de papier que l'autre couvrait de traits rapides, à l'encre bleue. Il put voir à sa main gauche l'anneau avec la pierre précieuse chatoyante qui, selon les superstitieux, était une amulette. Jeune homme, alors que, membre de la garde nationale, il poursuivait les *gavilleros*[1], ces « brigands » soulevés contre l'occupant militaire nord-américain, un sorcier haïtien lui avait donné cet anneau, en l'assurant que tant qu'il le garderait sur lui il serait invulnérable.

— De bons états de service, lieutenant, l'entendit-il dire.

— Merci, Excellence.

La tête argentée remua et ses grands yeux fixes, sans éclat et sans humour, cherchèrent les siens. « Je n'ai jamais eu peur de ma vie, avoua ensuite le jeune homme à Salvador. Jusqu'à ce que ce regard-là tombe sur moi, Turco, c'est la vérité. Comme s'il avait gratté ma conscience. » Il y eut un long silence, tandis que ces yeux examinaient son uniforme, sa buffleterie, ses boutons, sa cravate, son képi. Amadito se mit à transpirer. Il savait que la moindre négligence dans sa tenue contrariait tellement le Chef qu'il pouvait exploser en violentes critiques.

— Ces états de service excellents, vous ne pouvez les entacher en épousant la sœur d'un communiste. Mon gouvernement n'admet pas d'alliance entre amis et ennemis.

Il parlait avec douceur, sans cesser de poser sur lui son regard perçant. Amadito pensa qu'à tout moment la petite voix criarde allait faire un couac.

1. Alors que Saint-Domingue est occupée par les *marines*, des paysans de la région d'El Seibo, à l'est, dépossédés de leurs terres, se soulèvent et attaquent les soldats ; on les appelle *gavilleros* — c'est-à-dire brigands — *del Este*.

56

— Le frère de Luisa Gil est un des mutins du 14 Juin. Le saviez-vous ?

— Non, Excellence.

— Maintenant vous le savez —, fit-il en se raclant la gorge, puis il ajouta sans changer de ton : — Ce ne sont pas les femmes qui manquent dans ce pays. Cherchez-en une autre.

— Oui, Excellence.

Il le vit faire un signe d'acquiescement, en mettant un terme à l'entrevue.

— Avec votre permission, Excellence.

Il fit claquer ses talons et salua. Il sortit d'un pas martial, en dissimulant le malaise qui le submergeait. Un militaire doit obéir aux ordres, surtout s'ils émanent du Bienfaiteur et Père de la Nouvelle Patrie, qui avait distrait quelques minutes de son temps précieux pour lui parler en personne. S'il lui avait donné cet ordre à lui, officier privilégié, c'était pour son propre bien. Il devait obéir. Il le fit, en serrant les dents. Sa lettre à Luisa Gil ne contenait pas un seul mot qui ne fût la vérité : « À mon grand regret, et bien que j'en aie le cœur meurtri, je dois renoncer à mon amour pour toi, et t'annoncer, la mort dans l'âme, que nous ne pouvons pas nous marier. Mes supérieurs me l'interdisent, à cause des activités antitrujillistes de ton frère, ce que tu m'avais caché. Je comprends pourquoi tu l'as fait. Mais, pour cela même, j'espère que tu comprendras aussi la décision difficile que je me vois obligé de prendre, contre ma volonté. Je me souviendrai toujours de toi avec amour, mais nous ne nous reverrons pas. Je te souhaite bonne chance dans la vie. Ne m'en veux pas. »

La belle et joyeuse fille élancée de La Romana lui avait-elle pardonné ? Bien qu'il ait cessé de la voir, il ne l'avait pas remplacée dans son cœur. Luisa avait épousé un riche agriculteur de Puerto Plata. Mais si elle avait pu lui pardonner la rupture, elle ne lui aurait jamais pardonné ce qu'il fit après, pour autant qu'elle l'ait su. Lui non plus ne se le pardonnerait jamais. Même si, dans quelques instants, il avait à ses pieds le cadavre du Bouc criblé de balles — c'est ses yeux froids d'iguane qu'il voulait trouer avec son pistolet —, il ne se le pardonnerait pas non plus. « Cela, au moins, Luisa ne le saura jamais. » Ni elle ni personne, en dehors de ceux qui avaient tramé l'embuscade.

Et naturellement, Salvador Estrella Sadhalá, chez qui, au 21 rue Mahatma Gandhi, le lieutenant García Guerrero débarqua ce matin-là, ravagé par la haine, l'alcool et le désespoir, au sortir du bordel de Pucha Vittini *alias* Puchita Baisobèse, en haut de la rue Juana Saltipota, où l'avaient conduit, après la chose infâme, le colonel Johnny Abbes et le major général Roberto Figueroa Carrión, pour l'aider, grâce à quelques verres et un joli cul, à oublier ce mauvais moment. « Mauvais moment », « sacrifice pour la patrie », « preuve de volonté », « obole de sang au Chef » : voilà ce qu'ils lui avaient dit. Après, ils l'avaient félicité de s'être montré digne de sa promotion. Amadito tira sur sa cigarette et la lança au milieu de la route : un minuscule feu d'artifice en s'écrasant sur l'asphalte. « Si tu ne penses pas à autre chose, tu vas pleurer », se dit-il, honteux à l'idée qu'Imbert, Antonio et Salvador le voient éclater en sanglots. Ils le tiendraient pour lâche. Il serra les dents jusqu'à la douleur. Il n'avait jamais été aussi sûr d'une chose que de celle-là. Tant que le Bouc serait vivant, lui ne vivrait pas, il serait ce désespoir ambulant qu'il était depuis cette nuit de janvier 1961 où le monde s'était écroulé, et où, pour ne pas se tirer un coup de feu dans la bouche, il était accouru au 21 rue Mahatma Gandhi, se réfugier dans l'amitié de Salvador. Il lui avait tout raconté. Pas immédiatement. Car lorsque le Turc ouvrit la porte, surpris par ces coups à l'aube qui les tirèrent du lit et du sommeil, sa femme, ses enfants et lui, et qu'il trouva à l'entrée la silhouette vacillante et puant l'alcool d'Amadito, ce dernier ne pouvait prononcer un mot. Il écarta seulement les bras et étreignit Salvador. « Que se passe-t-il, Amadito ? Qui est donc mort ? » On le conduisit à sa chambre, on le mit au lit, on le laissa se soulager en balbutiant des paroles incohérentes, Urania Mieses lui prépara une verveine qu'elle lui fit boire à petites gorgées, comme un enfant.

— Ne nous raconte rien que tu pourrais regretter ensuite, lui dit d'emblée le Turc.

Il portait par-dessus son pyjama un kimono avec des idéogrammes. Il était assis sur un coin du lit, regardant tendrement Amadito.

— Je te laisse seul avec Salvador, lui dit sa tante Urania en l'embrassant sur le front et en se levant. Pour que tu parles avec plus de confiance, pour que tu lui dises ce qu'il te ferait peine de me raconter à moi.

Amadito lui en fut reconnaissant. Le Turc éteignit le plafonnier. Les dessins de l'abat-jour de la lampe de chevet rougissaient sous l'éclat de l'ampoule. Nuages ? Animaux ? Le lieutenant pensa que, même si un incendie éclatait, il ne bougerait pas.

— Dors, Amadito. À la lumière du jour, les choses te sembleront moins tragiques.

— Ça ne changera rien, Turco. Je continuerai, jour et nuit, à me dégoûter. Et ce sera pire, quand j'aurai cuvé ma cuite.

Cela commença ce midi au quartier général de la garde personnelle, qui jouxtait l'Estancia Radhamés. Il venait de rentrer de Boca Chica, où l'officier de liaison du chef d'état-major et du généralissime Trujillo, le major général Roberto Figueroa Carrión, l'envoya porter un pli scellé au général Ramfis Trujillo, à la base des Forces aériennes dominicaines. Le sous-lieutenant entra dans le bureau du major pour rendre compte de sa mission et celui-ci l'accueillit d'un air espiègle. Il lui montra la chemise à carton rouge qu'il avait sur son bureau.

— Vous ne devinerez pas ce qu'il y a ici.

— Une petite semaine de permission pour aller à la plage, mon général ?

— Ta promotion au grade de lieutenant, mon garçon ! lui lança joyeusement son chef en lui tendant la chemise.

— J'en suis resté bouche bée, parce que cela ne me revenait pas. — Salvador restait immobile. — Il me manque huit mois pour solliciter ma promotion. Je pensai : « Un lot de consolation, pour m'avoir refusé l'autorisation de me marier. »

Salvador, au pied du lit, fit une grimace, mal à l'aise.

— Tu ne le savais donc pas, Amadito ? Tes compagnons, tes supérieurs ne t'avaient pas parlé de l'épreuve de loyauté ?

— Je croyais que c'étaient des racontars, nia Amadito avec conviction, avec fureur. Je te le jure. Ce n'est pas le genre de chose dont on se flatte. Je ne le savais pas. Ça m'a pris au dépourvu.

Est-ce que c'était vrai, Amadito ? Un mensonge de plus, un pieux mensonge, dans cette succession de mensonges qu'avait été sa vie depuis son entrée à l'école militaire. Depuis sa naissance, puisqu'il était né presque en même temps que l'Ère Trujillo. Tu aurais dû le savoir, bien sûr, ou au moins t'en douter ; il est évident qu'à la forteresse de San Pedro de Macorís, puis à la garde personnelle, tu avais entendu, deviné, découvert, dans l'arrogance, la morgue et les plaisanteries, que les privilégiés, les élus, ces officiers à qui l'on confiait les postes de plus haute responsabilité étaient soumis à une épreuve de loyauté envers Trujillo, avant d'être promus. Tu savais fort bien que cela existait. Mais maintenant le lieutenant García Guerrero savait aussi qu'il n'avait jamais voulu savoir en détail en quoi consistait cette épreuve. Le major général Figueroa Carrión lui serra la main et lui répéta quelque chose qu'à force d'entendre il avait fini par croire :

— Tu fais une grande carrière, mon garçon.

Il lui ordonna de venir le chercher à son domicile, à huit heures du soir : ils iraient boire un pot pour célébrer sa promotion et résoudre une affaire.

— Amène la Jeep, lui dit le major en lui donnant congé.

À huit heures, Amadito atteignit le domicile de son chef. Ce dernier ne le fit pas entrer. Il avait dû guetter son arrivée par la fenêtre car, avant qu'Amadito ait pu descendre de sa Jeep, il apparut sur le pas de la porte. Il grimpa d'un bond dans le véhicule et, sans répondre au salut du lieutenant, il lui ordonna d'une voix faussement naturelle :

— À La Quarante, Amadito.

— La prison, mon général ?

— Oui, à La Quarante, répéta le lieutenant. Et là, Turco, nous attendait qui tu sais.

— Johnny Abbes, murmura Salvador.

— Le colonel Abbes García, rectifia Amadito avec une sourde ironie. Le chef du S.I.M., oui.

— Sûr que tu veux me raconter ça, Amadito ? — le jeune homme sentit la main de Salvador sur son genou. — Tu ne vas me détester ensuite, en sachant que moi aussi je le sais ?

Amadito le connaissait de vue. Il l'avait aperçu glissant comme une ombre dans les couloirs du Palais national, descendant de sa Cadillac noire blindée ou y montant dans les jardins de l'Estancia Radhamés, entrant ou sortant du bureau du Chef, ce que Johnny seul, et probablement nul autre dans toute la nation, pouvait faire — se présenter à toute heure du jour ou de la nuit au Palais national ou à la résidence privée du Bienfaiteur et être reçu immédiatement —, et il avait toujours éprouvé, comme plusieurs de ses compagnons dans l'armée, la marine ou l'aviation, un mouvement secret de répulsion devant cette silhouette molle et mal fagotée dans l'uniforme de colonel, la négation vivante du port, de l'allure martiale, de la virilité, la force et la prestance que devaient arborer les militaires — c'est ce que disait le Chef chaque fois qu'il s'adressait à ses soldats lors de la Fête nationale et le jour des Forces armées —, ce visage joufflu et funèbre, avec cette petite moustache taillée à la façon d'Arturo de Córdova ou de Pedro López Moctezuma, les acteurs mexicains les plus à la mode, et puis ce double menton de chapon qui pendait sur son cou ramassé. Bien que ne le disant que dans la plus stricte intimité et après plusieurs verres de rhum, les officiers détestaient le colonel Johnny Abbes García parce que ce n'était pas un militaire pour de vrai. Il n'avait pas gagné ses galons comme eux, à force d'études et en passant par l'École de guerre et les casernes, en suant pour gravir les échelons. Il les avait obtenus en paiement de services sûrement douteux, pour justifier sa nomination comme chef tout-puissant du Service d'intelligence militaire. Et ils se méfiaient de lui, en raison des sombres exploits qu'on lui attribuait, les disparitions, les exécutions, les soudaines chutes en disgrâce de personnages haut placés — comme celle, toute récente, du sénateur Agustín Cabral —, les terribles délations, trahisons et calomnies dans les colonnes du « Courrier des lecteurs » qui apparaissaient chaque matin dans *El Caribe*[1] et qui mettaient

1. *El Caribe* était l'organe officiel du régime et l'instrument de sa propagande ; le « Courrier des lecteurs » (*Foro público*)

tout le monde aux abois, car de ce qu'on y disait dépendait leur destin, sans parler des intrigues et des opérations contre, parfois, des gens apolitiques et dignes, des citoyens pacifiques qui, pour quelque raison, étaient tombés dans les infinis réseaux d'espionnage que Johnny Abbes García et sa cohorte de *caliés* avaient étendus sur les chemins scabreux de la société dominicaine. Maints officiers — le lieutenant García Guerrero parmi eux — se sentaient autorisés à mépriser dans leur for intérieur cet individu, malgré la confiance que lui témoignait le Généralissime, parce qu'ils pensaient, comme beaucoup d'hommes du gouvernement et, semble-t-il, Ramfis Trujillo lui-même, que le colonel Abbes García, par sa cruauté sans fard, discréditait le régime et donnait des arguments à ses censeurs. Amadito se rappelait, pourtant, une discussion où son supérieur immédiat, le major Figueroa Carrión, à la fin d'un dîner arrosé de bière au milieu d'un groupe de la garde personnelle, avait pris sa défense : « Le colonel peut être un démon ; mais pour le bien du Chef : tout le mal lui est attribué et à Trujillo seulement le bien. Quel meilleur service lui rendre ? Pour qu'un gouvernement dure trente ans, il faut bien qu'un Johnny Abbes mette les mains dans la merde. Et le corps et la tête, si nécessaire. Qu'il se brûle. Qu'il concentre toute la haine des ennemis et, parfois, des amis. Le Chef le sait et c'est pour cela qu'il l'a à ses côtés. Sans le colonel pour garder ses arrières, qui sait s'il n'aurait pas subi le même sort que Pérez Jiménez au Venezuela, que Batista à Cuba et que Perón en Argentine ! »

---

contenait des dénonciations anonymes, en fait rédigées par les bureaux du dictateur, contre tous ceux — militaires, fonctionnaires, commerçants, intellectuels — dont on voulait se débarrasser. Toute personne dénoncée dans ce « Courrier des lecteurs » pouvait se considérer comme perdue.

— Bonsoir, lieutenant.

— Bonsoir, mon colonel.

Amadito porta la main à son képi et le salua, mais Abbes García lui serra la main — une main molle comme une éponge, humide de transpiration — et lui tapota le dos.

— Je vous en prie, entrez.

Près de la guérite où se pressait une demi-douzaine de gardes, en franchissant la grille d'entrée, il y avait un cagibi qui devait servir de bureau administratif, avec une table et deux chaises, mal éclairé par une seule ampoule se balançant au bout d'un long cordon plein de mouches, et une nuée d'insectes crépitant autour. Le colonel ferma la porte et leur désigna les chaises. Un garde entra avec une bouteille de Johnny Walker cordon rouge (« La marque que je préfère, même prénom que moi, Juanito Baladeur », plaisanta le colonel), des verres, un seau avec des glaçons et plusieurs bouteilles d'eau minérale. Tandis qu'il préparait les whiskys, le colonel parlait au lieutenant, comme si le major Figueroa Carrión n'était pas là.

— Félicitations pour votre nouveau galon. Et pour vos états de services. Je vous connais fort bien. Le S.I.M. a recommandé votre promotion. En raison de vos mérites militaires et civils. Je vais vous révéler un secret. Vous êtes un des rares officiers à qui l'on a refusé l'autorisation de se marier et qui a obéi sans demander de reconsidérer son cas. C'est pourquoi le Chef vous récompense, en avançant d'un an votre promotion. Un toast pour Juanito Baladeur !

Amadito but un long trait. Le colonel Abbes García avait presque rempli son verre de whisky en ajoutant à peine un filet d'eau, si bien qu'il en ressentit comme une décharge dans le cerveau.

— À cet instant, dans cet endroit et avec Johnny Abbes qui te faisait boire, tu ne devinais donc pas ce qui allait te tomber dessus ? — murmura Salvador, et le jeune homme sentit dans ces paroles l'accablement voilé de son ami.

— Oui, que ça allait être dur et moche, Turco, répondit-il en tremblant. Mais je n'aurais jamais imaginé ce qui allait se passer.

Le colonel servit une autre tournée. Tous trois s'étaient mis à fumer et le chef du S.I.M. évoqua l'importance de ne pas laisser l'ennemi intérieur relever la tête et de l'écraser chaque fois qu'il tenterait d'agir.

— Car tant que l'ennemi de l'intérieur est faible et désuni, peu importe ce que peut faire l'ennemi de l'extérieur. Qu'ils crient, les États-Unis, qu'elle trépigne, l'O.E.A., qu'ils aboient, le Venezuela et le Costa Rica, on s'en tape. Et le résultat, c'est que les Dominicains sont unis comme les doigts de la main autour de leur Chef.

Il avait une petite voix traînante et il fuyait le regard de son interlocuteur. Ses petits yeux sombres, vifs, évasifs étaient continuellement en mouvement comme s'ils apercevaient des choses cachées chez les autres. De temps en temps, il épongeait sa sueur avec un grand mouchoir rouge.

— Surtout les militaires, fit-il en s'arrêtant pour secouer par terre la cendre de sa cigarette. Et, surtout, la crème des militaires, lieutenant García Guerrero. À laquelle vous appartenez désormais. Voilà ce que le Chef voulait vous faire entendre.

Il marqua une nouvelle pause, trinqua avec son verre et avala une gorgée de whisky. C'est alors seulement qu'il sembla découvrir l'existence du major Figueroa Carrión :

— Le lieutenant sait-il ce que le Chef attend de lui ?

— Il n'a nul besoin qu'on le lui dise, c'est l'officier le plus sensé de sa promotion —, fit le major avec sa tête de crapaud, les traits gonflés et couperosés par l'alcool, et Amadito eut l'impression qu'ils avaient répété la scène. — J'imagine qu'il le sait, sinon il ne mérite pas ce nouveau galon.

Le silence s'installa à nouveau tandis que le colonel remplissait les verres pour la troisième fois. Il jeta les glaçons avec ses mains. « Santé », et il but et ils burent. Amadito se dit qu'il préférait cent fois un rhum-coca à l'amertume du whisky. Et c'est alors seulement qu'il comprit l'allusion à Juanito Baladeur. « Quel crétin je suis de ne pas m'en être rendu compte », pensa-t-il. Comme c'est bizarre ce mouchoir rouge du colonel ! Il avait vu des mouchoirs blancs, bleus, gris. Mais des rouges, quelle drôle de chose !

— Vous allez avoir de plus en plus de responsabilités, dit le colonel d'un air solennel. Le Chef veut être sûr que vous soyez à la hauteur.

— Que dois-je faire, mon colonel ? rétorqua Amadito irrité par tout ce préambule. J'ai toujours accompli ce que mes supérieurs m'ont ordonné. Je ne décevrai jamais notre Chef. Il s'agit de l'épreuve de loyauté, c'est cela ?

Le colonel, le front baissé, regardait la table. Quand il releva la tête, le lieutenant nota un éclat de satisfaction dans ces yeux furtifs.

— C'est vrai, avec les officiers qui ont des couilles, et trujillistes jusqu'à la moelle, inutile de leur dorer la pilule, fit-il en se dressant. Vous avez raison, lieutenant. Finissons-en avec ces broutilles, avant d'aller fêter ce nouveau galon chez Puchita Baisobèse.

— Que devais-tu faire ? interrogea péniblement Salvador, la gorge brisée et l'air abattu.

— Tuer un traître de mes propres mains. Ainsi dit-il : « Et sans trembler des mains, lieutenant. »

Quand ils sortirent dans la cour de La Quarante, Amadito sentit son sang battre aux tempes. Près du grand bambou, à côté de la villa transformée en prison et centre de torture du S.I.M., et près de la Jeep avec laquelle il était venu, il y en avait une autre presque identique, tous feux éteints. Sur la banquette arrière, deux gardes armés de fusils flanquaient un type aux mains ligotées et à la bouche couverte d'un linge.

— Venez avec moi, lieutenant, dit Johnny Abbes en prenant le volant de la Jeep où se trouvaient les gardes. Suis-nous, Roberto.

Dès que les deux véhicules quittèrent la prison et prirent la route de la côte, un orage éclata et la nuit se peupla d'éclairs et de coups de tonnerre. Les trombes d'eau les trempèrent jusqu'aux os.

— C'est mieux qu'il pleuve, même si on est trempés, remarqua le colonel. Ça va faire passer cette chaleur. Les paysans réclamaient à grands cris un peu d'eau.

Il ne se souvenait pas du temps que dura le trajet, mais cela n'avait guère traîné, car il se rappelait, en revanche, qu'en entrant au bordel de Pucha Vittini, après avoir garé la Jeep dans la rue Juana Saltitopa, la pendule du salon à l'entrée marquait dix heures du soir. Tout cela, depuis qu'il était allé prendre chez lui le major Figueroa Carrión, avait duré moins de deux heures. Abbes García avait quitté la route et la Jeep avait bondi en se secouant comme si elle allait se désintégrer en traversant le terrain vague herbeux et caillouteux, suivie de près par la Jeep du major dont les phares les éclairaient. Il faisait sombre, mais le lieutenant sut qu'ils avançaient parallèlement à la mer parce que le fracas des vagues s'était approché jusqu'à envahir leurs oreilles. Il lui sembla qu'ils contournaient le petit port de La Caleta. Dès que la Jeep stoppa, il cessa de pleuvoir. Le colonel descendit d'un bond et Amadito l'imita. Les deux gardiens étaient bien dressés, car sans attendre les ordres ils firent descendre le prisonnier en le bousculant. À la lumière d'un éclair, le lieutenant vit que l'homme bâillonné n'avait pas de chaussures. Durant tout le trajet, il avait manifesté une docilité absolue, mais dès qu'il foula le sol, comme prenant enfin conscience de ce qui allait lui arriver, il se mit à se tordre et à rugir, en essayant de se défaire de ses liens et de son bâillon. Amadito qui, jusqu'alors, avait évité de le regarder observa les mouvements convulsifs de la tête qui voulait libérer sa bouche, dire quelque chose, implorer peut-être pitié, ou au contraire les maudire. « Et si maintenant je prenais mon revolver et tirais sur le colonel, le major et les deux gardes, en laissant l'homme s'enfuir ? » pensa-t-il.

— Au lieu d'un mort, sur la falaise surplombant la mer il y en aurait eu deux, dit Salvador.

— Une chance qu'il se soit arrêté de pleuvoir, ronchonna le major Figueroa Carrión en descendant de voiture. Je suis tout trempé, putain !

— Vous avez bien votre arme ? demanda le colonel Abbes García. Ne faites pas souffrir davantage ce pauvre diable.

Amadito acquiesça, sans dire un mot. Il fit quelques pas jusqu'à se mettre près du prisonnier. Les soldats le lâchèrent et s'écartèrent. Le type ne se mit pas à courir, comme Amadito pensait qu'il le ferait. Ses jambes ne devaient peut-être plus lui obéir, ou bien la peur le figeait-elle sur place dans les herbes et la boue de ce terrain vague où le vent soufflait furieusement. Mais bien qu'il n'essayât pas de fuir, il continuait à secouer la tête désespérément, de droite à gauche et de haut en bas, dans sa vaine tentative de se débarrasser de son bâillon. Il émettait un rugissement entrecoupé. Le lieutenant García Guerrero plaça le canon du pistolet sur sa tempe et tira. Le coup de feu l'assourdit et lui fit fermer les yeux, l'espace d'une seconde.

68

— Achevez-le, dit Abbes García. On ne sait jamais.

Amadito se pencha pour palper la tête de l'homme à terre, désormais muet et tranquille, et il tira de nouveau, à bout portant.

— Cette fois oui, dit le colonel en le prenant par le bras et en l'entraînant vers la Jeep du major Figueroa Carrión. Les gardes savent ce qu'ils ont à faire. Allons chez Puchita, nous réchauffer les os.

Dans la Jeep, conduite par Roberto, le lieutenant García Guerrero restait silencieux, écoutant à moitié le dialogue entre le colonel et le major. Il se souvenait qu'ils avaient dit :

— Vont-ils l'enterrer sur place ?

— Ils le jetteront à la mer, expliqua le chef du S.I.M. C'est l'avantage de cette falaise. Haute, coupée au couteau. En bas, la mer fait un goulet, très profond, comme une fosse. Farcie de requins et de squales, et qui attendent. Il faut les voir, ils te l'avalent en quelques secondes. Et ils ne laissent pas de trace. C'est sûr, rapide, et propre avec ça.

— Est-ce que tu reconnaîtrais cette falaise ? lui demanda Salvador.

Non. Il se souvenait seulement qu'avant d'arriver ils étaient passés près de cette petite crique, La Caleta. Mais il ne pourrait pas refaire tout le trajet, depuis La Quarante.

— Je vais te donner un somnifère, dit Salvador en lui tapotant le genou. Qui te fasse dormir six à huit heures.

— Je n'ai pas encore fini, Turco. Encore un peu de patience. Pour que tu me craches au visage et me flanques à la porte.

Ils étaient allés au bordel de Pucha Vittini, surnommée Puchita Baisobèse, une vieille maison avec des balcons et un jardin desséché, un bordel fréquenté par des *caliés*, des gens liés au gouvernement et au S.I.M., pour lequel, selon la rumeur publique, travaillait aussi cette vieille femme mal embouchée et sympathique de Pucha, promue, dans la hiérarchie de son métier, manager des putes, après l'avoir elle-même été dans les boxons de la 2e Rue, dès son plus jeune âge et avec succès. Elle les accueillit à la porte et salua Johnny Abbes et le major Figueroa Carrión comme de vieux amis. Amadito, elle lui prit le menton : « Hé, petit père ! » Elle les guida au second étage et les fit asseoir à une table près du bar. Johnny Abbes commanda une bouteille de Juanito Baladeur.

— Il m'a fallu un bon moment pour comprendre que c'était le whisky, mon colonel, avoua Amadito. Johnny Walker. Juanito Baladeur. Très facile et je ne m'en rendais pas compte.

— C'est bien mieux que les psychiatres, dit le colonel. Sans Juanito Baladeur je ne garderais pas mon équilibre mental, le plus important dans mon boulot. Pour bien le faire, il faut avoir de la sérénité, du sang-froid, des couilles glacées. Et ne jamais mêler les émotions au raisonnement.

Il n'y avait pas encore de clients, sauf un petit chauve à lunettes, assis au comptoir, sirotant une bière. Le juke-box diffusait un boléro où Amadito reconnut la voix dense de Toña la Negra. Le major Figueroa Carrión se leva et alla inviter à danser une des femmes qui papotaient dans un coin, sous une grande affiche d'un film mexicain avec Libertad Lamarque et Tito Guizar.

— Vous avez les nerfs solides, fit remarquer le colonel Abbes García. Tous les officiers ne sont pas comme vous. J'ai vu pas mal de gaillards qui, à l'heure critique, changent de couleur. Je les ai vus faire dans leur froc. Parce que, cela semble incroyable, mais pour tuer il faut plus de couilles que pour mourir.

70

Il remplit à nouveau nos verres et dit : « Santé. » Amadito avala avidement son whisky. Combien de verres ? Trois, cinq, il perdit vite la notion de temps et d'espace. De plus, il dansa avec une Indienne qu'il pelota et accompagna dans une chambrette éclairée d'une ampoule sous cellophane rouge, qui se balançait au-dessus d'un lit à la couverture multicolore. Sans pouvoir se l'envoyer. « Je suis trop soûl, ma petite mère », s'excusa-t-il. La véritable raison c'était son estomac noué, le souvenir de ce qu'il venait de faire. Il s'arma finalement de courage pour dire au colonel et au major qu'il s'en allait, car il se sentait démoli d'avoir trop bu.

Ils sortirent tous les trois. À la porte il y avait, attendant Johnny Abbes, sa Cadillac noire blindée, avec son chauffeur, et une Jeep avec l'escorte de gardes du corps armés. Le colonel lui tendit la main.

— Vous n'êtes pas curieux de savoir qui c'était ?

— Je préfère ne pas le savoir, mon colonel.

Le visage flasque d'Abbes García s'étira sur un rire ironique, tandis qu'il épongeait son visage de son mouchoir couleur de feu :

— Ce serait trop facile, si on faisait ces choses sans savoir de qui il s'agit. Ne faites pas chier, lieutenant. Si vous vous jetez à l'eau, vous devez vous mouiller. C'était un gars du groupe du 14 juin, le petit frère de votre ex-fiancée, je crois. Luisa Gil, n'est-ce pas ? Bon, à la prochaine, nous ferons bien des choses ensemble. Si vous avez besoin de moi, vous savez où me trouver.

Le lieutenant sentit à nouveau la main du Turc pressant son genou.

— C'est un mensonge, Amadito, lui dit Salvador pour lui remonter le moral. Cela pouvait être n'importe qui. Il t'a trompé. Pour te briser les reins, pour t'obliger à te sentir plus engagé, plus esclave. Oublie donc ce qu'il t'a dit. Oublie ce que tu as fait.

Amadito acquiesça. Très lentement, il montra le revolver dans son étui.

— La prochaine fois que je tirerai, ce sera pour tuer Trujillo, Turco, dit-il. Tony Imbert et toi pouvez compter sur moi en tout. Et vous n'aurez plus besoin de détourner la conversation quand je viendrai vous voir.

— Attention, attention, cette bagnole vient droit sur nous, dit Antonio de la Maza en levant le canon scié de son arme à la hauteur de la fenêtre, prêt à faire feu.

Amadito et Estrella Sadhalá empoignèrent aussi leur arme. Antonio Imbert mit le moteur en marche. Mais l'auto qui venait sur le Malecón dans leur direction, en glissant lentement et en cherchant, n'était pas la Chevrolet mais une petite Volkswagen. Elle freina en les apercevant. Puis elle tourna en direction opposée, vers l'endroit où ils étaient stationnés. Elle s'arrêta près d'eux, tous feux éteints.

IV

— Vous ne montez pas le voir ? dit enfin l'infirmière.

Urania sait que la question brûle les lèvres de la
femme depuis qu'en entrant dans la maison de la rue
César Nicolás Penson, au lieu de lui demander de la
conduire à la chambre de M. Cabral, elle s'est dirigée
vers la cuisine et s'est préparé un café. Elle le sirote à
petites gorgées depuis dix minutes.

— D'abord je vais finir mon petit déjeuner —,
répond-elle sans sourire, et l'infirmière, confuse,
baisse les yeux. — Je prends des forces pour monter
cet escalier.

— Je sais que vous vous êtes éloignés, lui et vous,
j'en ai entendu parler, s'excuse la femme, sans savoir
que faire de ses mains. C'était seulement façon de
dire. Monsieur, je lui ai servi son petit déjeuner et je
l'ai rasé. Il se réveille toujours très tôt.

Urania acquiesce. Elle se sent maintenant apaisée
et plus assurée. Elle examine une fois de plus la
décrépitude qui l'entoure. Outre la peinture écaillée
des murs, le tablier de la table, l'évier, l'armoire, tout
semble rétréci et décentré. Étaient-ce les mêmes
meubles ? Elle ne reconnaissait rien.

— Reçoit-il parfois la visite de quelqu'un ? De la
famille, je veux dire.

— Les filles de Mme Adelina, Lucindita et Manolita, viennent toujours, sur le coup de midi, répond
sans dissimuler sa gêne cette grande femme, d'un
certain âge, en pantalon sous l'uniforme blanc,
debout à la porte de la cuisine. Votre tante, avant,
venait chaque jour. Mais depuis qu'elle s'est brisé
la hanche, elle ne sort plus.

La tante Adelina est un peu moins âgée que son
père, elle doit avoir tout au plus soixante-quinze ans.
Ainsi donc elle s'est cassé la hanche ! Est-elle toujours aussi confite en dévotion ? En ce temps-là, il lui
fallait communier tous les jours.

— Est-il dans sa chambre ? fait Urania en avalant
sa dernière gorgée de café. Bon, où pourrait-il être ?
Non, ne m'accompagnez pas.

Elle monte l'escalier à la rampe ternie, dépouillé
des pots de fleurs de son souvenir, avec toujours cette
impression que la maison avait rétréci. En arrivant à
l'étage supérieur, elle remarque les carrelages ébré-
chés, certains branlants. C'était naguère une villa
moderne, riche, meublée avec goût, et voilà qu'en
chute libre elle est devenue, en comparaison des rési-
dences et propriétés qu'elle a vues la veille à Bella
Vista, un taudis. Elle s'immobilise en face de la première porte — c'était sa chambre — et, avant d'entrer, elle toque à deux reprises.

Une lumière vive, qui vient de la fenêtre grande
ouverte, l'éblouit, et le soleil l'aveugle durant
quelques secondes. Puis elle distingue le lit recouvert
d'une couverture grise, l'antique commode avec son
miroir ovale, les photos sur les murs — comment
s'était-il procuré celle de sa promotion à Harvard ? —
et, enfin, dans le vieux fauteuil à haut dossier et
larges accoudoirs, le vieillard engoncé dans un
pyjama bleu et en pantoufles. Perdu au fond de son
siège, il est aussi racorni et rétréci que la maison.

Un objet blanc, à ses pieds, attire son attention : un vase de nuit, à demi plein d'urine.

Il avait alors des cheveux noirs, grisonnant avec élégance aux tempes ; maintenant les rares mèches de sa calvitie sont jaunâtres et sales. Son large regard était assuré, maître du monde (quand il n'était pas près du Chef) ; mais ces deux yeux de souris dans leurs fentes qui la regardent fixement sont minuscules et effarouchés. Il avait des dents, plus maintenant ; on a dû lui retirer son dentier (elle a payé la facture voici quelques années), car il a les lèvres enfoncées et les joues creusées presque à se toucher. Il s'est tassé, ses pieds frôlent à peine le sol. Pour le regarder, elle devait lever la tête, tendre le cou ; maintenant, s'il se mettait debout, il lui arriverait à l'épaule.

— Je suis Urania —, murmure-t-elle en s'approchant, et elle s'assoit sur le lit, à un mètre de son père. — Tu te rappelles que tu as une fille ?

Le vieillard est pris d'une agitation intérieure, secouant ses petites mains osseuses, pâles, aux doigts effilés, qui reposent sur ses jambes. Mais ses petits yeux, quoique sans s'écarter d'Urania, demeurent inexpressifs.

— Moi non plus je ne te reconnais pas, murmure Urania. Je ne sais pourquoi je suis venue, ce que je fais ici.

Le vieillard s'est mis à hocher la tête, de haut en bas, de bas en haut. Sa gorge émet une plainte âpre, longue, entrecoupée, comme un chant funèbre. Mais au bout de quelques instants il se calme, ses yeux toujours cloués sur elle.

— La maison était pleine de livres, dit Urania en jetant un œil sur les murs nus. Que sont-ils devenus ? Tu ne peux plus lire, bien sûr. Avais-tu le temps de lire, alors ? Je ne me rappelle pas t'avoir jamais vu en train de lire. Tu étais un homme trop occupé. Moi aussi maintenant, autant ou plus que toi à cette époque. Dix, douze heures au cabinet ou en visite chez des clients. Mais je prends le temps de lire un moment chaque jour. Très tôt le matin, quand le jour se lève sur les gratte-ciel de Manhattan, ou bien la nuit, épiant les lumières de ces ruches de verre. Ça me plaît beaucoup. Le dimanche je lis des trois et quatre heures, après avoir regardé *Meet the Press* à la télé. L'avantage d'être restée célibataire, papa. Tu ne savais pas, non ? Ta petite fille est devenue ce qu'on appelle une vieille fille. Je t'entends d'ici : « Quelle catastrophe ! Elle n'a pas pêché de mari ! » C'est comme ça, papa. Disons plutôt que je n'ai pas voulu. J'ai eu des propositions. À l'université. À la Banque mondiale. Au cabinet d'avocats. Figure-toi que maintenant encore je vois surgir de temps en temps un prétendant, avec mes quarante-neuf ans sur les épaules ! Ce n'est pas si terrible d'être célibataire. Par exemple, je dispose de temps pour lire, au lieu d'être là à m'occuper du mari et des gosses.

On dirait qu'il comprend mais que, tout intéressé qu'il soit, il n'ose pas bouger un muscle pour ne pas l'interrompre. Il est immobile, son étroite poitrine se soulevant en mesure, ses petits yeux suspendus à ses lèvres. Dans la rue, de temps en temps, on entend des passants ou une auto qui roule, des bribes de conversation, des bruits qui s'approchent, s'amplifient, décroissent, se perdent au loin.

— Mon appartement à Manhattan est plein de livres, reprend Urania. Comme cette maison quand j'étais petite. Des livres de droit, d'économie, d'histoire. Mais dans ma chambre à coucher, seulement des livres sur Saint-Domingue. Témoignages, essais, mémoires, beaucoup d'ouvrages d'histoire. Tu devines de quelle époque ? L'Ère Trujillo, bien sûr. Ce qui nous est arrivé de plus important en cinq cents ans. Tu le disais avec tant de conviction. Et c'est bien vrai, papa. Pendant ces trente et un ans il a cristallisé tout le mal que nous avons drainé, depuis la conquête. Dans certains de ces livres tu apparais, toi, comme un personnage. Ministre, sénateur, président du Parti dominicain. Y a-t-il quelque chose que tu n'aies pas été, papa ? Je suis devenue une experte en Trujillo. Au lieu de jouer au bridge, au golf, de faire de l'équitation ou d'aller à l'opéra, mon hobby a été de m'informer de ce qui s'est passé durant ces années-là. Dommage que nous ne puissions pas bavarder. Que de choses tu pourrais m'éclaircir, toi qui les as vécues bras dessus bras dessous avec ton Chef bien-aimé, qui a si mal payé ta loyauté. Par exemple, j'aurais aimé que tu me dises si Son Excellence a couché aussi avec maman.

Elle remarque chez le vieillard un sursaut. Son petit corps fragile, recroquevillé, a fait un bond sur son fauteuil. Urania avance la tête et l'observe. Est-ce une fausse impression ? Il paraît l'écouter, faire des efforts pour comprendre ce qu'elle dit.

— Tu l'as permis ? Tu t'es résigné ? Tu en as tiré profit pour ta carrière ?

Urania respire profondément. Elle examine la pièce. Il y a deux photos dans des cadres d'argent, sur le guéridon. Celle de sa première communion, l'année où sa mère est morte. Elle a, peut-être, quitté ce monde sur la vision de sa petite fille drapée dans le tulle de cette adorable robe et de son regard séraphique. L'autre photo est celle de sa mère : jeune, les cheveux noirs séparés en deux bandeaux, les sourcils épilés, le regard mélancolique et rêveur. C'est une vieille photo jaunie, un peu passée. Elle s'approche du guéridon, la porte à ses lèvres et l'embrasse.

Elle entend une voiture freiner à la porte de la maison. Son cœur fait un bond ; sans bouger de l'endroit où elle est, elle perçoit à travers les rideaux les chromes brillants, la carrosserie lustrée, les reflets étincelants du luxueux véhicule. Elle sent les pas s'approcher, la sonnette pressée deux ou trois fois et — hypnotisée, atterrée, incapable du moindre geste — elle entend la domestique ouvrir à l'entrée. Le bref dialogue au pied de l'escalier monte, malgré elle, jusqu'à sa chambre. Son cœur affolé va éclater. On toque à la porte. La petite bonne indienne, avec sa coiffe blanche et son air effarouché, passe la tête par l'entrebâillement :

— Monsieur le Président est venu vous rendre visite, Madame. Le Généralissime, Madame !

— Dis-lui que je regrette, mais que je ne peux le recevoir. Dis-lui que Mme Cabral ne reçoit pas de visites en l'absence d'Agustín. Allez, va le lui dire.

Les pas de la jeune fille s'éloignent, timides, indécis, dans l'escalier à la rampe décorée de pots de géraniums. Urania repose la photo de sa mère sur le guéridon, retourne au coin du lit. Enfoncé dans son fauteuil, son père la regarde, alarmé.

— C'est ce que le Chef a fait avec son ministre de l'Éducation, au début de son gouvernement, et tu le sais très bien, papa. Avec ce jeune savant, don Pedro Henríquez Ureña, raffiné et génial. Il était venu voir son épouse, tandis que lui était au travail. Elle a eu le courage de lui faire dire qu'elle ne recevait pas de visites quand son mari n'était pas à la maison. Au commencement de l'Ère, il était encore possible qu'une femme se refuse à recevoir le Chef. Quand elle le lui rapporta, don Pedro renonça à son poste, partit et ne remit plus les pieds dans cette île. C'est grâce à cela qu'il est devenu si célèbre, comme professeur, historien, critique et philologue, au Mexique, en Argentine et en Espagne. Une chance que le Chef ait voulu coucher avec sa femme. Dans les premiers temps, un ministre pouvait démissionner et n'être victime d'aucun accident, il ne tombait pas au fond d'un précipice, il n'était pas poignardé par un fou, les requins ne le dévoraient pas. Il a bien fait, tu ne trouves pas ? Son geste l'a préservé de devenir comme toi, papa. Aurais-tu fait de même ou fermé les yeux ? Comme ce bon ami que tu détestes, ton cher et vieux collègue don Froilán, notre voisin. Tu te rappelles, papa ?

Le petit vieux se met à trembler et à geindre, avec cette plainte macabre. Urania attend qu'il se calme. Don Froilán ! Il chuchotait au salon, sur la terrasse ou au jardin avec son père, qu'il venait voir plusieurs fois par jour à l'époque où ils étaient alliés dans les luttes intestines des factions trujillistes, des luttes que le Bienfaiteur attisait pour neutraliser ses collaborateurs, en les gardant très occupés à garder leurs arrières contre le poignard de ces ennemis qui étaient, officiellement, leurs amis, frères et coreligionnaires. Don Froilán habitait la maison d'en face qu'elle regarde maintenant, avec sur le toit de tuiles, alignées au garde-à-vous, une demi-douzaine de colombes. Urania s'approche de la fenêtre. Inchangée aussi, pour l'essentiel, la maison de ce puissant seigneur, également ministre, sénateur, intendant, chancelier, ambassadeur et tout ce qu'on pouvait être ces années-là. Rien de moins que ministre des Affaires étrangères, en mai 1961, au moment des grands événements.

La maison a encore sa façade peinte en gris et blanc, mais elle a également rétréci. On lui a adossé une aile de quatre ou cinq mètres, qui détonne avec ce portique en saillie et triangulaire, de palais gothique, où elle apercevait très souvent, en allant au collège ou en en revenant, la silhouette distinguée de l'épouse de don Froilán. Dès qu'elle la voyait, elle l'appelait : « Urania, Uranita ! Viens par ici, laisse-moi te regarder, ma chérie. Quels yeux tu as, ma belle ! Aussi jolie que ta maman, Uranita. » Elle lui caressait les cheveux de ses mains bien soignées, aux longs ongles vernis de rouge vif. Ces doigts glissés entre ses cheveux qui lui massaient le cuir chevelu lui donnaient une délicieuse impression de sommeil. Eugenia ? Laura ? Elle avait un prénom de fleur, n'est-ce pas ? Magnolia ? Effacé de sa mémoire. Mais pas son visage, son teint neigeux, ses yeux soyeux, sa silhouette de reine. Habillée toujours comme pour une soirée. Urania l'aimait, tant elle était affectueuse, et pour les cadeaux qu'elle lui faisait, ou quand elle l'emmenait à la piscine du Country-Club. Mais elle l'aimait surtout parce qu'elle avait été l'amie de maman. Elle imaginait que, si elle n'était pas allée au ciel, sa mère serait aussi belle et seigneuriale que l'épouse de don Froilán. Lui, en revanche, n'avait rien de distingué. Petit, chauve, bedonnant, aucune femme ne l'aurait dévoré des yeux. Urgence de trouver un mari ? intérêt ? on ne sait ce qui l'avait poussée à l'épouser.

Voilà ce qu'elle se demande, éblouie, en ouvrant la boîte de chocolats enveloppée de papier d'argent que la dame vient de lui donner, avec un petit baiser sur la joue, après être sortie à la porte de chez elle pour l'appeler — « Uranita ! Viens, j'ai une surprise pour toi, ma chérie ! » — quand la fillette descendait du minibus du collège. Urania entre dans la maison, embrasse la dame — elle porte une robe de tulle bleu, des souliers à talons, elle est maquillée comme pour aller au bal, avec un collier de perles et les mains couvertes de bijoux —, elle ouvre le paquet enveloppé dans du papier fantaisie et noué d'un ruban rose. Elle contemple les chocolats tout brillants, impatiente d'y goûter, mais elle n'ose pas car, ne serait-ce pas un manque d'éducation ? quand la voiture s'arrête dans la rue, tout près. La dame fait un bond, un de ces écarts que font soudain les chevaux sous l'effet d'un ordre mystérieux. La voilà devenue pâle et sa voix se fait péremptoire : « Il faut t'en aller. » La main posée sur son épaule se crispe, la presse, la pousse vers la sortie. Lorsqu'elle soulève, obéissante, son sac avec ses cahiers et s'en retourne, la porte s'ouvre en grand : l'imposante silhouette du monsieur habillé d'un complet sombre, poignets blancs amidonnés et boutons de manchette en or dépassant des manches de la veste, lui bouche le passage. Un homme qui porte des lunettes fumées et est omniprésent, même dans sa mémoire. Elle est paralysée, la bouche ouverte, tout regard. Son Excellence lui adresse un sourire apaisant.

— Qui est-ce ?

— Uranita, la fille d'Agustín Cabral, répond la maîtresse de maison. Elle s'en va.

Et en effet Urania s'en va, sans même prendre congé, tant elle est impressionnée. Elle traverse la rue, entre chez elle, grimpe l'escalier et, de sa chambre, épie à travers les rideaux, attendant, attendant que le Président ressorte de la maison d'en face.

— Et ta fille était si ingénue qu'elle ne se demandait pas ce que venait faire là le Père de la Patrie quand don Froilán n'était pas chez lui —, son père, calmé maintenant, l'écoute ou semble l'écouter, sans détourner les yeux. — Si ingénue que lorsque tu es rentré du Congrès, j'ai couru te le raconter. J'ai vu le Président, papa ! Il est venu rendre visite à la femme de don Froilán, papa. La tête que tu as faite !

Comme si on venait de lui faire part de la mort de quelqu'un de très cher. Comme si on lui avait découvert un cancer. Congestionné, livide, congestionné. Et ses yeux qui ne cessaient de scruter le visage de la fillette. Comment le lui expliquer ? Comment l'alerter du danger que la famille courait ?

Les petits yeux de l'invalide veulent s'ouvrir, s'arrondir.

— Ma petite, il y a des choses que tu ne peux savoir, que tu ne comprends pas encore. Je suis là pour les connaître à ta place, et pour te protéger. Tu es ce que j'aime le plus au monde. Ne me demande pas pourquoi, mais tu dois oublier tout ça. Tu ne t'es pas trouvée chez Froilán. Et tu n'as pas vu son épouse. Et moins encore, bien moins, celui que tu as rêvé avoir vu. Pour ton bien, ma petite fille. Et pour le mien. Ne le répète pas, ne le raconte à personne. Tu me le promets? Jamais? À personne? Tu me le jures?

— Je te l'ai juré, dit Urania. Mais il n'empêche que je ne me suis doutée de rien. Même quand tu as menacé les domestiques que, s'ils répétaient cette invention de la petite, ils perdraient leur travail. Ce que je pouvais être innocente! Quand j'ai enfin découvert pour quelle raison le Généralissime rendait visite à leur femme, les ministres ne pouvaient déjà plus faire comme Henríquez Ureña. Comme don Froilán, ils devaient se résigner à être cocus. Et comme il n'y avait pas d'alternative, au moins en tirer profit. L'as-tu fait? Le Chef est-il venu rendre visite à maman? Avant ma naissance? Ou quand j'étais trop petite pour m'en souvenir? Il le faisait quand les épouses étaient belles. Et ma mère l'était, n'est-ce pas? Je ne me souviens pas l'avoir vu à la maison, mais il a pu y venir avant. Qu'a fait maman? S'est-elle résignée? Était-elle heureuse, orgueilleuse de cet honneur? Car telle était la norme, pas vrai? Ces braves Dominicaines étaient reconnaissantes au Chef qu'il daigne les honorer. Ou dit-on, vulgairement, les tringler? C'est bien ce verbe qu'utilisait ton Chef bien-aimé.

Oui, c'est tout à fait cela. Urania le sait, elle l'a lu dans son abondante bibliothèque sur l'Ère Trujillo. Le dictateur si soigné de sa personne, si raffiné et élégant dans ses propos — un charmeur de serpents quand il se le proposait —, pouvait soudain, le soir, après quelques verres de cognac espagnol Carlos I, se répandre en énormes grossièretés, s'exprimer dans le jargon des sucreries, des bleds de la côte, ou celui des dockers du port d'Ozama, user du langage des stades ou des bordels, bref, parler comme parlent les hommes qui veulent affirmer haut et fort leur virilité. Certaines fois, le Chef pouvait être terriblement vulgaire et répéter ces horreurs de gros mots de sa jeunesse, quand il était majordome d'haciendas à San Cristóbal ou garde rural. Ses courtisans applaudissaient à ses jurons autant qu'aux discours que lui écrivaient le sénateur Cabral ou l'Ivrogne Constitutionnaliste. Il allait même jusqu'à se flatter des « femelles qu'il avait tringlées », ce que célébraient ces flatteurs, alors même que cela faisait d'eux les ennemis potentiels de doña María Martínez, la Sublime Matrone, et même quand ces « femelles » étaient leur épouse, leur sœur, leur mère ou leur fille. Ce n'était pas une exagération de la fiévreuse imagination dominicaine, sans frein dès lors qu'il s'agit d'accroître les vertus et les vices et d'amplifier les anecdotes réelles au point de les rendre fantastiques. Il y avait des histoires inventées, exagérées, colorées par la vocation truculente de ses compatriotes. Mais celle de Barahona devait être vraie. Celle-là, Urania ne l'a pas lue, elle l'a entendue (au bord de la nausée) rapportée par quelqu'un qui fut toujours près, tout près, du Bienfaiteur.

— L'Ivrogne Constitutionnaliste, papa. Oui, le sénateur Henry Chirinos, le Judas qui t'a trahi. Je la tiens de sa propre grande gueule. Ça t'étonne que je l'aie rencontré, hein ? Pas moyen de faire autrement, en tant que fonctionnaire de la Banque mondiale. Le directeur m'a demandé de le représenter à cette réception de notre ambassadeur. Ou plutôt, l'ambassadeur du président Balaguer. Du gouvernement démocratique et civil du président Balaguer. Chirinos s'est mieux débrouillé que toi, papa. Il t'a balayé de son chemin, il n'est jamais tombé en disgrâce sous Trujillo et à la fin il a su prendre le virage et se faire accepter par la démocratie bien qu'il ait été aussi trujilliste que toi. Il était là-bas, à Washington, plus moche que jamais, enflé comme un crapaud, recevant ses invités et buvant comme un trou. Se donnant même le luxe d'amuser ses hôtes avec des anecdotes sur l'Ère Trujillo. Lui !

L'invalide a fermé les yeux. S'est-il endormi ? Il appuie sa tête sur le dossier, sa petite bouche ouverte, froncée et vide. Il est plus mince et vulnérable ainsi ; par l'échancrure de sa robe de chambre, on aperçoit un bout de poitrine imberbe, à la peau blanchâtre, où pointent les os. Il respire d'un rythme égal. C'est alors seulement qu'elle s'aperçoit que son père n'a pas de chaussettes ; cheville et cou-de-pied sont ceux d'un enfant.

Il ne l'a pas reconnue. Comment aurait-il pu imaginer que cette fonctionnaire de la Banque mondiale, qui lui transmet en anglais les salutations du directeur, est la fille de son vieux collègue et complice, le sénateur Cabral, surnommé Caboche ? Urania s'arrange pour garder ses distances avec l'ambassadeur après ces salutations protocolaires, échangeant des banalités avec des gens qui, comme elle, sont également là en service commandé. Au bout d'un moment, elle s'apprête à partir. Elle s'approche du cercle de ceux qui écoutent l'ambassadeur de la démocratie, mais ce que celui-ci raconte la retient. Teint cendreux et peau grenue, mufle de fauve apoplectique, triple menton, ventre éléphantiasique près de faire éclater le complet bleu, avec gilet fantaisie et cravate rouge, qui le sangle, l'ambassadeur Chirinos dit que cela arriva à Barahona, vers la fin, quand Trujillo, dans une de ces fanfaronnades dont il était friand, avait annoncé, pour donner l'exemple et dynamiser la démocratie dominicaine, que lui, en retrait du gouvernement (il avait mis en place comme Président fantoche son frère Héctor Bienvenido, surnommé Négro), il se présenterait, non pas à la présidence, mais à un obscur gouvernement de province. Et comme candidat de l'opposition !

L'ambassadeur de la démocratie s'ébroue, reprend son souffle, guette de ses petits yeux très rapprochés l'effet de ses paroles. « Rendez-vous compte, messieurs, ironise-t-il : Trujillo, candidat de l'opposition à son propre régime ! » Il sourit et poursuit en expliquant que, durant cette campagne électorale, don Froilán Arala, un des bras droits du Généralissime, avait prononcé un discours exhortant le Chef à se faire élire, non pas comme gouverneur de province, mais comme ce qu'il continuait d'être dans le cœur du peuple dominicain : Président de la République. Tous avaient cru que don Froilán suivait les instructions du Chef. Il n'en était rien. Ou, du moins — l'ambassadeur Chirinos boit sa dernière gorgée de whisky avec un éclair malveillant dans les yeux —, il n'en était rien cette nuit-là, car il se pouvait aussi que don Froilán eût fait ce que le Chef avait ordonné, mais que ce dernier eût changé d'opinion et décidé de poursuivre cette farce quelques jours encore. C'est ce qu'il faisait parfois, quitte à plonger dans le ridicule ses collaborateurs les plus talentueux. La tête de don Froilán Arala était sûrement dotée d'une glorieuse paire de cornes, mais aussi d'un excellent cerveau. Le Chef le pénalisa pour ce discours hagiographique comme il avait coutume de le faire : en l'humiliant là où cela lui ferait le plus mal, dans son honneur d'homme.

Toute la société du cru assista à la réception offerte au Chef par la direction du Parti dominicain de Barahona, au club. L'on dansa et l'on but. Soudain, le Chef, fort joyeux et sur le tard, devant un vaste parterre d'hommes seuls — militaires de la force locale, ministres, sénateurs et députés qui l'accompagnaient dans sa tournée, gouverneurs et notables — qu'il avait divertis en rapportant des souvenirs de sa première tournée politique, trois décennies plus tôt, adoptant ce regard sentimental et nostalgique qu'il prenait soudain à la fin des festivités, et comme cédant à un accès de faiblesse, s'écria :

— J'ai été un homme très aimé. Un homme qui a serré dans ses bras les plus belles femmes de ce pays. C'est elles qui m'ont donné la force de le redresser. Sans elles, je n'aurais jamais fait ce que j'ai fait. (Il leva son verre à la lumière, examina la liqueur, vérifia sa transparence, la netteté de sa couleur.) Savez-vous quelle a été la meilleure de toutes les femelles que j'ai tringlées ? (« Pardonnez, mes amis, ce verbe grossier, s'excusa le diplomate, je ne fais que citer Trujillo textuellement. ») (Il marqua une nouvelle pause, aspira l'arôme de son verre de cognac. La tête aux cheveux argentés chercha et trouva, dans le cercle des hommes qui l'écoutaient, le visage livide et grassouillet du ministre. Et il assena :) La femme de Froilán !

Urania fait une grimace de dégoût, comme le soir en question où elle entendit l'ambassadeur Chirinos ajouter que don Froilán avait héroïquement souri, ri et célébré avec les autres le bon mot du Chef. « Blanc comme un cachet d'aspirine, sans défaillir, sans tomber foudroyé par une syncope », précisait le diplomate.

— Comment était-ce possible, papa ? Qu'un homme comme Froilán Arala, cultivé, expérimenté, intelligent, en vienne à accepter ça. Qu'est-ce qu'il leur faisait ? Qu'est-ce qu'il leur donnait, pour transformer don Froilán, Chirinos, Manuel Alfonso, toi, tous ses bras droits et gauches, en chiffes molles ?

Tu ne comprends pas cela, Urania. Il y a beaucoup de choses de l'Ère que tu as fini par tirer au clair ; certaines, au début, te semblaient inextricables, mais à force de lire, d'écouter, de comparer et de penser, tu es parvenue à comprendre que tant de millions de personnes, sous le rouleau compresseur de la propagande et faute d'information, abruties par l'endoctrinement et l'isolement, dépourvues de libre arbitre, de volonté, voire de curiosité par la peur et la pratique de la servilité et de la soumission, aient pu en venir à diviniser Trujillo. Pas seulement à le craindre, mais à l'aimer, comme les enfants peuvent aimer des pères autoritaires, se convaincre que les châtiments et le fouet sont pour leur bien. Ce que tu n'as jamais réussi à comprendre, c'est que les Dominicains les plus chevronnés, les têtes pensantes du pays, avocats, médecins, ingénieurs, souvent issus des meilleures universités des États-Unis et d'Europe, sensibles, cultivés, expérimentés et pleins d'idées, probablement dotés d'un sens développé du ridicule, de sentiment et de susceptibilité, aient accepté d'être aussi sauvagement avilis (ils l'ont tous été au moins une fois) comme ce soir-là, à Barahona, don Froilán Arala.

— Dommage que tu ne puisses parler, répète-t-elle en se tournant vers son père. Nous aurions pu ensemble essayer de comprendre. Pourquoi donc ce don Froilán a-t-il conservé une loyauté de chien envers Trujillo ? Il a été loyal, comme toi, jusqu'au dernier moment. Il n'a pas participé à la conspiration, pas plus que toi. Il a continué à lécher la main de son Chef après que ce dernier s'était targué à Barahona d'avoir baisé sa femme. Ce chef qui l'obligea à d'interminables tournées en Amérique du Sud, comme chancelier de la république, de Buenos Aires à Caracas, de Caracas à Rio ou à Brasilia, de Brasilia à Montevideo, de Montevideo à Caracas, et tout cela pour pouvoir s'envoyer en toute tranquillité notre belle voisine.

Une image hante depuis longtemps Urania, la fait rire et l'indigne à la fois. Celle du ministre des Affaires étrangères de l'Ère allant d'avion en avion, parcourant les capitales sud-américaines, obéissant aux ordres péremptoires qui l'attendaient dans chaque aéroport pour lui faire poursuivre son trajet hystérique, harcelant les gouvernements étrangers de prétextes futiles. Tout cela pour qu'il ne rentre pas à Ciudad Trujillo tandis que le Chef tringlait sa femme. C'est ce que raconte le plus connu des biographes de Trujillo, Crassweller en personne. De sorte que tout le monde le savait, don Froilán aussi.

— Cela en valait-il la peine, papa? Était-ce par goût du pouvoir, illusion s'il en fut? J'ai tendance à penser que non et que s'élever dans la hiérarchie restait secondaire. Le fond de ma pensée, c'est que toi, Arala, Pichardo, Chirinos, Álvarez Pina, Manuel Alfonso, vous aviez le goût de la souillure. Trujillo a révélé chez vous une vocation masochiste, et vous voilà avides de crachats, de fessées, de châtiments, et vous réalisant dans l'abjection.

L'invalide la regarde sans sourciller, sans remuer les lèvres, ni les minuscules mains qui reposent sur ses genoux. On dirait une momie, un homoncule embaumé, une poupée de cire. Sa robe de chambre est délavée et, ici et là, effilochée. Elle doit être très vieille, elle a dix ou quinze ans. On frappe à la porte. Elle dit : « Entrez », et voit apparaître l'infirmière avec une assiette de mangue coupée en tranches et une compote de pomme ou de banane.

— Au milieu de la matinée je lui donne toujours un peu de fruit, explique-t-elle sans entrer. Le docteur dit qu'il ne doit pas rester trop longtemps l'estomac vide. Comme il s'alimente à peine, il faut lui donner quelque chose trois ou quatre fois par jour. Le soir, seulement un bouillon. Je peux ?

— Oui, je vous en prie.

Urania regarde son père qui ne la quitte pas des yeux. Il ne regarde même pas l'infirmière quand celle-ci, assise devant lui, commence à lui donner la becquée par petites cuillerées.

— Il n'a plus son dentier?

— On a dû le lui enlever. Comme il a beaucoup maigri, il avait les gencives qui saignaient. Pour ce qu'il prend, bouillon, compote de fruit, purée et lait battu, il n'en a plus besoin.

Elles restent un moment silencieuses. Quand l'invalide finit d'avaler, l'infirmière approche la cuillerée suivante et attend, patiemment, que le vieillard veuille bien ouvrir la bouche. Fait-elle cela toujours? Ou se prête-t-elle à cette délicatesse en présence de sa fille? Sûrement. Quand elle est toute seule avec lui, elle doit le gronder et le rudoyer, comme les nou-nous avec les enfants qui ne parlent pas encore, quand la mère ne les voit pas.

— Donnez-lui à manger, vous, dit l'infirmière. Il n'attend que ça. N'est-ce pas, don Agustín? On veut que sa fifille donne la bouillie, hein? Oui, oui, il va aimer ça. Donnez-lui quelques cuillerées, et moi, pendant ce temps, je vais chercher le verre d'eau que j'ai oublié.

Elle dépose l'assiette à moitié vide entre les mains d'Urania, et s'en va en laissant la porte ouverte. Urania, qui a pris machinalement l'assiette, approche de la bouche de son père une petite tranche de mangue. L'invalide, qui ne cesse toujours pas de la regarder, garde les lèvres serrées, froncées, comme un enfant difficile.

V

— Bonjour, répondit-il.

Le colonel Johnny Abbes avait laissé sur son
bureau le rapport de chaque matin, avec les notes
qu'il avait prises la veille, des prévisions et des suggestions. Il aimait les relire ; le colonel ne perdait pas
de temps en stupidités, comme le précédent chef
du Service d'intelligence militaire, le général Arturo
R. Espaillat, surnommé Navaja, diplômé de l'École
militaire de West Point, qui l'assommait avec ses
stratégies délirantes. Est-ce que Navaja travaillait
pour la C.I.A. ? C'est ce qu'on lui avait affirmé. Mais
Johnny Abbes n'avait pu en avoir le cœur net. Si quelqu'un ne travaillait pas pour la C.I.A., c'était bien le
colonel : il détestait les Yankees.

— Café, Excellence ?

Johnny Abbes était en uniforme. Bien que s'efforçant d'avoir la tenue correcte que Trujillo exigeait,
il ne pouvait faire plus que ne le permettait son
physique mollasson et disgracieux. Il était plutôt de
petite taille, avec un bedon proéminent qui s'accordait à son double menton, sur lequel reposait le bas
du visage en saillie, entaillé d'une fente profonde. Il
avait aussi les joues flasques. Seuls ses petits yeux
mobiles et cruels dénonçaient l'intelligence de cette
nullité physique. Il avait trente-cinq ou trente-six

ans, mais semblait plus vieux. Il n'était pas sorti, lui, de West Point ni d'aucune autre école militaire; on ne l'y aurait pas admis, tant il manquait de physique et de vocation militaire. C'était ce que l'instructeur Gittleman, au temps où le Bienfaiteur était *marine*, appelait, au vu de son manque de muscles, de sa graisse excessive et de son goût de l'intrigue, « un crapaud corps et âme ». Trujillo du jour au lendemain en fit un colonel, en même temps que, dans une de ces impulsions qui jalonnaient sa carrière politique, il décidait de le nommer chef du S.I.M. en remplacement de Navaja. Pourquoi l'avoir fait? Non pour sa cruauté, mais pour sa froideur : c'était l'être le plus glacial qu'il eût connu dans ce pays peuplé de gens chauds de corps et d'âme. Avait-ce été une décision heureuse? Ces derniers temps, il en doutait. L'échec de l'attentat contre le président Betancourt n'était pas seul en cause; il avait mal évalué aussi la prétendue rébellion contre Fidel Castro des commandants Eloy Gutiérrez Menoyo et William Morgan, qui se révéla, en fait, une embuscade du barbu pour attirer dans l'île des exilés cubains et leur mettre la main au collet. Le Bienfaiteur réfléchissait et feuilletait son rapport tout en sirotant son café.

— Vous insistez pour déloger l'évêque Reilly du collège Santo Domingo, murmura-t-il. Asseyez-vous, servez-vous du café.

— Avec votre permission, Excellence.

La voix mélodieuse du colonel lui venait de ses jeunes années, quand il était commentateur radiophonique de football, de basket et de courses de chevaux. Il ne conservait de cette époque que son goût pour les lectures ésotériques — il se déclarait rosi-crucien —, ses mouchoirs qu'il faisait teindre en rouge parce que, disait-il, c'était la couleur de la chance du signe du Bélier, et son aptitude à lire l'aura de chaque personne (des conneries qui faisaient rire le Généralissime). Il prit place devant le bureau du Chef, une petite tasse de café à la main. Il faisait encore nuit dehors et le bureau était dans une semi-obscurité, à peine éclairé par une lampe qui enfermait dans un cercle doré les mains de Trujillo.

— Il faut percer cet abcès, Excellence. Le problème majeur n'est pas Kennedy, trop occupé par l'échec de l'expédition de la baie des Cochons. C'est l'Église. Si nous ne mettons pas ici hors d'état de nuire cette cinquième colonne, ça va chauffer. Reilly sert d'appât à ceux qui réclament l'invasion. Chaque jour ils le gonflent davantage, en même temps qu'ils font pression sur la Maison-Blanche pour envoyer des *marines* porter secours au pauvre évêque persécuté. Et n'oubliez pas que Kennedy est catholique.

— Nous sommes tous catholiques, soupira Trujillo en démolissant cet argument. C'est une raison suffisante pour ne pas le toucher. Ce serait donner aux gringos le prétexte qu'ils cherchent.

Bien que fatigué parfois de la franchise du colonel, Trujillo la tolérait. Le chef du S.I.M. avait pour ordre de lui parler avec une totale sincérité, même quand ce n'était pas agréable à entendre. Navaja n'osait jamais user, comme Johnny Abbes, de cette prérogative.

— Je ne crois pas possible de faire marche arrière dans nos relations avec l'Église. Cette idylle de trente ans s'est achevée, exposa-t-il posément, ses yeux de vif-argent roulant dans leurs orbites comme s'ils cherchaient tout autour la trace des embûches. Elle nous a déclaré la guerre le 25 janvier 1960, avec cette Lettre pastorale de l'épiscopat, dont le but est d'en finir avec le régime. Les curés ne se contenteront pas de quelques concessions. Nous n'aurons plus leur appui, Excellence. Tout comme les Yankees, l'Église veut la guerre. Et dans les guerres il n'y a que deux solutions : ou se rendre ou défaire l'ennemi. Les évêques Panal et Reilly sont en rébellion ouverte.

Le colonel Abbes avait deux plans. Le premier était d'utiliser les *paleros*, ces nervis armés de matraques cloutées de Balá, ancien bagnard à son service. En même temps les *caliés* interviendraient comme groupes incontrôlés d'une grande manifestation de protestation contre les évêques terroristes, à l'évêché de La Vega et au collège Santo Domingo, et ils achèveraient les prélats avant l'intervention des forces de l'ordre. Cette formule était risquée car elle pouvait provoquer l'invasion, mais elle avait l'avantage de paralyser pour un bon moment, du fait de la mort des deux évêques, le reste du clergé. Dans l'autre plan, les gardes nationaux mettaient à l'abri Panal et Reilly avant qu'ils ne soient lynchés par la populace et le gouvernement les expulsait vers l'Espagne et les États-Unis, en faisant valoir que c'était la seule façon de garantir leur sécurité. Le Congrès approuverait une loi établissant que tous les prêtres exerçant leur ministère dans le pays devaient être dominicains de naissance. Les étrangers ou les naturalisés seraient renvoyés dans leurs pays. De la sorte — le colonel consulta un petit carnet — le clergé catholique serait réduit à un tiers. Et la minorité de curés créoles serait plus maniable.

Il se tut quand le Bienfaiteur, qui gardait la tête baissée, la redressa.

— C'est ce qu'a fait Fidel Castro à Cuba.

Johnny Abbes acquiesça :

— Là-bas aussi l'Église a commencé, d'abord, à protester, puis à conspirer, préparant le terrain aux Yankees. Castro a chassé les curés étrangers et pris des mesures draconiennes contre ceux qui sont restés. Et qu'est-ce qu'il lui est arrivé ? Rien.

— Pas encore, le reprit le Bienfaiteur. Kennedy peut faire débarquer à Cuba ses *marines* à tout moment. Et cette fois ce ne sera pas en se foutant le doigt dans l'œil comme le mois dernier, à la baie des Cochons.

— Dans ce cas-là, le barbu mourra les armes à la main, s'écria Johnny Abbes. Il n'est pas impossible non plus que les *marines* débarquent ici. Et vous avez décidé que nous devions nous aussi mourir les armes à la main.

Trujillo éclata d'un petit rire moqueur. S'il fallait mourir en combattant contre les *marines*, combien de Dominicains se sacrifieraient en même temps que lui ? Les soldats, sans doute. Ils l'avaient démontré au moment de l'invasion entreprise par Fidel le 14 juin 1959[1]. Ils s'étaient bien battus et avaient écrasé les envahisseurs en quelques jours dans les montagnes de Constanza, et sur les plages de Maimón et d'Estero Hondo. Mais, contre les *marines*...

— Je n'aurai pas beaucoup de gens à mes côtés, je le crains. Les rats vont quitter le navire. Vous, oui, vous n'aurez d'autre solution que d'être entraîné dans ma chute. Où que vous vous trouviez, la prison vous attend, à moins d'être assassiné par les ennemis que vous avez de par le monde.

— Je me les suis faits en défendant ce régime, Excellence.

— De tout mon entourage, vous êtes le seul incapable de me trahir, même si vous le vouliez, n'est-ce pas ? insista Trujillo, amusé. Je suis la seule personne sur laquelle vous pouvez vous appuyer, car je ne vous

1. Rappelons que l'opposition dominicaine à la dictature de Trujillo, à l'instar du Mouvement du 26 Juillet cubain, prit le nom de Mouvement du 14 Juin et participa au débarquement manqué des Cubains sur les plages de Maimón et d'Estero Hondo, et à l'atterrissage de 56 commandos sur l'aéroport de Constanza, au cœur du pays. La réaction vive des forces dominicaines entraîna la mort de 183 hommes, mais cette date du 14 juin allait jouer le rôle de détonateur au sein du pays.

hais pas ni ne rêve de vous tuer. Nous sommes unis par les liens du mariage jusqu'à ce que la mort nous sépare.

Il se remit à rire, de bonne humeur, en examinant le colonel, comme le fait l'entomologiste d'un insecte difficile à classer. On disait bien des choses sur lui, surtout sur sa cruauté. C'était bien normal chez quelqu'un exerçant cette charge. On disait, par exemple, que son père, un Nord-Américain d'ascendance allemande, avait découvert un jour le petit Johnny, encore en culotte courte, en train de crever avec des aiguilles les yeux des poussins de la basse-cour. Que jeune homme, il vendait aux étudiants en médecine des cadavres qu'il allait déterrer au cimetière Independencia. Que, tout marié qu'il soit avec Lupita, cette horrible virago mexicaine qui avait toujours un pistolet dans son sac, il était pédé. Et même qu'il couchait avec le demi-frère du Généralissime, Nene Trujillo.

— Vous savez bien les bobards qui courent sur votre compte, lui lâcha-t-il en riant toujours et sans le quitter des yeux. Il doit y avoir du vrai. Est-ce que vous jouiez à arracher les yeux des poules ? À vider les tombes du cimetière Independencia pour vendre des cadavres ?

Le colonel sourit du bout des lèvres.

— La première chose j'en doute, je ne m'en souviens pas. La seconde n'est vraie qu'à moitié. Ce n'étaient pas des cadavres, Excellence. Des os, des crânes, déjà à moitié déterrés par la pluie. Histoire de me faire quelques sous. Et maintenant on dit qu'à l'inverse, le chef du S.I.M. remplit les tombes.

— Et cette histoire que vous êtes pédé ?

Cette fois non plus le colonel ne se troubla pas. Sa voix restait d'une indifférence clinique.

— Ça ne m'a jamais rien dit, Excellence. Je n'ai jamais couché avec aucun homme.

— Bon, arrêtons là ces conneries, le coupa Trujillo en redevenant sérieux. Ne touchez pas aux évêques pour le moment. Nous verrons comment les choses évoluent. Si on peut leur taper sur les doigts, on le fera. Il suffit, pour le moment, de les avoir à l'œil. Et de poursuivre la guerre des nerfs. Qu'ils ne puissent ni dormir ni manger tranquilles. Si ça se trouve, ils décideront d'eux-mêmes de partir.

Est-ce que ces deux évêques allaient finir par s'en tirer et parader comme ce rat d'égout de Betancourt ? Il sentit à nouveau la colère monter. Ce cloporte de Caracas avait obtenu que l'O.E.A. sanctionne la République dominicaine et que tous ses membres rompent leurs relations diplomatiques en appliquant des pressions économiques qui asphyxiaient le pays. Chaque jour, chaque heure écornait ce qui avait été une florissante économie. Et Betancourt, encore vivant, porte-drapeau de la liberté, montrant à la télévision ses mains brûlées, fier d'avoir survécu à ce stupide attentat qu'on n'aurait jamais dû laisser à la charge de ces cons de militaires vénézuéliens. Le prochain attentat, c'est le S.I.M. et lui seul qui le monterait. De façon technique, impersonnelle, Abbes lui expliqua la nouvelle opération, couronnée par l'explosion puissante, actionnée à distance, de la machine infernale achetée à prix d'or en Tchécoslovaquie, et qui se trouvait déjà à cette heure au consulat dominicain de Haïti. De là il serait facile de la transporter à Caracas au moment opportun.

Depuis 1958, où il avait décidé de le placer au poste de responsabilité actuel, le Bienfaiteur expédiait chaque jour les affaires courantes avec le colonel, dans ce bureau, à la Maison d'Acajou, ou en quelque lieu qu'il se trouvât, toujours à cette même heure. Johnny Abbes ne prenait jamais de vacances. Trujillo avait entendu parler de lui pour la première fois par le général Espaillat. Le précédent chef du

Service d'intelligence l'avait surpris par un rapport précis et détaillé sur les exilés dominicains au Mexique : ce qu'ils faisaient, ce qu'ils tramaient, où ils vivaient, où ils se réunissaient, qui les aidait, et quels diplomates ils rencontraient.

— Combien d'agents devez-vous avoir à Mexico pour être si bien informé sur ces salauds ?

— Toute l'information vient d'une seule personne, Excellence, dit Navaja en faisant une grimace de satisfaction professionnelle. Très jeune. Il s'appelle Johnny Abbes García. Peut-être avez-vous connu son père, un gringo à moitié allemand venu travailler chez nous à la compagnie d'électricité et qui a épousé une Dominicaine. Ce garçon était journaliste sportif et à moitié poète. J'avais commencé à l'utiliser ici comme indicateur sur les gens de la radio et de la presse, ainsi que sur les réunions de la pharmacie Gómez, fréquentée par beaucoup d'intellectuels. Il a fait du si bon travail que je l'ai envoyé à Mexico, avec une fausse bourse. Et vous voyez bien, il a gagné la confiance de tous les exilés. Il s'entend bien avec tout le monde. Je ne sais pas comment il fait, Excellence, mais à Mexico il a même réussi à contacter Lombardo Toledano, le leader syndical gauchiste. La mocheté avec laquelle il s'est marié était secrétaire de ce coco, figurez-vous.

Pauvre Navaja ! À force de parler avec cet enthousiasme, il a fini par perdre la direction de ce Service d'intelligence pour lequel il avait été formé à West Point.

— Amenez-le-moi, donnez-lui un poste où je puisse l'observer, ordonna Trujillo.

C'est ainsi qu'avait commencé à hanter les couloirs du Palais national cette silhouette disgracieuse, renfrognée, aux petits yeux en perpétuelle agitation. Il occupa d'abord un poste insignifiant au bureau d'information. Trujillo l'étudiait à distance. Depuis sa jeunesse, à San Cristóbal, il faisait confiance à son intuition : il lui suffisait d'un simple coup d'œil, d'une courte conversation, voire d'une simple référence, pour savoir avec certitude si telle personne pouvait lui être utile. C'est ainsi qu'il choisit bon nombre de collaborateurs, sans jamais le regretter. Johnny Abbes García travailla plusieurs semaines dans un obscur cagibi, sous la direction du poète Ramón Emilio Jiménez, avec Dipp Velarde Font, Querol et Grimaldi, à rédiger de prétendues lettres de lecteurs pour le « Courrier des lecteurs » du journal *El Caribe*. Avant de le mettre à l'épreuve il attendit, sans trop savoir quoi, quelque indication du hasard. Le signal arriva de la façon la plus inattendue, le jour où il surprit dans un couloir du Palais Johnny Abbes en train de bavarder avec son secrétaire d'État. De quoi pouvait bien parler Joaquín Balaguer, cet homme austère, raffiné et dévot, avec l'indicateur de Navaja ?

— Oh ! rien de spécial, Excellence, expliqua Balaguer en réunion ministérielle. Je ne connaissais pas ce jeune homme. En le voyant si concentré sur sa lecture, car il lisait tout en marchant, ma curiosité à été piquée. Vous savez à quel point j'ai le goût des livres. Et j'ai eu une sacrée surprise. Il ne doit pas être tout à fait dans son assiette, car savez-vous ce qui l'amusait tant ? Un livre de tortures chinoises, avec des photos de décapités et d'écorchés.

Le soir même il le fit appeler. Abbes semblait si accablé — de joie, de peur ou des deux à la fois — par cet honneur inespéré que les mots sortaient à peine de ses lèvres pour saluer le Bienfaiteur.

— Vous avez fait du bon travail à Mexico, lui dit ce dernier, de sa voix aiguë et coupante qui comme son regard suffisait à paralyser ses interlocuteurs. Espaillat m'a parlé de vous. Je pense que vous pouvez assumer des tâches plus sérieuses. Qu'en pensez-vous ?

— Je ferai tout ce que Son Excellence m'ordonnera, répondit-il d'un ton égal, les pieds joints, comme un écolier devant son maître.

— Vous avez connu José Almoina au Mexique, n'est-ce pas ? Un de ces Galiciens qui étaient venus s'installer ici avec les républicains espagnols en exil.

— Oui, Excellence. À vrai dire, seulement de vue. Mais j'ai bien connu des membres de son groupe qui se réunit au Café Comercio. Les « Espagnols dominicains », c'est ainsi qu'ils se nomment eux-mêmes.

— Cet individu a publié un livre contre moi, *Une satrapie aux Caraïbes*, payé par le gouvernement guatémaltèque. Il l'a signé sous le pseudonyme de Gregorio Bustamente. Ensuite, pour brouiller les pistes, il a eu le culot de publier un autre livre, en Argentine, cette fois en le signant de son nom, *J'étais secrétaire de Trujillo*, où il me porte aux nues. Comme plusieurs années ont passé, il se sent à l'abri là-bas au Mexique. Il croit que j'ai oublié qu'il a diffamé ma famille et le régime qui lui a donné à manger. Pour de telles fautes, il n'y a pas prescription. Voulez-vous vous en charger ?

— Ce serait pour moi un grand honneur, Excellence, répondit aussitôt Abbes García, avec une assurance qu'il n'avait pas manifestée jusqu'à ce moment.

Quelque temps plus tard, l'ex-secrétaire du Généralissime, précepteur de Ramfis et nègre de doña María Martínez, la Sublime Matrone, mourait dans la capitale mexicaine criblé de balles. Les exilés et la presse, comme il fallait s'y attendre, poussèrent les hauts cris, mais personne ne put prouver, comme le disaient ceux-là, que l'assassinat avait été commandé à distance par « la main longue de Trujillo ». Une opération rapide, impeccable, et qui avait à peine coûté mille cinq cents dollars, selon la facture que Johnny Abbes García présenta, à son retour de

Mexico. Le Bienfaiteur le fit entrer aussi sec dans le corps armé avec le grade de colonel.

La disparition de José Almoina fut à peine un épisode, dans la longue série de très brillantes opérations réalisées par le colonel, qui laissèrent sur le carreau, ou frappèrent plus ou moins salement des douzaines d'exilés, parmi les plus agités, à Cuba, au Mexique, au Guatemala, à New York, au Costa Rica et au Venezuela. Des coups de main éclair proprement exécutés qui impressionnèrent le Bienfaiteur. Chacun d'eux était un petit chef-d'œuvre d'adresse et de discrétion, un travail d'orfèvre. La plupart du temps, non content de mettre l'ennemi hors d'état de nuire, Abbes García s'arrangeait pour ruiner sa réputation. Le syndicaliste Roberto Lamada, réfugié à La Havane, mourut dans un bordel du Barrio Chino des coups administrés par les maquereaux qui l'accusèrent devant la police d'avoir tenté de poignarder une prostituée qui se refusait à se soumettre aux perversions sadomasochistes que l'exilé exigeait d'elle ; la femme, une mulâtresse aux cheveux roux, se présenta en pleurs à la rédaction des journaux *Carteles* et *Bohemia*, exhibant les blessures infligées par ce pervers. L'avocat Bayardo Cipriota périt à Caracas dans une bagarre de pédés : on le retrouva poignardé dans un hôtel borgne, en slip et soutien-gorge, les lèvres fardées. Le médecin légiste, dans son rapport, établit qu'il avait du sperme dans le rectum. Comment s'ingéniait le colonel Abbes pour nouer contact aussi vite, dans des villes qu'il connaissait à peine, avec ces vermines des bas-fonds, tueurs à gages, voyous, trafiquants, assassins, prostituées, maquereaux et délinquants qui intervenaient toujours dans ces opérations criminelles, auxquelles étaient mêlés les ennemis du régime, et qui faisaient les délices de la presse à sensation ? Comment put-il monter dans presque toute l'Amérique latine et aux

États-Unis un réseau aussi efficace d'indics et de gangsters en dépensant si peu d'argent ? Le temps de Trujillo était trop précieux pour s'attarder à ces détails. Mais il admirait de loin, en connaisseur, la subtilité et l'originalité de Johnny Abbes García à débarrasser le régime de ses ennemis. Ni les groupes d'exilés ni les gouvernements ennemis ne purent jamais établir de lien entre ces accidents horribles et le Généralissime. L'une des réalisations les plus parfaites toucha Ramón Marrero Aristy, l'auteur d'*Over*, un roman sur les sucreries de La Romana[1], diffusé dans toute l'Amérique latine. Ancien directeur de *La Nación*, journal frénétiquement trujilliste, Marrero fut secrétaire d'État au Travail en 1956, et en 1959 pour la seconde fois, quand il commença à passer des informations au journaliste Tad Szulc, pour salir le régime dans ses articles du *New York Times*. Se voyant découvert, il envoya des mises au point au journal gringo. Et se présenta la queue entre les jambes au bureau de Trujillo, se traînant à ses pieds, pleurant, lui demandant pardon, lui jurant qu'il ne l'avait jamais trahi et ne le trahirait jamais. Le Bienfaiteur l'écouta sans ouvrir la bouche puis, froidement, il le gifla. Marrero, qui transpirait, voulut prendre dans sa poche son mouchoir, et le chef de la garde personnelle, le colonel Guarionex Estrella Sadhalá, qui assistait à la scène, tira sur lui à bout portant. Abbes García fut chargé de parachever l'opération : moins d'une heure plus tard, sur la route de Constanza, une voiture, devant témoins, roulait dans un précipice de la cordillère Centrale ; l'impact fut tel que Marrero Aristy et son chauffeur furent

1. La South Porto Rico Sugar Co. était installée à La Romana, dans la zone sucrière de l'Est où, dans son jeune temps, l'officier Trujillo s'illustra dans la répression des paysans.

difficilement identifiés. N'était-il pas évident dans ces conditions que le colonel Johnny Abbes García devait remplacer Navaja à la tête du Service d'intelligence ? S'il avait eu la charge de cet organisme lors de l'enlèvement et de l'assassinat de Galíndez[1] à New York, opération dirigée par Espaillat, il est probable que le scandale qui ternit tellement l'image internationale du régime n'aurait pas éclaté.

Trujillo montra d'un air méprisant le rapport posé sur son bureau :

— S'agit-il d'une autre conspiration contre ma personne, dirigée par Juan Tomás Díaz ? Organisée aussi par le consul Henry Dearborn, ce salaud de la C.I.A. ?

Le colonel Abbes García renonça à son immobilité pour bien accommoder ses fesses sur la chaise.

— On peut le dire, Excellence, acquiesça-t-il sans donner de l'importance à l'affaire.

— C'est la meilleure, l'interrompit Trujillo. Ils ont rompu les relations avec nous, pour respecter la résolution de l'O.E.A. Et ils ont rappelé leurs diplomates, mais ils nous ont laissé Henry Dearborn et ses agents, pour continuer à tramer leurs complots. Est-ce certain que Juan Tomás est le conspirateur ?

— Non, Excellence, nous n'avons que de vagues indices. Mais, depuis que vous l'avez destitué, le général Díaz se morfond dans le ressentiment, c'est pourquoi je le surveille de près. Il y a ces réunions, à son domicile de Gazcue. Chez quelqu'un qui nourrit de la rancœur, on peut s'attendre au pire.

1. Jesús Galíndez Suárez, réfugié politique espagnol, représentant du gouvernement basque en exil et siégeant comme observateur à l'O.N.U., par ailleurs professeur à l'université de Columbia et auteur d'une thèse intitulée *L'Ère de Trujillo*, fut enlevé en plein New York le 12 mars 1956 et retrouvé assassiné. Le scandale éclata et la grande presse nord-américaine dénonça violemment la dictature de Trujillo.

— Sa destitution n'y est pour rien, commenta Trujillo à haute voix comme s'il se parlait à lui-même. C'est parce que je l'ai traité de lâche. En lui rappelant qu'il avait déshonoré l'uniforme.

— J'assistais à ce déjeuner, Excellence. J'ai pensé que le général Díaz ferait mine de se lever et de s'en aller. Mais il a tout enduré, livide et en sueur. Quand il est parti, il titubait comme un homme ivre.

— Juan Tomás a toujours été très orgueilleux et il avait besoin d'une leçon, dit Trujillo. Sa conduite, à Constanza, fut celle d'un faible. Je n'admets pas de faiblesses de la part des généraux de l'armée dominicaine.

L'incident s'était produit quelques mois après l'écrasement des commandos débarqués à Constanza, Maimón et Estero Hondo, quand tous les membres de l'expédition — qui comprenait, outre des Dominicains, des Cubains, des Nord-Américains et des Vénézuéliens — étaient morts ou prisonniers, tandis que le régime découvrait, en janvier 1960, un vaste réseau d'opposants clandestins qui, en hommage à cette invasion, avait pris le nom de Mouvement du 14 Juin. Il était composé d'étudiants et de jeunes cadres appartenant à la classe moyenne et élevée, plusieurs d'entre eux liés aux familles du régime. En pleine opération de nettoyage de cette organisation subversive, où prirent une part active les trois sœurs Mirabal et leurs maris — ce seul souvenir donnait au Généralissime des poussées d'adrénaline —, Trujillo convoqua à ce déjeuner au Palais national une cinquantaine de figures militaires et civiles du régime, pour stigmatiser son ami d'enfance et compagnon de carrière militaire qui avait occupé les plus hautes charges au sein des forces armées, et à qui il venait de retirer le commandement de la région de La Vega, comprenant Constanza, alors qu'on n'avait pas encore fini de venir à bout des derniers foyers de rebelles réfugiés dans ces montagnes. Le général Tomás Díaz avait, depuis, sollicité en vain une audience auprès du Généralissime. D'où sa surprise en recevant l'invitation à ce déjeuner, surtout après que sa sœur Gracita eut demandé l'asile politique à l'ambassade du Brésil. Le Chef ne le salua ni ne lui adressa la parole durant le repas ; il ne jeta même pas un coup d'œil vers le coin de la longue table où le général Díaz avait été placé, très loin du haut bout, indication symbolique de sa disgrâce.

Alors qu'on servait le café, soudain, par-dessus le brouhaha des conversations survolant la longue table, le marbre des murs et le cristal des lustres éclairés — la seule femme était Isabel Mayer, leader trujilliste du Nord-Est —, la voix aiguë que tous les Dominicains connaissaient s'éleva, avec un petit ton acéré qui laissait présager l'orage :

— N'êtes-vous pas surpris, messieurs, de la présence à cette table, parmi les plus éminents militaires et civils du régime, d'un officier destitué de son commandement pour ne s'être pas montré à la hauteur sur le champ de bataille ?

Le silence s'abattit. La demi-centaine de têtes qui flanquait l'immense quadrilatère de nappes brodées s'immobilisa. Le Bienfaiteur ne regardait pas en direction du général Díaz. Son visage passait en revue les autres invités, un par un, avec une expression de surprise, les yeux écarquillés et les lèvres ouvertes, demandant à ses hôtes de l'aider à déchiffrer le mystère.

— Savez-vous de qui je parle ? poursuivit-il après une pause théâtrale. Le général Juan Tomás Díaz, commandant la région militaire de La Vega au moment de l'invasion cubano-vénézuélienne, a été destitué en pleine guerre, pour conduite indigne face à l'ennemi. Partout ailleurs, un tel comportement relèverait du jugement sommaire et de l'exécution.

Sous la dictature de Rafael Leónidas Trujillo Molina, ce lâche général est invité à déjeuner au Palais avec la fine fleur du pays.

Il prononça cette dernière phrase très lentement, en soulignant chaque mot pour renforcer son sarcasme.

— Avec votre permission, Excellence, balbutia en faisant un effort surhumain le général Juan Tomás Díaz, je voudrais rappeler qu'au moment de ma destitution, les envahisseurs avaient été mis en déroute. J'ai accompli mon devoir.

C'était un homme fort et dur, mais il semblait avoir rétréci sur son siège. Il était très pâle et sa bouche bavait à tout moment. Il regardait le Bienfaiteur, mais celui-ci, comme s'il ne l'avait ni vu ni entendu, promenait une seconde fois son regard sur ses invités avec une nouvelle péroraison :

— Et non seulement il est invité au Palais, mais il est mis à la retraite avec sa solde pleine et entière et ses prérogatives de général trois étoiles, pour qu'il se repose avec la conscience du devoir accompli. Et jouisse, sur ses terres et au milieu de ses troupeaux, de la compagnie de Chana Díaz, sa cinquième épouse qui est aussi sa nièce, d'un repos bien mérité. Quelle meilleure preuve de magnanimité de la part de cette dictature sanguinaire ?

Quand il eut fini de parler, la tête du Bienfaiteur avait achevé son tour de la table. Cette fois, oui, il s'arrêta à la place occupée par le général Juan Tomás Díaz. Le visage du Chef n'était plus celui, ironique et mélodramatique, du moment précédent. Son regard avait pris cette sombre fixité, décapante, impitoyable, destinée à rappeler qui commandait dans ce pays, et qui avait droit de vie et de mort en République dominicaine. Juan Tomás Díaz baissa les yeux.

— Le général Díaz a refusé d'exécuter un ordre

que je lui avais donné et il s'est permis de réprimander un officier qui, lui, l'exécutait, dit-il lentement, avec mépris. En pleine invasion. Alors que les ennemis armés par Fidel Castro, par Muñoz Marín, Betancourt et Figueres, cette racaille d'envieux, avaient semé, en débarquant chez nous, le sang et le feu, et assassiné des soldats dominicains, car ils étaient décidés à nous arracher la tête, à nous tous qui sommes autour de cette table. Alors le commandant militaire de La Vega a découvert qu'il était un homme compatissant. Un délicat, ennemi des émotions fortes, qu'il ne pouvait supporter de voir couler le sang. Et il s'est permis de passer outre mon ordre de fusiller sur le terrain tout envahisseur capturé le fusil à la main. Et d'insulter un officier qui, respectueux du commandement, réglait leur compte à ceux qui venaient ici installer une dictature communiste. Le général s'est permis, au moment où la patrie était en danger, de semer la confusion et d'affaiblir le moral de nos troupes. C'est pourquoi il ne fait plus partie de l'Armée, bien qu'il porte encore l'uniforme.

Il se tut, pour avaler une gorgée d'eau. Mais à peine l'eut-il fait qu'au lieu de poursuivre, il se mit brusquement debout et s'en alla, en donnant le déjeuner pour terminé : « Au revoir, messieurs. »

— Juan Tomás n'a pas essayé de s'en aller, parce qu'il savait qu'il n'aurait pas atteint vivant la sortie, dit Trujillo. Bien, à quelle conspiration est-il mêlé ?

Rien de concret, en réalité. À leur domicile de Gazcue, le général Díaz et son épouse recevaient, depuis quelque temps, beaucoup de visites. Sous prétexte de voir des films, projetés dans la cour, en plein air, à l'aide d'un projecteur actionné par le gendre du général. L'assistance était des plus mélangées, depuis d'éminents hommes du régime, tels que le beau-père et frère du maître de maison, Modesto Díaz Quesada, jusqu'à d'ex-fonctionnaires écartés du gouvernement, comme Amiama Tió et Antonio de la Maza. Depuis environ deux mois, le colonel Abbes García avait fait d'un des domestiques son indicateur. Mais tout ce qu'il put détecter, c'est que les messieurs, quand ils regardaient les films, parlaient sans arrêt, comme si la projection n'avait d'autre but que d'étouffer les conversations. Bref, ce n'étaient pas de ces réunions où l'on déblatérait contre le régime entre deux verres de rhum ou de whisky, et donc rien d'important. Sauf que, hier, le général Díaz avait eu un entretien secret avec un émissaire de Henry Dearborn, le prétendu diplomate yankee qui, comme Son Excellence le savait, commandait la C.I.A. à Ciudad Trujillo.

— Il a dû lui demander un million de dollars pour ma tête, commenta Trujillo. Le gringo doit en avoir sa claque de toutes ces ordures qui lui réclament une aide financière pour en finir avec moi. Où se sont-ils vus ?

— À l'hôtel Embajador Excellence.

Le Bienfaiteur réfléchit un moment. Juan Tomás serait-il capable de monter quelque chose de sérieux ? Il y avait vingt ans, peut-être. C'était un homme d'action, alors. Depuis, il s'était ramolli. Trop porté sur la boisson et les combats de coqs, la bonne chère, la bringue, les bonnes femmes, pour prendre le risque de le déboulonner. Les gringos avaient bien mal choisi leur homme. Bah! il ne fallait pas trop s'inquiéter.

— D'accord, Excellence, je crois que, pour le moment, le général Díaz ne présente aucun danger. Je le suis à la trace. Nous savons qui lui rend visite et qui il va voir. Son téléphone est sur table d'écoute.

Y avait-il quelque chose d'autre ? Le Bienfaiteur jeta un coup d'œil par la fenêtre : il faisait encore sombre, alors qu'on approchait des six heures. Mais le silence avait cessé. Au loin, à la périphérie du

Palais national, séparé des rues par une vaste esplanade de gazon et d'arbres, et entouré d'une haute grille en fer de lance, passait de temps à autre une voiture qui klaxonnait et, à l'intérieur de l'édifice, il percevait le bruit des domestiques nettoyant, déplaçant les meubles, balayant le sol, cirant le parquet, secouant les tapis. Il trouverait, en les traversant, les bureaux et les couloirs astiqués et briqués. Cette idée le mit de bonne humeur.

— Pardonnez-moi d'insister, Excellence, mais je voudrais rétablir le dispositif de sécurité. Sur l'avenue Máximo Gómez et sur le front de mer, quand vous faites votre promenade. Et sur la route, quand vous vous rendez à la Maison d'Acajou.

Deux mois plus tôt il avait ordonné de façon intempestive de suspendre les mesures de sécurité. Pourquoi ? Peut-être parce que, un après-midi, lors d'une de ses balades à l'heure du crépuscule, en descendant l'avenue Máximo Gómez en direction de la mer, il avait remarqué, à tous les carrefours, des chevaux de frise empêchant les passants et les voitures de pénétrer sur l'Avenue et sur le Malecón tout le temps de sa promenade. Et qu'il avait imaginé la myriade de Volkswagen bourrées de *caliés* que Johnny Abbes avait postées sur tout le pourtour de son trajet. Il avait eu l'impression d'étouffer, d'être claustrophobe. Il l'avait ressentie aussi certain soir, en se rendant à l'Hacienda Fundación et en devinant le long de la route les gorilles et les barrages militaires protégeant son passage. Ou était-ce la fascination pour le danger qu'il avait toujours éprouvée — l'esprit indomptable du *marine* — qui l'amenait à défier ainsi le sort au moment où le régime se trouvait le plus menacé ? En tout cas, c'était une décision à ses yeux irrévocable.

— L'ordre est toujours en vigueur, répéta-t-il sur un ton qui n'admettait pas de discussion.

— Bien, Excellence.

Il regarda encore le colonel dans les yeux — celui-ci baissa aussitôt les siens — et lui lança, avec une pointe d'humour :

— Croyez-vous que Fidel Castro que vous admirez tant se déplace dans les rues comme moi, sans protection ?

Le colonel fit non de la tête.

— Je ne crois pas que Fidel Castro soit aussi romantique que vous, Excellence.

Romantique, lui ? Peut-être avec certaines des femmes qu'il avait aimées, par exemple Lina Lovatón. Mais hors du domaine sentimental, en matière politique, il s'était toujours senti classique. Rationaliste, serein, pragmatique, la tête froide et la vision large.

— Quand je l'ai connu là-bas, au Mexique, il préparait l'expédition du *Granma*. On le prenait pour un farfelu, un aventurier cubain nullement sérieux. Moi, il m'a impressionné dès le premier moment par son manque total d'émotions. Même si dans ses discours il semble tropical, exubérant, passionné. Mais ça, c'est pour la galerie. Il est tout le contraire. Une intelligence glacée. J'ai toujours su qu'il arriverait au pouvoir. Mais permettez-moi une petite précision, Excellence. J'admire la personnalité de Castro, la façon dont il a su tromper les gringos, s'allier aux Russes et aux pays communistes en les utilisant comme pare-chocs contre Washington. Je n'admire pas ses idées, je ne suis pas communiste, moi.

— Vous, vous êtes un capitaliste jusqu'au bout des ongles, fit en plaisantant Trujillo avec un petit rire sardonique. La société Ultramar que vous dirigez a fait de très bonnes affaires, en important des produits d'Allemagne, d'Autriche et des pays socialistes. Les représentations exclusives ne sont jamais perdantes.

— C'est une autre chose dont je vous suis reconnaissant, Excellence, admit le colonel. Je dois à la
vérité de dire que l'idée ne m'en serait pas venue. Je
ne me suis jamais intéressé aux affaires. J'ai ouvert
Ultramar parce que vous me l'avez ordonné.

— Je préfère que mes collaborateurs fassent de
bonnes affaires plutôt que de voler, expliqua le
Bienfaiteur. Les bonnes affaires servent le pays, en
donnant du travail, en produisant de la richesse, en
relevant le moral du peuple. En revanche, le vol le
démoralise. J'imagine que, depuis les sanctions économiques, pour Ultramar aussi les choses vont mal.

— L'entreprise est pratiquement paralysée. Peu
m'importe, Excellence. Maintenant je consacre mes
vingt-quatre heures quotidiennes à empêcher vos
ennemis de détruire ce régime et de vous tuer.

Il parla sans émotion, du même ton opaque et
neutre dont il usait normalement.

— Dois-je conclure que vous m'admirez autant
que cet imbécile de Castro? remarqua Trujillo, en
cherchant ces petits yeux évasifs.

— Vous, je ne vous admire pas, Excellence, murmura le colonel Abbes en baissant les yeux. Je vis
pour vous. Pour vous. Si vous me permettez de le
dire, je suis votre chien de garde.

Le Bienfaiteur crut percevoir dans cette dernière
phrase un tremblement dans la voix d'Abbes García.
Il savait qu'il n'était nullement émotif, ni sujet à ces
effusions si fréquentes chez d'autres courtisans, de
sorte qu'il resta dubitatif, le scrutant de son regard
d'acier.

— Si on me tue, ce sera quelqu'un de très proche,
disons un traître de la famille, fit-il comme s'il parlait
de quelqu'un d'autre. Pour vous, ce serait un grand
malheur.

— Pour le pays aussi, Excellence.

— C'est pourquoi je garde les rênes, acquiesça

Trujillo. Sinon, j'aurais pris ma retraite, comme me l'avaient conseillé les émissaires du président Eisenhower, William Pawley, le général Clark et le sénateur Smathers, mes amis yankees. « Passez à l'Histoire comme un homme d'État magnanime, qui a cédé le gouvernail aux jeunes. » Voilà ce que m'a dit Smathers, l'ami de Roosevelt. C'était un message de la Maison-Blanche. Ils étaient venus pour ça. Pour me demander de partir et m'offrir l'asile politique aux États-Unis. « Votre patrimoine sera assuré là-bas. » Ces cons-là me prennent pour Batista, Rojas Pinilla ou Pérez Jiménez. Moi, je ne partirai que les pieds devant.

Le Bienfaiteur se déconcentra, en se souvenant de Guadalupe, Lupe pour les amis, la Mexicaine corpulente et hommasse qu'avait épousée Johnny Abbes durant cette période mystérieuse et aventurière de sa vie au Mexique, quand, d'une part, il envoyait des rapports minutieux à Navaja sur les faits et gestes des exilés dominicains et, d'autre part, fréquentait des cercles révolutionnaires, comme celui de Fidel Castro, de Che Guevara et des Cubains du Mouvement du 26 Juillet, qui préparaient l'expédition du *Granma*, et des gens tels que Vicente Lombardo Toledano, très lié au gouvernement de Mexico, qui avait été son protecteur. Le Généralissime n'avait jamais eu le temps de l'interroger calmement sur cette période de sa vie, où le colonel avait découvert sa vocation, son talent pour l'espionnage et les opérations clandestines. Une vie savoureuse, sans doute, pleine de péripéties. Pourquoi s'était-il marié avec cette horrible bonne femme ?

— Il y a quelque chose que j'oublie toujours de vous demander, dit-il du ton direct dont il usait envers ses collaborateurs. Comment se fait-il que vous ayez épousé une femme aussi laide ?

Il ne détecta pas le moindre mouvement de surprise sur le visage d'Abbes García.

— Ce ne fut pas par amour, Excellence.

— Cela, je l'ai toujours su, dit le Bienfaiteur en souriant. Elle n'est pas riche, autrement dit ce n'était pas l'argent qui vous guidait.

— C'est par reconnaissance. Lupe m'a sauvé la vie, une fois. Elle a tué pour moi. Quand elle était secrétaire de Lombardo Toledano, je venais juste d'arriver à Mexico. C'est grâce à Vicente que j'ai commencé à comprendre ce qu'était la politique. Beaucoup de ce que j'ai fait n'aurait pas été possible sans Lupe, Excellence. Elle ignore ce qu'est la peur. Et, de plus, elle a un instinct, jusqu'à présent, infaillible.

— Vous avez raison, cette femme a des couilles, elle est capable de se battre, elle a toujours un pistolet sur elle et sait manier le fouet, comme les hommes qui en ont, dit le Généralissime, d'excellente humeur. J'ai même entendu dire que Puchita Baisobèse lui réserve des petites nanas. Mais ce qui m'intrigue, c'est que vous ayez pu faire des gosses à ce dragon.

— Je tâche d'être un bon mari, Excellence.

Le Bienfaiteur éclata de rire, d'un rire sonore comme il en avait perdu l'habitude.

— Ce que vous pouvez être drôle quand vous le voulez, lui dit-il joyeusement. Ainsi donc, c'est par gratitude. Alors, comme ça, vous avez la balayette facile à volonté.

— C'est une façon de parler, Excellence. Laissez-moi vous dire que je n'aime pas Lupe et qu'elle ne m'aime pas. Non, du moins comme on entend l'amour. Nous sommes unis par quelque chose de plus fort. Des risques partagés main dans la main, en regardant la mort en face. Et tous les deux, beaucoup de sang sur les mains.

Le Bienfaiteur acquiesça. Il comprenait ce qu'il voulait dire. Il aurait aimé, lui, avoir une femme comme cet épouvantail, putain ! Il ne se serait pas senti si seul, parfois, au moment de prendre certaines décisions. Rien ne rapprochait autant que le sang, vraiment. C'était pour ça qu'il se sentait si attaché à ce pays d'ingrats, de lâches et de traîtres. Parce que, pour le tirer de son retard, du chaos, de l'ignorance et de la barbarie, il lui avait fallu bien des fois avoir du sang sur les mains. Est-ce que plus tard ces cons-là lui en seraient reconnaissants ?

Il se sentit à nouveau démoralisé. Feignant de consulter sa montre, il jeta un coup d'œil furtif sur son pantalon. Il n'y avait aucune tache à l'entrejambe ni sur la braguette. Cette vérification ne le réconforta guère. À nouveau le souvenir de la gamine de la Maison d'Acajou traversa son esprit. Épisode désagréable. Aurait-il mieux valu lui brûler la cervelle, là même, alors qu'elle le regardait avec ces yeux-là ? Bêtises. Il n'avait jamais fait feu gratuitement, et moins encore pour des histoires de lit. Seulement quand il n'y avait pas d'alternative, quand c'était absolument indispensable pour que ce pays aille de l'avant, ou pour laver un affront.

— Permettez-moi, Excellence.

— Oui ?

— Le président Balaguer a annoncé hier à la radio que le gouvernement va libérer un groupe de prisonniers politiques.

— Balaguer a fait ce que je lui ai ordonné. Pourquoi ?

— J'aurais besoin d'avoir la liste de ceux qui vont être libérés. Pour leur couper les cheveux, les raser et les habiller décemment. J'imagine qu'ils seront présentés à la presse.

— Je vous enverrai la liste dès que je l'aurai vérifiée. Balaguer pense que ces gestes sont significatifs, sur le plan diplomatique. Nous verrons bien. En tout cas, il a bien présenté les choses.

Il avait sur son bureau le discours de Balaguer. Il lut à haute voix le paragraphe souligné : « L'œuvre de Son Excellence le Généralissime Dr Rafael L. Trujillo Molina a acquis une telle solidité qu'elle nous permet, au bout de trente ans de paix dans l'ordre et sous la conduite consécutive du même leader, d'offrir à l'Amérique un exemple de la capacité latino-américaine à exercer consciemment la véritable démocratie représentative. »

— Bien écrit, n'est-ce pas ? fit-il. C'est l'avantage d'avoir un poète et un homme de lettres comme président de la République. Quand mon frère occupait la présidence, les discours que lisait le Négro étaient soporifiques. Bon, je sais bien que vous n'aimez pas beaucoup Balaguer.

— Je ne mêle pas mes sympathies ou mes antipathies personnelles à mon travail, Excellence.

— Je n'ai jamais compris pourquoi vous vous méfiez tellement de lui. Balaguer est le plus inoffensif de mes collaborateurs. C'est pour cela que je l'ai placé là où il est.

— Je crois que sa façon d'être, si discrète, est une stratégie. Qu'au fond il n'est pas un homme du régime, qu'il travaille seulement pour Balaguer. Je peux me tromper. D'ailleurs, je n'ai rien trouvé de suspect dans sa conduite. Mais pour ce qui est de sa loyauté, je ne mettrais pas ma main au feu.

Trujillo regarda sa montre. Six heures moins deux. Sa réunion avec Abbes García ne durait pas plus d'une heure, sauf événement exceptionnel. Il se leva et le chef du S.I.M. en fit autant.

— Si je change d'avis sur les évêques, je vous le ferai savoir, dit-il en guise d'adieu. Tenez le dispositif prêt, de toute façon.

— Il peut être mis en marche dès l'instant où vous le déciderez. Avec votre permission, Excellence.

Dès qu'Abbes García sortit de son bureau, le Bienfaiteur s'approcha de la fenêtre pour épier le ciel. Pas le moindre rayon de lumière encore.

VI

— Ah, je sais qui c'est, fit Antonio de la Maza.

Il ouvrit la porte de la voiture et, le fusil à canon scié toujours à la main, il sortit sur la route. Aucun de ses compagnons — Tony, Estrella Sadhalá et Amadito — ne le suivit ; de l'intérieur du véhicule, ils observèrent sa silhouette robuste, se détachant sur les ombres éclairées par la faible clarté de la lune, tandis qu'il se dirigeait vers la petite Volkswagen qui, tous feux éteints, était venue stationner à côté d'eux.

— Tu ne vas pas me dire que le Chef a changé d'idée —, s'écria Antonio en guise de salut et passant la tête par la fenêtre, en approchant son visage du chauffeur et unique passager, un homme au souffle court, en complet et cravate, si gros qu'on avait peine à croire qu'il ait pu entrer dans ce véhicule où il semblait en cage.

— Au contraire, Antonio, le calma Miguel Ángel Báez Díaz, les mains vissées au volant. Il se rend à San Cristóbal de toute façon. Il a été retardé parce que après la promenade sur le Malecón, il a tenu à conduire Pupo Román à la base de San Isidro. Je suis venu te rassurer, j'imaginais bien ton impatience. Il va arriver d'un moment à l'autre. Tenez-vous prêts.

— On ne va pas se dégonfler, Miguel Ángel. J'espère que vous non plus.

Ils bavardèrent un moment, les visages très rapprochés, le gros toujours accroché à son volant et Antonio de la Maza jetant des regards sur la route venant de Ciudad Trujillo, craignant que le véhicule ne surgisse soudain sans lui donner le temps de regagner sa voiture.

— Adieu, et que tout aille bien, fit Miguel Ángel Báez Díaz.

Il démarra, en direction de Ciudad Trujillo, toujours tous feux éteints. Debout sur place, sentant l'air frais et entendant les vagues se briser à quelques mètres, les embruns éclaboussant son visage et sa tête aux cheveux rares, Antonio vit le véhicule s'éloigner et se confondre dans la nuit au loin, où scintillaient les lumières de la ville et de ses restaurants, sûrement pleins. Miguel Ángel semblait sûr de lui. Il n'y avait, donc, aucun doute : il viendrait et, ce mardi 30 mai 1961, lui, Antonio, tiendrait enfin le serment fait dans la propriété familiale de Moca, devant son père et ses frères, ses belles-sœurs et ses beaux-frères, voici quatre ans et quatre mois, le 7 janvier 1957. Le jour où on avait enterré Tavito.

Il pensa combien il était près du Pony, et ce qu'il aimerait boire un coup de rhum avec des tonnes de glace, sur l'un des hauts tabourets de paille du bar, comme tant de fois ces derniers temps, et sentir l'alcool lui monter au cerveau, le distraire et chasser la pensée de Tavito, et l'amertume, l'exaspération, le calvaire qu'était devenue sa vie depuis le lâche assassinat de son jeune frère, le plus proche de lui, le plus aimé. « Surtout, depuis l'infâme calomnie qu'on avait colportée sur son compte, pour le tuer deux fois », pensa-t-il. Il revint lentement vers la Chevrolet. C'était une auto flambant neuve, qu'Antonio avait importée des États-Unis, et qu'il avait fait renforcer et améliorer, en expliquant au garage que, comme son travail de propriétaire foncier et d'administrateur d'une scierie à Restauración, à la frontière de Haïti, lui faisait passer une bonne partie de l'année à voyager, il avait besoin d'une bagnole plus rapide et plus résistante. Le moment était venu de mettre à l'épreuve cette Chevrolet dernier modèle, capable, grâce aux modifications des cylindres et du moteur, d'atteindre les 200 kilomètres à l'heure en quelques minutes, prouesse dont la voiture du Généralissime était incapable. Il revint s'asseoir près d'Antonio Imbert.

— Qui c'était ? demanda Amadito, depuis la banquette arrière.

— On ne pose pas ce genre de questions, murmura Tony Imbert, sans se retourner pour regarder le lieutenant García Guerrero.

— Ce n'est plus un secret, maintenant, dit Antonio de la Maza. C'était Miguel Ángel Báez Díaz. Tu avais raison, Amadito. Trujillo va à San Cristóbal ce soir, de toute façon. Il a été retardé, mais il ne nous ne fera pas faux bond.

— Miguel Ángel Báez Díaz ? fit en sifflant Salvador Estrella Sadhalá. Lui aussi est sur le coup ? On ne peut demander mieux. Il est trujilliste dans l'âme. N'a-t-il pas été président du Parti dominicain ? Il est de ceux qui se promènent chaque jour avec le Bouc sur le Malecón, en lui léchant le cul, et il l'accompagne tous les dimanches à l'Hippodrome.

— Aujourd'hui aussi il a fait la promenade avec lui, acquiesça de la Maza. C'est pour ça qu'il sait qu'il va venir.

Il y eut un long silence.

— Je sais bien qu'il faut avoir l'esprit pratique, que nous avons besoin d'eux, soupira le Turc. Mais franchement je suis dégoûté que quelqu'un comme Miguel Ángel soit maintenant notre allié.

— Et voilà notre dévot, notre puritain, le petit ange aux mains propres qui pointe le bout de son nez, s'efforça de plaisanter Imbert. Vois-tu, Amadito, pourquoi il vaut mieux ne pas poser de question, ne pas savoir quels sont ceux qui sont dans le coup ?

— Tu parles comme si nous n'avions pas tous été également trujillistes, Salvador, grogna Antonio de la Maza. Est-ce que Tony n'a pas été gouverneur de Puerto Plata ? Amadito ne fait-il pas partie de la garde personnelle ? Est-ce que je n'administre pas depuis vingt ans les scieries du Bouc, à Restauración ? Et la compagnie de construction dans laquelle tu travailles n'appartient-elle pas aussi à Trujillo ?

— Je retire ce que j'ai dit —, Salvador tapota le bras d'Antonio de la Maza. — Je me laisse aller à parler sans réfléchir et je dis des bêtises. Tu as raison. N'importe qui pourrait dire de nous ce que je viens de dire de Miguel Ángel. Je n'ai rien dit et vous n'avez rien entendu.

Mais il l'avait dit, parce que, malgré cet air serein et raisonnable qui faisait impression sur tous, Salvador Estrella Sadhalá était capable de dire les choses les plus cruelles, poussé par cet esprit de justice qui pouvait soudain le posséder. Il en avait aussi entendu, lui, son ami de toute la vie, lors d'une discussion où Antonio de la Maza aurait pu lui brûler la cervelle. « Je ne vendrais pas, moi, mon frère pour trois malheureux sous. » La phrase, qui les tint brouillés, sans se voir ni se parler six mois durant, lui revenait de temps en temps comme un cauchemar récurrent. À ces moments-là il avait besoin de s'envoyer, l'un derrière l'autre, plusieurs verres de rhum. Même si avec la cuite, lui venaient ces accès de rage aveugle qui le rendaient bagarreur, le poussaient à la provocation et à distribuer des coups de pied et de poing à son voisin immédiat.

C'était, avec ses quarante-sept ans révolus depuis quelques jours, l'un des plus vieux du groupe des sept hommes postés sur la route de San Cristóbal, atten-

dant Trujillo. Parce que, outre les quatre qui attendaient dans la Chevrolet, il y avait, deux kilomètres
plus loin, dans une auto prêtée par Estrella Sadhalá,
Pedro Livio Cedeño et Huáscar Tejeda Pimentel et,
un kilomètre plus loin, seul dans sa propre voiture,
Roberto Pastoriza Neret. De la sorte, ils lui coupe-
raient la route et le cribleraient de balles en ouvrant
un feu ininterrompu à la fois par-devant et par-derrière, sans lui laisser la moindre chance d'échapper.
Pedro Livio et Huáscar devaient être aussi anxieux
qu'eux quatre. Et pire encore Roberto qui, lui, n'avait
personne à qui parler pour se donner du courage.
Viendrait-il ? Oui, il allait venir. Et ce serait la fin du
long calvaire qu'avait été la vie d'Antonio depuis la
mort de Tavito.

La lune, ronde comme une pièce de monnaie,
brillait dans son manteau d'étoiles et argentait les
panaches des cocotiers voisins qu'Antonio voyait se
bercer au rythme de la brise. Malgré tout, c'était un
beau pays, putain ! Et il le serait davantage après la
mort de ce maudit tyran qui l'avait plus violenté et
empoisonné en trente et un ans que durant le siècle
d'occupation haïtienne, d'invasions espagnoles et
nord-américaines, de guerres civiles et de luttes de
factions et de combat de chefs, plus que tous les malheurs — tremblements de terre et cyclones — qui
s'étaient abattus sur les Dominicains du ciel, de la
mer ou du fond de la terre. Ce qu'il ne pouvait lui pardonner c'était surtout que, non content d'avoir encanaillé et putassé tout ce pays, le Bouc ait encanaillé
et putassé Antonio de la Maza.

Il dissimula son malaise devant ses compagnons
en allumant une autre cigarette. Il fumait sans retirer son clope des lèvres, rejetant la fumée par la
bouche et le nez, et il caressait son fusil à canon scié,
en pensant aux projectiles renforcés d'acier qu'il
avait fait fabriquer spécialement pour cette nuit par

son ami espagnol Balsié, qu'il avait connu grâce à un autre conspirateur, Manuel Ovín, expert en armes et tireur d'élite. Presque aussi bon qu'Antonio de la Maza lui-même qui, depuis son enfance sur les terres familiales de Moca, avait toujours fait l'admiration de ses parents, frères et amis pour son adresse au tir. C'est pourquoi il occupait cette place privilégiée, à la droite d'Imbert : pour tirer le premier. Le groupe, qui avait tant discuté sur tout, s'était immédiatement mis d'accord sur ce point : c'est Antonio de la Maza et le lieutenant Amado García Guerrero, les meilleurs tireurs, qui devaient être en possession des fusils livrés aux conspirateurs par la C.I.A. et occuper les sièges de droite, afin de faire mouche dès le premier coup.

L'une des fiertés de Moca, sa terre, et de sa famille, c'était que dès le premier instant — en 1930 — les de la Maza avaient été antitrujillistes. Évidemment. À Moca, de l'homme le plus haut placé jusqu'au plus misérable péon, tous étaient partisans du président Horacio Vázquez, natif de Moca et frère de la mère d'Antonio. Dès le premier jour, les de la Maza virent avec méfiance et antipathie les intrigues ourdies par celui qui était alors général en chef de la police nationale — créée par l'occupant nord-américain, et qui, à son départ, allait devenir l'armée dominicaine —, Rafael Leónidas Trujillo, afin de renverser don Horacio Vázquez et en 1930, aux premières élections truquées de sa longue histoire de fraudes électorales, se faire élire président de la République. Lorsque cela arriva, les de la Maza firent ce que faisaient traditionnellement les familles patriciennes et les chefs régionaux quand les gouvernements ne leur plaisaient pas : prendre le maquis avec des hommes armés et payés de leur poche.

Durant près de trois ans, par intermittence, entre ses dix-sept et ses vingt ans — athlète, infatigable cavalier, chasseur passionné, joyeux, téméraire et jouisseur de la vie —, Antonio de la Maza, avec son père, ses oncles et ses frères, combattit l'arme à la main les forces de Trujillo, quoique sans les affaiblir. Peu à peu, ces dernières démantelèrent leurs bandes armées, leur infligeant de lourdes pertes mais, surtout, achetant leurs lieutenants et partisans, jusqu'à ce que, fatigués et au bord de la ruine, les de la Maza finissent par accepter les propositions de paix du gouvernement et revinssent à Moca travailler leurs terres semi-abandonnées. Excepté l'indomptable, l'obstiné Antonio. Il sourit en se rappelant son entêtement, à la fin de l'année 1932 et au début de 1933 quand, avec moins de vingt hommes, parmi lesquels ses frères Ernesto et Tavito (ce dernier était encore un enfant), il attaquait des postes de police et tendait des embuscades aux patrouilles du gouvernement. Les temps étaient si particuliers que, malgré cette activité guerrière, les trois frères pouvaient presque toujours faire une halte pour dormir dans la maison familiale de Moca plusieurs jours par mois. Jusqu'à cette embuscade, aux environs de Tamboril, où les soldats avaient tué deux de ses hommes et blessé Ernesto ainsi qu'Antonio lui-même.

De l'hôpital militaire de Santiago, il écrivit à son père, don Vicente, qu'il ne regrettait rien, et lui demanda comme une faveur de ne pas s'humilier en implorant la clémence de Trujillo. Deux jours après avoir remis cette lettre au caporal infirmier, avec un bon pourboire pour qu'il la fasse arriver à Moca, une camionnette de l'armée l'avait emmené, menotté et sous bonne escorte, à Saint-Domingue. (Le Congrès de la République ne devait changer que trois ans plus tard le nom de l'antique cité.) À la grande surprise du jeune Antonio de la Maza, le véhicule militaire, au lieu de le conduire en prison, le transporta au Palais du Gouvernement, alors proche de la vieille cathédrale. Là, on lui ôta ses menottes et on le fit entrer dans une pièce avec un beau tapis où, en uniforme, impeccablement rasé et peigné, se tenait le général Trujillo.

C'était la première fois qu'il le voyait.

— Il faut avoir des couilles pour écrire cette lettre, dit le chef de l'État en l'agitant dans sa main. Tu viens de montrer que tu en as, en me faisant la guerre pendant presque trois ans. C'est pour ça que je voulais voir ton visage. Est-ce vrai que tu es tireur d'élite ? On devrait se mesurer un jour, pour voir si tu vaux mieux que moi.

Vingt-huit ans après, Antonio se rappelait cette petite voix criarde, cette cordialité inattendue, atténuée par une nuance d'ironie. Et la pénétration de ces yeux auxquels, malgré tout son orgueil, il ne put résister.

— La guerre est finie. J'ai liquidé toutes les révoltes, même celle des de la Maza. Faisons taire les fusils. Il faut reconstruire le pays, qui tombe en ruine. J'ai besoin des meilleurs à mes côtés. Tu es impulsif et tu sais te battre, non ? Bon. Viens travailler avec moi. Tu auras l'occasion de faire des cartons. Je t'offre un poste de confiance, dans la garde personnelle chargée de veiller sur moi. Comme ça, si je te déçois un jour, tu pourras me descendre.

— Mais je ne suis pas militaire, balbutia le jeune de la Maza.

— Tu l'es à partir de cet instant, dit Trujillo. Lieutenant Antonio de la Maza.

Ce fut sa première concession, sa première défaite, aux mains de ce maître en manipulation d'hommes ingénus, naïfs et cons, de ce chef astucieux qui savait tirer profit de la vanité, de la cupidité et de la stupidité des gens. Combien d'années eut-il Trujillo à moins d'un mètre de distance ? Comme l'avait eu aussi Amadito, ces deux dernières années.

Que de tragédies aurais-tu évitées à ce pays, à la famille de la Maza, si tu avais fait alors ce que tu te préparais à faire maintenant! Tavito serait sûrement vivant à cette heure.

Il entendait, dans son dos, Amadito et le Turc en plein dialogue; de temps en temps, Imbert se mêlait à leur conversation. Ils ne devaient pas être surpris du silence d'Antonio; ils étaient habitués à sa parole économe, à ce laconisme qui s'était accentué jusqu'au mutisme depuis la mort de Tavito, cataclysme qui l'avait affecté de façon irréversible, le transformant en l'homme d'une idée fixe : tuer le Bouc.

— Juan Tomás doit être sur les nerfs encore plus que nous, entendit-il le Turc dire. Rien de pire que d'attendre. Mais va-t-il ou non venir?

— D'un moment à l'autre, implora le lieutenant García Guerrero. Croyez-moi, merde!

Oui, le général Juan Tomás Díaz devait se trouver en ce moment à son domicile de Gazcue à se ronger les ongles, à se demander si enfin s'était produit ce rêve qu'Antonio et lui avaient caressé, ourdi, tenu à bout de bras et en secret depuis exactement quatre ans et quatre mois. C'est-à-dire depuis le jour où, après ce maudit entretien avec Trujillo, et le corps de Tavito fraîchement mis en terre, Antonio avait bondi dans sa voiture et, à 120 kilomètres à l'heure, était allé chercher Juan Tomás à sa propriété de La Vega.

— Au nom de notre amitié de vingt ans, aide-moi. Je dois le tuer. Je dois venger Tavito, Juan Tomás!

Le général lui avait mis la main sur la bouche, avait jeté un regard tout autour, en lui indiquant d'un geste que les domestiques pouvaient l'entendre, et l'avait conduit derrière les étables, où on avait l'habitude de tirer à blanc.

— Nous allons le faire ensemble, Antonio. Pour venger Tavito et tant de Dominicains de la honte que nous avons au fond de nous.

Antonio et Juan Tomás étaient des amis intimes depuis l'époque où de la Maza faisait partie de la garde personnelle du Bienfaiteur. C'était la seule bonne chose qu'il se rappelait de ces deux années où, comme lieutenant, puis capitaine, il avait côtoyé le Généralissime, l'accompagnant dans ses tournées à l'intérieur du pays, dans ses sorties du Palais du Gouvernement, au Congrès, à l'Hippodrome, à des réceptions et des spectacles, à des meetings politiques et des soirées galantes, à des visites et des conciliabules avec associés, alliés, copains, à des réunions publiques, privées ou ultrasecrètes. Sans parvenir à devenir un trujilliste à tous crins, comme l'était alors Juan Tomás Díaz, Antonio, ces années-là, bien qu'il eût gardé une secrète rancœur comme tous les anciens partisans du président Horacio Vázquez envers celui qui avait mis un terme à la carrière de ce dernier, ne put échapper au magnétisme de cet homme infatigable, qui pouvait travailler vingt heures d'affilée et, après deux ou trois heures de sommeil, recommencer le lendemain matin, frais comme un gardon. Cet homme qui, selon la mythologie populaire, ne transpirait pas, ne dormait pas, n'avait jamais le moindre pli sur son uniforme, sa jaquette ou son complet de ville et qui, ces années où Antonio faisait partie de sa garde de fer, avait en effet transformé ce pays. À cause des routes, des ponts et des industries qu'il avait fait construire, certes, mais aussi parce qu'il avait acquis dans tous les domaines — politique, militaire, institutionnel, social, économique — un pouvoir si démesuré que tous les dictateurs que la République dominicaine avait endurés dans son histoire républicaine, y compris Ulises Heureux, Lilís, qui autrefois avaient semblé si impitoyables, n'étaient, par comparaison, que des pygmées.

Ce respect et cet envoûtement, dans le cas d'Antonio, ne devinrent jamais l'admiration, ni l'amour servile, abject, que professaient envers leur leader d'autres trujillistes. Même Juan Tomás qui, depuis 1957, avait étudié avec lui toutes les façons possibles de libérer la République dominicaine de ce monstre qui lui suçait le sang et l'écrasait, fut dans les années 40 un sectateur fanatique du Bienfaiteur, capable de commettre n'importe quel crime pour l'homme qu'il tenait pour le sauveur de la patrie, le chef d'État qui avait remis entre des mains dominicaines les douanes autrefois administrées par les Yankees, qui avait résolu le problème de la dette externe avec les États-Unis, nommé par là même au Congrès restaurateur de l'indépendance financière, qui avait créé des forces armées modernes et professionnelles, les mieux équipées de toute la Caraïbe. Durant ces années-là, Antonio n'aurait jamais osé dire du mal de Trujillo à Juan Tomás Díaz. Celui-ci avait gravi les échelons de l'armée jusqu'à devenir un général trois étoiles et accéder au commandement de la Région militaire de La Vega, où le surprit l'invasion du 14 juin 1959, le début de sa disgrâce. Quand cela arriva, Juan Tomás ne se faisait plus d'illusions sur le régime. Dans l'intimité, quand il était sûr de n'être entendu de personne, pendant les parties de chasse dans les montagnes, à Moca ou à La Vega, pendant les déjeuners familiaux du dimanche, il avouait à Antonio qu'il avait honte de tout cela, les assassinats, les disparitions, les tortures, la précarité de la vie, la corruption et l'abandon des corps, âmes et consciences de millions de Dominicains à un seul homme.

Antonio de la Maza n'avait jamais été un trujilliste de cœur. Ni quand il appartenait à la garde personnelle ni plus tard quand, après avoir sollicité du dictateur l'autorisation de renoncer à sa carrière, il avait travaillé pour lui dans le civil, administrant les scieries de la famille Trujillo, à Restauración. Il serra les dents, écœuré : il n'avait jamais pu cesser de travailler pour le Chef. Comme militaire ou comme civil, depuis vingt et quelques années il contribuait à la fortune et au pouvoir du Bienfaiteur et Père de la Nouvelle Patrie. C'était le grand échec de sa vie. Il n'avait jamais su se libérer des pièges que Trujillo lui avait tendus. Tout en le détestant de toutes ses forces, il avait continué à le servir, même après la mort de Tavito. D'où l'insulte du Turc : « Je ne vendrais pas, moi, mon frère pour trois malheureux sous. » Il n'avait pas vendu Tavito. Il avait dissimulé, en ravalant sa bile. Que pouvait-il faire d'autre ? Se laisser tuer par les *caliés* de Johnny Abbes et mourir la conscience tranquille ? Ce n'était pas une conscience tranquille que voulait Antonio, mais se venger et venger Tavito. Pour y parvenir, il bouffa toute la merde du monde ces quatre ans durant, au point d'entendre dire à l'un de ses amis les plus chers cette phrase que bien d'autres personnes, il en était sûr, répétaient dans son dos.

Il n'avait pas vendu Tavito. Son jeune frère, il l'avait dans la peau. Avec sa naïveté, son innocence de grand garçon, Tavito, à la différence d'Antonio, fut, lui, un trujilliste convaincu, un de ceux qui pensaient au Chef comme à un être supérieur. Ils discutèrent bien souvent, parce que Antonio était irrité que son cadet répétât, comme un refrain, que Trujillo était un don du ciel pour la République. Bon, c'est vrai, le Généralissime avait accordé à Tavito bien des faveurs. Il avait donné l'ordre de le faire admettre dans l'aviation où il avait appris à voler — son rêve d'enfant —, et, ensuite, on l'avait engagé comme pilote de la Dominicaine d'Aviation, ce qui lui permettait de se rendre fréquemment à Miami, une chose dont il était ravi parce qu'il s'envoyait ainsi de belles blondes. Auparavant, Tavito avait été nommé attaché militaire à Londres. Là-bas, lors d'une querelle d'ivrognes, il avait tué d'un coup de revolver le consul dominicain, Luis Bernardino. Trujillo l'avait sauvé de la prison, en réclamant pour lui l'immunité diplomatique, et ordonné au tribunal de Ciudad Trujillo qui le jugeait de l'absoudre. Oui, Tavito avait quelques raisons de se sentir reconnaissant envers Trujillo et, comme il l'avait dit à Antonio, d'être « prêt à donner ma vie au Chef et à faire tout ce qu'il m'ordonnera ». Phrase prophétique, putain de merde !

« Oui, tu as donné ta vie pour lui », pensa Antonio en pompant sur sa cigarette. Dès le premier instant cette affaire dans laquelle Tavito se trouva impliqué en 1956 lui sembla nauséabonde. Son frère était venu la lui raconter, parce que Tavito lui disait tout. Même cela, qui avait l'air d'une de ces opérations troubles dont l'histoire dominicaine était pleine depuis l'accession au pouvoir de Trujillo. Mais, ce gobe-mouches de Tavito, au lieu de s'inquiéter, d'avoir la puce à l'oreille, de s'effrayer de ce qu'on lui demandait de faire — aller prendre à Montecristi, dans un petit Cessna non immatriculé, un individu masqué et drogué, qu'on devait débarquer d'un avion en provenance des États-Unis, et le conduire à l'Hacienda Fundación, à San Cristóbal —, accepta, ravi, la mission, comme un signe de confiance du Généralissime. Même quand la presse des États-Unis s'émut et que la Maison-Blanche fit pression sur le gouvernement dominicain pour ouvrir une enquête sur l'enlèvement, à New York, du professeur basque espagnol Jesús de Galíndez, Tavito ne montra pas le moindre signe d'inquiétude.

— Cette affaire de Galíndez semble très sérieuse, le prévint Antonio. C'était lui le gars que tu as conduit de Montecristi à l'hacienda de Trujillo, qui d'autre cela pouvait-il être ? On l'a séquestré à New

York et amené ici. Il vaut mieux tenir ta langue. Tout oublier. Tu joues ta vie, frérot.

Maintenant Antonio de la Maza avait désormais une idée de ce qui avait dû se passer avec Jesús de Galíndez, un des républicains espagnols auxquels, dans un de ses calculs politiques contradictoires, Trujillo donna asile en République dominicaine, à la fin de la guerre civile. Il ne connaissait pas ce professeur, mais plusieurs de ses amis oui, et il sut par eux qu'il avait travaillé pour le gouvernement, au secrétariat d'État au Travail et à l'École diplomatique, dépendant des Affaires étrangères. En 1946, il avait quitté Ciudad Trujillo pour s'installer à New York, et de là se mettre au service des exilés dominicains et écrire contre le régime de Trujillo, qu'il connaissait de l'intérieur.

En mars 1956, Jesús de Galíndez, qui s'était fait naturaliser américain, disparut, après avoir été vu pour la dernière fois sortant d'une station de métro à Broadway, au cœur de Manhattan. Voici quelques semaines, on annonçait la publication d'un livre de lui sur Trujillo, qu'il avait présenté à l'université de Columbia, où il enseignait désormais, comme thèse doctorale. La disparition d'un obscur exilé espagnol, dans une ville et un pays où disparaissaient tant de gens, aurait pu passer inaperçue, et personne n'aurait fait cas des hauts cris poussés alors par les exilés dominicains, si Galíndez n'avait été citoyen des États-Unis, et surtout collaborateur de la C.I.A., comme cela fut révélé lorsque éclata le scandale. La puissante machine des journalistes, députés, conseillers municipaux, avocats et chefs d'entreprise que Trujillo entretenait aux États-Unis ne put contenir la déferlante de la presse, *The New York Times* en tête, et de nombreux membres du Congrès, à l'idée qu'un petit dictateur caribéen se soit permis d'enlever et d'assassiner un citoyen nord-américain sur le territoire des États-Unis.

Dans les semaines et les mois qui suivirent la disparition de Galíndez — on ne retrouva jamais son corps — l'enquête de la presse et celle du F.B.I. mirent en lumière la responsabilité pleine et entière du régime. Peu avant l'événement, le général Espaillat, Navaja, chef du Service d'intelligence, avait été nommé consul dominicain à New York. Le F.B.I. trouva autour du cas Galíndez des preuves compromettantes concernant Minerva Bernardino, diplomate dominicaine à l'O.N.U. et femme de confiance de Trujillo. Plus grave encore, le F.B.I. identifia un petit avion, au numéro de matricule falsifié, qui, piloté par un homme dépourvu de la licence correspondante, avait décollé illégalement d'un petit aéroport, à Long Island, en direction de la Floride, la nuit de l'enlèvement. Le pilote s'appelait Murphy et se trouvait, depuis cette date, en République dominicaine, travaillant à la Compagnie dominicaine d'aviation. Murphy et Tavito volaient ensemble et étaient devenus très amis.

Antonio n'apprit tout cela, petit à petit — la censure interdisait aux journaux et aux radios du pays de dire le moindre mot sur ce sujet —, qu'en captant sur ondes courtes les stations de Porto Rico, du Venezuela ou de La Voix de l'Amérique, ou en lisant les exemplaires du *Miami Herald* et du *New York Times* qui arrivaient à passer entre les mailles grâce aux pilotes et aux hôtesses de l'air.

Quand, sept mois après la disparition de Galíndez, le nom de Murphy fut évoqué dans la presse internationale comme le pilote de l'avion qui avait sorti des États-Unis un Galíndez anesthésié pour le conduire en République dominicaine, Antonio, qui connaissait Murphy grâce à Tavito — ils avaient mangé ensemble tous les trois une paella arrosée de rioja à la Casa de España, rue Padre Billini —, bondit dans sa camionnette, là-bas à Tirolí, près de la frontière haïtienne, et, à fond la caisse, en sentant son cerveau éclater en conjectures pessimistes, il se pointa à Ciudad Trujillo. Il trouva Tavito tout à fait tranquille, chez lui, jouant au bridge avec Altagracia, sa femme. Pour ne pas inquiéter sa belle-sœur, Antonio conduisit son frère au bruyant Típico Najayo, où, grâce à la musique du Combo de Ramón Gallardo et son chanteur Rafael Martínez, on pouvait parler à l'abri des oreilles indiscrètes. Là, après avoir commandé un ragoût de cabri et deux bouteilles de bière Presidente, Antonio conseilla sans ambages à Tavito de demander l'asile politique dans une ambassade. Son cadet éclata de rire : quelle bêtise ! Il ne savait même pas que le nom de Murphy s'étalait dans toute la presse nord-américaine. Il ne s'alarma pas. Sa confiance en Trujillo était aussi prodigieuse que sa naïveté.

— Je dois en avertir mon petit gringo, dit-il à Antonio stupéfait. Il est en train de tout liquider, il est décidé à retourner aux États-Unis, pour se marier. Il a une fiancée en Oregon. Y aller maintenant, ce serait se jeter dans la gueule du loup. Ici il ne lui arrivera rien. C'est le Chef qui commande ici, mon frère.

Antonio ne pouvait tolérer tant de légèreté. Sans élever la voix, pour ne pas attirer l'attention des tables voisines, avec une colère sourde devant tant de naïveté, il essaya de lui faire entendre raison :

— Tu ne te rends pas compte, idiot ? C'est grave. L'enlèvement de Galíndez a placé Trujillo dans une situation très délicate envers les Yankees. Tous ceux qui ont pris part à l'enlèvement, leur vie ne tient qu'à un fil. Murphy et toi, vous êtes des témoins très dangereux. Et toi peut-être encore plus que Murphy. Parce que c'est toi qui as conduit Galíndez à l'hacienda Fundación, chez Trujillo lui-même. Où donc as-tu la tête ?

— Je n'ai pas conduit Galíndez, fit son têtu de frère en cognant son verre contre le sien. J'ai conduit un type que je ne connaissais pas, un homme ivre mort. Je ne sais rien. Pourquoi n'aurais-je pas confiance en notre Chef ? N'a-t-il pas eu confiance en moi, pour une mission aussi importante ?

Quand ils se séparèrent cette nuit-là, à la porte de la maison de Tavito, celui-ci, finalement, devant l'insistance de son frère aîné, dit qu'il était d'accord, qu'il réfléchirait à ses suggestions. Et pas d'inquiétude à son égard : motus et bouche cousue.

C'est la dernière fois qu'Antonio le vit vivant. Trois jours après cette conversation, Murphy disparut. Quand Antonio rentra à Ciudad Trujillo, Tavito avait été arrêté. Emprisonné et mis au secret à La Victoria. Il sollicita en personne une audience au Généralissime, mais celui-ci ne le reçut pas. Il voulut parler avec le colonel Cobián Parra, chef du S.I.M., mais il était devenu invisible et, peu après, un soldat le tua dans son bureau sur ordre de Trujillo. Dans les quarante-huit heures qui suivirent, Antonio téléphona et rendit visite à tous les dirigeants et hauts fonctionnaires du régime qu'il connaissait, depuis le président du Sénat, Agustín Cabral, jusqu'au président du Parti dominicain, Álvarez Pina. Il trouva chez tous la même expression inquiète, ils lui dirent tous que le mieux qu'il pouvait faire, pour sa propre sécurité et celle des siens, c'était de cesser de téléphoner et de recourir à des gens qui ne pouvaient l'aider et qu'il mettait aussi en danger. « C'était se cogner la tête contre le mur », dit ensuite Antonio au général Juan Tomás Díaz. Si Trujillo l'avait reçu, il l'aurait supplié, il se serait mis à genoux, n'importe quoi pour sauver Tavito.

Peu après, un petit matin, une voiture du S.I.M. avec des *caliés* armés de mitraillettes et habillés en civil stoppa devant la porte de la maison de Tavito de

132

la Maza. Ils en retirèrent son cadavre et le jetèrent sans égards dans le jardinet de l'entrée, au milieu des passiflores. Et comme Altagracia était sortie à la porte en chemise de nuit et regardait tout cela épouvantée, ils lui crièrent en s'en allant :

— Votre mari s'est pendu en prison. On vous a ramené son corps pour que vous l'enterriez en bonne et due forme.

« Mais même cela, ce ne fut pas le pire », pensa Antonio. Non, voir le cadavre de Tavito, cette corde de son prétendu suicide encore au cou et ce corps jeté comme un chien au seuil de sa maison par un groupe de ces voyous patentés qu'étaient les *caliés* du S.I.M., ce ne fut pas le pire. Antonio se l'était répété des dizaines, des centaines de fois durant ces quatre années et demie, tandis qu'il vouait ses jours et ses nuits, et tout ce qui lui restait de lucidité et d'intelligence, à préparer la vengeance qui cette nuit-là — Dieu soit loué — allait se concrétiser. Le pire avait été la seconde mort de Tavito, des jours après la première, quand, utilisant toute la machine d'information et de publicité, *El Caribe* et *La Nación*, la télé et la radio La Voz Dominicana, les radios La Voz del Trópico, Radio Caribe, et une douzaine de feuilles de chou et d'émetteurs régionaux, le régime, dans une de ses plus barbares mascarades, divulgua une prétendue lettre manuscrite d'Octavio de la Maza, expliquant son suicide. Le remords d'avoir assassiné de ses mains le pilote Murphy, son ami et compagnon à la Dominicaine d'Aviation. Non content de le faire tuer, le Bouc, pour effacer les pistes de l'histoire de Galíndez, avait eu le macabre raffinement de faire de Tavito un assassin. Ainsi se débarrasserait-il des deux témoins gênants. Et pour que tout soit encore plus abject, la lettre manuscrite de Tavito expliquait pourquoi il avait tué Murphy : la pédérastie. Celui-ci aurait tellement harcelé de ses assiduités son frère cadet, dont il s'était épris, que Tavito, réagissant avec l'énergie d'un bon macho, avait lavé son honneur en tuant ce dégénéré et avait dissimulé son crime sous l'alibi d'un accident.

Il dut se pencher sur son siège de la Chevrolet, serrant contre son estomac son fusil à canon scié, pour dissimuler la contraction qu'il venait d'éprouver. Sa femme insistait pour qu'il aille chez le médecin, car cela pouvait bien être les symptômes d'un ulcère ou de quelque chose de plus grave, mais il s'y refusait. Il n'avait nul besoin de médecin pour savoir que son organisme s'était détérioré ces dernières années, comme pour refléter l'amertume de son esprit. Depuis ce qui était arrivé à Tavito, il avait perdu toute illusion, tout enthousiasme, tout amour pour cette vie ou pour l'autre. Seule l'idée de la vengeance le maintenait en activité ; il ne vivait que pour tenir le serment qu'il avait fait à voix haute, remplissant d'effroi les habitants de Moca venus accompagner les de la Maza — parents, frères et sœurs, beaux-frères et belles-filles, neveux, fils, petits-fils, tantes et oncles — à la veillée funèbre :

— Sur Dieu et Son Saint Nom je jure de tuer de mes mains le fils de pute qui a fait cela !

Ils savaient tous qu'il voulait parler du Bienfaiteur, du Père de la Nouvelle Patrie, du Généralissime Rafael L. Trujillo Molina, dont la couronne funéraire aux fleurs fraîches et odorantes était la plus voyante de la chambre mortuaire. La famille de la Maza n'avait pas osé la refuser ni la retirer de cet endroit, si visible que tous ceux qui venaient se signer et dire une prière près du catafalque apprirent que le Chef exprimait ses regrets pour la mort tragique de cet aviateur, « l'un des plus fidèles, loyaux et courageux de mes partisans », selon la lettre de condoléances.

Le lendemain de l'enterrement, deux gardes personnels du Palais descendirent d'une Cadillac à la plaque officielle devant la maison des de la Maza, a Moca. Ils venaient chercher Antonio.

— Suis-je arrêté ?

— En aucune façon, se hâta d'expliquer le lieutenant Roberto Figueroa Carrión. Son Excellence désire vous voir.

Antonio ne prit pas la peine de mettre un pistolet dans sa poche. Il supposa qu'avant d'entrer au Palais national, si tant est qu'on l'y menât et non à La Victoria ou à La Quarante, à moins qu'ils eussent reçu l'ordre de le jeter dans quelque précipice au bord du chemin, on le désarmerait. Il s'en fichait. Il se savait fort, et sa force d'âme renforcée de surcroît par la haine suffirait à terrasser le tyran, comme il l'avait juré la veille. Il rumina cette décision, résolu à la mettre en pratique, tout en sachant qu'on le tuerait avant la moindre tentative de fuite. Il paierait ce prix-là, avec la satisfaction d'en avoir fini avec le despote qui avait ruiné sa vie et celle de sa famille.

En descendant de la voiture officielle, les gardes l'escortèrent jusqu'au bureau du Bienfaiteur, sans que personne ne le fouillât. Les officiers avaient dû recevoir des instructions précises ; dès que la petite voix criarde bien connue répondit : « Entrez », le lieutenant Roberto Figueroa Carrión et son compagnon s'écartèrent pour le laisser entrer seul. Le bureau se trouvait dans une semi-pénombre, à cause des volets à moitié tirés de la fenêtre qui donnait sur le jardin. Le Généralissime, à sa table de travail, portait un uniforme qu'Antonio ne se rappelait pas : vareuse blanche et longue, avec des basques, garniture de boutons d'or et grandes épaulettes à frange dorée tombant sur le plastron, où était accroché un éventail multicolore de médailles et de décorations. Il portait un pantalon bleu clair, en flanelle, avec une rayure blanche perpendiculaire. Il était habillé probablement pour assister à quelque cérémonie militaire. La lumière de la lampe de bureau éclairait sa large face, soigneusement rasée, ses cheveux gris bien peignés et sa petite moustache en forme de mouche, imitée de celle de Hitler (dont Antonio avait entendu le Chef dire qu'il l'admirait « non pour ses idées, mais pour sa façon de porter l'uniforme et de présider les défilés »). Trujillo cloua Antonio de son regard fixe et direct dès que celui-ci franchit le seuil. Puis il s'adressa à lui après l'avoir observé un bon moment :

— Je sais que tu crois que j'ai fait tuer Octavio et que son suicide n'est qu'une farce montée par le Service d'intelligence. Je t'ai fait venir pour te dire en personne que tu te trompes. Octavio était un homme du régime. Toujours loyal, un vrai trujilliste. Je viens de nommer une commission, présidée par le procureur général de la république, maître Francisco Elpidio Beras. Avec des pouvoirs élargis pour interroger tout le monde, militaires et civils. Si son suicide est un mensonge, les coupables le paieront.

Il lui parlait sans animosité et sans inflexions, en le regardant dans les yeux de cette façon directe et péremptoire qu'il adoptait toujours envers ses subordonnés, amis et ennemis. Antonio restait immobile, plus décidé que jamais à sauter sur le farceur et à lui serrer le cou, sans lui donner le temps de demander secours. Comme pour lui faciliter la tâche, Trujillo se mit debout et avança vers lui, à pas lents, solennels. Ses souliers noirs brillaient plus encore que le parquet ciré de son bureau.

— J'ai autorisé aussi le F.B.I. à venir faire une enquête ici sur la mort de ce Murphy, ajouta-t-il sur le même petit ton aigu. C'est une violation de notre souveraineté, bien entendu. Les gringos permettraient-ils à notre police d'aller enquêter sur l'assassinat d'un Dominicain à New York, Washington ou

Miami ? Qu'ils viennent. Que le monde sache que nous n'avons rien à cacher.

Il se tenait à un mètre de distance. Antonio ne pouvait supporter le regard tranquille de Trujillo et il cillait sans arrêt.

— Ma main ne tremble pas quand je dois tuer, ajouta-t-il au bout d'un moment. Gouverner ça exige, parfois, de se tacher de sang. Pour ce pays, j'ai dû le faire bien des fois. Mais je suis un homme d'honneur. Les hommes loyaux, je leur rends justice, je ne les fais pas tuer. Octavio était loyal, un homme du régime, un trujilliste avéré. Aussi, j'ai tout fait pour qu'il n'aille pas en prison quand il a eu la main lourde à Londres et a tué Luis Bernardino. La mort d'Octavio fera l'objet d'une enquête. Ta famille et toi, vous pourrez participer aux travaux de la commission.

Il fit demi-tour et, de la même façon calme, revint à sa table de travail. Pourquoi Antonio ne sauta-t-il pas sur lui alors qu'il se trouvait si près ? Il se le demandait encore, quatre ans et demi plus tard. Non qu'il crût un mot de ce qu'il lui avait dit. Cela faisait partie des farces habituelles dont Trujillo était friand et que la dictature superposait à ses crimes, comme un supplément dérisoire aux faits criminels sur lesquels elle était bâtie. Alors pourquoi ? Non par peur de mourir, parce que parmi tous les défauts qu'il se reconnaissait, la peur de la mort n'avait jamais figuré. Depuis l'époque où il avait pris le maquis à la tête d'une petite troupe de partisans d'Horacio et avait combattu par le feu le dictateur, il avait maintes fois risqué sa vie. C'était quelque chose de plus subtil et indéfinissable que la peur : cette paralysie, l'endormissement de la volonté, de la raison et du libre arbitre que ce personnage ridiculement tiré à quatre épingles, à la voix de fausset et aux yeux d'hypnotiseur, exerçait sur les Dominicains pauvres ou riches, cultivés ou incultes, amis ou ennemis, c'est bien cela

137

qui l'avait retenu là, muet, passif, à écouter ces mensonges, spectateur solitaire de cette comédie, incapable de traduire en actes sa volonté de sauter sur lui pour en finir avec le cauchemar que vivait son pays.

— De plus, comme pour prouver que le régime considère les de la Maza comme une famille loyale, ce matin on t'a attribué la concession du tronçon à construire de la route Santiago-Puerto Plata.

Il marqua une nouvelle pause et, se mouillant les lèvres avec la pointe de la langue, il conclut sur une phrase qui signifiait aussi que l'entrevue était terminée :

— Ainsi tu pourras aider la veuve d'Octavio. La pauvre Altagracia doit se démener dans les pires difficultés. Fais-lui part de mon affection, ainsi qu'à tes parents.

Antonio quitta le Palais national plus étourdi que s'il avait bu une nuit entière. Était-ce bien lui qui avait entendu de ses propres oreilles ce que lui avait dit ce fils de pute ? Qui avait accepté les explications de Trujillo, et même une prébende, un plat de lentilles qui lui permettrait d'empocher quelques milliers de pesos, pour ravaler son amertume et devenir un complice — oui, un complice — de l'assassinat de Tavito ? Pourquoi n'avait-il même pas osé le reprendre, lui dire qu'il savait très bien que ce cadavre jeté à la porte de sa belle-sœur avait été assassiné sur ses ordres, comme Murphy auparavant, et qu'il avait tramé aussi, avec son esprit mélodramatique, la mascarade de l'homosexualité du pilote gringo ainsi que les remords de Tavito, pour l'avoir tué ?

Au lieu de rentrer à Moca, ce matin-là, Antonio, sans savoir comment, atterrit dans un cabaret mal famé, El Bombillo Rojo, à l'angle des rues Vicente Noble et Barahona, dont le patron, Loco Frías, ce fou, organisait des concours de danse. Il avala d'innombrables verres de rhum, replié sur lui-même, en entendant au loin des merengues de bas étage (*San Antonio*, *Con el alma*, *Juanita Morel*, *Jarro pichao* et d'autres), et à un certain moment, sans aucune explication, il essaya de boxer le joueur de maracas de l'orchestre de l'établissement. Son ivresse l'empêcha d'ajuster son coup, il lança un poing en l'air et s'affala par terre, sans pouvoir se relever.

Quand il rentra à Moca, le lendemain, hâve et ses vêtements déchirés, son père, don Vicente, son frère Ernesto, sa mère et Aída sa femme l'attendaient à la maison, épouvantés. C'est sa femme qui lui parla, d'une voix vibrante :

— On dit partout que Trujillo t'a cloué le bec en t'achetant avec la concession de la route de Santiago à Puerto Plata. Je ne sais combien de personnes ont appelé.

Antonio se rappelait sa surprise en entendant Aída l'incriminer devant ses parents et Ernesto. C'était une épouse dominicaine modèle, silencieuse, serviable, soumise, qui supportait ses écarts de conduite, ses bringues, ses bagarres, les nuits passées hors du foyer, et qui l'accueillait toujours en faisant bonne figure, en lui remontant le moral, en acceptant sans rechigner ses excuses quand il daignait lui en donner, et qui cherchait dans la messe dominicale, les neuvaines, les confessions et les prières la consolation des contrariétés dont sa vie était faite.

— Je ne pouvais me faire tuer pour un simple geste, dit-il en se laissant tomber dans la vieille chaise à bascule où don Vicente somnolait à la sieste. J'ai feint de croire à ses explications et que je me laissais acheter.

Il parlait en éprouvant une immense et vieille fatigue, sous les regards de sa femme, d'Ernesto et de ses parents qui accentuaient ses remords de conscience.

— Que pouvais-je faire d'autre? Ne me juge pas mal, papa. J'ai juré de venger Tavito. Je vais le faire, maman. Tu n'auras jamais à rougir de moi, Aída. Je te le jure. Je vous le jure, encore.

Incessamment, ce serment serait tenu. Dans dix minutes ou dans une, apparaîtrait la Chevrolet dans laquelle ce vieux renard se rendait chaque semaine à la Maison d'Acajou de San Cristóbal et, en accord avec le plan soigneusement établi, l'assassin de Galíndez, de Murphy, de Tavito, des sœurs Mirabal, de milliers de Dominicains tomberait criblé des balles d'une autre de ses victimes, Antonio de la Maza, que Trujillo avait tué aussi, d'une façon plus lente et perverse que ceux qu'il avait liquidés par les armes, par les coups ou en les jetant aux requins. Lui, il l'avait tué par petits bouts, en le privant de la décence, de l'honneur, du respect de soi-même, de la joie de vivre, des espoirs, des désirs, en ne laissant de lui que la peau et les os, tourmenté par cette mauvaise conscience qui le détruisait à petit feu depuis tant d'années.

— Je vais me dégourdir les jambes, entendit-il dire à Salvador Estrella Sadhalá. J'ai des crampes à force d'être assis.

Il vit le Turc sortir de la voiture et faire quelques pas le long de la route. Salvador était-il aussi angoissé que lui? Sans doute. Et Tony Imbert et Amadito également. Tout comme, là-bas devant, Roberto Pastoriza, Huáscar Tejeda et Pedro Livio Cedeño. Si quelque chose ou quelqu'un empêchait le Bouc de venir à ce rendez-vous, ce serait une catastrophe. Car c'est avec lui que Trujillo avait des comptes à régler. Aucun de ses six compagnons, ni les douzaines d'autres qui, comme Juan Tomás Díaz, faisaient partie de la conspiration, n'en avaient bavé autant que lui, Antonio. Il jeta un coup d'œil par la fenêtre : le Turc secouait énergiquement ses jambes.

Il vit, néanmoins, que Salvador tenait son revolver à la main. Puis celui-ci revint à la voiture et occupa sa place à l'arrière, près d'Amadito.

— Bon, s'il ne vient pas, nous irons au Pony boire quelques bières glacées, fit-il d'un air affligé.

Après leur dispute, Salvador et lui étaient restés des mois sans se voir. Ils se retrouvaient ensemble dans des réunions, mais ne se saluaient pas. Cette rupture avait aggravé son tourment intérieur. Quand la conspiration fut bien avancée, Antonio eut le courage de se présenter au 21 rue Mahatma Gandhi et d'entrer directement dans la pièce où se trouvait Salvador.

— Il est inutile de disperser nos forces, lui dit-il en guise de salut. Tes plans pour tuer le Bouc sont des enfantillages. Imbert et toi, vous devez nous rejoindre. Nous sommes plus avancés que vous et cela ne peut foirer.

Salvador le regarda dans les yeux, sans rien dire. Il ne fit aucun geste hostile et ne le mit pas à la porte.

— J'ai l'appui des gringos, lui expliqua Antonio en baissant la voix. Cela fait deux mois que je règle les détails avec l'ambassade. Juan Tomás Díaz a également parlé avec les gens du consul Dearborn. Ils nous donneront des armes et des explosifs. Nous avons avec nous des chefs militaires. Tony et toi, vous devez nous rejoindre.

— Nous sommes trois, dit à la fin le Turc. Amadito García Guerrero fait partie du groupe depuis quelques jours.

Ce fut une réconciliation très relative. Ils n'avaient pas recommencé à avoir de discussion sérieuse ces derniers mois, tandis que le plan pour tuer Trujillo se mettait en place, se démontait, se remontait et adoptait chaque mois, chaque semaine, chaque jour, des formes et des dates différentes, en raison des hésitations des Yankees. L'avion d'armes promis au début par l'ambassade se réduisit, finalement, à trois fusils que lui avait remis, voici peu, son ami Lorenzo Berry, le propriétaire du supermarché Wimpy's en lui avouant, à son grand étonnement, être l'homme de la C.I.A. à Ciudad Trujillo. Malgré ces rencontres cordiales, dont le seul sujet était le plan en perpétuelle transformation, il n'y eut plus entre eux cette fraternelle communication d'autrefois, leurs blagues, leurs confidences, cette intimité partagée qui — Antonio le savait — existait, en revanche, entre le Turc, Imbert et Amadito, quelque chose dont il avait été exclu depuis leur dispute. Un autre contentieux avec le Bouc : il était responsable de la perte irréparable de cet ami.

Ses trois compagnons de voiture et les trois autres, postés plus avant, étaient sans doute ceux qui en savaient le moins sur la conspiration. Peut-être soupçonnaient-ils d'autres complices, mais si quelque chose foirait et s'ils tombaient aux mains de Johnny Abbes García, et que les *caliés* les emmenaient à La Quarante pour les soumettre aux tortures habituelles, ni le Turc, ni Imbert, ni Amadito, ni Huáscar, ni Pastoriza, ni Pedro Livio ne pourraient impliquer beaucoup de gens. Le général Juan Tomás Díaz, Luis Amiama Tió et deux ou trois autres. Ils ne savaient presque rien des autres, parmi lesquels les plus hautes figures du gouvernement, Pupo Román, par exemple — chef des forces armées et numéro deux du régime —, de la myriade de ministres, sénateurs, fonctionnaires civils et autorités militaires, informés des plans, qui avaient pris part à leur préparation, ou les avaient connus indirectement en faisant savoir ou en laissant deviner à leurs intermédiaires (c'était le cas de Balaguer lui-même, en théorie président de la République) qu'une fois éliminé le Bouc, ils étaient disposés à collaborer à la reconstruction politique, à la liquidation de toute cette lie du trujillisme, à l'ouverture, à la Junte civile et militaire qui, avec l'appui des États-Unis, garantirait l'ordre, barrerait la route aux communistes, convoquerait des élections générales. La République dominicaine serait-elle enfin un pays normal, avec un gouvernement élu, une presse libre, une justice digne de ce nom ? Antonio soupira. Il avait tellement travaillé à cela qu'il n'arrivait pas à y croire. À vrai dire, il était seul à connaître sur le bout des doigts toute cette toile d'araignée de noms et de complicités. Bien des fois, durant les désespérantes conversations secrètes, lorsque tout ce qui avait été fait s'écroulait comme château de cartes et qu'il fallait recommencer à zéro, il s'était senti exactement comme cela : une araignée au cœur d'un labyrinthe de fils tendus par lui-même, emprisonnant une foule de personnages qui s'ignoraient entre eux. Il était seul à connaître tout le monde. À savoir le degré d'engagement de chacun. Et il y en avait tant qu'il ne pouvait, pas même lui, s'en rappeler maintenant le nombre. C'était miracle que le pays étant ce qu'il était, et les Dominicains ce qu'ils étaient, aucune délation ne fût venue ruiner la trame. Dieu était peut-être avec eux, comme le croyait Salvador. Les précautions avaient bien fonctionné, tous les autres ne sachant que fort peu de choses, hormis l'objectif ultime, et ignorant la façon, les circonstances, le moment. Pas plus de trois ou quatre personnes savaient qu'ils étaient ici, cette nuit-là, et quelles mains exécuteraient le Bouc.

Il était accablé parfois par l'idée d'être le seul, si Johnny Abbes l'arrêtait, à pouvoir identifier tous ceux qui s'étaient engagés dans ce complot. Aussi était-il décidé à ne pas se laisser capturer vivant, à réserver la dernière balle pour lui-même. Et il avait pris aussi la précaution de dissimuler dans le creux du talon de son soulier un poison à base de cyanure, que lui avait préparé un pharmacien de Moca en croyant que c'était pour venir à bout d'un chien errant qui ravageait les poulaillers de sa propriété. On ne le prendrait pas vivant, il ne donnerait pas à Johnny Abbes le plaisir de le voir se tordre sur la chaise électrique. Trujillo mort, ce serait un véritable bonheur que d'en finir avec le chef du S.I.M. Les volontaires ne manqueraient pas. Mais très probablement, en apprenant la mort du Chef, il disparaîtrait. Il avait dû prendre toutes les précautions ; il devait savoir à quel point il était détesté et combien voulaient se venger. Pas seulement des opposants ; ministres, sénateurs et militaires le disaient ouvertement.

Antonio alluma une autre cigarette et fuma, en mordillant le bout avec force pour décharger son anxiété. La circulation s'était complètement interrompue ; il y avait un bon moment que ne passait dans aucun sens ni un camion ni une voiture.

En réalité, se dit-il, en rejetant la fumée par la bouche et le nez, il se foutait éperdument de ce qui arriverait ensuite. L'essentiel était le présent. Le voir mort pour savoir que sa vie n'avait pas été inutile, qu'il n'était pas passé sur terre comme un être méprisable.

— Ce salaud n'arrivera donc jamais, putain, s'écria furieux, à ses côtés, Tony Imbert.

VII

La troisième fois qu'Urania insiste avec sa cuillerée, l'invalide ouvre la bouche. Quand l'infirmière
revient avec le verre d'eau, M. Cabral, décontracté et
comme distrait, accepte docilement la bouillie que sa
fille lui donne à la cuiller et il boit à petites gorgées
un demi-verre d'eau. Quelques gouttes dégoulinent
par les commissures de ses lèvres jusqu'au menton.
L'infirmière l'essuie soigneusement.

— Très bien, très bien, on a mangé ses fruits
comme un enfant sage, dit-elle pour le féliciter. Vous
êtes content de la surprise que vous a faite votre fille,
n'est-ce pas, monsieur Cabral ?

L'invalide ne daigne pas la regarder

— Vous souvenez-vous de Trujillo ? l'interroge
Urania à brûle-pourpoint.

La femme la regarde, déconcertée. Elle a les
hanches larges, le visage déplaisant. Les cheveux d'un
blond oxygéné dont les racines foncées dénoncent
la teinture. Elle réagit enfin :

— Comment m'en souvenir ? j'avais quatre ou
cinq ans à peine quand on l'a tué. Je ne me rappelle
rien, seulement ce que j'ai entendu chez moi. Votre
père était quelqu'un de très important à cette
époque, je sais bien.

Urania acquiesce.

— Sénateur, ministre, tout, murmure-t-elle. Mais à la fin il était tombé en disgrâce.

Le vieillard la regarde, inquiet.

— Bon, bon, dit l'infirmière en essayant de se rendre sympathique. C'était un dictateur, tout ce qu'on voudra, mais il paraît qu'on vivait mieux. Tout le monde avait du travail et il n'y avait pas toute cette criminalité. N'est-ce pas vrai, mademoiselle ?

— Si mon père pouvait vous comprendre, il serait heureux, je crois.

— Bien sûr qu'il me comprend, dit l'infirmière en gagnant la porte. N'est-ce pas, monsieur Cabral ? Votre père et moi nous avons de longues conversations. Bon, appelez-moi si vous avez besoin de moi.

Elle sort en fermant la porte.

C'était peut-être vrai qu'en raison des désastreux gouvernements qui avaient suivi, beaucoup de Dominicains avaient maintenant la nostalgie de Trujillo. En oubliant les abus, les assassinats, la corruption, l'espionnage, l'isolement, la peur : l'horreur devenue un mythe. « Tout le monde avait du travail et il n'y avait pas toute cette criminalité. »

— Cette criminalité existait bel et bien, papa, dit-elle en cherchant le regard de l'invalide qui se met à ciller. Il n'y avait pas autant de voleurs à entrer dans les maisons, ni tant d'agressions dans les rues, pour arracher sacs, montres ou colliers aux passants. Mais les gens étaient tués, frappés, torturés ou disparaissaient. Même ceux qui étaient le plus acquis au régime. Tiens, le fils par exemple, le beau Ramfis, que de crimes a-t-il commis ! Et comme tu tremblais qu'il ne pose les yeux sur moi !

Son père ne savait pas, parce que Urania ne le lui avait jamais dit, qu'elle et ses camarades du collège Santo Domingo, et peut-être même toutes les filles de sa génération, rêvaient à Ramfis. Avec sa petite moustache taillée à la façon d'un bellâtre de film mexicain, ses lunettes Ray-Ban, ses complets cintrés et ses nombreux uniformes de chef de l'Aviation dominicaine, ses grands yeux sombres, sa silhouette athlétique, ses montres, ses bagues en or et ses Mercedes-Benz, il avait tout de l'enfant chéri des dieux : riche, puissant, beau gosse, sain, fort, heureux. Tu t'en souviens très bien : quand les *sisters* ne pouvaient vous voir ni vous entendre, tes compagnes et toi vous montriez vos collections de photos de Ramfis Trujillo, en civil, en militaire, en maillot de bain, cravaté, en costume sport, en habit, en tenue d'équitation, dirigeant l'équipe de polo dominicaine, ou assis aux commandes de son avion. Elles s'inventaient des histoires, disaient qu'elles l'avaient vu, avaient parlé avec lui, au club, à la foire, à la fête, au défilé, à la kermesse et, quand elles osaient dire ces choses — rougissantes, effarouchées, sachant que c'était pécher par la parole et la pensée et qu'il faudrait le confesser à l'aumônier —, elles avouaient leurs secrets désirs d'être aimées, enlacées, embrassées, caressées par Ramfis Trujillo.

— Tu n'imagines pas combien de fois j'ai rêvé de lui, papa.

Son père ne rit pas. Il a eu un petit sursaut et écarquillé les yeux en entendant le nom du fils aîné de Trujillo. Le préféré et, pour cela même, sa pire déception. Le Père de la Nouvelle Patrie aurait voulu que son aîné — « Était-il de lui, papa ? » — eût son appétit de pouvoir et fût aussi énergique et efficace que lui. Mais Ramfis n'avait hérité d'aucune de ses vertus, pas plus que de ses défauts, sauf, peut-être, la frénésie de fornication, le besoin de mettre des femmes dans son lit pour se convaincre de sa virilité. Il manquait d'ambition politique, de toute ambition, et il était indolent, sujet aux dépressions, à l'introversion névrotique, bourré de complexes, angoissé, tourmenté, avec une conduite en zigzag de crises hystériques et de longues périodes d'aboulie qu'il noyait dans les drogues et l'alcool.

— Sais-tu ce que disent les biographes du Chef, papa ? Qu'il est devenu ainsi en apprenant qu'à sa naissance sa mère n'était pas encore mariée à Trujillo. Qu'il s'est mis à déprimer quand il a su que son véritable père était le docteur Dominici, ou ce Cubain que Trujillo avait fait tuer, le premier amant de doña María Martínez, quand celle-ci ne rêvait pas encore d'être la Sublime Matrone et n'était qu'une bonne femme de bas étage à la cuisse légère surnommée l'Espagnolette. Tu ris, n'est-ce pas ? Tu ne veux pas me croire !

Il est possible qu'il soit en train de rire. Mais peut-être n'est-ce qu'un simple relâchement de ses muscles faciaux. En tout cas, ce n'est pas le visage de quelqu'un qui s'amuse ; plutôt celui de quelqu'un qui vient de bâiller ou de hurler et dont le visage s'est démantibulé, les yeux mi-clos, les narines dilatées et la bouche ouverte, montrant un trou sombre, édenté.

— Veux-tu que j'appelle l'infirmière ?

L'invalide ferme la bouche, détend son visage et récupère son expression attentive et inquiète. Il demeure ramassé sur son siège, tranquille, en attente. Urania est soudain distraite par un charivari de perruches, qui envahit la pièce. Il cesse aussi vite qu'il a commencé. Un soleil splendide zèbre les toits, les vitres et commence à chauffer la chambre.

— Sais-tu une chose ? Malgré toute la haine que j'ai eue, que j'ai encore pour ton Chef, sa famille et tout ce qui touche de près ou de loin à Trujillo, vraiment, quand je pense à Ramfis, ou que je lis quelque chose sur lui, je ne peux m'empêcher d'éprouver de la peine, de la compassion.

C'était un monstre, comme toute cette famille de monstres. Qu'aurait-il pu être d'autre, étant fils de qui il était, élevé et éduqué comme il l'avait été ? Qu'aurait pu être d'autre le fils d'Héliogabale, celui de Caligula, celui de Néron ? Qu'aurait pu être d'autre un enfant nommé à sept ans, par décret — « Est-ce toi qui l'as présenté au Congrès ou le sénateur Chirinos, papa ? » —, colonel de l'armée dominicaine, et promu à dix ans général, lors d'une cérémonie publique à laquelle dut assister le corps diplomatique et où tous les chefs militaires lui avaient rendu les honneurs ? Urania a encore en mémoire cette photo, de l'album que son père gardait dans une armoire du salon — est-il encore là ? —, où le sénateur Agustín Cabral (« Ou étais-tu déjà ministre alors, papa ? ») très élégant dans son frac, sous un soleil aveuglant, plié en deux en solennelle révérence présente ses respects à l'enfant en uniforme de général qui, debout sur un petit podium protégé d'un dais, vient de passer en revue le défilé militaire et reçoit, chacun attendant son tour, les félicitations des ministres, des parlementaires et des ambassadeurs. Au fond de la tribune, les visages réjouis du Bienfaiteur et de la Sublime Matrone, l'orgueilleuse maman.

— Que pouvait-il être d'autre que le parasite, l'ivrogne, le violeur, le crétin, le bandit, le déséquilibré qu'il fut ? Nous ne savions rien de cela, moi et mes amies du Santo Domingo, quand nous étions amoureuses de Ramfis. Toi oui, tu le savais, papa. Aussi avais-tu peur qu'il vienne me voir, qu'il s'entiche de ta petite fille, d'où ta réaction extrême quand il m'a câlinée en m'adressant un compliment. Moi je n'y comprenais rien !

L'invalide bat des paupières, deux, trois fois.

Car, à la différence de ses compagnes dont le petit cœur palpitait pour Ramfis Trujillo et qui inventaient qu'elles l'avaient vu et avaient parlé avec lui, qu'il leur avait souri et dit des galanteries, c'était vraiment arrivé à Urania. Lors de l'inauguration le

20 décembre 1955 de l'événement célébrant les vingt-cinq années de l'Ère Trujillo : la Foire de la Paix et de la Fraternité avec le Monde libre, qui allait durer toute l'année 1956, et allait coûter — « On n'a jamais su le chiffre exact, papa » — entre vingt-cinq et soixante-dix millions de dollars, c'est-à-dire entre le quart et la moitié du budget national. Urania a ces images très présentes à l'esprit, l'excitation, la sensation d'émerveillement enveloppant le pays tout entier en cette date mémorable : Trujillo se fêtait lui-même, faisant venir à Saint-Domingue (« À Ciudad Trujillo, pardon, papa ») l'orchestre de Xavier Cugat, les girls du Lido de Paris, les patineuses nord-américaines de l'Ice Capades, et construisant, dans les huit cent mille mètres carrés de l'enceinte de la foire, soixante et onze pavillons, certains en marbre, albâtre et onyx, pour abriter les délégations des quarante-deux pays du Monde libre qui acceptèrent l'invitation, cet éventail de personnalités parmi lesquelles ressortaient le président du Brésil, Juscelino Kubitschek, et la pourpre silhouette du cardinal Francis Spellman, archevêque de New York. Les événements culminants de cette commémoration furent la promotion de Ramfis, en raison de ses brillants services rendus au pays, au grade de général en chef, et l'intronisation de Sa Gracieuse Majesté Angelita Ire, Reine de la Foire, qui arriva là en bateau, saluée par les sirènes de toute la marine et les sonneries de cloches de toutes les églises de la capitale, avec sa couronne de pierres précieuses et sa délicate robe de tulle et de dentelle confectionnée à Rome par deux célèbres couturières, les sœurs Fontana, qui utilisèrent pour ce faire quarante-cinq mètres d'hermine russe ; sa traîne avait trois mètres de long et son diadème imitait celui porté par Élisabeth d'Angleterre lors de son couronnement. Parmi les demoiselles d'honneur et les pages, portant une charmante robe longue en organdi, des gants de

soie et un bouquet de roses à la main, parmi d'autres fillettes et garçons de la société dominicaine sélecte, se trouve Urania. C'est le plus jeune page de ce cortège juvénile qui est le cavalier de la fille de Trujillo sous le soleil triomphal, dans cette foule qui applaudit le poète et secrétaire d'État à la présidence, don Joaquín Balaguer, quand il fait l'éloge de Sa Majesté Angelita Ire et met aux pieds de sa grâce et de sa beauté le peuple dominicain. Se sentant une toute petite femme, Urania entend son père, en tenue de cérémonie, lire un panégyrique des réussites de ces vingt-cinq ans, obtenues grâce à la ténacité, la vision et le patriotisme de Trujillo. Elle est immensément heureuse. (« Je ne l'ai plus jamais été comme ce jour-là, papa. ») Elle se croit le centre d'attention. Maintenant, au cœur de la foire, on dévoile la statue en bronze de Trujillo, en jaquette et toge, diplômes universitaires en main. Soudain — bouquet de ce matin magique — Urania découvre, à ses côtés, jetant sur elle son regard soyeux, Ramfis Trujillo, en grand uniforme de parade.

— Et cette si jolie petite, qui est-ce ? dit en lui souriant le général en chef frais émoulu, tandis qu'Urania sent ses doigts chauds et minces soulever son menton. Comment t'appelles-tu, toi ?

— Urania Cabral, balbutie-t-elle en sentant son cœur s'emballer.

— Que tu es jolie et, surtout, que tu seras belle —, fait Ramfis en s'inclinant, et ses lèvres baisent la main de la fillette qui perçoit le brouhaha, les soupirs, les rires des autres pages et demoiselles d'honneur de Sa Majesté Angelita Ire. Le fils du Généralissime a tourné les talons. Elle ne se tient plus de joie. Que vont dire ses amies quand elles sauront que Ramfis, oui, nul autre que Ramfis, l'a appelée jolie, lui a pris la joue et a baisé sa main, comme à une petite dame.

— Ce que tu as été contrarié, papa, quand je te l'ai raconté. Et furieux. C'est drôle, non ?

Voyant son père fâché de la sorte en apprenant que Ramfis l'avait touchée, Urania se douta pour la première fois qu'en République dominicaine tout n'était peut-être pas aussi parfait que le disait tout le monde, en particulier le sénateur Cabral.

— En quoi c'est mal qu'il me trouve jolie et soit gentil avec moi, papa ?

— C'est terriblement mal, dit son père en élevant la voix et en l'effrayant, car il ne la gronde jamais en appuyant cet index insistant sur sa tête. Jamais plus ça, tu m'entends, Uranita. S'il s'approche de toi, pars en courant. Ne lui dis pas bonjour, ne lui parle pas. File. C'est pour ton bien.

— Mais, mais..., fait la fillette en pleine confusion.

Ils viennent de rentrer de la Foire de la Paix et de la Fraternité avec le Monde libre, elle encore dans sa mignonne robe de demoiselle d'honneur de Sa Majesté Angelita Iʳᵉ, et son père portant le frac dans lequel il a prononcé son discours devant Trujillo, le président Négro Trujillo et les diplomates, ministres, invités et les milliers et milliers de personnes qui avaient envahi les rues et les avenues aux édifices pavoisés. Pourquoi cette réaction ?

— Parce que Ramfis, ce garçon, cet homme, est... mauvais, lui répond son père en faisant des efforts pour ne pas dire tout ce qu'il voudrait. Avec les jeunes filles, avec les petites filles. Ne le répète pas à tes amies du collège. À personne. Je te le dis, à toi, parce que tu es ma fille. C'est mon devoir. Je dois veiller sur toi. Pour ton bien, Uranita, tu comprends ? Oui, tu es assez intelligente pour cela. Ne le laisse pas s'approcher de toi ni te parler. Si tu le vois, viens vite vers moi. Si tu es à côté de moi, il ne te fera rien.

Tu ne comprends pas, Urania. Tu es pure comme le lis, sans malice encore. Tu te dis que ton père est jaloux. Il veut que personne d'autre que lui ne soit gentil avec toi ni ne te trouve jolie. Cette réaction du sénateur Cabral montre qu'à cette époque Ramfis le beau gosse, Ramfis le romantique, a commencé à faire ses cochonneries avec les fillettes, les jeunes filles et les femmes qui vont bâtir sa réputation, une réputation que tout Dominicain bien né, ou mal né, souhaite atteindre. Gros Baiseur, Bouc Lubrique, Féroce Fornicateur. Tu vas apprendre tout cela peu à peu, dans les classes et les cours de Santo Domingo, ce collège des filles de bonne famille, aux *sisters* dominicaines venues des États-Unis et du Canada, à l'uniforme moderne, dont les élèves ne ressemblent pas à des novices parce qu'on les habille de rose, de bleu et de blanc, et qu'elles portent de grosses chaussettes et des souliers bicolores (blanc et noir), ce qui leur donne un air sportif et de leur temps. Mais elles ne sont pas à l'abri, même elles, quand Ramfis part en chasse, seul ou avec ses copains, en quête de petites femelles dans les rues, les parcs, les clubs, les boîtes ou les maisons particulières de son grand fief qu'est Quisqueya. Combien de Dominicaines a-t-il séduites, enlevées, violées, le beau Ramfis ? Les créoles, il ne leur offre pas de Cadillac ni de manteaux de vison, comme aux artistes de Hollywood, après se les être envoyées ou pour se les envoyer. Car, à la différence de son père prodigue, ce beau gosse de Ramfis est, comme doña María, un avare. Les Dominicaines, il se les envoie gratuitement, pour l'honneur d'être baisées par le prince héritier, le capitaine de l'équipe de polo du pays, toujours invaincue, le général en chef, le commandant de l'Aviation.

Tout cela tu l'apprends à travers les cancans et les messes basses, fantaisies et exagérations mêlées à des réalités, qu'en cachette des *sisters* les élèves échangent à la récréation, en y croyant ou pas, attirée et repoussée jusqu'à ce qu'enfin se produise ce

séisme au collège, à Ciudad Trujillo, parce que la victime du fils à son papa est, cette fois, une des demoiselles les plus belles de la société dominicaine, fille
d'un colonel de l'armée. La radieuse Rosalía Perdomo, longs cheveux blonds, yeux bleus, peau trans-
lucide, qui joue la Vierge Marie aux représentations
de la Passion, en versant des larmes comme une
authentique Dolorosa lorsque son Fils expire. Plusieurs versions circulent sur ce qui s'est passé. On dit
que Ramfis l'a connue lors d'une fête, qu'il l'a vue au
Country-Club, à une kermesse, qu'il a jeté son dévolu
sur elle à l'Hippodrome, qu'il l'a harcelée, lui a écrit
et donné rendez-vous, ce vendredi après-midi, après
l'heure de sports où Rosalía reste car elle fait partie
de l'équipe de volley du collège. Plusieurs de ses
compagnes la voient, à la sortie — Urania ne se rappelle pas si elle l'a vue, ce n'est pas impossible —, au
lieu de prendre le bus du collège, monter dans la voiture de Ramfis, qui se trouve à quelques mètres de la
porte, l'attendant. Il n'est pas seul. Le fils à papa n'est
jamais seul, toujours accompagné par deux ou trois
amis qui le flattent, l'adulent, le servent et prospèrent
à ses dépens. Comme son jeune beau-frère, le mari
d'Angelita, Biscoto, autre beau gosse, le colonel Luis
José León Estévez. Y a-t-il aussi son petit frère ? Cette
mocheté, cet idiot, ce grognon de Radhamés ? Sûrement. Sont-ils déjà soûls ? Ou se soûlent-ils tout en
faisant ce qu'ils font à la blonde, la blanche Rosalía
Perdomo ? Sans doute, ne s'attendent-ils pas à ce que
la fillette se vide de son sang. Alors, ils se conduisent
en gentlemen. Mais auparavant, ils la violent. C'est à
Ramfis, étant ce qu'il est, qu'a dû revenir le privilège
de déflorer ce délicieux bouton de rose. Ensuite, les
autres. Par ordre d'ancienneté ou de proximité avec
l'aîné des Trujillo ? Ont-ils tiré leur tour au sort ?
Comment cela a-t-il dû se passer, papa ? Et alors là,
en pleine chevauchée, l'hémorragie les surprend.

154

Au lieu de la jeter dans un fossé, au milieu des champs, comme ils l'auraient fait si Rosalía n'avait pas été une Perdomo, une fille blanche, blonde, riche et d'une famille trujilliste respectée, mais une gosse sans nom et sans argent, ils agissent avec circonspection. Ils l'emmènent à la porte de l'hôpital Marión où, chance ou malchance pour Rosalía ? les médecins la sauvent. Mais aussi ils ébruitent l'histoire. On dit que le pauvre colonel Perdomo ne s'en remet pas de savoir que sa fille adorée a été outragée par Ramfis Trujillo et ses amis, allègrement, entre le déjeuner et le dîner, comme lorsqu'on tue le temps en regardant un film. Sa mère ne remet plus le nez dehors, écrasée de honte et de douleur. Même à la messe, on ne les revoit plus.

— C'est cela que tu redoutais, papa ? — Urania cherche le regard de l'invalide. — Que Ramfis et ses amis me fassent la même chose qu'à Rosalía Perdomo ?

« Il comprend », pense-t-elle en se taisant. Son père a les yeux rivés sur elle ; au fond de ses pupilles, lit-elle, il y a une prière silencieuse : tais-toi, cesse de gratter ces croûtes, de ressusciter ces souvenirs. Elle n'a pas la moindre intention de le faire. N'est-ce pas pour cela que tu es venue dans ce pays où tu t'étais juré de ne plus retourner ?

— Oui, papa, c'est pour cela que je dois être venue, dit-elle d'une voix si basse qu'elle s'entend à peine. Pour te faire passer un mauvais quart d'heure. Quoique, avec ton transport au cerveau, te voilà à l'abri. Tu as arraché de ta mémoire les choses désagréables. Et mon histoire aussi, notre histoire, tu l'as effacée ? Moi, pas. Pas un seul jour. Ni une seule de ces trente-cinq années, papa. Je n'ai jamais oublié, et je ne t'ai pas pardonné. Aussi, quand tu m'appelais à la Siena Heights University, ou à Harvard, j'écoutais ta voix et je raccrochais aussi sec. « Ma petite fille, c'est toi... », clic. « Uranita, écoute-moi... », clac. C'est pour ça que je n'ai jamais répondu à une seule de tes lettres. Tu m'en as écrites, quoi, cent ? Deux cents ? Je les ai toutes déchirées ou brûlées. Elles étaient assez hypocrites, tes lettres. Tu parlais toujours avec des détours, des allusions, qu'elles n'aillent pas tomber sous des yeux étrangers et que d'autres apprennent cette histoire. Sais-tu pourquoi je n'ai jamais pu te pardonner ? Parce que tu ne l'as jamais vraiment regretté. Après avoir servi le Chef durant tant d'années, tu avais perdu tout scrupule, toute sensibilité, toute trace de rectitude. À l'image de tes collègues. Et peut-être du pays tout entier. Était-ce la condition *sine qua non* pour se maintenir au pouvoir sans mourir de dégoût ? Perdre son âme, devenir un monstre comme ton Chef. Rester impassible et content comme le beau Ramfis après avoir violé Rosalía et la laisser perdre son sang à l'hôpital Marión.

La fille Perdomo n'est plus retournée au collège, bien entendu, mais son minois délicat de Vierge Marie a continué à hanter les classes, les couloirs et les cours de Santo Domingo, les cancans, les murmures, les fantaisies que sa mésaventure avait soulevés, des semaines et des mois, malgré l'interdiction des *sisters* de prononcer même le nom de Rosalía Perdomo. Mais dans les foyers de la société dominicaine, même dans les familles les plus trujillistes, ce nom devait resurgir à maintes reprises, abominable prémonition, mise en garde épouvantable, surtout dans les maisons où il y avait des fillettes et des demoiselles bonnes à marier, et l'histoire exacerbait la peur que le beau Ramfis (qui était, de surcroît, marié à la divorcée Octavia — Tantana — Ricart !) puisse soudain découvrir l'existence de la fillette, de la jeune fille, et l'entraîner dans une de ces fêtes d'héritier gâté, qu'il célébrait de temps à autres avec qui lui passait par la tête, car enfin, qui demanderait des comptes au fils à papa, à l'aîné du Chef et à son cercle de favoris ?

— C'est à la suite de cette histoire de Rosalía Perdomo que ton Chef envoya Ramfis à l'académie militaire, aux États-Unis, hein, papa ?

À l'académie militaire de Fort Leavenworth, Kansas City, en 1958. Pour le tenir deux petites années éloigné de Ciudad Trujillo, où l'histoire de Rosalía Perdomo, disait-on, avait irrité même Son Excellence. Pour des raisons non morales, mais pratiques. Cet imbécile de garçon, au lieu de se préparer aux affaires, en digne fils aîné du Chef, vouait son existence à la dissipation, au polo, à la bringue avec une cour de bons à rien et de parasites, et s'amusait à violer, à saigner à blanc la fille d'une des familles les plus loyales envers Trujillo. Orgueilleux enfant à la détestable éducation. Hop ! à l'académie militaire de Fort Leavenworth, Kansas City !

Un rire hystérique secoue les côtes d'Urania et l'invalide s'enfonce à nouveau dans son fauteuil, comme s'il voulait disparaître à l'intérieur de lui-même, déconcerté par ce soudain éclat de rire. Urania rit tellement qu'elle en pleure. Elle sèche ses larmes dans son mouchoir.

— Le remède fut pire que le mal. En guise de punition, ce petit séjour à Fort Leavenworth fut un plaisir, en fait, pour le beau Ramfis.

Il y a de quoi rire, hein, papa ? : le jeune officier dominicain arrivait pour suivre cette formation d'élite, au milieu d'une promotion sélectionnée d'officiers nord-américains, et il se plantait là avec ses galons de général en chef, ses douzaines de décorations, une longue carrière militaire derrière lui (il l'avait commencée à six ans à peine), avec un cortège d'aides de camp, de musiciens, de domestiques, un yacht ancré dans la baie de San Francisco et un parc automobile. Ils avaient dû être sacrément surpris ces capitaines, majors, lieutenants, sergents, instructeurs et professeurs. Voilà un oiseau tropical venu à l'académie militaire de Fort Leavenworth pour en suivre la formation, et qui arborait plus de galons et de titres que n'en eut jamais Eisenhower. Comment le traiter ? Comment permettre qu'il pût jouir de pareilles prérogatives sans discréditer l'école et l'armée nord-américaines ? Pouvait-on fermer les yeux quand l'héritier, une semaine sur deux, s'échappait de la spartiate Kansas City pour gagner la turbulente Hollywood où, avec son ami Porfirio Rubirosa, en compagnie d'artistes renommées, il se livrait à des débauches millionnaires qui alimentaient jusqu'au délire la presse des stars et des ragots ? L'éditorialiste la plus célèbre de Los Angeles, Louella Parsons, révéla que le fils de Trujillo avait offert une Cadillac dernier cri à Kim Novak et un manteau de vison à Zsa Zsa Gabor. Un membre démocrate du Congrès calcula, en séance à la Chambre, que ces cadeaux représentaient l'équivalent de l'aide militaire annuelle que Washington accordait gracieusement à l'État dominicain, et il demanda si c'était là la meilleure façon d'aider les pays pauvres à se défendre contre le communisme et de dépenser l'argent du peuple nord-américain.

Impossible d'éviter le scandale. Aux États-Unis, s'entend, pas en République dominicaine, où l'on ne publia ni ne dit un mot des débordements de Ramfis. Là-bas oui, car, quoi qu'on dise, il y a une opinion publique et une presse libre, et les hommes politiques sont brûlés s'ils prêtent le flanc à la critique. Aussi, à la demande du Congrès, l'aide militaire fut interrompue. Tu te rappelles tout cela, papa ? L'académie fit savoir discrètement au Département d'État, et celui-ci, encore plus discrètement, au Généralissime, qu'il n'y avait pas la moindre chance que son fiston soit reçu, et qu'en raison de ses piètres états de service, il valait mieux qu'il se retire, sous peine d'essuyer l'humiliation d'être expulsé de l'académie militaire de Fort Leavenworth.

— Les misères qu'on faisait au pauvre Ramfis n'étaient nullement du goût de son charmant papa, n'est-ce pas ? Quoi ! il n'avait fait que se donner du bon temps et vois un peu comment réagissaient ces gringos puritains. En représailles, ton Chef voulut annuler les missions navale et militaire des États-Unis, et il convoqua l'ambassadeur pour protester. Ses conseillers les plus intimes, Paíno Pichardo, toi-même, Balaguer, Chirinos, Arala, Manuel Alfonso, durent faire des pieds et des mains pour le convaincre qu'une rupture serait immensément préjudiciable. Tu t'en souviens ? Les historiens disent que tu as été un de ceux qui ont empêché l'affaire de s'envenimer avec Washington à cause des exploits de Ramfis. Tu n'y es parvenu qu'à moitié, papa. Car, dès cette époque et en marge de ces excès, les États-Unis ont compris que cet allié était devenu un obstacle et qu'il était plus sage de chercher quelqu'un de plus présentable. Mais comment avons-nous fini par parler des fistons de ton Chef, papa ?

L'invalide hausse et laisse retomber les épaules comme pour répondre : « Qu'est-ce que j'en sais, tu dois savoir, toi ! » Mais alors, est-ce qu'il comprenait ? Non. Du moins, pas tout le temps. L'attaque cérébrale n'avait pas totalement annulé sa faculté de compréhension ; elle l'avait réduite à dix ou cinq pour cent de la normale. Ce cerveau limité, appauvri, ralenti, était sans doute capable de retenir et de traiter l'information que ses sens captaient à peine quelques minutes, voire quelques secondes, avant de s'obscurcir. C'est pourquoi, soudain, ses yeux, son visage, ses gestes, avec ce haussement d'épaules, suggèrent qu'il écoute, qu'il comprend ce que tu lui dis. Mais c'est seulement par bribes, par spasmes, par éclairs, sans coordination. Ne te fais pas d'illusions, Urania. Il comprend l'espace de quelques secondes et il l'oublie. Tu ne communiques pas avec lui. Tu continues à parler seule, comme tous les jours depuis plus de trente ans.

Elle n'est ni triste ni déprimée. Empêchée de l'être, sans doute, par ce soleil qui entre par les fenêtres et éclaire les objets d'une lumière si vive qu'il en accentue le profil et en révèle les détails, dénonçant défauts, décolorations et vieillissement. Comme elle est devenue pauvre, délabrée et croulante la chambre à coucher — la maison — du naguère puissant président du Sénat, Agustín Cabral. Comment as-tu fini par te rappeler Ramfis Trujillo? Ces étranges cheminements de la mémoire la fascinent toujours, cette géographie qu'elle anime en fonction de mystérieux stimuli, d'associations imprévues. Ah, oui! c'est à relier à la nouvelle que tu as lue la veille de ton départ des États-Unis, dans *The New York Times*. L'article parlait du petit frère cadet, cette mocheté, cet idiot de Radhamés. Et quelle nouvelle! ou plutôt quelle fin! Le reporter avait fait une enquête minutieuse. Le dernier des Trujillo vivait depuis quelques années à Panamá, en pleine déconfiture, se livrant à des activités suspectes, personne ne savait lesquelles, jusqu'à ce qu'il s'évanouît dans la nature. La disparition avait eu lieu l'an passé, sans que les tentatives, faites par des parents et la police panaméenne — la perquisition effectuée dans la petite chambre où il habitait, à Balboa, révéla que ses maigres effets étaient restés là —, ne fournissent la moindre piste. Jusqu'à ce qu'enfin quelqu'un du cartel colombien de la drogue fît savoir, à Bogota, avec la pompe syntaxique qui caractérise l'Athènes de l'Amérique, que « le citoyen dominicain D. Radhamés Trujillo Martínez, domicilié à Balboa, dans la république sœur de Panamá, a été exécuté, en un lieu non consigné des forêts colombiennes, après

160

que fut mise au jour son attitude incontestablement malhonnête dans l'accomplissement de ses obligations ». *The New York Times* expliquait qu'à ce qu'il semble ce raté de Radhamés gagnait sa vie, depuis des années, au service de la mafia colombienne. Avec de pitoyables ressources, sans doute, à en juger par la modestie de sa vie ; jouant les intermédiaires des cerveaux de la drogue, louant des appartements pour eux, les conduisant d'hôtels en aéroports ou en maisons de rendez-vous, trempant même dans le blanchiment de l'argent. Essaya-t-il de se faire quelques dollars en douce, afin d'améliorer ses conditions de vie ? Comme il était plutôt d'une intelligence limitée, il s'était fait prendre la main dans le sac, et s'était fait enlever dans les forêts de Darién, où se trouvaient ses seigneurs et maîtres. Peut-être l'avaient-ils torturé avec le même acharnement que Ramfis et lui torturèrent et tuèrent, en 1959, les envahisseurs de Constanza, Maimón et Estero Hondo, puis, en 1961, les participants au complot du 30 mai[1].

— Une fin équitable, papa —, son père, qui somnolait, ouvre les yeux. — Tous ceux qui prennent le sabre, périront par le sabre[2]. Cela s'applique à merveille à Radhamés, si tant est qu'il est mort ainsi. Car rien n'a été prouvé. L'article disait aussi que, selon certains, il était un indicateur de la D.E.A.[3], que celle-ci lui avait refait le visage et le protégeait pour services rendus, parmi les mafieux colombiens. Rumeurs, conjectures. En tout cas, quelle belle fin pour les fistons de ton Chef et de la Très Honorable Dame ! Le beau Ramfis écrabouillé dans un accident

1. L'assassinat de Trujillo.
2. Évangile selon Matthieu, XXVI, 52.
3. Drug Enforcement Administration, auparavant appelée Narcotic Bureau, organisme fédéral nord-américain chargé de la répression du trafic des stupéfiants.

de voiture à Madrid. Un accident qui, à ce qu'on dit, fut une opération de la C.I.A. et de Balaguer pour couper la route à l'aîné qui, depuis Madrid, conspirait, disposé à investir des millions pour récupérer le fief familial. Radhamés, devenu un pauvre diable, assassiné par la mafia colombienne pour avoir essayé de soustraire l'argent sale au blanchiment duquel il contribuait, ou pour être un agent de la D.E.A. Angelita, Sa Majesté Angelita Ire, dont je fus demoiselle d'honneur, sais-tu comment elle vit? À Miami, touchée par les ailes de la divine colombe. C'est maintenant une New Born Christian. Dans une de ces milliers de sectes évangéliques auxquelles poussent la folie, le crétinisme, l'angoisse ou la peur. Ainsi a fini la reine et dame de ce pays. Dans une maisonnette proprette et de mauvais goût, dans une futilité hybride gringo-caribéenne, vouée à des tâches missionnaires. On dit qu'on peut la voir, au coin des rues de Dade Country, dans les quartiers latinos et haïtiens, chantant des psaumes et exhortant les passants à ouvrir leur cœur au Seigneur. Que dirait de tout cela le Bienfaiteur et Père de la Nouvelle Patrie?

L'invalide à nouveau hausse et laisse retomber les épaules, il bat des cils et retombe en léthargie. Paupières mi-closes, il se pelotonne dans son fauteuil, prêt pour un petit somme.

C'est vrai, tu n'as jamais éprouvé de haine pour Ramfis, pour Radhamés ou Angelita, rien de comparable à celle que t'inspirent encore Trujillo et la Très Honorable Dame. Parce que, d'une certaine façon, les fistons ont payé en déchéance ou en morts violentes leur part des crimes de la famille. Et pour Ramfis, tu n'as jamais pu éviter d'avoir quelque bienveillance. Pourquoi, Urania? Peut-être en raison de ses crises psychiques, ses dépressions, ses accès de folie, ce déséquilibre que la famille a toujours caché et qui, après les assassinats qu'il ordonna en juin 1959, obligèrent Trujillo à l'interner en Belgique dans un hôpital psychiatrique. Dans tous ses faits et gestes, même les plus cruels, il y eut chez Ramfis quelque chose de caricatural, de contrefait, de pathétique. Comme les cadeaux spectaculaires aux stars de Hollywood que Porfirio Rubirosa s'envoyait gratis (quand il ne se faisait pas payer par elles). Ou cette façon de faire échouer les plans que son père échafaudait pour lui. Est-ce que cela n'avait pas été grotesque, par exemple, la manière dont Ramfis avait fait capoter l'accueil que, pour le dédommager de son échec à l'académie militaire de Fort Leavenworth, lui avait préparé le Généralissime ? Il fit en sorte que le Congrès — « C'est toi qui as présenté le projet de loi, papa ? » — le nomme chef d'état-major général des forces armées, et qu'à son arrivée il fût reçu comme tel, dans un défilé militaire sur l'Avenue, au pied de l'obélisque. Tout était en place, et les troupes en rang, ce matin-là, quand le yacht *Angelita*, que le Généralissime avait envoyé à Miami pour le chercher, entra dans le port sur le fleuve Ozama, et Trujillo en personne, accompagné de Joaquín Balaguer, alla l'accueillir à quai, pour le conduire à la parade. Quelle surprise ! quelle déception ! quelle confusion ! pour le Chef lorsque le yacht accosta et qu'il découvrit l'état lamentable et le visage souillé de bave qu'avait laissés chez Ramfis l'orgie du voyage. Il tenait à peine sur ses pieds, incapable d'articuler une phrase. Sa langue molle et indocile émettait des grognements au lieu de mots. Il avait les yeux saillants, le regard vitreux, et ses vêtements couverts de vomi. Ses petits amis et les femmes qui l'accompagnaient étaient dans un pire état encore. Balaguer le consigne dans ses Mémoires : Trujillo devint blanc comme un linge, vibra d'indignation et ordonna l'annulation du défilé militaire et de la prise de commandement de Ramfis comme chef d'état-major général. Et avant de partir, il saisit une coupe et porta un toast qui voulait être une gifle symbolique à son crétin de fils (que l'ivresse dut empêcher de comprendre) : « Je lève mon verre au travail, la seule chose qui apportera la prospérité à la République. »

Un autre accès de rire hystérique s'empare d'Urania et l'invalide ouvre les yeux, terrifié.

— N'aie pas peur —, Urania retrouve son sérieux. — Je ne peux m'empêcher de rire en imaginant la scène. Où étais-tu alors ? Quand ton Chef découvrait son fiston ivre mort, entouré de putes et de copains également ivres ? Dans la tribune de l'Avenue, en frac, attendant le nouveau chef d'état-major général des forces armées ? Quelle explication donna-t-on ? On annule le défilé à cause du delirium tremens du général Ramfis ?

Elle rit à nouveau, sous le regard profond de l'invalide.

— Une famille pour rire et pour pleurer, mais pas à prendre au sérieux, murmure Urania. Tu as dû, parfois, avoir honte pour eux. Et de la peur et des remords quand tu te permettais, bien qu'en grand secret, cette audace. J'aimerais savoir ce que tu aurais pensé de la fin mélodramatique des fistons du Chef. Ou de cette histoire sordide des dernières années de doña María Martínez, la Très Honorable Dame, la terrible, la vengeresse, celle qui réclamait à cor et à cri qu'on arrache la peau et les yeux aux assassins de Trujillo. Sais-tu qu'elle a fini percluse d'artériosclérose ? Que cette croqueuse de diamants tira en cachette du Chef des millions et des millions de dollars ? Qu'elle avait les clés des comptes chiffrés en Suisse et que, seule à les connaître, elle les avait cachées à ses enfants ? À bon escient, sans doute. Elle craignait qu'ils lui fauchent ses millions et l'enferment dans un asile pour y passer ses dernières années sans leur taper sur les nerfs. C'est elle, aidée par l'artériosclérose, qui a fini par les entuber. J'aurais donné n'importe quoi pour voir la Très Honorable Dame, là-bas à Madrid, accablée par ses misères et perdant la mémoire. Mais conservant, du fond de son avarice, assez de lucidité pour ne pas révéler à ses fistons les numéros des comptes suisses. Et pour voir les efforts des pauvres petits pour que la Très Honorable Dame, à Madrid, dans la maison de cette mocheté et ce crétin de Radhamés, ou à Miami chez Angelita avant son mysticisme, se rappelle où elle avait griffonné ou dissimulé ses numéros. Tu les vois d'ici, papa ? Fouillant partout, forçant des serrures, ouvrant, cassant, déchirant tout pour trouver la cachette. Ils l'emmenaient à Miami, la renvoyaient à Madrid. Et jamais ils n'ont pu trouver. Elle est partie dans la tombe en emportant son secret. Comment tu trouves ça, papa ? Ramfis réussit à dilapider quelques petits millions qu'il avait fait sortir du pays dans les mois qui avaient suivi la mort de son père, parce que le Généralissime (est-ce que c'est vrai, papa ?) s'était obstinément refusé à tirer un centime du pays pour obliger sa famille et ses proches à mourir ici, en faisant face à la situation. Le résultat c'est qu'Angelita et Radhamés se sont retrouvés à la rue. Et grâce à son artériosclérose, la Très Honorable Dame est morte aussi dans la pauvreté, à Panamá, où l'a enterrée Kalil Haché, en la transportant au cimetière en taxi. Elle a légué les millions de la famille aux banquiers suisses ! De quoi pleurer ou rire aux éclats, mais en aucun cas à prendre au sérieux. Pas vrai, papa ?

Elle repart d'un éclat de rire, qui la fait larmoyer. Tandis qu'elle se sèche les yeux, elle lutte contre un bâillement de dépression qui grandit au fond d'elle-même. L'invalide l'observe, accoutumé à sa présence. Il ne semble plus suspendu à son monologue.

— Ne crois pas que je sois devenue hystérique, fait-elle en soupirant. Pas encore, papa. Ce que je fais devant toi, divaguer, fouiller dans les souvenirs, je ne le fais jamais. Ce sont mes premières vacances depuis bien des années. Je n'aime pas les vacances. Ici, fillette, j'aimais bien. Mais depuis que, grâce aux *sisters*, j'ai pu aller à l'université d'Adrian, jamais plus. J'ai passé ma vie à travailler. À la Banque mondiale je n'en ai jamais pris. Et dans mon cabinet, à New York, non plus. Je ne dispose pas d'assez de temps pour aller le perdre à monologuer sur l'histoire dominicaine.

C'est vrai que ton existence à Manhattan est épuisante. Toutes les heures d'Urania sont chronométrées, depuis neuf heures, quand elle entre dans son bureau à l'angle de la 74e Rue et de Madison. Auparavant elle a couru trois quarts d'heure à Central Park s'il fait beau, ou fait de l'aérobic au Fitness Center de son quartier auquel elle est abonnée. Sa journée est une succession d'entretiens, de rapports, de discussions, de consultations, de vérifications d'archives, de déjeuners de travail au cabinet particulier de l'étude ou dans quelque restaurant du coin, avec un après-midi tout aussi occupé, qui se prolonge fréquemment jusqu'à huit heures. Si le temps le permet, elle rentre à pied. Elle se prépare une salade et avale un yaourt avant de regarder les informations à la télé, lit un moment en se couchant, mais elle est si fatiguée que les images du film vidéo ou les lettres de son livre dansent devant ses yeux au bout d'à peine dix minutes. Sans compter obligatoirement un ou deux voyages par mois, à l'intérieur des États-Unis, ou en Amérique latine, en Europe et en Asie ; ces derniers temps, en Afrique aussi, où quelques investisseurs osent enfin risquer leur argent et ont besoin, pour ce faire, d'un conseil juridique. C'est sa spécialité : l'aspect légal des opérations financières des entreprises, n'importe où dans le monde. Une spécialité vers laquelle elle a dérivé après avoir travaillé des années durant au département juridique de la Banque mondiale. Ces déplacements sont plus éreintants que ses journées à Manhattan. Cinq, dix ou douze heures de vol pour Mexico City, Bangkok, Tokyo, Rawalpindi ou Harare, et, sitôt rendue, remettre ou recevoir immédiatement des rapports, discuter chiffres, évaluer des projets, changeant de paysages et de climats, du chaud au froid, de l'humidité à la sécheresse, de l'anglais au japonais, de l'espagnol à l'urdu, de l'arabe à l'hindi, en recourant à des interprètes dont les erreurs peuvent être la source de décisions erronées. Aussi lui faut-il toujours avoir ses cinq sens en éveil, être dans un état de concentration qui la laisse exténuée, de sorte qu'aux inévitables réceptions elle peut à peine s'empêcher de bâiller.

— Quand je dispose d'un samedi et d'un dimanche pour moi, je reste à la maison, heureuse, à lire l'histoire dominicaine —, dit-elle et il lui semble que son père acquiesce. — Une histoire assez particulière, pas vrai ? Mais, moi, ça me repose. C'est ma façon de ne pas perdre mes racines. Bien que j'aie vécu là-bas le double d'années qu'ici, je ne suis pas devenue une gringa. Est-ce que j'ai encore l'accent dominicain, papa ?

Dans les yeux de l'invalide, est-ce une petite lueur ironique qui brille ?

— Bon, une Dominicaine relative, une de là-bas. Que peut-on attendre de quelqu'un qui a vécu plus de trente ans parmi des gringos, qui passe des semaines sans parler l'espagnol. Sais-tu que j'étais sûre que je ne te verrais plus ? Je ne pensais même pas venir pour t'enterrer. C'était une décision ferme et définitive. Je sais bien que tu aimerais savoir pourquoi je suis passée outre. Pourquoi je suis ici. À vrai dire, je ne le sais pas. C'était plus fort que moi et je n'y ai guère réfléchi. J'ai demandé une semaine de vacances et me voilà. Je suis bien venue chercher quelque chose. Toi, peut-être. Voir de près comment tu étais. Je savais que tu allais mal et que, depuis ton attaque cérébrale, il n'était plus possible de parler avec toi. Tu aimerais savoir ce que je sens ? Ce que j'ai senti en revenant à la maison de mon enfance ? Et en voyant dans quel état lamentable tu te trouves ?

Son père à nouveau prête attention. Il attend, avec curiosité, qu'elle poursuive. Que sens-tu, Urania ? De l'amertume ? Une certaine mélancolie ? De la tristesse ? Une vieille colère qui remonte ? « Le pire, c'est que je crois que je ne sens rien », pense-t-elle.

On sonne à la porte d'entrée. Une sonnerie insistante et qui vibre fort dans cette brûlante matinée.

VIII

Les cheveux qui lui manquaient sur la tête dépassaient de ses oreilles, dont des touffes de poils des plus noirs jaillissaient, agressives, comme une grotesque compensation de la calvitie de l'Ivrogne Constitutionnaliste. Était-ce lui aussi qui lui avait donné ce surnom, avant de le rebaptiser, dans son for intérieur, l'Ordure Incarnée ? Le Bienfaiteur ne s'en souvenait pas. Oui, probablement. Il était doué pour ce genre de choses depuis tout jeune. Beaucoup de ces féroces surnoms dont il affublait les gens devenaient chair vivante de ses victimes et arrivaient à remplacer leur nom. Ainsi en allait-il du sénateur Henry Chirinos, que personne en République dominicaine, en dehors des journaux, ne connaissait plus par son nom, mais seulement par ce sobriquet ravageur : l'Ivrogne Constitutionnaliste. Il avait l'habitude de caresser les crins soyeux qui nichaient dans ses oreilles et, quoique le Généralissime, dans son obsession de la propreté, lui eût interdit de le faire devant lui, voilà qu'il s'y appliquait maintenant et, pour comble, il alliait cette activité dégoûtante à une autre : se lisser les poils du nez. Il était nerveux, très nerveux. Lui savait pourquoi : il lui apportait un rapport négatif sur l'état des affaires. Mais le coupable de cette mauvaise situation ce n'était pas Chirinos, c'étaient les sanctions imposées par l'O.E.A., qui asphyxiaient le pays.

— Si tu continues à te gratter le nez et les oreilles, j'appelle ma garde personnelle et je te boucle, lui dit-il de mauvaise humeur. Je t'ai interdit de faire ces cochonneries ici. Tu t'es encore pinté ?

L'Ivrogne Constitutionnaliste fit un bond sur sa chaise, devant le bureau du Bienfaiteur. Il écarta les mains de son visage.

— Je n'ai pas bu une goutte d'alcool, s'excusa-t-il confus. Vous savez que je ne suis pas un buveur diurne, Chef, mais seulement crépusculaire et nocturne.

Il portait un costume que le Généralissime jugea un monument de mauvais goût : d'une teinte mi-plombée mi-verdâtre, avec des éclats moirés ; quelque costume qu'il portât, il semblait y avoir engoncé son corps obèse avec un chausse-pied. Sur sa chemise blanche flottait une cravate vaguement bleue à pois jaunes que le regard sévère du Bienfaiteur identifia comme des taches de graisse. Contrarié, il pensa qu'il s'était fait ces taches en mangeant, parce que le sénateur Chirinos mangeait en ingurgitant d'énormes bouchées, qu'il avalait gloutonnement comme s'il craignait que ses voisins aillent lui voler son assiette, et en mâchant sans fermer la bouche qui bombardait l'air de menus débris.

— Je vous jure que je n'ai pas une goutte d'alcool dans le corps, répéta-t-il. Seulement le café noir du petit déjeuner.

C'était probablement vrai. En le voyant entrer dans son bureau voici un moment, balançant sa silhouette éléphantiasique et avançant à petits pas, tâtant le sol avant de poser son pied, il avait pensé qu'il était ivre. Non ; il avait dû somatiser ses soûleries, car même sobre il évoluait avec l'insécurité et les tremblements de l'alcoolique.

— Tu macères dans l'alcool, et même quand tu ne bois pas tu as l'air ivre, dit-il en l'examinant de la tête aux pieds.

— C'est vrai, s'empressa de reconnaître Chirinos en faisant un geste théâtral. Je suis un *poète maudit*[1], Chef. Comme Baudelaire et Rubén Darío.

Il avait le teint cendreux, un double menton, les cheveux clairsemés et gras, des petits yeux enfoncés derrière des paupières gonflées. Le nez, aplati depuis son accident, était celui d'un boxeur, et sa bouche presque sans lèvres ajoutait une note perverse à son insolente laideur. Il avait toujours été affreusement laid, à tel point que, dix ans plus tôt, au moment de cette collision d'où il se tira par miracle, ses amis pensèrent que la chirurgie esthétique allait l'améliorer. Mais il en alla tout au contraire.

Qu'il soit toujours homme de confiance du Bienfaiteur, membre de l'étroit cercle d'intimes, comme Virgilio Álvarez Pina, Paíno Pichardo, Caboche Cabral (maintenant en disgrâce) ou Joaquín Balaguer, voilà qui prouvait que dans le choix de ses collaborateurs le Généralissime ne se laissait pas guider par ses goûts ou ses dégoûts personnels. Malgré la répugnance que lui inspirèrent toujours son physique, son négligé et ses façons, Henry Chirinos, dès le début de son gouvernement, s'était vu attribuer ces tâches délicates que Trujillo confiait à des gens non seulement sûrs, mais aussi capables. Et il était un des plus capables, parmi ceux qui avaient accédé à ce club exclusif. Avocat, c'était un spécialiste en droit constitutionnel. Très jeune, il fut avec Agustín Cabral le principal rédacteur de la Constitution que Trujillo promulgua dès les débuts de l'Ère, et de tous les amendements apportés ensuite au texte constitutionnel. Il avait rédigé aussi les principales

1. En français dans le texte.

lois organiques et ordinaires, et été rapporteur de presque toutes les décisions légales adoptées par le Congrès pour légitimer les besoins du régime. Personne comme lui pour donner, dans des discours parlementaires truffés de latinismes et de citations — souvent en français —, une apparence de force juridique aux décisions les plus arbitraires de l'exécutif, ou pour battre en brèche, avec une logique implacable, toute proposition que Trujillo désapprouvait. Son esprit, organisé comme un code, trouvait immédiatement une argumentation technique pour donner un vernis de légalité à toute décision de Trujillo, que ce soit un verdict de la Cour des comptes, de la Cour suprême ou une loi du Congrès. Une bonne partie de la toile d'araignée légale de l'Ère avait été tissée par la diabolique habileté de ce grand avocassier (comme l'appela une fois, devant Trujillo, le sénateur Agustín Cabral, son ami et ennemi de cœur dans le cercle des favoris).

Avec tous ces atouts, Henry Chirinos, parlementaire perpétuel, fut tout ce qu'on pouvait être dans les trente années de l'Ère : député, sénateur, ministre de la Justice, membre du Tribunal constitutionnel, ambassadeur plénipotentiaire et chargé d'affaires, gouverneur de la Banque centrale, président de l'Institut trujillien, membre de la Junte centrale du Parti dominicain et, depuis deux ans — gage de la plus haute confiance —, contrôleur de la marche des entreprises du Bienfaiteur. De ce fait, il avait la haute main sur l'Agriculture, le Commerce et les Finances. Pourquoi confier une telle responsabilité à un alcoolique invétéré ? Parce que cet avocaillon était expert en économie. Il l'avait prouvé à la tête de la Banque centrale et aux Finances, quelques mois durant. Et parce que, ces dernières années, en raison des multiples traquenards, il lui fallait à ce poste une personne d'absolue confiance, qu'il pût informer des embrouilles et des querelles familiales. Et là, cette boule de suif et d'alcool était irremplaçable.

Comment donc ce buveur impénitent n'avait-il pas perdu la main pour l'intrigue juridique, ni sa capacité de travail, la seule, peut-être, avec celle d'Anselmo Paulino, tombé en disgrâce, que le Bienfaiteur pouvait comparer à la sienne ? L'Ordure Incarnée pouvait travailler dix à douze heures d'affilée, se soûler comme une outre, et se pointer le lendemain à son bureau du Congrès, au ministère ou au Palais national, frais et lucide, dictant aux dactylos ses rapports juridiques, ou dissertant avec une éloquence fleurie sur des sujets politiques, juridiques, économiques et constitutionnels. En outre, il écrivait des poèmes burlesques et des acrostiches, des articles et des livres historiques, et c'était l'une des plumes les plus aiguës que Trujillo utilisait pour distiller son venin dans le « Courrier des lecteurs » d'*El Caribe*.

— Comment vont les affaires ?

— Très mal, Chef, fit le sénateur Chirinos en respirant profondément. À cette allure, elles vont bientôt être à l'agonie. J'ai le regret de vous le dire, mais vous ne me payez pas pour que je vous trompe. Si les sanctions ne sont pas bientôt levées, nous courons à la catastrophe.

Et alors il ouvrit sa grosse serviette pour en tirer des liasses de papiers et des carnets, et se livrer à une analyse des principales entreprises, en commençant par les propriétés de la Corporation sucrière dominicaine, et en poursuivant par la Dominicaine d'Aviation, les cimenteries, les compagnies du bois et les scieries, les bureaux d'import-export et les comptoirs commerciaux. La musique des noms et des chiffres berça le Généralissime, qui écoutait à peine : Atlas Commercial, Caribbean Motors, Compagnie anonyme des tabacs, Consortium du coton dominicain,

Chocolaterie industrielle, Industrie dominicaine de la chaussure, Distributeurs de sel en grain, Manufacture d'huiles végétales, Cimenterie dominicaine, Manufacture dominicaine de disques, Manufacture de batteries dominicaines, Manufacture de vannerie et corderie, Quincaillerie Read, Ferronnerie El Marino, Industries dominico-suisses, Industrie laitière, Industrie des spiritueux Altagracia, Industrie nationale du verre, Industrie nationale du papier, Moulins dominicains, Peintures dominicaines, Ateliers de vulcanisation, Quisqueya Motors, Raffinerie de sel, Sacs et Tissus dominicains, Assurances San Rafael, Société immobilière, journal *El Caribe*. L'Ordure Incarnée laissa pour la fin, en mentionnant à peine qu'il n'y avait pas là non plus de « mouvements positifs », les affaires où la famille Trujillo avait une participation minoritaire. Il ne dit rien que le Bienfaiteur ne sût : ce qui n'était pas paralysé par la pénurie de biens productifs et de pièces détachées tournait à un tiers, voire à un dixième de sa capacité. La catastrophe s'était produite, et de quelle manière ! Mais au moins — le Bienfaiteur soupira —, les gringos n'avaient pas obtenu ce qu'ils pensaient être le coup de grâce : l'approvisionnement en pétrole, tout comme les pièces détachées pour les véhicules et les avions. Johnny Abbes García s'était arrangé pour que le combustible transite par Haïti, en franchissant la frontière en contrebande. Le surcoût était élevé, mais le consommateur ne le payait pas, le régime absorbait ce coup de pouce financier. L'État ne pourrait supporter longtemps encore cette hémorragie. La vie économique, du fait de la restriction des devises et de la paralysie des exportations et des importations, s'était immobilisée.

— Il n'y a pratiquement plus de rentrées de fonds dans aucune entreprise, Chef. Seulement des débits.

Comme nos affaires étaient florissantes, elles sur-
vivent encore. Mais pas de façon indéfinie.

Il soupira théâtralement, comme lorsqu'il pronon-
çait ses éloges funèbres, une autre de ses grandes
spécialités.

— Je vous rappelle qu'on n'a pas licencié un seul
ouvrier, paysan ou employé, malgré la guerre économique qui dure depuis plus d'un an. Ces entreprises
fournissent soixante pour cent des postes de travail
dans le pays. Rendez-vous compte de la gravité de la
situation. Trujillo ne peut continuer à tenir à bout de
bras les deux tiers des familles dominicaines quand,
en raison des sanctions, toutes les affaires sont à
moitié paralysées. De sorte que...

— De sorte que...

— Ou bien vous m'autorisez à réduire le personnel, afin de limiter les frais, en attendant des temps
meilleurs...

— Tu veux une explosion de milliers de chô-
meurs ? l'interrompit Trujillo, cassant. Ajouter un
problème social à ceux que j'ai déjà ?

— Il y a une alternative, à laquelle on a eu recours
dans des circonstances exceptionnelles, répliqua le
sénateur Chirinos avec un sourire méphistophélique.
Et c'est le cas, n'est-ce pas ? Eh bien ! que l'État, afin
de garantir l'emploi et l'activité économique, assume
la conduite des entreprises stratégiques. L'État natio-
nalise, disons, un tiers des entreprises industrielles
et la moitié des propriétés agricoles et d'élevage. Il y
a encore des fonds pour cela, à la Banque centrale.

— Et à quoi ça m'avance, bordel de merde ! l'interrompit Trujillo, irrité. À quoi ça m'avance que les
dollars passent de la Banque centrale à un compte à
mon nom ?

— Cela veut dire tout simplement qu'à partir de
maintenant, la faillite que représentent trois cents
entreprises travaillant à perte ne sera pas supportée

par votre poche, Chef. Je vous le répète, si cela continue ainsi, elles feront toutes banqueroute. Mon conseil est technique. La seule façon d'éviter que votre patrimoine ne s'évapore par la faute de l'étranglement économique, c'est de transférer les pertes à l'État. Il ne convient à personne que vous soyez ruiné, Chef.

Trujillo se sentit fatigué. Le soleil chauffait de plus en plus et, comme tous les visiteurs de son bureau, le sénateur Chirinos transpirait déjà. Il épongeait de temps en temps son visage avec un mouchoir bleu ciel. Lui aussi aurait aimé que le Généralissime installât l'air conditionné. Mais Trujillo détestait cet air artificiel qui enrhumait, cette atmosphère fallacieuse. Il ne tolérait qu'un ventilateur, les jours de canicule. Il était, de surcroît, fier d'être l'homme-qui-ne-transpire-jamais.

Il se tut un moment, resta méditatif, puis fit la grimace.

— Toi aussi, au fond de ton sale petit cerveau, tu penses que j'accapare négoces et propriétés par esprit de lucre, s'écria-t-il d'un ton las. Ne m'interromps pas. Si toi, après tant d'années passées à mes côtés, tu n'as pas réussi à me connaître, que puis-je espérer des autres. Qu'ils croient que le pouvoir m'intéresse pour m'enrichir.

— Je sais très bien qu'il n'en est rien, Chef.

— Faut-il que je te l'explique, pour la centième fois ? Si ces entreprises n'appartenaient pas à la famille Trujillo, ces postes de travail n'existeraient pas. Et la République dominicaine serait le petit pays africain qu'elle était quand je l'ai prise sur mes épaules. Tu ne t'en es pas encore rendu compte.

— Je m'en suis parfaitement rendu compte, Chef.

— Est-ce que tu me voles, toi ?

Chirinos fit un autre bond sur sa chaise et le teint

cendreux de son visage vira au noir. Il battait des cils, épouvanté.

— Qu'est-ce que vous dites, Chef ? Dieu m'est témoin...

— Je sais bien que non, le tranquillisa Trujillo. Et pourquoi ne me voles-tu pas, malgré tes possibilités de faire et défaire ? Par loyauté ? Peut-être. Mais avant tout, par peur. Tu sais que, si tu me voles et que je le découvre, je te remettrai entre les mains de Johnny Abbes, qui te conduira à La Quarante, te fera asseoir sur le Trône et te carbonisera, avant de te jeter aux requins. Ces choses qui plaisent tant à l'imagination effervescente du chef du S.I.M. et à la petite équipe qu'il a montée. C'est pour ça que tu ne me voles pas. Pour ça que ne me volent pas, non plus, les directeurs, administrateurs, comptables, ingénieurs, vétérinaires, contremaîtres, etc., etc., des compagnies que tu surveilles. Pour ça qu'ils travaillent avec ponctualité et efficacité, et pour ça que les entreprises ont prospéré et se sont multipliées, transformant la République dominicaine en un pays moderne et riche. Tu as bien compris ?

— Bien sûr, Chef, fit en renâclant l'Ivrogne Constitutionnaliste. Vous avez tout à fait raison.

— En revanche, poursuivit Trujillo comme s'il ne l'avait pas entendu, tu volerais tout ce que tu pourrais si le travail que tu fais pour la famille Trujillo, tu le faisais pour les Vicini, les Valdez ou les Armenteros. Et encore plus si les entreprises appartenaient à l'État. Alors là oui, tu te remplirais les poches. Est-ce que ton cerveau comprend, maintenant, pourquoi toutes ces affaires, ces terres et ces élevages.

— Pour servir le pays, je le sais parfaitement, Excellence, jura le sénateur Chirinos. — Il était aux abois et Trujillo pouvait le voir à sa façon de serrer contre son ventre sa serviette avec les documents, ainsi qu'à sa manière de plus en plus onctueuse de s'exprimer. — Je n'ai rien voulu suggérer qui puisse aller à l'encontre, Chef. Dieu me garde !

— Mais c'est vrai, tous les Trujillo ne sont pas comme moi, dit le Bienfaiteur en relâchant la tension d'une moue déçue. Mes frères, ma femme, mes fils n'ont pas la même passion que moi pour ce pays. Ils sont cupides. Le pire c'est qu'en cet instant ils me font perdre du temps, car je dois veiller à ce qu'ils ne détournent pas mes ordres.

Il adopta le regard offensif et direct qui intimidait les gens. L'Ordure Incarnée se recroquevillait sur son siège.

— Ah ! je vois, quelqu'un a désobéi, murmura-t-il.

Le sénateur Henry Chirinos acquiesça, sans oser parler.

— Ils ont essayé de faire sortir des devises, à nouveau ? demanda-t-il d'une voix glacée. Qui ? La vieille ?

La flasque face dégoulinante de sueur acquiesça encore, comme malgré elle.

— Elle m'a pris à part, hier soir, durant la veillée poétique, fit-il d'une voix hésitante et faible, presque éteinte. Elle a dit qu'elle pensait à vous, pas à elle ni à ses fils. Pour vous assurer une vieillesse tranquille, s'il arrive quelque chose. Je suis sûr que c'est la vérité, Chef. Elle vous adore.

— Que voulait-elle ?

— Un transfert de fonds en Suisse, dit le sénateur d'une voix étranglée. Seulement un million, cette fois.

— J'espère pour toi que tu ne lui as pas donné ce plaisir, dit Trujillo sèchement.

— Je ne l'ai pas fait, balbutia Chirinos avec ce même embarras qui déformait ses mots, le corps saisi d'un léger tremblement. Vos désirs sont des ordres. Et parce que avec tout le respect et le dévouement que je dois à doña María, je me dois d'être loyal d'abord à vous. Cette situation est très délicate pour moi, Chef. En multipliant mes refus, je perds l'amitié de doña María. Pour la seconde fois en une semaine j'ai refusé ce qu'elle me demandait.

La Très Honorable Dame craignait-elle également que le régime ne s'effondre ? Voici quatre mois elle avait exigé de Chirinos un transfert de cinq millions de dollars en Suisse ; maintenant, un million. Elle pensait avoir à fuir à tout moment et qu'il fallait pour cela avoir des comptes bien fournis à l'étranger, pour jouir d'un exil doré. Comme Pérez Jiménez, Batista, Rojas Pinilla ou Perón, ces ordures. Vieille avare. Comme si elle n'avait pas ses arrières plus qu'assurés. Pour elle, rien n'était suffisant. Elle avait été avare depuis sa jeunesse, et avec les années, elle l'était devenue de plus en plus. Allait-elle emporter ces comptes suisses dans l'autre monde ? C'est le seul domaine où elle eût osé défier l'autorité de son mari. Deux fois, cette semaine. Elle complotait dans son dos, il n'y avait pas d'autre mot. Ainsi avait-elle acheté, à l'insu de Trujillo, cette maison en Espagne, après la visite officielle qu'ils avaient rendue à Franco en 1954. Ainsi avait-elle ouvert et alimenté des comptes chiffrés en Suisse et à New York, dont il apprenait finalement l'existence, fortuitement parfois. Auparavant, il n'y avait pas attaché trop d'importance, se bornant à lâcher deux ou trois jurons, pour ensuite hausser les épaules devant les caprices de cette vieille ménopausée, à laquelle en tant que mari il devait considération. Maintenant c'était différent. Il avait donné l'ordre strict qu'aucun Dominicain, même la famille Trujillo, ne fasse sortir un seul peso du pays tant que dureraient les sanctions. Il n'allait pas permettre aux rats de tenter de quitter le navire qui finirait, en effet, par sombrer si tout l'équipage, à commencer par les officiers et le capitaine, se mettaient à fuir. Non, bordel de merde. Parents, amis et ennemis devaient rester ici, avec tous leurs avoirs, pour livrer bataille ou tomber au champ d'honneur. Comme les *marines*, bordel ! Conne et grippe-sous ! Il aurait mieux fait de la répudier et d'épouser une de ces magnifiques femmes qui étaient passées dans ses bras : la belle, la docile Lina Lovatón, par exemple, qu'il avait sacrifiée elle aussi à ce malheureux pays. Il allait te l'engueuler la Très Honorable Dame cet après-midi et lui rappeler que Rafael Leónidas Trujillo Molina n'était pas Batista, ni ce porc de Pérez Jiménez, ni ce cul-bénit de Rojas Pinilla, ni même le général Perón ce gominé. Il n'allait pas passer ses dernières années comme homme d'État à la retraite à l'étranger. Il vivrait jusqu'à sa dernière minute dans ce pays qui, grâce à lui, avait cessé d'être une tribu, une horde, une caricature, pour devenir une République.

Il remarqua les tremblements de l'Ivrogne Constitutionnaliste, et l'écume aux commissures de ses lèvres. Ses petits yeux, derrière les deux boules de graisse de ses paupières, s'ouvraient et se fermaient, frénétiquement.

— Alors, quoi d'autre encore. Quoi ?

— La semaine dernière, je vous ai informé que nous étions parvenus à éviter le blocage du paiement de la Lloyd's de Londres pour le lot de sucre vendu en Grande-Bretagne et aux Pays-Bas. Peu de chose. Quelque sept millions de dollars, dont quatre reviennent à vos entreprises, et le reste aux sucreries des Vicini et de la Central Romana. Suivant vos instructions j'ai demandé à la Lloyd's de transférer ces devises à la Banque centrale. On m'a indiqué ce matin qu'ils avaient reçu un contrordre.

— De qui ?

— Du général Ramfis, Chef. Il a télégraphié pour qu'on lui envoie la totalité de la créance à Paris.

— Et la Lloyd's de Londres est pleine de gratte-papier qui obéissent aux contrordres de Ramfis?

Le Généralissime parlait lentement, en prenant sur lui pour ne pas exploser. Ce détail imbécile lui faisait perdre trop de temps. Et puis, il souffrait de voir, devant des étrangers, même si c'étaient ses hommes de confiance, s'étaler crûment les tares de sa famille.

— Ils n'ont pas encore agréé la demande du général Ramfis, Chef. Ils sont déconcertés, c'est pourquoi ils m'ont appelé. Je leur ai répété que l'argent doit être envoyé à la Banque centrale. Mais comme vous avez donné pouvoir au général Ramfis et qu'en d'autres occasions il a retiré des fonds, il conviendrait de faire savoir à la Lloyd's qu'il y a eu un malentendu. Une question d'image, Chef.

— Appelle-le et dis-lui de s'excuser auprès de la Lloyd's. Aujourd'hui même.

Chirinos remua sur sa chaise, mal à l'aise.

— Si vous l'ordonnez, je le ferai, murmura-t-il. Mais accordez-moi une faveur, Chef. De votre vieil ami. Du plus fidèle de vos serviteurs. J'ai déjà gagné la rancune de doña María. Ne faites pas de moi, aussi, un ennemi de votre fils aîné.

Le malaise qu'il ressentait était si visible que Trujillo sourit.

— Appelle-le, ne crains rien. Je ne vais pas mourir encore. Je vais vivre encore dix ans, pour parachever mon œuvre. C'est le temps qu'il me faut. Et tu resteras avec moi, jusqu'au dernier jour. Parce que, laid, ivrogne et sale, tu es, malgré tout, un de mes meilleurs collaborateurs —, il marqua une pause et, regardant l'Ordure Incarnée avec la tendresse d'un mendiant pour son chien galeux, il ajouta quelque chose d'inhabituel dans sa bouche :
— Ah! si un de mes frères ou de mes fils valait autant que toi, Henry!

Le sénateur, anéanti, ne sut que répondre.

— Ce que vous avez dit compense toutes mes nuits de veille, balbutia-t-il en baissant la tête.

— Tu as de la chance de n'être pas marié, de ne pas avoir de famille, poursuivit Trujillo. Bien souvent tu as pu croire que c'est un malheur de ne pas laisser de descendance. Conneries ! L'erreur de ma vie a été ma famille. Mes frères, ma propre femme, mes enfants. As-tu vu pareilles calamités ? Sans autre horizon que l'alcool, le fric et la baise. Y en a-t-il un seul qui soit capable de continuer mon œuvre ? N'est-ce pas une honte que Ramfis et Radhamés, en cet instant, au lieu d'être ici, à mes côtés, jouent au polo à Paris ?

Chirinos écoutait, les yeux baissés, immobile, le visage grave, solidaire, sans dire un mot, craignant sans doute de compromettre son avenir s'il se risquait à exprimer sa mauvaise opinion sur les fils et les frères du Chef. C'était étrange que ce dernier s'abandonnât à des réflexions aussi amères ; il ne parlait jamais de sa famille, pas même devant ses intimes, et encore moins en termes si durs.

— L'ordre est toujours en vigueur, dit-il en changeant de ton en même temps que de sujet. Personne, et moins encore un Trujillo, ne sort de l'argent du pays tant qu'il y aura les sanctions.

— Entendu, Chef. À vrai dire, même s'ils le voulaient, ils ne le pourraient pas. À moins d'emporter leurs dollars dans leurs bagages à main, il n'y a pas de transactions avec l'étranger. L'activité financière est au point mort. Le tourisme a disparu. Les réserves diminuent chaque jour. Écartez-vous définitivement l'idée que l'État s'empare de quelques entreprises ? Pas même celles qui sont en déconfiture ?

— Nous verrons bien, fit Trujillo en cédant un peu. Laisse-moi ta proposition, je vais l'étudier. Qu'y a-t-il d'autre d'urgent ?

Le sénateur consulta son carnet, en le rapprochant de ses yeux. Il prit un air tragi-comique.

— Il y a là-bas, aux États-Unis, une situation paradoxale. Que ferons-nous avec nos prétendus amis ? Le Congrès, les politiciens, les lobbys qui reçoivent des subsides pour défendre notre pays. Manuel Alfonso a continué à les arroser jusqu'à ce qu'il tombe malade. Depuis lors, ils ont été interrompus. Quelques-uns ont fait de discrètes réclamations.

— Qui a dit de les suspendre ?

— Personne, Chef. C'est une question. Les fonds en devises destinés à cet effet, à New York, s'épuisent aussi. Ils n'ont pu être alimentés, étant donné les circonstances. Ce sont plusieurs millions de pesos chaque mois. Allez-vous rester aussi généreux envers ces gringos incapables de nous aider à lever les sanctions ?

— Des sangsues, je l'ai toujours su, dit le Généralissime en faisant un geste de mépris. Mais c'est aussi notre seul espoir. Si la situation politique change aux États-Unis, ils peuvent faire jouer leur influence, faire en sorte que les sanctions soient levées ou adoucies. Et, dans l'immédiat, parvenir à ce que Washington nous paie au moins le sucre déjà reçu.

Chirinos ne semblait pas enthousiaste. Il hochait la tête, d'un air sombre.

— Même si les États-Unis acceptaient de débloquer ce qu'ils ont retenu, cela servirait de peu, Chef. Que sont vingt-deux millions de dollars ? Des devises pour des produits de base et des importations de première nécessité seulement pour quelques semaines. Mais si vous l'avez décidé, j'indiquerai aux consuls Mercado et Morales de renouveler leurs versements à ces parasites. À propos, Chef, les fonds de New York pourraient être gelés. Si on adopte le projet de trois membres du Parti démocrate de geler les comptes des Dominicains non résidents aux États-

Unis. Je sais bien qu'ils figurent à la Chase Manhattan et à la Chemical comme sociétés anonymes. Mais, si les banques ne respectent pas le secret bancaire ? Je me permets de vous suggérer de les transférer dans un pays plus sûr, le Canada, par exemple, ou la Suisse.

Le Généralissime sentit un creux à l'estomac. Ce n'était pas de la colère qui lui produisait cette acidité, mais la déception. Il n'avait jamais perdu de temps, dans sa longue vie, à lécher ses blessures, mais ce qui se passait avec les États-Unis, le pays auquel son régime avait toujours accordé ses suffrages à l'O.N.U. quand c'était nécessaire, lui soulevait le cœur. À quoi avait donc servi de recevoir comme des princes et de décorer tous les Yankees qui avaient mis les pieds dans cette île ?

— Il est difficile de comprendre les gringos, murmura-t-il. Je n'arrive pas à me mettre dans la tête qu'ils se comportent comme ça avec moi.

— Je me suis toujours méfié de ces rustres, dit en écho l'Ordure Incarnée. Ils sont tous pareils. On ne peut même pas dire que ce harcèlement soit dû seulement à Eisenhower. Kennedy nous traite aussi mal.

Trujillo se ressaisit — « Au travail, bordel de merde ! » — et une fois de plus il changea de sujet.

— Abbes García a tout préparé pour déloger ce con d'évêque Reilly de sa cachette dans les jupes des bonnes sœurs, dit-il. Il a deux propositions. Le déporter ou le faire lyncher par la foule, pour décourager les curés conspirateurs. Laquelle préfères-tu ?

— Aucune, Chef, fit le sénateur Chirinos en retrouvant son aplomb. Vous connaissez bien mon opinion. Il faut désamorcer ce conflit. L'Église, avec ses deux mille ans d'histoire, n'a jamais encore essuyé de défaite. Voyez ce qu'il est advenu de Perón, pour lui avoir tenu tête.

— C'est ce qu'il m'a dit lui-même, assis là où tu es,

reconnut Trujillo. C'est ça que tu me conseilles ? Que je baisse mon pantalon devant ces têtes de nœud ?

— Que vous les corrompiez en les achetant, Chef, précisa l'Ivrogne Constitutionnaliste. Ou, dans le pire des cas, que vous leur fassiez peur, mais sans actes irréparables, en laissant la porte ouverte à la réconciliation. La solution préconisée par Johnny Abbes serait un suicide, Kennedy nous enverrait ses *marines* sur-le-champ. C'est ce que je pense. Vous allez prendre votre décision et ce sera la bonne. Je la défendrai la plume à la main et l'éloquence aux lèvres. Comme d'habitude.

Les élans poétiques auxquels était sujet l'Ordure Incarnée amusaient le Bienfaiteur. Ce dernier réussit à le tirer du découragement qui commençait à le gagner.

— Je sais bien, fit-il en souriant. Tu es loyal et c'est pour ça que je t'apprécie. Dis-moi, confidentiellement. Combien as-tu à l'étranger, pour le cas où tu devrais prendre la poudre d'escampette du jour au lendemain ?

Le sénateur sursauta pour la troisième fois, comme si sa chaise avait été montée sur ressorts.

— Très peu, Chef. Enfin, relativement, je veux dire.

— Combien ? insista Trujillo, affectueux. Et où ?

— Quatre cent mille dollars environ, avoua-t-il hâtivement en baissant la voix. Sur deux comptes séparés. À Panamá. Ouverts avant les sanctions, évidemment.

— Une bricole, le réprimanda Trujillo. Avec les postes que tu as occupés, tu aurais pu économiser bien plus.

— Je ne suis pas économe, Chef, fit-il en regardant la lampe de cristal du bureau. Et puis vous le savez bien, l'argent ne m'a jamais intéressé. J'ai toujours eu de quoi vivre.

— De quoi boire, tu veux dire.

— Bien m'habiller, bien manger, bien boire et m'acheter les livres que j'aime, acquiesça le sénateur, le regard au plafond. Grâce à Dieu, j'ai réalisé à vos côtés des travaux intéressants. Cet argent, dois-je le rapatrier ? Je le ferai aujourd'hui même, si vous me l'ordonnez.

— Laisse-le là-bas. Si en exil j'ai besoin de ton aide, tu me donneras un coup de main.

Il rit de bon cœur. Mais, tout en riant, il se souvint subitement de la donzelle effarouchée de la Maison d'Acajou, témoin gênant, accusateur, qui lui sapa le moral. Il aurait mieux valu l'abattre d'une balle, l'offrir à ses gardes pour la tirer au sort ou se la partager. Le souvenir de ce minois stupide qui le regardait souffrir lui fendait l'âme.

— Qui a été le plus prévoyant ? dit-il en dissimulant son trouble. Qui a placé le plus d'argent à l'étranger ? Paíno Pichardo ? Álvarez Pina ? Caboche Cabral ? Modesto Díaz ? Balaguer ? Qui a amassé le plus de fric ? Parce que aucun de vous n'a voulu croire que je ne quitterais la place que pour aller au cimetière.

— Je ne le sais pas, Chef. Mais si vous me permettez, je doute qu'aucun d'eux ait beaucoup d'argent à l'extérieur. Pour une raison fort simple. Personne n'a jamais pensé que le régime pouvait sombrer et que nous soyons obligés de fuir. Qui penserait qu'un jour la terre pourrait cesser de tourner autour du soleil ?

— Toi, répondit Trujillo en se moquant. C'est pour ça que tu as placé tes petits pesos à Panamá, en calculant que je ne serais pas éternel et qu'une conspiration pouvait bien triompher. Tu t'es trahi, connard.

— Je vais rapatrier dès cet après-midi mes économies, protesta Chirinos en gesticulant. Je vous montrerai les relevés de la Banque centrale. Ces sommes ont été déposées à Panamá voici longtemps. Les missions diplomatiques me permettaient de mettre de l'argent de côté. Pour disposer de devises dans les voyages que je fais à votre service, Chef. Je n'ai jamais été excessif dans mes frais de représentation.

— Tu as eu peur, tu penses qu'il pourrait t'arriver la même chose qu'à Caboche, lui dit Trujillo en continuant de sourire. C'est une blague. J'ai déjà oublié le secret que tu m'as confié. Allez, détends-toi, raconte-moi quelques ragots avant de partir. Des histoires de coucherie, pas de politique.

L'Ordure Incarnée sourit, soulagée. Mais dès que le sénateur entreprit de lui rapporter que Ciudad Trujillo faisait des gorges chaudes de la raclée administrée par le consul d'Allemagne à sa femme, qu'il soupçonnait de le tromper, le Bienfaiteur laissa aller sa pensée. Combien d'argent ses plus proches collaborateurs avaient-ils sorti du pays? Si l'Ivrogne Constitutionnaliste l'avait fait, tous avaient dû le faire. Est-ce que la somme qu'il avait mise de côté se montait seulement à quatre cent mille dollars? Elle était sûrement supérieure. Tous, dans le repli le plus ladre de leur âme, avaient vécu en redoutant de voir s'effondrer le régime. Quels salauds! La loyauté n'était pas une vertu dominicaine, il le savait bien. Durant trente ans ils l'avaient adulé, applaudi, mythifié, mais, au premier coup de vent, ils sortiraient leurs couteaux.

— Qui a inventé le slogan du Parti dominicain qui utilise les initiales de mon nom? demanda-t-il soudain. Rectitude, Liberté, Travail et Moralité. Toi ou Caboche?

— Votre serviteur, Chef, s'écria le sénateur Chirinos, orgueilleux. Pour le dixième anniversaire. Et cela a marché, vingt ans après il est dans toutes les rues et les places du pays. Et dans l'immense majorité des foyers.

— Il devrait être dans les consciences et dans la mémoire des Dominicains, dit Trujillo. Ces quatre mots résument tout ce que je leur ai donné.

Et à ce moment-là, comme s'il recevait un coup sur la tête, le doute s'abattit sur lui. La certitude. C'était arrivé. Sans en avoir l'air, cessant d'écouter les protestations de Chirinos embarqué dans l'éloge de l'Ère, il baissa la tête, comme pour se concentrer sur une idée et, aiguisant son regard, il épia anxieusement. Ses forces le lâchèrent. Elle était là : la tache sombre s'étendait sur la braguette et couvrait un bout de la jambe droite. Ce devait être tout récent, il était encore mouillé, à cet instant même sa vessie insensible continuait à couler. Il ne l'avait pas senti, il ne le sentait pas. La rage le saisit. Il pouvait dominer les hommes, mettre trois millions de Dominicains à genoux, mais pas contrôler son sphincter.

— Je ne peux continuer à entendre ces ragots, je n'ai pas le temps, se plaignit-il sans lever les yeux. Va et arrange-toi avec la Lloyd's, qu'ils n'aillent pas virer cet argent à Ramfis. Demain à la même heure. Au revoir.

— Au revoir, Chef. Si vous le permettez, je vous verrai cet après-midi, sur l'Avenue.

Dès qu'il entendit l'Ivrogne Constitutionnaliste fermer la porte, il appela Sinforoso. Il lui ordonna d'apporter un nouveau costume, également gris, et du linge de corps de rechange. Il se leva et, rapidement, trébuchant sur un divan, il alla s'enfermer dans la salle de bains. Il éprouvait des nausées de dégoût. Il ôta son pantalon, son slip et son gilet de corps souillés par l'involontaire miction. Sa chemise n'était pas tachée, mais il l'enleva aussi et alla s'asseoir sur le bidet. Il se savonna avec soin. Tandis qu'il se séchait, il maudit une fois de plus les mauvais tours que lui jouait son corps. Il livrait une bataille contre des ennemis multiples, il ne pouvait pas être

188

distrait à tout moment par cette saloperie de sphincter. Il talqua ses parties génitales et son entrejambe et, assis sur la lunette du cabinet, il attendit Sinforoso.

Avoir expédié les affaires courantes avec l'Ordure Incarnée lui laissait une certaine contrariété. C'était vrai ce qu'il avait dit, qu'à la différence de ses vauriens de frères, de la Très Honorable Dame, vampire insatiable, et de ses fils, parasites et suceurs de fric, il n'avait jamais attaché beaucoup d'importance à l'argent. Il l'utilisait au service du pouvoir. Sans argent il n'aurait pu creuser son sillon au commencement, parce qu'il était né dans une famille très modeste de San Cristóbal, aussi avait-il dû, jeune garçon, trouver n'importe comment l'indispensable pour s'habiller décemment. Puis, l'argent lui avait servi à être plus efficace, à dissiper des obstacles, à acheter, flatter ou suborner les gens nécessaires et à punir ceux qui se mettaient en travers de sa route. Contrairement à María qui, depuis qu'elle avait eu l'idée de cette affaire de pressing pour la garde nationale quand ils étaient encore amants, ne pensait qu'à thésauriser, lui, l'argent, il l'aimait pour le distribuer.

S'il n'en avait pas été ainsi, aurait-il distribué ces cadeaux au peuple, ces présents collectifs chaque 24 octobre, lors de la célébration par les Dominicains de l'anniversaire du Chef ? Combien de millions de pesos avait-il dépensé toutes ces années en tablettes de chocolat, bonbons, jouets, fruits, vêtements, pantalons, souliers, bracelets, colliers, rafraîchissements, blouses, disques, chemises tropicales, rubans, revues destinés aux interminables processions qui prenaient la direction du Palais le Jour du Chef ? Et bien plus encore de cadeaux à ses filleuls et leurs parents lors des baptêmes collectifs, à la chapelle du Palais où, depuis trois décennies, une, voire deux fois par semaine, il devenait le parrain d'au moins une centaine de nouveau-nés ? Des milliards de pesos. Un investissement productif, bien entendu. L'idée lui en était venue en sa première année de gouvernement, grâce à une connaissance profonde de la psychologie dominicaine. Avoir une relation de parrainage avec un paysan, un ouvrier, un artisan, un commerçant, c'était s'assurer la loyauté de ce pauvre homme, de cette pauvre femme, qu'après le baptême il embrassait en leur offrant deux mille pesos. Deux mille dans les années fastes. Au fur et à mesure que la liste des filleuls passait à vingt, cinquante, cent, deux cents par semaine, les cadeaux — en raison, en partie, des hurlements de protestation de doña María et, aussi, de l'affaiblissement de l'économie dominicaine à partir de la Foire de la Paix et de la Fraternité avec le Monde libre de l'année 1955 — s'étaient réduits à mille cinq cents, à mille, à cinq cents, à deux cents, à cent pesos par filleul. Maintenant l'Ordure Incarnée insistait pour suspendre les baptêmes collectifs, ou pour que le cadeau soit symbolique, un biscuit ou dix pesos par filleul, jusqu'à la fin des sanctions. Maudits Yankees !

Il avait fondé des entreprises et créé des commerces pour donner du travail et faire progresser ce pays, pour compter sur des ressources et faire des cadeaux à droite et à gauche, et contenter ainsi les Dominicains.

Et avec ses amis, collaborateurs et serviteurs, n'avait-il pas été aussi magnifique que le Pétrone de *Quo Vadis* ? Il les avait couverts d'argent, en leur faisant de somptueux cadeaux pour les anniversaires, les mariages, les naissances, les missions bien réalisées ou, simplement, pour leur montrer qu'il savait récompenser la loyauté. Il leur avait offert pesos, maisons, terres, actions, il en avait fait des associés de ses propriétés et entreprises, il avait créé pour eux des négoces pour qu'ils puissent gagner convenablement leur vie et ne mettent pas l'État à sac.

Il entendit quelques coups discrets à la porte. C'était Sinforoso, avec le costume et le linge de corps. Il les lui tendit en baissant les yeux. Il le servait depuis plus de vingt ans ; son ordonnance dans l'armée, il en avait fait son majordome, l'emmenant avec lui au Palais. Il ne craignait rien de Sinforoso. Il était muet, sourd et aveugle pour tout ce qui touchait Trujillo, et il avait suffisamment de flair pour savoir que, sur certains sujets intimes, comme les mictions involontaires, la moindre indiscrétion le priverait de tout ce qu'il avait — une maison, une fermette avec du bétail, une auto, une famille nombreuse — et, peut-être même de la vie. Le costume et le linge de corps, recouverts d'une housse, n'attireraient l'attention de personne, car le Bienfaiteur avait l'habitude de changer de vêtements plusieurs fois par jour dans son propre bureau.

Il s'habilla, tandis que Sinforoso — robuste, les cheveux taillés à ras, impeccablement propre dans son uniforme à pantalon noir, chemise blanche et gilet blanc aux boutons dorés — ramassait les vêtements éparpillés par terre.

— Que dois-je faire de ces deux évêques terroristes, Sinforoso ? lui demanda-t-il en boutonnant son pantalon. Les expulser du pays ? Les envoyer en prison ?

— Les tuer, Chef, répondit Sinforoso sans hésitation. Les gens les détestent et, si vous ne le faites pas, le peuple le fera. Personne ne pardonne à ce Yankee et à cet Espagnol d'être venus dans se pays mordre la main qui leur donnait à manger.

Le Généralissime ne l'écoutait plus. Il devait passer un savon à Pupo Román. Ce matin, après avoir reçu Johnny Abbes et les ministres des Affaires étrangères et de l'Intérieur, il avait dû se rendre à la base aérienne de San Isidro pour rencontrer les commandants de l'aviation. Et il était tombé sur un spectacle qui lui avait retourné l'estomac : à l'entrée même, à quelques mètres du poste de garde, sous le drapeau et les armes de la République, une canalisation régurgitait une eau noirâtre qui avait formé un bourbier au bord de la route. Il fit stopper sa voiture. Il descendit et s'approcha. C'était un tuyau d'égout, épais et pestilentiel — il dut se boucher le nez avec son mouchoir — et, bien entendu, il s'était formé autour un nuage de mouches et de moustiques. Les eaux répandues continuaient à se déverser, noyant la terre autour, empoisonnant l'air et le sol de la première garnison dominicaine. Un sentiment de rage parcourut son corps comme une lave ardente. Il contint son premier mouvement, retourner à la base et engueuler les commandants présents, en leur demandant si c'était là l'image qu'ils voulaient donner des forces armées : une institution noyée sous la putréfaction et les bestioles. Mais il décida aussitôt qu'il fallait frapper à la tête. Et faire avaler à Pupo Román en personne un peu de cette merde liquide qui jaillissait de la conduite. Il décida de l'appeler sur-le-champ. Mais en revenant à son bureau, il avait oublié de le faire. Sa mémoire était-elle défaillante, tout comme son sphincter ? Putain ! Voilà que maintenant, à soixante-dix ans, les deux choses qui avaient le mieux marché chez lui tout au long de sa vie le lâchaient.

À nouveau tiré à quatre épingles, il regagna son bureau et décrocha le téléphone qui communiquait directement avec le commandement en chef des forces armées. Il entendit aussitôt le général Román :

— Allô, oui ? C'est vous, Excellence ?

— Viens à l'Avenue, cet après-midi dit-il très sèchement, en guise de salut.

— Oui, Chef, bien sûr, fit d'une voix inquiète le

général Román. Voulez-vous que je me rende sur-le-champ au Palais ? Que se passe-t-il ?

— Tu verras bien ce qui se passe, dit-il lentement, en imaginant la nervosité du mari de sa nièce Mireya devant la sécheresse de sa réponse. Quoi de neuf, à part ça ?

— Tout est normal, Excellence, répondit à la hâte le général Román. Je reçois sur l'heure les rapports de routine des régions. Mais si vous préférez...

— À l'Avenue, le coupa-t-il en raccrochant.

Il se réjouit en pensant à l'avalanche de questions, suppositions, craintes, soupçons qu'il venait de déclencher dans la tête de ce connard de ministre des Armées. Qu'a-t-on dit de moi au Chef ? Quel ragot, quelle calomnie colportent mes ennemis ? Serais-je tombé en disgrâce ? N'ai-je pas obéi à un ordre qu'il m'aurait donné ? Jusqu'à ce soir, il serait tenaillé par l'infernal tourment.

Mais cette pensée ne l'occupa que quelques secondes, car à nouveau lui revint en mémoire le souvenir vexatoire de la gamine. Colère, tristesse, nostalgie se mêlaient dans son esprit, dans un malaise total. Il eut alors cette idée : Là où gît le mal, gît aussi le remède, autrement dit, rage de cul fait passer mal de dents. Le visage d'une belle poupée, défaillant de plaisir dans ses bras, le remerciant de toute la jouissance qu'il lui avait donnée. Est-ce que cela n'effacerait pas le minois stupide de cette gamine ? Oui : aller cette nuit à San Cristóbal, à la Maison d'Acajou, laver l'affront sur le même lit et avec les mêmes armes. Cette décision — il toucha sa braguette en une sorte de conjuration — lui redonna assez de courage pour poursuivre l'agenda de la journée.

IX

— Tu as des nouvelles de Segundo ? demanda Antonio de la Maza.

Appuyé au volant, Antonio Imbert répondit, sans se retourner :

— Je l'ai vu hier. On me permet maintenant de lui rendre visite toutes les semaines. Peu de temps, une demi-heure. Parfois, il prend la fantaisie à ce fils de pute de directeur de La Victoria d'abréger les visites à quinze minutes. Pour faire chier.

— Comment va-t-il ?

Comment pouvait aller quelqu'un qui, se fiant à une promesse d'amnistie, avait quitté Porto Rico, où il avait une bonne situation en travaillant pour la famille Ferré, à Ponce, et était revenu dans son pays pour découvrir qu'on l'attendait pour le juger pour le prétendu crime d'un syndicaliste commis à Puerto Plata il y avait des années et des années, et le condamner à trente ans de prison ? Comment pouvait se sentir un homme qui, s'il avait tué, l'avait fait pour le régime, et qu'en guise de récompense Trujillo faisait pourrir depuis cinq ans dans un cul-de-basse-fosse ?

Mais il ne lui répondit pas ainsi, car Imbert savait qu'Antonio de la Maza ne lui avait pas posé cette question parce qu'il s'intéressait à son frère Segundo, mais pour briser l'interminable attente. Il haussa les épaules :

— Segundo a des couilles. S'il en bave, il ne le montre pas. Parfois il s'offre même le luxe de me remonter le moral.

— Tu ne lui as rien dit de ce que nous faisons, n'est-ce pas ?

— Bien sûr que non. Par prudence et pour qu'il ne se fasse pas d'illusions. Et si ça échoue ?

— Ça ne va pas échouer, dit sur le siège arrière le lieutenant García Guerrero. Le Bouc va venir.

Allait-il venir ? Tony Imbert consulta sa montre. Il pouvait encore arriver, il ne fallait pas désespérer. Il ne s'impatientait jamais, depuis bien longtemps. Jeune homme, oui, par malheur, et cela l'avait conduit à faire des choses qu'il regrettait de toutes les fibres de son corps. Comme ce télégramme qu'il avait envoyé en 1949, fou de rage, au moment du débarquement d'antitrujillistes avec à leur tête Horacio Julio Ornes sur la plage de Luperón, dans la province de Puerto Plata, dont il était gouverneur. « Si vous m'en donnez l'ordre, Chef, je brûle Puerto Plata. » La phrase qu'il regrettait le plus dans sa vie. Il l'avait vue reproduite dans tous les journaux, parce que le Généralissime avait voulu que tous les Dominicains sachent à quel point ce jeune gouverneur était un trujilliste convaincu et fanatique.

Pourquoi Horacio Julio Ornes, Félix Córdoba Boniche, Tulio Hostilio Arvelo, Gugú Henríquez, Miguelucho Feliú, Salvador Reyes Valdez, Federico Horacio et les autres avaient-ils choisi Puerto Plata, ce lointain 19 juin 1949 ? L'expédition fut un échec cuisant. L'un des deux avions envahisseurs n'avait même pas pu arriver et avait dû retourner à l'île de Cozumel. Le *Catalina* transportant Horacio Julio Ornes et ses compagnons avait pu amerrir sur la rive fangeuse de Luperón, mais, avant la fin du débarquement de l'expédition, un patrouilleur avait tiré sur lui au canon et l'avait mis en pièces. Les patrouilles de l'armée capturèrent en quelques heures les envahisseurs. Cela servit à une de ces toquades qui plaisaient à Trujillo. Il amnistia les prisonniers, y compris Horacio Julio Ornes et, pour démontrer son pouvoir et sa magnanimité, il leur permit de s'exiler à nouveau. Mais, tandis qu'il faisait ce geste généreux aux yeux de l'étranger, il destitua Antonio Imbert, le gouverneur de Puerto Plata, et son frère, le major Segundo Imbert, commandant militaire de la place, puis il les fit mettre aux arrêts, tandis qu'il menait à bien une répression impitoyable contre leurs complices présumés, qui furent arrêtés, torturés et, pour beaucoup, fusillés en secret. « Des complices qui n'étaient pas des complices, pense-t-il. Eux croyaient que tout le monde allait se soulever en les voyant débarquer. En réalité, il n'y avait personne. » Combien d'innocents avaient payé pour cette fantaisie !

Combien d'innocents allaient payer si ce soir ils échouaient ? Antonio Imbert n'était pas aussi optimiste qu'Amadito ou Salvador Estrella Sadhalá qui, depuis qu'ils avaient appris par Antonio de la Maza que le général José René Román, commandant en chef des forces armées, faisait partie de la conjuration, étaient convaincus que, Trujillo mort, tout irait comme sur des roulettes, car les militaires, obéissant aux ordres de Román, arrêteraient les très chers frères du Bouc, exécuteraient Johnny Abbes et les trujillistes à tous crins pour installer une Junte civile et militaire. Le peuple descendrait dans la rue pour tuer les *caliés*, heureux d'avoir obtenu la liberté. Les choses en iraient-elles ainsi ? Les déceptions, depuis la stupide embuscade dans laquelle était tombé Segundo, avaient rendu Antonio Imbert allergique aux enthousiasmes hâtifs. Il voulait voir le cadavre de Trujillo à ses pieds ; le reste lui importait moins. Libérer le pays de cet homme, voilà le principal. Cet obstacle dégagé, même si les choses n'allaient pas aussi bien dans l'immédiat, une porte s'ouvrirait. Cela justifiait le piège de cette nuit, même s'ils n'en sortaient pas vivants.

Non, Tony n'avait pas dit un mot de cette conspiration à son frère Segundo lors des visites hebdomadaires qu'il lui rendait à La Victoria. Ils parlaient de la famille, du football, de la boxe, Segundo avait à cœur de lui raconter des anecdotes sur la routine carcérale, mais le seul sujet important ils l'évitaient. À sa dernière visite, Antonio lui avait murmuré en partant : « Les choses vont changer, Segundo. » Peu de mots suffisent à qui sait entendre. Avait-il deviné ? Comme Tony, Segundo, que les soubresauts avaient définitivement guéri de son enthousiasme trujilliste au point d'en faire ensuite un conspirateur, était parvenu depuis longtemps à la conclusion que la seule façon de mettre un point final à la tyrannie était d'avoir la peau du tyran ; tout le reste était inutile. Il fallait liquider la personne qui réunissait dans sa main tous les fils de cette ténébreuse toile d'araignée.

— Que serait-il arrivé si cette bombe avait explosé sur l'avenue Máximo Gómez, à l'heure de la promenade du Bouc ? s'écria Amadito en laissant son imagination vagabonder.

— Des feux d'artifice de trujillistes dans le ciel, répondit Imbert.

— J'aurais pu être un de ceux qui volaient en l'air, si j'avais été de garde, dit en riant le lieutenant.

— J'aurais commandé une grande couronne de roses pour ton enterrement, dit Tony.

— Tu parles d'un plan, commenta Estrella Sadhalá. Faire sauter le Bouc avec toute son escorte. Tu n'as pas de cœur !

— Bon, je savais que tu ne serais pas là, au milieu

du cortège, dit Imbert. Par ailleurs, à cette époque je ne te connaissais presque pas, Amadito. Maintenant, j'y aurais regardé à deux fois.

— Quel soulagement! le remercia le lieutenant.

Depuis une heure et demie qu'ils étaient en attente sur la route de San Cristóbal, ils avaient tâché plusieurs fois de bavarder, ou de plaisanter comme maintenant, mais ces coupures se faisaient plus rares et chacun se renfermait dans son angoisse, son espoir et ses souvenirs. À un certain moment, Antonio de la Maza avait allumé la radio, mais dès qu'avait surgi la voix mielleuse du présentateur de La Voz del Trópico annonçant une émission consacrée au spiritisme, il l'éteignit.

C'est vrai que dans ce plan avorté pour tuer le Bouc, voici deux ans et demi, Antonio Imbert était disposé à pulvériser, avec Trujillo, bon nombre de ces courtisans qui l'escortaient chaque après-midi dans sa promenade depuis la maison de doña Julia, la Sublime Matrone, le long de l'avenue Máximo Gómez et de l'Avenue, jusqu'à l'obélisque. Ceux qui l'accompagnaient n'étaient-ils pas, justement, ceux qui avaient le plus de sang sur les mains? Bon service à la patrie que de liquider une poignée de sbires en même temps que le tyran.

Cet attentat, il l'avait préparé tout seul, sans même en parler à son meilleur ami, Salvador Estrella Sadhalá, parce que, bien que le Turc fût antitrujilliste, Tony craignait que son catholicisme lui fît le désapprouver. Il avait donc tout planifié et calculé seul, dans sa propre tête, en mettant au service du plan toutes les ressources à sa portée, convaincu que le succès dépendrait du petit nombre de participants. Il associa à son projet, seulement à la dernière étape, deux garçons appartenant à ce qu'on appellerait plus tard le Mouvement du 14 Juin, et qui était alors un groupe clandestin de jeunes employés et étudiants essayant de s'organiser pour lutter contre la dictature, quoique sans savoir comment.

Le plan était simple et pratique. Profiter de cette discipline maniaque que Trujillo mettait dans sa vie routinière, et dans ce cas la promenade vespérale sur l'avenue Máximo Gómez et l'Avenue. Il avait étudié soigneusement le terrain, parcourant dans un sens puis dans l'autre cette avenue où se côtoyaient les maisons des dignitaires du régime, passés et présents. La demeure tape-à-l'œil de Héctor Trujillo, surnommé Négro, ex-Président fantoche de son frère à deux reprises. La villa rose de Mamá Julia, la Sublime Matrone, à qui le Chef rendait visite tous les après-midi avant d'entreprendre sa promenade. Celle de Luis Rafael Trujillo Molina, surnommé Nene, fou des combats de coqs. Celle du général Arturo Espaillat, surnommé Navaja. Celle de Joaquín Balaguer, l'actuel Président fantoche, voisine de la nonciature. L'antique manoir d'Anselmo Paulino, maintenant l'une des maisons de Ramfis Trujillo. La bâtisse de la fille du Bouc, la belle Angelita et son mari, surnommé Biscoto, le colonel Luis José León Estévez. Celle des Cáceres Troncoso et une demeure de potentats : les Vicini. Jouxtant l'avenue Máximo Gómez se trouvait un terrain de foot construit par Trujillo pour ses fils en face de l'Estancia Radhamés et le terrain où se dressait la maison du général Ludovico Fernández, que le Bouc avait fait assassiner. Entre chaque demeure il y avait des terrains vagues avec des herbes sauvages et des lots déserts, protégés par des grillages peints en vert, tout le long de la chaussée. Et sur le trottoir de droite, sur lequel passait toujours le cortège, des friches entourées de ces barbelés qu'Antonio Imbert avait étudiés des heures durant.

Il choisit le bout de clôture qui partait de la maison de Nene Trujillo. Sous prétexte de refaire une partie des grillages du siège social de la cimenterie de Mezcla Lista, dont il était le directeur (elle appartenait à Paco Martínez, frère de la Très Honorable Dame), il acheta des douzaines de mètres de ces fils de fer avec leurs tiges respectives qui, tous les quinze mètres, maintenaient tendue la clôture. Il vérifia lui-même que les tiges de fer fussent creuses et qu'on pouvait les bourrer à l'intérieur de cartouches d'explosif. Comme Mezcla Lista possédait, aux environs de Ciudad Trujillo, deux carrières dont on extrayait la matière première, il lui fut facile, lors de ses visites périodiques, de soustraire des bâtons de dynamite, qu'il cacha dans son propre bureau, où il arrivait toujours avant tout le monde et qu'il quittait après le dernier employé.

Quand tout fut prêt, il parla de son plan à Luis Gómez Pérez et Iván Tavárez Castellanos. Ils étaient plus jeunes que lui, c'étaient des étudiants en droit pour le premier, en ingénierie pour le second. Ils appartenaient à la même cellule de groupes clandestins antitrujillistes ; après les avoir observés pendant plusieurs semaines, il décida qu'ils étaient sérieux, dignes de confiance, désireux de passer à l'action. Tous deux acceptèrent avec enthousiasme. Ils furent d'accord pour ne pas souffler mot de l'affaire aux compagnons avec qui, en des lieux à chaque fois différents, ils se réunissaient en assemblée de huit à dix personnes, pour discuter de la meilleure façon de mobiliser le peuple contre la dictature.

Avec Luis et Iván, qui se révélèrent encore meilleurs qu'il ne l'espérait, ils bourrèrent les tiges de fer de cartouches de dynamite et placèrent les détonateurs, après les avoir essayés avec la commande à distance. Pour s'assurer de la durée des opérations, ils firent un essai sur le terrain de l'usine, après la sortie des ouvriers et des employés, pour voir le temps qu'il leur fallait pour renverser un bout de la clôture existante et placer la nouvelle, en changeant les tiges anciennes par celles truffées de dynamite. Moins de cinq heures. Tout fut prêt le 12 juin. Ils projetaient d'agir le 15, au retour de Trujillo d'un de ses parcours dans le Cibao. Ils disposaient déjà d'une benne pour renverser les barbelés au petit matin, afin d'avoir le prétexte — dans leurs salopettes bleues des services municipaux — de les remplacer par ceux qui étaient minés. Ils marquèrent les deux points, chacun à moins de cinquante pas de l'explosion, d'où, Imbert à droite, Luis et Iván à gauche, ils actionneraient les commandes à distance, à bref intervalle l'une de l'autre, la première pour tuer Trujillo à l'instant où il passerait devant les tiges des barbelés, et la seconde pour l'achever.

C'est alors que, la veille du jour fixé, le 14 juin 1959, se produisit dans les montagnes de Constanza ce surprenant atterrissage d'un avion venu de Cuba, peint aux couleurs et armes de l'Aviation dominicaine, avec des guerrilleros antitrujillistes, invasion suivie du débarquement sur les plages de Maimón et d'Estero Hondo une semaine après. L'arrivée de ce petit détachement, avec à sa tête ce barbu de commandant cubain Delio Gómez Ochoa, fit courir un frisson sur l'épine dorsale du régime. Tentative échevelée, non coordonnée. Les groupes clandestins ne furent pas le moins du monde informés de ce qui se préparait à Cuba. L'appui de Fidel Castro à la révolution contre Trujillo était, depuis la chute de Batista six mois auparavant, un thème obsédant des réunions. On comptait sur cette aide dans tous les projets échafaudés et rejetés, pour lesquels on collectait fusils de chasse, revolvers, n'importe quel vieux fusil. Mais aucune connaissance d'Imbert n'était en contact avec Cuba ni n'avait la moindre idée que le 14 juin verrait l'arrivée de ces dizaines de révolutionnaires qui, après avoir mis hors de combat la garde insignifiante de l'aéroport de Constanza, s'éparpillèrent dans les montagnes alentour, seulement pour être chassés comme des lapins les jours suivants, et tués impunément, ou emmenés à Ciudad Trujillo où, sous les ordres de Ramfis, ils furent presque tous assassinés (mais pas le Cubain Gómez Ochoa et son fils adoptif, Pedrito Mirabal, que le régime, dans un autre de ses gestes théâtraux, remit quelque temps après à Fidel Castro).

Nul ne pouvait imaginer, non plus, l'ampleur de la répression déchaînée par le gouvernement, à la suite du débarquement. Les semaines et les mois qui suivirent, au lieu de se calmer, elle s'aggrava. Les *caliés* s'emparaient de tout suspect et le conduisaient au S.I.M., où il était soumis à des tortures — on le châtrait, on lui crevait les oreilles et les yeux, on l'asseyait sur le Trône — pour qu'il livre des noms. La Victoria, La Quarante et Le Neuf furent bondés de jeunes gens des deux sexes, étudiants, cadres et employés, qui étaient pour beaucoup fils ou parents d'hommes du gouvernement. Trujillo allait avoir une grande surprise : comment pouvaient bien comploter contre lui les fils, petits-fils ou neveux de gens qui avaient plus que personne bénéficié du régime ? Ils n'eurent aucune considération pour eux, malgré leurs noms, leur peau blanche et leurs vêtements de classe moyenne.

Luis Gómez Pérez et Iván Tavárez Castellanos tombèrent aux mains des *caliés* du S.I.M. le matin du jour prévu pour l'attentat. Avec son réalisme habituel, Antonio Imbert comprit qu'il n'avait pas la moindre possibilité de trouver asile : toutes les ambassades étaient entourées de barrières de policiers en uniforme, de soldats et de *caliés*. Il calcula que sous la torture Luis et Iván, ou n'importe qui des groupes clandestins, allaient mentionner son nom et qu'on viendrait le chercher. Alors, comme cette nuit, il sut parfaitement quoi faire : accueillir avec du plomb les *caliés*. Il tâcherait d'en expédier plus d'un dans l'autre monde, avant d'être criblé de balles. Il n'allait pas se laisser arracher les ongles avec des pinces, couper la langue ou asseoir sur la chaise électrique. Le tuer, oui ; l'humilier, jamais.

Sous un prétexte ou un autre, il expédia Guarina, sa femme, et sa fille Leslie, qui n'étaient au courant de rien, à la ferme de parents à La Romana, et, un verre de rhum à la main, il s'assit pour attendre. Il avait son revolver chargé et armé dans la poche. Mais ni ce jour-là, ni le lendemain, ni le surlendemain, ne surgirent les *caliés* dans sa maison ou à son bureau de Mezcla Lista, où il continua de se rendre ponctuellement avec tout le sang-froid dont il était capable. Luis et Iván ne l'avaient pas dénoncé, pas plus que les personnes qu'il avait fréquentées dans les groupes clandestins. Miraculeusement, il échappa à une répression qui frappait coupables et innocents, remplissait les prisons, et pour la première fois en vingt-cinq années de régime terrorisait les familles de la classe moyenne, piliers traditionnels de Trujillo, d'où étaient issus la plupart des prisonniers de ce qu'on appela, en raison de cette invasion manquée, le Mouvement du 14 Juin. Un cousin de Tony, Ramón Imbert Rainieri — Moncho —, était un de ses dirigeants.

Pourquoi fut-il épargné ? Grâce au courage de Luis et Iván, sans doute — deux ans après, ils étaient toujours dans les cachots de La Victoria — et, sans doute, d'autres garçons et filles du 14 Juin qui omirent de le nommer. Peut-être le tenaient-ils pour un simple curieux, pas pour un activiste. Parce que, avec sa timidité, Tony Imbert ouvrait rarement la bouche dans ces réunions où l'avait conduit pour la première fois Moncho ; il se bornait à écouter et à opiner par des monosyllabes. De plus, il était improbable qu'il fût fiché au S.I.M., sauf comme frère aîné du major

Segundo Imbert. Ses états de services étaient éloquents. Il avait passé sa vie à travailler pour le régime — comme inspecteur général des Chemins de Fer, gouverneur de Puerto Plata, contrôleur général de la Loterie nationale, directeur du bureau qui délivrait les cartes d'identité — et il était maintenant directeur de Mezcla Lista, une usine d'un beau-frère de Trujillo. Pourquoi l'aurait-on soupçonné ?

Prudemment, les jours qui suivirent le 14 juin, en restant toutes les nuits à l'usine, il démonta les cartouches et restitua la dynamite aux carrières, en même temps qu'il se creusait la tête pour savoir comment et avec qui il mènerait à bien le prochain plan pour en finir avec Trujillo. Il s'ouvrit de tout ce qui était — et n'était pas — arrivé à son ami dans l'âme, le Turc Salvador Estrella Sadhalá. Celui-ci lui reprocha de ne pas l'avoir associé au complot de l'avenue Máximo Gómez. Salvador était parvenu, pour son compte, à la même conclusion : rien ne changerait tant que Trujillo resterait vivant. Et les voilà échafaudant diverses possibilités d'attentats, mais sans en dire un mot à Amadito, le troisième de la bande : il semblait improbable d'admettre qu'un militaire de la garde personnelle voulût tuer le Bienfaiteur.

C'est peu de temps après que se situa cet épisode traumatisant dans la carrière d'Amadito, quand, pour justifier sa promotion, il avait dû tuer un prisonnier (le frère de son ex-fiancée, croyait-il), ce qui le mit de la partie. C'était presque deux ans après le débarquement à Constanza, Maimón et Estero Hondo. Un an, onze mois et quatorze jours, pour être exact. Antonio Imbert regarda sa montre. Il ne viendrait plus.

Que de choses s'étaient produites en République dominicaine, dans le monde et dans sa vie personnelle. Beaucoup. Les rafles massives de janvier 1960, où tombèrent tant de gars et de filles du Mouvement du 14 Juin, et parmi eux les sœurs Mirabal et leurs maris. La rupture de Trujillo avec son ancienne complice, l'Église catholique, à la publication, en janvier 1960, de la Lettre pastorale des évêques dénonçant la dictature. L'attentat, en juin 1960, contre le président Betancourt du Venezuela, qui mobilisa contre Trujillo tant de pays, y compris son grand allié de toujours, les États-Unis qui, le 6 août 1960, à la conférence de Costa Rica, votèrent en faveur des sanctions. Et, le 25 novembre 1960 — Imbert sentait cet aiguillon dans sa poitrine, inévitablement, chaque fois qu'il évoquait ce jour funeste —, l'assassinat des trois sœurs Minerva, Patria et María Teresa Mirabal, et du chauffeur qui les conduisait, à La Cumbre, en haut de la cordillère septentrionale, alors qu'elles rentraient de visite à la Forteresse de Puerto Plata où étaient enfermés les maris de Minerva et de María Teresa.

Toute la République dominicaine apprit ce massacre d'une manière rapide et mystérieuse où les nouvelles circulaient de bouche en bouche et de maison en maison, et parvenaient en quelques heures aux extrémités les plus reculées, sans qu'apparaisse une ligne dans la presse, oui, et le plus souvent ces nouvelles transmises par le tam-tam humain se coloraient, s'amplifiaient ou s'amenuisaient au passage jusqu'à devenir des mythes, des légendes, des fictions, presque sans rapport avec l'événement. Il se rappelait ce soir sur le Malecón, pas très loin de l'endroit où maintenant, six mois plus tard, il attendait le Bouc — pour les venger elles aussi. Ils étaient assis sur le parapet de pierre, comme ils le faisaient chaque soir — Salvador, Amadito et lui, et, cette fois-là également Antonio de la Maza — pour prendre le frais et bavarder à l'abri des oreilles indiscrètes. À tous les quatre, l'exécution de ces incroyables sœurs Mirabal, là-haut sur la cordillère, dans un prétendu accident de voiture, leur donnait la nausée et les emplissait de rage.

— Ils tuent nos parents, nos frères, nos amis. Et maintenant aussi nos femmes. Et nous, résignés, à attendre notre tour, s'entendit-il dire.

— Non, pas résignés, Tony, se rebiffa Antonio de la Maza. — Il venait d'arriver de Restauración et leur avait rapporté la nouvelle de la mort des Mirabal, glanée en chemin. — Trujillo va payer pour tout cela. La vengeance est en marche. Mais il faut le faire tout à fait bien.

À cette époque, l'attentat était projeté à Moca, pendant une visite de Trujillo sur les terres des de la Maza au cours de ces tournées que, depuis la condamnation par l'O.E.A. et les sanctions économiques, il faisait dans tout le pays. Une bombe exploserait dans l'église principale, consacrée au Sacré-Cœur de Jésus, et une fusillade nourrie partirait des balcons, terrasses et tour de l'horloge sur Trujillo au moment où il prendrait la parole de la tribune dressée sur le parvis, devant la foule massée autour de la statue de saint Jean Bosco, à moitié couverte de passiflores violettes. Imbert lui-même avait inspecté l'église et s'était offert à se mettre en embuscade dans la tour de l'horloge, l'endroit le plus risqué.

— Tony connaissait les Mirabal, expliqua le Turc à Antonio. C'est pour ça qu'il a réagi ainsi.

Il les connaissait, quoiqu'il ne pût dire qu'elles fussent ses amies. Il avait rencontré occasionnellement les trois sœurs et les maris de Minerva et Patria, Manolo Tavares Justo et Leandro Guzmán, lors des réunions de ces groupes où, prenant pour modèle l'historique « Trinitaria » de Duarte[1], s'était

1. Juan Pablo Duarte, fondateur d'une société secrète, « La Trinitaria », qui regroupait la jeune bourgeoisie dominicaine opposée à l'occupation haïtienne, fut l'artisan de la rébellion

organisé le Mouvement du 14 Juin. Les trois femmes étaient des dirigeantes de cette organisation, aussi enthousiaste que peu nombreuse, mais désordonnée et inefficace, que la répression décimait. Les sœurs l'avaient impressionné par leur conviction et leur courage à se jeter dans ce combat si inégal et incertain ; Minerva Mirabal, surtout. Il en allait ainsi de tous ceux qui la côtoyaient et l'écoutaient donner son avis, discuter, faire des propositions ou prendre des décisions. Tony Imbert n'y avait pas réfléchi aussitôt, mais il s'était dit, après l'assassinat, que, avant de connaître Minerva Mirabal, il ne lui était jamais venu à l'esprit qu'une femme pût s'adonner à des choses aussi viriles que de préparer une révolution, se procurer et cacher des armes, de la dynamite, des cocktails Molotov, des couteaux, des baïonnettes, parler d'attentats, de stratégies et de tactique, et débattre froidement pour savoir si, au cas où ils tomberaient entre les mains du S.I.M., les militants devaient avaler un poison pour ne pas courir le risque de dénoncer leurs compagnons sous la torture.

Minerva parlait de ces choses et de la meilleure façon de faire de la propagande clandestine, ou de recruter des étudiants à l'université, et tous l'écoutaient. Tant elle était intelligente et si clair était son exposé. Ses convictions, si fermes, et son éloquence donnaient à ses paroles une force contagieuse. Elle était, de surcroît, très belle, avec ces cheveux et ces yeux si noirs, ces traits fins, ce nez et cette bouche si bien dessinés et ses dents si blanches contrastant avec son teint bleuté. Très belle, oui. Il y avait en elle quelque chose de puissamment féminin, une délicatesse, une coquetterie naturelle dans les mouve-

---

qui aboutit le 27 février 1844 à la proclamation de la République dominicaine.

ments de son corps et dans ses sourires, malgré la sobriété de sa tenue vestimentaire dans ces réunions. Tony ne se rappelait pas l'avoir jamais vue maquillée ni fardée. Oui, très belle, mais jamais — pensa-t-il — personne dans l'assistance n'aurait osé lui lancer un de ces compliments galants, lui faire une de ces plaisanteries qui étaient normales et naturelles — obligatoires — entre Dominicains, plus encore si c'étaient des jeunes unis par l'intense fraternité que donnaient les idéaux, les illusions et les risques partagés. Quelque chose, dans l'élégante figure de Minerva Mirabal, empêchait les hommes de prendre avec elle des libertés ou d'avoir ces privautés qu'ils se permettaient avec les autres femmes.

En ce temps-là, elle était déjà une légende dans le petit monde de la lutte clandestine contre Trujillo. Des choses qu'on disait sur elle, lesquelles étaient vraies, lesquelles exagérées, lesquelles inventées ? Nul n'aurait osé le lui demander, pour ne pas se voir décocher ce regard profond, méprisant, et une de ces répliques cassantes par lesquelles, parfois, elle clouait le bec à un opposant. On disait qu'adolescente elle avait osé faire un affront à Trujillo en personne, en refusant de danser avec lui, et que pour cela son père avait été limogé de la mairie d'Ojo de Agua et jeté en prison. D'autres insinuaient que ce n'avait pas été seulement un affront, qu'elle l'avait giflé parce qu'en dansant avec elle il l'avait pelotée ou lui avait dit quelque chose de grossier, une possibilité que beaucoup écartaient (« Elle ne serait pas restée en vie, il l'aurait tuée ou fait tuer sur-le-champ »), mais pas Antonio Imbert. Dès la première fois qu'il la vit et l'entendit, il n'hésita pas une seconde à croire que, si cette gifle n'étais pas véritable, elle aurait pu l'être. Il suffisait de voir et d'entendre quelques minutes Minerva Mirabal (par exemple, parlant avec un naturel glacial de la nécessité de préparer psy-

chologiquement les militants à résister à la torture)
pour savoir qu'elle était capable de gifler Trujillo lui-
même s'il lui manquait de respect. Elle avait été détenue à deux reprises et l'on rapportait des anecdotes
sur sa témérité à La Quarante, d'abord, et ensuite à
La Victoria, où elle avait fait une grève de la faim,
résisté dans son cachot au pain sec et à l'eau croupie,
et où, disait-on, on l'avait maltraitée de la pire façon.
Elle ne parlait jamais de son passage en prison, ni
des tortures, ni, depuis qu'on avait su qu'elle était
antitrujilliste, du calvaire vécu par sa famille, harcelée, expropriée de ses maigres biens et menacée
d'expulsion de sa propre maison. La dictature avait
permis à Minerva de faire des études de droit, seulement pour, au bout du compte — vengeance bien pla-
nifiée —, lui refuser la licence professionnelle, c'est-
à-dire la condamner à ne pas travailler, à ne pas
gagner sa vie, à se sentir frustrée en pleine jeunesse,
après cinq années d'études gaspillées. Mais rien de
cela ne la découragea ; elle continuait, infatigable, à
remonter le moral de tout le monde, moteur en
marche et promesse — se dit bien souvent Imbert —
de ce pays jeune, beau, enthousiaste, idéaliste, que
serait un jour la République dominicaine.

Il sentit, à sa grande honte, ses yeux s'emplir de
larmes. Il alluma une cigarette et tira plusieurs bouffées, en rejetant la fumée vers la mer où la clarté de
la lune brasillait en folâtrant entre les vagues. Il n'y
avait pas de brise, maintenant. De loin en loin, les
phares d'une voiture surgissaient au loin, en provenance de Ciudad Trujillo. Tous quatre se dressaient
sur leur siège, allongeaient le cou, scrutaient l'obscurité, tendus, mais à chaque fois, à quelque vingt
ou trente mètres, ils découvraient que ce n'était pas
la Chevrolet et se rejetaient sur la banquette, décou-
ragés.

Celui qui savait le mieux contenir ses émotions

c'était Imbert. Il avait toujours été silencieux mais, ces dernières années, depuis que l'idée de tuer Trujillo s'était emparée de lui et, comme un ver solitaire, lui mangeait toute son énergie, son laconisme s'était accentué. Il n'avait jamais eu beaucoup d'amis ; ces derniers mois, sa vie n'avait eu d'autres horizons que son bureau à Mezcla Lista, son foyer et ses réunions quotidiennes avec Estrella Sadhalá et le lieutenant García Guerrero. Après la mort des sœurs Mirabal, les assemblées clandestines avaient pratiquement cessé. La répression avait anéanti le Mouvement du 14 Juin. Ceux qui en avaient réchappé se replièrent sur leur vie familiale, en essayant de passer inaperçus. Périodiquement une question le taraudait : « Pourquoi n'ai-je pas été arrêté ? » L'incertitude le tourmentait, comme s'il avait fait quelque faute, comme s'il avait été responsable de toute la souffrance de ceux qui se trouvaient entre les mains de Johnny Abbes tandis que lui continuait à jouir de sa liberté.

Une liberté très relative, assurément. Depuis qu'il s'était rendu compte du régime dans lequel il vivait, du gouvernement qu'il avait servi depuis sa jeunesse et servait encore — ne dirigeait-il pas une des usines du clan ? —, il se sentait prisonnier. Ce fut peut-être pour se libérer de cette impression que tous ses pas étaient contrôlés, tous ses trajets et mouvements surveillés, que l'idée d'éliminer Trujillo prit avec tant de force dans sa conscience. Le désenchantement du régime, dans son cas, fut graduel, long et secret, très antérieur aux conflits politiques de son frère Segundo, quelqu'un qui avait été encore plus trujilliste que lui. Qui ne l'était pas autour de lui, vingt, vingt-cinq ans auparavant ? Tous considéraient le Bouc comme le sauveur de la patrie, celui qui avait mis un terme aux guerres des chefs et au péril d'une nouvelle invasion haïtienne, celui qui en avait fini avec la dépendance humiliante des États-Unis — qui contrôlaient les douanes, empêchaient l'existence d'une monnaie dominicaine et devaient viser le budget avant de donner leur accord — et qui, tant bien que mal, avait placé au gouvernement les têtes du pays. Qu'est-ce que ça pouvait faire, en face de cela, que Trujillo s'envoie les femmes qu'il voulait? Ou qu'il ait accumulé les usines, les haciendas et les troupeaux? Ne faisait-il pas croître la richesse dominicaine? N'avait-il pas doté ce pays des forces armées les plus puissantes des Caraïbes? Tony Imbert avait dit et défendu ces choses durant vingt ans de sa vie. C'est cela qui maintenant lui tordait l'estomac.

Il ne se rappelait pas comment cela avait commencé, ses premiers doutes, ses conjectures, ses désaccords, qui l'avaient conduit à se demander si vraiment tout allait si bien, ou si, derrière cette façade d'un pays qui, sous la conduite sévère mais inspirée d'un chef d'État hors du commun, progressait à marches forcées, il n'y avait pas un macabre théâtre de gens détruits, maltraités et trompés, l'intronisation par la propagande et la violence d'un gigantesque mensonge. D'inlassables gouttelettes qui, à force de tomber et tomber, avaient sapé son trujillisme. Lorsqu'il cessa d'être gouverneur de Puerto Plata, dans le secret de son cœur il n'était plus trujilliste, il était convaincu que le régime était dictatorial et corrompu. Il ne le dit à personne, pas même à Guarina. Aux yeux du monde, il restait trujilliste, car, bien que son frère Segundo se fût exilé à Porto Rico, le régime, en preuve de magnanimité, avait continué à fournir des postes à Antonio, et même — y a-t-il meilleure preuve de confiance? — dans les entreprises de la famille Trujillo.

C'est ce malaise, pendant tant d'années, de penser une chose et d'en faire chaque jour une autre la contredisant, qui le poussa, toujours dans le secret de son esprit, à condamner à mort Trujillo, à se convaincre que, tant qu'il vivrait, lui et quantité de Dominicains seraient condamnés à cet horrible malaise et ce dégoût de soi-même, à se mentir à chaque instant et à tromper tout le monde, à être deux en un, un mensonge public et une vérité privée interdite d'expression.

Cette décision lui fit du bien et releva son moral. Sa vie cessa d'être cette mortification, cette duplicité, quand il put partager avec quelqu'un ses véritables sentiments. L'amitié avec Salvador Estrella Sadhalá fut comme un cadeau du ciel. Devant le Turc il pouvait se laisser aller à son aise contre tout ce qui l'entourait ; avec son intégrité morale et l'honnêteté avec laquelle il essayait d'ajuster sa conduite à la religion qu'il professait avec une conviction que Tony n'avait vue chez personne, il devint son modèle, en même temps que son meilleur ami.

Peu après être devenu son intime, Imbert se mit à fréquenter les groupes clandestins, grâce à son cousin Moncho. Bien que sortant de ces réunions avec l'impression que ces garçons et ces filles, tout en risquant leur liberté, leur avenir, leur vie, ne trouvaient pas une façon efficace de lutter contre Trujillo, être une heure ou deux avec eux, après avoir atterri dans cette maison inconnue — une différente à chaque fois — au prix de mille détours, en suivant des messagers qu'il identifiait par divers codes, lui donna une raison de vivre, nettoya sa conscience et recentra sa vie.

Guarina fut stupéfaite quand, à la fin, pour qu'elle ne soit pas prise au dépourvu, Tony lui révéla que, contre toute apparence, il avait cessé d'être trujilliste, et même œuvrait en secret contre le gouvernement. Elle n'essaya pas de le dissuader. Elle ne demanda pas ce qu'il adviendrait de leur fille Leslie s'il tombait entre leurs mains et qu'on le condamnait à trente ans de prison comme Segundo, ou pire encore, si on le tuait.

Ni sa femme ni sa fille n'étaient au courant pour cette nuit ; elles croyaient qu'il était allé jouer aux cartes chez le Turc. Que leur arriverait-il s'ils manquaient leur coup ?

— Tu as confiance en ce général Román ? dit-il précipitamment pour s'obliger à penser à autre chose. C'est sûr qu'il est des nôtres ? Bien que marié à une nièce par le sang de Trujillo et beau-frère des généraux José et Virgilio García Trujillo, les neveux favoris du Chef ?

— S'il n'était pas avec nous, nous serions déjà tous à La Quarante, dit Antonio de la Maza. Il est avec nous, à cette seule condition : voir son cadavre.

— On a du mal à le croire, murmura Tony. Que va gagner, dans cette affaire, le ministre des Armées ? Il a toutes les chances d'être perdant.

— Il déteste Trujillo plus que toi et moi, rétorqua de la Maza. Beaucoup de gens haut placés aussi. Le trujillisme est un château de cartes. Il va s'effondrer, vraiment. Pupo a mis dans le coup beaucoup de militaires qui n'attendent que ses ordres. Il agira dans ce sens et, demain, ce sera un autre pays.

— Si tant est que le Bouc rapplique, grogna, sur la banquette arrière, Estrella Sadhalá.

— Il va venir, Turco, il va venir, répéta une fois de plus le lieutenant.

Antonio Imbert se replongea dans ses pensées. Le jour se lèverait-il sur sa terre libérée ? Il le désirait de toutes ses forces, mais encore maintenant, quelques minutes avant que cela n'advienne, il avait du mal à y croire. Combien de gens faisaient partie du complot, outre le général Román ? Il n'avait jamais voulu le savoir. Il connaissait quatre ou cinq personnes, mais il y en avait bien plus. Mieux valait ne pas le savoir. Il lui avait toujours semblé indispensable que les conjurés en sachent le moins possible, pour ne pas compromettre l'opération. Il avait écouté avec intérêt tout ce qu'Antonio de la Maza leur avait révélé sur l'engagement contracté par le commandement des forces armées d'assumer le pouvoir si l'on exécutait le tyran. Ainsi les proches parents du Bouc et les principaux trujillistes seraient capturés ou tués avant le déclenchement d'une action de représailles. Encore heureux que les deux fils, Ramfis et Radhamés, soient alors à Paris. Avec combien de gens Antonio de la Maza avait-il parlé? Parfois, dans les réunions incessantes des derniers mois, pour la mise au point du plan, Antonio laissait échapper des allusions, des références, des sous-entendus, qui laissaient penser que beaucoup de gens étaient impliqués. Tony avait poussé les précautions au point de faire taire Salvador un jour où celui-ci, indigné, s'était mis à raconter qu'Antonio de la Maza et lui, lors d'une réunion chez le général Juan Tomás Díaz, s'étaient accrochés avec un groupe de conspirateurs qui avaient critiqué la présence d'Imbert dans le complot. Ils ne le croyaient pas sûr, en raison de son passé trujilliste; quelqu'un avait rappelé le fameux télégramme adressé à Trujillo, lui proposant de mettre Puerto Plata à feu et à sang (« Il me poursuivra jusqu'à la mort et encore après », pensa-t-il). Le Turc et Antonio avaient protesté en disant qu'ils mettaient leur main au feu pour Tony, mais ce dernier ne permit pas à Salvador de poursuivre :

— Je ne veux pas le savoir, Turco. Après tout, ceux qui ne me connaissent pas bien, pourquoi auraient-ils confiance en moi? C'est vrai, toute ma vie j'ai travaillé pour Trujillo, directement ou indirectement.

— Et qu'est-ce que je fais? rétorqua le Turc. Que faisons-nous tous, les trente ou quarante pour cent

214

de Dominicains. N'œuvrons-nous pas nous aussi pour le gouvernement ou ses entreprises ? Seuls les très riches peuvent se permettre le luxe de ne pas travailler pour Trujillo.

« Eux non plus », pensa-t-il. Les riches aussi, s'ils voulaient le rester, devaient s'allier au Chef, lui vendre une partie de leurs entreprises ou lui acheter une part des siennes, et contribuer de la sorte à sa grandeur et sa puissance. Les yeux mi-clos, bercé par la rumeur paisible de la mer, il pensa au système diabolique que Trujillo avait été capable de créer, et qui faisait que tous les Dominicains, tôt ou tard, devenaient complices d'un système auquel n'échappaient que les exilés (pas toujours) et les morts. Dans ce pays, d'une façon ou d'une autre, tous avaient été, étaient ou seraient une partie du régime. « Le pire qui puisse arriver à un Dominicain, c'est d'être intelligent ou capable », avait-il entendu dire une fois Álvaro Cabral (« Un Dominicain très intelligent et capable », se dit-il), et la phrase se grava dans sa tête. « Parce que alors, tôt ou tard, Trujillo l'appellera à servir le régime, ou sa personne, et quand il appelle, il n'est pas permis de dire non. » Il était, lui, une preuve de cette vérité. Il ne lui était jamais venu à l'esprit d'opposer la moindre résistance à ces nominations. Comme disait Estrella Sadhalá, le Bouc avait retiré aux hommes l'attribut sacré que Dieu leur avait concédé : le libre arbitre.

À la différence du Turc, la religion n'avait jamais occupé une place centrale dans la vie d'Antonio Imbert. Il était catholique à la façon dominicaine, il était passé par toutes les cérémonies religieuses qui marquaient la vie des gens — baptême, confirmation, première communion, collège catholique, mariage à l'église — et sans doute aurait-il un enterrement avec sermon et bénédiction du curé. Mais il n'avait jamais été un croyant très conscient, ni préoccupé par les implications de sa foi dans la vie de tous les jours, et il ne s'était pas soucié de savoir si sa conduite répondait aux commandements, comme le faisait Salvador d'une façon qui lui semblait maladive.

Mais cette histoire de libre arbitre l'affecta. C'est peut-être cela qui lui fit décider que Trujillo devait mourir. Pour récupérer, les Dominicains et lui, la faculté d'accepter ou de rejeter au moins le travail grâce auquel on gagnait sa vie. Tony ne savait pas ce que c'était que cela. Enfant, peut-être, l'avait-il su, mais il l'avait oublié. Ce devait être une jolie chose. La tasse de café ou le verre de rhum devait avoir meilleur goût, la fumée du tabac, le bain de mer par une chaude journée, le film du samedi ou les merengues à la radio devaient laisser dans le corps et l'esprit une sensation plus agréable quand on disposait de cela que Trujillo avait ravi aux Dominicains depuis trente et un ans : le libre arbitre.

X

En entendant sonner, Urania et son père se figent en se regardant comme pris en faute. Des voix au rez-de-chaussée et une exclamation de surprise. Des pas précipités, montant l'escalier. La porte s'ouvre presque en même temps qu'on frappe de doigts impatients et apparaît dans l'encadrement un visage ahuri qu'Urania reconnaît sur-le-champ : sa cousine Lucinda.

— Urania ? Urania ? — ses grands yeux saillants l'examinent de haut en bas et de bas en haut, elle ouvre les bras et va vers elle comme pour vérifier que ce n'est pas une hallucination.

— C'est moi, Lucindita. — Urania embrasse la plus jeune des filles de sa tante Adelina, la cousine de son âge, sa camarade de collège.

— Mais, dis donc ! Je n'arrive pas à le croire. Toi ici ? approche un peu ! Mais comment est-ce possible ? Pourquoi ne m'as-tu pas appelée ? Pourquoi n'es-tu pas venue à la maison ? As-tu oublié combien nous t'aimons ? Tu ne te souviens plus de ta tante Adelina, de Manolita ? Et de moi, ingrate ?

Elle est si surprise, si pleine de questions et de curiosités — « Mon Dieu, ma cousine, comment as-tu pu passer trente-cinq ans, trente-cinq n'est-ce pas ? sans revenir dans ton pays, sans voir ta

217

famille », « Ma petite ! Tu dois en avoir des choses
à raconter » — qu'elle ne la laisse pas répondre à ses
questions. En cela, elle n'a guère changé. Toute
petite, c'était déjà un moulin à paroles, Lucindita
l'enthousiaste, pleine de bagou et de fantaisie. La
cousine avec qui elle s'est toujours le mieux entendue. Urania la revoit dans son uniforme de fête, jupe
blanche et jaquette bleu marine, et dans l'uniforme
de tous les jours, rose et bleu : une grassouillette très
vive, avec sa frange, son appareil métallique aux
dents et un sourire à fleur de lèvres. Maintenant c'est
une grosse dame bien en chair, la peau du visage
tendue et sans traces de *lifting*, qui porte une robe
à fleurs. Sa seule parure : deux longues boucles
d'oreilles dorées qui scintillent. Soudain, elle interrompt ses mamours et ses questions à Urania, pour
s'approcher de l'invalide, qu'elle embrasse sur le
front.

— C'est une belle surprise que t'a faite ta fille,
mon oncle. Tu ne t'attendais pas à ce que ta fille res-
suscite et vienne te rendre visite. Quelle joie, pas vrai,
oncle Agustín ?

Elle l'embrasse de nouveau sur le front et tout aussi
vite l'oublie. Elle va s'asseoir près d'Urania, au bord
du lit. Elle lui prend le bras, la regarde, l'examine,
l'accable encore d'exclamations et de questions :

— Tu te conserves bien, ma fille. Nous avons le
même âge, non ? et tu as l'air d'avoir dix ans de
moins. Ce n'est pas juste ! C'est parce que tu ne t'es
pas mariée et n'as pas eu d'enfants. Rien ne ruine
autant la santé que d'avoir un mari et des gosses.
Quelle silhouette, quel teint ! Une jeune fille, Urania !

Elle reconnaît dans la voix de sa cousine les into-
nations, les accents, la musique de cette fillette avec
qui elle a tant joué dans la cour du collège Santo
Domingo, et à qui elle a dû tant de fois expliquer la
géométrie et la trigonométrie.

— Toute une vie sans nous voir, Lucindita, sans avoir de nouvelles l'une de l'autre, s'écrie-t-elle enfin.

— C'est ta faute, ingrate —, lui dit, fâchée, sa cousine. Dans ces yeux brillent maintenant cette question, ces questions qu'oncles et tantes, cousins et cousines devaient tant se poser les premières années, après le départ soudain d'Urania Cabral, fin mai 1961, pour la lointaine localité d'Adrian, dans le Michigan, à la Siena Heights University que possédaient là-bas les Dominican Nuns qui régentaient le collège Santo Domingo de Ciudad Trujillo. — Je ne l'ai jamais compris, Urania. Nous étions, toi et moi, si amies, si unies, et parentes en plus. Que s'est-il passé pour que, soudain, tu ne veuilles plus rien savoir de nous ? Ni de ton père, ni de tes oncles et tantes, ni des cousines et cousins. Ni même de moi. Je t'ai écrit vingt ou trente lettres et toi pas une seule ligne. J'ai passé des années à t'envoyer des cartes postales et des vœux d'anniversaire. Tout comme Manolita et ma mère. Qu'est-ce qu'on t'a fait ? Pourquoi t'es-tu fâchée ainsi pour ne plus jamais écrire et passer trente-cinq ans sans revenir au pays ?

— Folies de la jeunesse, Lucindita, dit en riant Urania et elle lui prend la main. Mais, tu vois, ça m'a passé et me voilà.

— Vraiment, tu n'es pas un fantôme ? — sa cousine se recule pour la regarder et secoue la tête, incrédule. — Pourquoi arriver ainsi sans avertir ? On serait allés te chercher à l'aéroport.

— Je voulais vous faire la surprise, fait en mentant Urania. Je l'ai décidé impromptu. Ce fut comme une impulsion. J'ai fait ma valise à la hâte et j'ai sauté dans l'avion.

— Dans la famille, nous étions persuadés que tu ne reviendrais plus jamais, dit Lucinda en redevenant sérieuse. L'oncle Agustín aussi. Il a beaucoup souffert, je dois te le dire. Que tu ne veuilles pas parler avec lui, que tu ne répondes pas au téléphone. Il se désespérait, il venait pleurer chez maman. Il ne s'est jamais consolé que tu le traites ainsi. Excuse-moi, je ne sais pourquoi je te dis tout cela, je ne veux pas me mêler de ta vie, ma cousine. C'est que j'ai toujours eu confiance en toi. Parle-moi de toi. Tu vis à New York, n'est-ce pas ? Ça te réussit, je le sais. On a suivi tes pas, tu es une légende dans la famille. Tu travailles dans un cabinet très important, pas vrai ?

— Oh ! il y a des sociétés d'avocats plus importantes que la nôtre.

— Moi ça ne me surprend pas que tu aies triomphé aux États-Unis —, s'écrie Lucinda, et Urania sent un accent acide dans la voix de sa cousine. — Depuis toute petite, on le voyait venir, tu étais si intelligente et si appliquée. C'est ce que disaient la supérieure, *sister* Helen Claire, *sister* Francis, *sister* Susana et, surtout, celle qui te poussait tellement, *sister* Mary : Urania Cabral, un Einstein en jupes.

Urania se met à rire. Pas tant pour ce que dit sa cousine que par sa façon de le dire : cette saveur truculente, en parlant avec la bouche, les yeux, les mains et tout le corps à la fois, avec cette joie et ce piquant du parler dominicain. Elle en avait pris conscience, par contraste, voici trente-cinq ans, en arrivant à Adrian, Michigan, à la Siena Heights University des Dominican Nuns où, du jour au lendemain, elle s'était trouvée entourée de gens qui ne parlaient qu'anglais.

— Quand tu es partie, sans même me dire adieu, j'ai failli mourir de chagrin, dit sa cousine avec la nostalgie de ces temps anciens. Personne ne comprenait rien, dans la famille. Mais qu'est-ce que ça signifie ! Uranita aux États-Unis sans dire adieu ! On accablait l'oncle de questions, mais lui aussi avait l'air hébété. « Les sœurs lui ont offert une bourse, elle ne pouvait pas laisser passer l'occasion. » Personne ne le croyait.

— C'était la vérité, Lucindita —, Urania regarde son père, qui est à nouveau immobile et attentif, les écoutant. — La chance d'aller étudier dans le Michigan s'est présentée et je n'ai pas fait l'idiote, j'ai sauté dessus.

— Je te comprends, lui dit sa cousine. Et tu méritais cette bourse. Mais pourquoi partir comme en fuyant ? Pourquoi rompre avec ta famille, avec ton père, avec ton pays ?

— J'ai toujours été un peu fantasque, Lucindita. En revanche, sans même vous écrire, je me souvenais beaucoup de vous. De toi, spécialement.

Mensonge. Tu n'as regretté personne, pas même Lucinda, ta cousine condisciple, confidente et complice d'espiègleries. Elle aussi tu voulais l'oublier, comme Manolita, la tante Adelina et ton père, cette ville et ce pays, quand tu t'es retrouvée ces premiers mois dans la lointaine Adrian, dans ce joli campus aux jardins proprets, bégonias, tulipes, magnolias, plates-bandes de rosiers et pins élancés dont le parfum oléagineux parvenait jusqu'à la petite chambre que tu as partagée la première année avec quatre camarades, parmi lesquelles Alina, la Noire de Géorgie, ta première amie dans ce nouveau monde, si différent de celui de tes premières quatorze années. Est-ce que les Dominicaines savaient pourquoi tu étais partie « en fuyant », grâce à la directrice d'études du Santo Domingo, *sister* Mary ? Elles devaient être au courant. Si *sister* Mary ne leur avait pas exposé les circonstances, elles ne t'auraient pas accordé cette bourse, de cette façon précipitée. Les *sisters* furent un modèle de discrétion, car, durant les quatre ans qu'Urania avait passés à la Siena Heights University, aucune d'elles n'avait fait la moindre allusion à l'histoire qui rongeait ta mémoire. Par ailleurs, elles n'avaient pas regretté leur geste généreux : tu fus la première diplômée de cette université à intégrer Harvard et à sortir avec les honneurs de la plus prestigieuse université du monde. Adrian, Michigan ! Combien d'années sans retourner là-bas ! Ce ne devait plus être cette ville provinciale de fermiers qui s'enfermaient chez eux dès la tombée du soleil et laissaient les rues désertes, de familles dont l'horizon s'achevait sur ces petits bourgs voisins qui semblaient jumeaux — Clinton et Chelsea — et dont le plus grand divertissement consistait à assister à Manchester à la fameuse foire au poulet à la broche. Une ville propre, Adrian, jolie, surtout en hiver quand la neige cachait les rues toutes droites — où on pouvait patiner et skier — sous ces flocons blancs avec lesquels les gosses faisaient des bonshommes de neige et que tu regardais tomber du ciel, fascinée, et où tu serais morte d'amertume, voire d'ennui, si tu ne t'étais consacrée avec tant de hargne à tes études.

Sa cousine ne cesse de parler.

— Peu après, on a tué Trujillo et les calamités nous sont tombées dessus. Sais-tu que les *caliés* ont pénétré dans le collège ? Ils ont frappé les *sisters*, *sister* Helen était couverte de bleus et d'égratignures, et ils ont tué Badulaque, le berger allemand. Ils ont failli flanquer le feu à notre maison aussi à cause de la parenté avec ton père. Ils disaient que l'oncle Agustín t'avait envoyée aux États-Unis en devinant ce qui allait se passer.

— C'est vrai qu'il a voulu m'éloigner d'ici, l'interrompt Urania. Malgré la disgrâce qui le frappait, il savait que les antitrujillistes lui demanderaient des comptes.

— Ça aussi je le comprends, murmure Lucinda. Mais pas que tu aies voulu ne plus rien savoir de nous.

— Comme tu as toujours eu bon cœur, je parie

que tu ne me gardes pas rancune, rit Urania. Pas vrai, petite ?

— Bien sûr que non, acquiesce sa cousine. Si tu savais ce que j'ai supplié mon père pour qu'il m'envoie aux États-Unis. Avec toi, à la Siena Heights University. Je l'avais convaincu, je crois, quand il y a eu la débâcle. Tout le monde s'est mis à nous attaquer, à dire des choses horribles sur la famille, seulement parce que ma mère est la sœur d'un trujilliste. Personne ne se souvenait qu'à la fin Trujillo avait traité ton père comme un chien. Tu as eu de la chance de n'être pas ici pendant ces mois, Uranita. On vivait morts de peur. Je ne sais pas comment l'oncle Agustín a pu faire pour qu'on ne lui brûle pas sa maison. Mais, plusieurs fois, elle a reçu des pierres.

Un petit coup à la porte l'interrompt.

— Je ne voulais pas vous interrompre —, l'infirmière désigne l'invalide. — Mais c'est l'heure pour lui.

Urania la regarde sans comprendre.

— De faire ses besoins, lui explique Lucinda en jetant un œil au vase de nuit. Il est ponctuel comme une horloge. Quelle chance ! moi qui ai des problèmes avec mes intestins, je dois manger des pruneaux. Les nerfs, à ce qu'on dit. Bon, allons donc au salon.

Tout en descendant l'escalier, Urania se remémore ces mois et ces années à Adrian, la sévère bibliothèque aux vitraux, à côté de la chapelle et jouxtant le réfectoire, où elle passait la plus grande partie de son temps, quand elle n'était pas aux cours et aux séminaires. À étudier, lire, noircir des cahiers, résumer des livres, de cette façon méthodique, intense, concentrée, que ses maîtres appréciaient tellement chez elle et que certaines camarades admiraient, alors que d'autres s'en irritaient. Ce n'était pas le désir d'apprendre, de triompher, qui te confinait à la bibliothèque, mais de te tourner la tête, de t'intoxiquer, de te perdre dans ces matières — sciences ou lettres, peu importait — pour ne pas penser, pour chasser les souvenirs dominicains.

— Mais dis donc, tu es en tenue de sport, remarque Lucinda quand elles sont au salon, près de la fenêtre donnant sur le jardin. Ne me dis pas que tu as fait de l'aérobic ce matin.

— Je suis allée courir sur le Malecón. Et en revenant à l'hôtel, mes pieds m'ont conduite jusqu'ici, comme tu me vois. Depuis que je suis arrivée, il y a deux jours, je me demandais si j'allais venir le voir ou pas. Si l'émotion ne serait pas trop forte pour lui. Mais il ne m'a même pas reconnue.

— Mais si, il t'a parfaitement reconnue —, sa cousine croise les jambes et tire de son sac un paquet de cigarettes et un briquet. — Il ne peut parler, mais il se rend compte de qui est là, et il comprend tout. Manolita et moi nous venons le voir presque chaque jour. Maman ne peut pas, depuis qu'elle s'est fracturé la hanche. Si on manque un jour, le lendemain il nous fait la tête.

Elle regarde Urania de telle sorte que celle-ci anticipe sa pensée : « Une autre volée de reproches. » Ça ne te fait pas de la peine que ton père passe ses dernières années abandonné, aux mains d'une infirmière, et que seules deux nièces lui rendent visite ? Est-ce que ce n'est pas ton rôle d'être à ses côtés, de lui donner de la tendresse ? Crois-tu qu'en lui versant une pension tu es quitte ? Tout cela se trouve dans les yeux saillants de Lucinda. Mais elle n'ose pas l'exprimer. Elle offre une cigarette à Urania qui la refuse :

— Tu ne fumes pas, évidemment. Je le pensais bien, vivant aux États-Unis. Il y a une psychose contre le tabac là-bas.

— Oui, une véritable psychose, reconnaît Urania.

Au cabinet d'avocats aussi il est interdit de fumer. Ça m'est égal, je n'ai jamais fumé.

— La parfaite demoiselle, rit d'elle Lucindita. Écoute un peu et dis-moi : est-ce que tu n'as jamais eu un vice, toi ? Tu as bien dû faire, comme tout le monde, une de ces petites folies.

— Quelquefois, rit Urania. Mais ça ne se raconte pas.

Tout en bavardant avec sa cousine, elle examine le salon. Les meubles sont les mêmes, trahis par leur décrépitude ; le fauteuil a un pied cassé et il tient avec une cale en bois ; la housse, effilochée et trouée, a perdu sa couleur, qui, dans le souvenir d'Urania, était rouge pâle, rouge lie-de-vin. Les murs sont encore pires que les meubles : des taches d'humidité partout, et le crépi apparent de tous côtés. Les rideaux ont disparu, il ne reste que la tringle et les anneaux pour les suspendre.

— Ça t'impressionne hein ! la pauvreté de ta maison, fait sa cousine en rejetant la fumée de sa cigarette. La nôtre est pareille, Urania. La famille a coulé à pic à la mort de Trujillo, c'est la vérité. Mon père a été renvoyé de la compagnie de tabac et n'a plus retrouvé de place. Parce qu'il était le beau-frère de ton père, seulement pour cela. Enfin, l'oncle en a vu de pires. On l'a interrogé, on l'a accusé de tout, on lui a fait des procès. Lui qui était tombé en disgrâce sous Trujillo. Ils ne purent rien prouver, mais sa vie a sombré, à lui aussi. Heureusement que, toi, tu t'en es sortie et que tu peux l'aider. Dans la famille, personne ne le pourrait. Nous tirons tous le diable par la queue. Pauvre oncle Agustín ! Il n'a pas su, comme tant d'autres, tirer son épingle du jeu. Son honnêteté l'a perdu.

Urania l'écoute gravement, ses yeux encouragent Lucinda à poursuivre, mais son esprit retourne vers sa chère université du Michigan, revivant ces quatre années d'études opiniâtres, salvatrices. Les seules lettres qu'elle lisait et auxquelles elle répondait étaient celles de *sister* Mary. Affectueuses, discrètes, elles ne mentionnaient jamais la chose, quoique, si *sister* Mary l'avait fait — elle, la seule personne à qui Urania s'était confiée, celle qui avait eu la lumineuse idée de la tirer de là et de l'envoyer à Adrian, celle qui avait mis le sénateur Cabral en demeure d'accepter —, elle ne se serait pas fâchée. Cela lui aurait fait du bien de se libérer de temps en temps, en écrivant à *sister* Mary, de ce fantôme qui n'avait jamais cessé de la hanter.

Sister Mary lui parlait du collège, des grands événements, des mois agités qui avaient suivi l'assassinat de Trujillo, du départ de Ramfis et de toute la famille, des changements de gouvernement, des violences urbaines, des désordres, et elle s'intéressait à ses études, la félicitant pour ses succès universitaires.

— Et pourquoi ne t'es-tu jamais mariée ? — Lucindita la déshabille du regard. — Ce n'est sûrement pas l'occasion qui t'a manqué. Tu es encore très bien. Excuse-moi, mais tu le sais bien, nous les Dominicaines nous sommes curieuses.

— Je ne saurais te le dire, répond Urania en haussant les épaules. Manque de temps, peut-être. J'ai toujours été trop occupée ; d'abord à étudier, puis à travailler. J'ai pris l'habitude de vivre seule et je ne pourrais pas partager ma vie avec un homme.

Elle s'entend parler et ne croit pas à ce qu'elle dit. Lucinda, en revanche, ne met pas en doute ses paroles.

— Tu as bien fait, ma petite, fait-elle d'un air triste. À quoi ça m'a avancé de me marier, hein ? Ce salopard de Pedro m'a abandonnée avec mes deux petites. Un beau jour il a foutu le camp et n'a plus jamais envoyé un sou. J'ai dû élever mes deux filles en faisant des choses assommantes, louer des maisons, vendre des fleurs, donner des cours de conduite, ce qui n'est pas de la tarte, tu n'imagines pas. Comme je n'ai pas fait d'études, c'est tout ce que je trouvais. Tout le monde n'est pas comme toi, ma cousine. Tu as une profession et tu gagnes ta vie dans la capitale du monde en exerçant un métier intéressant. Il valait mieux ne pas te marier, bien sûr, mais tu dois bien avoir quelques petits flirts, pas vrai ?

Urania sent le feu monter à ses joues, ce qui fait éclater de rire Lucinda :

— Hé, hé ! comme te voilà. Tu as un amant ! Raconte-moi. Est-il riche ? Il est beau ? Un gringo ou un latino ?

— Un monsieur aux tempes argentées, très distingué, invente Urania. Marié et père de famille. Nous nous voyons en fin de semaine, si je ne suis pas en déplacement. Une relation agréable et sans engagement.

— Ce que je t'envie, ma petite ! fait en tapant dans ses mains Lucinda. C'est mon rêve. Un vieux riche et distingué. Il faudrait que j'aille me le chercher à New York, ici tous les vieux sont une calamité : gros bedon et pas un rond.

À Adrian, il lui arrivait parfois d'aller à quelque soirée, de partir en excursion avec des gars et des filles, de faire semblant de flirter avec un fils de fermiers boutonneux qui lui parlait de chevaux et d'escalades audacieuses dans les montagnes neigeuses en hiver, mais elle regagnait son *dormitory* si épuisée par tout ce qu'elle avait dû feindre pendant ces loisirs qu'elle cherchait des prétextes pour les éviter. Elle se constitua un répertoire d'excuses : examens, devoirs, visites, migraines, délais péremptoires pour remettre ses *papers*. Durant ses années à Harvard, elle ne se souvenait pas d'être allée à une fête ou dans des bars ou d'avoir dansé une seule fois.

— Manolita aussi son mariage a été foireux. Non que son mari ait été coureur, comme le mien. Cocuyo[1] (enfin, il s'appelle Esteban) ne ferait pas de mal à une mouche. Mais c'est un bon à rien, il se fait mettre à la porte de tous ses emplois. Actuellement il a un petit boulot dans un de ces hôtels qu'on a construits à Punta Canas, pour les touristes. Il gagne un salaire de misère et ma sœur le voit à peine une deux fois par mois. C'est un mariage, ça ?

— Tu te rappelles Rosalía Perdomo ? l'interrompt Urania.

— Rosalía Perdomo ? — Lucinda cherche dans sa tête, les yeux mi-clos. — Pas vraiment... Ah, oui, Rosalía, celle qui a eu une aventure avec Ramfis Trujillo ? On ne l'a plus jamais vue par ici. On a dû l'expédier à l'étranger.

L'entrée d'Urania à Harvard fut célébrée à la Siena Heights University comme un événement. Avant d'intégrer cette université, elle ne s'était pas rendu compte de son prestige aux États-Unis, et de la déférence avec laquelle on parlait de ceux qui en sortaient, qui étudiaient ou enseignaient là-bas. Cela arriva de la façon la plus naturelle ; si elle se l'était proposé, ce n'aurait pas été aussi facile. Elle se trouvait en dernière année. Sa directrice d'études, après l'avoir félicitée pour ses résultats, lui demanda quels projets professionnels étaient les siens, et Urania lui avait répondu : « Le barreau me plaît bien. — Une carrière où l'on gagne beaucoup d'argent », répondit le docteur Dorothy Sallison. Mais Urania venait de dire « barreau » parce que c'était la première chose qui lui était venue à l'esprit, elle aurait pu aussi bien parler de médecine, d'économie ou de biologie. Tu

1. Luciole ou ver luisant.

n'avais jamais pensé à l'avenir, Urania ; tu étais si paralysée par ton passé que tu n'arrivais pas à te projeter en avant. Le docteur Sallison examina avec elle diverses options et elles se décidèrent pour quatre universités prestigieuses : Yale, Notre Dame, Chicago et Stanford. Un ou deux jours après avoir rempli les dossiers de candidature, Dorothy Sallison l'appela : « Et pourquoi pas Harvard, aussi ? On ne perd rien à le tenter. » Urania se rappelle les voyages pour les entretiens, les nuits dans les pensions religieuses que lui trouvaient les mères dominicaines. Et la joie du docteur Sallison, des religieuses et de ses camarades de promotion lorsqu'on connut la réponse des universités qui l'acceptaient toutes, y compris Harvard. On fit une fête en son honneur où elle devait danser.

Ses quatre années à Adrian lui avaient permis de vivre, quelque chose qu'elle imaginait désormais impossible. Aussi gardait-elle une gratitude profonde pour les dominicaines. Cependant, Adrian, dans sa mémoire, était une période somnambulique, incertaine, où la seule chose concrète, c'étaient les heures infinies passées à la bibliothèque, à travailler pour ne pas penser.

Cambridge, Massachusetts, fut autre chose. Là elle commença à vivre à nouveau, à découvrir que la vie méritait d'être vécue, qu'étudier n'était pas seulement une thérapie mais une jouissance, la plus exaltante des occupations. Quel plaisir elle avait pris à ses cours, aux conférences, aux séminaires ! Ébahie par l'abondance de possibilités (outre le droit, elle suivit comme auditrice libre un cours d'histoire latino-américaine, un séminaire sur la Caraïbe et un cycle sur l'histoire sociale de Saint-Domingue), elle courait après le temps pour faire tout ce qui la tentait.

Des années de travail intensif, et pas seulement intellectuel. À sa seconde année de Harvard, son père lui fit savoir, dans une de ces lettres auxquelles elle ne répondit jamais, que, étant donné la détérioration de la situation, il se voyait obligé de ramener à deux cents les cinq cents dollars qu'il lui versait chaque mois. Grâce à un prêt d'honneur qu'elle obtint, ses études furent assurées. Mais pour faire face à ses frugales nécessités, elle fut, dans ses moments libres, vendeuse dans un supermarché, serveuse dans une pizzeria de Boston, visiteuse médicale, et — le travail le moins fastidieux — dame de compagnie et lectrice d'un paraplégique millionnaire d'origine polonaise, Mr. Melvin Makovsky, à qui, de cinq heures à huit heures du soir, dans sa maison victorienne aux murs grenats de la Massachusetts Avenue, elle lisait à voix haute des romans-fleuves du XIXe siècle (*Guerre et Paix*, *Moby Dick*, *Bleak House*, *Pamela*) et qui, au bout de trois mois, lui proposa tout de go le mariage.

— Un paraplégique ? fait Lucinda en ouvrant les yeux.

— De soixante-dix ans, précise Urania. Très riche. Il m'a proposé le mariage, oui. Pour lui tenir compagnie et lui faire la lecture, rien de plus.

— Quelle sottise, ma cousine, fait Lucinda scandalisée. Tu aurais pu hériter de lui et tu serais millionnaire.

— Tu as raison, c'était une bonne affaire.

— Mais tu étais jeune, idéaliste, et tu croyais qu'on doit se marier par amour, dit sa cousine en lui facilitant les choses. Comme si cela pouvait durer. Moi aussi j'ai gâché une chance, avec un médecin bourré de fric. Il était amoureux fou. Mais il était un petit peu foncé et on disait que sa mère était haïtienne. Ce n'étaient pas des préjugés, mais, et si mon enfant avait fait un saut en arrière et était sorti couleur charbon ?

Elle aimait tant étudier, elle fut si heureuse à Harvard, qu'elle pensa se tourner vers l'enseignement et faire un doctorat. Mais elle n'avait pas les moyens de le faire. Son père était dans une situation de plus en plus difficile, et la troisième année il lui supprima sa mensualité, de sorte qu'elle devait à tout prix avoir ses examens et commencer à gagner de l'argent au plus vite pour rembourser le prêt d'honneur et subvenir à ses besoins. Le prestige de la faculté de droit de Harvard était immense ; dès qu'elle chercha un emploi, on la convoqua à divers entretiens. Elle se décida pour la Banque mondiale. Elle fut triste de partir ; durant ces années à Cambridge elle avait contracté son « hobby pervers » : lire et collectionner des livres sur l'Ère Trujillo.

Dans ce petit salon déglingué, il y a une autre photo de sa remise de diplômes — cette matinée de soleil radieux qui éclairait le *Yard*, tout paré de tentes multicolores, de robes élégantes, des toques et des toges chamarrées des professeurs et des diplômés —, identique à celle que le sénateur Cabral a dans sa chambre à coucher. Comment l'avait-il obtenue ? Ce n'était pas elle, bien sûr, qui la lui avait envoyée. Ah, *sister* Mary ! Cette photo, elle l'avait offerte au collège Santo Domingo. Car, jusqu'à la mort de la bonne sœur, Urania continua à correspondre avec *sister* Mary. Cette âme charitable devait probablement tenir informé le sénateur Cabral de la vie d'Urania. Elle la revoit appuyée à la balustrade du bâtiment du collège orienté au sud-est, le visage tourné vers la mer, à l'étage supérieur, interdit aux élèves, où vivaient les sœurs ; sa silhouette desséchée était toute petite vue de loin, dans cette cour où les deux bergers allemands — Badulaque et Brutus — couraillaient entre les terrains de tennis, de volley et la piscine.

Il fait chaud et elle transpire. Elle n'a jamais senti une telle vapeur, ce souffle volcanique, dans les chauds étés de New York, toujours combattus par l'atmosphère froide de l'air conditionné. Ici, c'était une chaleur différente : celle de son enfance. Elle n'avait jamais non plus perçu dans ses oreilles cette extravagante symphonie de klaxons, de cris, de musiques, d'aboiements, de coups de frein, qui pénétrait par les fenêtres et les obligeait, sa cousine et elle, à élever la voix.

— C'est vrai que papa a été jeté en prison par Johnny Abbes quand on a tué Trujillo ?

— Il ne te l'a pas raconté ? dit sa cousine, surprise.

— Je me trouvais dans le Michigan, lui rappelle Urania.

Lucinda acquiesce, avec un demi-sourire navré.

— Bien sûr qu'on l'a mis en prison. Ils sont devenus fous tous ces gens, Ramfis, Radhamés, les trujillistes. Ils se sont mis à tuer et à emprisonner à tort et à travers. Enfin, je ne me rappelle pas trop. J'étais une fillette et la politique me passait au-dessus de la tête. Comme l'oncle Agustín avait pris ses distances avec Trujillo, ils avaient dû penser qu'il faisait partie du complot. Ils l'ont enfermé dans cette prison terrible, La Quarante, celle que Balaguer a fait démolir et où se dresse maintenant une église. Ma mère est allée voir Balaguer, l'a supplié. Ils l'ont détenu plusieurs jours, tandis qu'ils vérifiaient s'il ne faisait pas partie de la conspiration. Ensuite, le Président lui a donné une petite place misérable, on aurait dit une blague : officier d'état civil de la 3e circonscription.

— Il vous a raconté comment on l'a traité à La Quarante ?

Lucinda tire une bouffée de fumée qui, un moment, voile son visage.

— À mes parents peut-être, mais pas à Manolita ni à moi, nous étions toutes petites. L'oncle Agustín fut ulcéré qu'on puisse penser qu'il aurait pu trahir Trujillo. Des années durant je l'ai entendu prendre le ciel à témoin de l'injustice qu'on avait commise envers lui.

— Envers le serviteur le plus loyal du Généralissime, dit en se moquant Urania. Lui qui pour Trujillo était capable de commettre des horreurs, suspecté d'être complice de ses assassins, vraiment, quelle injustice !

Elle se tait en voyant le visage de réprobation de sa cousine.

— Ces horreurs qu'il aurait commises, je ne sais pas pourquoi tu le dis, murmure-t-elle étonnée. Mon oncle s'est peut-être trompé en étant trujilliste. Maintenant on dit que Trujillo était un dictateur et tout ça. Ton père l'a servi de bonne foi. Bien qu'il ait occupé des postes si élevés, il n'en a pas profité. Est-ce qu'il l'a fait, des fois ? Il passe ses dernières années pauvre comme Job ; sans toi, il serait à l'asile.

Lucinda essaie de contrôler sa contrariété. Elle tire une dernière bouffée et, comme elle ne sait où éteindre sa cigarette — il n'y a pas de cendriers dans ce salon délabré —, elle la jette par la fenêtre dans le jardin fané.

— Je sais très bien que mon père n'a pas servi Trujillo par intérêt —, Urania ne peut éviter de prendre un petit air sarcastique. — Ça n'est pas une circonstance atténuante. Au contraire, ça aggrave son cas.

Sa cousine la regarde, sans comprendre.

— Il l'a fait par admiration, par amour pour lui, explique Urania. Bien sûr qu'il a dû se sentir offensé que Ramfis, Abbes García et les autres se soient méfiés de lui. De lui qui, lorsque Trujillo lui a tourné le dos, est devenu presque fou de désespoir.

— Bon, il s'est peut-être trompé, répète sa cousine en lui demandant du regard de changer de sujet. Reconnais au moins qu'il a été très honnête. Il ne s'est pas sucré, comme tant d'autres, qui ont continué à mener grand train sous tous les gouvernements, surtout les trois de Balaguer.

— J'aurais préféré qu'il serve Trujillo par intérêt, pour voler ou avoir du pouvoir, dit Urania et elle croise à nouveau le regard déconcerté et contrarié de Lucinda. Tout, plutôt que de le voir pleurnicher parce que Trujillo ne lui accordait pas d'audience, parce qu'il se faisait insulter dans le « Courrier des lecteurs ».

C'est un souvenir persistant, qui l'a tourmentée à Adrian et à Cambridge, qui l'a accompagnée, un peu atténué, durant toutes ses années à la Banque mondiale, à Washington D.C. et qui l'assaille encore, à Manhattan : le sénateur Agustín Cabral désemparé tournant en rond, frénétiquement, dans ce même salon, se demandant quelle intrigue avaient montée contre lui l'Ivrogne Constitutionnaliste, l'onctueux Joaquín Balaguer, le cynique Virgilio Álvarez Pina, ou Paíno Pichardo, pour que le Généralissime, du jour au lendemain, l'efface de son existence. Car quelle existence pouvait avoir un sénateur et ex-ministre à qui le Bienfaiteur ne répondait pas et qu'il n'autorisait plus à siéger au Congrès ? L'histoire d'Anselmo Paulino se répétait-elle avec lui ? Les *caliés* viendraient-ils le chercher un de ces petits matins pour l'ensevelir dans un cachot ? *La Nación* et *El Caribe* publieraient-ils des informations dégoûtantes sur ses vols, ses détournements de fonds, ses trahisons, ses crimes ?

— Tomber en disgrâce, ça a été pire pour lui que si on lui avait tué son être le plus cher.

Sa cousine l'écoute, de plus en plus mal à l'aise.

— C'est pour cela que tu t'es fâchée, Uranita ? dit-elle enfin. Pour la politique ? Mais, je m'en souviens fort bien, la politique ne t'intéressait pas. Par exemple, quand ces deux filles que personne ne connaissait sont arrivées au milieu de l'année. On disait que c'étaient des *caliesas* et personne ne parlait d'autre chose, mais, toi, ces ragots politiques t'ennuyaient et tu nous faisais taire.

— La politique ne m'a jamais intéressée, affirme Urania. Tu as raison, pourquoi parler de choses qui remontent à trente-cinq ans ?

L'infirmière surgit dans l'escalier. Elle s'essuie les mains avec un chiffon bleu.

— Tout propret et talqué comme un *baby*, leur annonce-t-elle. Vous pouvez monter quand vous voulez. Je vais préparer le déjeuner de don Agustín. Pour vous aussi, madame ?

— Non, merci, dit Urania. Je retourne à mon hôtel, j'en profiterai pour me baigner et me changer.

— Ce soir, de toute façon, tu viens dîner chez nous. La joie que tu vas faire à maman ! J'appellerai aussi Manolita, elle sera heureuse —, Lucinda fait une moue triste. — Tu vas être surprise, cousine. Tu te rappelles comme elle était grande et belle notre maison ? Il n'en reste que la moitié. Quand papa est mort, il a fallu vendre le jardin, avec le garage et les chambres de service. Enfin, assez dit de bêtises. En te voyant, toutes ces années d'enfance me sont revenues à l'esprit. Nous étions heureuses, non ? On n'imaginait pas que tout allait changer, que ce serait l'époque des vaches maigres. Bon, je me sauve, sinon maman restera sans déjeuner. Tu viendras dîner, n'est-ce pas ? Tu ne vas pas disparaître encore pendant trente-cinq ans ? Ah, oui, tu te souviens de la maison, rue Santiago, à cinq rues d'ici.

— Je m'en souviens très bien — Urania se lève et embrasse sa cousine. — Ce quartier n'a pas du tout changé.

Elle accompagne Lucinda jusqu'à la porte d'entrée et lui dit au revoir en l'embrassant sur les deux joues. En la voyant s'éloigner avec sa robe à fleurs dans une rue inondée de soleil où se mêlent des aboiements effrénés et un caquètement de poules, l'angoisse la saisit. Que fais-tu ici ? Qu'es-tu venue chercher à Saint-Domingue, dans cette maison ? Dîneras-tu avec Lucinda, Manolita et la tante Adelina ? La pauvre doit être devenue un légume, comme ton père.

Elle monte lentement l'escalier, retardant la rencontre. Elle est soulagée de le trouver endormi. Blotti dans son fauteuil, il a les yeux froncés et la bouche ouverte ; sa poitrine rachitique monte et descend de façon rythmée. « Un petit bout d'homme. » Elle s'assoit sur le lit et le contemple. Elle l'étudie, le devine. On l'a mis en prison lui aussi, à la mort de Trujillo. En croyant que c'était un des trujillistes de la conspiration, comme Antonio de la Maza, le général Juan Tomás Díaz et son frère Modesto, Antonio Imbert et compagnie. Quelle peur et quel chagrin, papa ! Elle n'avait appris que son père aussi était tombé dans ce coup de filet que bien des années après, par une mention au passage dans un article consacré aux événements dominicains de 1961. Mais elle n'avait jamais connu les détails. Autant qu'elle s'en souvenait, dans ces lettres auxquelles elle ne répondait pas, le sénateur Cabral n'avait jamais fait allusion à cette expérience. « Que, l'espace d'une seconde, quelqu'un puisse imaginer que tu aies pensé assassiner Trujillo, cela a dû te meurtrir autant que de tomber en disgrâce sans savoir pourquoi. » Avait-il subi l'interrogatoire de Johnny Abbes en personne ? De Ramfis ? De Biscoto León Estévez ? L'avaient-ils assis sur le Trône ? Son père a-t-il eu partie liée en quelque façon avec les conspirateurs ? C'est vrai, il avait fait des efforts surhumains pour récupérer la confiance de Trujillo, mais qu'est-ce que cela prouvait ? Beaucoup de conspirateurs léchaient encore la main de Trujillo quelques instants avant de le tuer. Peut-être bien qu'Agustín Cabral, en raison de son amitié avec

Modesto Díaz, avait pu être informé sur ce qui se tramait. Est-ce que la chose n'était pas remontée jusqu'à Balaguer, selon certains ? Si le président de la République et le ministre des Armées étaient au courant, pourquoi pas son père ? Les conspirateurs savaient que le Chef avait ordonné la disgrâce du sénateur Cabral depuis des semaines ; rien d'étrange qu'ils aient pensé à lui comme un possible allié.

Son père émet de temps en temps un doux ronflement. Quand une mouche se pose sur son visage, il la chasse, sans se réveiller, d'un mouvement de la tête. Comment as-tu appris qu'on l'avait tué ? Le 30 mai 1961 elle était déjà à Adrian. Elle commençait à sortir de son abrutissement, de sa lassitude qui la rejetaient loin du monde et d'elle-même, dans un état somnambulique, quand la *sister* chargée du *dormitory* était entrée dans la chambre qu'Urania partageait avec quatre camarades et lui avait montré la manchette du journal qu'elle tenait à la main : « *Trujillo killed* ». « Je te le prête », dit-elle. Qu'as-tu éprouvé ? Rien, jurerait-elle, la nouvelle avait glissé sur elle sans blesser sa conscience, comme tout ce qu'elle entendait et voyait autour d'elle. Il est possible que tu n'aies même pas lu l'information, que tu en sois restée à la manchette du journal. Elle se rappelle, en revanche, que des jours et des semaines après, dans une lettre de *sister* Mary, elle avait lu des détails sur ce crime, sur l'irruption des *caliés* au collège pour s'emparer de la personne de l'évêque Reilly, et surtout sur le désordre et l'incertitude de la vie quotidienne. Mais même cette lettre de *sister* Mary ne la tira pas de l'indifférence profonde qu'elle ressentait pour tout ce qui se rapportait à Saint-Domingue, jusqu'à suivre, des années après, à Harvard, ce cours sur l'histoire des Antilles qui l'avait délivrée.

Ta soudaine décision de venir à Saint-Domingue,

de rendre visite à ton père, signifie-t-elle que tu es guérie ? Non. Tu aurais dû éprouver de la joie, de l'émotion, en retrouvant Lucinda, si collée à toi, qui t'accompagnait toujours au cinéma, en matinée et en soirée, à l'Olympia ou à l'Elite, à la plage ou au Country-Club, et tu aurais dû prendre en pitié sa vie qui semble si médiocre et l'absence d'espoir de la voir s'améliorer. Tu n'as ressenti ni joie, ni émotion, ni peine. Elle t'a ennuyée, plutôt, avec son sentimentalisme et cette autocompassion qui te répugnent tellement.

« Tu es un vrai glaçon. On ne dirait pas que tu es dominicaine. J'en ai plus l'air que toi. » Et voilà qu'elle se rappelle Steve Duncan, son collègue à la Banque mondiale. 1985 ou 1986 ? Par là. C'était ce soir-là à Taipei, alors qu'ils dînaient ensemble dans ce Grand Hôtel en forme de pagode hollywoodienne où ils étaient logés, et la ville derrière les baies vitrées ressemblait à un manteau de lucioles. Pour la troisième, la quatrième ou la dixième fois, Steve lui avait proposé le mariage et Urania, d'une façon plus tranchante que les autres fois, lui avait dit : « Non. » Alors, surprise, elle avait vu le visage rubicond de Steve se décomposer. Elle ne put contenir son rire.

— Tu ne vas quand même pas pleurer, Steve. D'amour pour moi ? Ou as-tu pris plus de whiskys qu'il ne faut ?

Steve ne sourit pas. Il la regarda un bon moment, sans répondre, et il dit cette phrase : « Tu es un vrai glaçon. On ne dirait pas que tu es dominicaine. J'en ai plus l'air que toi. » Eh bien ! eh bien ! le rouquin est tombé amoureux de toi, Urania. Qu'est-ce qu'il a pu devenir ? Un type remarquable, diplômé d'économie de l'université de Chicago, son intérêt pour le tiers-monde embrassait les problèmes de développement, ses langues et ses femmes. Il a fini par épouser une

Pakistanaise, fonctionnaire de la banque au service Communications.

Étais-tu un glaçon, Urania ? Seulement avec les hommes. Et pas avec tous. Avec ceux dont les regards, les mouvements, les gestes ou le ton de la voix annoncent un danger. Quand tu devines, dans leur cerveau ou leur instinct, l'intention de te faire la cour, d'avoir une aventure avec toi. Ceux-là, oui, tu leur fais sentir cette froideur polaire que tu sais irradier autour de toi, comme la mouffette faisant fuir l'ennemi par sa pestilence. Une technique que tu domines avec la maîtrise que tu t'es forgée dans tout ce que tu t'es proposé : études, travail, vie indépendante. « Tout, sauf être heureuse. » Aurait-elle pu l'être si, en y mettant sa volonté, sa discipline, elle était parvenue à vaincre l'invincible répugnance, le dégoût que lui inspirent les hommes chez qui elle éveille des désirs ? Peut-être. Tu aurais pu suivre une thérapie, recourir à un psychologue, à un psychanalyste. Ils peuvent remédier à tout, même au dégoût de l'homme. Mais tu n'avais jamais voulu te soigner. Au contraire, tu ne considères pas cela comme une maladie, mais comme un trait de ton caractère, comme ton intelligence, ta solitude et ta passion pour le travail bien fait.

Son père a les yeux ouverts et la regarde un peu effrayé.

— Je me suis souvenue de Steve, un Canadien de la Banque mondiale, dit-elle à voix basse en le scrutant. Comme je n'ai pas voulu l'épouser, il m'a dit que j'étais un vrai glaçon. Une accusation censée offenser toute Dominicaine. Nous avons la réputation d'être ardentes, imbattables en amour. J'ai acquis la réputation contraire : maniérée, indifférente, frigide. Qu'est-ce que tu en penses, papa ? À l'instant, pour qu'elle ne pense pas de mal de moi, j'ai dû m'inventer pour ma cousine un amant.

Elle se tait en voyant l'invalide recroquevillé dans son fauteuil, presque terrifié. Il n'écarte plus les mouches qui se promènent tranquillement sur son visage.

— Un sujet que j'aurais aimé évoquer avec toi, papa. Les femmes, le sexe. As-tu eu des aventures depuis la mort de maman ? Je n'ai jamais rien remarqué. Tu n'avais pas l'air de courir le jupon. Le pouvoir te comblait-il si bien que tu n'avais pas besoin de sexe ? Ça se voit même sur cette terre chaude. C'est le cas de notre Président perpétuel, don Joaquín Balaguer, non ? Célibataire encore à quatre-vingt-dix ans. Il a écrit des poèmes d'amour et les rumeurs font état d'une fille qu'il aurait eue en cachette. Moi, il m'a toujours donné l'impression qu'il ne s'est jamais intéressé au sexe, que le pouvoir lui a donné ce que donne aux autres le lit. Était-ce ton cas, papa ? Ou as-tu eu de discrètes aventures ? Trujillo t'a-t-il invité à ses orgies, à la Maison d'Acajou ? Que se passait-il là-bas ? Le Chef s'amusait-il aussi, comme Ramfis, à humilier ses amis et courtisans en les obligeant à se raser les jambes, la tête, à se maquiller comme de vieilles tapettes ? Aimait-il cela ? T'es-tu prêté à ce jeu ?

Le sénateur Cabral a pâli de telle sorte qu'Urania pense : « Il va s'évanouir. » Pour qu'il se calme, elle s'éloigne de lui. Elle va à la fenêtre et se penche. Elle sent la force du soleil sur son crâne, sur la peau fiévreuse de son visage. Elle est en nage. Tu devrais retourner à l'hôtel, remplir la baignoire de sels moussants, prendre un long bain d'eau fraîche. Ou descendre et piquer une tête dans la piscine aux azulejos et, ensuite, goûter le buffet créole que propose le restaurant de l'hôtel Jaragua, il y aura sûrement des haricots au riz et au porc. Mais tu n'en as pas envie. Tu as plutôt envie d'aller à l'aéroport et de prendre le premier avion pour New York afin de retrouver ta vie affairée dans ce cabinet d'avocats, et dans ton appartement de Madison, à l'angle de la 73ᵉ Rue.

Elle se rassoit sur le lit. Son père ferme les yeux. Dort-il ou feint-il de dormir tant il a peur de toi ? Tu fais passer un bien vilain moment à ce pauvre invalide. C'est ce que tu voulais ? L'effrayer, lui infliger des heures d'épouvante ? Te sentiras-tu mieux, maintenant ? La fatigue s'est emparée d'elle et, comme ses yeux se ferment, elle se met debout.

Machinalement elle va vers la grande armoire en bois sombre qui occupe tout un côté de la chambre. Elle est à moitié vide. Sur des cintres en fer pendent un costume en toile anthracite, qui jaunit comme une pelure d'oignon, et des chemises lavées mais non repassées, et pour deux d'entre elles, avec des boutons qui manquent. Est-ce tout ce qui reste de la garde-robe du président du Sénat, Agustín Cabral ? C'était un homme élégant. Soigneux de sa personne, tiré à quatre épingles, comme le Chef les aimait. Qu'étaient devenus ses smokings, son frac, ses complets sombres en tissu anglais, ses costumes blancs en fil très fin ? Ils avaient dû être volés par les domestiques, les infirmières ou les parents dans le besoin.

La fatigue est plus forte que sa volonté de rester éveillée. Elle finit par se coucher sur le lit et fermer les yeux. Avant de s'endormir, elle pense encore que ce lit sent le vieil homme, les vieux draps, les très vieux rêves et cauchemars.

XI

— J'ai une question à vous poser, Excellence, dit Simon Gittleman, le teint avivé par les coupes de champagne et de vin, ou peut-être par l'émotion. De toutes les mesures que vous avez prises pour la grandeur de ce pays, laquelle fut la plus difficile ?

Il parlait un excellent espagnol, avec un soupçon d'accent, mais rien qui ressemblât à ce langage caricatural, martelé et fautif, de tant de gringos qui avaient défilé dans les bureaux et salons du Palais national. Comme l'espagnol de Simon s'était amélioré depuis 1921, quand Trujillo, jeune lieutenant de la Garde nationale, fut admis comme élève à l'École d'officiers de Haina et eut comme instructeur le *marine* ; il baragouinait alors une langue barbare, truffée de gros mots. Gittleman avait formulé sa question à si haute voix que les conversations cessèrent et que vingt têtes — curieuses, souriantes, graves — se tournèrent vers le Bienfaiteur, attendant sa réponse.

— Je peux te répondre, Simon, fit Trujillo de la voix traînante et ampoulée qu'il prenait dans les occasions solennelles, en fixant des yeux le lustre de cristal aux ampoules en forme de pétales : Le 2 octobre 1937, à Dajabón.

Il y eut de rapides échanges de regards parmi les

invités au repas offert par Trujillo à Simon et Dorothy Gittleman, après la cérémonie où l'ex-*marine* avait été décoré de l'ordre du Mérite Juan Pablo Duarte. Dans ses remerciements, Gittleman avait eu la voix brisée d'émotion. Maintenant il tâchait de deviner à quoi faisait allusion Son Excellence.

— Ah! les Haïtiens! dit-il en donnant un grand coup sur la table qui fit tinter le service en cristal, les bouteilles et les plats. Le jour où Son Excellence décida de couper le nœud gordien de l'invasion haïtienne.

Tous avaient des verres de vin, mais le Généralissime ne buvait que de l'eau. Il était sérieux, absorbé par ses souvenirs. Le silence s'épaissit. Hiératique, théâtral, le Généralissime leva ses mains et les montra aux invités :

— Pour ce pays, je me suis taché de sang, affirma-t-il en martelant les mots. Pour que les nègres ne nous colonisent pas à nouveau. Il y en avait des dizaines de milliers, de tous côtés. Aujourd'hui la République dominicaine n'existerait plus. Comme en 1840, toute l'île serait Haïti et la petite poignée de Blancs survivants servirait les Noirs. Voilà la décision la plus difficile en trente ans de gouvernement, Simon.

— Comme vous nous l'avez demandé, nous avons parcouru la frontière d'une extrémité à l'autre —, le jeune député Henry Chirinos se pencha sur l'immense carte étalée sur le bureau du Président et signala : — Si cela continue, Excellence, il n'y aura pas de lendemain pour Quisqueya.

— La situation est plus grave qu'on ne vous l'a dit, Excellence —, l'index délicat du jeune député Agustín Cabral caressa la ligne rouge en pointillé qui descendait en zigzag de Dajabón à Pedernales. — Des milliers et des milliers, installés dans les haciendas, les hameaux et les terrains vagues. Ils ont déplacé la main-d'œuvre dominicaine.

— Ils travaillent gratis, sans toucher de salaire, pour avoir le gîte et le couvert. Comme à Haïti il n'y a pas de quoi manger, un peu de riz et de haricots leur suffit largement. Ils coûtent moins cher que les ânes et les chiens. Voilà !

Là-dessus Chirinos céda la parole à son collègue et ami :

— Il est inutile de raisonner les propriétaires terriens et les fermiers, Excellence, précisa Cabral. Ils répondent en se touchant les poches. Qu'est-ce que ça peut faire qu'ils soient haïtiens si ce sont de bons coupeurs de canne et qu'ils ne coûtent qu'une misère ? Par patriotisme je ne vais pas aller contre mes intérêts.

Il se tut, regarda le député Chirinos et celui-ci prit le relais :

— Dans les provinces de Dajabón, Elías Pina, Independencia et Pedernales, on n'entend plus parler espagnol, mais seulement grogner le créole africain.

Il regarda Agustín Cabral qui enchaîna :

— Le vaudou, la santería, les superstitions africaines prennent le pas sur la religion catholique, qui est la marque distinctive, comme la langue et la race, de notre nationalité.

— Nous avons vu des curés pleurer de désespoir, Excellence, dit avec des trémolos dans la voix le jeune député Chirinos. La barbarie préchrétienne s'empare du pays de Diego Colón, de Juan Pablo Duarte et de Trujillo. Les sorciers haïtiens ont plus d'influence que nos prêtres. Les guérisseurs, plus que les pharmaciens et les médecins.

— L'armée ne faisait donc rien ? — Simon Gittleman but une gorgée de vin. Un des serveurs tout de blanc vêtus se dépêcha de lui remplir son verre à nouveau.

— L'armée fait ce que commande le Chef, Simon, tu le sais bien —, le Bienfaiteur et l'ex-*marine* étaient les seuls à parler. Les autres écoutaient en hochant la tête. — La gangrène avait progressé très haut. Montecristi, Santiago, San Juan, Azua grouillaient de Haïtiens. La peste s'étendait sans que personne ne fît rien. Dans l'attente d'un chef d'État visionnaire dont la main ne tremblerait pas.

— Imaginez une hydre aux têtes innombrables, Excellence —, le jeune député Chirinos poétisait en faisant de grands gestes. — Cette main-d'œuvre vole le travail des Dominicains qui, pour survivre, doivent vendre leur lopin de terre et leur propriété. Qui leur achète ces terres ? Les Haïtiens nouveaux riches, naturellement.

— C'est la seconde tête de l'hydre, Excellence, souligna le jeune député Cabral. Ils ôtent le travail de nos nationaux et s'approprient, peu à peu, notre souveraineté.

— Et nos femmes, ajouta le jeune Henry Chirinos d'une voix plus grave et quelque peu voluptueuse, en glissant sa langue serpentine entre ses grosses lèvres. Rien n'attire tant la chair noire que la blanche. Les viols de Dominicaines par des Haïtiens sont monnaie courante.

— Et ne parlons pas des vols, des attentats à la propriété, insista le jeune Agustín Cabral. Les bandes de brigands traversent le Río Masacre comme s'il n'y avait pas de douanes, de contrôles, de patrouilles. La frontière est une passoire. Ces gens-là ravagent les hameaux et les haciendas comme des nuages de sauterelles. Puis ils retournent à Haïti en emportant les troupeaux et tout ce qu'ils trouvent comme nourriture, vêtements, parures. Cette région n'est plus la nôtre, Excellence. Nous avons déjà perdu notre langue, notre religion, notre race. Maintenant elle appartient à la barbarie haïtienne.

Dorothy Gittleman parlait à peine l'espagnol et devait s'ennuyer ferme en entendant ce dialogue sur quelque chose qui s'était passé vingt-quatre ans plus tôt, mais très sérieuse, elle acquiesçait à tout moment en regardant le Généralissime et son époux comme si elle ne perdait pas un mot de ce qu'ils disaient. On l'avait assise entre Trujillo et le ministre des Armées, le général José René Román. C'était une petite vieille menue, fragile, bien droite, rajeunie par sa robe estivale aux teintes roses. Pendant la cérémonie, quand le Généralissime avait dit que le peuple dominicain n'oublierait pas la solidarité que lui avaient manifestée les époux Gittleman en ces moments difficiles, alors que tant de gouvernements le poignardaient dans le dos, elle avait même versé quelques larmes.

— Je savais ce qui se passait, affirma Trujillo. Mais j'avais voulu vérifier, afin qu'il n'y eût pas le moindre doute. Même après avoir reçu le rapport de l'Ivrogne Constitutionnaliste et de Caboche, que j'avais envoyés sur le terrain, j'ai retardé ma décision. J'ai décidé de me rendre moi-même à la frontière. Je l'ai parcourue à cheval, accompagné par les volontaires de la Garde universitaire. Et j'ai vu de mes propres yeux : ils nous avaient à nouveau envahis, comme en 1822. Pacifiquement, cette fois. Pouvais-je permettre que les Haïtiens restent dans mon pays encore vingt-deux ans ?

— Aucun patriote ne l'aurait toléré, s'écria le sénateur Henry Chirinos en levant son verre. Et moins encore le Généralissime Trujillo. À la santé de Son Excellence !

Trujillo poursuivit, comme s'il n'avait pas entendu :

— Pouvais-je permettre, comme durant ces vingt-deux années d'occupation, que les nègres assassinent, violent et égorgent les Dominicains jusque dans les églises ?

Voyant avorter son toast, l'Ivrogne Constitutionnaliste souffla bruyamment, avala une gorgée de vin et se mit à écouter.

— Au long de mon périple sur la frontière, avec la Garde universitaire, la fine fleur de la jeunesse, j'ai scruté le passé, poursuivit le Généralissime avec une emphase croissante. Je me suis rappelé le massacre à l'église de Moca, l'incendie de Santiago, la marche sur Haïti de Dessalines et Christophe[1], avec neuf cents notables de Moca, qui moururent en chemin ou furent donnés en esclavage aux militaires haïtiens.

— Voilà plus de deux semaines que nous avons présenté notre rapport et le Chef ne fait rien, fit, inquiet, le jeune député Chirinos. Va-t-il enfin se décider, Caboche ?

— Ce n'est pas moi qui vais le lui demander, lui répondit le jeune député Cabral. Le Chef agira. Il sait que la situation est grave.

Tous deux avaient accompagné Trujillo dans son périple à cheval le long de la frontière, avec la centaine de volontaires de la Garde universitaire, et ils venaient d'arriver, tirant la langue plus que leurs bêtes, à la ville de Dajabón. Tous deux, malgré leur jeunesse, auraient préférer reposer leurs os moulus par la cavalcade, mais Son Excellence offrait une réception à la société de Dajabón et ils ne lui auraient jamais fait l'affront de ne pas y assister. Ils étaient donc là, asphyxiés par la chaleur dans leur chemise

---

1. Jean-Jacques Dessalines et Henri Christophe comptèrent parmi les chefs de la grande insurrection (1791-1804) des esclaves noirs de Haïti, alors colonie française. Dessalines, devenu président haïtien, devait en 1805 envahir Saint-Domingue avec le général Christophe.

à col dur et leur redingote, à la mairie pavoisée où Trujillo, frais comme un gardon malgré cette chevauchée depuis l'aube, dans un impeccable uniforme bleu et gris constellé de décorations et de galons, évoluait parmi les différents groupes, recevant leurs doléances, une coupe de cognac Carlos I dans la main droite. Là-dessus, il aperçut un jeune officier aux bottes poussiéreuses, qui faisait irruption dans le salon d'apparat.

— Tu as surgi au milieu de cette cérémonie de gala, en sueur et en tenue de campagne —, le Bienfaiteur tourna brusquement les yeux vers le ministre des Armées. — Quel dégoût j'ai ressenti !

— Je venais remettre un rapport au commandant de mon régiment, Excellence, intervint, confus, le général Román, après un silence où sa mémoire s'efforçait de retrouver ce vieil épisode. Une bande de bandits haïtiens avait clandestinement pénétré la nuit précédente dans le pays. Ce matin-là, ils avaient attaqué trois fermes à Capotillo et Parolí, en emportant tout le bétail, et en laissant trois morts sur le terrain.

— Tu jouais ta carrière, en te présentant dans cette tenue en ma présence, le gronda le Généralissime avec une irritation rétrospective. C'est bon. Voilà la goutte qui a fait déborder le vase. Qu'approchent le ministre des Armées, le ministre de l'Intérieur et tous les militaires présents, que les autres s'écartent, s'il vous plaît.

Sa petite voix criarde s'était élevée dans un aigu hystérique, comme autrefois, quand il donnait ses consignes à la caserne. Il fut aussitôt obéi, dans une rumeur de ruche. Les militaires formèrent un cercle dense autour de lui ; les dames et les messieurs reculèrent vers les murs, laissant un espace vide au centre du salon orné de serpentins, de fleurs de papier et de petits drapeaux dominicains. Le président Trujillo dicta ses ordres tout d'un trait :

— À compter de minuit, les forces de l'armée et de la police devront exterminer impitoyablement toute personne de nationalité haïtienne entrée illégalement sur le territoire dominicain, excepté ceux qui se trouvent dans les usines sucrières —, après s'être éclairci la gorge, il promena sur le cercle des officiers un regard gris : — Est-ce clair ?

Les têtes acquiescèrent, certaines l'air surpris, d'autres avec un éclat de joie sauvage dans les yeux. Les talons claquèrent, en rompant les rangs.

— Commandant du régiment de Dajabón : mettez au cachot, au pain et à l'eau, l'officier qui s'est présenté ici dans cette tenue déplorable. Que la fête continue ! Amusez-vous !

Sur le visage de Simon Gittleman l'admiration se mêlait à la nostalgie.

— Son Excellence n'a jamais hésité à l'heure d'agir —, l'ex-*marine* s'adressa à toute la table. — C'est moi qui ai eu l'honneur de l'entraîner, à l'école de Haina. Dès le premier moment, j'ai su qu'il irait loin. Mais je n'ai jamais imaginé qu'il irait si loin.

Il rit et de petits rires aimables lui firent écho.

— Elles n'ont jamais tremblé, répéta Trujillo en montrant de nouveau ses mains. Parce que je n'ai donné l'ordre de tuer que lorsque c'était absolument indispensable pour le bien du pays.

— J'ai lu quelque part, Excellence, que vous aviez ordonné d'utiliser des machettes, de ne pas tirer, demanda Simon Gittleman. Pour économiser les munitions ?

— Pour dorer la pilule, en prévoyant les réactions internationales, le corrigea Trujillo d'un ton goguenard. Si on n'utilisait que des machettes, l'opération pouvait ressembler à un mouvement spontané de paysans, sans intervention du gouvernement. Nous les Dominicains sommes prodigues, nous n'avons jamais rien épargné, et moins encore les munitions.

Toute la table s'esclaffa. Simon Gittleman aussi, mais il revint à la charge.

— Est-ce que cette histoire de *perejil* est vrai, Excellence ? Que pour distinguer les Dominicains des Haïtiens on obligeait les Noirs à dire le mot *perejil*[1] ? Et qu'on coupait la tête à ceux qui ne le prononçaient pas bien ?

— J'ai entendu cette anecdote, fit Trujillo en haussant les épaules. Des racontars qui traînent.

Il baissa la tête, comme si une pensée profonde exigeait soudain de lui un gros effort de concentration. Il n'était rien arrivé ; il aiguisait ses yeux et ne distinguait pas sur la braguette ni sur l'entrejambe la tache délatrice. Il lança un sourire amical à l'ex-*marine* :

— C'est comme sur le nombre des morts, dit-il, moqueur. Demande à ceux qui sont assis à cette table et tu entendras les chiffres les plus divers. Toi, par exemple, sénateur, combien y en a-t-il eu ?

Le visage sombre de Henry Chirinos se redressa, gonflé de satisfaction en se voyant interrogé par le Chef en premier.

— Il est difficile de le savoir, gesticula-t-il comme dans ses discours. On a beaucoup exagéré. Entre cinq et huit mille, tout au plus.

— Général Arredondo, tu te trouvais dans la province d'Independencia ces jours-là, à couper des têtes. Combien ?

— Environ vingt mille, Excellence, répondit le gros général Arredondo qui semblait encagé dans son uniforme. Rien que dans la région d'Independencia il y en a eu plusieurs milliers. Le sénateur

1. Persil. La difficulté de prononciation tient à l'association du *r* roulé et de la *jota* espagnole.

250

est très en dessous. Moi, j'y étais. Vingt mille, pas moins.

— Combien en as-tu tué toi-même ? — blagua le Généralissime, et une autre vague de rires parcourut la table, faisant craquer les chaises et tinter les verres en cristal.

— Ce que vous avez dit des racontars est la vérité pure, Excellence, renâcla l'officier adipeux dont le sourire se mua en grimace. Maintenant, on nous met sur le dos toute la responsabilité. Faux, tout est faux ! L'Armée a obéi aux ordres. Nous avons commencé par séparer les illégaux des autres. Mais le peuple ne nous a pas laissé faire. Tout le monde s'est lancé à la chasse aux Haïtiens. Paysans, commerçants et fonctionnaires dénonçaient la cachette des fuyards, les pendaient et les tuaient à coups de pelle. Ils les brûlaient parfois. Dans bien des endroits, l'armée a dû intervenir pour stopper les excès. Il y avait du ressentiment contre eux, pour leurs vols et leurs déprédations.

— Président Balaguer, vous avez été l'un des négociateurs avec Haïti, après les événements, fit Trujillo en poursuivant son enquête. Combien furent-ils ?

La chétive et terne silhouette du président de la République, à moitié absorbée par sa chaise, avança sa tête bienveillante. Après avoir observé l'assistance derrière ses lunettes de myope, il éleva cette douce voix bien timbrée qui récitait des poèmes aux Jeux floraux, célébrait l'intronisation de Miss République dominicaine (dont il était toujours le Poète du Royaume), haranguait les foules dans les tournées politiques de Trujillo, ou exposait la politique du gouvernement devant l'Assemblée nationale.

— Le chiffre exact n'a jamais pu être connu, Excellence —, il parlait lentement, d'un ton professoral. — Le calcul prudent varie entre dix et quinze mille. Durant cette négociation avec le gouvernement de Haïti, nous avons arrêté le chiffre symbolique de deux mille sept cent cinquante. De la sorte, en théorie, chaque famille affectée devait recevoir 100 pesos, des 275 000 payés comptant par le gouvernement de Son Excellence, en geste de bonne volonté et sur l'autel de l'harmonie haïtiano-dominicaine. Mais, vous vous en souviendrez, il n'en alla pas ainsi.

Il se tut, avec une ébauche de sourire sur sa face ronde, rétrécissant ses petits yeux clairs derrière les verres épais.

— Pourquoi cette compensation ne parvint-elle pas aux familles? demanda Simon Gittleman.

— Parce que le président de Haïti, Sténio Vincent, qui était un brigand, a gardé l'argent, répondit Trujillo en éclatant de rire. On a seulement payé 275 000 pesos? Dans mon souvenir nous avions décidé d'en allouer 750 000 pour qu'ils cessent de protester.

— En effet, Excellence, répondit aussitôt avec le même flegme et la même diction parfaite le docteur Balaguer. On s'était arrêtés au chiffre de 750 000 pesos, mais seulement 275 000 comptant. Le demi-million restant devait être versé en paiements annuels de 100 000 pesos pendant cinq années consécutives. Cependant, je m'en souviens parfaitement, j'étais alors ministre des Affaires étrangères par intérim, et avec don Anselmo Paulino qui m'assistait dans la négociation, nous avons imposé une clause selon laquelle les versements seraient soumis à la présentation, devant un tribunal international, des certificats de décès au cours des deux premières semaines d'octobre 1937, des deux mille sept cent cinquante victimes reconnues. Haïti n'a jamais rempli cette condition. Par conséquent la République dominicaine fut exonérée du paiement de la somme restante. Les réparations se limitèrent au versement initial. Le paiement fut effectué par Son Excellence, sur son patrimoine, si bien que cela ne coûta pas un centime à l'État dominicain.

— Bien peu d'argent, pour en finir avec un problème qui aurait pu nous faire disparaître, conclut Trujillo redevenu sérieux. C'est vrai, quelques innocents ont péri. Mais nous, les Dominicains, avons récupéré notre souveraineté. Depuis lors, nos relations avec Haïti sont excellentes, grâce à Dieu.

Il s'essuya les lèvres et but une gorgée d'eau. On avait commencé à servir le café et les liqueurs. Il ne prenait pas de café et ne buvait jamais d'alcool au déjeuner, sauf à San Cristóbal, dans son Hacienda Fundación ou dans sa Maison d'Acajou, entouré d'intimes. Mêlée aux images que sa mémoire lui restituait de ces semaines sanglantes d'octobre 1937, quand parvenaient à son bureau les nouvelles de la terrible tournure qu'avait prise à la frontière et dans tout le pays la chasse aux Haïtiens, s'infiltra à nouveau, en contrebande, la petite silhouette odieuse, stupide et ahurie de cette gamine contemplant son humiliation. Il se sentit vexé.

— Où se trouve le sénateur Agustín Cabral, le fameux Caboche ? fit Simon Gittleman en signalant l'Ivrogne Constitutionnaliste : Je vois le sénateur Chirinos, mais pas son inséparable *partner*. Qu'est-il devenu ?

Le silence dura plusieurs secondes. Les invités portaient à leur bouche leur tasse de café, buvaient une gorgée et regardaient la nappe, les ornements floraux, le service en cristal, le lustre du plafond.

— Il n'est plus sénateur et il ne met plus les pieds dans ce Palais, assena le Généralissime, avec la lenteur de ses colères froides. Il vit, mais aux yeux de ce régime, il a cessé d'exister.

L'ex-*marine*, gêné, vida sa coupe de cognac. Il devait friser les quatre-vingts ans, calcula le Généralissime. Magnifiquement bien conservé : avec ses rares cheveux coupés à ras, il se tenait droit et restait svelte, sans une once de graisse ni de plis au cou, énergique dans ses gestes et mouvements. La toile d'araignée de ridules qui enveloppait ses paupières et se prolongeait sur son visage tanné trahissait sa longue vie. Il fit une grimace, cherchant à changer de sujet.

— Qu'a ressenti Son Excellence, en donnant l'ordre d'éliminer ces milliers de Haïtiens illégaux ?

— Demande donc à ton ex-Président Truman ce qu'il a ressenti en donnant l'ordre de lâcher la bombe atomique sur Hiroshima et Nagasaki. Ainsi tu sauras ce que j'ai éprouvé, cette nuit-là, à Dajabón.

Tout le monde célébra la saillie du Généralissime. La tension provoquée par l'ex-*marine* en mentionnant Agustín Cabral se dissipa. Maintenant c'est Trujillo qui changea de conversation :

— Il y a un mois, les États-Unis ont essuyé une défaite dans la baie des Cochons. Le communiste Fidel Castro a capturé des centaines d'hommes du corps expéditionnaire. Quelles conséquences cela aura-t-il dans la Caraïbe, Simon ?

— Cette expédition de patriotes cubains a été trahie par le président Kennedy, murmura-t-il chagriné. Ils ont été envoyés à l'abattoir. La Maison-Blanche avait interdit la couverture aérienne et l'appui d'artillerie qu'on leur avait promis. Les communistes les ont tirés comme des lapins. Mais permettez-moi, Excellence. Je suis heureux que cela soit arrivé. Cela servira de leçon à Kennedy, dont le gouvernement est infiltré de *fellow travellers*, comment dit-on déjà ? oui, des compagnons de route. Peut-être se décidera-t-il à s'en débarrasser. La Maison-Blanche ne voudra pas d'un autre échec comme celui de la baie des Cochons. Cela éloigne le danger qu'elle envoie des *marines* en République dominicaine.

En disant ces derniers mots, l'ex-*marine* fut ému et, visiblement, il prit sur lui pour ne pas céder aux larmes. Trujillo fut surpris : son vieil instructeur de Haina allait-il pleurer à l'idée d'un débarquement de ses compagnons d'armes pour renverser le régime dominicain ?

— Excusez ma faiblesse, Excellence, murmura Simon Gittleman en se reprenant. Vous savez que j'aime ce pays comme si c'était le mien.

— Ce pays est le tien, Simon, dit Trujillo.

— Que, sous l'influence des gauchistes, Washington puisse envoyer ses *marines* pour combattre le gouvernement le plus ami des États-Unis, je trouve cela diabolique. C'est pour cette raison que je dépense mon temps et mon argent à essayer d'ouvrir les yeux de mes compatriotes. Pour cette raison que nous sommes venus, Dorothy et moi, à Ciudad Trujillo, afin de nous battre aux côtés des Dominicains si les *marines* débarquent.

Une salve d'applaudissements qui fit cliqueter assiettes, verres et couverts salua la péroraison de l'ex-*marine*. Dorothy sourit en acquiesçant, solidaire de son mari.

— Votre voix, *mister* Simon Gittleman, est la véritable voix de l'Amérique du Nord, s'exalta l'Ivrogne Constitutionnaliste en expédiant une grêle de postillons. Un toast pour cet ami, pour cet homme d'honneur. Pour Simon Gittleman, messieurs !

— Un moment —, la petite voix flûtée de Trujillo déchira en mille morceaux la ferveur de l'atmosphère. Les invités le regardèrent, déconcertés, et Chirinos resta en plan, son verre encore levé. — Pour nos amis et frères Dorothy et Simon Gittleman !

Confus, le couple remerciait l'assistance par des sourires et des courbettes.

— Kennedy ne nous enverra pas les *marines*, Simon, dit le Généralissime quand s'apaisa l'écho du toast. Je ne le crois pas aussi idiot. Mais, s'il le fait, les États-Unis connaîtront leur seconde baie des Cochons. Nos forces armées sont plus modernes que celles du barbu. Et ici, moi en tête, nous nous battrons tous, jusqu'au dernier Dominicain.

Il ferma les yeux en se demandant si sa mémoire lui permettait de se rappeler avec exactitude cette citation. Oui, il l'avait là, complète, qui venait de cette commémoration, le vingt-cinquième anniversaire de sa première élection. Il la récita, écouté dans un silence déférent :

— « Quelles que soient les surprises que l'avenir nous réserve, nous pouvons être sûrs que le monde pourra peut-être voir Trujillo mort, mais non en fuite comme Batista, ni pourchassé comme Pérez Jiménez, ni traîné devant un tribunal comme Rojas Pinilla. Le chef d'État dominicain a une autre morale et une autre trempe. »

Il ouvrit les yeux et promena un regard réjoui sur ses invités qui, après avoir attentivement écouté la citation, faisaient des gestes d'approbation.

— Qui a écrit la phrase que je viens de citer ? demanda le Bienfaiteur.

Ils se consultèrent les uns les autres, cherchèrent avec curiosité, avec crainte et inquiétude. Finalement, les regards convergèrent vers le visage aimable, rond, embarrassé de modestie, du petit polygraphe à qui, depuis que Trujillo avait fait démissionner son frère Négro avec le vain espoir d'éviter les sanctions de l'O.E.A., était revenue la première magistrature de la République.

— Je suis émerveillé par la mémoire de Son Excellence, murmura Joaquín Balaguer, en affichant une humilité excessive, comme accablé par l'honneur qu'on lui faisait. Je suis fier que vous vous souveniez de ce modeste discours du 3 août dernier.

Derrière ses cils, le Généralissime regardait se

décomposer d'envie les visages de Virgilio Álvarez Pina, de l'Ordure Incarnée, de Paíno Pichardo et des généraux. Ils souffraient. Ils pensaient que le prolixe et distingué poète, le déliquescent professeur et juriste venait de gagner des points sur eux dans l'éternelle compétition où ils vivaient pour s'attirer les faveurs du Chef, pour être reconnus, mentionnés, loués, remarqués sur les autres. Il sentit de la tendresse pour ces rejetons diligents, qu'il faisait vivre depuis trente ans en perpétuelle insécurité.

— Ce n'est pas une simple phrase, Simon, affirma-t-il. Trujillo n'est pas un de ces gouvernants qui laissent le pouvoir quand sifflent les balles. J'ai appris ce qu'est l'honneur à tes côtés, parmi les *marines*. J'ai su qu'on est un homme d'honneur à tout moment. Que les hommes d'honneur ne partent pas en courant. Ils combattent et, s'il faut mourir, ils meurent les armes à la main. Ni Kennedy, ni l'O.E.A., ni ce nègre dégoûtant et efféminé de Betancourt, ni le communiste Fidel Castro ne feront partir Trujillo du pays qui lui doit tout ce qu'il est.

L'Ivrogne Constitutionnaliste se mit à applaudir mais, quand déjà beaucoup de mains se levaient pour l'imiter, le regard de Trujillo coupa net l'applaudissement.

— Sais-tu quelle différence il y a entre ces lâches et moi, Simon ? poursuivit-il en regardant dans les yeux son ancien instructeur. Moi, j'ai été formé dans l'infanterie de marine des États-Unis d'Amérique. Je ne l'ai jamais oublié. C'est toi qui m'as enseigné tout cela à Haina et à San Pedro de Macorís. Tu te rappelles ? Ceux de cette première promotion de la Police nationale dominicaine sont en acier. Les aigris disaient que la P.N.D. voulait dire « pauvres nègres dominicains ». La vérité, c'est que cette promotion a changé ce pays, elle l'a créé. Moi, je ne suis pas surpris par ce que tu fais pour cette terre. Parce que tu es un véritable *marine*, comme moi. Un homme loyal. Qui meurt sans baisser la tête, en regardant le ciel, comme les pur-sang arabes. Simon, ton pays a beau mal se comporter, je n'ai pas de rancune envers lui. Parce que c'est aux *marines* que je dois ce que je suis.

— Un jour les États-Unis se repentiront d'avoir été ingrats envers leur partenaire et ami de la Caraïbe.

Trujillo but quelques gorgées d'eau. Les conversations reprenaient. Les garçons offraient de nouvelles tasses de café, plus de cognac et d'autres liqueurs, et des cigares. Le Généralissime écouta de nouveau ce que lui disait Simon Gittleman :

— Comment va finir ce sac d'embrouilles avec l'évêque Reilly, Excellence ?

Il fit un geste dédaigneux :

— Il n'y a aucun sac d'embrouilles, Simon. Cet évêque est passé dans le camp de nos ennemis. Comme le peuple s'est indigné, il a eu peur et a couru se réfugier chez les sœurs du collège Santo Domingo. Ce qu'il fait parmi tant de femmes, c'est son affaire. Nous avons placé un piquet de garde pour éviter qu'il ne soit lynché.

— Il serait bon qu'une solution soit vite trouvée, insista l'ex-*marine*. Aux États-Unis, beaucoup de catholiques mal informés croient aux déclarations de monseigneur Reilly. Qu'il est menacé, qu'il a dû se réfugier à cause de la campagne d'intimidation et tout ça.

— Cela n'a pas d'importance, Simon. Tout s'arrangera et les relations avec l'Église redeviendront magnifiques. N'oublie pas que mon gouvernement a toujours été plein de catholiques comme il faut et que Pie XII m'a décoré de la Grand-Croix de l'ordre papal de saint Grégoire —, et, de façon abrupte, il changea de sujet — Petán vous a-t-il mené visiter La Voz Dominicana?

— Bien sûr —, répondit Simon Gittleman; Dorothy acquiesça avec un large sourire.

Cet empire de presse de son frère, le général José Arismendi Trujillo, Petán, était né vingt ans plus tôt sous forme d'une petite station de radio. Puis La Voz de Yuna avait grandi jusqu'à devenir un complexe formidable, La Voz Dominicana, la première télévision, la plus grande station de radio, le meilleur cabaret et théâtre musical de l'île (Petán répétait avec insistance que c'était le premier de toute la Caraïbe, mais le Généralissime savait qu'il n'avait pu ravir son sceptre au Tropicana de La Havane). Les Gittleman étaient impressionnés par ces magnifiques installations; Petán lui-même les avait promenés sur les lieux, et les avait fait assister aux répétitions du ballet mexicain qui se produirait ce soir-là au cabaret. Ce n'était pas une mauvaise personne, Petán, si l'on creusait un peu; quand il en avait eu besoin, il avait toujours pu compter sur lui et sur sa pittoresque armée particulière, « les cocuyos de la cordillère ». Mais tout comme ses autres frères, il lui avait apporté plus de préjudices que de bienfaits depuis que, par sa faute, à cause de cette stupide querelle, il avait dû intervenir et, pour maintenir le principe d'autorité, en finir avec ce géant magnifique — son compagnon à l'école d'officiers de Haina, par ailleurs —, le général Vázquez Rivera. Un des meilleurs officiers — un *marine*, putain! —, serviteur toujours loyal. Mais la famille, toute famille de parasites, d'imbéciles et de pauvres diables qu'elle soit, passait avant l'amitié et l'intérêt politique : c'était un commandement sacré, dans son catalogue de l'honneur. Sans laisser de suivre sa propre ligne de pensée, le Généralissime écoutait Simon Gittleman, qui disait sa surprise en voyant les photos des célébrités du cinéma, de la scène et de la radio de toute l'Amérique qui étaient venues à La Voz Dominicana. Petán les avait épinglées sur les murs de son bureau : Los Panchos, Libertad Lamarque, Pedro Vargas, Ima Súmac, Pedro Infante, Celia Cruz, Toña la Negra, Olga Guillot, María Luisa Landín, Boby Capó, Tintán et son cousin Marcelo. Trujillo sourit : ce que Simon ne savait pas c'est que Petán, non content d'animer les nuits dominicaines avec les artistes qu'il faisait venir, voulait aussi se les envoyer, comme il tringlait toutes les filles célibataires ou mariées, dans son petit empire de Bonao. Là, le Généralissime le laissait faire, à la condition de bien se tenir à Ciudad Trujillo. Mais cette tête brûlée de Petán baisait parfois aussi dans la capitale, convaincu que les artistes engagées par La Voz Dominicana étaient tenues de coucher avec lui, s'il en avait envie. Il y parvint certaines fois ; d'autres, il fit scandale, et lui — toujours lui — avait dû éteindre l'incendie, en faisant des cadeaux millionnaires aux artistes outragées par ce fieffé crétin de Petán, sans manières avec les dames. Ima Súmac, par exemple, princesse inca mais au passeport nord-américain. L'audace de Petán avait provoqué l'intervention de l'ambassadeur des États-Unis en personne. Et le Bienfaiteur, la rage au cœur, avait dû réparer l'offense faite à la princesse inca en obligeant son frère à lui présenter des excuses. Le Bienfaiteur soupira. Avec le temps qu'il avait perdu à boucher les trous qu'ouvrait en chemin la horde de ses parents, il aurait construit un second pays.

Oui, de toutes les horreurs commises par Petán, celle qu'il ne lui pardonnerait jamais avait été cette stupide querelle avec le chef d'état-major de l'armée. Le géant Vázquez Rivera était un bon ami de Trujillo depuis qu'ils s'étaient entraînés ensemble à Haina ; il avait une force incroyable et il la cultivait en pratiquant tous les sports. Il fut un des militaires qui avaient contribué à réaliser le rêve de Trujillo : transformer l'armée, née de cette petite Police nationale, en un corps professionnel, aussi discipliné et efficace, ni plus ni moins, en taille réduite, que celui d'Amérique du Nord. Et là-dessus, la stupide querelle. Petán avait le grade de major et servait au commandement de l'état-major de l'armée. Pris de boisson, il avait désobéi aux ordres et quand le général Vázquez Rivera l'avait réprimandé, il s'était montré insolent. Le géant, alors, ôtant ses galons, lui avait montré la cour et proposé de régler le différend avec leurs poings, en oubliant les grades. Ce fut la correction la plus sévère que reçut Petán de toute sa vie, payant ainsi celles qu'il avait infligées à tant de pauvres diables. Peiné, mais convaincu que l'honneur de la famille l'obligeait à agir ainsi, Trujillo limogea son ami et l'expédia en Europe pour une mission symbolique. Un an plus tard, le Service d'Intelligence l'informa des plans subversifs : le général, qui lui en voulait, faisait la tournée des garnisons, se réunissait avec d'anciens subordonnés, stockait des armes dans sa ferme de Cibao. Il le fit arrêter, enfermer dans la prison militaire à l'embouchure du Nigua et, quelque temps après, condamner à mort en secret, par un tribunal militaire. Pour le mener à la potence, le commandant de la forteresse se fit aider par douze détenus qui purgeaient là leur peine pour délits de droit commun. Pour qu'il ne reste aucun témoin de cette fin titanesque du général Vázquez Rivera, Trujillo ordonna de faire fusiller les douze malfrats. Malgré le temps écoulé, il lui revenait parfois, comme maintenant, une certaine nostalgie de ce compagnon des années héroïques, qu'il avait dû sacrifier à cause des bêtises de Petán.

Simon Gittleman expliquait que les comités fondés par lui aux États-Unis avaient entrepris une collecte pour une grande opération : on publierait le même jour, en pleine page publicitaire, dans *The New York Times*, *The Washington Post*, *Time*, *Los Angeles Times* et toutes les publications qui attaquaient Trujillo et appuyaient les sanctions de l'O.E.A., une réfutation et un plaidoyer en faveur de la reprise des relations avec le régime dominicain.

Pourquoi Simon Gittleman avait demandé des nouvelles d'Agustín Cabral ? Il prit sur lui pour contenir l'irritation dont il avait été saisi au souvenir de Caboche. Il ne pouvait y avoir de mauvaise intention. Si quelqu'un admirait et respectait Trujillo c'était l'ex-*marine*, voué corps et âme à défendre son régime. Il avait dû lâcher le nom par association d'idées en voyant l'Ivrogne Constitutionnaliste et en se souvenant que Chirinos et Cabral étaient — pour qui n'était pas dans l'intimité du régime — des compagnons inséparables. Oui, ils l'avaient été. Trujillo leur avait assigné bien des fois des missions conjointes. Comme en 1937 où, les nommant respectivement directeur général des Statistiques et directeur général des Migrations, il les avait envoyés parcourir la frontière de Haïti pour l'informer sur les infiltrations de Haïtiens. Mais l'amitié de ce tandem avait toujours été relative : elle cessait dès qu'entraient en jeu la considération ou les flatteries du Chef. Trujillo était amusé — un jeu exquis et secret qu'il pouvait se permettre — de voir ces subtiles manœuvres, les estocades feutrées, les intrigues florentines qu'exerçaient l'un contre l'autre l'Ordure Incarnée et Caboche — mais aussi Virgilio Álvarez Pina et Paíno Pichardo, Joaquín Balaguer et Fello Bonnelly, Modesto Díaz et Vicente Tolentino Rojas, et tous ceux qui appartenaient au cercle intime — pour déloger le compagnon, se mettre en avant, être plus près et mériter plus d'attention, d'écoute et de familiarité de la part du Chef. « Comme les femelles du harem pour devenir la favorite », pensa-t-il. Et lui, pour les maintenir toujours sur le qui-vive, et empê-cher la sclérose, la routine, l'anomie, il déplaçait au tableau d'avancement, alternativement, de l'un à l'autre, la disgrâce. C'est ce qu'il avait fait avec Cabral ; l'écarter, lui faire prendre conscience que tout ce qu'il était, valait et avait il le devait à Trujillo, que sans le Bienfaiteur il n'était rien. Une épreuve à laquelle il avait soumis tous ses collaborateurs, proches ou éloignés. Caboche l'avait mal pris, se désespérant, comme une femelle amoureuse répu-diée par son mâle. Pour vouloir arranger les choses avant l'heure, voilà qu'il se mettait à gaffer. Il lui fau-drait en baver beaucoup plus avant de revenir à l'existence.

Ou était-ce que Cabral, sachant que Trujillo allait décorer l'ex-*marine*, avait prié ce dernier d'intercéder en sa faveur ? Est-ce la raison pour laquelle l'ex-*marine* avait lâché de façon intempestive le nom de quelqu'un dont tout Dominicain ayant lu le « Cour-rier des lecteurs » savait qu'il avait perdu la faveur du régime ? Bon, peut-être que Simon Gittleman ne lisait pas *El Caribe*.

Son sang se glaça : son urine s'écoulait. Il le sentit, il lui sembla voir le liquide jaune glisser de sa vessie sans demander l'autorisation de cette soupape inutile, de cette prostate morte, incapable de le contenir, jusqu'à son urètre, couler joyeusement tout du long et sortir en quête d'air et de lumière, par son slip, sa braguette et l'entrejambe du pantalon. Il eut un vertige. Il ferma les yeux quelques secondes, secoué par l'indignation et l'impuissance. Malheu-reusement, au lieu de Virgilio Álvarez Pina, il avait à sa droite Dorothy Gittleman, et à sa gauche Simon, qui ne pouvaient l'aider. Virgilio, oui. Il était prési-dent du Parti dominicain mais, à la vérité, sa fonc-tion réellement importante, depuis que le docteur Puigvert, secrètement appelé de Barcelone, avait diagnostiqué la maudite infection de la prostate, consistait à agir vite dès que se produisaient ces actes d'incontinence, en renversant un verre d'eau ou une coupe de champagne sur le Bienfaiteur, quitte à demander ensuite mille pardons pour sa maladresse, ou bien, si cela arrivait à une tribune ou lors d'une marche, en se plaçant devant le pantalon souillé tel un paravent. Mais les imbéciles du protocole avaient assis Virgilio Álvarez quatre chaises plus loin. Personne ne pouvait l'aider. Il passerait par l'horrible humiliation, au moment de se lever, de voir les Gittleman et quelques invités remarquer qu'il avait pissé dans son pantalon sans s'en rendre compte, comme un vieillard. La colère l'empêchait de bouger, de feindre de boire et de renverser sur lui le verre ou la carafe qui étaient là.

Très lentement, regardant alentour d'un air distrait, il déplaça sa main droite en direction du verre plein d'eau. Avec d'infinies précautions il l'attira à lui jusqu'à le laisser au bord de la table, de sorte que le moindre mouvement le renverserait. Il se rappela soudain que la première fille qu'il avait eue, d'Aminta Ledesma sa première femme, Flor de Oro, cette petite folle au corps de femelle et âme de mâle qui changeait de mari comme de chaussures, avait l'habitude de pisser au lit alors même qu'elle allait déjà au collège. Il eut la force de baisser à nouveau les yeux sur son pantalon. Au lieu du spectacle de cette tache honteuse, il vit alors — sa vue restait formidable, tout comme sa mémoire — que sa braguette et son entrejambe étaient secs. Tout à fait secs. C'était une fausse impression provoquée par l'appréhension, la peur de « lâcher les eaux », comme disaient les parturientes. Il fut saisi de bonheur et d'optimisme. Le jour, commencé sous la mauvaise humeur et de sombres présages, finissait en beauté, comme le paysage de la côte après l'orage, quand éclate le soleil.

Il se mit debout et, tels des soldats sous ses ordres, tout le monde l'imita. Tandis qu'il se penchait pour aider Dorothy Gittleman à se lever, il décida, de toute la force de son âme : « Ce soir, à la Maison d'Acajou, je ferai crier une petite femelle comme voici vingt ans. » Il lui sembla que ses testicules entraient en ébullition et que sa verge commençait à durcir.

XII

Salvador Estrella Sadhalá pensa qu'il ne connaîtrait jamais le Liban et cette pensée le déprima.
Depuis son enfance il rêvait de temps en temps qu'il
irait un jour visiter le Haut-Liban et cette ville, ou
peut-être ce village, Basquinta, d'où étaient origi-
naires les Sadhalá et d'où, à la fin du siècle passé, les
ancêtres de sa mère avaient été expulsés parce qu'ils
étaient catholiques. Salvador avait grandi en entendant mamá Paulina rapporter les aventures et mésa-
ventures des commerçants prospères qu'étaient
les Sadhalá là-bas au Liban; raconter comment ils
avaient tout perdu, et les tracas de don Abraham
Sadhalá et des siens fuyant les persécutions auxquelles la majorité musulmane soumettait la minorité chrétienne. Ils avaient parcouru la moitié du
monde, fidèles à Jésus-Christ et à la croix, jusqu'à
échouer à Haïti, puis en République dominicaine. Ils
avaient pris racine à Santiago de los Caballeros et, en
travaillant avec l'ardeur et l'honnêteté proverbiales
de la famille, ils étaient redevenus prospères et respectés dans leur terre d'adoption. Bien qu'il vît peu
ses parents maternels, Salvador, fasciné par les histoires de mamá Paulina, s'était toujours senti un
Sadhalá. Aussi rêvait-il de visiter cette mystérieuse
Basquinta qu'il n'avait jamais trouvée sur les cartes

du Moyen-Orient. Pourquoi venait-il d'avoir la certitude qu'il ne mettrait jamais les pieds dans l'exotique pays de ses ancêtres ?

— Je crois que je me suis endormi —, fit sur le siège avant Antonio de la Maza. Il le vit frotter ses yeux.

— Ils se sont tous endormis, répondit Salvador. Ne t'en fais pas, je suis attentif aux voitures qui arrivent de Ciudad Trujillo.

— Moi aussi, dit à ses côtés le lieutenant Amado García Guerrero. J'ai l'air de dormir parce que je ne bouge pas un muscle et fais le vide dans ma tête. C'est une façon de se relaxer que j'ai apprise à l'armée.

— C'est sûr qu'il va venir, Amadito ? le provoqua Antonio Imbert en serrant son volant. — Le Turc détecta un ton de reproche. Quelle injustice ! Comme si Amadito était coupable que Trujillo eût annulé son voyage à San Cristóbal.

— Oui, Tony, bondit le lieutenant avec une certitude fanatique. Il va venir.

Le Turc n'en était pas aussi sûr ; ils étaient là à attendre depuis une heure et quart. Ils avaient sans doute perdu un jour de plus, d'enthousiasme, d'angoisse, d'espoir. À quarante-deux ans, Salvador était un des plus âgés des sept hommes postés dans les trois voitures qui attendaient Trujillo sur la route de San Cristóbal. Il ne se sentait pas vieux, loin de là. Sa force était toujours aussi exceptionnelle qu'à trente ans quand, dans la ferme de Los Almácigos, on disait que le Turc pouvait tuer un âne d'un coup de poing derrière les oreilles. La puissance de ses muscles était légendaire. Ils le savaient bien, ceux qui avaient chaussé les gants pour boxer avec lui, sur le ring de la maison de redressement de Santiago où, grâce à ses efforts pour leur inculquer le goût du sport, il avait obtenu des effets merveilleux sur les jeunes délinquants et zonards. C'est de là qu'avait surgi Kid Dinamita, lauréat du Gant d'Or, qui devint un boxeur connu dans toute la Caraïbe.

Salvador aimait les Sadhalá et se sentait fier de son sang arabe libanais, mais les Sadhalá n'avaient pas voulu de sa naissance ; ils s'étaient férocement opposés à sa mère, quand Paulina leur avait fait savoir qu'elle était courtisée par Piro Estrella, mulâtre, militaire et homme politique, trois choses qui — le Turc sourit — donnaient des frissons aux Sadhalá. Le refus de la famille entraîna le rapt de mamá Paulina par Piro Estrella, qui l'avait emmenée à Moca, puis, sous la menace de son pistolet, avait contraint le curé de la paroisse à les marier. Avec le temps, les Sadhalá et les Estrella s'étaient réconciliés. Quand mamá Paulina était morte, en 1936, les enfants Estrella Sadhalá étaient au nombre de dix. Le général Piro Estrella s'ingénia à engendrer sept autres enfants au cours de son second mariage, de sorte que le Turc avait seize frères et sœurs légitimes. Que deviendraient-ils en cas d'échec cette nuit ? Qu'arriverait-il, surtout, à son frère Guaro, qui n'était au courant de rien ? Le général Guarionex Estrella Sadhalá avait été chef de la garde personnelle de Trujillo et il commandait actuellement la 2e Brigade, de la Vega. Si la conjuration foirait, les représailles seraient impitoyables. Mais pourquoi cela échouerait-il ? Tout était soigneusement préparé. Dès que son chef, le général José René Román, lui communiquerait que Trujillo était mort, Guarionex mettrait toutes les forces militaires du Nord au service du nouveau régime. Cela arriverait-il ? Le découragement saisissait à nouveau Salvador, à force d'attendre.

Les yeux mi-clos, sans remuer les lèvres, il se mit à prier. Il le faisait plusieurs fois par jour, à voix haute en se levant et en se couchant, et en silence, comme maintenant, les autres fois. Des Pater et des Ave Maria, mais aussi des prières qu'il improvisait en fonction des circonstances. Depuis tout jeune il s'était habitué à faire part à Dieu de ses grands et de ses menus problèmes, à lui confier ses secrets, à lui demander conseil. Il l'implora de faire en sorte que Trujillo vienne, et que sa grâce infinie permette d'exécuter une bonne fois le bourreau des Dominicains, cette Bête qui maintenant s'acharnait contre l'Église du Christ et ses pasteurs. Jusqu'à ces derniers temps, quand il s'agissait de l'exécution de Trujillo, le Turc se sentait indécis, mais depuis qu'il avait reçu ce signe, il pouvait parler au Seigneur du tyrannicide en toute bonne conscience. Le signe, c'était cette phrase que lui avait lue le nonce de Sa Sainteté.

C'est grâce au père Fortín, prêtre canadien établi à Santiago, que Salvador avait eu cette conversation avec monseigneur Lino Zanini, grâce à quoi il était ici. Des années durant, le père Cipriano Fortín fut son directeur spirituel. Une à deux fois par mois ils avaient de longues conversations où le Turc lui ouvrait son cœur et sa conscience ; le prêtre l'écoutait, répondait à ses questions et lui exposait ses propres doutes. Insensiblement, dans ces conversations les affaires politiques se superposèrent aux sujets personnels. Pourquoi l'Église du Christ appuyait-elle un régime taché de sang ? Comment était-il possible que l'Église protège de son autorité morale un dictateur qui commettait des crimes abominables ?

Le Turc se rappelait l'embarras du père Fortín. Les explications qu'il avançait ne le convainquaient pas lui-même : à Dieu ce qui est à Dieu et à César ce qui est à César. Est-ce que par hasard pareille séparation existe pour Trujillo, mon père ? Ne va-t-il pas à la messe, ne reçoit-il pas la bénédiction et l'hostie consacrée ? N'y a-t-il pas de messes, de Te Deum, de bénédictions pour tous les actes du gouvernement? Est-ce que des évêques et des prêtres ne sanctifient pas chaque jour les actes de la tyrannie? Dans quelle situation l'Église mettait-elle les croyants en s'identifiant de la sorte à Trujillo?

Depuis tout jeune, Salvador avait vu combien il était difficile, voire impossible, de soumettre sa conduite quotidienne aux commandements de sa religion. Ses principes et croyances, malgré toute leur fermeté, ne l'avaient pas freiné dans son goût des femmes et de la fête. Il ne se repentirait jamais assez d'avoir procréé deux enfants naturels, avant de se marier avec sa femme actuelle, Urania Mieses. C'étaient des faux pas qui lui faisaient honte, qu'il avait tâché de racheter, quoique sans apaiser sa conscience. Oui, il est très difficile de ne pas offenser le Christ dans la vie de tous les jours. Lui, pauvre mortel, marqué par le péché originel, il était la preuve des faiblesses congénitales à l'homme. Mais comment pouvait donc se tromper l'Église inspirée par Dieu en appuyant un scélérat?

Et puis, voici seize mois — il n'oublierait jamais ce jour —, le dimanche 25 janvier 1960, le miracle s'était produit. Un arc-en-ciel sur Saint-Domingue. Le 21 c'était la fête de sa patronne, Notre-Dame de la Altagracia, et aussi le jour du pire coup de filet contre les militants du 14 Juin. L'église de la Altagracia, ce matin ensoleillé de Santiago, était pleine d'un bout à l'autre. Soudain, le père Cipriano Fortín en chaire, d'une voix forte, commença à donner lecture — les pasteurs du Christ faisaient de même dans toutes les églises dominicaines — de cette Lettre pastorale qui avait ébranlé la République. Ce fut un cyclone, plus dramatique encore que le fameux cyclone de San Zenón qui, en 1930, au commencement de l'Ère de Trujillo, avait ravagé la capitale.

Dans l'obscurité de la voiture, Salvador Estrella

Sadhalá, plongé dans le souvenir de ce jour faste, sourit. En entendant lire le père Fortín dans son espagnol légèrement francisé, chaque phrase de cette Lettre pastorale qui avait rendu furieuse la Bête lui apparaissait comme une réponse à ses doutes et à ses angoisses. Il s'était tellement imprégné de ce texte — qu'il avait lu, après l'avoir entendu, secrètement imprimé et distribué partout — qu'il le savait presque par cœur. Une « ombre de tristesse » marquait les festivités de la Vierge dominicaine. « Nous ne pouvons demeurer insensibles devant la profonde peine qui afflige bon nombre de foyers dominicains », disaient les évêques. Comme saint Pierre, ils voulaient « pleurer avec ceux qui pleurent ». Ils rappelaient que « la racine et le fondement de tous les droits résident dans la dignité inviolable de la personne humaine ». Une citation de Pie XII évoquait les « millions d'êtres humains qui continuent à vivre sous l'oppression et la tyrannie », pour lesquels il n'y a « rien de sûr : ni foyer, ni biens, ni liberté, ni honneur ».

Chaque phrase faisait battre plus fort le cœur de Salvador. « À qui appartient le *droit à la vie* sinon uniquement à Dieu, auteur de la vie ? » Les évêques soulignaient que de ce « droit primordial » découlent les autres : constituer une famille, le droit au travail, au commerce, à l'émigration (n'était-ce pas là condamner ce système infâme qui obligeait à demander une autorisation de la police pour chaque sortie à l'étranger ?), à la bonne réputation, le droit de n'être pas calomnié « sous de futiles prétextes ou des dénonciations anonymes », « pour des motifs bas et méprisables ». La Lettre pastorale réaffirmait que « tout homme a droit à la liberté de conscience, de presse, de libre association »... Les évêques priaient « dans ces moments d'angoisse et d'incertitude » pour que « concorde et paix » règnent dans le pays et qu'y soient garantis « les droits sacrés de la coexistence humaine ».

Salvador en fut si ému qu'à la sortie de l'église il ne put même pas commenter cette Lettre pastorale avec sa femme ou avec les amis qui, réunis à la porte de la paroisse, manifestaient leur surprise, leur enthousiasme ou leur peur à la suite de ce qu'ils venaient d'entendre. Il n'y avait pas de confusion possible : la Lettre pastorale émanait de l'archevêque Ricardo Pittini et était signée des cinq évêques du pays.

Balbutiant une excuse, il s'éloigna de sa famille et, comme un somnambule, retourna à l'église. Il se rendit à la sacristie. Le père Fortín enlevait sa chasuble. Il lui sourit : « Tu dois être fier de ton Église maintenant, n'est-ce pas, Salvador ? » Il était incapable de parler. Il embrassa longuement le prêtre. Oui, l'Église du Christ s'était enfin placée du côté des victimes.

— Les représailles vont être terribles, mon père, murmura-t-il.

Elles le furent. Mais, avec cette habileté diabolique du régime pour l'intrigue, la vengeance se concentra sur les deux évêques étrangers, en ignorant ceux qui étaient nés sur le sol dominicain. Monseigneur Tomás F. Reilly, de San Juan de Maguana, de nationalité nord-américaine, et monseigneur Francisco Panal, évêque de La Vega, de nationalité espagnole, furent les cibles de cette ignoble campagne.

Dans les semaines qui succédèrent à sa grande joie du 25 janvier 1960, Salvador conçut pour la première fois la nécessité de tuer Trujillo. Au début, l'idée l'effrayait, un catholique devait respecter le cinquième commandement. Malgré cela, il y revenait irrésistiblement chaque fois qu'il lisait dans *El Caribe* ou dans *La Nación*, ou qu'il écoutait à La Voz Dominicana les attaques contre monseigneur Panal et monseigneur Reilly : agents de politiques étrangères, vendus au communisme, colonialistes, traîtres, vipères. Pauvre monseigneur Panal ! Traiter d'étranger un prêtre qui avait passé trente ans à son apostolat de La Vega, où il était aimé de tous bords. Les infamies tramées par Johnny Abbes — qui, sinon lui, pouvait répandre de semblables élucubrations et diaboliser ces hommes d'église ? —, que le Turc apprenait des lèvres du père Fortín et de la rumeur publique, éliminèrent ses scrupules. La goutte qui fit déborder le vase fut la pantomime sacrilège montée contre monseigneur Panal, à l'église de La Vega, où l'évêque célébrait la messe de midi. Dans la nef bondée de paroissiens, alors que monseigneur Panal lisait l'évangile du jour, une bande de femmes outrageusement fardées et à demi-nues firent irruption, et à la stupéfaction des fidèles, s'approchant de la chaire, elles insultèrent le vieil évêque en l'accusant de leur avoir fait des enfants et d'être un pervers. L'une d'elles, s'emparant du micro, hurla : « Reconnais les gosses dont nous avons accouché et ne les tue pas de faim. » Quand dans l'assistance certains réagirent en tentant de chasser les putains de l'église et en protégeant l'évêque qui regardait ce spectacle avec incrédulité, une vingtaine de *caliés* surgirent armés de matraques et de chaînes qui s'abattirent impitoyablement sur le dos des paroissiens. Pauvres évêques ! On barbouilla leurs maisons de tags insultants, on fit sauter, à San Juan de la Maguana, la camionnette dans laquelle monseigneur Reilly se déplaçait à travers le diocèse, et on bombarda sa maison d'animaux morts, d'eaux usées, de rats vivants, chaque soir, jusqu'à le forcer à chercher refuge à Ciudad Trujillo, au collège Santo Domingo. L'indestructible monseigneur Panal continuait à La Vega à tenir bon face aux menaces, aux infamies, aux insultes. Un vieillard qui avait la trempe des martyrs.

Un de ces jours-là, le Turc se présenta chez le père Fortín avec son grand gros visage transformé.

— Que se passe-t-il, Salvador ?

— Je vais tuer Trujillo, mon père. Je veux savoir si je serai damné, fit-il la voix brisée. Ça n'est plus possible. Ce qu'on fait aux évêques, aux églises, cette campagne dégoûtante à la télé, à la radio et dans les journaux. Il faut y mettre fin, en coupant la tête de l'hydre. Est-ce que je me damnerai ?

Le père Fortín le calma. Il lui offrit du café qu'il venait de passer, il lui fit faire une longue promenade dans les rues bordées de lauriers de Santiago. Une semaine après il lui annonça que le nonce apostolique, monseigneur Lino Zanini, le recevrait à Ciudad Trujillo, en audience privée. Le Turc se présenta intimidé dans l'élégante bâtisse de la nonciature, avenue Máximo Gómez. Ce prince de l'Église mit à l'aise dès le premier moment ce géant timide, à l'étroit dans sa chemise à col et la cravate mise pour l'audience avec le représentant du Pape.

Comme il était élégant et qu'il parlait bien monseigneur Zanini ! Un vrai prince, sans doute. Salvador avait entendu maintes histoires sur le nonce et il éprouvait de la sympathie pour lui, parce qu'on disait que Trujillo le détestait. Était-il vrai que Perón était parti du pays, où il vivait exilé depuis sept mois, en apprenant l'arrivée du nouveau nonce de Sa Sainteté ? Tout le monde le disait. Qu'il avait couru au Palais national : « Prenez garde, Excellence. Avec l'Église on ne peut rien faire. Rappelez-vous ce qui m'est arrivé. Ce ne sont pas les militaires qui m'ont renversé, mais les curés. Ce nonce vous est envoyé par le Vatican, il est comme celui qu'on m'a adressé, quand mes ennuis avec la soutane ont commencé.

Méfiez-vous de lui ! » Et l'ex-dictateur argentin avait fait ses valises et s'était enfui pour l'Espagne.

Après cette entrevue, le Turc était disposé à croire toutes les bonnes choses qu'il pourrait entendre sur monseigneur Zanini. Le nonce l'avait fait passer dans son bureau, lui avait offert des rafraîchissements, l'avait encouragé à dire ce qu'il avait sur le cœur par d'affables commentaires prononcés dans un espagnol à musique italienne qui faisait à Salvador l'effet d'une mélodie angélique. Il l'avait écouté dire qu'il ne pouvait plus supporter ce qui se passait, que ce que le régime faisait à l'Église et à ses évêques le rendait fou. Après une longue pause, il avait saisi la main baguée du nonce :

— Je vais assassiner Trujillo, monseigneur. Y aura-t-il un pardon pour mon âme ?

Sa voix se brisa. Il restait les yeux baissés, respirant avec anxiété. Il sentit sur son dos la main paternelle de monseigneur Zanini. Quand enfin il leva les yeux, le nonce tenait à la main un livre de saint Thomas d'Aquin. Son visage frais lui souriait d'un air malicieux. Un de ses doigts signalait un passage, sur la page ouverte. Salvador se pencha et lut : « L'élimination physique de la Bête est bien vue par Dieu si grâce à elle on libère un peuple. »

Il quitta la nonciature en état de transe. Il marcha un long moment sur l'avenue George Washington, en bord de mer, éprouvant une tranquillité qu'il ne connaissait pas depuis longtemps. Il tuerait la Bête et Dieu et son Église lui pardonneraient ; en se tachant de sang il laverait le sang que la Bête faisait couler dans sa patrie.

Mais allait-il venir ? Il sentait chez ses compagnons la terrible tension provoquée par l'attente. Personne n'ouvrait la bouche ; ni ne bougeait. Il les entendait respirer : Antonio Imbert, les mains rivées au volant, apparemment calme, avec de longues bouffées d'air ; rapide, voire haletant, Antonio de la Maza qui ne quittait pas la route des yeux ; et à ses côtés, la profonde respiration rythmée d'Amadito, le visage également tourné vers Ciudad Trujillo. Ses trois amis devaient tenir leurs armes à la main, comme lui. Le Turc sentait la crosse de son Smith & Wesson 38, acheté voici longtemps chez un ami ferrailleur à Santiago. Amadito, en plus d'un pistolet 45, tenait une carabine M1 — ridicule contribution des Yankees à la conspiration — et, comme Antonio, un des deux fusils Browning calibre 12, aux canons sciés dans son atelier par l'Espagnol Miguel Ángel Bissié, ami d'Antonio de la Maza. Ils étaient chargés des projectiles particuliers qu'un autre intime d'Antonio, Espagnol lui aussi et ex-officier d'artillerie, Manuel de Ovín Filpo, avait préparés tout spécialement, et leur avait remis avec l'assurance que chacune de ces cartouches avait une charge mortifère capable de pulvériser un éléphant. Tant mieux ! C'est Salvador qui avait proposé que les carabines de la C.I.A. soient entre les mains du lieutenant García Guerrero et d'Antonio de la Maza et qu'ils occupent l'un et l'autre les sièges de droite, près de la fenêtre. C'étaient les meilleurs tireurs, il leur revenait de tirer les premiers et de plus près. Tous l'acceptèrent. Viendra, viendra pas ?

La gratitude et l'admiration de Salvador Estrella Sadhalá pour monseigneur Zanini s'étaient accrues quand, quelques semaines après cette conversation à la nonciature, il avait appris que les sœurs de la Charité avaient décidé de muter Gisela, sa sœur religieuse — sœur Paulina —, de Santiago à Porto Rico. Gisela, la petite sœur chérie, la préférée de Salvador. Et beaucoup plus depuis qu'elle avait embrassé la vie religieuse. Le jour où elle avait prononcé ses vœux et choisi le nom de mamá Paulina, de grosses larmes avaient sillonné les joues du Turc. Chaque fois qu'il pouvait passer un moment avec sœur Paulina, il se sentait racheté, conforté, spiritualisé, contaminé par la sérénité et la joie qui émanaient de sa petite sœur chérie, par la tranquille assurance avec laquelle elle menait sa vie de sacrifice au Seigneur. Le père Fortín avait-il confié au nonce sa peur pour ce qui pouvait arriver à sa sœur religieuse si le régime découvrait qu'il conspirait ? Pas un seul moment il ne pensa que le transfert de sœur Paulina à Porto Rico fût fortuit. C'était une décision sage et généreuse de l'Église du Christ pour mettre hors d'atteinte de la Bête une jeune fille pure et innocente sur laquelle pouvaient s'acharner les bourreaux de Johnny Abbes. C'était une des habitudes du régime qui horrifiait le plus Salvador : s'en prendre aux parents de ceux qu'ils voulaient punir, père, mère, enfants, frères, sœurs, confisquant leurs biens, les emprisonnant, les chassant de leur travail. Si cette opération échouait, les représailles contre ses sœurs et ses frères seraient implacables. Pas même son père, le général Piro Estrella, grand ami du Bienfaiteur, qu'il honorait en l'invitant à des réceptions et des banquets dans son hacienda de Las Lavas, n'y échapperait. La décision était prise. Et c'était un soulagement de savoir que la main criminelle ne pourrait pas atteindre sœur Paulina dans son couvent de Porto Rico. De temps en temps, elle lui envoyait une petite lettre écrite de son écriture claire, droite, pleine d'affection et de bonne humeur.

Bien qu'il fût si religieux, Salvador n'avait jamais eu l'idée de faire comme Gisela : entrer dans les ordres. C'était une vocation qu'il admirait et enviait, mais dont le Seigneur l'avait exclu. Il n'aurait jamais pu tenir ses vœux, surtout celui de pureté. Dieu l'avait fait trop terrestre, trop enclin à céder à ces instincts qu'un pasteur du Christ devait anéantir pour remplir sa mission. Les femmes lui avaient toujours plu — encore maintenant, malgré sa fidélité conjugale entamée par des chutes sporadiques qui mettaient longuement sa conscience à mal —, la présence d'une jeune fille aux cheveux clairs, à la taille de guêpe et aux larges hanches, à la bouche sensuelle et aux yeux pétillants — cette typique beauté dominicaine pleine de malice dans le regard, la démarche, le parler, le mouvement des mains — bouleversait Salvador, l'incendiait de fantasmes et de désirs.

Il résistait généralement à ces tentations. Que de fois ses amis, Antonio de la Maza surtout qui, après l'assassinat de Tavito, s'était étourdi dans la bringue, s'étaient moqués de lui, parce qu'il refusait, dans leurs équipées nocturnes, de les accompagner au bordel où les mères maquerelles leur dégotaient des filles soi-disant vierges! Il avait parfois succombé, c'est vrai! Mais il en éprouvait de l'amertume des jours durant. Depuis longtemps il s'était habitué à rendre Trujillo coupable de ces faux pas. C'était la faute de la Bête si tant de Dominicains cherchaient dans les putes, la boisson et autres errements une façon d'apaiser l'angoisse provoquée par cette existence dépourvue de liberté et de dignité, dans un pays où la vie humaine n'avait aucune valeur. Trujillo avait été un des alliés les plus efficaces du démon.

— C'est lui! rugit Antonio de la Maza.

Et Amadito et Tony Imbert :

— C'est lui! C'est lui!

— Démarre, merde!

Antonio Imbert l'avait déjà fait et la Chevrolet stationnée sur le chemin de Ciudad Trujillo tournait en faisant crisser ses pneus — Salvador pensa à un film policier — et prenait la direction de San Cristóbal où, sur la route déserte et obscure s'éloignait la voiture de Trujillo. C'était bien lui? Salvador ne l'avait pas vu, mais ses compagnons semblaient si sûrs que ce devait être, ce devait être lui. Son cœur battait la chamade. Antonio et Amadito abaissèrent les vitres et, au fur et à mesure qu'Imbert, penché sur son volant comme un cavalier qui fait sauter l'obstacle à son cheval, accélérait, le vent était si fort que Salvador pouvait à peine garder les yeux ouverts. Il se protégea de sa main libre — l'autre empoignait le revolver : peu à peu, les petites lumières rouges se rapprochaient.

— Sûr que c'est la Chevrolet du Bouc, Amadito ? cria-t-il.

— Sûr, sûr, s'écria le lieutenant. J'ai reconnu le chauffeur, c'est Zacarías de la Cruz. Je vous l'avais bien dit, qu'il viendrait.

— Accélère, merde, répéta pour la troisième ou quatrième fois Antonio de la Maza en sortant la tête et en pointant dehors le canon scié de sa carabine.

— Tu avais raison, Amadito, cria encore Salvador. Il est venu et sans escorte, comme tu le disais.

Le lieutenant avait saisi son arme à deux mains. Penché, il lui tournait le dos et, un doigt sur la détente, il appuyait la crosse de sa M1 contre son épaule. « Merci, mon Dieu, au nom de tes enfants dominicains », pria Salvador.

La Chevrolet Biscayne d'Antonio de la Maza volait sur la route, raccourcissant la distance avec la Chevrolet Bel Air bleu clair qu'Amadito García Guerrero leur avait tant de fois décrite. Le Turc identifia la plaque officielle blanc et noir numéro 0-1823, les rideaux de tissu aux fenêtres. C'était, oui, c'était la voiture que le Chef utilisait pour se rendre à sa Maison d'Acajou, à San Cristóbal. Salvador avait souvent rêvé dans ses cauchemars qu'ils roulaient, comme maintenant, dans cette Chevrolet Biscayne conduite par Tony Imbert, sous un ciel éclairé par la lune et les étoiles, et soudain cette voiture toute neuve, faite tout exprès pour la poursuite, se mettait à ralentir, à aller plus lentement, jusqu'à s'arrêter, au milieu des jurons de tous, et Salvador voyait se fondre dans la nuit l'auto du Bienfaiteur.

La Chevrolet Bel Air accélérait toujours — elle devait être déjà à plus de cent à l'heure —, la voiture devant eux apparaissait très nettement dans l'éclat des phares de route qu'avait allumés Imbert. Salvador connaissait en détail l'histoire de cette voiture depuis que, à l'initiative du lieutenant García Guerrero, ils avaient décidé de tendre une embuscade à Trujillo lors de son voyage hebdomadaire à San Cristóbal. Il était évident que le succès dépendrait d'une voiture rapide. Antonio de la Maza avait la passion des bagnoles. On ne fut pas surpris à la Santo Domingo Motors de voir quelqu'un qui, pour son travail, faisait chaque semaine des centaines de kilomètres à la frontière de Haïti rechercher une voiture spéciale. On lui fit l'éloge de la Chevrolet Biscayne que l'on commanda aux États-Unis. Elle était arrivée, voici trois mois, à Ciudad Trujillo. Salvador se souvint du jour où ils l'essayèrent en riant des instructions qui disaient que cette voiture était en tout point semblable à celle que la police de New York utilisait pour poursuivre les gangsters. Air conditionné, transmission automatique, freins hydrauliques et un moteur de 3 500 centimètres cubes à huit cylindres. Elle avait coûté la bagatelle de sept mille dollars et Antonio avait eu ce commentaire : « On n'a jamais fait de meilleur investissement. » Ils l'essayèrent aux environs de Moca et virent que la publicité n'avait pas exagéré : elle pouvait atteindre les cent soixante à l'heure.

— Attention, Tony —, fit-il après une embardée qui avait dû cabosser une aile. Ni Antonio ni Amadito n'y prirent garde ; ils restaient la tête et le fusil dehors, attendant qu'Imbert dépasse la voiture de Trujillo. Ils étaient à moins de vingt mètres, le vent leur coupait le souffle et Salvador ne quittait pas des yeux le rideau fermé de la lunette arrière. Ils devraient tirer à l'aveuglette, cribler de plomb tout le siège. Il pria Dieu que le Bouc ne fût pas accompagné d'une de ces malheureuses qu'il emmenait à sa Maison d'Acajou.

Comme si, soudain, elle s'était rendu compte de la poursuite, ou refusait d'être doublée par esprit sportif, la Chevrolet Bel Air prit quelques mètres d'avance.

— Accélère, merde, ordonna Antonio de la Maza. Plus vite, putain !

En quelques secondes la Chevrolet Biscayne récupéra la distance perdue et continua à s'approcher. Et les autres ? Pourquoi Pedro Livio et Huáscar Tejeda n'apparaissaient-ils pas ? Ils étaient postés dans l'Oldsmobile — appartenant aussi à Antonio de la Maza —, à quelque deux kilomètres seulement, ils auraient dû déjà intercepter la voiture de Trujillo. Imbert avait-il oublié d'éteindre et d'allumer ses phares trois fois de suite ? Fifí Pastoriza n'apparaissait pas non plus dans la vieille Mercury de Salvador, embusquée encore deux kilomètres après l'Oldsmobile. Ils avaient déjà dû faire trois ou quatre kilomètres. Où étaient-ils ?

— Tu as oublié le signal, Tony, cria le Turc. On a déjà laissé derrière Pedro Livio et Fifí.

Ils étaient à quelque huit mètres de la voiture de Trujillo et Tony lui demandait le passage par des appels de phares et des coups de klaxon.

— Colle-toi davantage, rugit Antonio de la Maza.

Ils avancèrent encore un moment, sans que la Chevrolet Bel Air abandonne le milieu de la route, indifférente aux signaux de Tony. Où diable pouvait être l'Oldsmobile avec Pedro Livio et Huáscar ? Où était passée la Mercury de Fifí Pastoriza ? Finalement l'auto de Trujillo se déporta sur la droite, leur laissant un espace suffisant.

— Colle-toi, colle-toi davantage, implora, hystérique, Antonio de la Maza.

Tony Imbert accéléra et ils se trouvèrent en
quelques secondes à la hauteur de la Chevrolet Bel
Air. Le rideau latéral était également tiré, de sorte
que Salvador ne vit pas Trujillo, mais il aperçut clairement à l'avant le visage épais et rude du fameux
Zacarías de la Cruz, à l'instant où ses tympans semblèrent éclater sous le fracas des décharges simulta-
nées d'Antonio et du lieutenant. Les autos étaient si
près qu'en faisant voler en éclats les vitres de la
fenêtre arrière de l'autre voiture, des fragments de
verre sautèrent jusqu'à eux et que Salvador sentit
au visage des petits picotements. Comme dans une
hallucination il put voir Zacarías faire un étrange
mouvement de tête et, une seconde plus tard, il tirait
lui aussi par-dessus l'épaule d'Amadito.

Cela dura quelques secondes, car maintenant — le
grincement des roues lui hérissa la peau — un coup
de frein brutal laissa en arrière la voiture de Trujillo. Tournant la tête, il vit par la lunette arrière la
Chevrolet Bel Air zigzaguer comme si elle allait se
retourner avant de s'arrêter. Elle ne faisait pas demi-
tour, elle ne tentait pas d'échapper.

— Arrête, arrête ! rugit Antonio de la Maza. Fais
demi-tour, putain !

Tony savait ce qu'il faisait. Il avait freiné sec,
presque en même temps que l'auto criblée de balles
de Trujillo, mais il leva le pied du frein devant la violente secousse du véhicule menaçant de se retourner,
puis il freina à nouveau jusqu'à stopper la Chevrolet Biscayne. Sans perdre une seconde, il manœuvra,
fit demi-tour sur place — aucun véhicule ne venait
dans l'autre sens — jusqu'à se mettre dans la direction opposée, et maintenant il allait à la rencontre
de la voiture de Trujillo, absurdement stationnée là
comme pour les attendre, les phares allumés, à

moins de cent mètres. Alors qu'ils avaient couvert la moitié du chemin, les phares de la voiture arrêtée s'éteignirent, mais le Turc ne cessa pas de la voir : elle était toujours là, éclairée par les pleins phares de Tony Imbert.

— Baissez la tête, baissez-vous, dit Amadito. Ils nous tirent dessus.

La vitre de la fenêtre gauche vola en éclats. Salvador sentit des aiguilles sur son visage et son cou, et il fut poussé en avant par le coup de frein. La Chevrolet Biscayne grinça, zigzagua, se penchant toute sur la route avant de s'arrêter. Imbert éteignit les phares. Tout resta dans l'obscurité. Salvador entendait des coups de feu autour de lui. À quel moment Amadito, Tony, Antonio et lui avaient-ils bondi sur la route ? Tous quatre étaient dehors, se protégeant derrière les ailes et les portières ouvertes, et ils tiraient là où était, où devait être l'auto de Trujillo. Qui leur tirait dessus ? Y avait-il quelqu'un d'autre avec le Bouc, en plus du chauffeur ? Parce que, il n'y avait pas de doute, on leur tirait dessus, les balles claquaient tout autour, trouaient la carrosserie de la Chevrolet et venaient de blesser un de ses amis.

— Turco, Amadito, couvrez-nous, ordonna Antonio de la Maza. On va l'achever, Tony.

Presque en même temps — ses yeux commençaient à distinguer les profils et les silhouettes dans la faible clarté bleutée — il vit les deux formes accroupies, courant vers la voiture de Trujillo.

— Ne tire pas, Turco, dit Amadito, genou en terre et le fusil pointé. Nous pouvons les blesser. Ouvre l'œil. Ne le laisse pas s'échapper par ici.

Quelque cinq, huit, dix secondes de silence absolu. Comme dans une fantasmagorie, Salvador vit sur la route à droite passer vers Ciudad Trujillo deux voitures, à toute vitesse. Un moment après, un autre fracas de coups de fusil et de revolver. Quelques secondes à peine. Puis la nuit s'emplit du hurlement d'Antonio de la Maza :

— Il est mort, putain !

Amadito et lui se mirent à courir. Un moment après, Salvador s'arrêtait, tendait la tête par-dessus les épaules de Tony Imbert et d'Antonio qui, l'un avec un briquet et l'autre avec des allumettes, examinaient le corps ensanglanté, en costume vert olive, le visage éclaté, qui gisait sur le sol dans une mare de sang. La Bête, morte. Il n'eut pas le temps de rendre grâces au ciel, il entendit courir et eut la certitude d'entendre tirer, là-bas, derrière la voiture de Trujillo. Sans réfléchir, il leva son revolver et tira, convaincu que c'étaient des *caliés* et la garde personnelle qui venaient porter secours au Chef et, tout près, il entendit gémir Pedro Livio Cedeño, touché par les balles. Ce fut comme si la terre s'ouvrait, comme si, de cet abîme, jaillissait en se moquant de lui le rire du Malin.

XIII

— Vraiment, tu ne veux pas encore un petit peu d'arepa[1] ? insiste tendrement la tante Adelina. Fais un effort. Quand tu étais petite, chaque fois que tu venais à la maison, tu me demandais des brioches d'arepa. Tu n'aimes plus ça ?

— Bien sûr que j'aime ça, ma tante, proteste Urania. Mais je n'ai jamais autant mangé de ma vie, je ne pourrai pas fermer l'œil.

— Bon, je la laisse là, au cas où tu en aies envie dans un moment, fait, résignée, la tante Adelina.

L'assurance de sa voix et la lucidité de son esprit contrastent avec la décrépitude de son corps : recroquevillée, presque chauve — le cuir chevelu apparaît entre ses mèches blanches —, le visage froncé en mille rides, un râtelier qui bouge quand elle mange ou parle. C'est un petit bout de femme, à moitié perdue dans le fauteuil à bascule où l'ont installée Lucinda, Manolita, Marianita et la bonne haïtienne après l'avoir descendue de l'étage en la portant. Sa tante a voulu à tout prix dîner dans la salle à manger avec la fille de son frère Agustín, réapparue à l'improviste après tant d'années. Est-elle plus âgée ou pas que son père ? Urania ne s'en souvient pas.

---

1. Petite brioche de farine de maïs.

Elle parle avec énergie, ses petits yeux enfoncés brillant d'intelligence. « Je ne l'aurais jamais reconnue », pense Urania. Pas plus que Lucinda, et moins encore Manolita, qu'elle avait vue pour la dernière fois quand elle avait onze ou douze ans et qui est maintenant une bonne femme vieillie, le visage et le cou ridés, les cheveux maladroitement teints d'un noir bleuté de mauvais goût. Marianita, sa fille, doit avoir une vingtaine d'années : mince, très pâle, les cheveux coupés presque à ras et un petit regard triste. Elle ne cesse de contempler Urania, comme fascinée. Qu'est-ce que sa nièce a bien pu entendre dire à son sujet ?

— Ça paraît incroyable que ce soit toi, que tu sois là, fait sa tante Adelina en posant sur elle ses yeux perçants. Je n'aurais jamais imaginé te revoir un jour.

— Eh bien, tu vois, ma tante, je suis là ! Quelle joie pour moi !

— Moi aussi, ma petite. Ça a dû être une joie encore plus grande pour ton père. Mon frère s'était fait à l'idée de ne plus jamais te revoir.

— Je ne sais pas, ma tante —, Urania dresse ses défenses, pressent les reproches, les questions indiscrètes. — Je suis restée toute la journée avec lui et n'ai eu à aucun moment l'impression qu'il me reconnaissait.

Ses deux cousines réagissent à l'unisson :

— Bien sûr que si, il t'a reconnue, Uranita, affirme Lucinda.

— Comme il ne peut pas parler, ça ne se remarque pas, l'appuie Manolita. Mais il comprend tout, il a toute sa tête.

— C'est toujours un cerveau, Caboche, fait en riant tante Adelina.

— Nous on le sait parce qu'on le voit tous les

jours, ajoute Lucinda. Il t'a reconnue et tu l'as rendu heureux en allant le voir.

— Si ça pouvait être vrai, cousine !

Un silence qui se prolonge, des regards qui se croisent au-dessus de la vieille table de cette salle à manger étroite, avec une desserte vitrée qu'Urania reconnaît vaguement, et aux murs d'un vert passé des petits cadres religieux. Elle ne sent rien de familier là non plus. Dans son esprit, la maison de son oncle Aníbal et de sa tante Adelina, où elle venait jouer avec Manolita et Lucinda, était grande, lumineuse, élégante, aérée, alors que celle-ci est une cave encombrée de meubles déprimants.

— La fracture de ma hanche m'a séparée d'Agustín pour toujours, dit sa tante en agitant son poing minuscule, aux doigts déformés par l'arthrose. Avant, je passais des heures avec lui. Nous avions de longues conversations. Je n'avais pas besoin qu'il parle pour comprendre ce qu'il voulait me dire. Mon pauvre frère ! Je l'aurais bien amené ici, mais où, dans ce trou à rats ?

Elle a un ton rageur.

— La mort de Trujillo a été le commencement de la fin pour la famille —, soupire Lucindita qui ajoute aussitôt, l'air inquiet : — Excuse-moi, cousine, tu dois détester Trujillo, pas vrai ?

— Ça a commencé avant —, la reprend tante Adelina, et Urania s'intéresse à ce qu'elle dit.

— Quand donc, grand-mère ? demande avec un filet de voix l'aînée de Lucinda.

— Avec la lettre du « Courrier des lecteurs », quelques mois avant l'assassinat de Trujillo, répond la tante Adelina, les yeux dans le vide. En janvier ou février 1961. Nous avons fait passer la nouvelle à ton père, au petit matin. Aníbal a été le premier à la lire.

— Une lettre du « Courrier des lecteurs » ? fait Urania qui creuse dans ses souvenirs. Ah, oui !

— Je suppose que ce n'est rien d'important, une bêtise qui va être balayée en rien de deux —, dit son beau-frère au téléphone ; il semblait si troublé, si véhément et sa voix était si fausse que le sénateur Agustín Cabral fut surpris : qu'arrivait-il à Aníbal ? — Tu n'as pas lu *El Caribe* ?

— On vient de me l'apporter, je ne l'ai pas encore ouvert.

Il entendit une petite toux nerveuse.

— Eh bien ! il y a là une lettre, Caboche, dit son beau-frère en essayant de prendre un ton léger et moqueur. Des sottises. Éclaircis tout ça au plus vite.

— Merci de m'appeler, dit le sénateur Cabral avant de raccrocher. Embrasse Adelina et les petites pour moi. Je passerai vous voir.

Trente ans sur les sommets du pouvoir politique avaient fait d'Agustín Cabral un homme expert en impondérables — pièges, embuscades, micmacs, trahisons —, de sorte qu'en apprenant qu'il y avait une lettre contre lui dans le « Courrier des lecteurs », la rubrique la plus lue et la plus redoutée du quotidien *El Caribe*, car elle était alimentée directement par le Palais national et constituait le baromètre politique du pays, ne lui fit pas perdre son sang-froid. C'était la première fois qu'il apparaissait dans la colonne infernale ; d'autres ministres, sénateurs, gouverneurs ou fonctionnaires avaient été embrasés par ces flammes ; lui, jusqu'à présent, non. Il revint à la salle à manger. Sa fille, en tenue d'école, prenait son petit déjeuner : mangú — banane écrasée avec du beurre — et fromage frit. Il l'embrassa dans les cheveux (« Salut, papy »), s'assit en face d'elle et, tandis que la bonne lui servait du café, il ouvrit lentement, sans se démonter, le journal plié sur un coin de la table. Il fit défiler les pages jusqu'à atteindre le « Courrier des lecteurs ».

Monsieur le Directeur,

Je vous écris, dans un esprit civique, pour protester sur l'atteinte à la citoyenneté dominicaine et la large liberté d'expression que le gouvernement du Généralissime Trujillo garantit à cette République. Je me réfère au silence observé jusqu'à présent dans vos pages respectables et prisées autour de la destitution de la Présidence du Sénat, connue de tous, du sénateur Agustín Cabral, surnommé Caboche (on se demande pourquoi ?), en raison de sa gestion incorrecte au ministère des Travaux publics, dont il avait la charge voici peu. On sait aussi que ce régime scrupuleux en matière de probité et d'usage des fonds publics a nommé une commission chargée d'enquêter sur les apparentes malversations et tripatouillages — commissions illégales, acquisition de matériel obsolète avec surestimation de prix, inflation fictive de budgets, auxquelles se serait livré le sénateur dans l'exercice de son ministère — afin d'examiner les charges qui pèsent contre lui.

Le peuple trujilliste n'a-t-il pas le droit d'être informé sur des faits aussi graves ?

Sentiments distingués,

Ingénieur Telésforo Hidalgo Saíno
Calle Duarte, nº 171 — Ciudad Trujillo

— Je pars en courant, papy —, dit Urania au sénateur Cabral qui, sans se départir de son calme apparent, écarta son visage du journal pour embrasser sa fille. — Je ne peux pas rentrer en bus du collège, je resterai à jouer au volley, et nous rentrerons à pied, mes amies et moi.

— Attention en traversant aux carrefours, Uranita.

Il but son jus d'orange et prit une tasse de café, tout fumant encore, sans se hâter, mais il ne toucha pas au mangú, au fromage frit ni à la tartine grillée au miel. Il relut mot à mot, lettre par lettre, ce « Courrier des lecteurs ». Il avait sans doute été machiné par l'Ivrogne Constitutionnaliste, scribe amoureux des coups fourrés, mais ordonné par le Chef ; personne n'oserait écrire, et encore moins publier, une lettre pareille sans l'autorisation de Trujillo. Quand l'avait-il vu pour la dernière fois ? Avant-hier, au cours de la promenade. Il ne fut pas convié à marcher à ses côtés, le Chef parla tout le temps avec les généraux Román et Espaillat, mais il l'avait salué avec sa déférence habituelle. Ou pas ? Il aiguisa sa mémoire. Avait-il noté un certain durcissement dans ce regard fixe, intimidant, qui semblait déchirer les apparences et atteindre l'âme de celui qu'il scrutait ? Une certaine sécheresse à répondre à son salut ? Un froncement des sourcils ? Non, il ne se rappelait rien d'anormal.

La cuisinière lui demanda s'il viendrait déjeuner. Non, seulement dîner, et il acquiesça quand Aleli lui proposa le menu du soir. En entendant la voiture de la Présidence du Sénat arriver à la porte de sa maison, il regarda sa montre : huit heures pile. Grâce à Trujillo, il avait découvert que le temps est de l'argent. Comme tant d'autres, il avait fait siennes depuis son jeune âge les obsessions du Chef : ordre, exactitude, discipline, perfection. Le sénateur Agustín Cabral l'avait dit dans un discours : « Grâce à Son Excellence, le Bienfaiteur, nous, les Dominicains, découvrons les merveilles de la ponctualité. » Enfilant sa veste, il gagnait la rue. « Si on m'avait destitué, la bagnole de la Présidence du Sénat ne serait pas venue me prendre. » Son ordonnance, le lieutenant d'aviation Humberto Arenal, qui n'avait jamais caché ses liens avec le S.I.M., lui ouvrit la porte. L'auto officielle, avec Teodosio au volant. L'ordonnance. Il ne fallait pas s'inquiéter.

— N'a-t-il jamais su pourquoi il était tombé en disgrâce ? s'étonne Urania.

— Jamais avec certitude, explique la tante Adelina. Il fit plusieurs suppositions, rien de plus. Des années et des années durant, Agustín s'est demandé ce qu'il avait fait pour fâcher de la sorte Trujillo, du jour au lendemain. Et pourquoi un homme qui l'avait servi toute sa vie devenait soudain un pestiféré.

Urania observe l'incrédulité de Marianita qui les écoute.

— Tu trouves que c'est des choses d'une autre planète, hein, ma nièce ?

La jeune fille rougit.

— C'est que cela semble si incroyable, tantine. Comme dans le film d'Orson Welles, *Le Procès*, qu'on a passé au ciné-club. Anthony Perkins est jugé et exécuté sans savoir pourquoi.

Manolita s'évente des deux mains depuis un moment ; elle cesse de le faire pour intervenir :

— On disait qu'il était tombé en disgrâce parce qu'on avait fait croire à Trujillo que, par la faute de l'oncle Agustín, les évêques avaient refusé de le proclamer Bienfaiteur de l'Église catholique.

— On a dit mille et une choses, s'écrie la tante Adelina. Le pire dans son calvaire fut de ne pas savoir au juste. La famille s'est mise à couler à pic et personne ne savait de quoi on accusait Agustín, ce qu'il avait fait ou n'avait pas fait.

Il n'y avait aucun sénateur dans les locaux du Sénat quand Agustín Cabral y entra à huit heures quinze du matin, comme tous les jours. La garde lui rendit les honneurs et huissiers et employés croisés dans les couloirs sur le chemin de son bureau lui donnèrent le bonjour avec la cordialité habituelle. Mais ses deux secrétaires, Isabelita et le jeune avocat Paris Goico, arboraient des visages inquiets.

— Qui donc est mort ? fit-il en plaisantant. Vous êtes préoccupés par la petite lettre du « Courrier des lecteurs » ? Nous allons éclaircir cette infamie sur-le-champ. Appelle le directeur d'*El Caribe*, Isabelita. Chez lui, parce que Panchito ne va pas au journal avant midi.

Il s'assit à son bureau, jeta un coup d'œil sur la pile de dossiers, sur la correspondance, sur l'agenda du jour préparé par l'efficace Parisito. « La lettre a été dictée par le Chef. » Une couleuvre parcourut son épine dorsale. Était-ce une de ces mises en scène qui amusaient tant le Généralissime ? Au milieu des tensions avec l'Église, la confrontation avec les États-Unis et l'O.E.A., avait-il le cœur à ce genre d'amusements, habituels naguère alors qu'il se sentait tout-puissant et non menacé ? Le temps des jeux du cirque était-il venu ?

— Le téléphone, don Agustín.

Il prit le combiné et attendit quelques secondes avant de parler.

— Je t'ai réveillé, Panchito ?

— Quelle idée, Caboche ! — la voix du journaliste était normale. — Je suis un lève-tôt, comme les coqs. Et je ne dors que d'un œil, au cas où. Quoi de neuf ?

— Bon, comme tu l'imagines, je t'appelle à cause de la lettre de ce matin, dans le « Courrier des lecteurs », fit le sénateur Cabral en se raclant la gorge. Tu as quelque chose à m'en dire ?

La réponse arriva sur le même ton léger, moqueur, comme s'il s'agissait d'une banalité.

— Elle est arrivée en recommandé, Caboche. Je n'allais pas publier quelque chose de tel sans faire de vérifications. Crois-moi, vu notre amitié, je ne l'ai pas publiée de gaieté de cœur.

« Oui, oui, bien sûr », murmura-t-il. Il ne devait pas perdre son sang-froid un seul instant.

— Je me propose de rectifier ces calomnies, dit-il

doucement. Je n'ai été destitué de rien du tout. Je t'appelle de la Présidence du Sénat. Et cette prétendue commission d'enquête sur ma gestion au ministère des Travaux publics est encore un bobard.

— Envoie-moi ta rectification au plus vite, répondit Panchito. Je ferai l'impossible pour la publier, cela va sans dire. Tu connais mon estime pour toi. Je serai au journal à partir de quatre heures. Une bise à Uranita. Je te serre la main, Agustín.

Après avoir raccroché, il eut un doute. Avait-il bien fait d'appeler le directeur d'*El Caribe* ? N'était-ce pas un faux mouvement, qui trahissait son inquiétude ? Que pouvait-il lui dire d'autre ? Il recevait les lettres pour le « Courrier des lecteurs » directement du Palais national et il les publiait sans poser de questions. Il regarda sa montre : neuf heures moins le quart. Il avait le temps : la réunion du cabinet directeur du Sénat était fixée à neuf heures et demie. Il dicta à Isabelita la rectification dans le style austère et clair qu'il mettait dans ses écrits. Une lettre brève, sèche et fulminante : il était toujours le président du Sénat et personne n'avait mis en question sa gestion scrupuleuse au ministère des Travaux publics que lui avait confié le régime présidé par ce Dominicain éponyme, Son Excellence le Généralissime Rafael Leónidas Trujillo, Bienfaiteur et Père de la Nouvelle Patrie.

Alors qu'Isabelita allait taper à la machine ce qu'il venait de dicter, Paris Goico entra dans le bureau.

— La réunion du cabinet directeur du Sénat a été suspendue, monsieur le Président.

Il était jeune et ne savait dissimuler ; il avait la bouche entrouverte, le teint livide.

— Sans me consulter ? Qui a fait ça ?

— Le vice-président du Congrès, don Agustín. Il vient lui-même de me le communiquer.

Il soupesa ce qu'il venait d'entendre. Cela pouvait-il être sans rapport avec la lettre du « Courrier des lecteurs » ? Parisito, affligé, attendait, debout devant le bureau.

— Le docteur Quintanilla est-il dans son bureau ? — comme son ordonnance lui faisait oui de la tête, il se leva : — Dites-lui que je viens le voir.

— C'est impossible que tu ne te rappelles pas, Uranita, lui dit sur un ton de reproche sa tante Adelina. Tu avais quatorze ans. C'était ce qui était arrivé de plus grave dans la famille, plus encore que l'accident qui coûta la vie à ta mère. Et tu ne te rendais compte de rien ?

Elles avaient pris du café et une tisane. Urania grignota une brioche d'arepa. Elles bavardaient autour de la table de la salle à manger, dans la clarté blafarde du petit lampadaire. La bonne haïtienne, silencieuse comme un chat, avait enlevé le couvert.

— Je me souviens de l'angoisse de papa, bien sûr, ma tante, explique Urania. Mais les détails m'échappent, les incidents quotidiens. Il essayait de tout me cacher, au début. « Il y a des problèmes, Uranita, ils seront bientôt résolus. » Je n'imaginais pas qu'à partir de là ma vie serait toute bouleversée.

Elle sent les regards brûlants de sa tante, de ses cousines et de sa nièce. Lucinda dit ce qu'elles pensent :

— Cela a eu du bon pour toi, Uranita. Tu ne serais pas où tu es, sinon. En revanche, pour nous cela a été la catastrophe.

— Pour mon pauvre frère, plus qu'aucun autre, l'accuse sa tante Adelina. On lui a planté un poignard dans le dos et on l'a laissé saigner pendant trente ans.

Un perroquet se met à criailler au-dessus de la tête d'Urania qui sursaute. Elle n'avait pas jusqu'à présent remarqué le volatile, hérissé, sautant d'un côté à l'autre dans son cylindre de bois, dans une grande cage aux barreaux bleus. Sa tante, ses cousines et sa nièce éclatent de rire.

— Samson —, Manolita fait les présentations. — Il s'est fâché parce qu'on l'a réveillé. C'est un gros dormeur.

Grâce au perroquet, l'atmosphère se détend.

— Je suis sûre que si je comprenais ce qu'il dit, plaisante Urania en désignant Samson, j'apprendrais bien des secrets.

Le sénateur Agustín Cabral n'est pas d'humeur à rire. Il répond sèchement d'un salut de la tête à l'accueil doucereux de Jeremías Quintanilla, le vice-président du Sénat, qui le reçoit dans son bureau, et il l'interpelle :

— Pourquoi as-tu suspendu la réunion du cabinet directeur du Sénat ? N'est-ce pas du ressort du Président ? J'exige une explication.

Le gros visage, couleur cacao, du sénateur Quintanilla acquiesce à plusieurs reprises, tandis que ses lèvres, dans un espagnol rythmé, presque musical, tâchent de le calmer :

— Bien sûr, bien sûr, Caboche. Ne t'emporte pas. Tout, excepté la mort, a son explication.

C'est un gros sexagénaire joufflu, aux paupières gonflées et à la bouche visqueuse, engoncé dans un costume bleu avec une cravate à rayures d'argent étincelant. Il sourit obstinément, et Agustín Cabral le voit ôter ses lunettes, lui cligner de l'œil, jeter un rapide regard circulaire de ses cornées blanchâtres et, faisant un pas vers lui, lui prendre le bras pour l'entraîner tout en disant, à haute voix :

— Asseyons-nous ici, nous serons plus à l'aise.

Il ne le conduit pourtant pas vers les fauteuils aux lourdes pattes de tigre de son bureau, mais vers un balcon aux portes entrouvertes. Il l'oblige à sortir avec lui, de façon à pouvoir parler en plein air, face au grondement de la mer, loin des oreilles indiscrètes. Le soleil tape fort ; la matinée lumineuse s'enfle du bruit des moteurs et des klaxons qui monte du Malecón, ainsi que les cris des vendeurs ambulants.

— Que se passe-t-il, merde, Maki ? murmure Cabral.

Quintana lui tient toujours le bras et prend maintenant un air grave. Il note dans son regard un sentiment diffus, de solidarité ou de compassion.

— Tu sais très bien ce qui se passe, Caboche, ne joue pas les naïfs. Tu n'as pas remarqué que depuis trois ou quatre jours on a cessé de t'appeler « distingué monsieur » dans les journaux, et qu'on t'a rétrogradé à « monsieur » ? lui murmure à l'oreille Maki Quintana. N'as-tu pas lu *El Caribe* ce matin ? Voilà ce qui se passe.

Pour la première fois depuis qu'il a lu la lettre dans le « Courrier des lecteurs », Agustín Cabral a peur. C'est vrai : hier ou avant-hier quelqu'un lui a dit en plaisantant, au Country-Club, que dans la rubrique des « Mondanités » de *La Nación* on l'avait amputé du « distingué monsieur », ce qui était toujours un mauvais présage : le Généralissime s'amusait à ces avertissements. Cela devenait sérieux. C'était une tempête. Il lui fallait donc user de toute son expérience et de toute son astuce pour ne pas être balayé.

— Est-ce que l'ordre de suspendre la réunion du cabinet directeur est venu du Palais ? murmure-t-il.

Le vice-président, penché sur lui, colle son oreille à la bouche de Cabral.

— D'où pouvait-il venir ? Il y a plus. On a suspendu toutes les commissions auxquelles tu participes. La directive dit : « Jusqu'à ce que soit régularisée la situation du président du Sénat. »

Il reste muet. C'est arrivé. Ce cauchemar qui tant de fois venait troubler ses triomphes, ses promotions, ses réussites politiques s'est enfin produit : il est en délicatesse avec le Chef.

— Qui te l'a transmis, Maki ?

Le visage joufflu de Quintana se contracte et grimace, inquiet et simiesque, et Cabral comprend enfin d'où lui vient ce surnom de Maki. Le vice-président va-t-il lui dire qu'il ne peut commettre cette indiscrétion ? Brusquement il se décide :

— Henry Chirinos —, il lui reprend le bras. — Je regrette, Caboche Je ne crois pas pouvoir faire grand-chose, mais si c'est possible, compte sur moi.

— Chirinos t'a-t-il dit de quoi on m'accuse ?

— Il s'est borné à me transmettre l'ordre en ajoutant : « Je ne sais rien. Je suis le modeste messager d'une décision supérieure. »

— Ton père a toujours soupçonné Chirinos, l'Ivrogne Constitutionnaliste, lui rappelle sa tante Adelina.

— Ce gros moricaud dégoûtant a été de ceux qui se sont le mieux placés, l'interrompt Lucindita. De carpette de Trujillo, il est passé à ministre et ambassadeur de Balaguer. Tu vois un peu comment est ce pays, Uranita ?

— Je me souviens très bien de lui, je l'ai vu à Washington il y a quelques années, comme ambassadeur, dit Urania. Il venait souvent chez nous quand j'étais petite. Il semblait être un ami intime de papa.

— Et d'Aníbal et de moi, ajoute la tante Adelina. Il venait ici nous faire ses mamours, il nous récitait ses vers. Il citait tout le temps des livres, il jouait à l'homme cultivé. Il nous a invités une fois au Country-Club. Je ne voulais pas croire qu'il eût trahi son compagnon de toute la vie. Bon, la politique c'est ça, c'est marcher sur des cadavres.

— L'oncle Agustín était trop intègre, trop bon, c'est pour ça qu'on s'est acharné sur lui.

Lucindita attend qu'on l'approuve, qu'on proteste

aussi pour cette infamie. Mais Urania n'a pas la force de feindre. Elle se borne à écouter d'un air navré.

— En revanche, mon mari, que Dieu ait son âme, s'est comporté en grand seigneur, il a fourni à ton père tout son appui, fait la tante Adelina avec un petit rire sarcastique. Tu parles d'un don Quichotte ! Il a perdu son poste à la Compagnie des tabacs, et n'a plus retrouvé d'emploi.

Le perroquet Samson explose à nouveau en une flopée de cris et de bruits qui ressemblent à des jurons. « Tais-toi, marmotte », le gronde Lucindita.

— Encore heureux qu'on n'ait pas perdu notre humour, les filles, s'écrie Manolita.

— Trouve-moi le sénateur Henry Chirinos et dis-lui que je veux le voir immédiatement, Isabel —, ordonne le sénateur Cabral en regagnant son bureau, et s'adressant à Goico : — Apparemment, c'est lui qui a manigancé tout ça.

Il s'assoit à son bureau et s'apprête à consulter son agenda du jour, mais il prend conscience de sa situation. Est-ce que cela a un sens de signer lettres, résolutions, mémorandums, notes en tant que président du Sénat de la République ? Il est douteux qu'il le reste. Le pire serait de manifester son découragement à ses subordonnés. Il faut faire contre mauvaise fortune bon cœur. Il prend les dossiers et commence à relire le premier écrit quand il remarque encore la présence de Parisito. Ses mains tremblent.

— Monsieur le Président, je voudrais vous dire, balbutie-t-il brisé par l'émotion. Quoi qu'il arrive, je suis avec vous. En toute chose. Je sais bien tout ce que je vous dois, monsieur Cabral.

— Merci, Goico. Tu es nouveau dans ce monde et tu verras pire encore. Ne te fais pas de souci. Nous surmonterons cette tempête. Et maintenant, au travail.

298

— Le sénateur Chirinos vous attend chez lui, monsieur le Président, dit Isabelita en entrant dans le bureau. Il a répondu lui-même. Savez-vous ce qu'il m'a dit ? « Les portes de ma maison sont ouvertes jour et nuit à mon grand ami, le sénateur Cabral. »

En quittant le bâtiment du Congrès, la garde lui rend les honneurs habituels. La voiture noire est toujours là, funèbre. Mais son ordonnance, le lieutenant Humberto Arenal, s'est évanoui dans la nature. Teodosio, le chauffeur, lui ouvre la porte.

— Chez le sénateur Henry Chirinos.

Le chauffeur acquiesce, sans desserrer les lèvres. Puis, quand ils se trouvent déjà dans l'avenue Mella, aux abords de la ville coloniale, le regardant dans le rétroviseur, il l'informe :

— Depuis qu'on a quitté le Congrès, nous sommes suivis par des *caliés*, Monsieur.

Cabral se retourne et voit à quinze ou vingt mètres les habituelles Volkswagen noires du Service d'Intelligence. Dans l'aveuglante luminosité du matin on ne peut distinguer combien de têtes de *caliés* il y a à l'intérieur. « Maintenant ce sont les gens du S.I.M. qui m'escortent au lieu de mon ordonnance. » Tandis que la voiture pénètre dans les ruelles étroites, encombrées de gens, avec ces maisonnettes à un et deux étages, aux fenêtres grillagées et aux soubassements de pierre, de la ville coloniale, il se dit que l'affaire est encore plus grave qu'il ne le supposait. Si Johnny Abbes le fait suivre c'est qu'on a peut-être décidé de l'arrêter. L'histoire d'Anselmo Paulino, calquée. Ce qu'il craignait tant. Son cerveau est porté au rouge vif. Qu'avait-il fait ? Qu'avait-il dit ? En quoi avait-il failli ? Qui a-t-il vu dernièrement ? On le traitait en ennemi du régime. Lui, lui !

La voiture s'arrêta à l'angle des rues Salomé Ureña et Duarte, et Teodosio descendit lui ouvrir la porte. La Coccinelle resta en stationnement à quelques mètres mais aucun *calié* n'en descendit. Il fut tenté de s'approcher pour leur demander pourquoi ils suivaient le président du Sénat, mais il se contint : à quoi servirait de se fâcher contre de pauvres diables qui ne faisaient qu'obéir aux ordres ?

La vieille maison à deux étages, à balcon colonial et fenêtres à jalousie, du sénateur Henry Chirinos ressemblait à son maître : le temps, la vieillesse, l'incurie l'avaient contrefaite, rendue asymétrique ; elle s'élargissait excessivement à mi-hauteur, comme si un ventre lui avait poussé et qu'elle soit près d'éclater. Elle avait dû être, en des temps reculés, une noble et solide bâtisse ; elle était maintenant sale, abandonnée et semblait sur le point de s'écrouler. Des taches et des écailles enlaidissaient les murs et des toiles d'araignée pendaient à la toiture. Dès qu'il sonna on lui ouvrit. Il monta de sombres escaliers qui craquaient, à la rampe graisseuse et, au premier palier, le majordome lui ouvrit une porte de verre qui grinça : il reconnut la bibliothèque fournie, les lourds rideaux de velours, les hautes étagères bourrées de livres, l'épais tapis décoloré, les cadres ovales et les fils argentés des toiles d'araignée que dénonçaient les rais de lumière solaire pénétrant par les volets. Cela sentait le vieux, le renfermé et il faisait une chaleur infernale. Il attendit Chirinos debout. Que de fois s'était-il trouvé ici, pendant tant d'années pour des réunions, des pactes, des négociations, des conspirations, au service du Chef !

— Bienvenue dans cette maison qui est la tienne, Caboche. Un xérès ? Doux ou sec ? Je te recommande le Fino Amontillado, il est tout frais.

En pyjama et drapé dans une robe de chambre en drap vert criard aux liserés de soie, qui accentuait les rondeurs de son corps, la poche renflée par un énorme mouchoir et des pantoufles de satin déformées par ses oignons, le sénateur Chirinos lui souriait. Les rares cheveux en désordre et les yeux chassieux dans son visage tuméfié, aux paupières et lèvres violacées, la salive sèche aux commissures, révélèrent au sénateur Cabral qu'il ne s'était pas encore lavé. Il se laissa taper dans le dos et conduire vers les fauteuils élimés sur le dossier desquels étaient jetés des châles de coton, sans répondre aux effusions du maître de maison.

— Nous nous connaissons depuis bien des années, Henry. Nous avons ensemble fait beaucoup de choses. Des bonnes et quelquefois des mauvaises. Il n'y a pas deux personnes dans le régime qui aient été aussi unies que toi et moi. Que se passe-t-il ? Pourquoi depuis ce matin le ciel me tombe-t-il sur la tête ?

Il dut se taire parce que entrait alors le majordome, un vieux mulâtre borgne, aussi laid et négligé que son maître, avec un carafon où il avait versé du xérès, et deux verres à pied. Il les laissa sur la table basse et se retira en traînant la patte.

— Je ne le sais pas —, l'Ivrogne Constitutionnaliste se battit la poitrine. — Tu ne me croiras pas. Tu vas penser que j'ai machiné, inspiré, encouragé ce qui t'arrive. Sur la mémoire de ma mère, ce qu'il y a de plus sacré dans cette maison, je ne le sais pas. Depuis que je l'ai appris, hier soir, j'en suis resté ébahi. Attends, attends, trinquons. Pour que cet embrouillamini soit vite éclairci, Caboche.

Il parlait avec force et émotion, le cœur sur la main, avec cette sensiblerie mielleuse des héros des feuilletons-radio que la H.I.Z. importait, avant la révolution castriste, de la C.M.Q. de La Havane. Mais Agustín Cabral le connaissait : c'était un histrion de haut niveau. Ce pouvait être vrai ou faux, il n'avait pas les moyens de le vérifier. Il but une gorgée de xérès, avec dégoût, car il ne buvait jamais d'alcool le matin. Chirinos lissait les poils de son nez.

— Hier, en expédiant les affaires avec le Chef, il m'a soudain ordonné d'informer Maki Quintanilla qu'il devait veiller, en tant que vice-président du Sénat, à annuler toutes les réunions jusqu'à ce que la vacance de la présidence soit couverte, poursuivit-il en gesticulant. J'ai pensé à un accident, une crise cardiaque, je ne sais pas. « Qu'est-il arrivé à Caboche, Chef ? — C'est ce que j'aimerais savoir, m'a-t-il répondu avec cette sécheresse qui vous glace les os. Il a cessé d'être un des nôtres pour passer à l'ennemi. » Je n'ai pu l'interroger davantage, son ton était catégorique. Il m'a chargé d'exécuter les ordres. Et ce matin j'ai lu, comme tout le monde, la lettre dans le « Courrier des lecteurs ». Je te jure à nouveau, sur la mémoire de ma sainte mère : c'est tout ce que je sais.

— C'est toi qui as écrit la lettre du « Courrier des lecteurs » ?

— Moi, j'écris correctement l'espagnol, rétorqua, indigné, l'Ivrogne Constitutionnaliste. L'ignare qui a écrit ça a fait trois fautes de syntaxe. Je les ai signalées.

— Qui alors ?

Les paupières adipeuses du sénateur Chirinos répandirent sur lui un regard compatissant :

— Qu'est-ce que ça peut foutre, Caboche ? Tu es un des hommes intelligents de ce pays, ne joue pas au con avec moi, je te connais depuis tout petit. La seule chose qui importe, c'est que tu as indisposé le Chef, pour une raison que j'ignore. Parle-lui, excuse-toi, donne-lui des explications, engage-toi à te racheter. Retrouve sa confiance.

Il saisit le carafon, remplit à nouveau son verre et le vida. Le brouhaha de la rue était moindre qu'au Congrès. À cause de l'épaisseur des murs coloniaux ou parce que les étroites rues du centre décourageaient les voitures.

— M'excuser, Henry ? Mais qu'est-ce que j'ai fait ? Est-ce que je ne consacre pas mes jours et mes nuits au Chef ?

— Ce n'est pas à moi qu'il faut le dire. C'est lui qu'il faut convaincre. Moi, je le sais très bien. Ne te décourage pas. Tu le connais. Au fond, il est magnanime. Et profondément juste. S'il ne se méfiait pas de tout, il n'aurait pas duré trente et un ans. Il y a une erreur, un malentendu. Qu'il faut lever. Sollicite une audience. Il sait écouter.

Il parlait en remuant la main, jouissant de chaque mot qu'expulsaient ses lèvres cendreuses. Assis, il semblait encore plus obèse que debout : l'énorme ventre avait entrouvert sa robe de chambre et battait d'un flux et reflux rythmé. Cabral imagina ces intestins voués, tant d'heures par jour, à la laborieuse tâche de déglutir et dissoudre les bols alimentaires engloutis par ce groin vorace. Il regretta d'être là. Est-ce que l'Ivrogne Constitutionnaliste pouvait lui être du moindre secours ? S'il n'avait pas tramé cela, dans son for intérieur il devait s'en réjouir comme d'une grande victoire contre celui qui, sous les apparences, avait toujours été son rival.

— En tournant et retournant la chose dans ma tête, ajouta Chirinos d'un air de conspirateur, j'en suis venu à penser que, peut-être, la raison en était la désillusion provoquée chez le Chef par le refus des évêques de le proclamer Bienfaiteur de l'Église catholique. Tu faisais partie de la commission qui a échoué.

— On était trois, Henry ! Balaguer et Paíno Pichardo, comme ministre de l'Intérieur et des Cultes, en faisaient partie aussi. Ces démarches remontent à des mois, peu après la Lettre pastorale des évêques. Pourquoi tout cela retomberait sur moi seul ?

— Je ne le sais pas, Caboche. Cela semble, en

effet, échevelé. Moi non plus je ne vois aucune raison pour que tu tombes en disgrâce. Sincèrement, sur notre amitié de tant d'années.

— Nous avons été plus que des amis. Nous nous sommes trouvés ensemble, derrière le Chef, dans toutes les décisions qui ont transformé ce pays. Nous sommes l'histoire vivante. On nous a fait des crocs-en-jambe, on s'est administré des coups bas, des coups fourrés pour que chacun l'emporte l'un sur l'autre. Mais l'anéantissement semblait exclu. Ce qui se passe c'est autre chose. Je peux finir dans la ruine, le discrédit, la prison. Sans savoir pourquoi! Si tu as manigancé tout ça, bravo. Un chef-d'œuvre, Henry!

Il s'était mis debout. Il parlait calmement, de façon impersonnelle, presque didactique. Chirinos se leva aussi, en s'appuyant sur un des bras du fauteuil pour hisser sa corpulence. Ils se touchaient presque. Cabral vit un petit tableau sur le mur, parmi les étagères de livres, qui était une citation de Tagore : « Un livre ouvert est un cerveau qui parle ; fermé, un ami qui attend ; oublié, une âme qui pardonne ; détruit, un cœur qui pleure. » « Quel prétentieux dans tout ce qu'il fait, touche, dit et sent », pensa-t-il.

— Une franchise en vaut une autre —, Chirinos approcha son visage et Agustín Cabral se sentit étourdi par la vapeur qui escortait ses paroles. — Il y a dix ans, il y a cinq ans, je n'aurais pas hésité à tramer n'importe quoi pour t'ôter de mon chemin, Agustín. Comme toi avec moi. Même l'anéantissement. Mais maintenant ? Pourquoi ? Avons-nous des comptes à régler ? Non. Nous ne sommes plus en concurrence, Caboche, tu le sais aussi bien que moi. Combien d'oxygène reste-t-il à ce moribond ? Pour la dernière fois : je n'ai rien à voir dans ce qui t'arrive. J'espère et je désire que tu trouves une solution. Des jours difficiles s'annoncent et le régime a besoin de toi pour résister à la tempête.

Le sénateur Cabral acquiesça. Chirinos lui tapotait le dos.

— Si je vais trouver les *caliés* qui m'attendent en bas et leur raconte ce que tu viens de dire, que le régime s'asphyxie, qu'il est moribond, tu me tiendrais compagnie, murmura-t-il en guise d'adieu.

— Tu ne le ferais pas, fit en éclatant de rire la grande gueule sombre du maître de maison. Tu n'es pas comme moi. Toi, tu es un monsieur.

— Qu'est-il devenu ? demande Urania. Vit-il toujours ?

La tante Adelina part d'un petit rire et le perroquet Samson, qui semblait endormi, réagit par une autre flopée de cris. Quand il se tait, Urania perçoit le crissement rythmé du fauteuil à bascule qu'occupe Manolita.

— La mauvaise herbe ne meurt pas, explique sa tante. Toujours dans sa même tanière de la ville coloniale, à l'angle des rues Salomé Ureña et Duarte. Lucindita l'a vu passer voici peu, avec une canne et des pantoufles, se promenant dans le parc de l'Indépendance.

— Des gosses couraient derrière lui en criant : « Croquemitaine, croquemitaine ! » fait en riant Lucinda. Il est plus laid et dégoûtant que jamais. Il doit bien avoir quatre-vingt-dix ans, non ?

S'est-il écoulé assez de temps depuis le repas pour prendre décemment congé ? Urania ne s'est pas sentie à l'aise de toute la soirée. Plutôt tendue, s'attendant à être agressée. Ce sont les seules parentes qui lui restent et elles lui sont, pourtant, plus lointaines que les étoiles. Et les grands yeux de Marianita fixés sur elle commencent à l'irriter.

— Ces jours ont été terribles pour la famille, revient à la charge la tante Adelina.

— Je me rappelle mon père et l'oncle Agustín, chuchotant en secret dans cette salle à manger, dit Lucindita. Et ton père qui disait : « Mais, mon Dieu, qu'ai-je pu faire au Chef pour qu'il me traite ainsi ? »

Un chien qui aboie à tout rompre dans la rue la fait taire ; deux, quatre, cinq chiens lui répondent. Par un petit vasistas, en haut de la pièce, Urania aperçoit la lune : ronde et jaune, splendide. À New York il n'y avait pas pareille lune.

— Ce qui l'aigrissait le plus c'était ton avenir, au cas où il lui arriverait quelque chose —, la tante Adelina lui lance un regard plein de reproches. — Quand on a bloqué ses comptes bancaires, il a su qu'il n'y avait plus rien à faire.

— Les comptes bancaires ! acquiesce Urania. C'est la première fois que mon père m'en a parlé.

Elle était déjà couchée et son père était entré sans frapper. Il s'était assis au pied du lit. En manches de chemise, tout pâle, il lui avait paru plus mince, plus frêle et plus vieux. Il hésitait à chaque mot.

— Ça va mal, ma petite fille. Tu dois être prête à tout. Jusqu'à présent, je t'ai caché la gravité de la situation. Mais au jour d'aujourd'hui, eh bien ! au collège tu as bien dû en entendre parler.

La fille acquiesça, gravement. Elle n'était pas inquiète, sa confiance en lui était illimitée. Comment quelque chose de mauvais pouvait bien arriver à un homme aussi important ?

— Oui, papy, on a dit que des lettres contre toi avaient été publiées dans le « Courrier des lecteurs », et qu'elles t'accusaient de délits. Personne ne peut le croire, quelle stupidité ! Tout le monde sait que tu es incapable de ces malversations.

Son père l'embrassa, par-dessus la couverture.

C'était plus sérieux que les calomnies du journal, ma fille. On l'avait démis de la présidence du Sénat. Une commission du Congrès enquêtait sur l'éventualité de malversations et de détournements de fonds publics durant sa gestion ministérielle. Depuis des jours les Coccinelle du S.I.M. le suivaient; à cette heure même il y en avait une à la porte de la maison, avec trois *caliés*. La dernière semaine il avait reçu des communiqués d'expulsion de l'Institut trujillonien, du Country-Club, du Parti dominicain, et cet après-midi, en allant retirer de l'argent à la banque, le coup de grâce. Le directeur de la banque, son ami Josefo Heredia, l'avait informé que ses deux comptes courants avaient été gelés tant que durerait l'enquête du Congrès.

— Tout peut arriver, ma petite fille. Nous confisquer cette maison, nous mettre à la rue. La prison, même. Je ne veux pas t'effrayer. Peut-être qu'il ne se passera rien. Mais tu dois te tenir prête. Avoir du courage.

Elle l'écoutait, stupéfaite; non par ce qu'il disait, mais par sa voix défaillante, son air découragé, la peur qui se lisait dans ses yeux.

— Je vais adresser une prière à la Vierge, lui dit-elle alors. Notre-Dame de la Altagracia nous aidera. Pourquoi ne parles-tu pas au Chef? Il t'a toujours aimé. Qu'il donne un ordre et tout s'arrangera.

— Je lui ai demandé une audience et il ne me répond même pas, Uranita. Je vais au Palais national et les secrétaires, les ordonnances me saluent à peine. Le président Balaguer n'a pas voulu me voir, non plus que le ministre de l'Intérieur; oui, Paíno Pichardo. Je suis un mort vivant, ma petite fille. Peut-être as-tu raison et qu'il ne nous reste qu'à nous recommander à la Vierge.

Sa voix se brisa. Mais quand sa fille se releva pour l'embrasser, il se reprit et lui sourit :

— Il fallait que tu saches tout cela, Uranita. S'il m'arrive quelque chose, va chez ton oncle Aníbal et ta tante Adelina, ils prendront soin de toi. C'est peut-être une épreuve. Quelquefois le Chef a fait des choses comme ça pour éprouver ses collaborateurs.

— L'accuser de malversations, lui, soupire la tante Adelina. En dehors de cette maisonnette de Gazcue, il n'a jamais rien possédé. Ni fermes, ni compagnies, ni investissements. Sauf ces petites économies, les vingt-cinq mille dollars qu'il t'a versés peu à peu quand tu étudiais là-bas. Le politicien le plus honnête et le meilleur père au monde, Uranita. Et si tu permets à la vieille radoteuse que je suis de se mêler de ta vie privée, tu ne t'es pas comportée comme tu l'aurais dû. Je sais bien que tu subviens aujourd'hui à ses besoins et que tu paies son infirmière. Mais sais-tu tout ce qu'il a souffert à cause de toi, que tu ne répondes pas à ses lettres, que tu ne décroches pas ton téléphone quand il t'appelait ? Très souvent nous l'avons vu pleurer par ta faute, Aníbal et moi, ici même. Maintenant que tant d'années se sont écoulées, peut-on savoir pourquoi, ma petite ?

Urania réfléchit, tout en soutenant le regard lourd de reproches de cette petite chose, cette petite vieille recroquevillée sur son fauteuil.

— Parce qu'il n'était pas aussi bon père que tu le crois, tante Adelina, dit-elle finalement.

Le sénateur Cabral a fait stopper le taxi à la Clinique internationale, à quatre rues du Service d'intelligence, situé lui aussi sur l'avenue Mexico. En donnant l'adresse au taxi, il a senti une étrange impulsion, honte et pudeur mêlées, et au lieu de dire au chauffeur qu'il se rendait au S.I.M., il a indiqué la clinique. Il a parcouru les quatre rues sans hâte ; les locaux de Johnny Abbes étaient probablement les seuls endroits importants du régime où il ne s'était jamais rendu jusqu'à présent. La Coccinelle des *caliés* le suivait ouvertement, roulant au ralenti, collée au trottoir, et il pouvait remarquer les mouvements de tête et les expressions inquiètes des passants découvrant l'emblématique Volkswagen. Il se rappela qu'à la commission du budget du Congrès, il avait plaidé pour l'importation d'une centaine de ces Coccinelle dans lesquelles les *caliés* de Johnny Abbes se déplaçaient maintenant sur tout le territoire à la recherche des ennemis du régime.

Devant l'édifice anodin et décrépit, le piquet de policiers en uniforme et en civil armés de mitraillettes, qui gardait la porte derrière des barbelés et des sacs de sable, le laissa passer sans le fouiller ni lui demander ses papiers. À l'intérieur l'attendait un des adjoints du colonel Abbes : César Báez. Ce malabar au visage grené de variole, à la grosse chevelure rousse et frisée, lui tendit une main humide et le conduisit dans des couloirs étroits, encombrés d'hommes portant pistolets et cartouchières pendant à l'épaule ou dansant sous l'aisselle, fumant, discutant ou riant dans des cagibis pleins de fumée avec des tableaux couverts de mémorandums. Tout sentait la sueur, l'urine et les pieds. Une porte s'ouvrit. Le chef du S.I.M. était là. Il fut surpris par la nudité monacale du bureau, les murs sans tableaux ni affiches, sauf celui dans le dos du colonel, où s'étalait, où trônait un portrait en uniforme de parade — tricorne à plumes, poitrine constellée de médailles — du Bienfaiteur. Abbes García était en civil, avec une chemisette d'été à manches courtes et une cigarette aux lèvres. Il tenait à la main le mouchoir rouge que Cabral lui avait bien souvent vu.

— Bonjour, sénateur, lui dit-il en lui tendant une main molle, presque féminine. Un siège. Nous n'avons pas de confort ici, excusez.

— Je vous remercie de me recevoir, colonel. Vous êtes le premier. Ni le Chef, ni le président Balaguer, ni un seul ministre n'ont répondu à mes demandes d'audience.

La petite silhouette bedonnante, un peu contrefaite, acquiesça. Cabral voyait, au-dessus du double menton, la bouche fine et les joues flasques, les petits yeux profonds et aqueux du colonel qui remuaient en tout sens. Était-il aussi cruel qu'on le disait ?

— Personne ne veut être contaminé, monsieur Cabral, dit froidement Johnny Abbes. — Le sénateur pensa que si les serpents parlaient ils auraient cette voix sibilante. — Tomber en disgrâce est une maladie contagieuse. En quoi puis-je vous être utile ?

— Me dire de quoi on m'accuse, colonel, fit-il en reprenant son souffle et en tâchant de paraître plus serein. J'ai ma conscience pour moi. Depuis l'âge de vingt ans je consacre ma vie à Trujillo et au pays. Il a dû y avoir une erreur, je vous jure.

Le colonel le fit taire d'un mouvement de sa molle main, celle qui tenait le mouchoir rouge. Il éteignit sa cigarette dans un cendrier de laiton :

— Ne perdez pas votre temps à me donner des explications, monsieur Cabral. La politique n'est pas mon domaine, je m'occupe de la sécurité. Si le Chef ne veut pas vous recevoir, parce qu'il vous en veut, écrivez-lui.

— Je l'ai déjà fait, colonel. Je ne sais même pas si on lui a remis mes lettres. Je les ai déposées personnellement au Palais.

Le visage bouffi de Johnny Abbes se relâcha un peu :

— Personne n'oserait retenir une lettre adressée au Chef, sénateur. Il les aura lues et, si vous avez été sincère, il vous répondra —, fit-il en marquant une pause et le regardant toujours de ses petits yeux inquiets, puis il ajouta avec un rien de défi : Je vois que vous êtes surpris par la couleur de mon mouchoir. Savez-vous ce qu'elle signifie ? C'est un enseignement rosicrucien. Le rouge est la couleur qui me convient. Mais vous, vous ne croyez pas aux rose-croix, ça doit vous sembler superstitieux, un peu primitif.

— Je ne sais rien de la Rose-Croix, colonel. Je n'ai pas d'opinion à ce sujet.

— Maintenant je n'ai plus le temps mais, jeune homme, j'ai lu beaucoup de choses sur les rose-croix. J'ai appris beaucoup. En lisant l'aura des personnes, par exemple. La vôtre, en ce moment, est celle de quelqu'un mort de peur.

— Je suis mort de peur, répondit aussitôt Cabral. Depuis des jours, vos hommes me suivent sans arrêt. Dites-moi, au moins, si on va m'arrêter.

— Ça ne dépend pas de moi, dit Johnny Abbes d'un air léger, comme si la chose n'avait pas d'importance. Si on me l'ordonne, je le ferai. L'escorte est là pour vous dissuader de rechercher l'asile politique. Si vous le tentez, mes hommes vous arrêteront.

— L'asile politique ? Moi, comme un ennemi du régime ? Mais je suis, moi, le régime depuis trente ans.

— Chez votre ami Henry Dearborn, le chef de la mission que nous ont laissée les Yankees, poursuivit, sarcastique, le colonel Abbes.

La surprise laissa sans voix Agustín Cabral. Que voulait-il dire ?

— Mon ami, le consul des États-Unis ? balbutia-t-il. Je n'ai vu que deux ou trois fois dans ma vie M. Dearborn.

— C'est un de nos ennemis, comme vous le savez, poursuivit Abbes García. Les Yankees l'ont laissé ici quand l'O.E.A. a décidé des sanctions, pour rester à intriguer contre le Chef. Toutes les conspirations, depuis un an, passent par le bureau de Dearborn. Malgré cela, vous, président du Sénat, vous vous êtes rendu à un cocktail à son domicile voici peu. Vous souvenez-vous ?

L'étonnement d'Agustín Cabral allait croissant.

C'était cela ? Avoir assisté à ce cocktail chez le chargé d'affaires laissé par les États-Unis quand ils avaient fermé leur ambassade ?

— Le Chef nous a donné l'ordre de nous rendre à ce cocktail, le ministre Paíno Pichardo et moi, expliqua-t-il. Pour sonder les plans de son gouvernement. C'est pour avoir exécuté cet ordre que je suis tombé en disgrâce ? J'ai fait un rapport écrit sur cette soirée.

Le colonel Abbes García haussa ses petites épaules tombantes, dans un geste de marionnette.

— Si c'était un ordre du Chef, oubliez mon commentaire, admit-il avec un fond d'ironie.

Son attitude trahissait une certaine impatience, mais Cabral ne prit pas congé. Il nourrissait l'illusion insensée que cette conversation donnerait quelque résultat.

— Vous et moi n'avons jamais été amis, colonel, dit-il en s'efforçant de parler avec naturel.

— Je ne peux pas avoir d'amis, répliqua Abbes García. Cela nuirait à mon travail. Mes amis et mes ennemis sont ceux du régime.

— Laissez-moi terminer, je vous en prie, poursuivit Agustín Cabral. Mais j'ai toujours respecté et reconnu les services exceptionnels que vous rendez au pays. Si nous avons eu quelques divergences...

Le colonel parut lever la main pour le faire taire, mais c'était pour allumer une autre cigarette. Il aspira avec avidité et expulsa calmement la fumée par la bouche et le nez.

— Bien sûr que nous avons eu des divergences, reconnut-il. Vous avez été de ceux qui ont le plus combattu ma thèse selon laquelle, face à la trahison yankee, il fallait se rapprocher des Russes et des pays de l'Est. Vous, avec Balaguer et Manuel Alfonso, vous essayez de convaincre le Chef que la réconciliation avec les Yankees est possible. Croyez-vous encore à cette connerie ?

C'était donc cela la raison ? Abbes García l'avait poignardé dans le dos ? Le Chef avait accepté cette stupidité ? On l'éloignait pour se rapprocher des communistes ? Il était inutile de rester là à s'humilier devant un spécialiste en tortures et assassinats qui, en raison de la crise, avait maintenant l'audace de se prendre pour un stratège politique.

— Je continue de penser qu'il n'y a pas d'autre alternative, colonel, affirma-t-il, résolu. Ce que vous proposez, excusez ma franchise, est une chimère. Ni l'U.R.S.S. ni ses satellites n'accepteront jamais le rapprochement avec la République dominicaine, bastion anticommuniste sur le continent. Les États-Unis non plus ne l'admettraient pas. Voulez-vous huit autres années d'occupation nord-américaine ? Nous devons arriver à un accord avec Washington ou ce sera la fin du régime.

Le colonel laissa tomber la cendre par terre. Il tirait à tout moment sur sa cigarette, comme s'il avait craint qu'on la lui arrache, et de temps en temps il s'épongeait le front avec son mouchoir couleur de flamme.

— Votre ami Henry Dearborn n'est pas de cet avis, dommage, fit-il en haussant à nouveau les épaules, comme un comique ringard. Il essaie toujours de financer un coup d'État contre le Chef. Enfin, cette discussion est inutile. J'espère que votre situation va s'éclaircir et que je retirerai ma surveillance. Merci pour votre visite, sénateur.

Il ne lui tendit pas la main. Il se borna à faire un petit signe de son visage aux joues gonflées à moitié voilées par une auréole de fumée, sur fond de photo du Chef en grand uniforme. Alors le sénateur se rappela la citation d'Ortega y Gasset, notée dans le carnet qu'il portait toujours dans sa poche.

Le perroquet Samson lui aussi semble pétrifié par les paroles d'Urania ; il reste muet et tranquille, comme la tante Adelina qui a cessé de s'éventer et a ouvert la bouche. Lucinda et Manolita la regardent, déconcertées. Marianita bat nerveusement des cils. Urania pense alors absurdement que cette si belle lune qui épie par la fenêtre approuve ce qu'elle a dit.

— Je ne sais comment tu peux dire cela de ton père, réagit la tante Adelina. De toute ma longue vie je n'ai jamais connu quelqu'un qui se soit sacrifié autant pour une fille que mon pauvre frère. Tu dis sérieusement que c'était un mauvais père ? Mais tu as été son adoration. Et son tourment. C'est pour ne pas te faire souffrir qu'il ne s'est pas remarié quand ta mère est morte, malgré son veuvage si jeune. Grâce à qui as-tu eu la chance d'étudier aux États-Unis ? N'a-t-il pas dépensé tout ce qu'il avait ? C'est cela que tu appelles un mauvais père ?

Tu ne dois pas lui répondre, Urania. Cette petite vieille, qui passe ses dernières années, ses derniers mois ou semaines immobile et amère, est-elle coupable de ces choses si lointaines ? Ne lui réponds pas. Acquiesce, fais semblant. Donne une excuse, prends congé et oublie-la pour toujours. Calmement, sans le moindre esprit polémique, elle dit :

— Il ne faisait pas ces sacrifices pour l'amour de moi, ma tante. Il voulait m'acheter. Laver sa mauvaise conscience. En sachant que c'était en vain, que quoi qu'il fasse il passerait le restant de ses jours à se sentir cet homme vil et méchant qu'il était.

En quittant les bureaux du Service d'intelligence, à l'angle des avenues Mexico et 30 Mars, il lui sembla que les policiers de la garde jetaient sur lui un regard miséricordieux, et que l'un d'eux, même, le fixant des yeux, caressait intentionnellement la mitraillette San Cristóbal qu'il portait en bandoulière. Il se sentit étouffer, avec un léger vertige. Trouverait-il la citation d'Ortega y Gasset dans son carnet ? Si opportune, si prophétique. Il relâcha le nœud de sa cravate et ôta son veston. Des taxis passaient mais aucun ne s'arrêta. Irait-il chez lui ? Pour se sentir en cage et se faire un sang d'encre, en descendant de sa chambre au bureau ou en remontant dans sa chambre en passant par le salon, et se demandant mille fois ce qui s'était passé ? Pourquoi ce lièvre traqué par d'invisibles chasseurs ? On lui avait retiré son bureau du Congrès et sa voiture officielle, ainsi que sa carte d'adhérent du Country-Club, où il aurait pu se réfugier, avaler une boisson fraîche, regarder du bar ce paysage de jardins soignés et de joueurs de golf au loin. Ou aller chez un ami, mais lui en restait-il un ? Tous ceux qu'il avait appelés, il les avait sentis effrayés, réticents, hostiles : il leur faisait tort en voulant les voir. Il marchait sans but, sa veste pliée sous le bras. Est-ce que ce cocktail chez Henry Dearborn pouvait être la raison de sa disgrâce ? Impossible. À la réunion du conseil des ministres, le Chef avait décidé que Paíno Pichardo et lui y assisteraient, « pour explorer le terrain ». Comment pouvait-on le punir d'avoir obéi ? Est-ce que, peut-être, Paíno avait laissé entendre à Trujillo qu'il s'était montré à ce cocktail trop cordial envers le gringo ? Non, non, non. Ce ne pouvait être pour une chose aussi insignifiante et aussi stupide que le Chef avait foulé aux pieds quelqu'un qui l'avait servi avec dévouement, plus désintéressé que personne.

Il avançait comme égaré, changeant de direction au bout d'un certain nombre de rues. La chaleur le faisait transpirer. C'était la première fois en tant d'années qu'il vagabondait dans les rues de Ciudad Trujillo. Une ville qu'il avait vu croître et se transformer, de petit bourg ruineux ravagé par le cyclone de San Zenón en 1930, en belle et prospère cité, avec des rues pavées, la lumière électrique, de larges avenues traversées par des autos dernier modèle.

Lorsqu'il regarda sa montre il était cinq heures et

quart de l'après-midi. Cela faisait deux heures qu'il marchait et il mourait de soif. Il était dans le quartier Casimiro de Moya, entre les rues Pasteur et Cervantes, à quelques mètres d'un bar : El Turey. Il entra, s'assit à la première table et commanda une *Presidente* bien froide. Il n'y avait pas l'air conditionné mais des ventilateurs le remplaçaient, et l'on était bien à l'ombre. Sa longue promenade l'avait calmé. Qu'allait-il devenir ? Et Uranita ? Que deviendrait la petite si on le jetait en prison, ou si, dans un moment d'égarement, le Chef le faisait tuer ? Adelina serait-elle en état de l'éduquer, de devenir sa mère ? Oui, sa sœur était une femme bonne et généreuse. Uranita serait pour elle une fille de plus, comme Lucindita et Manolita.

Il savoura sa bière avec plaisir, tandis qu'il revoyait son carnet à la recherche de la citation d'Ortega y Gasset. Le liquide froid, en descendant dans ses entrailles, lui fit du bien. Ne pas perdre espoir. Le cauchemar pouvait se dissiper. N'était-ce pas arrivé, parfois ? Il avait envoyé trois lettres au Chef. Franches, déchirantes, lui montrant le fond de son âme. Lui demandant pardon pour la faute qu'il aurait pu commettre, lui jurant qu'il ferait n'importe quoi pour réparer ses torts et se racheter, si par légèreté ou inconscience il avait manqué à ses devoirs. Il lui rappelait ses longues années de dévouement, son honnêteté absolue, comme le prouvait que, ses comptes bloqués à la Banque de réserve — quelque deux cent mille pesos, les économies de toute une vie —, il se retrouvait à la rue, avec seulement la maisonnette de Gazcue pour vivre. (Il ne lui cacha pas que les vingt-cinq mille dollars déposés à la Chemical Bank de New York qu'il gardait en cas de besoin.) Trujillo était magnanime, pour sûr. Il pouvait être cruel, quand le pays l'exigeait. Mais aussi, généreux, magnifique comme ce Pétrone de *Quo Vadis ?* qu'il citait toujours. À tout moment, il l'appellerait au Palais national ou à l'Estancia Radhamés. Ils auraient une explication théâtrale, de celles qui plaisaient au Chef. Tout deviendrait clair. Il lui dirait que, pour lui, Trujillo n'avait pas seulement été le Chef, l'homme d'État, le fondateur de la République, mais un modèle humain, un père. Le cauchemar prendrait fin. Sa vie antérieure se réactualiserait, comme par magie. La citation d'Ortega y Gasset apparut, au coin d'une page, écrite en lettres minuscules : « Rien de ce que l'homme a été, est ou sera ne l'a été, ne l'est ni ne le sera une fois pour toutes, car il est *arrivé à l'être* un beau jour pour un autre beau jour *cesser de l'être*. » Il était un exemple vivant de la précarité de l'existence que postulait cette philosophie.

Sur un des murs d'El Turey, une affiche annonçait à partir de sept heures du soir le piano du maestro Enriquillo Sánchez. Il y avait deux tables occupées, avec des couples qui chuchotaient et se regardaient romantiquement. « M'accuser de traître, moi. » Lui qui, pour Trujillo, avait renoncé aux plaisirs, aux divertissements, à l'argent, à l'amour, aux femmes. Quelqu'un avait laissé, sur une chaise contiguë, un exemplaire de *La Nación*. Il prit le journal et, pour occuper ses mains, se mit à le feuilleter. À la troisième page, un encadré annonçait que le très illustre et distingué ambassadeur don Manuel Alfonso venait de rentrer de l'étranger, où il s'était rendu pour raisons de santé. Manuel Alfonso ! Personne n'avait un accès plus direct au Chef ; ce dernier le distinguait et lui confiait ses affaires les plus intimes, depuis son vestiaire et ses parfums jusqu'à ses aventures galantes. Manuel était son ami, il lui devait des faveurs. Il pouvait être la personne clé.

Il paya et sortit. La Volkswagen n'était plus là. Leur avait-il échappé sans s'en rendre compte, ou sa filature avait-elle cessé ? Dans sa poitrine jaillit un sentiment de gratitude, de joyeuse espérance.

XIV

Le Bienfaiteur entra dans le bureau du docteur Joaquín Balaguer à cinq heures, comme il le faisait du lundi au vendredi depuis que, neuf mois auparavant, le 3 août 1960, tâchant d'éviter les sanctions de l'O.E.A., il avait fait démissionner son frère Héctor Trujillo (Négro) pour faire accéder à la présidence de la République l'affable et diligent poète et juriste qui s'était levé et s'approchait pour le saluer :

— Bon après-midi, Excellence.

Après le déjeuner offert aux époux Gittleman, le Généralissime s'était reposé une demi-heure, changé — il portait un très fin costume de coutil blanc —, et avait expédié les affaires courantes avec ses quatre secrétaires jusqu'à voici cinq minutes. Il arborait un visage contrarié et alla droit au but, sans dissimuler sa mauvaise humeur :

— Avez-vous autorisé il y a deux semaines la sortie à l'étranger de la fille d'Agustín Cabral ?

Les petits yeux myopes du docteur Balaguer clignèrent derrière ses grosses lunettes.

— En effet, Excellence. Uranita Cabral, c'est cela. Les Dominican Nuns lui ont accordé une bourse, dans leur université du Michigan. La petite devait partir au plus vite, pour des examens. La directrice me l'a expliqué et l'archevêque Ricardo Pittini s'est intéressé à l'affaire. J'ai pensé que ce petit geste pouvait jeter des ponts avec la hiérarchie. Je vous ai expliqué tout cela dans un mémorandum, Excellence.

Le petit homme parlait avec sa bienveillante douceur coutumière et une ébauche de sourire sur son visage rond, articulant avec la perfection d'un acteur de feuilletons-radio ou un professeur de phonétique. Trujillo le scruta, essayant de trouver dans son expression, dans la forme de sa bouche, dans ses petits yeux évasifs, le moindre indice, quelque allusion. Malgré son infinie méfiance, il ne perçut rien ; bien sûr, le Président fantoche était un politicien trop éprouvé pour que ses gestes puissent le trahir.

— Quand m'avez-vous adressé ce mémorandum ?

— Voici deux semaines, Excellence. Après la démarche de l'archevêque Pittini. Je vous disais que, comme le voyage de la petite était urgent, je lui accorderais cette autorisation à moins que vous n'y fassiez objection. Comme je n'ai pas reçu de réponse de votre part, j'ai procédé ainsi. Elle avait déjà le visa des États-Unis.

Le Bienfaiteur s'assit devant le bureau de Balaguer et l'invita à s'asseoir lui aussi. Dans ce bureau du second étage du Palais national il se sentait bien ; il était vaste, aéré, sobre, avec des étagères pleines de livres, le sol et les murs brillants, le bureau toujours ordonné. On ne pouvait dire que le Président fantoche fût un homme élégant (comment l'aurait-il été avec cette dégaine engoncée et ces rondeurs qui faisaient de lui non seulement un homme de petite taille, mais presque un nain ?), mais il s'habillait aussi correctement qu'il s'exprimait, respectait le protocole, et était un travailleur infatigable pour qui n'existaient ni congés ni horaires. Il le sentit inquiet ; il se rendait compte qu'en accordant cette autorisation à la fille de Caboche, il pouvait avoir commis une grave erreur.

— Je n'ai vu ce mémorandum qu'il y a une demi-heure, dit-il sévèrement. Il s'est peut-être égaré. Mais ça m'étonnerait. Mes papiers sont toujours en ordre parfait. Aucun des secrétaires ne l'a vu jusqu'à présent. Alors c'est qu'un ami de Caboche, par crainte de me voir refuser cette autorisation, a dissimulé cette pièce.

Le docteur Balaguer prit un air consterné. Il avait avancé le corps et entrouvrait cette bouche d'où sortaient de doux arpèges et des trilles délicats quand il déclamait et, dans ses harangues politiques, des phrases pompeuses, voire furibondes.

— Je ferai une enquête approfondie pour savoir qui a emporté dans son bureau le mémorandum et à qui il l'a remis. Je suis sans doute allé trop vite. J'aurais dû en parler avec vous personnellement. Je vous prie d'excuser ce faux pas —, ses petites mains potelées, aux ongles courts, s'ouvrirent et se fermèrent, navrées. — À vrai dire, je pensais que ce sujet était sans importance. Vous nous aviez indiqué, au conseil des ministres, que la situation de Caboche n'englobait pas sa famille.

Il le fit taire, d'un mouvement de tête.

— Ce qui est important, c'est que quelqu'un me cache ce mémorandum pendant deux semaines, fit-il sèchement. Il y a au secrétariat un traître ou un incapable. J'espère que c'est un traître, les incapables sont encore plus nuisibles.

Il soupira, un peu fatigué, et il se rappela le docteur Enrique Lithgow Ceara : avait-il voulu le tuer vraiment, ou avait-il eu la main lourde ? Par deux des fenêtres de ce bureau il voyait la mer ; des nuages ventrus tout blancs cachaient le soleil, et dans l'après-midi cendré la surface marine s'agitait, effervescente. De grosses vagues frappaient la côte fragile. Bien que né à San Cristóbal, loin de la mer, le spectacle de la houle écumeuse et de la surface liquide se perdant à l'horizon avait sa préférence.

— Les sœurs lui ont donné une bourse parce qu'elles savent que Cabral est tombé en disgrâce, murmura-t-il fâché. Parce qu'elles pensent qu'il va se mettre maintenant au service de l'ennemi.

— Je vous assure que non, Excellence —, le Généralissime vit le docteur Balaguer hésiter en choisissant ses mots. — La mère María, *sister* Mary, et la directrice du collège Santo Domingo n'ont pas une bonne opinion d'Agustín. Il ne s'entendait pas bien, semble-t-il, avec sa fille, et celle-ci souffrait à la maison. C'est elle qu'elles voulaient aider, pas lui. Elles m'ont assuré que c'était une jeune fille exceptionnellement douée pour les études. Je suis allé trop vite en signant cette autorisation, je le regrette. Je l'ai fait, avant tout, pour tâcher d'adoucir nos rapports avec l'Église. Ce conflit me semble dangereux, Excellence, vous connaissez bien mon opinion.

Il le fit taire à nouveau, d'un geste presque imperceptible. Aurait-il déjà trahi, Caboche ? Le sentiment d'être en marge, abandonné, sans charge, sans ressources, plongé dans l'incertitude, l'aurait-il poussé vers les rangs ennemis ? Espérons que non ; c'était un ancien collaborateur, il avait rendu de bons services dans le passé et peut-être pourrait-il en rendre encore à l'avenir.

— Avez-vous vu Caboche ?

— Non, Excellence. J'ai suivi vos instructions de ne pas le recevoir ni de répondre à ses appels. Il m'a écrit ces deux lettres que vous connaissez. Par Aníbal, son beau-frère, celui de la Compagnie des Tabacs, je sais qu'il est très affecté. « Au bord du suicide », m'a-t-il dit.

Avait-ce été une légèreté de soumettre un efficace

serviteur comme Cabral à une épreuve pareille dans ces moments difficiles pour le régime? Peut-être.

— Assez perdu de temps avec Agustín Cabral, dit-il. L'Église, les États-Unis. Commençons par là. Que va-t-il se passer avec l'évêque Reilly? Jusqu'à quand va-t-il rester chez les sœurs de Santo Domingo à jouer les martyrs?

— J'ai longuement parlé, à ce sujet, avec l'archevêque et le nonce. Je leur ai redit avec insistance que monseigneur Reilly devait quitter le collège Santo Domingo, que sa présence là-bas était intolérable. Je crois les avoir convaincus. Ils demandent qu'on garantisse l'intégrité de la personne de l'évêque, que cesse la campagne diffamatoire dans *La Nación*, *El Caribe* et La Voz Dominicana. Et qu'il puisse regagner son diocèse de San Juan de la Maguana.

— Ne veulent-ils pas aussi que vous leur cédiez la présidence de la République? — demanda le Bienfaiteur. Le seul nom de Reilly ou de Panal lui faisait bouillir le sang. Et si, après tout, le chef du S.I.M. avait raison? S'il vidait ce foyer infectieux une fois pour toutes? — Abbes García me suggère de mettre Reilly et Panal dans un avion pour les renvoyer chez eux. De les expulser comme indésirables. Ce que fait Fidel Castro à Cuba avec les sœurs et les curés espagnols.

Le Président ne dit pas un mot, ne fit pas le moindre geste. Il attendait, immobile.

— Ou permettre au peuple de punir ces deux traîtres, poursuivit-il après une pause. Ces gens-là brûlent de le faire. Je l'ai vu dans mes tournées ces derniers jours. À San Juan de la Maguana, à La Vega, on peut à peine les tenir.

Le docteur Balaguer admit que le peuple, s'il le pouvait, les lyncherait. Il en voulait à ces prélats, ingrats envers quelqu'un qui avait fait pour l'Église catholique bien plus que tous les gouvernements de la République, depuis 1844. Mais le Généralissime était trop sage et réaliste pour suivre les conseils insensés et peu politiques du chef du S.I.M. qui, s'ils étaient appliqués, entraîneraient pour la nation des conséquences néfastes. Il parlait sans hâte, avec une cadence qui, ajoutée à son élocution limpide, berçait son interlocuteur.

— Vous êtes la personne qui détestez le plus Abbes García à l'intérieur du régime, l'interrompit-il. Pourquoi ?

Le docteur Balaguer avait la réponse au bout des lèvres.

— Le colonel est un technicien en matière de sécurité et rend de bons services à l'État, répondit-il. Mais en général ses jugements politiques sont téméraires. Avec tout le respect et l'admiration que j'éprouve pour Votre Excellence, je me permets de vous exhorter à rejeter ses idées. L'expulsion et, pire encore, la mort de Reilly et Panal provoqueraient une nouvelle invasion militaire. Et la fin de l'Ère Trujillo.

Comme son ton était si doux et si cordial, et la musique de ses paroles si agréable, les choses que le docteur Joaquín Balaguer disait semblaient ne pas avoir la fermeté de jugement et la sévérité que, parfois, comme c'était le cas maintenant, le minuscule bonhomme se permettait devant le Chef. Dépassait-il la mesure ? Avait-il succombé, comme Caboche, à l'idiotie de se croire assuré et avait-il besoin lui aussi d'être replongé dans la réalité ? Curieux personnage, Joaquín Balaguer. Il était à ses côtés depuis qu'en 1930 il était allé le chercher avec deux gardes au petit hôtel de Saint-Domingue où il logeait et l'avait conduit chez lui pour un mois, afin de l'aider dans la campagne électorale où il avait eu comme allié éphémère le leader du Cibao, Estrella Ureña, dont le jeune Balaguer était l'ardent partisan. Une invitation et une conversation d'une demi-heure avaient suffi à transformer le poète, professeur et avocat de vingt-quatre ans, né dans l'infortuné village de Navarrete, en trujilliste inconditionnel, en serviteur compétent et discret dans toutes les charges diplomatiques, administratives et politiques qu'il lui confia. Il faut dire que malgré ces trente années passées à ses côtés, ce personnage insignifiant, l'Ombre, ainsi que Trujillo l'avait un temps baptisé, avait encore quelque chose d'hermétique pour lui qui se flattait d'avoir face aux hommes l'odorat d'un fin limier. L'une des rares certitudes qui l'habitaient à son sujet c'était son manque d'ambition. À la différence d'autres personnages du groupe intime, dont les appétits pouvaient se lire comme à livre ouvert dans leurs conduites, leurs initiatives et leurs flatteries, Joaquín Balaguer lui avait toujours donné l'impression de n'aspirer qu'à ce qu'il avait envie de lui donner. Dans ses postes diplomatiques en Espagne, en France, en Colombie, au Honduras et à Mexico, ou aux ministères de l'Éducation, de la Présidence, des Affaires étrangères, il lui avait donné l'impression d'être comblé, voire accablé par ces missions bien au-dessus de ses rêves et de ses aptitudes, et de s'efforcer, pour cela même, de satisfaire courageusement à la tâche. Mais, pensa soudain le Bienfaiteur, c'est grâce à cette humilité que le petit poète et jurisconsulte s'était toujours trouvé au sommet, sans jamais passer, en raison de son insignifiance, par des périodes de disgrâce, comme les autres. C'est pour cela qu'il était devenu Président fantoche. Quand, en 1957, il avait fallu désigner un vice-Président sur la liste conduite par son frère Négro Trujillo, le Parti dominicain, conformément à ses ordres, avait élu l'ambassadeur en Espagne, Rafael Bonnelly. Et puis soudain le Généralissime avait décidé de remplacer cet aristocrate par l'obscur Balaguer, avec un argument sans

appel : « Lui, il manque d'ambition. » Mais maintenant, grâce à son manque d'ambition, cet intellectuel
aux manières délicates et aux discours raffinés était
le premier mandataire de la nation et se permettait
de s'en prendre vertement au chef du Service d'intelligence. Il faudrait un jour lui rabaisser le caquet.

Balaguer restait immobile et muet, sans oser
interrompre ces réflexions, attendant qu'il daigne lui
adresser la parole. Il le fit enfin, mais sans revenir sur
le sujet de l'Église :

— Je vous ai toujours vouvoyé, n'est-ce pas ? Vous
êtes le seul de mes collaborateurs que je n'ai jamais
tutoyé. Vous n'en êtes pas surpris ?

Le petit visage rond se mit à rougir.

— En effet, Excellence, murmura-t-il confus. Je
me demande toujours si vous ne me tutoyez pas
parce que vous avez moins confiance en moi qu'en
mes collègues.

— Ce n'est que maintenant que je m'en rends
compte, ajouta Trujillo, surpris. Et aussi que vous ne
me dites jamais Chef, comme les autres. Malgré
toutes ces années passées ensemble, pour moi vous
êtes assez mystérieux. Je n'ai jamais pu découvrir
chez vous de faiblesses humaines, docteur Balaguer.

— Je suis plein de faiblesses, Excellence, sourit le
Président. Mais au lieu d'un éloge, on dirait que vous
me le reprochez.

Le Généralissime ne plaisantait pas. Il croisa et
décroisa les jambes, sans quitter Balaguer de son
regard acéré. Il passa la main sur sa petite moustache et ses lèvres sèches. Il le scrutait obstinément.

— Il y a quelque chose d'inhumain chez vous, dit-
il en parlant pour lui-même, comme si l'objet de
son commentaire n'était pas présent. Vous n'avez pas
les appétits naturels aux hommes. Que je sache, vous
n'aimez pas les femmes, les garçons non plus. Vous
menez une vie plus chaste que celle de votre voisin de

l'avenue Máximo Gómez, le nonce apostolique. Abbes García ne vous a découvert aucune maîtresse, aucune bonne amie, aucun écart de conduite. De sorte que le lit ne vous intéresse pas. Pas plus que l'argent. C'est à peine si vous avez des économies ; excepté la maison où vous vivez, vous êtes dépourvu de propriétés, d'actions, d'investissements, du moins ici. Vous n'avez pas été mêlé aux intrigues, aux guerres féroces auxquelles se livrent mes collaborateurs, quoiqu'ils intriguent tous contre vous, eux. C'est moi qui vous ai imposé les ministères, les ambassades, la vice-présidence et même la présidence que vous occupez. Si je vous limoge et vous affecte à un petit poste perdu à Montecristi ou Azúa, vous l'accepteriez de bon gré, tout aussi content. Vous ne buvez pas, ne fumez pas, ne mangez pas, ne courez pas après les jupons, l'argent ou le pouvoir. Êtes-vous ainsi ? Ou cette conduite est-elle une stratégie, obéit-elle à un secret dessein ?

Le visage bien rasé du docteur Balaguer s'empourpra à nouveau. Sa faible voix n'hésita pas à affirmer :

— Depuis que j'ai connu Votre Excellence, ce matin d'avril 1930, mon unique vice a été de vous servir. Dès ce moment j'ai su que, en servant Trujillo, je servais mon pays. Cela a enrichi ma vie, plus que n'auraient pu le faire une femme, l'argent, ou le pouvoir. Je n'aurais jamais assez de mots pour remercier Votre Excellence de m'avoir permis de travailler à ses côtés.

Bah ! les flatteries habituelles, celles que n'importe quel trujilliste moins cultivé aurait dites. L'espace d'un moment, il avait imaginé que ce personnage menu et inoffensif lui ouvrirait son cœur, comme au confessionnal, et lui révélerait ses péchés, ses craintes, ses animosités, ses rêves. Mais peut-être bien qu'il n'avait aucune vie secrète et que son existence était celle que tout le monde connaissait : celle d'un fonctionnaire frugal et laborieux, tenace et sans imagination, qui modelait en de beaux discours, proclamations, lettres, accords, harangues, négociations diplomatiques, les idées du Généralissime, et d'un poète qui produisait des acrostiches et des stances à la beauté de la femme dominicaine et au paysage de Quisqueya qui honoraient les Jeux floraux, les éphémérides, l'élection de Miss République dominicaine et les fêtes patriotiques. Un petit homme sans lumière propre, comme la lune, que Trujillo, astre solaire, illuminait.

— Je sais bien, vous avez été un bon compagnon, affirma le Bienfaiteur. Depuis ce matin de 1930, oui. Je vous avais fait appeler sur une suggestion de mon épouse d'alors, Bienvenida. Votre parente, n'est-ce pas ?

— Ma cousine, Excellence. Ce dîner décida de ma vie. Vous m'avez invité à vous accompagner en tournée électorale. Vous m'avez fait l'honneur de me demander de vous présenter aux meetings de San Pedro de Macorís, de la capitale et de la Romana. Ce furent mes débuts comme orateur politique. Mon destin a pris une autre direction à partir de là. Jusqu'alors, ma vocation était tournée vers les lettres, l'enseignement, le barreau. Grâce à vous, la politique a pris les devants.

Un secrétaire frappa à la porte, demandant la permission d'entrer. Balaguer quêta du regard l'autorisation du Généralissime qui acquiesça. Le secrétaire — costume cintré, petite moustache, cheveux plaqués de gomina — apportait un mémorandum signé par cinq cent soixante-seize notables de San Juan de la Maguana, « pour empêcher le retour à son évêché de monseigneur Reilly, l'évêque félon ». Une commission présidée par le maire et le chef local du Parti dominicain voulait le remettre au Président. La recevrait-il ? Il consulta à nouveau le Bienfaiteur qui acquiesça.

— Qu'ils aient la bonté d'attendre, indiqua Balaguer. Je recevrai ces messieurs quand j'aurai achevé de m'entretenir avec Son Excellence.

Balaguer était-il aussi catholique qu'on le disait ? D'innombrables plaisanteries couraient sur son célibat et son attitude pieuse et concentrée durant les messes, Te Deum et processions ; il l'avait vu s'approcher de la table de communion les mains jointes et le regard baissé. Quand il avait aménagé la maison où il habitait avec ses sœurs, sur l'avenue Máximo Gómez, voisine de la nonciature, Trujillo avait fait écrire par l'Ordure Incarnée une lettre dans le « Courrier des lecteurs » pour se moquer de ce voisinage et se demander quelle complicité entretenait le petit docteur avec l'envoyé de Sa Sainteté. En raison de sa réputation de dévot et de ses excellentes relations avec les curés, il l'avait chargé des orientations de la politique du régime avec l'Église catholique. Il s'en était bien acquitté ; jusqu'au dimanche 25 janvier 1960 où l'on avait lu dans les paroisses la Lettre pastorale de ces cons-là, l'Église avait été une alliée solide. Le Concordat entre la République dominicaine et le Vatican, négocié par Balaguer et signé par Trujillo à Rome en 1954, avait constitué un formidable appui pour son régime et son image dans le monde catholique. Le poète et jurisconsulte devait souffrir de cette confrontation, qui durait déjà depuis un an et demi, entre le gouvernement et les soutanes. Était-il si catholique ? Il avait toujours prôné la bonne entente entre le régime et les évêques, les curés et le Vatican en alléguant des raisons pragmatiques et politiques, non religieuses : l'approbation de l'Église catholique légitimait les actions du régime aux yeux du peuple dominicain. Trujillo ne devait pas connaître le destin de Perón, dont le gouvernement avait commencé à s'effondrer quand l'Église l'avait pris dans sa ligne de mire. Avait-il raison ? L'hostilité de ces eunuques en soutane sonnerait-elle le glas de Trujillo ? Sûrement pas. Panal et Reilly iraient plutôt engraisser les requins au large de la baie.

— Je vais vous dire quelque chose qui va vous faire plaisir, Président, dit-il soudain. Je n'ai pas le temps de lire les conneries qu'écrivent les intellectuels. Les poésies, les romans. Les affaires de l'État sont trop absorbantes. De Marrero Aristy, bien qu'il ait travaillé tant d'années avec moi, je n'ai jamais rien lu. Ni *Over*, ni les articles qu'il a écrits sur moi, ni son *Histoire dominicaine*. Je n'ai pas lu non plus les centaines de livres que m'ont consacrés les poètes, les dramaturges, les romanciers. Même les bêtises de ma femme, je ne les ai pas lues. Je n'ai pas de temps pour cela, ni pour voir des films, entendre de la musique, aller aux spectacles de ballet ou aux combats de coqs. Au demeurant, je ne me suis jamais fié aux artistes. Ils sont désincarnés, dépourvus du sens de l'honneur, enclins à la trahison et fort serviles. Je n'ai pas lu non plus vos vers ni vos essais. J'ai à peine feuilleté votre livre sur Duarte[1], *Le Christ de la liberté*, que vous m'avez adressé avec une dédicace si affectueuse. Mais il y a une exception. Un discours que vous avez prononcé voici sept ans. C'était aux Beaux-Arts, quand vous avez été élu à l'Académie de la Langue. Vous en souvenez-vous ?

Le petit homme s'était empourpré encore davantage. Il rayonnait d'une lumière exaltée, d'une indescriptible jubilation :

— « Dieu et Trujillo : une interprétation réaliste », murmura-t-il en baissant les paupières.

— Je l'ai relu bien des fois, glapit la petite voix

1. Juan Pablo Duarte, héros de l'Indépendance.

melliflue du Bienfaiteur. J'en connais par cœur des paragraphes, comme si c'étaient des poèmes.

Pourquoi cette révélation au Président fantoche ? C'était une faiblesse, alors qu'il n'y succombait jamais. Balaguer pouvait s'en flatter, se sentir important. Il ne convenait pas de se défaire d'un second collaborateur en si peu de temps. Il se tranquillisa en se rappelant que la plus grande qualité, peut-être, de cet homme était non seulement de savoir ce qu'il convenait, mais surtout de ne pas s'informer de ce qui ne convenait pas. Cela il ne le répéterait pas, pour ne pas s'attirer l'inimitié assassine des autres courtisans. Ce discours de Balaguer l'avait ému et conduit à se demander bien souvent s'il n'exprimait pas une profonde vérité, une de ces insondables décisions divines qui marquent le destin d'un peuple. Ce soir-là, en entendant les premières phrases lues par le nouvel académicien, engoncé dans sa jaquette bien peu seyante, sur la scène du théâtre des Beaux-Arts, le Bienfaiteur n'y prêta pas plus d'attention que cela. (Lui aussi portait la jaquette, comme toute l'assistance masculine ; les dames étaient en robe de soirée, étincelantes de bijoux et de brillants.) Cela lui semblait être une synthèse de l'histoire dominicaine depuis l'arrivée de Christophe Colomb à Hispaniola. Il commença à s'y intéresser quand, dans les propos policés et l'élégante prose du conférencier, se dégagea une vision, une thèse. La République dominicaine avait survécu plus de quatre siècles — quatre cent trente-huit ans — à de multiples adversités — les boucaniers, les invasions haïtiennes, les tentatives d'annexion, le massacre et la fuite des Blancs (il n'en restait que soixante mille lors de l'émancipation de Haïti) — grâce à la Providence. La tâche fut assumée jusqu'alors directement par le Créateur. À partir de 1930, Rafael Leónidas Trujillo Molina releva Dieu dans cette ingrate mission.

— « Une volonté aguerrie et énergique qui seconde dans la marche de la République vers la plénitude de ses destins l'action tutélaire et bienfaitrice de ces forces surnaturelles », récita Trujillo, les yeux mi-clos. « Dieu et Trujillo : voilà, donc, en synthèse, l'explication, d'abord de la survie du pays, et ensuite de l'actuelle prospérité de la vie dominicaine. »

Il entrouvrit les yeux et soupira, avec mélancolie. Balaguer l'écoutait, en extase, tout petit de gratitude.

— Croyez-vous encore que Dieu m'a passé le relais ? Qu'il m'a délégué la responsabilité de sauver ce pays ? demanda-t-il avec un mélange indéfinissable d'ironie et d'anxiété.

— Plus encore aujourd'hui, Excellence, répliqua Balaguer de sa petite voix délicate et claire. Trujillo n'aurait pu mener à bien sa mission surhumaine sans un appui transcendant. Vous avez été, pour ce pays, l'instrument de l'Être Suprême.

— Dommage que ces cons d'évêques ne s'en soient pas aperçus, fit en souriant Trujillo. Si votre théorie est avérée, j'espère que Dieu leur fera payer cher leur aveuglement.

Balaguer n'avait pas été le premier à associer la divinité à son œuvre. Le Bienfaiteur se rappelait qu'auparavant don Jacinto B. Peynado, professeur de droit, avocat et politicien (qu'il avait placé comme Président fantoche en 1938 quand, après le massacre des Haïtiens, sa troisième réélection avait soulevé un tollé international), avait placé un grand panneau lumineux à la porte de sa maison : « Dieu et Trujillo ». Depuis lors, des enseignes identiques brillaient dans maints foyers de la capitale ainsi qu'à l'intérieur. Non, ce n'était pas la phrase qui avait saisi Trujillo comme une vérité écrasante, c'étaient les arguments justifiant cette alliance. Il n'était pas facile de sentir sur ses épaules le poids d'une main surnaturelle. Réédité chaque année par l'Institut trujillien, le discours de Balaguer était devenu lecture obligatoire dans les écoles et texte central du Livret civique, destiné à éduquer les scolaires et les universitaires dans la Doctrine trujilliste, rédigé par un trio choisi par lui : Balaguer, Caboche Cabral et l'Ordure Incarnée.

— Bien souvent j'ai pensé à votre théorie, docteur Balaguer, avoua-t-il. Était-ce une décision divine ? Pourquoi moi ? Pourquoi à moi ?

Le docteur Balaguer humecta ses lèvres de la pointe de la langue avant de répondre :

— Les décisions de la divinité sont inéluctables, fit-il avec onction. Elles ont dû tenir compte de vos dons exceptionnels pour le leadership, de votre puissance de travail et, surtout, de votre amour pour ce pays.

Pourquoi perdait-il son temps à ces stupidités ? Il y avait des affaires urgentes. Pourtant, chose rarissime, il éprouvait le besoin de prolonger cette conversation vague, méditative, personnelle. Pourquoi avec Balaguer ? Dans le cercle de ses collaborateurs, c'était celui avec qui il avait partagé le moins de choses intimes. Il ne l'avait jamais invité aux dîners privés de San Cristóbal, à la Maison d'Acajou, où l'alcool coulait à flots et où on se livrait parfois à des excès. Peut-être parce que, de toute la horde d'intellectuels et d'hommes de lettres, il était le seul qui, jusqu'à maintenant, ne l'avait pas déçu. Et aussi pour sa réputation d'intelligence (quoiqu'il fût entouré, selon Abbes García, d'une aura méphitique).

— Mon opinion sur les intellectuels et hommes de lettres a toujours été mauvaise, répéta-t-il. Dans l'échelle de valeurs, par ordre de mérite, je place en premier lieu les militaires. Hommes de devoir, ils intriguent peu, ils ne font pas perdre de temps. Ensuite les paysans. Dans les campagnes et les chaumières, dans les exploitations sucrières, on trouve des gens sains, travailleurs et qui honorent ce pays. Ensuite, les fonctionnaires, les chefs d'entreprise, les commerciaux. Quant aux gens de lettres et aux intellectuels, je les place en dernier. Après les curés, même. Vous êtes une exception, docteur Balaguer. Mais, les autres! Un ramassis de canailles. Ceux qui ont reçu le plus de faveurs et ceux qui ont fait le plus de mal au régime qui les a nourris, habillés et comblés d'honneurs. Les Européens immigrés, par exemple, comme José Almoina ou Jesús de Galíndez. Nous leur avons donné asile et travail. Et après avoir mendié et adulé ils se sont mis à calomnier et à écrire des horreurs. Et Osorio Lizarazo, ce Colombien boiteux que vous nous avez ramené? Il est venu écrire ma biographie, me porter aux nues, vivre comme un coq en pâte, puis il est retourné en Colombie les poches pleines et il est devenu antitrujilliste.

Un autre mérite de Balaguer c'était de savoir quand ne pas parler, quand devenir un sphinx devant qui le Généralissime pouvait se laisser aller. Trujillo se tut. Il écouta, essayant de détecter le bruit de cette surface métallique, aux lignes parallèles et écumantes, qu'il apercevait par les baies vitrées. Mais il ne parvint pas à entendre le murmure de la mer, étouffé par le bruit des voitures.

— Croyez-vous que Ramón Marrero Aristy a trahi? demanda-t-il abruptement en revenant à la douce présence de son interlocuteur. Qu'il a fourni à ce gringo du *New York Times* des éléments pour nous attaquer?

Le docteur Balaguer ne se laissait jamais surprendre par ces soudaines questions de Trujillo, compromettantes et dangereuses, qui désarçonnaient les autres. Il avait une parade pour ces occasions :

— Il jurait que non, Excellence. Les larmes aux yeux, assis là où vous vous trouvez, il m'a juré sur la tête de sa mère et sur tous les saints qu'il n'avait pas été l'informateur de Tad Szulc.

Trujillo réagit d'un geste irrité :

— Est-ce que Marrero allait venir ici vous avouer qu'il s'était vendu ? Je vous demande votre opinion à vous. A-t-il trahi, oui ou non ?

Balaguer savait aussi, quand il n'y avait rien d'autre à faire, se jeter à l'eau : une autre vertu que le Bienfaiteur reconnaissait en lui.

— À ma grande tristesse, malgré toute mon estime intellectuelle et personnelle pour Ramón, je crois que oui, que c'est lui qui a informé Tad Szulc, dit-il d'une voix très basse, presque imperceptible. Les présomptions étaient accablantes, Excellence.

Lui aussi était parvenu à la même conclusion. Quoique en trente ans de gouvernement — et auparavant, quand il était garde national, voire plus tôt, quand il était contremaître de sucreries — il se fût habitué à ne pas perdre de temps à regarder en arrière et à regretter ou se féliciter des décisions déjà prises, ce qui s'était passé avec Ramón Marrero Aristy, cet « ignorant de génie », comme l'appelait Max Henríquez Ureña, pour qui il avait eu une véritable estime, cet écrivain et historien qu'il avait couvert d'honneurs, d'argent et de charges — éditorialiste et directeur de *La Nación* et ministre du Travail —, et dont l'*Histoire de la République dominicaine* en trois volumes avait été financée de sa poche, revenait parfois à sa mémoire, lui laissant dans la bouche un goût de cendre.

Il aurait vraiment mis sa main au feu pour cet auteur du roman dominicain le plus lu dans le pays et à l'étranger — *Over*, sur la Sucrerie Romana —, traduit même en anglais. Un trujilliste inflexible ; comme directeur de *La Nación* il l'avait démontré, défendant Trujillo et le régime avec des idées claires et une prose aguerrie. Un excellent ministre du Travail, qui s'entendait à merveille avec les syndicats et les patrons. Aussi, quand le journaliste Tad Szulc du *New York Times* avait annoncé sa visite pour faire un reportage sur le pays, il avait chargé Marrero Aristy de l'accompagner. Il avait voyagé avec lui de tous côtés, il lui avait arrangé les interviews qu'il souhaitait, même une avec Trujillo. Quand Tad Szulc était rentré aux États-Unis, Marrero Aristy l'avait escorté jusqu'à Miami. Le Généralissime n'avait jamais espéré que les articles du *New York Times* fussent une apologie du régime. Mais pas non plus qu'ils fussent consacrés à la corruption de « la satrapie trujilliste », ni que Tad Szulc exposât avec une telle précision des faits, des dates, des noms et des chiffres sur les propriétés de la famille Trujillo, et les affaires où avaient été favorisés parents, amis et collaborateurs. Seul Marrero Aristy avait pu l'informer. Il était persuadé que le ministre du Travail ne remettrait plus les pieds à Ciudad Trujillo. Il fut surpris quand, de Miami, ce dernier envoya une lettre au journal new-yorkais pour démentir Tad Szulc et encore plus quand il eut l'audace de revenir en République dominicaine. Il se présenta au Palais national. Il pleura qu'il était innocent ; le Yankee avait trompé sa surveillance, s'était entretenu en secret avec des adversaires. Ce fut une des rares fois où Trujillo perdit le contrôle de ses nerfs. Écœuré par les pleurnicheries, il lui envoya une gifle qui le fit tituber et se taire. Il reculait, épouvanté. Il l'envoya se faire foutre, en le traitant de félon et, quand le chef de la garde personnelle le tua, il ordonna à Johnny Abbes de s'occuper du cadavre. Le 17 juillet 1959 le ministre du Travail et son chauffeur s'abîmèrent dans un précipice de la cordillère centrale, alors qu'ils se rendaient à Constanza. On leur fit des obsèques officielles et, au cimetière, le sénateur Henry Chirinos souligna l'œuvre politique du défunt, et le docteur Balaguer brossa son panégyrique littéraire.

— Malgré sa trahison, ça m'a chagriné qu'il soit mort, dit Trujillo avec sincérité. Il était jeune, à peine quarante-six ans, il promettait beaucoup.

— Les décisions de la divinité sont inéluctables, répéta sans une once d'ironie le Président.

— Revenons à nos moutons, réagit Trujillo. Voyez-vous une possibilité d'arrondir les angles avec l'Église ?

— Dans l'immédiat, non, Excellence. Le différend s'est aggravé. Pour vous parler franchement, je crains que tout n'aille de mal en pis si vous n'ordonnez pas au colonel Abbes de faire cesser les attaques contre les évêques dans *La Nación* et à Radio Caribe. Aujourd'hui même j'ai reçu une plainte formelle du nonce et de l'archevêque Pittini pour l'outrage fait hier à monseigneur Panal. L'avez-vous lu ?

Il avait la coupure de presse sur son bureau et il la lut au Bienfaiteur, de façon respectueuse. L'éditorial de Radio Caribe, reproduit dans *La Nación*, assurait que monseigneur Panal, l'évêque de La Vega, « anciennement connu sous le nom de Leopoldo de Ubrique », avait fui l'Espagne et était fiché par Interpol. On l'accusait de remplir « de dévotes le presbytère de La Vega avant de se consacrer à ses imaginations terroristes », et maintenant, « comme il craint de justes représailles populaires, il se cache derrière ces dévotes, ces femmes pathologiques avec qui, apparemment, il entretient un commerce sexuel effréné ».

Le Généralissime rit de bon cœur. Sacré Abbes García ! La dernière fois qu'il avait dû bander, cet Espagnol vieux comme les parapluies, c'était il y a vingt ou trente ans ; l'accuser de s'envoyer les dévotes de La Vega c'était faire preuve d'optimisme ; tout au plus avait-il la main baladeuse avec les enfants de chœur, comme tous les curés lascifs et pédophiles.

— Le colonel exagère parfois, fit-il en souriant.

— J'ai également reçu une autre plainte formelle du nonce et de la curie romaine, poursuivit Balaguer d'un ton sérieux. En raison de la campagne lancée le 17 mai dans la presse et sur les ondes contre les frères de saint Charles Borromée, Excellence.

Il souleva une chemise bleue, avec des coupures de presse aux manchettes éloquentes. « Les frères franciscains-capucins terroristes » fabriquaient et stockaient des bombes artisanales dans cette église. Les habitants du quartier l'avaient découvert à la suite de l'explosion fortuite d'un explosif. *La Nación* et *El Caribe* demandaient à la force publique d'investir ce repaire terroriste.

Trujillo promena un regard ennuyé sur les coupures de presse.

— Ces curés n'ont pas assez de couilles pour fabriquer des bombes. Leur arme c'est le sermon, tout au plus.

— Je connais l'abbé, Excellence. Fray Alonso de Palmira est un saint homme, voué à sa mission apostolique, respectueux du gouvernement. Absolument incapable d'une action subversive.

Il marqua une petite pause et, sur le même ton cordial avec lequel il aurait soutenu une conversation de table, il exposa un argument que le Généralissime avait bien souvent entendu de la bouche d'Agustín Cabral. Pour renouer les liens avec la hiérarchie, le Vatican et les curés — qui, dans leur immense majorité, restaient attachés au régime par crainte du communisme athée —, il était indispensable de faire cesser ou, du moins, de mettre une sourdine à cette campagne quotidienne d'accusations et de diatribes, qui permettait aux ennemis de présenter le régime comme anticatholique. Le docteur Balaguer, sans se départir de son inaltérable courtoisie, montra au Généralissime une protestation du Département d'État pour le harcèlement des religieuses du collège Santo Domingo. Il avait répondu en expliquant que la surveillance policière protégeait les bonnes sœurs contre les actes d'hostilité. Mais à la vérité, ces vexations étaient bien réelles. C'est ainsi que les hommes du colonel Abbes García diffusaient toutes les nuits, avec des haut-parleurs dirigés vers cet établissement, les merengues trujillistes à la mode, de sorte que les nonnes ne fermaient pas l'œil. Ils avaient fait de même, auparavant, à San Juan de la Maguana, devant la résidence de monseigneur Reilly, et ils continuaient à La Vega, devant celle de monseigneur Panal. Une réconciliation avec l'Église était encore possible. Mais cette campagne était en train de mener la crise vers la rupture totale.

— Parlez au rose-croix et tâchez de le convaincre, dit Trujillo en haussant les épaules. C'est lui le bouffeur de curés ; il croit mordicus qu'il est trop tard pour calmer l'Église, et que les curés veulent me voir exilé, emprisonné ou mort.

— Je vous assure qu'il n'en est rien, Excellence.

Le Bienfaiteur ne lui prêta pas attention. Il scrutait le Président fantoche, sans rien dire, de ce regard aigu qui déconcertait et effrayait. Le petit juriste résistait d'ordinaire plus longtemps que les autres à cette inquisition oculaire, mais maintenant, après deux minutes de déshabillage par ces yeux impudiques, il commença à manifester quelque gêne : il battait incessamment des paupières sous ses grosses lunettes.

— Croyez-vous en Dieu ? — lui demanda Trujillo avec une certaine anxiété : ses yeux froids le transperçaient, exigeant de lui une réponse franche. — Croyez-vous qu'il y a une autre vie, après la mort ?

Le ciel pour les bons et l'enfer pour les méchants ? Croyez-vous à ça ?

Il lui sembla que le petit corps de Joaquín Balaguer se rétrécissait encore davantage, accablé par ces questions, et que, derrière lui, sa photo — en habit d'apparat et tricorne à plumes, l'écharpe présidentielle en travers de la poitrine à côté de la décoration dont il était le plus fier, la grand-croix espagnole de Charles III — grandissait dans son cadre doré. Les petites mains du Président fantoche se caressaient l'une l'autre tandis qu'il disait, comme s'il transmettait un secret :

— Je doute parfois, Excellence. Mais, depuis déjà des années, je suis parvenu à cette conclusion : il n'y a pas d'alternative. Il est nécessaire de croire. Il n'est pas possible d'être athée. Pas dans un monde comme le nôtre. Non, si l'on a la vocation du service public et qu'on fait de la politique.

— Vous avez une réputation de cul-bénit, dit avec insistance Trujillo en remuant sur son siège. J'ai même entendu dire que vous n'êtes ni marié, ni en ménage, que vous ne buvez ni ne vous intéressez à l'argent, parce que vous avez secrètement prononcé vos vœux. Que vous êtes un curé laïque.

Le petit mandataire fit non de la tête. Il n'avait jamais prononcé et ne prononcerait jamais ses vœux ; à la différence de certains camarades de l'École normale qui se tourmentaient en se demandant s'ils avaient été choisis par le Seigneur pour le servir comme pasteurs du troupeau catholique, lui, il avait toujours su que sa vocation n'était pas le sacerdoce, mais le travail intellectuel et l'action politique. La religion lui donnait un ordre spirituel, une éthique lui permettant d'affronter la vie. Il doutait parfois de la transcendance, de Dieu, mais jamais de la fonction irremplaçable du catholicisme comme instrument de contention sociale des passions et des appétits ravageurs de la bête humaine. Et en République dominicaine, comme composante de la nation, au même titre que la langue espagnole. Sans la foi catholique le pays sombrerait dans la désintégration et la barbarie. Quant à croire, il pratiquait la recette de saint Ignace de Loyola, dans ses *Exercices spirituels* : agir comme si l'on croyait, en mimant les rites et les préceptes — messes, prières, confessions, communions. Cette répétition systématique de la forme religieuse créait le contenu, remplissant le vide — à un certain moment — par la présence de Dieu.

Balaguer se tut et baissa les yeux, comme honteux d'avoir révélé au Généralissime les replis de son âme, ses accommodements personnels avec l'Être Suprême.

— Si j'avais eu des doutes, moi, je n'aurais jamais remporté la mise, dit Trujillo. Si j'avais attendu quelque signe du ciel avant d'agir. J'ai dû puiser la foi en moi, en nul autre, quand il s'est agi de prendre des décisions où était en jeu la vie ou la mort. J'ai pu me tromper, parfois, bien entendu.

Le Bienfaiteur remarquait, à la mine de Balaguer, que ce dernier se demandait de quoi ou de qui il lui parlait. Il ne lui dit pas qu'il avait à l'esprit le visage du docteur Enrique Lithgow Ceara. C'est le premier urologue qu'il avait consulté — recommandé par Caboche Cabral comme une sommité —, quand il s'était rendu compte qu'il avait du mal à uriner. Au début des années cinquante, le docteur Marión, après l'avoir opéré d'une affection périurétrale, lui avait assuré qu'il n'aurait plus d'autres gênes. Mais bientôt cela avait recommencé, sa difficulté à pisser. Après maintes analyses et un désagréable toucher rectal, le docteur Lightow Ceara, prenant un visage de putain ou de sacristain onctueux, et vomissant de grands mots incompréhensibles pour le démoraliser

(« sclérose urétrale périnéale », « urétrographies », « prostatite akinétique ») avait formulé ce diagnostic qui allait lui coûter cher :

— Vous n'avez plus qu'à vous recommander à Dieu, Excellence. Votre affection de la prostate est cancéreuse.

Son sixième sens lui avait fait comprendre qu'il exagérait ou qu'il mentait. Il en fut convaincu quand l'urologue exigea une opération immédiate. Trop de risques si l'on n'extirpait pas cette prostate, il pouvait se produire des métastases, le bistouri et une chimiothérapie prolongeraient sa vie de quelques années. Il exagérait et il mentait, parce que c'était un médecin incapable ou un ennemi. Il avait à n'en pas douter l'intention d'avancer la mort du Père de la Nouvelle Patrie, c'est ce qu'il vérifia de source sûre en faisant venir de Barcelone une sommité. Le docteur Antonio Puigvert nia qu'il eût un cancer ; la croissance de cette maudite glande, en raison de son âge, pouvait être soulagée par des drogues et ne menaçait pas la vie du Généralissime. L'ablation de la prostate n'était pas nécessaire. Trujillo donna l'ordre le matin même, et son aide de camp, le lieutenant José Oliva, se chargea de faire disparaître au large de Saint-Domingue l'insolent Lightow Ceara, avec son poison et sa mauvaise science. À ce sujet ! Le Président fantoche n'avait pas encore signé la promotion de Peña Rivera au grade de capitaine. Il rétrograda de l'existence divine au trivial problème du paiement de services à l'un des hommes de main les plus habiles recrutés par Abbes García.

— J'allais oublier, dit-il en secouant la tête d'un air contrarié. Vous n'avez pas signé l'arrêté de promotion au grade de capitaine pour mérites exceptionnels du lieutenant Peña Rivera. Voilà une semaine que je vous ai fait parvenir son dossier, avec mon agrément.

Le petit visage rond du Président Balaguer se contracta et sa bouche fit la grimace ; ses petites mains se crispèrent. Mais il se ressaisit et retrouva son habituel air serein.

— Je ne l'ai pas signé parce que je voulais commenter cette promotion avec vous, Excellence.

— Il n'y a rien à commenter, l'interrompit rudement le Généralissime. Vous avez reçu des instructions. N'étaient-elles pas claires ?

— Bien sûr que si, Excellence. Je vous prie de m'écouter. Si vous n'êtes pas convaincu par mes arguments, je signerai aussitôt l'arrêté de promotion du lieutenant Peña Rivera. Je l'ai ici, à la signature. Le sujet étant délicat, il m'avait semblé préférable de vous en entretenir personnellement.

Il connaissait très bien les arguments qu'allait lui exposer Balaguer et cela commençait à l'irriter. Est-ce que cet individu insignifiant le croyait trop âgé ou trop fatigué, pour avoir l'audace de désobéir à un ordre de sa part ? Il dissimula sa contrariété et l'écouta sans l'interrompre. Balaguer faisait des prodiges de rhétorique pour, avec force paroles lénifiantes et ton courtois, rendre ses propos moins téméraires. Avec tout le respect du monde il se permettait de conseiller à Son Excellence de reconsidérer sa décision de promouvoir, de surcroît pour mérites exceptionnels, quelqu'un comme le lieutenant Víctor Alicinio Peña Rivera. Il avait des états de service si négatifs, entachés d'actes si répréhensibles — peut-être injustement — que cette promotion serait interprétée par les ennemis, aux États-Unis surtout, comme une prime pour la mort des sœurs Minerva, Patria et María Teresa Mirabal. Bien que la justice eût établi que les trois sœurs et leur chauffeur étaient morts dans un accident de la route, à l'étranger on avait présenté la chose comme un assassinat politique, exécuté par le lieutenant Peña Rivera, commandant du S.I.M. à Santiago au moment de la tragédie. Le Président se permettait de rappeler le scandale soulevé par les adversaires quand, sur ordre de Son Excellence, le 7 février de la présente année, il avait autorisé, par décret présidentiel, la cession au lieutenant Peña Rivera de la ferme de quatre hectares et de la maison confisquées par l'État à Patria Mirabal et son époux pour activités subversives. Les protestations n'avaient pas encore cessé. Les comités installés aux États-Unis s'agitaient beaucoup, en présentant cette donation de terres et de la maison de Patria Mirabal au lieutenant Peña Rivera comme la rémunération de son crime. Le docteur Joaquín Balaguer exhortait Son Excellence à ne pas fournir à nouveau aux ennemis un prétexte pour répéter qu'il patronnait des assassins et des tortionnaires. Bien que Son Excellence s'en souvînt sans doute, il se permettait de lui signaler, en outre, que le lieutenant préféré du colonel Abbes García n'était pas seulement associé, dans les campagnes calomnieuses des exilés, à la mort des sœurs Mirabal, mais aussi à l'accident de Marrero Aristy et à de prétendues disparitions. Dans ces conditions, il devenait imprudent de récompenser publiquement le lieutenant. Pourquoi ne pas le faire plus discrètement au moyen de compensations économiques, ou de quelque charge diplomatique dans un pays éloigné ?

En se taisant, il se frotta à nouveau les mains. Il battait des paupières, avec inquiétude, devinant que son argumentation soigneuse ne servirait à rien et redoutant une réprimande. Trujillo refréna la colère qui bouillonnait au fond de lui.

— Président Balaguer, vous avez la chance de ne vous occuper que de ce que la politique a de meilleur, dit-il, glacial. Les lois, les réformes, les négociations diplomatiques, les transformations sociales. C'est ce que vous avez fait durant trente et un ans. Vous avez eu en partage l'aspect agréable, aimable, de l'exercice du pouvoir. Je vous envie ! J'aurais aimé n'être qu'un chef d'État, un réformateur. Mais gouverner exige qu'on se salisse les mains, et sans cela votre action serait impossible. Et l'ordre ? Et la stabilité ? Et la sécurité ? J'ai fait en sorte que vous ne vous occupiez pas de ces choses ingrates. Mais ne me dites pas que vous ne savez pas comment l'on obtient la paix. Avec combien de sacrifices et combien de sang ! Soyez reconnaissant que je vous aie permis de regarder de l'autre côté, de vous consacrer à ce qui est bon, tandis que moi, Abbes, le lieutenant Peña Rivera et d'autres tenions le pays tranquille, vous permettant d'écrire vos poèmes et vos discours. Je suis sûr que votre intelligence aiguë m'a parfaitement compris.

Joaquín Balaguer acquiesça. Il était pâle.

— Ne parlons plus de choses ingrates, conclut le Généralissime. Signez donc la promotion du lieutenant Peña Rivera, qu'elle soit publiée demain au *Bulletin Officiel* et faites-lui parvenir vos félicitations de votre propre main.

— Je le ferai, Excellence.

Trujillo passa sa main sur son visage, croyant qu'il allait bâiller. Fausse alerte. Cette nuit, en respirant le parfum des arbres et des plantes par les fenêtres ouvertes de la Maison d'Acajou, et en contemplant la myriade d'étoiles dans un ciel noir de charbon, il caresserait le corps d'une fille nue, tendre et un peu intimidée, avec l'élégance de Pétrone, l'Arbitre des élégances, et il sentirait naître l'excitation entre ses jambes, tandis qu'il sucerait le suc tiède de son sexe. Il aurait une longue et solide érection, comme autrefois. Il ferait gémir et jouir la fille et il jouirait aussi, effaçant de la sorte le mauvais souvenir du jeune squelette ambulant.

— J'ai vérifié la liste des détenus que le gouvernement va libérer, dit-il d'un ton plus neutre. Sauf ce professeur de Montecristi, Humberto Meléndez, il n'y a pas d'objection. Faites. Convoquez les familles au Palais national, jeudi après-midi. Ils retrouveront là les libérés.

— Je vais lancer tout de suite la procédure, Excellence.

Le Généralissime se leva et fit signe au Président fantoche qui allait l'imiter de rester assis. Il ne partait pas encore. Il voulait seulement se dégourdir les jambes. Il fit quelques pas devant le bureau.

— Est-ce que cette nouvelle libération de prisonniers va apaiser les Yankees ? dit-il. J'en doute. Henry Dearborn continue de fomenter des complots. Il y en a un autre en route, d'après Abbes. Même Juan Tomás Díaz en serait.

Le silence qu'il perçut dans son dos — il l'entendit, comme une présence pesante, poisseuse — le surprit. Il se retourna vivement pour regarder le Président fantoche : il était là, immobile, l'observant de son air béat. Il ne fut pas rassuré pour autant. Ces intuitions ne lui avaient jamais menti. Était-il possible que ce gnome insignifiant, ce pygmée, fût au courant ?

— Avez-vous entendu parler de cette nouvelle conspiration ?

Il le vit faire non, en secouant énergiquement la tête.

— J'en aurais averti aussitôt le colonel Abbes García, Excellence. Comme je l'ai toujours fait dès la moindre rumeur subversive.

Il fit deux ou trois pas encore, face au bureau, sans dire un mot. Non, s'il y avait quelqu'un parmi tous les hommes du régime incapable de se laisser entraîner dans un complot, c'était bien le prudent Président. Il savait que sans Trujillo il n'existerait pas, que le Bienfaiteur était la sève qui lui donnait la vie, que sans lui il disparaîtrait à jamais de la politique.

Il s'arrêta devant une des larges baies vitrées. Il

observa en silence, longuement, la mer. Les nuages avaient recouvert le soleil et le gris du ciel et de l'air prenait des reflets d'argent ; l'eau bleu sombre renvoyait ici et là cet éclat. Une barque traversait la passe, vers l'embouchure de l'Ozama ; un pêcheur qui avait fini son travail et retournait au mouillage. Il laissait une traînée d'écume et, bien qu'on ne pût les voir à cette distance, il devina les mouettes criaillant et battant des ailes sans cesse. Il imagina son bonheur à se promener une heure et demie, après la visite à sa mère, sur l'avenue Máximo Gómez, humant l'air salé, bercé par les vagues. Ne pas oublier de tirer les oreilles au chef des forces armées pour cette canalisation crevée à la porte de la base aérienne. Que Pupo Román mette le nez sur cette flaque putride, de façon à ne jamais retomber sur un spectacle aussi dégoûtant à l'entrée d'une garnison.

Il sortit du bureau du président Joaquín Balaguer sans lui dire au revoir.

XV

— Si nous en sommes là, alors qu'on se tient compagnie, comment doit être Fifí Pastoriza, là-bas tout seul? dit Huáscar Tejeda en s'appuyant sur le volant de la grosse Oldsmobile 98 noire à quatre portes, stationnée au kilomètre sept de la route de San Cristóbal.

— Putain, qu'est-ce qu'on fout là! fit, rageur, Pedro Livio Cedeño. Dix heures moins le quart. Il ne viendra plus!

Il serra comme s'il voulait la triturer la carabine semi-automatique M-1 qu'il tenait sur ses jambes. Pedro Livio avait souvent des coups de sang; son mauvais caractère avait gâché sa carrière militaire, dont il fut expulsé avec le grade de capitaine. Quand cela s'était produit il s'était déjà rendu compte que, en raison des antipathies que lui valait son naturel, il ne prendrait jamais plus de galon. Il quitta l'armée chagriné. À l'école militaire nord-américaine où il avait fait ses études, il avait obtenu d'excellents certificats. Mais cette humeur qui le poussait à s'enflammer comme une torche quand quelqu'un l'appelait Négro et à faire le coup de poing à tout propos freina sa progression dans l'armée, malgré ses magnifiques états de service. On l'expulsa pour avoir dégainé son revolver devant un général qui lui reprochait d'être trop familier avec la troupe alors qu'il était officier. Cependant, ceux qui le connaissaient, comme son compagnon de planque, l'ingénieur Huáscar Tejeda Pimentel, savaient que, sous cet extérieur violent, se cachait un homme aux bons sentiments, capable — il l'avait vu — de sangloter lors de l'assassinat des sœurs Mirabal, qu'il ne connaissait même pas.

— L'impatience aussi est mortelle, Négro, fit en plaisantant Huáscar Tejeda.

— Négresse la putain qui t'a chié.

Tejeda Pimentel essaya de rire, mais la réaction excessive de son compagnon l'attrista. Pedro Livio était irrécupérable.

— Excuse-moi, dit ce dernier un moment après. C'est que cette maudite attente me met les nerfs en boule.

— On est pareils, Négro. Putain, je t'ai redit Négro. Vas-tu encore m'incendier ?

— Pas cette fois, fit en riant finalement Pedro Livio.

— Pourquoi ça te met dans une telle fureur qu'on t'appelle Négro ? On te le dit affectueusement, vieux.

— Je sais bien, Huáscar. Mais aux États-Unis, à l'école militaire, quand les cadets ou les officiers me disaient *nigger*, ce n'était pas par affection, mais parce qu'ils étaient racistes. Je devais me faire respecter.

Quelques véhicules passaient sur l'autoroute, en direction de l'Ouest, vers San Cristóbal, ou de l'Est, vers Ciudad Trujillo, mais pas la Chevrolet Bel Air du Généralissime suivie par la Chevrolet Biscayne d'Antonio de la Maza. Les instructions étaient simples : dès qu'ils verraient approcher les deux voitures, qu'ils reconnaîtraient par le signal de Tony Imbert — éteindre et rallumer les phares trois fois de suite — ils feraient avancer la grosse Oldsmobile noire pour couper la route au Bouc. Et lui, avec sa carabine semi-automatique M-1 pour laquelle Antonio lui avait donné des munitions supplémentaires, et Huáscar avec son Smith & Wesson 9 mm modèle 39 à neuf coups, ils le cribleraient d'autant de plomb que lui en expédiaient par-derrière Imbert, Amadito, Antonio et le Turc. Il ne passerait pas ; mais s'il arrivait à passer, deux kilomètres plus à l'Ouest, Fifí Pastoriza, au volant de la Mercury d'Estrella Sadhalá, lui tomberait dessus, en lui coupant à nouveau la route.

— Ta femme sait-elle ce qu'on fait ce soir, Pedro Livio ? demanda Huáscar Tejeda.

— Elle croit que je suis chez Juan Tomás Díaz à regarder un film. Elle est enceinte et...

Il vit passer, à grande vitesse, une voiture suivie à moins de dix mètres par une autre qui, dans l'obscurité, lui sembla être la Chevrolet Biscayne d'Antonio de la Maza.

— Est-ce que ce n'est pas eux, Huáscar ? fit-il en essayant de percer les ténèbres.

— As-tu vu allumer et éteindre les phares ? cria, excité, Tejeda Pimentel. Les as-tu vus ?

— Non, ils n'ont pas fait le signal. Mais ce sont eux.

— Qu'est-ce qu'on fait, Négro ?

— Démarre, démarre !

Le cœur de Pedro Livio s'était mis à battre avec une force qui le laissait à peine parler. Huáscar fit faire demi-tour à l'Oldsmobile. Les lumières rouges des deux voitures s'éloignaient de plus en plus, ils les perdraient bientôt de vue.

— C'est eux, Huáscar, c'est forcément eux. Mais merde, pourquoi n'ont-ils pas fait le signal ?

Les lumières rouges avaient disparu ; ils n'avaient devant eux que le cône de lumière des phares de l'Oldsmobile et une nuit épaisse : les nuages venaient de cacher la lune. Pedro Livio — sa carabine semi-automatique appuyée sur la fenêtre — pensa à Olga, sa femme. Quelle serait sa réaction quand elle apprendrait que son mari était un des assassins de Trujillo ? Olga Despradel était sa seconde épouse. Ils s'entendaient merveilleusement, car Olga — à la différence de sa première femme, avec qui la vie domestique avait été un enfer — avait une patience infinie devant ses explosions de rage, et évitait, dans ces accès, de le contredire ou de discuter ; et elle tenait la maison avec un soin qui le rendait heureux. Elle aurait une surprise gigantesque. Elle croyait que la politique ne l'intéressait pas, malgré ses liens d'amitié étroite, ces derniers temps, avec Antonio de la Maza, le général Juan Tomás Díaz et l'ingénieur Huáscar Tejeda, des antitrujillistes notoires. Jusqu'à il y a quelques mois, chaque fois que ses amis se mettaient à déblatérer contre le régime, il se taisait comme un sphinx et personne ne lui tirait un avis. Il ne voulait pas perdre son poste d'administrateur de la Manufacture dominicaine de batteries, qui appartenait à la famille Trujillo. Ils avaient eu une situation fort bonne jusqu'à ce qu'en raison des sanctions économiques les affaires battent de l'aile.

Bien entendu, Olga n'était pas sans savoir que Pedro Livio en voulait au régime, parce que sa première femme, trujilliste enragée et amie intime du Généralissime, qui l'avait nommée gouverneur de San Cristóbal, avait usé de son influence pour obtenir un arrêt de justice interdisant à Pedro Livio de rendre visite à sa fille Adanela, dont la garde avait été confiée à son ex-épouse. Peut-être Olga penserait-elle demain qu'il avait rejoint le complot pour se venger de cette injustice. Non, ce n'était pas là la raison pour laquelle il se trouvait ici, avec sa carabine semi-automatique M-1 prête à tirer, roulant à tombeau ouvert derrière Trujillo. C'était — Olga ne le comprendrait pas — à cause de l'assassinat des sœurs Mirabal.

— C'est pas des coups de feu, Pedro Livio?

— Oui, oui, on tire, putain, c'est eux! Accélère, Huáscar.

Son ouïe savait bien reconnaître les coups de feu. Ce qu'ils avaient entendu, brisant la nuit, c'étaient plusieurs rafales — les carabines d'Antonio et d'Amadito, le revolver du Turc, peut-être celui d'Imbert —, quelque chose qui remplit d'exaltation son esprit excédé d'attendre. L'Oldsmobile s'envolait maintenant sur la route. Pedro Livio sortit sa tête par la fenêtre, mais il ne put apercevoir la Chevrolet du Bouc ni ses poursuivants. En revanche, dans un tournant, il reconnut la Mercury d'Estrella Sadhalá et, une seconde, éclairé par les phares de l'Oldsmobile, le visage blême de Fifí Pastoriza.

— Ils ont aussi dépassé Fifí, dit Huáscar Tejeda. Ils ont à nouveau oublié le signal. Les cons!

La Chevrolet de Trujillo apparut, à moins de cent mètres, arrêtée et penchée sur la droite de la route, les phares allumés. « La voilà! » « C'est lui, putain! », crièrent Pedro Livio et Huáscar au moment où éclataient de nouveau des coups de revolver, de carabine, de mitraillette. Huáscar éteignit ses feux de croisement et, à moins de dix mètres de la Chevrolet, il freina d'un coup. Pedro Livio, qui ouvrait la portière de l'Oldsmobile, roula sur la route, avant de tirer. Il sentit tout son corps frotter et cogner sur le bitume, et il parvint à entendre un Antonio de la Maza exultant — « C'est fait, ce rapace ne dévore plus de poulets » ou quelque chose comme ça —, et des cris du Turc, de Tony Imbert, d'Amadito, vers lesquels il se mit à courir à l'aveuglette, dès qu'il put se redresser. Il fit deux ou trois pas et entendit tirer à nouveau, tout près, et une brûlure l'arrêta net et le renversa, tandis qu'il se tenait le ventre.

— Ne tirez pas, putain, c'est nous, criait Huáscar Tejeda.

— Je suis blessé —, gémit-il et, sans transition, d'une voix avide : — Le Bouc est-il mort ?

— Tout ce qu'il y a de plus mort, Négro, dit, à côté de lui, Huáscar Tejeda. Regarde-le !

Pedro Livio sentit ses forces l'abandonner. Il était assis sur le bitume, au milieu de débris et de bouts de verre. Il entendit Huáscar Tejeda dire qu'il allait chercher Fifí Pastoriza et il sentit l'Oldsmobile démarrer. Il percevait l'excitation et la clameur de ses amis, mais il se sentait barbouillé, incapable de prendre part à leurs dialogues ; c'est à peine s'il comprenait ce qu'ils disaient, car son attention se concentrait maintenant sur son estomac brûlant. Le bras lui faisait mal, aussi. Avait-il reçu deux balles ? L'Oldsmobile revint. Il reconnut les exclamations de Fifí Pastoriza : « Putain, putain, Dieu est grand, putain. »

— Mettons-le dans la malle arrière, ordonna Antonio de la Maza qui parlait très calmement. Il faut apporter son cadavre à Pupo, pour qu'il mette le Plan en marche.

Il sentait ses mains humides. Cette substance visqueuse ne pouvait être que du sang. Le sien ou celui du Bouc ? L'asphalte était mouillé. Comme il n'avait pas plu, ce devait être du sang aussi. Quelqu'un passa sa main sur ses épaules et lui demanda comment il se sentait. Sa voix semblait inquiète. Il reconnut Salvador Estrella Sadhalá.

— Une balle au ventre, je crois, fit-il, mais au lieu de paroles, c'étaient des bruits gutturaux.

Il perçut les silhouettes de ses amis portant une masse informe et la jetant dans la malle arrière de la Chevrolet d'Antonio. Trujillo, putain ! Ils avaient réussi. Il n'éprouva pas de la joie, mais plutôt du soulagement.

— Où est le chauffeur ? Personne n'a vu Zacarías ?

— Archi-mort lui aussi, là-bas, dans l'obscurité, dit Tony Imbert. Ne perds pas de temps à le chercher, Amadito. Il faut faire demi-tour. L'important c'est d'apporter ce cadavre à Pupo Román.

— Pedro Livio est blessé, s'écria Salvador Estrella Sadhalá.

Ils avaient fermé la malle arrière de la Chevrolet, avec le corps dedans. Des silhouettes sans visage l'entouraient, le réconfortaient, lui demandaient comment il se sentait. Allaient-ils lui donner le coup de grâce ? Ils l'avaient décidé, à l'unanimité. Ils n'abandonneraient pas un compagnon blessé pour éviter qu'il ne tombe aux mains des *caliés* et que Johnny Abbes ne le soumette à la torture et à l'humiliation. Il se rappela cette conversation à la résidence du général Juan Tomás Díaz et de sa femme Chana, à laquelle participait aussi Luis Amiama Tió, dans ce jardin plein de manguiers, de flamboyants et d'arbres à pain. Ils étaient tous d'accord : pas question de mourir à petit feu. Si les choses tournaient mal et que l'un d'eux recevait une vilaine blessure, il fallait l'achever. Allait-il mourir ? Allaient-ils lui tirer le coup de grâce ?

— Mettez-le dans la voiture, ordonna Antonio de la Maza. Chez Juan Tomás, nous appellerons un médecin.

Les ombres de ses amis s'empressaient, poussant la voiture du Bouc hors de l'autoroute. Il les entendait haleter. Fifí Pastoriza siffla : « La bagnole est trouée comme une passoire, putain. »

Quand ses amis le portèrent pour le mettre dans la Chevrolet Biscayne, la douleur fut si vive qu'il perdit connaissance. Mais quelques secondes seulement, car lorsqu'il reprit conscience ils n'avaient pas encore démarré. Il se trouvait sur le siège arrière, Salvador lui avait passé un bras autour des épaules et l'appuyait sur sa poitrine comme sur un coussin. Il reconnut, au volant, Tony Imbert, et à ses côtés Antonio de la Maza. Comment vas-tu, Pedro Livio ? Il voulut leur dire : « Maintenant que le rapace est mort, beaucoup mieux », mais il n'émit qu'un murmure.

— Négro a l'air sérieusement atteint, mâchonna Imbert.

Ainsi donc ses amis l'appelaient Négro quand il n'était pas présent. Qu'importe ! C'étaient ses amis, merde ! et aucun n'avait eu l'idée de lui administrer le coup de grâce. Ils avaient tous trouvé naturel de le mettre dans la voiture et ils le conduisaient maintenant chez Chana et Juan Tomás Díaz. La brûlure à l'estomac et au bras avait diminué. Il se sentait faible et n'essayait pas de parler. Il avait toute sa lucidité, il comprenait parfaitement ce qu'on disait. Tony, Antonio et le Turc étaient blessés eux aussi, apparemment, mais sans gravité. Antonio et Salvador avaient des blessures provoquées par le frôlement des balles, le premier au front, le second au crâne. Ils avaient leur mouchoir à la main et épongeaient le sang. Tony, un gravillon projeté lui avait éraflé le thorax et il disait que le sang tachait sa chemise et son pantalon.

Il reconnut le bâtiment de la Loterie nationale. Avaient-ils pris la vieille route Sánchez pour revenir en ville par un endroit moins passant ? Non, ce n'était pas pour cela. Tony Imbert voulait passer chez son ami Julito Senior, qui habitait avenue Angelita, et de là téléphoner au général Díaz pour l'avertir qu'ils apportaient le cadavre à Pupo Román en utilisant la phrase convenue : « Les pigeons sont prêts à être mis au four, Juan Tomás. » Ils stoppèrent devant une maison dans l'obscurité. Tony ne descendit pas. On ne voyait personne aux abords. Pedro Livio entendit Antonio : sa pauvre Chevrolet était trouée par des douzaines de balles et avait un pneu dégonflé. Pedro Livio s'en était rendu compte, cela crissait terriblement et les cahots retentissaient dans son ventre.

Imbert revint : il n'y avait personne chez Julito Senior. Il valait mieux aller directement chez Juan Tomás. Ils redémarrèrent, très lentement ; la voiture, déséquilibrée et grinçante, évitait les avenues et les rues fréquentées.

Salvador se pencha sur lui :

— Comment vas-tu, Pedro Livio ?

« Bien, Turco, bien », et il lui serra le bras.

— On est presque arrivés. Chez Juan Tomás, un médecin t'examinera.

Quel dommage de n'avoir pas assez de forces pour dire à ses amis de ne pas s'inquiéter, qu'il était content que le Bouc soit mort. Ils avaient vengé les sœurs Mirabal, et le pauvre Rufino de la Cruz, le chauffeur qui les avait conduites à la forteresse de Puerto Plata pour la visite à leurs maris prisonniers, et que Trujillo avait fait assassiner lui aussi pour rendre plus vraisemblable la farce de l'accident. Cet assassinat avait remué au plus profond Pedro Livio et l'avait poussé, depuis ce 25 novembre 1960, à rejoindre la conspiration préparée par son ami Antonio de la Maza. Il ne connaissait les Mirabal que par ouï-dire. Mais, comme beaucoup de Dominicains, la tragédie de ces femmes de Salcedo l'avait bouleversé. Voilà maintenant qu'on assassinait aussi des femmes sans défense, sans que personne ne puisse rien faire ! À quel degré d'ignominie était tombée la République dominicaine ? Ce pays n'avait pas de couilles, putain ! En entendant Antonio Imbert parler de Minerva Mirabal avec tant d'émotion — lui, toujours si retenu pour extérioriser ses sentiments —, il avait eu, devant ses amis, ce sanglot, le seul dans sa vie d'adulte. Oui, il y avait encore des hommes avec des couilles en République dominicaine. La preuve, ce cadavre ballotté dans la malle arrière.

— Je meurs! cria-t-il. Ne me laissez pas mourir!

— On est arrivés, Négro, le calma Antonio de la Maza. On va vite te soigner.

Il fit un effort pour garder connaissance. Peu à peu, il reconnut l'intersection des avenues Máximo Gómez et Bolívar.

— Vous avez vu cette voiture officielle? dit Imbert. N'était-ce pas celle du général Román?

— Pupo est chez lui à nous attendre, rétorqua Antonio de la Maza. Il a dit à Amiama et à Juan Tomás qu'il ne sortirait pas cette nuit.

Une éternité plus tard, l'auto s'arrêta. Il comprenait, par les dialogues de ses amis, qu'ils se trouvaient à l'entrée arrière de la maison du général Díaz. Quelqu'un ouvrit la barrière. Ils purent entrer dans la cour, stationner devant les garages. Dans la faible clarté de l'éclairage de la rues et les lumières des fenêtres, il reconnut le jardin boisé et fleuri que Chana soignait si bien, et où il avait pris part tant de fois le dimanche, seul ou avec Olga, aux succulents déjeuners créoles que le général préparait pour ses amis. En même temps, il lui semblait qu'il n'était pas lui, mais un observateur, absent de ce remue-ménage. Cet après-midi, en apprenant que c'était pour cette nuit et alors qu'il prenait congé de sa femme en inventant qu'il venait là voir un film, Olga lui avait mis un peso dans la poche en lui demandant de lui rapporter des glaces au chocolat et à la vanille. Pauvre Olga! Sa grossesse lui provoquait des envies. Le choc lui ferait-il perdre son bébé? Non, mon Dieu. Elle allait être la bonne pondeuse qui donnerait un petit frère à Luis Marianito, son fils de deux ans. Le Turc, Imbert et Antonio étaient descendus. Il se trouvait seul, étendu sur le siège de la Chevrolet, dans la pénombre. Il pensa que rien ni personne ne le sauverait de la mort et qu'il allait mourir sans savoir qui avait gagné le match joué ce soir même par l'équipe de son entreprise, Batteries Hércules, contre la Compagnie dominicaine d'aviation, sur le terrain de baseball de la Brasserie nationale dominicaine.

Une violente discussion éclata dans la cour. Estrella Sadhalá engueulait Fifí, Huáscar, Amadito, qui venaient d'arriver dans leur Oldsmobile, pour avoir laissé sur la route la Mercury du Turc. « Imbéciles, espèces de cons. Vous vous rendez compte ? Je suis brûlé ! Va falloir aller chercher sur-le-champ ma Mercury. » Étrange situation : sentir qu'il était et n'était pas là. Fifí, Huáscar et Amadito calmaient le Turc : dans leur hâte ils s'étaient montrés étourdis et personne ne s'était rappelé la Mercury. Quelle importance ! le général Román allait prendre le pouvoir cette nuit même. Ils n'avaient rien à craindre. Le pays sortirait dans les rues pour acclamer les justiciers du tyran.

L'avaient-ils oublié ? La voix pleine d'autorité d'Antonio de la Maza rétablit l'ordre. Personne ne retournerait sur la route, elle devait déjà grouiller de *caliés*. L'essentiel était d'aller trouver Pupo Román et de lui montrer le cadavre, comme il l'avait exigé. Il y avait un problème : Juan Tomás Díaz et Luis Amiama venaient de passer chez lui — Pedro Livio connaissait sa maison, qui se trouvait à l'autre coin — et Mireya, sa femme, leur avait dit que Pupo était sorti avec le général Espaillat, « parce qu'il semble que quelque chose soit arrivé au Chef ». Antonio de la Maza les tranquillisa : « Ne vous alarmez pas. Luis Amiama, Juan Tomás et Modesto Díaz sont allés chercher Bibín, le frère de Pupo. Il nous aidera à le localiser. »

Oui, ils l'avaient oublié. Il allait mourir dans cette voiture criblée de balles, près du cadavre de Trujillo. Il eut un de ces coups de colère qui avaient fait le malheur de sa vie, mais tout aussitôt il se calma. À quoi peut bien te servir, putain! de faire ta vilaine tête en ce moment, couillon?

Il ferma les yeux à demi car un réflecteur ou un phare puissant l'avait frappé en plein visage. Il reconnut, collés les uns aux autres, le visage du gendre de Juan Tomás Díaz, le dentiste Bienvenido García, Amadito et, était-ce Linito? Oui, c'était bien lui, le médecin, le docteur Marcelino Vélez Santana. Ils se penchaient sur lui, le palpaient, relevaient sa chemise. Ils lui demandèrent quelque chose qu'il ne comprit pas. Il voulut dire que la douleur s'était calmée, vérifier l'état de ses cinq sens, mais il ne put émettre le moindre son. Il gardait les yeux bien ouverts, pour qu'ils sachent qu'il était vivant.

— Il faut le conduire à la clinique, affirma le docteur Vélez Santana. Il perd son sang.

Le docteur claquait des dents comme s'il mourait de froid. Ils n'étaient pas si amis pour que Linito se mette à trembler de la sorte pour lui. Il devait trembler parce qu'il venait d'apprendre qu'ils avaient tué le Chef.

— Il a une hémorragie interne, ajouta-t-il d'une voix tremblante aussi, une balle au moins a pénétré dans la région précordiale. Il faut l'opérer d'urgence.

Ils discutaient. Pour lui, quelle importance qu'il mourût! Il était content, malgré tout. Dieu lui pardonnerait, sûrement. D'avoir abandonné Olga, avec son ventre de six mois, et Luis Marianito. Dieu savait que la mort de Trujillo ne lui rapporterait rien. Au contraire; il administrait une de ses compagnies, c'était un privilégié. En se fourrant dans ce guêpier, il avait mis en péril son travail et la sécurité de sa famille. Dieu comprendrait et lui pardonnerait.

Il sentit une forte contraction à l'estomac et il cria. « Du calme, du calme, Négro », le pria Huáscar Tejeda. Il eut envie de lui répondre « Négresse ta mère », mais il ne put. On le tirait de la Chevrolet. Il avait tout près le visage de Bienvenido — le gendre de Juan Tomás, le mari de sa fille Marianela — et celui du docteur Vélez Santana ; ses dents claquaient encore. Il reconnut Mirito, le chauffeur du général, et Amadito, qui boitait. Avec de grandes précautions, on l'installa dans l'Opel de Juan Tomás, stationnée près de la Chevrolet. Pedro Livio vit la lune : elle brillait, dans un ciel maintenant sans nuages, entre les manguiers et les passiflores.

— On va à la Clinique internationale, Pedro Livio, dit le docteur Vélez Santana. Tiens bon, tiens bon encore un peu.

Ce qui se passait lui importait de moins en moins. Il se trouvait dans l'Opel, Mirito conduisait, Bienvenido était devant et, derrière, à côté de lui, se tenait le docteur Vélez Santana. Linito lui faisait respirer quelque chose qui avait une forte odeur d'éther. « L'odeur des carnavals. » Le dentiste et le médecin l'encourageaient : « Nous y voilà, Pedro Livio. » Peu lui importait ce qu'ils disaient, ni ce qui semblait si important à Bienvenido et Linito : « Où est passé le général Román ? » « S'il ne vient pas, on est foutus. » Olga, au lieu de sa glace au chocolat et à la vanille, allait recevoir la nouvelle que son mari était opéré à la Clinique internationale, à cinq cents mètres du Palais, après l'exécution de l'assassin des Mirabal. Il n'y avait que quelques rues de la maison de Juan Tomás jusqu'à la clinique. Pourquoi tardaient-ils tant ?

Finalement l'Opel freina. Bienvenido et le docteur Vélez Santana descendirent. Il les vit frapper à la porte où crépitait une lumière fluorescente : « Urgences ». Une infirmière à coiffe blanche apparut, et ensuite un brancard. Quand Bienvenido García et Vélez Santana le soulevèrent de la banquette, il ressentit une douleur très forte : « Vous me tuez, putain ! » Il cligna des yeux, aveuglé par la blancheur d'un couloir. Puis on le monta en ascenseur. Il se trouvait maintenant dans une chambre toute propre, avec une Vierge au-dessus du lit. Bienvenido et Vélez Santana avaient disparu ; deux infirmières le déshabillaient et un homme jeune, avec une petite moustache, lui tapotait le visage :

— Je suis le docteur José Joaquín Puello. Comment vous sentez-vous ?

— Bien, bien, murmura-t-il, heureux d'avoir retrouvé sa voix. C'est grave ?

— Je vais vous donner quelque chose contre la douleur, dit le docteur Puello. Tandis qu'on vous prépare. Il faut retirer cette balle de là-dedans.

Au-dessus de l'épaule du médecin apparut un visage connu, au front dégagé et aux grands yeux pénétrants : le docteur Arturo Damirón Ricart, chirurgien en chef et propriétaire de la Clinique internationale. Mais, au lieu d'être, comme à l'accoutumée, souriant et bonasse, il le vit décomposé. Bienvenido et Linito lui avaient-ils tout raconté ?

— Cette piqûre c'est pour te préparer, Pedro Livio, le prévint-il. Ne crains rien, ça va bien se passer. Veux-tu téléphoner chez toi ?

— À Olga non, elle est enceinte, je ne veux pas l'effrayer. À ma belle-sœur Mary, plutôt.

Sa voix était devenue plus ferme. Il leur donna le numéro de Mary Despradel. Les cachets qu'on venait de lui faire avaler, la piqûre et les bouteilles de désinfectant que les infirmières lui avaient vidé sur le bras et l'estomac lui faisaient du bien. Il n'avait plus l'impression qu'il allait s'évanouir. Le docteur Damirón Ricart lui mit le téléphone dans la main. « Allô, allô ? »

— Ici Pedro Livio, Mary. Je suis à la Clinique internationale. Un accident. Ne dis rien à Olga, ne lui fais pas peur. On va m'opérer.

— Mon Dieu, mon Dieu ! J'arrive tout de suite, Pedro Livio.

Les médecins l'examinaient, le remuaient, et lui ne sentait pas leurs mains. Une grande sérénité l'envahit. Il se dit en toute lucidité que, bien qu'il fût son ami, Damirón Ricart était tenu d'informer le S.I.M. de l'arrivée aux urgences d'un homme blessé par balles, comme en avaient l'obligation tous les hôpitaux et cliniques, sous peine pour les médecins et les infirmières de se retrouver en prison. Et donc les gars du S.I.M. n'allaient pas tarder à débarquer pour les vérifications. Mais non, Juan Tomás et Antonio Salvador avaient déjà dû montrer le cadavre à Pupo, et Román avait dû alerter les casernes et annoncer la constitution de la Junte civile et militaire. Peut-être qu'à cette heure les militaires loyaux à Pupo arrêtaient ou liquidaient Abbes García et sa bande d'assassins, jetaient en prison les frères et les proches de Trujillo, et que le peuple envahissait les rues, convoqué par les radios qui annonçaient la mort du tyran. La ville coloniale, le parc de l'Indépendance, El Conde, les abords du Palais national devaient vivre un véritable carnaval, célébrant la liberté. « Quel dommage d'être sur une table d'opération, au lieu de danser, Pedro Livio. »

Et il vit alors le visage en pleurs et épouvanté de sa femme : « Qu'est-ce que c'est, mon amour, qu'est-ce qui t'est arrivé, qu'est-ce qu'on t'a fait ? » Tandis qu'il l'embrassait et la serrait contre lui, essayant de la calmer (« Un accident, mon amour, n'aie pas peur, on va m'opérer »), il reconnut sa belle-sœur Mary et Luis Despradel Brache, son mari. Il était médecin et interrogeait le docteur Damirón Ricart sur l'opération. « Pourquoi as-tu fait cela, Pedro Livio ? — Pour que nos enfants vivent libres, mon amour. » Elle le dévorait de questions, sans cesser de pleurer. « Mon Dieu, tu as du sang partout. » Donnant libre cours à un torrent d'émotions contenues, il prit sa femme par les bras et, la regardant dans les yeux, il s'écria :

— Il est mort, Olga ! Mort ! Mort !

C'était comme au cinéma, quand l'image se fige et sort du temps. Il eut envie de rire en voyant l'incrédulité avec laquelle Olga, sa belle-sœur et son mari, les infirmières et les docteurs le regardaient.

— Tais-toi, Pedro Livio, murmura le docteur Damirón Ricart.

Ils se tournèrent tous vers la porte, car on entendait dans le couloir des pas désordonnés, des coups de talon, sans souci des pancartes « Silence » accrochées aux murs. La porte s'ouvrit. Pedro Livio reconnut aussitôt, parmi les silhouettes militaires, le visage flasque, les bajoues, le menton court et les yeux entourés de poches protubérantes du colonel Johnny Abbes García.

— Bonsoir, fit ce dernier en regardant Pedro Livio mais en s'adressant aux autres. Sortez, je vous en prie. Docteur Damirón Ricart ? Restez, docteur.

— C'est mon mari, pleura Olga en étreignant Pedro Livio. Je veux rester avec lui.

— Faites-la sortir, ordonna Abbes García sans la regarder.

D'autres hommes étaient entrés dans la chambre, des *caliés* portant revolver à la taille et des militaires avec des mitraillettes San Cristóbal à l'épaule. Fermant à demi les yeux, il vit qu'ils emmenaient Olga, sanglotante (« Ne lui faites rien, elle est enceinte »), ainsi que Mary et son beau-frère, qui les suivaient plus docilement. On le regardait avec curiosité et un peu de dégoût. Il reconnut le général Félix Hermida puis le colonel Figueroa Carrión, qu'il avait connu dans l'armée, et qui était, disait-on, le bras droit d'Abbes García au S.I.M.

— Comment va-t-il ? demanda Abbes au médecin, d'une voix timbrée et lente.

— C'est grave, colonel, répondit le docteur Damirón Ricart. Le projectile doit se trouver près du cœur, du côté de l'épigastre. On lui a donné des médicaments pour contenir l'hémorragie et pouvoir l'opérer.

Beaucoup avaient la cigarette aux lèvres et la pièce s'emplit de fumée. Quelle envie il avait de fumer, de respirer une de ces Salem mentholées, à l'arôme rafraîchissant, que fumait Huáscar Tejeda et que Chana Díaz proposait toujours quand elle recevait !

Il avait au-dessus de lui, le frôlant, le visage congestionné, les yeux de tortue aux paupières lourdes d'Abbes García.

— Qu'est-ce qui vous arrive ? — l'entendit-il dire doucement.

— Je ne sais pas —, il regretta sa réponse qui ne pouvait être plus stupide. Mais il ne trouvait rien de mieux.

— Qui vous a tiré dessus ? insista Abbes García sans se troubler.

Pedro Livio Cedeño resta silencieux. Incroyable qu'ils n'aient jamais pensé, pendant tous ces mois où ils préparaient l'exécution de Trujillo, à une situation comme celle qu'il vivait. Un alibi, une réponse évasive pour échapper à l'interrogatoire. « Quelle bande de cons ! »

— Un accident, dit-il encore, en regrettant d'inventer quelque chose d'aussi bête.

Abbes García ne s'impatientait pas. Il y avait un silence à couper au couteau. Pedro Livio sentait, pesants, hostiles, les regards des hommes qui l'entouraient. Les mégots rougissaient à leur bouche.

— Parlez-moi de cet accident, dit le chef du S.I.M. sur le même ton.

— On m'a tiré dessus en sortant d'un bar, depuis une voiture. Je ne sais pas qui.

— Quel bar ?

— Le Rubio, rue Palo Hincado, vers le parc de l'Indépendance.

En quelques minutes les *caliés* allaient vérifier qu'il avait menti. Et si ses amis, en ne respectant pas leur accord d'administrer le coup de grâce à qui serait blessé, lui avaient rendu un bien piètre service?

— Où est le Chef? — demanda Johnny Abbes. Une certaine émotion s'était infiltrée chez son interrogateur.

— Je ne sais pas —, sa gorge commençait à se serrer, à nouveau il perdait ses forces.

— Est-il vivant? — demanda le chef du S.I.M., qui répéta : — Où est-il?

Sous l'emprise d'une nouvelle nausée et sur le point de défaillir, Pedro Livio remarqua que, derrière son apparence sereine, le chef du S.I.M. bouillait d'inquiétude. La main avec laquelle il portait sa cigarette à sa bouche cherchait maladroitement le chemin de ses lèvres.

— J'espère qu'il est en enfer, si l'enfer existe —, s'entendit-il dire. — C'est là-bas que nous l'avons envoyé.

Le visage d'Abbes García, quelque peu voilé par la fumée, resta une fois de plus immuable; mais il ouvrit la bouche, comme si l'air lui manquait. Le silence était devenu épais. Vivement que ses forces l'abandonnent et qu'il s'évanouisse une bonne fois.

— Qui ça, nous? demanda-t-il d'une voix très douce. Quels sont ceux qui l'ont envoyé en enfer?

Pedro Livio ne répondit pas. Il le regardait dans les yeux et soutenait son regard, en se rappelant son enfance à Higuey, quand il jouait avec ses camarades d'école à qui cillerait le premier. La main du colonel s'éleva, saisit à sa bouche la cigarette allumée et, sans changer d'expression, l'écrasa contre son visage, près de son œil gauche. Pedro Livio ne cria pas, ne gémit pas. Il ferma les paupières. La brûlure était vive et l'odeur, celle de la chair roussie. Quand il les rouvrit, Abbes García était toujours là. Cela ne faisait que commencer.

— Ces choses, si on ne les fait pas bien, il vaut mieux ne pas les faire —, l'entendit-il affirmer. — Sais-tu qui est Zacarías de la Cruz ? Le chauffeur du Chef. Je viens de parler avec lui, à l'hôpital Marión. Son état est pire que le tien, criblé de balles de la tête aux pieds. Mais il est vivant. Tu vois, ça n'a pas réussi. Tu es foutu, toi. Tu ne vas pas mourir non plus. Tu vas vivre. Et me raconter tout ce qui s'est passé. Qui était avec toi sur la route ?

Pedro Livio s'enfonçait, flottait, il allait à tout moment se mettre à vomir. Tony Imbert et Antonio n'avaient-ils pas dit que Zacarías de la Cruz était lui aussi parfaitement mort ? Abbes García lui mentait-il pour lui soutirer des noms ? Quelle bêtise ! Ils auraient dû s'assurer que le chauffeur du Bouc était bien mort.

— Imbert a dit que Zacarías était parfaitement mort —, fit-il en protestant. C'était curieux d'être soi-même et un autre à la fois.

Le visage du chef du S.I.M. se pencha. Il pouvait sentir son haleine, chargée de tabac. Ses petits yeux étaient sombres, bordés de jaune. Il aurait voulu avoir la force de mordre ces bajoues flasques. Ou tout au moins de lui cracher au visage.

— Il s'est trompé car il n'est que blessé, dit Abbes García. Quel Imbert ?

— Antonio Imbert, expliqua-t-il, rongé d'angoisse. Alors il m'a trompé ? Putain de merde !

Il détecta des pas, des mouvements corporels, les hommes présents se pressaient autour de son lit. La fumée estompait leur visage. Il allait étouffer, comme s'ils piétinaient sa poitrine.

— Antonio Imbert et qui d'autre ? — lui disait à

l'oreille le colonel Abbes García. Sa peau se hérissa en pensant que cette fois il allait lui écraser sa cigarette dans l'œil et le rendre borgne. — C'est Imbert qui commande ? C'est lui qui a organisé tout ça ?

— Non, il n'y a pas de chefs, balbutia-t-il, craignant de ne plus avoir la force d'achever sa phrase. S'il y en avait un, ce serait Antonio.

— Quel Antonio ?

— Antonio de la Maza, expliqua-t-il. Si on avait un chef, ce serait lui, bien sûr. Mais chez nous, il n'y a pas de chef.

Il y eut un autre long silence. Lui avait-on administré du penthotal pour le rendre aussi loquace ? Mais le sérum de vérité faisait dormir et lui était bien éveillé, surexcité, avec son envie de raconter, de tirer de son for intérieur ces secrets qui lui rongeaient les tripes. Et il allait répondre à toutes les questions qu'on lui poserait, putain ! Il percevait des murmures, des pas glissés sur le carrelage. S'en allaient-ils ? Une porte s'ouvrait, se refermait.

— Où sont Imbert et Antonio de la Maza ? — le chef du S.I.M. lui souffla au visage une bouffée de tabac qui pénétra dans sa gorge et son nez pour descendre jusqu'à ses entrailles.

— Ils sont allés chercher Pupo, putain ! où croyez-vous qu'ils soient ? — aurait-il l'énergie de finir sa phrase ? La stupéfaction d'Abbes García, du général Félix Hermida et du colonel Figueroa Carrión était si grande qu'il fit un effort surhumain pour leur expliquer ce qu'ils ne comprenaient pas : — Tant qu'il n'aura pas vu le cadavre du Bouc, il ne bougera pas le petit doigt.

Leurs yeux écarquillés le scrutaient, tout à la fois dubitatifs et épouvantés.

— Pupo Román ? — cette fois Abbes García avait perdu son assurance.

— Le général Román Fernández? répéta Figue-roa Carrión.

— Le commandant en chef des forces armées? fit en s'étranglant le général Félix Hermida.

Pedro Livio ne s'étonna pas de voir la main s'abattre de nouveau et écraser la cigarette allumée dans sa bouche. Un goût âcre, de tabac et de cendres sur la langue. Il n'eut pas la force de cracher l'immonde mégot qui lui brûlait les gencives et le palais.

— Il s'est évanoui, mon colonel —, entendit-il le docteur Damirón Ricart murmurer. — Si on ne l'opère pas, il va mourir.

— Celui qui va mourir, si vous ne le ranimez pas, c'est vous, docteur, rétorqua Abbes García avec une colère sourde. Faites-lui une transfusion, n'importe quoi, mais qu'il se réveille. Cet individu doit parler. Faites-le revenir ou je vous flanque dans le bide tout le plomb de mon revolver.

S'il les entendait parler ainsi, c'est qu'il n'était pas mort. Avaient-ils trouvé Pupo Román? Lui avaient-ils montré le corps de Trujillo? Si la révolution avait commencé, ni Abbes García, ni Félix Hermida, ni Figueroa Carrión ne seraient autour de son lit. On les aurait arrêtés ou tués, comme les frères et les neveux de Trujillo. Il essaya en vain de leur demander de lui expliquer pourquoi ils n'étaient pas arrêtés ni morts. Son estomac ne lui faisait plus mal; ses paupières et sa bouche lui brûlaient, à cause des cigarettes. On lui administrait une piqûre, on lui faisait respirer un coton qui sentait le menthol, comme les cigarettes Salem. Il découvrit une bouteille de sérum près de son lit. Il les entendait, à leur insu.

— Est-ce que c'est possible? — Figueroa Carrión semblait plus épouvanté que surpris. — Le ministre des Armées mêlé à cela? Impossible, Johnny.

— Surprenant, absurde, inexplicable, fit en le rectifiant Abbes García. Impossible, non.

— Pourquoi, dans quel but ? faisait en élevant la voix le général Félix Hermida. Que peut-il y gagner ? Il doit au Chef tout ce qu'il est, tout ce qu'il a. Cette espèce d'abruti lâche des noms pour nous désorienter.

Pedro Livio se tordit sur son lit, essayant de se redresser, pour qu'ils sachent qu'il n'était ni groggy ni mort, et qu'il avait dit la vérité.

— Tu ne vas pas croire que tout ça est une comédie du Chef pour savoir qui est loyal et qui est déloyal, Félix, dit Figueroa Carrión.

— Plus maintenant, reconnut, accablé, le général Hermida. Si ces enfants de putain l'ont tué, dans quelle merde se retrouve le pays !

Le colonel Abbes García se toucha le front :

— Je comprends maintenant pourquoi Román m'a convoqué au quartier général de l'armée. C'est clair qu'il est en plein dedans. Il veut avoir sous la main les personnes de confiance du Chef pour les enfermer avant de porter le coup final. Si j'y étais allé, je serais déjà mort.

— Je n'arrive pas à le croire, bordel de merde, répétait le général Félix Hermida.

— Envoie des patrouilles du S.I.M. fermer le pont Radhamés, ordonna Abbes García. Que personne du gouvernement, et surtout pas les parents de Trujillo, ne franchisse l'Ozama ni n'approche de la Forteresse du 18 Décembre.

— Le ministre des Armées, le général José René Román, le mari de Mireya Trujillo, poursuivait pour lui-même, hébété, le général Félix Hermida. Je n'y comprends rien de rien, bordel de merde.

— Crois-le, tant qu'on ne démontre pas qu'il est innocent, dit Abbes García. Cours prévenir les frères du Chef. Qu'ils se réunissent au Palais national. Ne mentionne pas encore Pupo. Dis-leur qu'il y a des

rumeurs d'attentats. Vas-y vite ! Comment va l'individu ? Je peux l'interroger ?

— Il est en train de mourir, mon colonel, affirma
le docteur Damirón Ricart. En tant que médecin, il
est de mon devoir...

— Votre devoir est de vous taire, si vous ne voulez pas être traité en complice. — Pedro Livio vit à
nouveau, tout près, le visage du chef du S.I.M. « Je
ne suis pas en train de mourir, pensa-t-il. Le docteur
lui a menti pour qu'il ne continue pas à écraser ses
mégots sur mon visage. »

— Le général Román a fait exécuter le Chef ? — à
nouveau, dans son nez, dans sa bouche, l'haleine
brûlante du colonel. — Est-ce bien vrai, tout ça ?

— On le cherche pour lui montrer le corps —, s'entendit-il crier. — Il est comme ça : le voir pour le
croire. Et aussi la mallette.

L'effort le laissa exténué. Il craignit que les *caliés*
ne soient en ce moment en train d'écraser leurs cigarettes sur le visage d'Olga. Il eut de la peine pour elle.
Elle pourrait perdre le bébé, elle se maudirait d'avoir
épousé l'ex-capitaine Pedro Livio Cedeño.

— Quelle mallette ? demanda le chef du S.I.M.

— Celle de Trujillo, répondit-il aussitôt en articulant bien. Pleine de sang à l'extérieur et dedans
remplie de pesos et de dollars.

— Avec ses initiales ? insista le colonel. Les initiales R.L.T.M. en métal ?

Il ne put répondre, sa mémoire le trahissait. Tony
et Antonio l'avaient trouvée dans la voiture, l'avaient
ouverte et avaient dit qu'elle était pleine de pesos
dominicains et de dollars. Des milliers et des milliers. Il remarquait l'angoisse du chef du S.I.M. Ah !
fils de pute, cette histoire de mallette t'a convaincu
que c'était vrai, qu'on l'avait bien tué.

— Qui d'autre est dans le coup ? demanda Abbes
García. Donne-moi des noms. Pour qu'on t'amène au

bloc opératoire et qu'on extraie tes balles. Quels sont les autres ?

— Ils ont trouvé Pupo ? demanda-t-il, excité et bafouillant. Ils lui ont montré le corps ? À Balaguer aussi ?

À nouveau le colonel Abbes García se décrocha la mâchoire. Il était là, bouche bée de stupéfaction, d'appréhension. D'une façon obscure, il leur damait le pion.

— Balaguer ? articula-t-il syllabe par syllabe, lettre par lettre. Le président de la République ?

— Il doit faire partie de la Junte civile et militaire, expliqua Pedro Livio en luttant contre ses nausées. J'étais contre, moi. Ils disent qu'il le faut, pour tranquilliser l'O.E.A.

Cette fois, la nausée ne lui donna pas le temps de tourner la tête pour vomir hors du lit. Quelque chose de tiède et de visqueux lui coula dans le cou et souilla sa poitrine. Il vit s'écarter, dégoûté, le chef du S.I.M. Il sentait son estomac se tordre et le froid pénétrer ses os. Il ne pouvait plus parler. Aussitôt après, le visage du colonel était à nouveau au-dessus de lui, déformé par l'impatience. Il le regardait comme s'il voulait le trépaner pour savoir enfin toute la vérité.

— Joaquín Balaguer aussi ?

Il ne résista à son regard que quelques secondes. Il ferma les yeux, il voulait dormir. Ou mourir, peu importait. Il entendit deux ou trois fois la question : « Balaguer ? Balaguer aussi ? » Il ne répondit ni n'ouvrit les yeux. Il ne le fit pas non plus quand la très vive brûlure au lobe de l'oreille droite le fit se tordre. Le colonel venait d'y éteindre sa cigarette et l'écrasait tout autour du pavillon de l'oreille. Il ne cria pas, ne bougea pas. Le cendrier du chef des *caliés*, voilà ce que tu es devenu, Pedro Livio. Vérole de cul ! Le Bouc était mort. Dormir. Mourir. Du fond du trou où il tombait, il entendait encore Abbes García : « Un cul-bénit tel que lui devrait plutôt conspirer avec les curés. C'est un complot des évêques, épaulés par les gringos. » Le silence s'installait, entrecoupé de murmures et, parfois, de la voix implorante et timide du docteur Damirón Ricart : si on ne l'opérait pas, le patient allait mourir. « Mais justement, je veux mourir », pensait Pedro Livio.

Courses dans le couloir, pas précipités, porte qui claque. La pièce s'était remplie à nouveau et, parmi les nouveaux venus, se trouvait encore le colonel Figueroa Carrión :

— Nous avons trouvé un bridge dentaire sur la route, près de la Chevrolet de Son Excellence. Son dentiste, le docteur Fernando Camino Certero, est en train de l'examiner. C'est moi-même qui l'ai réveillé. Dans une demi-heure il nous remettra son rapport. À première vue, il pense que c'est bien celui du Chef.

Sa voix était lugubre. Autant que le silence des autres qui l'écoutaient.

— On n'a rien trouvé d'autre ? dit Abbes García en se mordant les lèvres.

— Un pistolet automatique, calibre 45, répondit Figueroa Carrión. Il faudra quelques heures pour vérifier le registre des armes. Il y a une voiture abandonnée, à quelque deux cents mètres de l'attentat. Une Mercury.

Pedro Livio se dit que Salvador avait bien fait de se fâcher contre Fifí Pastoriza pour avoir laissé là sa Mercury au milieu de la route. On allait identifier son propriétaire et sous peu les *caliés* allaient écraser leurs cigarettes sur le visage du Turc.

— Il a craché le morceau ?

— Il a dénoncé Balaguer, rien que ça ! siffla Abbes García. Tu te rends compte ? Le chef des forces armées et le président de la République. Il a parlé d'une Junte civile et militaire, à laquelle appartiendrait Balaguer pour tranquilliser l'O.E.A.

Le colonel Figueroa Carrión lâcha un autre : « Putain de merde ! »

— C'est une consigne pour nous égarer. Dénoncer des personnalités, compromettre tout le monde.

— C'est possible, nous verrons bien, dit le colonel Abbes García. Une chose est sûre. Beaucoup de gens sont compromis, des traîtres de haut niveau. Et naturellement, les curés. Il faut déloger l'évêque Reilly du collège Santo Domingo. De gré ou de force.

— On le flanque à La Quarante ?

— C'est là qu'ils viendront le chercher, dès qu'ils le sauront. Il vaut mieux l'enfermer à San Isidro. Mais attends, c'est délicat, il faudrait consulter les frères du Chef. Si quelqu'un ne peut faire partie du complot c'est le général Virgilio García Trujillo. Va l'informer personnellement.

Pedro Livio perçut les pas du colonel Figueroa Carrión qui s'éloignait. Était-il resté seul avec le chef du S.I.M. ? Allait-il encore éteindre ses cigarettes sur son corps ? Mais ce n'était pas cela qui le tourmentait. Il se rendait compte, maintenant, que malgré la mort du Chef, les choses n'avaient pas tourné comme ils l'avaient prévu. Pourquoi Pupo ne prenait-il pas le pouvoir, avec la troupe ? Que faisait Abbes García donnant l'ordre à ses *caliés* d'arrêter l'évêque Reilly ? Ce dégénéré sanguinaire commandait-il encore ? Il l'avait toujours au-dessus de lui : il ne le voyait pas, mais il sentait son haleine lourde dans ses narines et dans sa bouche.

— Encore quelques noms et je te fous la paix, l'entendit-il dire.

— Il ne vous entend pas, il ne vous voit pas, mon colonel, fit le docteur Damirón Ricart d'une voix implorante. Il est entré dans le coma.

— Alors opérez-le, dit Abbes García. Je le veux

vivant, vous entendez. C'est la vie de ces individus
contre la vôtre.

— Vous ne pouvez m'en demander autant —,
Pedro Livio entendit soupirer le médecin. — Je n'ai
qu'une vie, mon colonel.

XVI

— Manuel Alfonso? — la tante Adelina porte
la main à son oreille, comme si elle n'avait pas bien
entendu, mais Urania sait que la vieille a une excellente ouïe et qu'elle fait semblant, le temps de se
remettre du choc. Lucinda et Manolita aussi la regardent avec des yeux écarquillés. Seule Marianita ne
semble pas affectée.

— Oui, lui, Manuel Alfonso, répète Urania. Un
nom de conquistador espagnol. Vous l'avez connu,
ma tante?

— Je l'ai vu, une fois ou deux, acquiesce la petite
vieille, intriguée et offensée. Qu'a-t-il à voir avec
l'énormité que tu as rapportée sur Agustín?

— Ce playboy fournissait Trujillo en femmes —, se
rappelle Manolita. — N'est-ce pas, mamie?

« Playboy, playboy », criaille Samson le perroquet.
Mais cette fois il ne fait rire que la nièce maigrichonne.

— C'était un fort joli garçon, un Adonis, dit Urania. Avant son cancer.

Oui, il avait été le plus joli garçon de sa génération, mais dans les semaines, ou les mois, où Agustín
Cabral avait cessé de le voir, ce demi-dieu de l'élégance et du charme, qui faisait se retourner les filles
sur son passage, était devenu l'ombre de lui-même.

374

Le sénateur n'en croyait pas ses yeux. Il avait dû perdre dix à quinze kilos; les joues creuses, hâve, il avait des cernes profonds autour de ses yeux naguère rieurs et fiers — le regard jouisseur, le sourire triomphal — qui, maintenant, avaient perdu tout éclat. Il avait entendu parler de la petite tumeur sous la langue, découverte fortuitement par le dentiste quand Manuel, encore ambassadeur à Washington, était allé le voir pour le détartrage annuel. La nouvelle, disait-on, avait affecté Trujillo comme si on avait découvert une tumeur à l'un de ses fils, et il était resté suspendu au téléphone tandis qu'on l'opérait à la clinique Mayo aux États-Unis.

— Mille excuses pour venir te déranger sitôt arrivé, Manuel —, Cabral se leva en le voyant entrer dans le petit salon où l'autre l'avait fait attendre.

— Cher Agustín, quelle joie! — Manuel Alfonso l'embrassa. — Me comprends-tu? On a dû m'enlever un bout de la langue. Mais avec la rééducation, sous peu je reparlerai normalement. Arrives-tu à me comprendre?

— Parfaitement, Manuel. Je ne remarque rien de bizarre dans ta voix, je t'assure.

Ce n'était pas vrai. L'ambassadeur avait l'air d'avoir des cailloux dans la bouche, comme s'il avait une muselière ou bégayait. Les grimaces de son visage témoignaient de l'effort que lui coûtait chaque phrase.

— Rassieds-toi, Agustín. Un café? Une liqueur?

— Merci, rien. Je ne te prendrai pas trop de temps. Je te demande encore pardon de te déranger dans ta convalescence. Je suis dans une situation très difficile, Manuel.

Il se tut, honteux. Manuel Alfonso lui posa une main amicale sur le genou.

— J'imagine bien, Caboche. C'est un petit bourg ici, mais les langues sont longues : les racontars me sont parvenus jusqu'aux États-Unis. Donc tu as été limogé de la présidence du Sénat et tu es l'objet d'une enquête sur tes activités au ministère.

La maladie et la souffrance avaient accumulé les années sur cet Apollon dominicain dont le visage, aux dents parfaites et très blanches, avait intrigué le Généralissime Trujillo lors de son premier voyage officiel aux États-Unis ; grâce à quoi le destin de Manuel Alfonso avait connu un bouleversement semblable à celui de Blanche-Neige touchée par la baguette magique. Mais c'était toujours un homme élégant, tiré à quatre épingles, comme dans sa jeunesse d'émigré dominicain à New York : mocassins de daim, pantalon en velours côtelé couleur crème, chemise de soie italienne et foulard coquettement noué autour du cou. Une chevalière brillait à son petit doigt. Il était rasé, parfumé et soigneusement peigné.

— Je te suis très reconnaissant, Manuel, de me recevoir. — Agustín Cabral retrouva son aplomb : il avait toujours méprisé les hommes qui s'apitoyaient sur eux-mêmes. — Tu es le seul. Je suis devenu un pestiféré. Personne ne veut me recevoir.

— Je n'oublie pas les services rendus, Agustín. Tu as toujours été généreux, tu as appuyé toutes mes nominations au Congrès, je te dois mille faveurs. Je ferai ce que je pourrai. Quelles sont les charges contre toi ?

— Je l'ignore, Manuel. Si je le savais, je pourrais me défendre. Jusqu'à présent personne ne m'a dit quelle faute j'avais commise.

— Oui, un Adonis, nous avions toutes le cœur battant quand il s'approchait, reconnaît, impatiente, la tante Adelina. Mais quel rapport peut-il bien avoir avec ce que tu as dit d'Agustín ?

Urania a la gorge sèche, elle boit quelques gorgées

d'eau. Pourquoi veux-tu à tout prix parler de cela ? À quoi bon ?

— Eh bien ! Manuel Alfonso a été le seul de tous ses amis à essayer d'aider papa. Je parie que tu ne le savais pas. Ni vous, mes cousines.

Toutes trois la regardent comme si elles la croyaient un peu dérangée.

— Non, je ne le savais pas, murmure la tante Adelina. Il a donc essayé de l'aider quand il est tombé en disgrâce ? Tu en es sûre ?

— Aussi sûre que mon père ne vous a pas raconté, pas plus qu'à l'oncle Aníbal, les démarches entreprises par Manuel Alfonso pour le tirer du bourbier.

Elle se tait, car la domestique haïtienne entre dans la salle à manger. Elle demande, dans un espagnol incertain et chantant, si on a besoin d'elle ou si elle peut s'en aller dormir. Lucinda la congédie de la main : vas-y, tu peux.

— Qui était Manuel Alfonso, tante Urania ? demande Marianita d'un filet de voix.

— Tout un personnage, ma nièce. Belle allure et excellente famille. Il était parti à New York faire son chemin et il a fini dans la haute couture et les magasins de luxe, posait pour les affiches sur les murs de la ville, la bouche ouverte, à vanter les bienfaits de Colgate, le dentifrice qui rafraîchit, nettoie et donne de l'éclat à vos dents. Trujillo, lors d'un voyage aux États-Unis, apprit que le bel enfant des affiches était un gaillard, un « tigre » dominicain. Il le fit appeler et l'adopta. Il fit de lui un personnage. Son interprète, parce qu'il parlait anglais à la perfection ; son maître de protocole et d'étiquette, parce que c'était un élégant professionnel ; et, fonction des plus importantes, celui qui lui choisissait ses costumes, ses cravates, ses chaussures, ses chaussettes et les tailleurs new-yorkais qui l'habillaient. Il le tenait toujours au dernier cri de la mode masculine. Et il l'aidait à dessiner ses uniformes, hobby du Chef.

— Et surtout, il lui choisissait ses femmes, l'interrompt Manolita. N'est-ce pas, mamie ?

— Qu'est-ce que tout cela a à voir avec mon frère, la rabroue-t-elle en levant son petit poing irrité.

— Les femmes étaient de moindre importance, poursuit Urania en informant sa nièce. Trujillo s'en fichait comme d'une guigne, parce qu'il les avait toutes. Les costumes, la toilette, en revanche, voilà ce qui lui importait. Manuel Alfonso le faisait se sentir exquis, raffiné, élégant. Comme le Pétrone de *Quo Vadis ?* qu'il citait toujours.

— Je n'ai pas encore vu le Chef, Agustín. Je suis reçu en audience cet après-midi, chez lui, à l'Estancia Radhamés. Je tâcherai de savoir, je te le promets.

Il l'avait laissé parler sans l'interrompre, se bornant à acquiescer et à attendre, quand le sénateur se montrait découragé ou quand l'amertume ou l'angoisse brisaient sa voix. Il lui raconta ce qui se passait, ce qu'il avait dit, fait et pensé depuis que, dix jours auparavant, était apparue la première lettre dans le « Courrier des lecteurs ». Il se confia à cet homme en vue, le premier qui lui manifestait de la sympathie depuis ce jour funeste, lui rapportant des détails intimes de sa vie, vouée depuis l'âge de vingt ans à servir l'homme le plus important de l'histoire dominicaine. Était-ce juste qu'il refusât d'entendre celui qui, depuis trente ans, vivait pour lui, par lui ? Il était prêt à reconnaître ses erreurs, s'il en avait commises. À faire son examen de conscience. À payer ses fautes, s'il en avait commises. Mais que le Chef lui accorde au moins cinq minutes d'attention.

Manuel Alfonso lui tapota à nouveau le genou. Sa maison, dans un quartier neuf, Arroyo Hondo, était immense, entourée d'un parc, meublée et décorée avec un goût exquis. Infaillible pour détecter les pos-

sibilités cachées des gens — faculté qui avait toujours émerveillé Agustín Cabral —, le Chef avait vu
juste chez cette gravure de mode. Manuel Alfonso
était capable d'évoluer avec désinvolture dans le
monde de la diplomatie, éveillant partout la sympathie et sachant plaire, pour le plus grand profit du
régime. Ainsi en avait-il été dans toutes ses missions,
surtout la dernière, à Washington, dans cette période
fort difficile où Trujillo, jusque-là enfant gâté des
gouvernements yankees, était devenu un obstacle, la
cible de la presse et de maints parlementaires. L'ambassadeur porta la main à son visage, dans un geste
de douleur.

— De temps en temps, c'est comme une décharge,
fit-il en s'excusant. Et ça passe comme ça vient. J'espère que le chirurgien m'a dit la vérité. À savoir que
la chose a été prise à temps. Quatre-vingt-dix pour
cent de chances de succès. Pourquoi m'aurait-il
menti ? Les gringos ont leur franc-parler, ils n'ont pas
notre délicatesse et ne dorent pas la pilule.

Il se tait, car une autre grimace crispe son visage
ravagé. Il réagit sur-le-champ, devient grave, philosophe :

— Je sais ce que tu éprouves, Caboche, ce que tu
ressens. J'ai connu cela moi aussi une ou deux fois en
vingt et quelques années d'amitié avec le Chef. Cela
n'est pas allé aussi loin qu'avec toi, mais il y a eu une
distance de sa part, une froideur que je ne pouvais
m'expliquer. Je me rappelle mon angoisse, ma solitude, mon impression d'être déboussolé. Mais tout
s'est éclairé, et le Chef m'a honoré à nouveau de
sa confiance. C'est peut-être l'intrigue de quelque
envieux qui ne te pardonne pas ton talent, Agustín.
Mais tu sais bien, le Chef est un homme juste. Je lui
parlerai cet après-midi, tu as ma parole.

Cabral se leva, ému. Il y avait encore des gens bien
en République dominicaine.

— Je serai toute la journée chez moi, Manuel, dit-il en serrant sa main avec force. N'oublie pas que je suis prêt à tout pour recouvrer sa confiance.

— Je le revoyais comme un acteur de Hollywood, Tyrone Power ou Errol Flynn, dit Urania. J'ai été très déçue quand je l'ai vu ce soir-là. Ce n'était pas la même personne. On lui avait retiré la moitié de la gorge. Il ressemblait à tout sauf à un don Juan.

Sa tante Adelina, ses cousines et sa nièce l'écoutent en silence, en échangeant des regards entre elles. Même le perroquet Samson semble intéressé, car depuis un moment il se tient coi.

— Tu es Urania ? La fillette d'Agustín ? Que tu es grande et belle, ma petite ! Je te connais depuis que tu étais au berceau. Approche un peu, fais-moi un baiser.

— Il parlait en mâchonnant les mots, on aurait dit un débile mental. Il me traita avec beaucoup de tendresse. Je ne pouvais croire que ce déchet humain était Manuel Alfonso.

— Je dois parler avec ton papa, fit-il en avançant à l'intérieur de l'appartement. Mais comme tu es devenue jolie ! Tu vas briser bien des cœurs dans ta vie. Agustín est-il là ? Va, appelle-le.

— Il avait parlé avec Trujillo et de l'Estancia Radhamés il était venu directement chez nous, pour rendre compte de sa démarche. Papa ne pouvait pas le croire. Le seul qui ne m'ait pas tourné le dos, le seul qui me donne un coup de main, répétait-il.

— N'as-tu pas rêvé cette démarche de Manuel Alfonso ? s'écrie la tante Adelina, troublée. Agustín aurait couru nous le dire, à Aníbal et moi.

— Laisse-la continuer, ne l'interromps pas tout le temps, mamie, intervient Manolita.

— Ce soir-là j'ai fait une promesse à Notre-Dame de la Altagracia si elle aidait papa à s'en sortir. Vous imaginez quoi ?

— Que tu entrerais au couvent ? fait en riant sa cousine Lucinda.

— Que je me garderais pure le restant de mes jours, répond en riant Urania.

Ses cousines et sa nièce rient aussi, quoique sans envie, en cachant leur embarras. La tante Adelina demeure sérieuse, ne cesse de la regarder sans dissimuler son impatience : quoi d'autre, Urania, quoi d'autre ?

— Comme elle est devenue grande et belle, cette petite, répète Manuel Alfonso en se laissant tomber dans un fauteuil en face d'Agustín Cabral. Elle me rappelle sa mère. Les mêmes yeux langoureux et le corps fin et gracieux de ta femme, Caboche.

Celui-ci le remercie d'un sourire. Il a fait entrer l'ambassadeur dans son bureau au lieu de le recevoir au salon, pour éviter que sa fille et les domestiques puissent entendre. Il le remercie encore d'avoir pris la peine de venir, au lieu de lui téléphoner. Le sénateur a un débit précipité, sentant à chaque mot bondir son cœur. Avait-il pu parler au Chef ?

— Bien sûr, Agustín. Je te l'ai promis et je l'ai fait. Nous avons parlé de toi près d'une heure. Ce ne sera pas facile. Mais tu ne dois pas perdre espoir. C'est le principal.

Il portait un complet sombre, à la coupe impeccable, une chemise blanche au col amidonné et une cravate bleue à pois blancs, tenue par une perle. Un foulard de soie blanche dépassait de la poche supérieure de sa veste, et comme, en s'asseyant, il avait remonté son pantalon pour ne pas faire de faux pli, on voyait ses chaussettes bleues bien tendues. Ses chaussures étincelaient.

— Il t'en veut beaucoup, Caboche —, sa blessure, semble-t-il, l'incommodait, car de temps en temps il faisait d'étranges contorsions avec les lèvres, et Agustín Cabral entendait grincer son dentier. — Ce n'est rien de concret, mais les motifs de ressentiment se sont accumulés ces derniers mois. Le Chef est exceptionnellement réceptif. Rien ne lui échappe, il détecte les moindres changements chez les autres. Il dit que depuis le début de cette crise, depuis la Lettre pastorale, depuis ses ennuis avec l'O.E.A. orchestrés par ce singe de Betancourt et ce rat de Muñoz Marín, tu es devenu froid. Bref, que tu n'as pas témoigné le dévouement qu'il attendait.

Le sénateur acquiesçait : si le Chef l'avait remarqué, c'est que c'était peut-être vrai. Mais pas du tout prémédité, et moins encore provoqué par une baisse de son admiration et de sa loyauté. Quelque chose d'inconscient, la fatigue, la terrible tension de cette dernière année, en raison de la conjuration continentale contre Trujillo, des communistes et de Fidel Castro, des curés, de Washington et du Département d'État, de Figueres, Muñoz Marín et Betancourt, des sanctions économiques, des coups fourrés des exilés. Oui, oui, il se pouvait bien que, sans le vouloir, son rendement au travail, au sein du Parti et au Congrès, ait diminué.

— Le Chef n'accepte pas de défaillances ni de faiblesses, Agustín. Il veut que nous soyons tous comme lui. Infatigables, des rocs, des hommes de fer. Tu le sais bien.

— Et il a raison —, Agustín Cabral frappa sur son bureau. — C'est comme cela qu'il a fait ce pays. Il est toujours resté en selle, Manuel, comme il l'a dit durant la campagne de 1940. Il a le droit d'exiger que nous l'imitions. Je l'ai déçu sans m'en rendre compte. Peut-être pour n'avoir pas su convaincre les évêques de le proclamer Bienfaiteur de l'Église ? Il souhaitait cette réparation, après l'injuste Lettre pastorale. J'ai fait partie, avec Balaguer et Paíno Pichardo, de la commission. Tu crois que c'est cet échec ?

L'ambassadeur fit non de la tête.

— Il est très délicat. Même si cela l'avait contrarié, il ne me l'aurait pas dit. Peut-être est-ce une des raisons. Il faut le comprendre. Cela fait trente et un ans que les gens qu'il a le plus aidés le trahissent. Comment un homme que ses meilleurs amis poignardent dans le dos ne serait-il pas susceptible ?

— Je me souviens de son parfum, dit Urania, après une pause. Depuis, je ne vous mens pas, chaque fois qu'un homme très parfumé me frôle, je revois Manuel Alfonso. Et j'entends encore cette bouillie de paroles, les deux fois où j'ai eu l'honneur de jouir de son agréable compagnie.

Sa main droite chiffonne la nappe sur la table. Sa tante, ses cousines et sa nièce, désorientées par son hostilité et ses sarcasmes, hésitent, mal à l'aise.

— Si ça t'offusque de parler de cette histoire, ne le fais pas, cousine, suggère Manolita.

— Oui, ça m'insupporte, ça me donne envie de vomir, rétorque Urania. Je suis pleine de haine et de dégoût. Je n'ai jamais parlé de cela à personne. Peut-être cela me fera-t-il du bien de m'en libérer une bonne fois. Et qui mieux que la famille pour le faire ?

— Que crois-tu, Manuel ? Le Chef m'accordera-t-il une nouvelle chance ?

— Pourquoi ne prenons-nous pas un whisky, Caboche, s'écrie l'ambassadeur en éludant la réponse. — Il lève les mains, pour prévenir toute protestation. — Je sais bien que je ne devrais pas, qu'on m'a interdit l'alcool. Bah ! Est-ce que ça vaut le coup de vivre en se privant des bonnes choses ? Un whisky de marque, c'est une bonne chose

— Excuse-moi, je ne t'ai rien offert jusqu'à présent. Bien sûr, je boirais bien un verre moi aussi. Descendons au salon. Uranita a dû aller se coucher.

Mais elle n'est pas encore allée au lit. Elle vient de finir son dîner et se lève en les voyant descendre l'escalier.

— Tu étais une fillette la dernière fois que je t'ai vue, lui dit Manuel Alfonso en souriant. Te voilà devenue une demoiselle fort belle. Je parie que tu n'as pas remarqué le changement, Agustín.

— À demain, papa —, Urania embrasse son père. Elle tend la main au visiteur, mais celui-ci approche sa joue, qu'elle embrasse à peine, en rougissant :
— Bonne nuit, monsieur.

— Appelle-moi oncle Manuel, fait-il en l'embrassant sur le front.

Cabral fait signe au majordome et à la domestique qu'ils peuvent se retirer et il va lui-même chercher la bouteille de whisky, les verres, le seau avec les glaçons. Il sert son ami et se sert un verre aussi, également *on the rocks*.

— À ta santé, Manuel.

— À la tienne, Agustín.

L'ambassadeur savoure son alcool avec délectation, en fermant à demi les yeux. « Ah ! que c'est bon ! » s'exclame-t-il. Mais il a du mal à avaler, car son visage se contracte de douleur.

— Je n'ai jamais été ivre, je n'ai jamais perdu le contrôle de mes actes, dit-il. Mais cela oui, j'ai toujours su jouir de la vie. Même quand je me demandais si je mangerais le lendemain, j'ai su tirer le maximum de plaisir de petits riens : un bon verre, un bon cigare, un paysage, un plat bien cuisiné, une femme qui remue gracieusement des hanches.

Il rit, nostalgique, et Cabral l'imite, à contrecœur. Comment le ramener à la seule chose qui lui importe ? Par courtoisie il domine son impatience. Cela fait plusieurs jours qu'il ne boit pas d'alcool, et ces deux ou trois gorgées l'ont étourdi. Pourtant, après avoir de nouveau rempli le verre de Manuel Alfonso, il se ressert également.

— Personne ne dirait que tu as pu avoir des soucis d'argent, Manuel, fait-il en le flattant. Je te revois toujours élégant, magnifique, prodigue, honorant toutes les factures.

L'ex-gravure de mode acquiesce en secouant son verre, aux anges. La lumière du lustre frappe en plein son visage et c'est alors seulement que Cabral remarque la cicatrice sinueuse qui entoure sa gorge. Dur, pour un homme si fier de son visage et de son corps, de se voir tailladé de la sorte.

— Je sais ce que c'est d'avoir faim, Caboche. Jeune homme, à New York, il m'est arrivé de dormir dans la rue, comme un *tramp*. Bien souvent, mon seul repas a été une assiette de pâtes ou un bout de pain. Sans Trujillo, qui sait quel aurait été mon destin ? Quoique j'aie toujours plu aux femmes, je n'ai jamais pu jouer les gigolos, comme notre brave Porfirio Rubirosa. J'aurais probablement fini par tapiner sur le Bowery.

Il vide d'un coup son verre. Le sénateur le remplit à nouveau.

— Je lui dois tout. Ce que je possède, ce que je suis devenu, fait-il en contemplant, la tête basse, les petits cubes de glace. J'ai côtoyé les ministres et les présidents des pays les plus puissants, j'ai été invité à la Maison-Blanche, j'ai joué au poker avec le président Truman, fréquenté les parties fines des Rockfeller. On m'a extirpé ma tumeur à la clinique Mayo, la meilleure du monde, avec le meilleur chirurgien des États-Unis. Qui a payé l'opération ? Le Chef, bien entendu. Tu comprends, Agustín ? Comme notre pays, je dois tout à Trujillo.

Agustín Cabral regretta toutes les fois où, dans l'intimité du Country-Club, du Congrès ou dans une ferme lointaine, dans le cercle d'amis chers (ou qu'ils croyaient tels), il avait ri des plaisanteries contre l'ex-annonceur de Colgate qui devait ses très hautes fonctions diplomatiques et son poste de conseiller de Trujillo aux savons, talcs et parfums qu'il commandait pour Son Excellence, et à son bon goût pour choisir les cravates, costumes, chemises, pyjamas et chaussures du Chef.

— Moi aussi je lui dois tout ce que je suis et tout ce que j'ai fait, Manuel, affirma-t-il. Je te comprends fort bien. C'est pourquoi je suis prêt à tout pour recouvrer son amitié.

Manuel Alfonso le regarda en avançant la tête. Il ne dit rien pendant un long moment, mais il continua à le scruter au visage comme soupesant, millimètre par millimètre, le sérieux de ses paroles.

— C'est le moment de tremper ta chemise, Caboche !

— C'est le second homme qui m'a fait des compliments, après Ramfis Trujillo, dit Urania. Me disant que j'étais belle, que je ressemblais à maman, que j'avais de jolis yeux. J'étais déjà allée en surprise-partie avec des garçons, et j'avais dansé. Cinq ou six fois. Mais jamais personne ne m'avait parlé comme ça. Parce que le compliment de Ramfis, à la foire, s'adressait à une enfant. Le premier à me complimenter comme une petite femme c'est mon *oncle* Manuel Alfonso.

Elle a débité tout cela d'un ton rapide, avec une fureur sourde, et aucune des femmes autour d'elle ne lui demande plus rien. Le silence dans la petite salle à manger ressemble à celui qui précède les coups de tonnerre dans les bruyants orages d'été. Au loin, une sirène blesse la nuit. Samson se déplace nerveusement sur son perchoir, les plumes hérissées.

— Il me semblait un vieil homme et j'avais envie de rire de sa façon de parler si heurtée, et puis sa cicatrice au cou me faisait peur, dit Urania en se tordant les mains. Qu'avais-je à faire d'un compliment en ces moments ? Mais, par la suite, je me suis long-temps souvenue de toutes ces fleurs qu'il m'a lancées.

Elle se tait à nouveau, épuisée. Lucinda fait un

commentaire — « Tu avais quatorze ans, n'est-ce pas ? » — qu'Urania trouve stupide. Lucinda sait fort bien qu'elles ont le même âge. Quatorze ans, quel âge trompeur ! Elles avaient cessé d'être des enfants sans être encore des demoiselles.

— Trois ou quatre mois plus tôt, je venais d'avoir mes règles, murmure-t-elle. J'étais, je crois, en avance.

— Je viens d'y penser, j'y ai pensé en entrant, dit l'ambassadeur en tendant le bras et en se servant un autre whisky, sans oublier de remplir aussi le verre du maître de maison. J'ai toujours été comme ça : d'abord le Chef, puis moi. Tu es resté sans voix, Agustín. Me serais-je trompé ? Je n'ai rien dit, oublie ça. Moi, j'ai déjà oublié. À la tienne, Caboche !

Le sénateur Cabral boit une longue gorgée. Le whisky lui râpe la gorge et rougit ses yeux. Un coq chantait-il à cette heure ?

— C'est que, c'est que..., répète-t-il sans savoir que dire.

— Oublions-le. J'espère que tu ne l'as pas mal pris, Caboche. Oublie ça ! Oublions-le !

Manuel Alfonso s'est levé. Il fait les cent pas entre les meubles anodins du salon, ordonné et nettoyé mais sans cette touche féminine que donne une maîtresse de maison efficace. Le sénateur Cabral pense — combien de fois y a-t-il pensé durant ces années ? — qu'il a mal fait de rester seul, après la mort de sa femme. Il aurait dû se marier, avoir d'autres enfants, peut-être ce malheur ne lui serait-il pas arrivé. Pourquoi ne pas l'avoir fait ? À cause d'Uranita, comme il le disait à tout le monde ? Non. Pour consacrer plus de temps au Chef, jour et nuit, lui démontrer que rien ni personne n'étaient plus importants dans la vie d'Agustín Cabral.

— Je ne l'ai pas mal pris —, il fait un immense effort pour paraître serein. — C'est que je suis déconcerté. Je ne m'attendais pas à cela, Manuel.

— Tu la considères comme une enfant, tu ne t'es pas aperçu qu'elle est devenue une petite femme —, Manuel Alfonso fait tinter les glaçons dans son verre. — Une jolie jeune fille. Tu dois être fier d'avoir une fille pareille.

— Bien sûr, fait-il en ajoutant, maladroitement : Elle a toujours été la première de sa classe.

— Tu sais quoi, Caboche ? Moi, je n'aurais pas hésité une seconde. Non pour reconquérir sa confiance, non pour lui montrer que je suis capable de n'importe quel sacrifice pour lui. Simplement parce que rien ne me donnerait plus de satisfaction, plus de bonheur, que le Chef puisse donner du plaisir à ma fille et y prendre du plaisir. Je n'exagère pas, Agustín. Trujillo est une de ces anomalies de l'histoire. Charlemagne, Napoléon, Bolívar : de cette race. Des forces de la nature, des instruments de Dieu, des bâtisseurs de peuples. C'est l'un d'eux, Caboche. Nous avons eu le privilège d'être à ses côtés, de le voir agir, de collaborer avec lui. Cela n'a pas de prix.

Il a vidé son verre et Agustín Cabral a porté le sien à sa bouche, mais en trempant à peine ses lèvres. Bien qu'il n'éprouvât plus de nausées, il avait maintenant l'estomac tout retourné. Il allait, à tout moment, se mettre à vomir.

— C'est encore une enfant, balbutia-t-il.

— C'est encore mieux ! s'écria l'ambassadeur. Le Chef appréciera davantage ce geste. Il comprendra qu'il s'est trompé, qu'il t'a jugé de façon précipitée, en se laissant guider par des susceptibilités ou en prêtant l'oreille à tes ennemis. Ne pense pas qu'à toi, Agustín. Ne sois pas égoïste. Pense à ta fillette. Que deviendra-t-elle si tu perds tout et finis en prison, accusé de malversations et de détournements ?

— Crois-tu que je n'y ai pas pensé, Manuel ?

L'ambassadeur haussa les épaules.

— Je viens de me rendre compte à quel point elle est devenue belle, répéta-t-il. Le Chef apprécie la beauté. Si je lui dis : « Caboche veut vous offrir, en gage d'affection et de loyauté, sa jolie fille, qui est encore une demoiselle », il ne la repoussera pas. Je le connais. C'est un monsieur, avec un terrible sens de l'honneur. Il se sentira touché au fond du cœur. Il t'appellera. Il te rendra ce qu'il t'a enlevé. Uranita aura son avenir assuré. Pense à elle, Agustín, et défais-toi de tes vieux préjugés. Ne sois pas égoïste.

Il prit de nouveau la bouteille et versa un doigt de whisky dans son verre et celui de Cabral. Il mit avec sa main les cubes de glace dans les deux verres.

— Je viens d'y penser, en la voyant si belle, psalmodia-t-il pour la quatrième ou cinquième fois. — Est-ce que sa gorge le faisait souffrir, le rendait fou ? Il hochait la tête et caressait sa cicatrice du bout des doigts. — Si cela t'offusque, disons que je n'ai rien dit.

— Tu as dit vil et méchant, éclate soudain la tante Adelina. Tu as dit cela de ton père, ce mort vivant qui attend la fin. De mon frère, de l'être que j'ai le plus aimé et respecté. Tu ne sortiras pas d'ici sans m'expliquer le pourquoi de ces insultes, Urania.

— J'ai dit vil et méchant parce qu'il n'y a pas de mots plus forts, explique Urania, lentement. S'il y en avait eu d'autres, je les aurais dits. Il avait ses raisons, sûrement. Des circonstances atténuantes, ses motivations. Mais je ne lui ai pas pardonné ni ne lui pardonnerai jamais.

— Pourquoi l'aider si tu le détestes tellement ? — la vieille femme vibre d'indignation ; elle est très pâle, comme si elle allait s'évanouir. — Pourquoi l'infirmière, les repas ? Laisse-le mourir, alors.

— Je préfère qu'il vive ainsi, comme un mort vivant, en souffrant —, elle parle très calmement, en baissant les yeux. — C'est pour cela que je l'aide, ma tante.

— Mais, mais que t'a-t-il fait pour que tu le détestes ainsi, pour que tu dises quelque chose d'aussi monstrueux ? — Lucindita lève les bras, sans accorder crédit à ce qu'elle vient d'entendre. — Bon sang de bonsoir !

— Tu vas être surpris de ce que je vais te dire, Caboche, s'écrie Manuel Alfonso avec dramatisme. Quand je vois une beauté, un beau morceau, une de ces femmes qui vous tournent la tête, je ne pense pas à moi. Mais au Chef. Oui, à lui. Aimerait-il la serrer dans ses bras, l'aimer ? Cela, je ne l'ai jamais raconté à personne. Pas même au Chef. Mais il le sait bien, que pour moi il a toujours été le premier, même en cela. Et je te ferai remarquer que moi j'aime beau-coup les femmes, Agustín. Ne crois pas que je me sois sacrifié en lui cédant de beaux brins de fille par adu-lation, pour obtenir des faveurs ou faire des affaires. C'est ce que croient les gens méprisables, les porcs. Sais-tu pourquoi ? Par tendresse, par compassion, par pitié. Tu peux le comprendre, toi, Caboche. Nous savons, toi et moi, ce qu'a été sa vie. Travailler du matin au soir, sept jours par semaine et douze mois par an. Sans jamais s'arrêter. S'occupant du plus important et du plus infime. Prenant à tout moment des décisions dont dépendent la vie et la mort de trois millions de Dominicains. Pour nous faire entrer dans le XXe siècle. En se gardant des rancœurs, de la médiocrité, de l'ingratitude de tant de pauvres diables. Un homme comme ça ne mérite-t-il pas de se distraire de temps en temps ? De jouir de quelques minutes avec une femme ? Une de ses rares compen-sations dans la vie, Agustín. C'est pourquoi je me sens fier de ce que disent de moi tant de langues de vipère : l'entremetteur du Chef. Oui, j'en suis fier, Caboche !

Il porta le verre de whisky à ses lèvres et mit dans sa bouche un glaçon. Il resta un bon moment à le sucer en silence, concentré, exténué par ce soliloque. Cabral l'observait, silencieux lui aussi, caressant son verre plein de whisky.

— On a fini la bouteille et je n'en ai pas d'autre, s'excusa-t-il. Prends le mien, je ne peux boire davantage.

Acquiesçant, l'ambassadeur lui tendit son verre vide où le sénateur versa ce qu'il avait dans le sien.

— Je suis ému de ce que tu dis, Manuel, murmura-t-il. Mais je ne suis pas surpris. Ce que tu éprouves pour lui, cette admiration, cette gratitude, c'est ce que j'ai toujours ressenti pour le Chef. C'est pour ça que cette situation me fait si mal.

L'ambassadeur posa une main sur son épaule.

— Ça va s'arranger, Caboche. Je parlerai avec lui. Je sais comment lui dire les choses. Je lui expliquerai. Je ne lui dirai pas que c'est une idée à moi, mais que c'est venu de toi. Une initiative d'Agustín Cabral. Un fidèle à toute épreuve, même dans sa disgrâce et son humiliation. Tu connais bien le Chef. Il aime les gestes. Il a beau avoir son âge et une santé chancelante, jamais il n'a refusé les défis de l'amour. J'organiserai tout, dans la plus totale discrétion. Ne t'inquiète pas. Tu retrouveras ta position, ceux qui t'ont tourné le dos se presseront bientôt à ta porte. Je dois m'en aller maintenant. Merci pour les whiskys. Chez moi, on ne me laisse pas goûter une goutte d'alcool. Ça m'a fait du bien de sentir dans ma pauvre gorge ce chatouillement un peu brûlant, un peu amer. Au revoir, Caboche. Ne te fais plus de souci. Laisse-moi faire. Et toi, prépare plutôt Uranita. Sans entrer dans les détails. Ce n'est pas nécessaire. Le Chef s'en chargera. Tu ne peux pas imaginer sa délicatesse, sa tendresse, son pouvoir de séduction dans ce genre de situations. Il la rendra heureuse, il la récompensera, son avenir sera assuré. Il l'a toujours fait. À plus forte raison avec une enfant si douce et si belle.

Il gagna la sortie en titubant, et quitta la maison en claquant légèrement la porte. Du canapé du salon où il restait prostré, le verre vide à la main, Agustín Cabral entendit sa voiture démarrer et partir. Il se sentait las, pris d'une aboulie incommensurable. Il n'aurait jamais la force de se lever, de monter l'escalier, de se déshabiller, d'aller aux toilettes, de se laver les dents, de se coucher, d'éteindre la lumière.

— Tu essayes de dire que Manuel Alfonso a proposé à ton père que, que... ? — la tante Adelina ne peut achever, la colère l'étouffe, elle ne trouve pas les mots qui atténuent, qui rendent présentable ce qu'elle veut dire. Pour finir malgré tout, elle menace de son poing Samson le perroquet qui n'a même pas ouvert le bec. — Tais-toi, sale bête !

— Je n'essaye pas. Je te raconte ce qui s'est passé, dit Urania. Si tu ne veux pas l'entendre, je me tais et m'en repars.

La tante Adelina ouvre la bouche, mais elle ne parvient pas à dire un mot.

Par ailleurs, Urania ne connaissait pas non plus les détails de la conversation entre Manuel Alfonso et son père ce soir où, pour la première fois de sa vie, le sénateur ne monta pas se coucher. Il resta endormi au salon, tout habillé, un verre et une bouteille de whisky vide à ses pieds. Elle fut stupéfaite, le lendemain matin, en descendant prendre son petit déjeuner avant de se rendre au collège, par ce spectacle. Son père n'était pas un ivrogne, au contraire, il critiquait toujours ceux qui s'adonnaient à la boisson et à la bringue. Il s'était soûlé par désespoir, parce qu'il était traqué, poursuivi, harcelé par la justice, destitué, ruiné, pour quelque chose qu'il n'avait pas fait. Elle éclata en sanglots, embrassa son père, affalé dans un fauteuil. Quand celui-ci ouvrit les yeux et la vit près de lui qui pleurait, il l'embrassa à plusieurs reprises : « Ne pleure pas, ma chérie. Nous allons nous en sortir, tu verras, nous ne nous laisserons pas abattre. » Il se leva, rajusta ses vêtements, accompagna sa fille dans la salle à manger. Tandis qu'il lui caressait les cheveux et lui disait de ne rien raconter au collège, il l'observait d'une façon bizarre.

— Il devait hésiter, se ronger, imagine alors Urania. Penser à s'exiler. Mais jamais il n'aurait pu entrer dans une ambassade. Il n'y avait plus de légations latino-américaines depuis les sanctions. Et les *caliés* surveillaient, montaient la garde à la porte de celles qui restaient. Il a dû passer un jour horrible à lutter contre ses scrupules. Cet après-midi-là, quand je suis rentrée du collège, il avait franchi le pas.

La tante Adelina ne proteste pas. Elle se contente de la regarder, du fond de ses orbites creuses, avec un mélange de reproche et d'épouvante, et une incrédulité qui, malgré ses efforts, se dissipe. Manolita roule et déroule une boucle de ses cheveux. Lucinda et Marianita sont pétrifiées comme des statues.

Il s'était baigné et habillé avec sa correction habituelle ; il ne restait plus trace de sa mauvaise nuit. Mais il n'avait rien mangé, et ses doutes, son amertume se reflétaient dans sa pâleur cadavérique, ses cernes et l'éclat apeuré de ses yeux.

— Tu te sens mal, papa ? Pourquoi es-tu si pâle ?

— Nous devons parler, Uranita. Viens, montons dans ta chambre. Je ne veux pas que les domestiques nous entendent.

« On va le mettre en prison, pensa la fillette. Il va me dire que je dois aller vivre chez l'oncle Aníbal et la tante Adelina. »

Ils entrèrent dans sa chambre, Urania jeta pêle-mêle ses livres sur son bureau d'écolière et s'assit au bord du lit (« Avec son couvre-lit bleu et les petits animaux de Walt Disney »). Son père alla s'accouder à la fenêtre.

— Tu es ce que j'aime le plus au monde, lui dit-il en souriant. Ce que j'ai de meilleur. Depuis la mort de ta mère, tu es la seule chose qui me reste dans la vie. Tu te rends compte, ma petite fille ?

— Bien sûr, papa, répondit-elle. Quelle autre terrible chose s'est donc produite ? On va te mettre en prison ?

— Non, non, fit-il en secouant la tête. Il y a, plutôt, une possibilité de tout arranger.

Il marqua une pause, incapable de poursuivre. Ses lèvres, ses mains tremblaient. Elle le regardait, surprise. Mais voyons, c'était une bonne nouvelle. Une possibilité qu'on cesse de l'attaquer à la radio et dans la presse ? Qu'il retrouve son siège de président du Sénat ? Si c'est vrai, pourquoi fais-tu cette tête, papa, tu as l'air si abattu, si triste.

— Parce qu'on me demande un sacrifice, ma petite fille, murmura-t-il. Je veux que tu saches une chose. Je ne ferais jamais rien, rien, comprends-tu ? qui ne soit pour ton bien, mets-toi ça dans la tête. Jure-moi que tu n'oublieras jamais ce que je te dis.

Urania commence à s'irriter. De quoi parlait-il ? Pourquoi ne le lui disait-il pas une bonne fois ?

— Bien sûr, papa, dit-elle à la fin d'un air las. Mais que s'est-il passé et pourquoi tant de détours ?

Son père se laissa tomber sur le lit à ses côtés, la prit par les épaules, la pressa contre lui et lui embrassa les cheveux.

— Il y a une fête et le Généralissime t'a invitée, disait-il en pressant ses lèvres contre le front de la fillette. Dans sa maison de San Cristóbal, à l'Hacienda Fundación.

Urania se dégagea de ses bras.

— Une fête ? Et Trujillo nous invite ? Mais papa, cela veut dire que tout est réglé, n'est-ce pas ?

Le sénateur Cabral haussa les épaules.

— Je ne sais pas, Uranita. Le Chef est imprévisible. Il n'est pas toujours facile de deviner ses intentions. Il ne nous a pas invités tous les deux. Seulement toi.

— Moi?

— C'est Manuel Alfonso qui va te conduire. Il te ramènera aussi. Je ne sais pourquoi il t'invite, toi et pas moi. C'est sûrement un premier geste, une façon de me faire savoir que tout n'est pas perdu. C'est, du moins, ce que déduit Manuel.

— Comme il se sentait mal, dit Urania, et elle remarquait que sa tante Adelina, la tête basse, a perdu de son assurance et ne la gronde plus du regard. Il s'embrouillait, se contredisait. Il tremblait que je ne puisse croire à ses mensonges.

— Manuel Alfonso a pu le tromper aussi... —, commence à dire la tante Adelina, mais sa phrase s'interrompt et, l'air contrit, elle fait des gestes d'excuse des mains et de la tête.

— Si tu ne veux pas y aller, tu n'iras pas, Uranita —, Agustín Cabral se masse les mains comme si, dans ce chaud crépuscule qui vire à la nuit, il avait froid. — J'appelle sur-le-champ Manuel Alfonso et je lui dis que tu ne te sens pas bien, qu'il t'excuse auprès du Chef. Tu n'as aucune obligation, ma petite fille.

Elle ne sait que répondre. Pourquoi devait-elle prendre, elle, pareille décision?

— Je ne sais pas, papa, fait-elle hésitante, confuse. Cela me semble tellement bizarre. Pourquoi m'inviter moi seule? Qu'est-ce que je vais faire là-bas, dans une fête de vieux? Ou est-ce qu'il a invité aussi d'autres filles de mon âge?

La pomme d'Adam monte et descend sur la gorge maigre du sénateur Cabral. Son regard est fuyant.

— Du moment qu'il t'a invitée, toi, il a dû aussi

inviter d'autres jeunes personnes, balbutie-t-il. Cela veut dire qu'il ne te considère plus comme une enfant, mais comme une demoiselle.

— Mais il ne me connaît pas, il ne m'a vue que de loin, parmi un tas de gens. Comment se souviendrait-il de moi, papa ?

— On lui aura parlé de toi, Uranita, bredouille son père. Je te le répète, tu n'as aucune obligation. Si tu veux, j'appelle Manuel Alfonso pour lui dire que tu ne te sens pas bien.

— Bon, eh bien, je ne sais pas. Si tu veux que j'y aille, j'y vais, et sinon, je n'y vais pas. Ce que je veux, moi, c'est t'aider. Si je ne réponds pas à son invitation, ne sera-t-il pas fâché ?

— Tu ne te rendais compte de rien ? s'enhardit à lui demander Manolita.

De rien, Urania. Tu étais encore une enfant, quand être une enfant voulait dire être totalement innocente devant certaines choses comme le désir, les instincts et le pouvoir, et tous les excès et la bestialité que ces choses pouvaient pêle-mêle signifier dans un pays modelé par Trujillo. Elle, qui était éveillée, tout lui semblait précipité, bien sûr. Où avait-on vu une invitation à une fête signifiée le jour même, sans donner à l'invitée le temps de se préparer ? Mais c'était une fille normale, saine — le dernier jour où tu le serais, Urania — et romanesque, et, soudain, cette fête à San Cristóbal, dans la fameuse hacienda du Généralissime, d'où sortaient les chevaux et les vaches qui gagnaient tous les concours, ne pouvait que l'exciter, l'emplir de curiosité, en pensant à ce qu'elle raconterait à ses amies du Santo Domingo, l'envie qu'elle susciterait chez ces compagnes qui, ces derniers jours, lui en avaient fait voir de dures en rapportant les énormités répandues dans la presse et à la radio contre le sénateur Agustín Cabral. Pourquoi se serait-elle méfiée de quelque chose qui avait l'agrément de son père ? Elle était plutôt pleine de joie que, comme disait le sénateur, cette invitation soit le premier signe d'une réconciliation, un geste pour faire savoir à son père que son calvaire était terminé.

Elle ne se douta de rien. La petite femme en herbe qu'elle était se soucia de choses plus légères, qu'allait-elle mettre, papa ? quelles chaussures ? dommage qu'il soit si tard, on aurait pu téléphoner à la coiffeuse qui l'avait coiffée et maquillée le mois dernier, lorsqu'elle avait été demoiselle d'honneur de la Reine de Saint-Domingue. Ce fut sa seule préoccupation, à partir du moment où, pour ne pas offenser le Chef, son père et elle avaient décidé qu'elle se rendrait à cette fête. Don Manuel Alfonso viendrait la prendre à huit heures du soir. Il ne lui restait plus de temps pour faire ses devoirs d'école.

— Jusqu'à quelle heure as-tu dit à monsieur Alfonso que je peux rester ?

— Eh bien, jusqu'à ce que les gens commencent à partir, dit le sénateur Cabral en se massant les mains. Si tu veux partir avant, parce que tu te sentirais fatiguée ou quoi que ce soit, dis-le et Manuel Alfonso te ramènera immédiatement.

XVII

Quand le docteur Vélez Santana et Bienvenido García, le gendre du général Juan Tomás Díaz, emmenèrent dans leur fourgonnette Pedro Livio Cedeño à la Clinique internationale, le trio inséparable — Amadito, Antonio Imbert et le Turc Estrella Sadhalá — se décida : cela n'avait pas de sens de continuer à attendre là que le général Díaz, Luis Amiama et Antonio de la Maza retrouvent le général José René Román. Il valait mieux chercher un médecin qui soigne leurs blessures, changer leurs vêtements tachés et trouver un refuge, jusqu'à ce que les choses s'éclaircissent. À quel médecin de confiance pouvaient-ils faire appel à cette heure ? Il était près de minuit.

— Mon cousin Manuel, dit Imbert. Manuel Durán Barreras. Il habite près d'ici et il a son cabinet tout près de la maison. C'est quelqu'un de confiance.

Tony avait la mine sombre, ce qui surprit Amadito. Dans l'auto où Salvador les conduisait chez le docteur Durán Barreras — la ville était silencieuse et les rues sans circulation, on ne connaissait pas encore la nouvelle —, il lui demanda :

— Pourquoi cette tête d'enterrement ?

— Tout est tombé à l'eau, répondit Imbert sourdement.

Le Turc et le lieutenant le regardèrent.

— Vous trouvez normal que Pupo Román ne se manifeste pas ? ajouta-t-il entre ses dents. Il n'y a que deux explications. Ou bien on l'a démasqué et il est prisonnier, ou bien il a eu les foies. En tout cas, nous sommes foutus.

— Mais nous avons tué Trujillo, Tony ! lui dit Amadito pour lui remonter le moral. Personne ne va le ressusciter.

— Ne crois pas que je regrette, dit Imbert. À vrai dire, je ne me suis jamais fait d'illusions sur le coup d'État, la Junte civile et militaire, ces rêves d'Antonio de la Maza. Je nous ai toujours vus comme un commando suicide.

— Tu aurais pu le dire avant, mon frère, blagua Amadito. Pour écrire mon testament.

Le Turc les laissa chez le docteur Durán Barreras et regagna son domicile ; comme les *caliés* allaient bientôt découvrir sa voiture abandonnée sur la route, il voulait alerter sa femme et ses enfants, et prendre un peu de linge et d'argent. Le docteur Durán Barreras était couché. Il sortit en robe de chambre, les yeux ensommeillés. Sa mâchoire se décrocha quand Imbert lui expliqua pourquoi ils étaient couverts de sang et de boue et ce qu'ils attendaient de lui. Durant plusieurs secondes il les regarda ahuri, avec son grand visage osseux, pas rasé, déformé par la perplexité. Amadito pouvait voir sa pomme d'Adam monter et descendre le long de sa gorge. De temps en temps il se frottait les yeux comme s'il craignait de voir des fantômes. Finalement, il réagit :

— La première chose, c'est de vous soigner. Allons à mon cabinet.

Celui qui était en piteux état c'était Amadito. Une balle lui avait perforé la cheville ; on voyait les trous d'entrée et de sortie du projectile, avec des esquilles pointant par la blessure. L'enflure lui déformait le pied et une partie de la cheville.

— Je ne sais pas comment tu peux rester debout dans cet état désastreux, fit le docteur tout en désinfectant la plaie.

— C'est seulement maintenant que je me rends compte que ça me fait mal, répondit le lieutenant.

Dans l'euphorie de l'événement, il avait à peine prêté attention à son pied. Mais maintenant la douleur était là, accompagnée d'un fourmillement brûlant qui montait jusqu'au genou. Le médecin le banda, lui fit une piqûre et lui donna un flacon avec des cachets, à prendre toutes les quatre heures.

— Sais-tu où aller? lui demanda Imbert tandis qu'on le soignait.

Amadito pensa immédiatement à sa tante Meca. C'était une de ses onze grand-tantes, celle qui l'avait le plus gâté depuis son enfance. La petite vieille vivait seule, dans une maison de bois pleine de pots de fleurs, sur l'avenue San Martín, non loin du parc de l'Indépendance.

— C'est chez nos parents qu'on va nous chercher en premier, lui fit remarquer Tony. Un ami de confiance serait préférable.

— Tous mes amis sont militaires, mon frère, et trujillistes à tous crins.

Il voyait Imbert si préoccupé et si pessimiste qu'il ne pouvait comprendre. Pupo Román allait apparaître et mettre le plan en marche, c'était certain. Et en tout cas, avec la mort de Trujillo, le régime s'écroulerait comme un château de cartes.

— Je crois que je peux t'aider, petit, intervint le docteur Durán Barreras. Le mécanicien qui répare ma fourgonnette a une petite ferme et veut la louer. Du côté du boulevard Ozama. Je lui parle?

Il le fit et cela s'avéra des plus faciles. Le mécanicien s'appelait Antonio Sánchez (Toño) et, malgré l'heure tardive, il rappliqua dès que le docteur l'appela. Ils lui racontèrent la vérité. « Putain, cette nuit je me soûle la gueule ! » s'écria-t-il. C'était un honneur que de leur prêter sa fermette. Le lieutenant y serait à l'abri, il n'y avait pas de voisins aux alentours. Lui-même le conduirait dans sa Jeep, et il ferait en sorte qu'il ait de quoi manger.

— Comment te payer pour tout cela, toubib ? demanda Amadito à Durán Barreras.

— En prenant soin de toi, petit, fit le médecin en lui tendant la main et en le regardant avec compassion. Je ne voudrais pas être à ta place si on t'arrêtait.

— Cela n'arrivera pas, toubib.

Il était resté sans munitions, mais Imbert en avait une bonne provision et lui offrit une poignée de balles. Le lieutenant chargea son pistolet 45 et, en guise d'adieu, il affirma :

— Comme ça, je me sens plus en sécurité.

— J'espère te voir bientôt, Amadito, dit Tony en l'embrassant. Ton amitié est une des meilleures choses qui me soient arrivées.

En rejoignant le boulevard Ozama dans la Jeep de Toño Sánchez, ils s'aperçurent que la ville avait changé. Ils croisèrent deux Coccinelle avec des *caliés* et, en traversant le pont Radhamés, ils virent arriver un 4×4 dont sautèrent des gardes pour mettre en place des chevaux de frise.

— Ils savent que le Bouc est mort, dit Amadito. J'aimerais voir leur gueule maintenant que les voilà sans chef.

— Personne ne le croira avant de voir et de flairer son cadavre, dit le mécanicien. Ça va bougrement changer dans ce pays sans Trujillo, bordel de merde !

La fermette était une construction rustique, au centre d'une propriété de dix arpents, non cultivés. La baraque était à moitié vide : un châlit avec un matelas, des chaises cassées, et une bonbonne d'eau distillée. « Demain je t'apporterai quelque chose à manger, lui promit Toño Sánchez. Ne t'en fais pas. Ici personne ne viendra te chercher. »

La maison n'avait pas de lumière électrique. Amadito retira ses chaussures et se jeta tout habillé sur le lit. La Jeep de Toño Sánchez démarra et le bruit du moteur s'évanouit au loin. Il était fatigué, son talon et sa cheville lui faisaient mal, mais il se sentait l'âme sereine. Trujillo mort, il était soulagé d'un grand poids. La mauvaise conscience qui le rongeait depuis qu'il s'était vu contraint de tuer ce pauvre homme — le frère de Luisa Gil, mon Dieu ! —, cette fois se dissiperait sûrement. Il redeviendrait comme avant, un garçon qui se regardait dans la glace sans être dégoûté du visage qui s'y reflétait. Ah, putain, s'il pouvait aussi en finir avec Abbes García et le major Roberto Figueroa Carrión, plus rien ne lui importerait ! Il mourrait en paix. Il se pelotonna, changea plusieurs fois de position à la recherche du sommeil, mais en vain. Il entendit dans l'obscurité des petits bruits, des petites pattes qui couraient. À l'aube, l'excitation et la douleur se relâchèrent et il put sombrer quelques heures dans le sommeil. Il se réveilla en sursaut. Il avait eu un cauchemar, mais il ne s'en souvenait plus.

Il passa toutes les heures du lendemain à épier par les fenêtres l'apparition de la Jeep. Il n'y avait rien à manger dans la maisonnette, mais il n'avait pas faim. Les gorgées d'eau distillée qu'il prenait de temps en temps trompaient son estomac. Mais il était tourmenté par la solitude, l'ennui, le manque de nouvelles. Si au moins il avait une radio ! Il résista à la tentation de sortir vers quelque endroit habité, en quête d'un journal. Tiens bon, petit, Toño Sánchez va venir.

Il ne vint qu'au troisième jour. Il surgit le 2 juin à midi, précisément le jour de son anniversaire, quand

Amadito, à demi mort de faim et désespéré par le manque de nouvelles, faisait trente-deux ans. Toño n'était plus le bonhomme expansif et sûr de lui qui l'avait amené ici. Il était pâle, rongé d'inquiétude, pas rasé, et il bégayait. Il lui tendit une Thermos avec du café chaud et des sandwichs à la saucisse et au fromage qu'Amadito dévora tout en écoutant les mauvaises nouvelles. Son portrait était dans tous les journaux et on le diffusait à tout moment à la télé, en même temps que ceux du général Juan Tomás Díaz, d'Antonio de la Maza, d'Estrella Sadhalá, de Fifí Pastoriza, de Pedro Livio Cedeño, d'Antonio Imbert, de Huáscar Tejeda et de Luis Amiama. Pedro Livio Cedeño, arrêté, les avait dénoncés. On offrait des montagnes de pesos à qui fournirait des informations sur eux. On poursuivait impitoyablement toute personne suspecte d'antitrujillisme. Le docteur Durán Barreras avait été arrêté la veille ; Toño pensait que, soumis à la torture, il finirait par les dénoncer. C'était très dangereux pour Amadito de rester ici.

— Je ne resterais pas ici même si c'était une cachette sûre, Toño, lui dit le lieutenant. Qu'on me tue, plutôt que de passer encore trois jours dans cette solitude.

— Et où vas-tu aller ?

Il pensa à son cousin Máximo Mieses, qui avait un lopin de terre sur la route de Duarte. Mais Toño l'en dissuada : les routes étaient pleines de patrouilles qui fouillaient les véhicules. Il n'arriverait jamais à la ferme de son cousin sans être reconnu.

— Tu ne te rends pas compte de la situation, dit, furieux, Toño Sánchez. Il y a des centaines d'arrestations. Ils sont comme des fous, à vous chercher.

— Qu'ils aillent se faire foutre ! dit Amadito. Qu'ils me butent. Le Bouc est raide et ils ne le ressusciteront pas. Ne t'en fais pas, mon frère. Tu as fait beaucoup pour moi. Peux-tu me conduire jusqu'à la route ? Je regagnerai la capitale en marchant.

— J'ai peur, mais pas assez pour te laisser tomber, je ne suis pas un fils de pute, dit Toño plus calme et, lui tapotant le dos : Allons-y, je te conduis. Si on nous cueille, tu m'as forcé avec ton feu, d'accord ?

Il installa Amadito sur la banquette arrière de la Jeep, sous une bâche, sur laquelle il posa un rouleau de corde et des bidons d'essence qui brinquebalaient sur le corps ramassé du lieutenant. La position lui donna des crampes et accrut sa douleur au pied ; à chaque ornière, il se cognait les épaules, le dos, la tête. Mais à aucun moment il ne négligea son pistolet 45 qu'il tenait à la main droite, sans cran de sûreté. Quoi qu'il arrive, on ne le prendrait pas vivant. Il n'avait pas peur. À vrai dire, il n'avait guère d'espoir de s'en sortir. Mais qu'importait, après tout ? Il ne s'était pas senti aussi tranquille depuis cette sinistre nuit avec Johnny Abbes.

— On arrive au pont Radhamés —, entendit-il Toño Sánchez murmurer, épouvanté. — Ne bouge surtout pas, ne fais aucun bruit, une patrouille.

La Jeep stoppa. Il entendit des voix, des pas et ensuite une pause, suivie d'exclamations amicales : « Mais c'est toi, Toñito. — Qu'y a-t-il, vieux ? » On l'autorisa à poursuivre, sans fouiller le véhicule. Ils devaient se trouver au milieu du pont quand il entendit à nouveau Toño Sánchez :

— Le capitaine était mon ami, ce grand échalas de Rasputín, quelle chance, putain ! J'ai encore le trouillomètre à zéro, Amadito. Où je te laisse ?

— Avenue San Martín.

Peu après, la Jeep stoppa.

— Je ne vois de *caliés* nulle part, profites-en, lui dit Toño. Que Dieu te garde, mon gars.

Le lieutenant rejeta la bâche et les bidons et sauta sur le trottoir. Quelques autos passaient, mais il ne vit aucun piéton, sauf un homme avec une canne qui s'éloignait, de dos.

— Que Dieu te le rende, Toño.

— Qu'Il te garde, répéta Toño Sánchez en démarrant.

La maisonnette de la tante Meca — tout en bois, sans étage, avec une grille et pas de jardin, mais entourée de pots de géraniums aux fenêtres — se trouvait à quelque vingt mètres, qu'Amadito franchit à grandes enjambées, en boitant et sans cacher son pistolet. Dès qu'il toqua, la porte s'ouvrit. La tante Meca n'eut pas le temps de s'étonner, parce que le lieutenant entra vivement, l'écartant et fermant la porte derrière lui.

— Je ne sais que faire, où me cacher, tante Meca. Je reste un ou deux jours, le temps de trouver une planque.

Sa tante l'embrassait et le caressait avec sa tendresse habituelle. Elle n'avait pas l'air aussi effrayée qu'Amadito le craignait.

— On a dû te voir, mon petit. Quelle idée de venir en plein jour ! Mes voisins sont des trujillistes furibonds. Tu es couvert de sang. Et ces pansements ? Tu es blessé ?

Amadito épiait la rue à travers les rideaux. Il n'y avait personne sur les trottoirs. Portes et fenêtres, de l'autre côté de la rue, étaient fermées.

— Depuis qu'on a appris la nouvelle je prie San Pedro Claver pour toi, Amadito, c'est un saint si miraculeux —, sa tante Meca tenait sa tête entre ses mains. — Quand tu es apparu à la télé et dans *El Caribe*, plusieurs voisines sont venues m'interroger, mettre le nez ici. J'espère qu'elles ne t'ont pas vu. Dans quel état tu es, mon petit. Veux-tu quelque chose ?

— Oui, ma tante, fit-il en riant et en caressant ses

cheveux blancs. Une douche et de quoi manger. Je meurs de faim.

— Et en plus c'est ton anniversaire! dit la tante Meca en l'embrassant encore.

C'était une petite vieille menue et énergique, l'expression ferme, les yeux profonds et pleins de bonté. Elle l'aida à ôter son pantalon et sa chemise, pour les nettoyer, et tandis qu'Amadito se douchait — ce fut un plaisir des dieux —, elle lui réchauffa tous les restes qu'elle avait à la cuisine. En slip et tricot de peau, le lieutenant trouva sur la table un banquet : banane frite, saucisse, riz, poulet rôti. Il mangea de bon appétit, en écoutant les histoires de sa tante Meca. L'effervescence dans la famille en apprenant qu'il était un des assassins de Trujillo. Chez trois de ses sœurs, les *caliés* s'étaient présentés, au petit matin, pour le chercher. Ici, ils n'étaient pas encore venus.

— Si ça ne te fait rien, j'aimerais dormir un peu, ma tante. Cela fait des jours que je ne ferme pas l'œil. D'ennui. Je me sens heureux d'être ici avec toi.

Elle le mena à sa chambre et le fit s'étendre sur le lit, sous une image de San Pedro Claver, son saint favori. Elle ferma les volets pour obscurcir la pièce, et lui dit que, pendant qu'il ferait la sieste, elle nettoierait et repasserait son uniforme. « Et nous verrons bien où te cacher, Amadito. » Elle l'embrassa plusieurs fois sur le front et la tête : « Et moi qui te croyais trujilliste, petit. » Il s'endormit sur-le-champ. Il rêva que le Turc Sadhalá et Antonio Imbert l'appelaient avec insistance : « Amadito! Amadito! » Ils voulaient lui faire savoir quelque chose d'important, mais lui ne comprenait ni leurs gestes ni leurs mots. Il lui sembla qu'il venait de fermer les yeux quand il sentit qu'on le secouait. C'était la tante Meca, si blanche et épouvantée qu'il eut de la peine pour elle, et du remords de l'avoir mise dans ce pétrin.

— Ils sont là, ils sont là, disait-elle en s'étouffant et en se signant. Dix ou douze de leurs voitures et une foule de *caliés*, mon petit.

Il était maintenant lucide et savait parfaitement quoi faire. Il obligea la vieille femme à se coucher par terre, derrière le lit, contre le mur, aux pieds de San Pedro Claver.

— Ne bouge pas, ne te relève pour rien au monde, lui ordonna-t-il. Je t'aime beaucoup, tante Meca.

Il tenait son calibre 45 à la main. Nu-pieds, vêtu seulement du tricot de peau et du slip kaki de son uniforme, il se glissa, collé au mur, jusqu'à la porte d'entrée. Il épia entre les rideaux, sans se laisser voir. C'était un après-midi nuageux et au loin on entendait un rythme de boléro. Plusieurs Volkswagen noires du S.I.M. barraient la chaussée. Il y avait au moins une vingtaine de *caliés* armés de mitraillettes et de revolvers, entourant la maison. Trois individus étaient face à la porte. L'un d'eux cogna avec le poing, en faisant trembler les boiseries, criant à tue-tête :

— On sait que tu es là, García Guerrero ! Sors les bras en l'air, si tu ne veux pas mourir comme un chien !

« Comme un chien, non », murmura-t-il. En même temps qu'il ouvrait la porte de la main gauche, il tira de la droite. Il réussit à vider son chargeur et vit tomber, en rugissant, touché en pleine poitrine, celui qui lui ordonnait de se rendre. Mais criblé par d'innombrables balles, il ne vit pas qu'en plus d'avoir tué ce *calié*, il en avait blessé deux autres, avant de mourir lui-même. Il ne vit pas comment son corps était jeté — comme les chasseurs jetaient leur gibier mort en chassant sur la Cordillère Centrale — sur le toit d'une Volkswagen et qu'ainsi, ses chevilles et ses poignets tenus par les hommes de Johnny Abbes qui se trouvaient à l'intérieur du véhicule, il fut exhibé devant les badauds du parc de l'Indépendance, où ses bourreaux firent un tour triomphal, tandis que d'autres *caliés* pénétraient dans la maison, trouvaient la tante Meca plus morte que vive là où il l'avait laissée, et la conduisaient brutalement en lui crachant dessus jusqu'aux locaux du S.I.M., en même temps qu'une foule cupide, sous le regard moqueur ou impavide de la police, mettait la maison à sac, en faisant main basse sur tout ce que les *caliés* n'avaient pas volé auparavant, puis la cassaient, la démolissaient, la flanquaient à bas avant de la brûler jusqu'à ne laisser, la nuit venue, que cendres et décombres calcinés.

XVIII

Quand un des soldats de la garde personnelle fit entrer dans le bureau Luis Rodríguez, le chauffeur de Manuel Alfonso, le Généralissime se leva pour l'accueillir, ce qu'il ne faisait pas même avec les personnages les plus importants

— Comment va l'ambassadeur ? lui demanda-t-il avec anxiété.

— Couci-couça, Chef —, le chauffeur prit un air de circonstance et se toucha la gorge. — Il souffre beaucoup, à nouveau. Ce matin il a appelé le docteur pour qu'il lui fasse une piqûre.

Pauvre Manuel. Ce n'était pas juste, merde ! Qu'un homme qui a voué sa vie à soigner son corps, à être beau, élégant, à résister à la maudite loi de la nature qui enlaidit tout, soit puni de la sorte, dans ce qui peut le plus l'humilier : ce visage qui respirait la vie, la beauté, la santé. Il aurait mieux valu qu'il restât sur la table d'opération. Lorsqu'il l'avait vu revenir à Ciudad Trujillo après son opération à la clinique Mayo, le Bienfaiteur en avait eu les larmes aux yeux. Quelle ruine il était devenu ! Et on le comprenait à peine, maintenant qu'on lui avait retiré la moitié de la langue.

— Salue-le de ma part —, le Généralissime examina Luis Rodríguez ; complet sombre, chemise

409

blanche, cravate bleue, souliers vernis : le Noir le plus élégant de la République dominicaine. — Quelles nouvelles ?

— Très bonnes, Chef —, les grands yeux de Luis Rodríguez pétillèrent. — J'ai trouvé la fille, il n'y a pas eu de problème. Quand vous voudrez.

— C'est sûr que c'est la même ?

Le grand visage brun, zébré de cicatrices et moustachu, acquiesça à plusieurs reprises.

— Tout à fait sûr. Celle qui vous a remis le bouquet de fleurs lundi dernier, au nom de la Jeunesse de San Cristóbal. Yolanda Esterel. Dix-sept ans à peine. Voici sa photo.

C'était une photo de livret scolaire, mais Trujillo reconnut les petits yeux langoureux, la bouche aux grosses lèvres et les longs cheveux balayant ses épaules. La demoiselle avait défilé à la tête des classes, en portant un grand portrait du Généralissime, devant la tribune dressée au parc central de San Cristóbal, et ensuite elle était montée sur l'estrade pour lui offrir un bouquet de roses et d'hortensias enveloppé de cellophane. Il se rappela son corps potelé, ses formes développées, ses petits seins en liberté, dessinés sous la blouse, ses hanches saillantes. Un chatouillement aux testicules lui remonta le moral.

— Conduis-la à la Maison d'Acajou, sur les dix heures, dit-il en réprimant son imagination qui lui faisait perdre son temps. Assure Manuel de mon affection. Qu'il prenne soin de lui.

— Oui, Chef, je le lui dirai de votre part. Je l'amènerai un peu avant dix heures.

Il s'en retourna en faisant des courbettes. Le Généralissime appela, par un des six téléphones posés sur son bureau laqué, le piquet de garde à la Maison d'Acajou, pour que Benita Sepúlveda parfumât les chambres à l'anis et y mette des fleurs fraîches.

(C'était une précaution inutile, car la gouvernante, sachant qu'il pouvait apparaître à tout moment, tenait toujours bien astiquée la Maison d'Acajou, mais il ne manquait jamais de la prévenir.) Il donna l'ordre à sa garde personnelle de sortir la Chevrolet et d'appeler son chauffeur, aide de camp et garde du corps, Zacarías de la Cruz, car cette nuit, après la promenade, il se rendrait à San Cristóbal.

La perspective l'avait enthousiasmé. Ne serait-ce pas la fille de cette directrice d'école de San Cristóbal qui, dix ans plus tôt, lui avait récité une poésie de Salomé Ureña, au cours d'une autre visite politique dans sa ville natale, si excitante avec ses aisselles épilées, qu'elle exhibait en déclamant, qu'il avait abandonné dès le début la réception officielle en son honneur pour emmener la Sancristobalienne à la Maison d'Acajou ? Terencia Esterel ? Oui, c'est ainsi qu'elle s'appelait. Il eut une autre bouffée d'excitation en imaginant que Yolanda était la fille ou la petite sœur de cette ancienne maîtresse. Il allait vite, traversant les jardins entre le Palais national et l'Estancia Radhamés, et écoutait à peine les explications d'un garde de son escorte : les appels répétés du ministre des Armées, le général Román Fernández, se mettant à ses ordres, au cas où Son Excellence voudrait le voir avant sa promenade. Ah ! il avait pris peur après son coup de fil du matin. Il aurait encore plus peur quand il l'abreuverait d'injures en lui montrant la flaque d'eaux crasseuses.

Il entra en trombe dans ses appartements de l'Estancia Radhamés. Sur son lit l'attendait l'uniforme vert olive de sa tenue de jour. Sinforoso était un devin. Il ne lui avait pas dit qu'il irait à San Cristóbal, mais le vieux serviteur avait préparé les vêtements avec lesquels il se rendait toujours à l'Hacienda Fundación. Pourquoi mettait-il cet uniforme de jour pour la Maison d'Acajou ? Il ne le savait pas. Cette passion pour les rites, pour la répétition de gestes et d'actes qu'il accomplissait depuis sa jeunesse. Les signes étaient favorables : ni son slip ni son pantalon n'étaient souillés d'urine. Envolée son irritation envers ce Balaguer qui avait osé contester l'ascension du lieutenant Víctor Alicinio Peña Rivera. Il se sentait optimiste, rajeuni par ce plaisant fourmillement aux testicules et la perspective de tenir dans ses bras la fille ou la sœur de cette Terencia dont il gardait un si bon souvenir. Serait-elle vierge ? Cette fois il n'aurait pas la désagréable expérience qu'il avait eue avec la maigrichonne.

Il aurait plaisir à passer l'heure suivante à humer l'air salin, à recevoir la brise marine et à voir exploser les vagues contre le front de mer. La gymnastique l'aiderait à effacer la mauvaise impression de cet après-midi, quelque chose qui ne lui arrivait que rarement : il n'avait jamais été porté sur les dépressions ni ce genre de bêtise.

Alors qu'il sortait, une domestique vint lui dire que doña María voulait lui transmettre une commission du jeune Ramfis, qui avait appelé de Paris. « Plus tard, plus tard, je n'ai pas le temps. » Une conversation avec cette vieille connasse risquerait d'entamer sa bonne humeur.

Il traversa à nouveau les jardins de l'Estancia Radhamés d'un pas vif, impatient d'arriver au bord de la mer. Mais auparavant, comme tous les jours, il passa chez sa mère, avenue Máximo Gómez. À la porte de la grande résidence aux murs roses de doña Julia, l'attendaient la vingtaine de personnes qui l'accompagneraient, des privilégiés qui, parce qu'ils l'escortaient chaque après-midi, étaient enviés et détestés par ceux qui n'avaient pas accès à pareil honneur. Parmi les officiers et les civils massés dans les jardins de la Sublime Matrone, qui s'écartèrent en deux rangs pour le laisser passer, « Bon après-midi, Chef »,

« Bon après-midi, Excellence », il reconnut Navaja Espaillat, le général José René Román — que d'inquiétude dans les yeux de ce pauvre imbécile ! —, le colonel Johnny Abbes García, le sénateur Henry Chirinos, son gendre le colonel León Estévez, son ami d'enfance Modesto Díaz, le sénateur Jeremías Quintanilla qui venait de remplacer Agustín Cabral à la présidence du Sénat, le directeur d'*El Caribe*, don Panchito et, perdu parmi eux, le minuscule président Balaguer. Il ne tendit la main à personne. Il gagna le premier étage où doña Julía était toujours assise dans son fauteuil à bascule à l'heure du crépuscule. La vieille femme était là, enfoncée dans ses coussins. Petite, naine, elle regardait fixement le feu d'artifice du soleil qui plongeait à l'horizon, auréolé de nuages rouges. Les dames et servantes qui entouraient sa mère s'écartèrent. Il se pencha, baisa les joues parcheminées de doña Julia et lui caressa les cheveux avec tendresse.

— Tu aimes beaucoup le crépuscule, pas vrai, petite mère ?

Elle acquiesça, en lui souriant de ses yeux enfoncés mais vifs, et le petit crochet qu'était sa main lui frôla la joue. Le reconnaissait-elle ? Doña Altagracia Julia Molina avait quatre-vingt-seize ans et sa mémoire devait être une eau savonneuse où glissaient les souvenirs. Mais son instinct lui disait peut-être que cet homme qui lui rendait ponctuellement visite tous les soirs était un être cher. Elle avait toujours été très bonne, cette fille illégitime de Haïtiens émigrés à San Cristóbal, dont ses frères et lui avaient hérité les traits du visage, ce qui, malgré tout son amour pour elle, n'avait jamais cessé de lui faire honte. Mais parfois, quand il voyait à l'Hippodrome, au Country-Club ou aux Beaux-Arts, toutes les familles aristocratiques dominicaines lui rendre hommage, il se réjouissait en son for intérieur :

« Elles lèchent le sol pour un descendant d'esclaves. »
En quoi la Sublime Matrone était-elle responsable
du sang noir qui coulait dans ses veines ? Doña Julia
n'avait vécu que pour son mari, cet ivrogne bonasse
et coureur de jupons, don José Trujillo Valdez, et
pour ses enfants, en oubliant de penser à elle et en se
plaçant toujours en dernier. Il s'émerveillait toujours
que cette petite femme ne lui demandât jamais d'argent, de robes, de voyages, de biens. Rien, jamais.
Tout ce qu'il lui avait donné, il l'avait forcée à l'accepter. Avec sa frugalité congénitale, doña Julia
aurait bien continué à vivre dans sa modeste maison
de San Cristóbal où le Généralissime était né et avait
passé son enfance, ou dans une de ces masures de ses
ancêtres haïtiens morts de faim. Tout ce que demandait doña Julia dans la vie c'était de la commisé-
ration pour Petán, Négro, Pipí, Aníbal, ces coquins
de frères empotés, chaque fois qu'ils faisaient des
bêtises, ou pour Angelita, Ramfis et Radhamés qui,
depuis l'enfance, s'abritaient derrière leur grand-
mère pour amortir la colère de leur père. Et, pour
doña Julia, Trujillo leur pardonnait. Savait-elle que
des centaines de rues, de parcs et de collèges de la
République s'appelaient Julia Molina veuve Trujillo ?
Bien qu'adulée et fêtée, elle demeurait la femme discrète et invisible que Trujillo se rappelait de son
enfance.

Il restait parfois un bon moment près de sa mère,
à lui rapporter les événements du jour, quand bien
même elle ne pouvait les comprendre. Il s'était borné
aujourd'hui à lui dire quelques phrases tendres et il
revint avenue Máximo Gómez, impatient de respirer
l'arôme de la mer.

Dès qu'il déboucha sur l'ample Avenue — la foule
de civils et d'officiers s'écarta à nouveau — il se mit
à marcher. Il apercevait la mer des Caraïbes huit
rues plus bas, éclairée par les ors et les feux du cré-

puscule. Il sentit monter une vague de satisfaction. Il marchait sur la droite, suivi par les courtisans ouverts en éventail et des groupes qui occupaient la voie et le trottoir. À cette heure la circulation sur l'avenue Máximo Gómez et l'Avenue s'interrompait quoique, sur son ordre, Johnny Abbes eût rendu presque secrète la surveillance dans les artères latérales, car le Généralissime finissait par souffrir de claustrophobie en voyant ces carrefours encombrés de gardes et de *caliés*. Nul ne traversait la barrière de la garde personnelle, à un mètre du Chef. Ils attendaient tous que ce dernier indiquât qui pouvait s'approcher. Après avoir marché quelques pas, en aspirant l'odeur des jardins, il se retourna, chercha la tête à moitié chauve de Modesto Díaz et lui fit un signe. Il y eut une petite confusion, car le sénateur Chirinos, collé comme un poulpe à Modesto Díaz, crut être l'élu et se précipita vers le Généralissime. Il fut arrêté et reconduit vers la masse. Modesto Díaz, à cause de son embonpoint, avait du mal à suivre le rythme de Trujillo dans ces promenades. Il suait copieusement, son mouchoir à la main, et de temps en temps il épongeait son front, son cou et ses pommettes joufflues.

— Bon après-midi, Chef.

— Tu devrais te mettre au régime, lui conseilla Trujillo. Tu as à peine cinquante ans et tu craches déjà tes poumons. Prends exemple sur moi, soixante-dix printemps et en pleine forme.

— Ma femme me le répète chaque jour, Chef. Elle me prépare du bouillon de poulet et de la salade. Mais je n'ai aucune volonté. Je peux renoncer à tout, sauf à la bonne chère.

Sa corpulence arrondie pouvait à peine se maintenir à sa hauteur. Modesto avait en commun avec son frère, le général Juan Tomás Díaz, le même large visage au nez aplati, aux grosses lèvres et une peau qui ne laissait aucun doute sur ses origines, mais il était plus intelligent que lui et que la plupart des Dominicains que Trujillo connaissait. Il avait été président du Parti dominicain, membre du Congrès et ministre ; mais le Généralissime ne l'avait pas autorisé à rester trop longtemps au gouvernement, précisément parce que sa lucidité à exposer, analyser et résoudre un problème lui avait semblé dangereuse, capable de lui monter à la tête et de le conduire à la trahison.

— À quelle conspiration se trouve mêlé Juan Tomás ? lui dit-il à brûle-pourpoint en le regardant dans les yeux. Tu dois bien être au courant des allées et venues de ton frère et gendre, je suppose.

Modesto sourit, comme s'il s'agissait d'une plaisanterie :

— Juan Tomás ? Entre ses terres et ses affaires, le whisky et les séances de cinéma dans le jardin de sa maison, je doute qu'il lui reste un moment de libre pour conspirer.

— Il conspire avec Henry Dearborn, le diplomate yankee, affirma Trujillo comme s'il ne l'avait pas entendu. Qu'il cesse de jouer au con, parce que cela a déjà mal tourné pour lui une fois et que ça peut aller de mal en pis.

— Mon frère n'est pas assez bête pour conspirer contre vous, Chef. Mais enfin je le lui dirai.

Quel bonheur ! la brise marine pénétrait dans ses poumons et il entendait le fracas des vagues se brisant contre les rochers et les blocs de l'Avenue. Modesto Díaz fit mine de s'écarter, mais le Bienfaiteur le contint :

— Attends, je n'ai pas fini. Ou est-ce que tu n'en peux plus ?

— Pour vous, je veux bien risquer l'infarctus.

Trujillo le récompensa d'un sourire. Il avait toujours éprouvé de la sympathie pour Modesto qui, outre son intelligence, était pondéré, juste, affable, sans hypocrisie. Pourtant son intelligence n'était pas contrôlable et profitable, comme celle de Caboche, l'Ivrogne Constitutionnaliste ou Balaguer. Chez Modesto il y avait un côté indompté et indépendant qui pouvait devenir séditieux s'il acquérait un trop grand pouvoir. Juan Tomás et lui étaient aussi de San Cristóbal, il les avait fréquentés dans son jeune âge et, outre les charges qu'il lui avait confiées, il avait utilisé Modesto en d'innombrables occasions comme conseiller. Il l'avait soumis à des épreuves fort sévères, dont il s'était tiré à son avantage. La première, à la fin des années quarante, après la visite de la Foire d'élevage des taureaux de race et des vaches laitières que Modesto Díaz avait organisée à Villa Mella. Quelle surprise ! la ferme, pas très grande, était aussi impeccable, moderne et prospère que l'Hacienda Fundación. Plus que par les étables rutilantes et les magnifiques vaches laitières, il avait été blessé dans sa susceptibilité par la satisfaction arrogante de Modesto lui faisant faire, ainsi qu'aux autres invités, la visite de sa ferme modèle. Le lendemain, il lui avait envoyé l'Ordure Incarnée avec un chèque de dix mille pesos pour entériner la vente. Sans la moindre réticence de devoir se défaire de la prunelle de ses yeux à un prix ridicule (la moindre de ses vaches valait davantage), Modesto signa le contrat et envoya une note manuscrite à Trujillo pour remercier « Son Excellence de considérer ma petite entreprise agricole et d'élevage digne d'être exploitée par votre main expérimentée ». Après s'être demandé si ces lignes trahissaient une ironie coupable, le Bienfaiteur décida que non. Cinq ans plus tard, Modesto avait une autre vaste et belle ferme pour son élevage, dans une région écartée de La Estrella. Pensait-il passer inaperçu dans ces terres lointaines ? Mort de rire, Trujillo lui envoya Caboche

Cabral avec un autre chèque de dix mille pesos, en lui disant qu'il avait tellement confiance en son talent d'éleveur et de producteur qu'il lui achetait sa ferme les yeux fermés, sans la visiter. Modesto signa le contrat de cession en empochant la somme symbolique, et remercia le Généralissime par une autre missive affectueuse. Pour récompenser sa docilité, quelque temps après Trujillo lui offrit la concession exclusive de l'importation de machines à laver et d'appareils électroménagers, grâce à quoi le frère du général Juan Tomás Díaz se remit de ces pertes.

— Ce sac d'embrouilles avec les curés fouille-merde, grogna Trujillo, a-t-il une chance d'être résolu ?

— Bien sûr que oui, Chef —, Modesto tirait la langue ; outre son front et son cou, sa calvitie transpirait. — Mais si vous me permettez, les problèmes avec l'Église ne comptent pas. Ils s'arrangeront d'eux-mêmes si le problème principal est résolu : les gringos. C'est d'eux que tout dépend.

— Alors c'est sans solution. Kennedy veut ma tête. Comme je n'ai pas l'intention de la lui donner, nous aurons la guerre pour longtemps.

— Ce n'est pas vous que redoutent les gringos, mais Castro, Chef. Surtout, depuis l'échec de la baie des Cochons. Ils craignent maintenant, plus que jamais, que le communisme se propage à l'Amérique latine. C'est le moment de leur montrer que le meilleur rempart contre les rouges dans la région c'est vous, pas Betancourt ni Figueres.

— Ils ont eu le temps de s'en rendre compte, Modesto.

— Il faut leur ouvrir les yeux, Chef. Les gringos sont parfois un peu lourds. Attaquer Betancourt, Figueres, Muñoz Marín, ce n'est pas suffisant. Il serait plus efficace d'aider discrètement des communistes vénézuéliens et costariciens. Ainsi que les indépendantistes portoricains. Quand Kennedy verra que la guérilla commence à agiter ces pays et les comparera à la tranquillité du nôtre, il comprendra.

— Nous en discuterons, l'interrompit le Généralissime de façon abrupte.

L'entendre parler des choses d'autrefois lui fit mauvais effet. Pas de sombres pensées. Il voulait conserver la bonne disposition avec laquelle il avait commencé sa promenade. Il s'imposa de penser à la petite demoiselle au compliment et au bouquet de fleurs. « Mon Dieu, fais-moi cette grâce. J'ai besoin de m'envoyer bien comme il faut, cette nuit, Yolanda Esterel. Pour savoir que je ne suis pas mort. Que je ne suis pas vieux. Que je peux continuer à te remplacer dans la tâche de faire aller de l'avant ce diable de pays de veaux. Je me fous des curés, des gringos, des conspirateurs, des exilés. Je suis capable de balayer cette merde. Mais pour m'envoyer cette fille, j'ai besoin de ton aide. Ne sois pas mesquin, ni avare. Donne-la-moi, donne-la-moi. » Il soupira, avec la désagréable impression que celui qu'il implorait, s'il existait, devait l'observer d'un air amusé du haut de ce sombre azur où pointaient les premières étoiles.

La promenade avenue Máximo Gómez était pleine de réminiscences. Les maisons qu'il laissait derrière lui symbolisaient des personnages et des épisodes marquants de ses trente et une années de pouvoir. Celle de Ramfis, sur ce terrain où se trouvait celle d'Anselmo Paulino, son bras droit dix ans durant jusqu'en 1955 où il avait confisqué toutes ses propriétés et, après l'avoir jeté en prison pour un temps, l'avait expédié en Suisse avec un chèque de sept millions de dollars pour services rendus. En face de celle d'Angelita et de Biscoto León Estévez se trouvait, naguère, celle de Ludovino Fernández, ce général à sa merci qui répandit pour le régime tant de sang et

qu'il se vit contraint de faire tuer en raison de ses vel-
léités politiciennes. Jouxtant l'Estancia Radhamés se
trouvaient les jardins de l'ambassade des États-Unis,
maison amie pendant vingt-huit ans, devenue maintenant un nid de vipères. Il y avait là le *play* de base-
ball qu'il avait fait bâtir pour que Ramfis et Radhamés puissent taquiner la balle. Et là, comme des
sœurs jumelles, la maison de Balaguer et celle du
nonce apostolique, autre lieu sinistre, ingrat et vil.
Au-delà, l'imposante demeure du général Espaillat,
son ancien chef des Services secrets. En face, en descendant, celle du général Rodríguez Méndez, ami de
bringue de Ramfis. Puis les ambassades, maintenant
désertes, d'Argentine et du Mexique, et la maison de
son frère Négro. Et en dernier, la résidence des
Vicini, ces millionnaires de la canne à sucre, avec
leur vaste esplanade de gazon et leurs magnifiques
parterres de fleurs, qu'il longeait à ce moment-là.

Dès qu'il traversa la large avenue pour marcher
sur le trottoir du Malecón collé à la mer, en direction de l'obélisque, il sentit sur ses joues les embruns.
Il s'appuya à la rambarde et, les yeux fermés, il
écouta les criaillements et les battements d'ailes des
mouettes. La brise inonda ses poumons. Un bain
purificateur, qui lui rendait ses forces. Mais il ne
devait pas se distraire ; il avait encore du travail
devant lui.

— Appelez Johnny Abbes.

Se dégageant de la foule des civils et des militaires
— le Généralissime avançait d'un pas vif en direction de cette borne en béton imitée de l'obélisque
de Washington — la molle et pataude silhouette du
chef du S.I.M. vint se placer à ses côtés. Malgré son
obésité, Johnny Abbes García suivait son pas sans
fléchir.

— Que se passe-t-il avec Juan Tomás ? lui
demanda-t-il sans le regarder.

— Rien d'important, Excellence, répondit le chef du S.I.M. Il se trouve aujourd'hui dans sa ferme de Moca, avec Antonio de la Maza. Ils ont amené un veau. Le général et Chana, sa femme, ont eu une querelle domestique, parce qu'elle disait que découper et préparer le veau lui donnerait beaucoup de travail.

— Balaguer et Juan Tomás se sont-ils vus ces jours-ci? l'interrompit Trujillo.

Comme Abbes García tardait à répondre, il se retourna vers lui et le troua du regard. Le colonel fit non de la tête.

— Non, Excellence. Que je sache, ils ne se voient pas depuis longtemps. Pourquoi me le demandez-vous?

— Pour rien de concret, fit le Généralissime en haussant les épaules. Mais tout à l'heure, dans mon bureau, en lui mentionnant la conspiration de Juan Tomás, j'ai noté quelque chose de bizarre. J'ai *senti* quelque chose de bizarre. Je ne sais pas quoi, quelque chose. Rien d'après vos renseignements ne permettrait de soupçonner le Président, n'est-ce pas?

— Rien, Excellence. Vous savez bien que je le tiens sous surveillance vingt-quatre heures sur vingt-quatre. Il ne fait pas un pas, il ne reçoit personne, il ne donne pas un coup de fil sans que nous le sachions.

Trujillo acquiesça de la tête. Il n'y avait aucune raison de se méfier du Président fantoche : son flair avait pu le tromper. Cette conspiration ne semblait pas sérieuse. Antonio de la Maza, un des conspirateurs? Cet homme qui avait quelque raison de lui en vouloir se consolait à coups de whiskys et de gueuletons. Ils allaient s'envoyer, ce soir, ce petit veau de lait sauce piquante. Et s'il se pointait chez Juan Tomás à Gazcue? « Bon appétit, messieurs. Partagerez-vous avec moi cette grillade? Ça sent si bon! Le fumet est monté jusqu'au Palais et m'a conduit ici. » Ils prendraient un air terrifié ou joyeux ? Penseraient-ils que cette visite inattendue scellait leur réhabilitation ? Non, cette nuit je la passerai à San Cristóbal, je ferai crier de bonheur Yolanda Esterel, pour me sentir demain jeune et gaillard.

— Pourquoi avez-vous laissé partir aux États-Unis, voici deux semaines, la fille de Cabral ?

Cette fois, il prit Johnny Abbes par surprise. Il le vit passer ses mains sur ses joues gonflées, sans savoir que répondre.

— La fille du sénateur Agustín Cabral ? murmura-t-il pour gagner du temps.

— Uranita Cabral, la fille de Caboche. Les bonnes sœurs du Santo Domingo lui ont dégoté une bourse aux États-Unis. Pourquoi l'avez-vous laissée quitter le territoire sans me consulter ?

Il lui sembla que le colonel perdait ses couleurs. Il ouvrait et fermait la bouche, cherchant quoi dire.

— Je suis navré, Excellence, s'écria-t-il en baissant la tête. Vos instructions étaient de suivre le sénateur et de l'arrêter s'il cherchait l'asile politique. Je n'ai pas pensé que la fille, qui était venue l'autre soir à la Maison d'Acajou, et avec une autorisation de sortie signée par le président Balaguer... À vrai dire, je n'ai même pas pensé à vous en parler, je ne croyais pas que cela avait de l'importance.

— Eh bien, vous auriez dû, le reprit Trujillo. Je veux que vous enquêtiez sur le personnel de mon secrétariat. Quelqu'un m'a caché un mémorandum de Balaguer sur le voyage de cette jeune fille. Je veux savoir qui et pourquoi ?

— Aussitôt, Excellence. Je vous prie de m'excuser pour ma négligence. Cela ne se reproduira plus.

— Je l'espère bien, fit Trujillo en le congédiant de la main.

Le colonel fit un salut militaire (c'était à mourir de

rire) et retourna rejoindre les courtisans. Trujillo parcourut cinq cents mètres sans convoquer personne près de lui, car il voulait réfléchir. Abbes García avait suivi seulement en partie ses instructions de retirer les gardes et les *caliés*. Il ne voyait pas aux carrefours de chevaux de frise et de sacs de sable, ni les petites Volkswagen, ni de policiers en uniforme et mitraillette au poing. Mais de temps en temps, aux entrées de l'Avenue, il distinguait au loin une Coccinelle noire avec des têtes de *caliés* aux fenêtres, ou des civils à mine patibulaire, appuyés aux lampadaires, l'aisselle gonflée par leur pistolet. La circulation n'avait pas été interrompue sur l'avenue George Washington. Il apercevait, dans les camions et les voitures, des gens qui le saluaient : « Vive le Chef ! » Plongé dans l'effort de sa promenade, qui avait délicieusement réchauffé son corps et quelque peu fatigué ses jambes, il remerciait de la main. Il n'y avait pas de promeneurs adultes sur l'Avenue, seulement des gosses déguenillés, des cireurs de chaussures, des vendeurs de chocolats et de cigarettes, qui le regardaient bouche bée. Au passage, il leur faisait un petit signe affectueux ou leur jetait des pièces (il avait toujours de la menue monnaie dans ses poches). Peu après, il appela l'Ordure Incarnée.

Le sénateur Chirinos s'approcha en tirant la langue comme un chien de chasse. Il transpirait encore plus que Modesto Díaz. Il se sentit ragaillardi. L'Ivrogne Constitutionnaliste était plus jeune que lui et pourtant une petite randonnée le mettait sur les genoux. Au lieu de répondre à son « Bon après-midi, Chef », il lui demanda :

— As-tu appelé Ramfis ? A-t-il fourni des explications à la Lloyd's de Londres ?

— J'ai parlé deux fois avec lui —, le sénateur Chirinos traînait les pieds, et le bout de ses souliers déformés butait sur les dalles soulevées par les racines des palmiers et des amandiers. — Je lui ai expliqué le problème, j'ai répercuté vos ordres. Bon, inutile d'insister. Mais il s'est finalement rangé à mes arguments. Il m'a promis d'envoyer cette lettre à la Lloyd's pour dissiper ce malentendu et confirmer que la somme doit être transférée à la Banque centrale.

— L'a-t-il fait ? l'interrompit Trujillo brusquement.

— C'est pour cela que je l'ai appelé la seconde fois, Chef. Il veut qu'un traducteur revoie son télégramme, car son anglais est imparfait et il ne veut pas que cela arrive tel quel à la Lloyd's. Mais il va l'envoyer sans faute. Il m'a dit qu'il regrettait ce qui s'était passé.

Ramfis le croyait-il trop vieux pour lui obéir ? Hier encore, il n'aurait pas tardé à respecter un de ses ordres sous un prétexte aussi futile.

— Appelle-le une fois de plus, lui ordonna-t-il avec irritation. S'il ne règle pas ce différend avec la Lloyd's aujourd'hui même, il aura affaire à moi.

— Tout de suite, Chef. Mais ne vous inquiétez pas, Ramfis a bien compris la situation.

Il renvoya Chirinos et se résigna à mettre un terme à sa promenade en solitaire, pour ne pas frustrer de sa présence les autres, qui aspiraient à échanger quelques mots avec lui. Il rejoignit la petite troupe et s'y mêla, en se plaçant au milieu de Virgilio Álvarez Pina et du ministre de l'Intérieur et des Cultes, Paíno Pichardo. Dans le groupe se trouvaient aussi Navaja Espaillat, le chef de la police, le directeur d'*El Caribe* et le tout nouveau président du Sénat, Jeremías Quintanilla, qu'il félicita et à qui il souhaita le succès. Ce dernier débordait de contentement et se confondait en remerciements. Du même pas accéléré, et avançant toujours vers l'est le long de la mer, il demanda à voix haute :

— Allons, messieurs, racontez-moi les dernières blagues antitrujillistes.

Une vague de rires célébra le trait d'esprit et, quelques moments après, ils jacassaient tous comme des perroquets. Feignant de les écouter, il acquiesçait, il souriait. Parfois, il épiait le général José René Román qui avait l'air soucieux. Le ministre des Armées ne pouvait dissimuler son angoisse : qu'allait-il lui reprocher, le Chef ? Tu le sauras bientôt, imbécile. Allant d'un groupe à l'autre, afin que personne ne se sentît préféré, il traversa les jardins bien entretenus de l'hôtel Jaragua, d'où lui parvinrent les bruits de l'orchestre égayant l'heure du cocktail et, une rue plus loin, il passa sous les balcons du Parti dominicain. Des employés de bureau et les gens qui y étaient allés pour demander des faveurs sortirent pour l'applaudir. En atteignant l'obélisque, il regarda sa montre : une heure trois minutes de promenade. Il commençait à faire nuit. Les mouettes ne tournoyaient plus dans le ciel ; elles avaient rejoint leurs abris sur la plage. Quelques étoiles étincelaient, mais des nuages ventrus cachaient la lune. Au pied de l'obélisque l'attendait la Cadillac dernier modèle étrennée la semaine précédente. Il prit collectivement congé (« Bonne nuit, messieurs, merci pour votre compagnie »), en même temps que, sans le regarder, il montrait d'un geste impérieux au général José René Román la porte de la voiture que le chauffeur en uniforme tenait ouverte :

— Toi, viens avec moi.

Le général Román, claquant énergiquement des talons et la main sur la visière de son képi, s'empressa d'obéir. Il entra dans la voiture et s'assit au fond, sa casquette sur les genoux, droit et raide.

— À San Isidro, à la Base.

Tandis que la voiture officielle se dirigeait vers le centre, pour traverser la rive orientale de l'Ozama par le pont Radhamés, il se mit à contempler le paysage, comme s'il avait été seul. Le général Román n'osait pas lui adresser la parole, attendant l'orage. Celui-ci s'annonça alors qu'ils avaient parcouru déjà quelque trois kilomètres des dix qui séparaient l'obélisque de la base aérienne.

— Quel âge as-tu? lui demanda-t-il sans se tourner pour le regarder.

— Je viens d'avoir cinquante-six ans, Chef.

Román — tout le monde l'appelait ridiculement Pupo — était un homme grand, fort et athlétique, aux cheveux coupés presque à ras. Grâce au sport il conservait un physique excellent, sans un pouce de graisse. Il lui répondait à voix basse, avec humilité, essayant de le calmer.

— Combien d'années dans l'armée? poursuivit Trujillo en jetant un coup d'œil à l'extérieur, comme s'il interrogeait un absent.

— Trente et une, Chef, depuis ma sortie de l'école militaire.

Il laissa passer quelques secondes sans rien dire. Finalement il se tourna vers le commandant des forces armées, avec l'infini mépris qu'il lui avait toujours inspiré. Dans l'ombre, qui s'était rapidement épaissie, il n'arrivait pas à voir ses yeux, mais il était sûr que Pupo Román battait des paupières, ou avait les yeux mi-clos, comme les enfants quand ils se réveillent la nuit et guettent craintivement l'obscurité.

— Et en tant d'années tu n'as pas appris que le supérieur répond pour ses subordonnés? Qu'il est responsable de leurs fautes?

— Je le sais très bien, Chef. Si vous m'indiquez de quoi il s'agit, je pourrais peut-être vous donner une explication.

— Tu verras bien de quoi il s'agit, dit Trujillo avec ce calme apparent que ses collaborateurs craignaient encore plus que ses cris. Tu te laves et te savonnes tous les jours ?

— Bien entendu, Chef —, le général Román risqua un petit rire, mais, comme le Généralissime restait sérieux, il se tut.

— Je l'espère bien, pour Mireya. Cela me semble très bien que tu te laves et te savonnes tous les jours, que tu portes un uniforme bien repassé et des souliers cirés. En tant que commandant des forces armées tu dois donner l'exemple de la propreté et de la tenue aux officiers et aux soldats dominicains, n'est-ce pas ?

— Bien sûr, Chef, fit humblement le général. Je vous supplie de me dire en quoi j'ai failli. Pour rectifier, pour me racheter. Je ne veux pas vous décevoir.

— L'apparence est le miroir de l'âme, dit, philosophe, Trujillo. Si quelqu'un se présente puant et la morve au nez, ce n'est pas une personne à qui l'on confierait l'hygiène publique, tu ne crois pas ?

— Certainement pas, Chef.

— C'est pareil avec les institutions. Quel respect peut-on avoir pour elles si on ne soigne même pas leur apparence.

Le général Román choisit le silence. Le Généralissime s'enflammait et ne cessait de lui reprocher les quinze minutes qu'il allait perdre pour atteindre la base aérienne de San Isidro. Il rappela à Pupo ses regrets de voir la fille de sa sœur Marina assez folle pour épouser un officier aussi médiocre que lui, ce qu'il était toujours malgré les échelons qu'il avait gravis jusqu'au sommet de la hiérarchie grâce à sa parenté par alliance avec le Bienfaiteur. Ces privilèges, au lieu de le stimuler, l'avaient conduit à s'endormir sur ses lauriers, décevant mille et une fois la confiance de Trujillo. Non content d'être une nullité comme militaire, il s'était adonné à l'élevage, comme s'il ne fallait pas de la jugeote pour administrer terres et laiteries. Quel était le résultat ? Il se retrouvait criblé de dettes, une honte pour la famille. Il y avait à peine dix-huit jours qu'il avait en personne payé de ses deniers la créance de quatre cent mille pesos contractée par Román envers la Banque agricole, pour éviter la saisie de la ferme du kilomètre 14 de l'autoroute Duarte. Et, malgré cela, il ne faisait pas le moindre effort pour cesser d'être idiot.

Le général José René Román Fernández demeurait muet et immobile tandis que récriminations et insultes pleuvaient sur lui. Trujillo ne s'emportait pas ; la colère le faisait articuler avec soin, comme si de la sorte, chaque syllabe, chaque mot avait plus de force. Le chauffeur conduisait vite, sans s'écarter d'un millimètre du milieu de la route déserte.

— Arrête-toi, ordonna Trujillo, peu avant le premier piquet des vastes fortifications de la base aérienne de San Isidro.

Il descendit d'un bond et, malgré l'obscurité, il localisa aussitôt la grande flaque d'eaux putrides. La pestilence liquide continuait à sortir de la canalisation cassée et, outre la boue et l'odeur, il y avait tout autour un nuage de moustiques qui les piquaient.

— La première garnison militaire de la République, dit Trujillo, lentement, contenant à peine son nouvel accès de rage. Tu trouves ça bien qu'à l'entrée de la base aérienne la plus importante des Caraïbes le visiteur soit accueilli par cette merde d'ordures, de boue, de puanteurs et de bestioles ?

Román s'accroupit. Il examinait, se relevait, se penchait à nouveau, il n'hésita pas à y mettre les mains pour toucher le tuyau d'écoulement à la recherche du trou. Il semblait soulagé de découvrir la raison du courroux du Chef. Cet imbécile redoutait-il quelque chose de plus grave ?

— C'est une honte, bien sûr, dit-il en essayant de montrer plus d'indignation qu'il n'en éprouvait. Je vais prendre toutes les mesures pour que cette avarie soit réparée au plus vite, Excellence. Je punirai les responsables, du sommet à la base.

— À commencer par Virgilio García Trujillo, le commandant de la base, rugit le Bienfaiteur. Tu es le premier responsable et lui le second. J'espère que tu iras jusqu'à lui imposer la plus forte sanction, bien que ce soit mon neveu et ton beau-frère. Si tu n'as pas le courage de le faire, c'est moi qui vous appliquerai à tous les deux la sanction nécessaire. Ni toi, ni Virgilio, ni aucun général de pacotille ne détruira mon œuvre. Les forces armées resteront l'institution modèle que j'en ai fait, même si je dois vous flanquer, toi, Virgilio et tous les parasites en uniforme, au fond d'un cachot pour le restant de vos jours.

Le général Román se mit au garde-à-vous et claqua des talons.

— Oui, Excellence. Cela ne se répétera pas, je vous le jure.

Mais Trujillo avait déjà fait demi-tour et regagné sa voiture.

— Pauvre de toi quand je reviendrai s'il reste la moindre trace de ce que je vois et respire, militaire de mes deux !

Se retournant vers le chauffeur il ordonna : « Allons-y. » Ils partirent en laissant le ministre des Armées en plein bourbier.

Sitôt laissée derrière la pathétique silhouette de Román barbotant dans la boue, il recouvra sa bonne humeur, et lâcha même un petit rire. Il était sûr d'une chose : Pupo remuerait ciel et terre, en jurant comme un charretier, pour que la canalisation soit réparée. S'il en allait ainsi de son vivant, qu'en serait-il quand il ne pourrait plus empêcher personnellement pareille balourdise ? La négligence et l'imbécillité flanqueraient par terre tout ce qu'il avait si patiemment édifié. Reverrait-on l'anarchie et la misère, le retard et l'isolement de 1930? Ah, si Ramfis, le fils tant désiré, avait été capable de poursuivre la tâche! Mais non, ni la politique ni le pays ne l'intéressaient le moins du monde; il n'y en avait que pour la boisson, le polo et les femmes, bordel de merde! Le général Ramfis Trujillo, chef d'état-major des forces armées de la République dominicaine, jouant au polo et s'envoyant les girls du Lido de Paris, tandis que son père se battait tout seul ici contre l'Église, les États-Unis, les conspirateurs et les incapables comme Pupo Román. Il secoua la tête, en essayant de chasser ces pensées amères. Dans une heure et demie il serait à San Cristóbal, dans son havre tranquille de l'Hacienda Fundación, entouré de champs et d'étables rutilantes, avec de beaux arbres et le vaste fleuve Nigua dont le lent cours dans la vallée se dessinerait à travers les frondaisons d'acajous, de palmiers empanachés, et ce grand figuier de la maison sur la colline. Quel bonheur que de se réveiller au matin en caressant, sans cesser de contempler ce paysage paisible et bucolique, le petit corps de Yolanda Esterel! La recette de Pétrone et du roi Salomon : une petite figue fraîche pour rendre sa jeunesse à un vétéran de soixante-dix printemps.

À l'Estancia Radhamés, Zacarías de la Cruz avait déjà sorti du garage la Chevrolet Bel Air 1957, bleu clair, à quatre portes, dans laquelle il se rendait toujours à San Cristóbal. Un garde du corps l'attendait avec la mallette contenant les documents qu'il étudierait demain à la Maison d'Acajou et cent dix mille pesos en billets, pour le salaire des employés de l'hacienda, plus les imprévus. Depuis vingt ans, il n'effectuait pas de déplacement, même de quelques heures, sans cette mallette marron avec ses initiales gravées, et quelques milliers de dollars ou de pesos en espèces, pour des cadeaux et des frais imprévus. Il ordonna à son garde du corps de poser sa mallette sur le siège avant et dit à Zacarías, ce grand brun costaud qui l'accompagnait depuis trois décennies — il avait été son ordonnance à l'armée —, qu'il allait descendre tout de suite. Neuf heures déjà. Il se faisait tard.

Il monta dans ses appartements pour faire sa toilette et, dans la salle de bains, dès qu'il y entra, il aperçut la tache. De la braguette à l'entrejambe. Il se mit à trembler des pieds à la tête : précisément maintenant, putain ! Il demanda à Sinforoso un autre uniforme vert olive et du linge de corps. Il perdit quinze minutes au bidet et au lavabo, se savonnant les testicules, la verge, le visage et les aisselles, avec force parfums et crèmes, avant de se changer. La faute en revenait à cet accès de mauvaise humeur, à cause de ce merdeux de Pupo. Il replongea dans sa sinistrose. C'était de mauvais augure pour San Cristóbal. Alors qu'il s'habillait, Sinforoso lui tendit le télégramme : « Affaire Lloyd's réglée stop parlé avec responsable stop transfert direct à Banque centrale stop affectueusement Ramfis. » Son fils était honteux : c'est pourquoi, au lieu de lui téléphoner, il lui envoyait un télégramme.

— Il se fait tard, Zacarías, dit-il. Vas-y donc à fond la caisse.

— Compris, Chef.

Il s'installa commodément sur les coussins et ferma à demi les yeux, prêt à se reposer pendant cette heure et dix minutes que durerait le trajet pour San Cristóbal. Ils avançaient en direction du sud-ouest, vers l'avenue George Washington et la route nationale, quand il entrouvrit les yeux :

— Tu te rappelles la maison de Moni, Zacarías ?

— Oui, rue Wenceslao Álvarez, là où habitait Marrero Aristy ?

— C'est là qu'on va.

C'était une illumination, une foucade. Soudain il

vit les bonnes joues au teint cannelle de Moni, sa chevelure bouclée, ses yeux en amande étincelants de
malice, sa poitrine haute, la cambrure de ses fesses
fermes, sa hanche voluptueuse, et il sentit à nouveau
le délicieux chatouillement aux testicules. La petite
tête de son pénis, en se réveillant, cognait contre le
pantalon. Moni. Pourquoi pas ? C'était une jeune
femme belle et tendre qui ne l'avait jamais déçu,
depuis cette fois, à Quinigua, où son père en personne l'avait conduite à la réception que donnaient
en son honneur les Américains de La Yuquera :
« Visez-moi la surprise que je vous amène, Chef. » La
maisonnette où elle habitait, dans les nouveaux
quartiers, au bout de l'avenue Mexico, c'est lui qui la
lui avait offerte, le jour où elle avait épousé un garçon de bonne famille. Quand il avait besoin d'elle,
de temps en temps, il la conduisait à l'une des suites
de l'hôtel Embajador ou du Jaragua que Manuel
Alfonso lui réservait pour ces occasions. L'idée de
posséder Moni dans sa propre maison l'excita. Ils
enverraient le mari boire une bière au Rincón Pony,
aux frais de Trujillo — il se mit à rire — ou faire la
conversation avec Zacarías de la Cruz.

La rue était sombre et déserte, mais la maison
avait de la lumière au premier étage. « Appelle-la. » Il
vit son chauffeur franchir la grille de l'entrée et sonner. On tarda à ouvrir. Finalement apparut une
domestique avec qui Zacarías chuchota. On le laissa
à la porte, à attendre. La belle Moni ! Son père était
un bon dirigeant du Parti dominicain dans la province de Cibao et c'est lui-même qui l'avait conduite
à cette réception, geste sympathique. Il y avait de
cela quelques années, et mon Dieu, toutes les fois
qu'il avait tringlé cette jolie femme, il s'était senti très
satisfait. La porte se rouvrit et, dans la lumière de
l'intérieur, il vit la silhouette de Moni. Il eut une autre
bouffée d'excitation. Après avoir parlé un moment

avec Zacarías, elle avança vers la voiture. Dans la pénombre, il ne vit pas comment elle était habillée. Il ouvrit la portière pour qu'elle entre et il l'accueillit en lui baisant la main :

— Tu n'attendais pas cette visite, beauté.

— Eh bien, quel honneur ! Comment allez-vous, Chef, comment allez-vous ?

Trujillo retenait sa main entre les siennes. En la sentant si proche, la frôlant, respirant son parfum, il se sentit maître de toutes ses forces.

— Je me rendais à San Cristóbal, mais soudain je me suis souvenu de toi.

— Quel honneur, Chef ! répéta-t-elle toute confuse. Si j'avais su, je me serais préparée pour vous accueillir.

— Tu es toujours belle, de toute façon, lui dit-il en l'attirant à lui, et tandis que ses mains caressaient ses seins et ses jambes, il l'embrassa. Il sentit un début d'érection qui le réconcilia avec le monde et avec la vie. Moni se laissait caresser et l'embrassait, avec retenue. Zacarías restait à l'extérieur, à quelques mètres de la Chevrolet et, sur ses gardes comme toujours, il tenait dans ses mains le fusil-mitrailleur. Que se passait-il ? Il y avait chez Moni une nervosité inhabituelle.

— Ton mari est à la maison ?

— Oui, répondit-elle à voix basse. Nous allions dîner.

— Qu'il aille boire une bière, dit Trujillo. Je ferai le tour du pâté de maisons. Je reviens dans cinq minutes.

— C'est que... —, balbutia-t-elle, et le Généralissime la sentit se raidir ; elle hésita et, finalement, murmura, d'une voix presque inaudible : — J'ai mes règles, Chef.

Toute son excitation disparut, en une seconde.

— Tes règles ? s'écria-t-il, déçu.

— Mille excuses, Chef, balbutia-t-elle. Après-demain je serai bien.

Il la lâcha et respira profondément, contrarié.

— Bon, je reviendrai te voir. Au revoir, fit-il en passant la tête par la portière d'où Moni venait de sortir. On s'en va, Zacarías !

Peu après, il lui demanda s'il avait parfois couché avec une femme qui avait ses règles.

— Jamais, Chef, répondit-il mi-scandalisé, mi-dégoûté. On dit que ça donne la syphilis.

— C'est surtout sale —, dit Trujillo en faisant la grimace. Et si Yolanda Esterel, par une maudite coïncidence, avait aussi ses règles aujourd'hui ?

Ils roulaient sur la route de San Cristóbal et, sur la droite, il vit les lumières de la Foire au bétail et du Pony plein de couples qui mangeaient et buvaient. N'était-ce pas bizarre que Moni se montrât si réticente et timorée ? Elle avait coutume d'être plus accueillante, toujours aux ordres. La présence de son mari l'avait-elle rendue ainsi ? S'inventait-elle cette histoire de règles pour qu'il la laisse en paix ? Vaguement, il remarqua une voiture qui klaxonnait et qui avait mis ses phares.

— Ces ivrognes..., fit Zacarías de la Cruz.

À ce moment, Trujillo pensa que ce n'était peut-être pas un ivrogne, et il se tourna pour chercher son revolver qu'il avait sur le siège, mais il ne réussit pas à le prendre, car simultanément il entendit un coup de fusil dont la balle fit voler en éclats la vitre de la fenêtre arrière et lui arracha un bout de l'épaule et du bras gauche.

XIX

Quand Antonio de la Maza vit le visage du général Juan Tomás Díaz, de son frère Modesto et de Luis Amiama tournés vers lui, il sut, avant qu'ils ouvrent la bouche, que la recherche du général Román avait été inutile.

— J'ai peine à le croire, murmura Luis Amiama en mordant ses lèvres fines. Mais il semble que Pupo se soit carapaté. Pas trace de lui.

Ils avaient tourné dans tous les endroits où il pouvait se trouver, même à l'état-major, à la Forteresse du 18 Décembre ; mais Luis Amiama et Bibín Román, frère cadet de Pupo, avaient été chassés de là manu militari : leur compère ne pouvait ou ne voulait pas les voir.

— Mon dernier espoir, c'est qu'il exécute le plan de son côté, dit Modesto Díaz sans grande conviction. En mobilisant les garnisons, en persuadant les commandants militaires. En tout cas, nous voilà maintenant dans une situation bien épineuse.

Ils bavardaient debout, dans le salon du général Juan Tomás Díaz. Chana, sa jeune épouse, leur servit des citronnades glacées.

— Il faut se cacher, jusqu'à ce que nous sachions à quoi nous en tenir au sujet de Pupo, dit le général Juan Tomás Díaz.

Antonio de la Maza, qui était resté muet, se sentit submergé par une vague de colère.

— Se cacher ? s'écria-t-il furieux. Ce sont les lâches qui se cachent. Achevons le travail, Juan Tomás. Mets ton uniforme de général, prête-nous des uniformes et allons au Palais. De là, nous appellerons le peuple à se soulever.

— Prendre le Palais à nous quatre ? fit Luis Amiama en tâchant de le ramener à la raison. Tu es devenu fou, Antonio ?

— Là-bas il n'y a personne pour le moment, sauf la garde, insista ce dernier. Il faut prendre les trujillistes de vitesse avant qu'ils ne réagissent. Nous lancerons un appel au peuple, en utilisant la liaison avec toutes les stations de radio du pays. Qu'il sorte dans les rues. L'armée finira par nous appuyer.

L'expression sceptique de Juan Tomás, Amiama et Modesto Díaz l'exaspéra encore davantage. Peu après ils furent rejoints par Salvador Estrella Sadhalá, qui venait de laisser Antonio Imbert et Amadito chez le médecin, et le docteur Vélez Santana, qui avait accompagné Pedro Livio Cedeño à la Clinique internationale. Ils furent consternés d'apprendre la disparition de Pupo Román. Eux aussi pensèrent que l'idée d'Antonio de s'infiltrer au Palais national déguisés en officiers était une témérité inutile, pire, un suicide. Et ils s'opposèrent tous énergiquement à la nouvelle proposition d'Antonio : transporter le corps de Trujillo au parc de l'Indépendance et le pendre sur le rempart pour que le peuple de la capitale voie comment il avait fini. Le refus de ses compagnons provoqua chez de la Maza une de ces rages immodérées des derniers temps. Trouillards et traîtres ! Ils n'étaient pas à la hauteur de ce qu'ils avaient fait en libérant la patrie de la Bête ! Quand il vit entrer au salon, les yeux effrayés par les cris, Chana Díaz, il comprit qu'il avait été trop loin. Il mâchonna des excuses à ses amis et se tut. Mais au fond de lui, il sentait des nausées de dégoût.

— Nous sommes tous bouleversés, Antonio, lui dit Luis Amiama en lui tapotant le dos. L'important, pour l'heure, c'est de trouver un lieu sûr. Jusqu'à ce que Pupo se manifeste. Et voir comment réagit le peuple en apprenant que Trujillo est mort.

Très pâle, Antonio de la Maza acquiesça. Oui, après tout, Amiama, qui avait tant œuvré pour rallier militaires et dignitaires du régime à la conjuration, avait peut-être raison.

Luis Amiama et Modesto Díaz décidèrent que chacun s'en irait de son côté; ils pensaient que, séparément, ils avaient plus de chances de passer inaperçus. Antonio persuada Juan Tomás et le Turc Sadhalá de rester ensemble. Ils envisagèrent toutes les possibilités — parents, amis — qu'ils écartèrent au fur et à mesure, car toutes ces maisons seraient fouillées par la police. C'est Vélez Santana qui fournit un nom acceptable :

— Robert Reid Cabral. C'est un ami à moi. Totalement apolitique, il ne vit que pour la médecine. Il ne refusera pas.

Il les conduisit dans sa voiture. Ni le général Díaz ni le Turc ne le connaissaient personnellement; mais Antonio de la Maza était un ami du frère aîné de Robert, Donald Reid Cabral, qui œuvrait à Washington et à New York pour la conspiration. La surprise du jeune médecin, qu'ils vinrent réveiller à près de minuit, fut immense. Il ne savait rien du complot; il n'était même pas au courant que son frère Donald collaborait avec les Américains. Cependant, dès qu'il retrouva ses couleurs et ses sens, il se hâta de les faire entrer dans sa maisonnette à deux étages de style mauresque, si étroite qu'elle semblait sortie d'un conte de fées. C'était un garçon imberbe, au regard plein de bonté, qui faisait des efforts surhumains pour dissimuler son malaise. Il leur présenta sa femme, Ligia, enceinte de plusieurs mois. Elle accueillit l'irruption de ces étrangers avec bienveillance, sans trop d'inquiétude. Elle leur montra son enfant de deux ans, qu'ils avaient installé dans un coin de la salle à manger.

Le jeune couple guida les conjurés jusqu'à une minuscule pièce du second étage qui servait de grenier et de cellier. Il n'y avait presque pas d'aération et la chaleur était insupportable, en raison du toit si bas. Ils ne pouvaient tenir qu'assis et les jambes repliées ; quand ils se redressaient, ils devaient rester accroupis pour ne pas heurter les poutres. Cette première nuit, ils remarquèrent à peine l'inconfort et la chaleur ; ils la passèrent à parler à mi-voix, en essayant de deviner ce qui s'était passé avec Pupo Román : pourquoi s'était-il évanoui dans la nature alors que tout dépendait de lui ? Le général Díaz rappela sa conversation avec Pupo, le 24 mai, anniversaire de ce dernier, dans sa ferme au kilomètre 14. Il leur avait assuré, à Luis Amiama et à lui, qu'il avait tout préparé pour mobiliser les forces armées sitôt qu'on lui montrerait le corps de Trujillo.

Marcelino Vélez Santana resta avec eux, par solidarité, car il n'avait aucune raison de se cacher. Le lendemain, il partit en quête de nouvelles. Il revint peu avant midi, le visage décomposé. Il n'y avait aucun soulèvement militaire. Au contraire, on remarquait un mouvement frénétique de voitures du S.I.M., ainsi que de Jeeps et de camions militaires. Les patrouilles fouillaient tous les quartiers. Selon les rumeurs, des centaines d'hommes et de femmes, de vieux et d'enfants étaient brutalement tirés de leur maison et conduits à La Victoria, aux locaux du Neuf ou de La Quarante. À l'intérieur du pays aussi il y avait des rafles contre les suspects d'antitrujillisme. Un collègue de La Vega avait rapporté au docteur

Vélez Santana que toute la famille de la Maza, à commencer par son père, don Vicente, et ensuite tous les frères, sœurs, neveux, nièces, cousins et cousines d'Antonio, avaient été arrêtés à Moca. C'était maintenant une ville occupée par les gardes et les *caliés*. La maison de Juan Tomás, celle de son frère Modesto, celle d'Imbert et celle de Salvador étaient entourées de chevaux de frise et de gardes armés.

Antonio ne fit aucun commentaire. Il ne pouvait en être surpris. Il avait toujours su que, si le complot ne triomphait pas, la réaction du régime serait d'une impitoyable férocité. Son cœur se serra lorsqu'il imagina son vieux père don Vicente et ses frères, humiliés et maltraités par Abbes García. Vers une heure de l'après-midi, deux Volkswagen noires, pleines de *caliés*, surgirent dans la rue. Ligia, la femme de Reid Cabral — il était allé à son cabinet, pour ne pas éveiller les soupçons du voisinage —, vint leur murmurer à l'oreille que des hommes en civil armés de mitraillettes fouillaient une maison proche. Antonio éclata en injures (quoique à voix basse) :

— Vous auriez dû m'écouter, bande de cons. Ne valait-il pas mieux mourir en combattant au Palais que dans cette souricière ?

Tout au long du jour ils discutèrent et se firent sans répit des reproches. Lors d'une de ces disputes, Vélez Santana éclata. Il saisit par la chemise le général Juan Tomás Díaz en l'accusant de l'avoir impliqué gratuitement dans un complot insensé, absurde, où ils n'avaient même pas prévu la fuite des conspirateurs. Se rendait-il compte de ce qui allait leur arriver maintenant ? Le Turc Estrella Sadhalá s'interposa pour éviter qu'ils n'en viennent aux mains. Antonio se retenait de vomir.

La seconde nuit, ils étaient si épuisés de discuter et de s'insulter qu'ils s'endormirent, les uns sur les autres, en s'utilisant respectivement comme oreillers, dégoulinants de sueur, à moitié asphyxiés par l'atmosphère torride.

Le troisième jour, alors que le docteur Vélez Santana leur apportait dans leur cachette *El Caribe* et qu'ils virent leurs photos sous la grande manchette : « Assassins recherchés pour la mort de Trujillo » et, plus bas, la photo du général Román Fernández embrassant Ramfis lors des funérailles du Généralissime, ils surent qu'ils étaient perdus. Il n'y aurait pas de Junte civile et militaire. Ramfis et Radhamés étaient rentrés et le pays tout entier pleurait le dictateur.

— Pupo nous a trahis —, le général Juan Tomás Díaz était effondré. Il avait enlevé ses souliers, il avait les pieds enflés et le souffle court.

— Il faut sortir d'ici, dit Antonio de la Maza. Nous ne pouvons pas emmerder cette famille plus longtemps. Si on nous découvre, on les tue eux aussi.

— Tu as raison, l'appuya le Turc. Ce ne serait pas juste. Filons.

Où iraient-ils ? Ils passèrent la journée du 2 juin à étudier d'éventuels plans de fuite. Peu avant midi, deux Volkswagen avec des *caliés* s'arrêtèrent devant la maison d'en face et une demi-douzaine d'hommes armés y entrèrent, en enfonçant la porte. Alertés par Ligia, ils attendirent, le revolver dégainé. Mais les *caliés* s'en allèrent, en traînant avec eux un jeune homme qu'ils avaient menotté. Parmi toutes les suggestions, la meilleure semblait celle d'Antonio : se procurer une voiture ou une camionnette et tenter de gagner Restauración où il connaissait beaucoup de gens, à cause de ses pinèdes et de ses caféières, sans parler de la scierie de Trujillo qu'il administrait. Et puis, si près de la frontière, il ne leur serait pas difficile de passer à Haïti. Mais comment trouver un véhicule ? À qui le demander ? Une fois de plus ils ne fermèrent pas l'œil de la nuit, rongés d'angoisse, de fatigue, de désespoir et d'incertitude. À minuit, Reid Cabral, les larmes aux yeux, surgit au grenier :

— Ils ont fouillé trois maisons dans cette rue, leur fit-il l'air suppliant. À tout moment, ce sera le tour de la mienne. Moi, peu m'importe de mourir. Mais, et ma femme et mon fils ? Et l'enfant qui doit naître ?

Ils lui jurèrent qu'ils s'en iraient le lendemain, coûte que coûte. Et c'est ce qu'ils firent, l'après-midi du 4 juin. Salvador Estrella Sadhalá, pour sa part, choisit de partir tout seul. Il ne savait pas où, mais il pensait qu'ainsi il avait plus de chances d'échapper qu'avec Juan Tomás Díaz et Antonio, dont le nom et le visage s'affichaient le plus à la télé et dans les journaux. Le Turc fut le premier à quitter la cachette, à six heures moins dix, alors qu'il commençait à faire nuit. Par les persiennes de la chambre à coucher des Reid Cabral, Antonio de la Maza le vit marcher à grands pas vers le coin de la rue et là, levant le bras, héler un taxi. Il eut le cœur gros : le Turc avait été son ami le plus cher et, depuis cette maudite dispute, ils ne s'étaient jamais tout à fait réconciliés. L'occasion ne se représenterait plus.

Le docteur Marcelino Vélez Santana décida de rester encore un moment avec son collègue et ami, le docteur Reid Cabral, qui avait l'air accablé. Antonio rasa sa moustache et s'enfonça jusqu'aux oreilles un vieux chapeau trouvé au grenier. Juan Tomás Díaz, en revanche, ne fit pas le moindre effort pour se déguiser. Tous deux serrèrent dans leurs bras leur compagnon de clandestinité.

— Sans rancune ?

— Sans rancune. Bonne chance.

Ligia Reid Cabral, alors qu'ils la remerciaient pour son hospitalité, se mit à pleurer et leur fit de la main le signe de la croix : « Que Dieu vous protège ! »

Ils parcoururent huit pâtés de maisons, dans des rues désertes, les mains dans les poches, serrant leur revolver, jusqu'à la maison d'un beau-frère par alliance d'Antonio de la Maza, Toñito Mota. Il possédait une camionnette Ford qu'il consentirait, peut-être, à leur prêter ou à se laisser voler. Mais Toñito n'était pas chez lui, ni sa camionnette au garage. Le majordome en ouvrant la porte reconnut aussitôt de la Maza : « Don Antonio ! Vous ici ! » Il avait l'air épouvanté ; aussi Antonio et le général, sûrs que dès leur départ il appellerait la police, s'éloignèrent en toute hâte. Ils ne savaient plus à quel saint se vouer.

— Veux-tu que je te dise une chose, Juan Tomás ?

— Quoi, Antonio ?

— Je suis heureux d'être sorti de cette souricière. D'avoir échappé à cette chaleur, à cette poussière qui pénétrait dans les narines et empêchait de respirer. À cet inconfort. Que c'est bon d'être dehors, de respirer à pleins poumons.

— Il ne manque plus que tu me dises : « Allons nous en jeter un derrière la cravate, la vie est belle. » Putain, tu es vachement remonté !

Ils s'esclaffèrent tous deux, d'un rire intense et fugace. Sur l'avenue Pasteur, pendant un bon moment, ils essayèrent d'arrêter un taxi. Ceux qui passaient étaient occupés.

— Je regrette de n'avoir pas participé avec vous à l'embuscade, dit soudain le général Díaz, comme s'il se rappelait quelque chose d'important. De pas avoir tiré moi aussi sur le Bouc. Bordel de merde de vérole de cul !

— C'est comme si tu y avais participé, Juan Tomás. Demande-le à Johnny Abbes, à Négro, à Petán, à Ramfis et tu verras. Pour eux, tu étais avec nous sur la route, à cribler de plomb le Chef. Ne t'en fais pas. Une des balles, je l'ai tirée pour toi.

Finalement un taxi s'arrêta. Ils montèrent et, en voyant qu'ils hésitaient à lui indiquer leur destination, le chauffeur, un gros Noir à cheveux blancs et en manches de chemise, se retourna pour les regarder. Antonio de la Maza vit à ses yeux qu'il les avait reconnus.

— Avenue San Martín, lui ordonna-t-il.

Le Noir acquiesça, sans desserrer les lèvres. Peu après, il murmura qu'il n'avait plus d'essence et devait faire le plein. Il traversa la rue du 30 Mars, où la circulation était plus dense, et à l'angle des avenues San Martín et Tiradentes, il s'arrêta devant une station-service Texaco. Il descendit ouvrir son réservoir. Antonio et Juan Tomás avaient maintenant leur revolver au poing. De la Maza enleva sa chaussure droite et fit pivoter le talon, d'où il retira un petit sachet de cellophane qu'il glissa dans sa poche. Comme Juan Tomás Díaz le regardait, intrigué, il lui expliqua :

— C'est de la strychnine. Je m'en suis procuré à Moca, en prétextant un chien enragé.

Le gros général haussa les épaules dédaigneusement et lui montra son revolver.

— Ça c'est bien mieux que la strychnine, mon frère. Le poison c'est bon pour les chiens et les femmes, ne fais pas chier avec cette connerie. De plus, on se suicide au cyanure, pas à la strychnine, tête de lard.

Ils s'esclaffèrent à nouveau, du même petit rire féroce et triste.

— As-tu remarqué le type à la caisse ? — Antonio de la Maza signala le guichet. — À qui crois-tu qu'il téléphone ?

— À sa femme, peut-être, pour lui demander comment va sa foufoune.

Antonio se remit à rire, cette fois de bon cœur, un éclat de rire long et franc.

— Qu'est-ce qui te fait rire, tête de lard ?

— Tu ne trouves pas ça comique ? dit Antonio redevenu sérieux. Tous les deux, dans ce taxi. Qu'est-ce qu'on fout ici, putain de merde ? Nous ne savons même pas où aller.

Ils demandèrent au chauffeur de revenir dans le quartier colonial. Antonio avait eu une idée et, une fois dans la vieille ville, ils ordonnèrent au taxi de tourner rue Espaillar, en prenant la rue Billini. C'est là que vivait l'avocat Generoso Fernández, qu'ils connaissaient l'un et l'autre. Antonio se souvenait l'avoir entendu dire pis que pendre de Trujillo ; peut-être pourrait-il leur procurer un véhicule. L'avocat s'approcha de la porte, mais ne les fit pas entrer. Quand il reprit ses esprits — il les regardait, horrifié et battant des paupières —, il ne put que leur manifester son indignation :

— Vous êtes fous ou quoi ? Comment avez-vous le front de me compromettre ainsi ? Vous ne savez pas qui est entré là, en face, voici une minute ? L'Ivrogne Constitutionnaliste ! Vous ne pouviez pas réfléchir avant de me faire ça ? Partez, partez, j'ai ma famille, moi. Sur ce que vous avez de plus cher, partez d'ici ! Je n'existe pas, je ne vous ai jamais vus.

Il leur claqua la porte au nez. Ils retournèrent au taxi. Le vieux Noir était toujours placidement assis au volant, sans les regarder. Au bout d'un moment il mâchonna :

— Où va-t-on maintenant ?

— Au parc de l'Indépendance, lui indiqua Antonio, pour dire quelque chose.

Quelques secondes après avoir démarré — les lampadaires étaient maintenant éclairés aux carrefours et les gens commençaient à envahir les trottoirs pour prendre le frais —, le chauffeur les prévint :

— On a les *caliés* au cul. Je suis vraiment désolé, messieurs.

Antonio se sentit soulagé. Cette ridicule course, sans but, touchait à son terme. Il valait mieux en

444

finir le revolver à la main qu'en fuyant comme des lavettes. Ils se retournèrent. Il y avait deux Volkswagen vertes qui les suivaient à dix mètres de distance.

— Je ne voudrais pas mourir, leur dit le chauffeur d'une voix geignarde, en se signant. Sur la Sainte Mère de Dieu, messieurs !

— D'accord, tourne comme tu peux en direction du parc et laisse-nous à l'angle de la quincaillerie, dit Antonio.

Il y avait beaucoup de circulation. Le chauffeur réussit à manœuvrer et à se faufiler entre un bus aux gens agglutinés aux portes et un camion. Il freina sec, à quelques mètres des grandes vitrines de la quincaillerie Reid. En sautant du taxi, le revolver à la main, Antonio put voir le parc s'éclairer, comme pour l'accueillir. Il y avait des cireurs de chaussures, des vendeurs ambulants, des joueurs de bonneteau, des clochards et des mendiants collés aux murs. Dans une odeur de friture et de fruit. Il se retourna pour encourager Juan Tomás à courir, mais l'embonpoint et la fatigue entravaient son compagnon. Tout aussitôt, les balles sifflèrent dans leur dos. Un vacarme épouvantable s'éleva autour d'eux ; les gens couraient au milieu des voitures, les autos grimpaient sur les trottoirs. Antonio entendit des cris hystériques : « Rendez-vous, putain ! » « Jouez pas au con, vous êtes cernés ! » En voyant Juan Tomás s'arrêter, épuisé, il cessa aussi de courir et se mit à tirer. À l'aveuglette, parce que les gardes et les *caliés* étaient retranchés derrière les Volkswagen, disposées en travers de la route, interrompant toute circulation. Il vit Juan Tomás tomber à genoux et porter son pistolet à sa bouche, mais sans réussir à tirer car plusieurs balles le renversèrent. Lui aussi avait été grièvement atteint, mais il résistait toujours. « Je ne suis pas encore mort, bordel de merde ! » Il avait vidé son chargeur et, à terre, il tentait de glisser sa main vers sa poche pour chercher la strychnine. Mais sa maudite main n'obéissait plus. Plus la peine, Antonio. Il voyait les étoiles briller dans la nuit tombante, il voyait le visage souriant de Tavito et il redevenait jeune.

XX

Quand la limousine du Chef redémarra, en l'abandonnant à son bourbier fétide, le général José René Román tremblait de la tête aux pieds, comme les soldats qu'il avait vus mourir du paludisme à Dajabón, sur la frontière haïtienne, au début de sa carrière militaire. Il y avait des années que Trujillo s'acharnait contre lui, en lui faisant sentir son peu d'estime devant sa famille et les étrangers, et en le traitant d'imbécile à tout bout de champ. Mais il n'avait jamais, comme ce soir, poussé si loin le mépris et l'humiliation.

Il attendit de ne plus trembler pour se diriger vers la base aérienne de San Isidro. L'officier de garde prit peur en voyant surgir au milieu de la nuit, à pied et crotté, le commandant des forces armées en personne. Le général Virgilio García Trujillo, commandant la base de San Isidro et beau-frère de Román — c'était le frère jumeau de Mireya —, n'était pas là, mais le ministre des Armées réunit tous les officiers pour leur passer un savon : la canalisation rompue qui avait mis hors de lui Son Excellence devait être réparée toutes affaires cessantes, sous peine de sanctions sévères. Le Chef viendrait le vérifier et ils savaient tous combien il était implacable en matière d'hygiène. Il commanda une Jeep avec un chauffeur pour le reconduire chez lui ; il ne se changea ni ne se nettoya avant de partir.

Dans la Jeep roulant vers Ciudad Trujillo, il se dit qu'en vérité ce n'étaient pas les insultes du Chef qui le faisaient trembler mais la tension, depuis ce coup de fil où le Bienfaiteur s'était montré si irrité. Tout au long du jour, il s'était mille et une fois dit qu'il était impossible, absolument impossible, qu'il pût être au courant de la conspiration tramée par son camarade Luis Amiama et son ami intime le général Juan Tomás Díaz. Il ne lui aurait pas téléphoné ; il l'aurait fait arrêter et il se trouverait maintenant à La Quarante ou au Neuf. Malgré cela, le doute rongeur ne lui permit pas d'avaler la moindre bouchée à l'heure du repas. Enfin, malgré ce mauvais moment, il était soulagé d'apprendre que les insultes avaient pour origine, non pas la découverte d'une conjuration, mais celle d'une canalisation éventrée. La seule idée que Trujillo eût pu apprendre qu'il était l'un des conspirateurs lui glaça tout le corps.

Il pouvait être accusé de bien des choses, sauf de lâcheté. Depuis l'école militaire et dans ses affectations successives, il avait manifesté courage physique et témérité face au danger, ce qui lui avait valu une réputation de dur parmi ses compagnons et ses subordonnés. Il s'était toujours défendu sur un ring, avec des gants ou à poings nus. Il n'avait jamais permis à personne de lui manquer de respect. Mais comme tant d'officiers et tant de Dominicains, face à Trujillo sa bravoure et son sens de l'honneur s'éclipsaient, et il était envahi par une paralysie de la raison et des muscles, une docilité et un respect serviles. Il s'était maintes fois demandé pourquoi la seule présence du Chef — sa petite voix flûtée et son regard fixe — l'anéantissait moralement.

Connaissant l'emprise de Trujillo sur son caractère, le général Román répondit instantanément à

Luis Amiama, cinq mois et demi plus tôt, quand celui-ci lui parla pour la première fois d'une conspiration en vue de renverser ce régime :

— Le séquestrer ? Quelle connerie ! Tant qu'il sera vivant, rien ne changera. Il faut le liquider.

Ils se trouvaient à la bananeraie que Luis Amiama possédait à Guayubín, dans le Montecristi, à contempler du haut de la terrasse ensoleillée le cours sinueux des eaux boueuses du Yaque. Son camarade lui avait expliqué que Juan Tomás et lui montaient cette opération contre le régime pour éviter le naufrage du pays et l'avènement d'une autre révolution communiste comme à Cuba. C'était un plan sérieux, soutenu par les États-Unis. Henry Dearbon, John Banfield et Bob Owen, de la légation américaine, avaient donné leur appui formel et chargé le responsable de la C.I.A. à Ciudad Trujillo, Lorenzo D. Berry (« Le patron du supermarché Wimpy's ? — Oui, lui-même. »), de fournir argent, armes et explosifs. Les États-Unis s'inquiétaient des excès de Trujillo, depuis l'attentat contre le président vénézuélien Rómulo Betancourt, et désiraient le lâcher ; tout en s'assurant qu'un second Fidel Castro ne prenne pas sa place. Aussi appuieraient-ils un groupe sérieux, clairement anticommuniste, qui constituerait une Junte civile et militaire en vue d'appeler, six mois plus tard, à des élections. Amiama, Juan Tomás Díaz et les gringos étaient d'accord : Pupo Román devait présider cette Junte. Qui mieux que lui pour emporter l'adhésion des garnisons et effectuer dans l'ordre une transition vers la démocratie ?

— Le séquestrer, lui demander de démissionner ? s'était scandalisé Pupo. Ils se trompent de pays et de personne, mon vieux. On dirait que tu ne le connais pas. Il ne se laissera jamais capturer vivant. Et on ne lui arrachera jamais sa démission. Il faut le liquider.

Le chauffeur de la Jeep, un sergent, conduisait en

silence, et Román tirait de profondes bouffées de sa Lucky Strike, sa marque préférée. Pourquoi avait-il accepté de rejoindre la conjuration ? À la différence de Juan Tomás, tombé en disgrâce et écarté de l'armée, il avait, lui, tout à perdre. Il était arrivé au plus haut poste auquel pouvait aspirer un militaire, et, bien que ses affaires n'aillent pas bien, ses fermes étaient toujours en son pouvoir. Le danger de confiscation avait disparu avec le paiement des quatre cent mille pesos à la Banque agricole. Le Chef n'avait pas couvert sa dette par déférence pour sa personne, mais parce que dans son arrogance il pensait que sa famille ne devait jamais faire mauvaise impression, que l'image des Trujillo et de leurs proches devait être sans tache. Ce n'était pas non plus l'appétit de pouvoir, la perspective de se voir sacrer Président provisoire de la République dominicaine — et sa chance, assez grande, de devenir ensuite Président élu — qui l'avait conduit à avaliser la conspiration. C'était la rancœur, accumulée après toutes les offenses infligées par Trujillo depuis ce mariage avec Mireya qui avait fait de lui un membre du clan privilégié et intouchable. C'est pour cela que le Chef lui avait donné du galon bien avant les autres, l'avait nommé à des postes importants et, de temps à autre, lui faisait ces cadeaux en espèces ou en prébendes qui lui permettaient de mener grand train. Mais ces faveurs, ces distinctions, de quelles humiliations, de quels mauvais traitements avait-il dû les payer ! « Et c'est ce qui compte le plus », pensa-t-il.

Durant ces cinq mois et demi, chaque fois que le Chef l'humiliait, le général Román, tout comme maintenant où la Jeep traversait le pont Radhamés, se disait qu'il se sentirait bientôt un homme tout entier, avec une vie propre, et non, comme Trujillo prenait soin de le lui faire sentir, un être diminué. À l'insu de Luis Amiama et de Juan Tomás, il était dans la conspiration pour démontrer au Chef qu'il n'était pas, comme il le croyait, un incapable.

Ses conditions furent très concrètes. Il ne lèverait pas le petit doigt tant que ses yeux ne verraient pas que justice avait été faite. Alors seulement il entreprendrait de mobiliser les troupes et de faire arrêter les frères de Trujillo, les officiers et les civils les plus compromis avec le régime, à commencer par Johnny Abbes García. Ni Luis Amiama ni le général Díaz ne devaient mentionner à personne — pas même au commandant du groupe d'action, Antonio de la Maza — qu'il faisait partie de la conjuration. Il n'y aurait ni messages écrits ni coups de téléphone, seulement des conversations directes. Il placerait prudemment et progressivement des officiers de confiance aux postes clés, de sorte que le jour venu les garnisons obéiraient d'une seule voix.

Ainsi l'avait-il fait, plaçant à la tête de la forteresse de Santiago de los Caballeros, la seconde du pays, le général César A. Oliva, camarade de promotion et ami intime. Il fit en sorte également de porter à la tête de la 4e Brigade, basée à Dajabón, le général García Urbáez, son allié loyal. Il pouvait compter, par ailleurs, sur le général Guarionex Estrella, commandant la 2e Brigade, stationnée à La Vega. Il n'était pas très ami de ce dernier, trujilliste pur et dur, mais, en tant que frère du Turc Estrella Sadhalá, du groupe d'action, on pouvait logiquement supposer qu'il prendrait parti pour lui. Il n'avait confié son secret à aucun de ces généraux; il était trop astucieux pour s'exposer à une délation. Mais il escomptait qu'une fois engagée l'action, tous le rejoindraient sans hésiter.

Quand cela arriverait-il? Très vite, sans doute. Le jour de son anniversaire, le 24 mai, seulement six jours plus tôt, Luis Amiama et Juan Tomás Díaz, qu'il avait invités dans sa maison de campagne, lui avaient affirmé que tout était fin prêt. Juan Tomás avait été catégorique : « À tout moment, Pupo. » Ils lui dirent que Joaquín Balaguer avait, semble-t-il, accepté de faire partie de la Junte civile et militaire, présidée par lui. Il leur avait demandé des détails, mais ils ne purent les lui donner ; la démarche avait été faite par le médecin particulier de Balaguer, le docteur Rafael Batlle Viñas, mari d'Indiana, la cousine d'Antonio de la Maza. Il avait sondé le Président fantoche en lui demandant si, en cas de disparition subite de Trujillo, « il collaborerait avec les patriotes ». Sa réponse avait été énigmatique : « D'après la constitution, si Trujillo disparaissait, il faudrait tenir compte de moi. » Était-ce une bonne nouvelle ? Pupo Román avait toujours éprouvé pour ce petit bonhomme doux et rusé la méfiance instinctive que lui inspiraient les bureaucrates et les intellectuels. Il était impossible de savoir ce qu'il pensait ; sous ses manières affables et sa désinvolture, il y avait un mystère. Mais enfin, ce que disaient ses amis était vrai : la complicité de Balaguer tranquilliserait les Yankees.

En arrivant chez lui, à Gazcue, il était neuf heures et demie du soir. Il renvoya la Jeep à San Isidro. Mireya et son fils Álvaro, jeune lieutenant alors en permission, s'inquiétèrent en le voyant dans cet état. Tandis qu'il se débarrassait de ses vêtements sales, il leur expliqua tout. Il demanda à Mireya de téléphoner à son frère et il mit le général Virgilio García Trujillo au courant du coup de gueule du Chef :

— Je le regrette, cher beau-frère, mais je suis obligé de t'engueuler. Présente-toi demain à mon bureau, avant dix heures.

— Pour une canalisation éventrée, putain ! s'écria Virgilio, amusé. Le bonhomme commence à nous courir !

Il prit une douche et se savonna de la tête aux

pieds. Au sortir de la baignoire, Mireya lui tendit un pyjama propre et un peignoir de soie. Elle lui tint compagnie tandis qu'il s'essuyait, se mettait de l'eau de Cologne et s'habillait. Contrairement à ce que beaucoup croyaient, à commencer par le Chef, il n'avait pas épousé Mireya par intérêt. Il était vraiment amoureux de cette brunette timide, et avait risqué sa vie en la courtisant malgré l'opposition de Trujillo. C'était un couple heureux, sans disputes ni coups de canif dans le contrat durant leurs vingt-cinq années de vie commune. Tandis qu'il bavardait avec Mireya et Álvaro autour de la table — il n'avait pas faim et se contenta d'un rhum *on the rocks* —, il se demandait quelle serait la réaction de sa femme. Prendrait-elle parti pour son mari ou pour le clan ? Le doute le taraudait. Bien souvent il avait vu Mireya indignée par les façons méprisantes du Chef ; cela ferait peut-être pencher la balance en sa faveur. Et puis, quelle Dominicaine n'aimerait devenir la première dame de la nation ?

Le dîner achevé, Álvaro sortit boire une bière avec des amis. Mireya et lui gagnèrent leur chambre, au second étage, et regardèrent La Voz Dominicana qui diffusait une émission de musique dansante avec des chanteurs et des orchestres à la mode. Avant les sanctions, la station engageait les meilleurs artistes latino-américains, mais cette dernière année, en raison de la crise, presque toute la production de la chaîne de télé de Petán Trujillo fonctionnait avec des artistes locaux. Tandis qu'ils écoutaient les rythmes de merengue et de danzón joués par l'orchestre Generalísimo, sous la baguette du maestro Luis Alberti, Mireya manifesta son regret de toutes ces embrouilles avec l'Église et son espoir d'une réconciliation. Il y avait une mauvaise ambiance et ses amies, pendant la canasta, parlaient d'une rumeur de révolution et d'un débarquement de *marines* envoyés par Kennedy. Pupo la calma : le Chef l'emporterait cette fois encore et le pays redeviendrait tranquille et prospère. Sa voix lui semblait si fausse qu'il se tut en feignant une quinte de toux.

Peu après, les freins d'une auto crissèrent et un coup de klaxon retentit, frénétique. Le général sauta hors de son lit et se pencha à la fenêtre. Il aperçut, sortant de la voiture qui venait d'arriver, la silhouette coupante du général Arturo Espaillat, Navaja. Dès qu'il vit son visage, jaune sous l'éclat du lampadaire, son cœur bondit dans sa poitrine : ça y était.

— Que se passe-t-il, Arturo ? demanda-t-il en sortant la tête.

— C'est très grave, fit le général Espaillat en s'approchant. J'étais avec ma femme au Pony et j'ai vu passer la Chevrolet du Chef. Peu après, j'ai entendu des coups de feu. Je suis allé voir et suis tombé, en plein milieu de la route, sur une fusillade.

— Je descends, je descends, cria Pupo Román.
— Mireya enfilait une robe de chambre tout en se signant : « Mon Dieu, mon oncle, pourvu qu'il n'ait rien, Jésus Marie. »

Depuis cet instant, et dans les minutes et les heures qui suivirent, temps où se joua son sort, celui de sa famille, celui des conjurés et, en fin de compte, celui de la République dominicaine, le général José René Román sut toujours, avec une lucidité totale, ce qu'il devait faire. Pourquoi fit-il exactement le contraire ? Il se le demanderait bien des fois les mois suivants, sans trouver de réponse. Il sut, tandis qu'il descendait l'escalier, que dans ces circonstances la seule chose sensée, s'il était attaché à la vie et ne voulait pas voir avorter la conjuration, c'était d'ouvrir sa porte à l'ex-chef du S.I.M., le militaire le plus compromis dans les opérations criminelles du régime, l'exécuteur d'innombrables enlèvements, chantages, tortures et assassinats sur ordre de Trujillo, et de vider sur lui son revolver. Le curriculum de Navaja ne lui laissait d'autre alternative que de garder une loyauté à tous crins à Trujillo et au régime, pour ne pas finir en prison ou être liquidé.

Quoique sachant cela fort bien, il ouvrit la porte et fit entrer le général Espaillat et son épouse, qu'il embrassa sur la joue et tranquillisa, car Ligia Fernández de Espaillat ne se contrôlait plus et balbutiait des paroles incohérentes. Navaja lui donna des précisions : comme sa voiture approchait, il avait été pris dans une fusillade assourdissante où se mêlaient revolvers, carabines et mitraillettes dont les éclairs lui firent reconnaître la Chevrolet du Chef, et il avait pu voir sur la route une silhouette qui tirait, peutêtre Trujillo. Sans pouvoir lui venir en aide : il était en civil, n'était pas armé et, redoutant qu'une balle puisse atteindre Ligia, était venu ici. Cela s'était passé voilà quinze ou vingt minutes tout au plus.

— Attends-moi, je m'habille, dit Román en montant à la hâte l'escalier, suivi de Mireya, qui remuait les mains et la tête comme une folle.

— Il faut avertir l'oncle Négro, s'écria-t-elle tandis qu'il enfilait son uniforme de jour. — Il la vit se précipiter sur le téléphone et faire le numéro, sans lui donner le temps d'ouvrir la bouche. Et tout en sachant bien qu'il aurait dû empêcher ce coup de fil, il n'en fit rien. Il prit le combiné et, en même temps qu'il boutonnait sa chemise, il prévint le général Héctor Bienvenido Trujillo :

— On vient de m'informer d'un éventuel attentat contre Son Excellence, sur la route de San Cristóbal. Je m'y rends aussitôt. Je vous tiendrai au courant.

Il acheva de s'habiller et descendit, tenant à la main une carabine M-1, le chargeur engagé. Au lieu d'envoyer une rafale et d'en finir avec Navaja, il épargna à nouveau sa vie et acquiesça quand Espaillat, ses petits yeux rongés d'inquiétude, lui conseilla d'alerter l'état-major et de donner l'ordre à l'armée de ne pas bouger. Le général Román appela la Forteresse du 18 Décembre et prescrivit à toutes les garnisons une consigne rigoureuse, avec suspension des permissions vers la capitale, et il avertit les commandants de l'intérieur qu'il entrerait en contact au plus vite avec eux, par téléphone ou par radio, pour une affaire d'une extrême urgence. Il perdait là un temps irrécupérable, mais il ne pouvait s'empêcher d'agir de la sorte, car il pensait qu'autrement il éveillerait des soupçons dans l'esprit de Navaja.

— Allons-y, dit-il à Espaillat.

— Je vais reconduire Ligia, répondit ce dernier. Je te retrouve sur la route. C'est au kilomètre 7, plus ou moins.

Quand il démarra, au volant de son propre véhicule, il sut qu'il devait aller aussitôt chez le général Juan Tomás Díaz, à quelques mètres de chez lui, pour vérifier si l'assassinat avait bien été perpétré — il en était pourtant sûr — et mettre en marche le coup d'État. Il n'avait plus d'échappatoire ; que Trujillo fût mort ou blessé, il était complice. Mais au lieu de se rendre chez Juan Tomás ou chez Amiama, il conduisit sa voiture vers l'avenue George Washington. Près de la Foire au bétail il vit dans une auto d'où on lui faisait signe le colonel Marcos Antonio Jorge Moreno, chef de l'escorte personnelle de Trujillo, accompagné du général Pou.

— On est inquiets, lui cria Moreno en sortant la tête par la fenêtre. Son Excellence n'est pas arrivée à San Cristóbal.

— Il y a eu un attentat, les informa Román. Suivez-moi !

Au kilomètre 7, quand, dans les faisceaux de lumière des phares de Moreno et de Pou, il reconnut la Chevrolet noire criblée de trous et les vitres pulvérisées, avec des taches de sang sur l'asphalte au milieu des débris et des gravillons, il sut que l'attentat avait réussi. Il ne pouvait qu'être mort après pareille fusillade. Et par conséquent il devait désarmer, convaincre ou tuer Moreno et Pou, deux trujillistes à tous crins et, avant l'arrivée d'Espaillat et d'autres militaires, gagner à toute vitesse la Forteresse du 18 Décembre, où il serait en sécurité. Mais il n'en fit rien non plus et, manifestant au contraire la même consternation que Moreno et Pou, il fouilla avec eux les abords, et se réjouit quand le colonel trouva un revolver dans les fourrés. Peu après Navaja était là, suivi de patrouilles et de gardes à qui il ordonna de poursuivre les recherches. Lui se trouverait à l'état-major.

Tandis que son chauffeur, le sergent Morones, le conduisait dans sa voiture officielle à la Forteresse du 18 Décembre, il fuma plusieurs Lucky Strike. Luis Amiama et Juan Tomás devaient le chercher désespérément, le cadavre du Chef sur les bras. C'était son devoir de leur faire signe. Mais, au lieu de cela, en arrivant à l'état-major il donna pour instruction au garde de ne laisser aucun civil, quel qu'il soit, entrer dans les lieux, sous quelque prétexte que ce soit.

Il trouva la Forteresse en ébullition, un mouvement inconcevable à cette heure en temps normal. Tandis qu'il grimpait l'escalier quatre à quatre pour gagner son poste de commandement et répondait de la tête aux officiers qui le saluaient, il entendit des questions — « Une tentative de débarquement en face de la Foire agricole et au bétail, mon général ? » — auxquelles il ne s'arrêta pas pour répondre.

Il entra, tout agité et le cœur battant, et un simple coup d'œil sur la vingtaine d'officiers de haut grade réunis dans son bureau lui suffit pour savoir que, en dépit des occasions perdues, il en avait encore une de mettre en marche le Plan. Ces officiers, qui, en le voyant, claquèrent des talons et firent le salut militaire, étaient un groupe du haut commandement trié sur le volet, amis pour la plupart, et attendant ses ordres. Ils savaient ou devinaient qu'il venait de se produire un vide effrayant et, formés dans la tradition de la discipline et de la dépendance totale au Chef, ils attendaient qu'il assumât le commandement, avec clarté et détermination. Sur le visage du général Fernando A. Sánchez, du général Radhamés Hungría, des généraux Fausto Caamaño et Félix Hermida, sur celui des colonels Rivera Cuesta et Cruzado Piña, et sur celui des majors Wessin y Wessin, Pagán Montás, Saldaña, Sánchez Pérez, Fernández Domínguez et Hernando Ramírez, il pouvait lire la peur et l'espoir. Ils voulaient qu'il les tirât de l'insécurité contre laquelle ils ne savaient se défendre. Une harangue prononcée de la voix d'un chef qui a quelque chose dans le pantalon et sait ce qu'il fait, leur expliquant que, dans ces très graves circonstances, la disparition ou la mort de Trujillo, advenue pour des raisons qu'il faudrait apprécier, donnait à la République une chance providentielle de changement. Avant tout, éviter le chaos, l'anarchie, une révolution communiste et son corollaire, l'occupation des Nord-Américains. Patriotes par vocation et par profession, ils avaient le devoir d'agir. Le pays touchait le fond, mis en quarantaine par les excès d'un régime qui, bien qu'ayant rendu dans le passé des services signalés, avait dégénéré en une tyrannie qui soulevait la répulsion universelle. Il fallait aller au-devant des événements, et regarder l'avenir. Il les exhortait à le suivre, à refermer ensemble l'abîme ouvert sous leurs pieds. En tant que commandant des forces armées, il présiderait une Junte civile et militaire composée de figures éminentes, chargée d'assurer une transition vers la démocratie, qui permettrait la levée des sanctions imposées par les États-Unis, et la convocation d'élections sous l'égide

de l'O.E.A. La Junte pouvait compter sur la bienveillance de Washington et il attendait d'eux, les
chefs de l'institution la plus prestigieuse du pays,
leur collaboration. Il savait que ses paroles auraient
été saluées par des applaudissements et que, s'il restait quelque indécis, la conviction des autres finirait
par le gagner. Il serait alors facile de donner des
ordres à des officiers décidés tels que Fausto Caamaño et Félix Hermida pour mettre en état d'arrestation les frères Trujillo, et traquer Abbes García,
le colonel Figueroa Carrión, le capitaine Cándido
Torres, Clodoveo Ortiz, Américo Dante Minervino,
César Rodríguez Villeta et Alicinio Peña Rivera, de
façon à paralyser la machine du S.I.M.

Mais bien que sachant avec certitude ce qu'il
devait faire et dire en cet instant, il ne le fit pas non
plus. Après quelques secondes de silence hésitant, il
se borna à informer les officiers, dans un langage
vague, syncopé, bégayant, qu'en raison de l'attentat
perpétré contre la personne du Généralissime, les
forces armées devaient serrer les rangs et se tenir
prêtes à passer à l'action. Il pouvait sentir, toucher
du doigt la déception de ces subordonnés qui, loin
d'être mis en confiance, étaient contaminés par son
incertitude. Ce n'était pas cela qu'ils attendaient.
Pour dissimuler sa propre confusion, il contacta les
garnisons de l'intérieur. Répétant au général César
A. Oliva, de Santiago, au général García Urbáez,
de Dajabón, et au général Guarionex Estrella, de La
Vega, sur le même ton incertain — sa langue lui
obéissait à peine, comme s'il avait été ivre — que, en
raison du tyrannicide présumé, ils consignent leurs
troupes en caserne et n'opèrent aucun mouvement
sans son autorisation.

Après avoir donné tous ces coups de fil, il déchira
la secrète camisole de force qui l'emprisonnait et prit
une initiative dans la bonne direction :

— Ne vous retirez pas, annonça-t-il en se levant. Je vais convoquer immédiatement une réunion au plus haut niveau.

Il fit appeler le président de la République, le chef du Service d'intelligence militaire et l'ex-Président, le général Héctor Bienvenido Trujillo. Il les ferait venir et les arrêterait ici tous les trois. Si Balaguer faisait partie de la conspiration, il pourrait lui donner un coup de main pour les étapes suivantes. Il perçut le trouble des officiers, échangeant des regards et chuchotant. On lui passa le téléphone. Joaquín Balaguer venait d'être tiré de son lit :

— Je suis désolé de vous réveiller, monsieur le Président. Il y a eu un attentat contre Son Excellence, alors qu'il se dirigeait vers San Cristóbal. En tant que ministre des Armées je convoque une réunion urgente à la Forteresse du 18 Décembre. Je vous prie de venir, toute affaire cessante.

Le président Balaguer resta un long moment sans répondre, au point que Román pensa qu'ils avaient été coupés. Son mutisme provenait-il de sa surprise ? De sa satisfaction à voir le Plan en voie d'accomplissement ? Ou de la méfiance pour cet appel intempestif ? Il entendit enfin la réponse, prononcée sans la moindre émotion :

— Si quelque chose d'aussi grave est advenu, en tant que président de la République il ne m'appartient pas d'être dans une caserne, mais au Palais national. Je m'y rends. Je vous suggère que la réunion ait lieu dans mon bureau. Bonsoir.

Et sans lui donner le temps de répondre, il raccrocha.

Johnny Abbes García l'écouta avec attention. Bien, il irait à la réunion, mais après avoir entendu le témoignage du capitaine Zacarías de la Cruz qui, grièvement blessé, venait d'arriver à l'hôpital Marión. Seul Négro Trujillo sembla accepter la convocation. « J'y vais tout de suite. » Il le sentit dépassé par les événements. Mais comme après une demi-heure d'attente il n'était toujours pas là, le général José René Román sut que son plan de dernière minute ne pouvait plus se réaliser. Aucun des trois ne tomberait dans l'embuscade. Et lui, par sa façon d'agir, commençait à s'enfoncer dans des sables mouvants auxquels il serait bientôt trop tard pour échapper. À moins de s'emparer d'un avion militaire et de se faire conduire à Haïti, la Trinité, Porto Rico, les Antilles françaises ou le Venezuela, où on le recevrait à bras ouverts.

À partir de ce moment, il entra dans un état somnambulique. Le temps s'éclipsait ou, au lieu d'avancer, tournait vertigineusement sur lui-même, ce qui le déprimait et l'irritait. Il ne sortirait plus de cet état-là pendant les quatre mois et demi qu'il lui restait à vivre, si tant est qu'on puisse appeler cela vie et non enfer ou cauchemar. Jusqu'au 12 octobre 1961 il n'eut plus jamais une notion claire de la chronologie ; mais en revanche il perçut bien la mystérieuse éternité, qui ne l'avait jamais intéressé. Dans les éclairs de lucidité qui l'assaillaient pour lui rappeler qu'il était vivant, que cela n'était pas terminé, une seule et même question le tourmentait : pourquoi, alors que tu savais bien que c'était *ça* qui t'attendait, n'as-tu pas agi comme tu le devais ? Cette question le faisait souffrir davantage que les tortures qu'il affronta avec un grand courage, peut-être pour se prouver à lui-même que ce n'était pas par lâcheté qu'il s'était conduit avec tant d'indécision cette interminable nuit du 31 mai 1961.

Incapable de coordonner ses actes, il tomba dans des contradictions et des initiatives désordonnées. Il donna l'ordre à son beau-frère, le général Virgilio García Trujillo, d'acheminer de San Isidro, où stationnaient les divisions blindées, quatre tanks et trois compagnies d'infanterie pour renforcer la Forteresse du 18 Décembre. Mais, tout aussitôt, il décida d'abandonner la place et de se rendre au Palais. Il donna pour instruction au chef d'état-major de l'armée, le jeune général Tuntin Sánchez, de le tenir informé des recherches. Avant de partir, il appela à La Victoria Américo Dante Minervino. Il lui donna l'ordre impératif de liquider sur-le-champ, dans la discrétion la plus totale, le major Segundo Imbert Barreras et Rafael Augusto Sánchez Saulley, qui y étaient détenus, et de faire disparaître leurs corps, car il craignait qu'Antonio Imbert, du groupe d'action, n'ait averti son frère de sa complicité dans la conjuration. Américo Dante Minervino, habitué à ses missions, ne posa pas de questions : « Reçu cinq sur cinq, mon général. » Il déconcerta le général Tuntin Sánchez en lui disant de donner pour instruction aux patrouilles du S.I.M., de l'armée et de l'aviation engagées dans les recherches de liquider à la moindre tentative de résistance les personnes figurant sur les listes d'« ennemis » et d'« opposants » qu'on leur avait remises. (« Nous ne voulons pas de prisonniers qui serviraient à déchaîner des campagnes internationales contre notre pays. ») Son subordonné ne fit pas de commentaires. Il transmettrait ses instructions au pied de la lettre, mon général.

Alors qu'il quittait la Forteresse pour rejoindre le Palais, le lieutenant de semaine l'informa qu'une voiture avec deux civils, dont l'un disait être son frère Ramón (Bibín), était à l'entrée de l'enceinte, et qu'ils exigeaient de le voir. En application de ses ordres, il les avait obligés à se retirer. Il acquiesça sans dire un mot. Son frère était, donc, dans la conjuration et par conséquent Bibín paierait aussi pour ses hésitations et ses détours. Plongé dans cette espèce d'hypnose, il pensa que son indolence venait peut-être de ce que, bien que le corps du Chef fût mort, son âme, son esprit ou comme on voudra l'appeler continuait à l'asservir.

Au Palais national il ne trouva que désordre et désolation. Presque toute la famille Trujillo était réunie. Petán, bottes de cavalerie aux pieds et mitraillette à l'épaule, venait d'arriver de son fief de Bonao et faisait les cent pas comme un plouc ridicule. Héctor (Négro), enfoncé dans un divan, se frottait les bras comme s'il avait froid. Mireya et sa belle-mère, Marina, consolaient doña María, la femme du Chef, pâle comme une morte, et les yeux comme des escarboucles. En revanche, la belle Angelita pleurait et se tordait les mains, sans que son mari, le colonel José León Estévez (Biscoto), en uniforme et l'air affligé, parvînt à la calmer. Il sentit tous les regards cloués sur lui : y avait-il du nouveau ? Il les embrassa, un par un : on passait la ville au peigne fin, maison par maison, rue par rue, et bientôt... Il découvrit alors qu'ils en savaient davantage que le commandant des forces armées. L'un des conspirateurs, l'ex-militaire Pedro Livio Cedeño, était tombé et Abbes García l'interrogeait à la Clinique internationale. Et le colonel José León Estévez avait déjà prévenu Ramfis et Radhamés qui s'employaient à louer un avion d'Air-France pour rentrer de Paris. À partir de ce moment, il sut aussi que le pouvoir assigné à sa charge, qu'il avait gaspillé dans les dernières heures, commençait à lui échapper des mains ; les décisions ne partaient plus de son bureau, mais de celui des chefs du S.I.M., Johnny Abbes García et le colonel Figueroa Carrión, ou de parents et proches de Trujillo, comme Biscoto ou son beau-frère Virgilio. Une pression invisible l'éloignait du pouvoir. Il ne fut pas surpris que Négro Trujillo ne lui donne aucune explication pour n'avoir pas assisté à la réunion à laquelle il l'avait convié.

Il s'écarta du groupe, il se précipita dans une cabine téléphonique et appela la Forteresse. Il ordonna à son chef d'état-major d'envoyer la troupe entourer la Clinique internationale, de mettre sous surveillance l'ex-officier Pedro Livio Cedeño, et d'empêcher que le S.I.M. ne l'emmène, en faisant usage de la force au besoin. Le prisonnier devait être transféré à la Forteresse du 18 Décembre. Lui irait l'interroger personnellement. Tuntin Sánchez, après un silence de mauvais augure, se borna à prendre congé : « Bonsoir, mon général. » Il se dit, rongé d'inquiétude, que c'était peut-être là sa plus grande erreur de toute la nuit.

Dans la salle où se trouvaient les Trujillo, l'assistance était plus nombreuse. Tous écoutaient, dans un silence contrit, le colonel Johnny Abbes García qui, debout, parlait avec accablement :

— Le bridge dentaire trouvé sur la route appartient à Son Excellence. Le docteur Fernando Camino l'a confirmé. On peut supposer que, s'il n'est pas mort, il est dans un état critique.

— Quoi de neuf au sujet des assassins ? l'interrompit Román dans une attitude de défi. L'individu a-t-il parlé ? A-t-il dénoncé ses complices.

Le visage joufflu du chef du S.I.M. se tourna vers lui. Ses petits yeux de batracien l'enveloppèrent d'un regard qui, au point extrême de susceptibilité où il se trouvait, lui sembla moqueur.

— Il en a dénoncé trois, expliqua Johnny Abbes, en le regardant sans ciller. Antonio Imbert, Luis Amiama et le général Juan Tomás Díaz. C'est lui qui est à la tête du complot, à ce qu'il dit.

— Les a-t-on capturés ?

— Mes hommes les cherchent dans tout Ciudad Trujillo, assura Johnny Abbes García. Autre chose. Les États-Unis pourraient être derrière tout cela.

Il murmura quelques mots de félicitations au

colonel Abbes et retourna à la cabine pour appeler le général Tuntin Sánchez. Les patrouilles devaient arrêter immédiatement le général Juan Tomás Díaz, Luis Amiama et Antonio Imbert, tout comme les membres de leurs familles, « morts ou vifs, peu importe, ou plutôt morts, parce que la C.I.A. pourrait tenter de les faire sortir du pays ». Quand il raccrocha, il eut une certitude ; de la façon dont les choses évoluaient, il ne pourrait même pas choisir l'exil. Il devrait se brûler la cervelle.

Au salon, Abbes García continuait à parler. Non plus des assassins, mais de la situation où se trouvait le pays.

— Il est indispensable que ce soit un membre de la famille Trujillo qui, à partir de maintenant, assume la présidence de la République, affirma-t-il. Le docteur Balaguer doit démissionner et céder sa charge au général Héctor Bienvenido ou au général José Arismendi. Ainsi le peuple saura que l'esprit, la philosophie et la politique du Chef seront respectés et continueront à guider la vie dominicaine.

Il y eut un moment de gêne. L'assistance échangeait des regards. La grosse voix vulgaire de ce matamore de Petán Trujillo emplit la salle :

— Johnny a raison. Balaguer doit démissionner. Nous assumerons la présidence, Négro ou moi. Le peuple saura que Trujillo n'est pas mort.

Alors, suivant les regards de toute l'assistance, le général Román découvrit la présence du Président fantoche. Menu et discret comme toujours, il avait écouté, assis sur une chaise dans un coin, comme s'il n'avait pas voulu gêner. Il était habillé avec sa correction habituelle et affichait une absolue tranquillité, comme si cela n'avait été qu'une démarche sans importance. Il ébaucha un demi-sourire et parla avec un calme qui détendit l'atmosphère :

— Comme vous le savez, je suis président de la

République par décision du Généralissime, qui a toujours respecté à la lettre la constitution. J'occupe cette charge pour faciliter les choses, non pour les compliquer. Si ma démission peut soulager la situation, la voilà. Mais, permettez-moi une suggestion. Avant de prendre une décision aussi grave, qui signifierait une rupture de la légalité, n'est-il pas prudent d'attendre l'arrivée du général Ramfis Trujillo ? Ne devrait-on pas consulter le fils aîné du Chef, son héritier spirituel, militaire et politique ?

Il jeta un regard à la femme que le strict protocole trujilliste obligeait les chroniqueurs mondains à appeler toujours la Très Honorable Dame. María Martínez de Trujillo réagit, avec autorité :

— M. Balaguer a raison. Tant que Ramfis ne sera pas là, rien ne doit changer —, sa face arrondie avait repris ses couleurs.

En voyant le président de la République baisser timidement les yeux, le général Román échappa quelques secondes à la gélatine de son égarement mental pour se dire que, contrairement à lui, ce petit homme sans arme, qui écrivait des vers et semblait si peu de chose au milieu de ce monde de machos armés de pistolets et de mitraillettes, savait fort bien ce qu'il voulait et ce qu'il faisait, car il ne se départait à aucun moment de sa sérénité. Au cours de cette nuit, la plus longue de son demi-siècle d'existence, le général Román découvrit que, dans le vide et le désordre provoqués par la disparition du Chef, cet être secondaire que tout le monde avait toujours tenu pour un gratte-papier, une simple potiche du régime, se mettait à acquérir une surprenante autorité.

Comme en rêve, il vit dans les heures suivantes se faire, se défaire en groupes et se refaire cette assemblée de parents, de proches et de barons trujillistes, au fur et à mesure que les faits se rattachaient comme des pièces remplissant les creux du puzzle jusqu'à constituer une figure compacte. Avant minuit ils apprirent que le pistolet trouvé sur les lieux de l'attentat appartenait au général Juan Tomás Díaz. Quand Román ordonna qu'outre la maison de ce dernier celles de tous ses frères soient fouillées aussi, on l'informa que c'était ce que faisaient les patrouilles du S.I.M., sous la direction du colonel Figueroa Carrión, et que le frère de Juan Tomás, Modesto Díaz, livré au S.I.M. par son ami l'éleveur de coqs de combat Chucho Malapunta chez qui il s'était réfugié, était à cette heure détenu à la prison de La Quarante. Quinze minutes plus tard, Pupo téléphona à son fils Álvaro pour lui demander de lui apporter des munitions supplémentaires pour sa carabine M-1 (qui n'avait pas quitté son épaule), convaincu qu'à tout moment il allait devoir vendre chèrement sa vie, ou y mettre fin de sa propre main. Après avoir débattu dans son bureau en compagnie d'Abbes García et du colonel Luis José León Estévez (Biscoto) sur le sort de l'évêque Reilly, il prit l'initiative de dire que ce dernier soit, sous sa responsabilité, extrait par la force du collège Santo Domingo, et il appuya la thèse du chef du S.I.M. de l'exécuter, car la complicité de l'Église dans la machination criminelle ne faisait pas l'ombre d'un doute. Le mari d'Angelita Trujillo dit, en touchant son revolver, que ce serait un honneur pour lui d'exécuter cet ordre. Il revint moins d'une heure après, tout exalté. L'opération avait été réalisée sans incidents majeurs, si ce n'est qu'il avait fallu tabasser quelques nonnes et deux curés rédemptoristes, gringos eux aussi, qui avaient tenté de protéger le primat. Le seul mort était un berger allemand qui gardait le collège et qui, avant de tomber sous la balle fatale, avait mordu un *calié*. L'évêque se trouvait maintenant au centre de détention des forces aériennes, au kilomètre 9 de la route de San Isidro. Rodríguez Méndez, le commandant du centre, avait refusé d'exécuter le prélat et empêché Biscoto León Estévez de le faire, en se retranchant derrière les consignes de la présidence de la République.

Stupéfait, Román lui demanda s'il voulait parler de Balaguer. Le mari d'Angelita Trujillo, non moins déconcerté, acquiesça :

— Apparemment, il croit qu'il existe. L'incroyable ce n'est pas que cette demi-portion s'immisce dans cette affaire, mais qu'on obéisse à ses ordres. Ramfis doit le remettre à sa place.

— Pas besoin d'attendre Ramfis. Je vais lui régler son compte sur-le-champ, éclata Pupo Román.

Il se dirigea à grands pas vers le bureau du Président, mais dans le couloir il fut pris d'un étourdissement. Titubant, il réussit à atteindre un fauteuil à l'écart, où il s'écroula. Il s'endormit aussitôt. Quand il se réveilla, deux heures plus tard, il se rappelait un cauchemar polaire où, tremblant de froid dans des steppes neigeuses, il voyait foncer sur lui une meute de loups. Il se leva d'un bond et courut presque vers le bureau du président Balaguer. Il trouva les portes grandes ouvertes. Il entra décidé à faire sentir son autorité à ce pygmée qui voulait se mêler de tout, mais, nouvelle surprise, il se retrouva face à face avec l'évêque Reilly en personne. Le visage décomposé et tuméfié, la soutane à moitié déchirée, la haute figure du prélat gardait pourtant une majestueuse dignité, alors qu'il prenait congé du président de la République.

— Tenez, monseigneur, voyez qui est ici, le ministre des Armées, le général José René Román Fernández, dit-il en faisant les présentations. Il vient vous renouveler les regrets de l'autorité militaire pour ce déplorable malentendu. Vous avez ma parole, et celle du commandant de l'armée, n'est-ce pas, mon général? que ni vous ni aucun prélat, ni les sœurs du collège Santo Domingo, ne serez plus molestés à l'avenir. Je fournirai moi-même des explications à *sister* Williemine et à *sister* Helen Claire. Nous avons vécu des moments très difficiles et, en homme d'expérience, vous le comprendrez. Il y a des subalternes qui perdent leur sang-froid et passent les bornes, comme cette nuit. Cela ne se reproduira pas. J'ai donné ordre à une escorte de vous reconduire au collège. Si vous avez le moindre problème, veuillez vous mettre en contact avec moi personnellement.

L'évêque Reilly, qui regardait tout cela comme s'il était entouré de martiens, fit un vague mouvement de la tête en guise d'adieu. Román jeta sur Balaguer un regard furieux, en touchant sa mitraillette :

— Vous me devez des explications, monsieur Balaguer. Qui êtes-vous pour appeler un centre militaire et, malgré mes dispositions, donner un contrordre à un officier subalterne, en passant pardessus la hiérarchie? Qui croyez-vous être, nom de Dieu?

Le petit homme le regarda en levant les yeux au ciel. Après l'avoir observé un moment, il ébaucha un petit sourire amical. Et montrant la chaise devant le bureau, il l'invita à s'asseoir. Pupo Román ne bougea pas. Son sang bouillait dans ses veines, comme une chaudière près d'exploser.

— Répondez à ma question, bon Dieu de merde! cria-t-il.

Mais le président Balaguer ne se démonta pas cette fois non plus. Avec la même douceur qu'il mettait à déclamer ou à lire ses discours, il le reprit paternellement :

— Vous êtes offusqué, on le serait à moins, mon général. Mais faites un effort. Nous vivons peut-être le moment le plus critique de la République, et vous plus que personne devez donner au pays l'exemple de la sérénité.

Il résista à son regard courroucé — Pupo avait envie de le boxer et, en même temps, sa curiosité le retenait — et, après s'être assis à son bureau, il poursuivit, sur le même ton :

— Remerciez-moi de vous avoir empêché de commettre une grave erreur, mon général. En assassinant un évêque, vous n'auriez pas résolu vos problèmes. Vous les auriez aggravés. Sachez à toutes fins utiles que le Président que vous êtes venu rudoyer est prêt à vous aider. Quoique, je le crains, je ne puisse faire grand-chose pour vous.

Román ne perçut pas l'ironie de ces derniers mots. Cachaient-ils une menace ? Non, à en juger par les regards bienveillants de Balaguer. Sa fureur se dissipa. Maintenant, il avait peur. Il enviait la tranquillité de ce nain à la voix doucereuse.

— Sachez que j'ai ordonné de passer par les armes Segundo Imbert et Papito Sánchez, à La Victoria, rugit-il hors de lui, sans penser à ce qu'il disait. Ils faisaient aussi partie de ce complot. Je ferai de même avec tous ceux qui sont impliqués dans l'assassinat du Chef.

Le président Balaguer acquiesça légèrement, sans que son expression changeât le moins du monde.

— Aux grands maux, les grands remèdes —, murmura-t-il sur un ton mystérieux. Et, se levant, il gagna la porte de son bureau, puis sortit sans prendre congé.

Román resta là sans savoir que faire. Finalement il se dirigea vers son bureau. À deux heures et demie du matin, il conduisit Mireya, qui avait pris un tranquillisant, dans leur maison de Gazcue. Il trouva là son frère Bibín, qui faisait boire au goulot d'une bouteille de Carta Dorada, brandie comme un étendard, les soldats de la garde. Bibín le parasite, le noceur, la tête brûlée et le joueur, au demeurant sympathique, tenait à peine sur ses pattes. Il dut le porter jusqu'à la salle de bains de l'étage, sous prétexte de l'aider à vomir et à se débarbouiller. Dès qu'ils furent seuls, Bibín se mit à pleurer. Il contemplait son frère avec une tristesse infinie dans ses yeux humides. Un filet de salive pendait à ses lèvres, comme une toile d'araignée. Baissant la voix, s'étranglant, il lui raconta que toute la nuit, Luis Amiama, Juan Tomás et lui l'avaient cherché dans la ville, désespérant de le trouver et le maudissant. Que s'est-il passé, Pupo ? Pourquoi n'avoir rien fait ? Pourquoi être resté caché ? N'y avait-il pas un Plan, non ? Le groupe d'action avait rempli sa part du contrat. On lui avait amené le cadavre du tyran, comme il l'avait demandé.

— Pourquoi n'as-tu pas fait ce que tu devais, Pupo ? fit-il soupirant et frissonnant. Qu'est-ce qu'il va nous arriver maintenant ?

— Il y a eu des contretemps, Bibín, Navaja Espaillat s'est pointé et a tout vu. Je n'ai rien pu faire. Maintenant...

— Maintenant, on est foutus, dit Bibín d'une voix rauque et ravalant sa morve. Luis Amiama, Juan Tomás, Antonio de la Maza, Tony Imbert, tous. Mais surtout toi. Toi, et ensuite moi qui suis ton frère. Si tu m'aimes un peu, Pupo, tire-moi donc une balle dans la tête. Une rafale de ta mitraillette, profites-en, je suis soûl. Avant qu'ils le fassent, eux. Sur ce que tu as de plus cher, Pupo.

Là-dessus, Álvaro frappa à la porte : on venait de trouver le cadavre du Généralissime dans le coffre d'une auto, chez le général Juan Tomás Díaz.

Il ne ferma pas les yeux cette nuit-là, ni la suivante, ni celle qui suivit, et probablement, en quatre mois et demi, il ne sut plus ce que c'était que dormir — se reposer, s'oublier, oublier les autres, se dissoudre dans une inexistence dont il revenait chargé d'un peu plus d'énergie —, tout en perdant, certes, connaissance à maintes reprises, et il passa de longues heures, des nuits et des jours, dans une stupeur hébétée, sans images, sans idées, avec un désir permanent que la mort vienne le libérer. Tout se mêlait dans sa tête, comme si le temps était devenu un brouet, une bouillie où avant, maintenant et après n'auraient eu aucune suite logique en dehors de leur récurrence. Il se rappelait parfaitement le spectacle, à son arrivée au Palais national, de doña María Martínez de Trujillo rugissant devant le cadavre du Chef : « Que le sang des assassins soit répandu jusqu'à la dernière goutte ! » Et comme un acte consécutif, mais cela n'avait pu avoir lieu qu'un jour plus tard, la figure svelte, en uniforme, impeccable, d'un Ramfis pâle et livide, se penchant sans se courber sur le cercueil ouvert, contemplant le visage du Chef qui avait été maquillé, et murmurant : « Je ne serai pas aussi magnanime que toi envers tes ennemis, papa. » Il lui semblait que Ramfis ne parlait pas à son père, mais à lui. Il l'étreignit avec force et gémit à son oreille : « Quelle perte irréparable, Ramfis. Heureusement que nous t'avons, toi. »

Il se voyait lui-même, aussitôt après, en grand uniforme et son inséparable carabine M-1 à la main, dans l'église de San Cristóbal noire de monde, assistant aux obsèques nationales du Chef. Quelques phrases du discours d'un président Balaguer grandi — « Vous avez là, messieurs, arraché par le souffle d'une traîtresse rafale, le chêne puissant qui, plus de trente années durant, a défié toutes les foudres et triomphé de toutes les tempêtes » — lui firent monter les larmes aux yeux. Il l'écoutait près d'un Ramfis pétrifié et entouré de gardes armés de mitraillettes. Et il se voyait, en même temps, contempler (un, deux, trois jours plus tôt ?) les queues infinies de milliers et de milliers de Dominicains de tous âges, professions, races et classes sociales, attendant des heures et des heures, sous un ciel de feu, pour gravir les marches du Palais et, au milieu de cris hystériques de douleur, d'évanouissements, de hurlements, d'offrandes aux esprits protecteurs du vaudou, rendre un dernier hommage au Chef, à l'Homme, au Bienfaiteur, au Généralissime, au Père. Et au milieu de tout cela, il écoutait les rapports de ses ordonnances sur la capture de l'ingénieur Huáscar Tejeda et de Salvador Estrella Sadhalá, puis la fin d'Antonio de la Maza et du général Juan Tomás Díaz au parc de l'Indépendance, à l'angle de l'avenue Bolívar, vendant chèrement leur vie dans la fusillade, et, presque simultanément, la mort, à peu de distance, du lieutenant Amado García, tuant lui aussi avant d'être tué, puis la mise à sac par la foule de la maison de la tante qui l'avait hébergé. Il se rappelait également les rumeurs sur la mystérieuse disparition de son camarade Amiama Tió et d'Antonio Imbert — Ramfis offrait un demi-million de pesos à qui aiderait à leur capture —, et l'exécution de quelque deux cents Dominicains, civils ou militaires, compromis dans l'assassinat du Chef, à Ciudad Trujillo, Santiago, La Vega, San Pedro de Macorís et une demi-douzaine d'autres lieux.

Tout cela se mêlait dans sa tête, mais était, au moins, intelligible. Tout comme ce dernier souvenir cohérent qu'il garderait en mémoire : aux obsèques du Généralissime dans l'église de San Cristóbal, à la fin de la messe, Petán Trujillo l'avait pris par le bras : « Viens avec moi dans ma voiture, Pupo. » Dans la Cadillac de Petán, il sut — c'est la dernière chose qu'il sut avec une certitude totale — qu'il tenait là l'ultime chance d'échapper à ce qui s'annonçait, en vidant son chargeur sur le frère du Chef et sur lui-même, car ce voyage n'allait pas le conduire à sa maison de Gazcue. Il s'était achevé, en fait, à la base de

San Isidro où, lui avait dit Petán en mentant effrontément, « il y aura une réunion de famille ». À l'entrée de la base aérienne, deux généraux, son beau-frère Virgilio García Trujillo et le chef d'état-major de l'armée, Tuntin Sánchez, l'informèrent qu'il était arrêté, accusé de complicité avec les assassins du Bienfaiteur de la Patrie et Père de la Nouvelle Patrie. Très pâles et évitant de le regarder dans les yeux, ils lui demandèrent son arme. Il leur remit docilement sa carabine M-1, dont il ne s'était pas séparé quatre jours durant.

On le conduisit à une pièce avec une table, une vieille machine à écrire, une rame de papier blanc et une chaise. On lui demanda d'ôter sa ceinture et ses souliers et de les remettre à un sergent. Il le fit, sans rien demander. On le laissa seul et, quelques minutes plus tard, il vit entrer les deux amis les plus intimes de Ramfis, le colonel Luis José León Estévez (Biscoto) et Pirulo Sánchez Rubirosa, qui, sans le saluer, lui dirent d'écrire tout ce qu'il savait sur la conspiration, en donnant les noms et prénoms des conjurés. Le général Ramfis — que par décret suprême, entériné cette nuit même par le Congrès, le président Balaguer venait de nommer commandant en chef des forces armées (Air, Mer, Terre) de la République — était parfaitement au courant de son rôle dans le complot, grâce aux détenus qui, tous, l'avaient dénoncé.

Il s'assit devant la machine à écrire et, deux heures durant, il fit ce qu'on lui demandait. Pas habile au clavier, il tapait seulement avec deux doigts, et faisant beaucoup de fautes, qu'il négligea de corriger. Il raconta tout, depuis sa première conversation avec son camarade Luis Amiama, six mois plus tôt, et il nomma la vingtaine de personnes qu'il savait impliquées, mais non Bibín. Il expliqua que pour lui l'appui des États-Unis à la conjuration avait été décisif, et qu'il n'avait accepté de présider la Junte civile et militaire qu'en apprenant, par Juan Tomás, que le consul Henry Dearborn et le consul Jack Bennett, ainsi que le chef de la C.I.A. à Ciudad Trujillo, Lorenzo D. Berry (Wimpy), souhaitaient le voir à sa tête. Il consigna seulement un petit mensonge, à savoir qu'il exigeait, pour participer, que le Généralissime fût kidnappé et contraint de démissionner, mais en aucun cas assassiné. Les autres conjurés l'avaient trahi en ne respectant pas cet engagement. Il relut ses aveux et les signa.

Il resta seul, un long moment, dans une tranquillité d'esprit qu'il n'avait pas éprouvée depuis le soir du 30 mai. Quand on vint le chercher, la nuit était tombée. C'était un groupe d'officiers inconnus, qui lui passèrent les menottes et, toujours sans chaussures, le menèrent dans la cour de la base pour le faire monter dans une fourgonnette aux vitres teintées, sur laquelle il lut « Institut Panaméricain d'Éducation ». Il pensa qu'on le conduisait à La Quarante. Il connaissait fort bien cette lugubre villa de la 40ᵉ Rue, près de la Cimenterie dominicaine. Elle avait appartenu au général Juan Tomás Díaz, qui l'avait vendue à l'État pour que Johnny Abbes y exerçât ses méthodes alambiquées par lesquelles il arrachait les aveux des prisonniers. Et même il s'y était trouvé présent, après l'invasion castriste du 14 juin, quand un des détenus interrogés, le docteur Tejada Florentino, assis sur le Trône grotesque — siège de Jeep, tubes, matraques électriques, nerfs de bœuf, garrot pour étrangler le prisonnier en même temps qu'il recevait les décharges —, avait été électrocuté par erreur du technicien du S.I.M., qui avait envoyé le voltage le plus fort. Mais non, au lieu de La Quarante, on le conduisit au Neuf, sur la route Mella, une ancienne résidence de Pirulo Sánchez Rubirosa. Là aussi il y avait un Trône, plus petit, mais aussi plus moderne.

Il n'avait pas peur. Plus maintenant. La féroce panique qui, depuis le soir de l'assassinat de Trujillo, l'avait désarçonné en lui faisant, tout seul, vider les étriers pour être possédé par les esprits comme au vaudou, avait complètement disparu. Au Neuf on le déshabilla et on l'assit sur le siège noirâtre, au centre d'une pièce sans fenêtre et à peine éclairée. La forte odeur d'excréments et d'urine lui donna des nausées. La chaise était difforme et absurde, avec tous ses éléments ajoutés. Elle était encastrée dans le sol avec des courroies et des anneaux pour emprisonner chevilles, poignets, thorax et tête. Ses bras étaient recouverts de plaques de cuivre pour faciliter le passage du courant. Un faisceau de câbles sortait du Trône jusqu'à un bureau ou une console, où l'on contrôlait le voltage. Dans la clarté blafarde, tandis qu'on l'attachait à la chaise, il reconnut, entre Biscoto León Estévez et Sánchez Rubirosa, le visage exsangue de Ramfis. Il avait coupé sa moustache et ne portait pas ses éternelles Ray-Ban. Il avait ce regard égaré qu'il lui avait vu quand il dirigeait les tortures et exécutions des survivants de Constanza, Maimón et Estero Hondo en juin 1959. Il le regardait sans rien dire, tandis qu'un *calié* lui tondait les cheveux, qu'un autre à genoux lui liait les chevilles et qu'un troisième vaporisait du parfum dans la pièce. Le général Román Fernández soutint ce regard.

— Tu es le pire de tous, Pupo, dit soudain Ramfis, la voix brisée de douleur. Tout ce que tu es, tout ce que tu as, tu le dois à papa. Pourquoi tu as fait ça ?

— Par amour pour ma patrie, fit-il comme si quelqu'un d'autre parlait à sa place.

Au bout d'un moment, Ramfis dit à nouveau :

— Est-ce que Balaguer est dans le coup ?

— Je ne le sais pas. Luis Amiama m'a dit qu'on

avait sondé ses intentions, par l'intermédiaire de son médecin. Il n'avait pas l'air très sûr. Je pense qu'il n'en faisait pas partie.

Ramfis hocha la tête et Pupo se sentit projeté en avant avec la force d'un cyclone. La secousse sembla broyer tous ses nerfs, du cerveau jusqu'aux orteils. Courroies et anneaux lui tailladaient les muscles, il voyait des boules de feu, des pointes acérées lui fouillaient les pores. Il tint bon sans crier, se contentant de rugir. Bien qu'à chaque décharge — elles se succédaient par intervalles où on lui jetait des seaux d'eau pour le ranimer — il perdît connaissance et demeurât aveugle, il recouvrait ensuite sa conscience. Alors son nez s'emplissait de ce parfum de bonniche. Il essayait de maintenir une certaine attitude, de ne pas s'humilier en criant grâce. Dans le cauchemar dont il ne sortirait jamais, il fut sûr de deux choses : parmi ses tortionnaires, Johnny Abbes García n'apparut jamais et, à certain moment, quelqu'un qui pouvait être Biscoto León Estévez, ou bien le général Tuntin Sánchez, lui fit savoir que Bibín avait eu de meilleurs réflexes que lui, car il avait réussi à se tirer une balle dans la bouche quand le S.I.M. était allé le cueillir chez lui à l'angle des rues Arzobispo Nouel et José Reyes. Pupo se demanda maintes fois si ses fils Álvaro et José René, à qui il n'avait jamais parlé de la conspiration, avaient réussi à se donner la mort.

Entre chaque séance de gégène, on le traînait, nu, jusqu'à un cachot humide, où des seaux d'eau pestilentielle le faisaient réagir. Pour l'empêcher de dormir on lui colla les paupières aux sourcils avec du sparadrap. Quand, malgré ses yeux ouverts, il entrait dans une demi-inconscience, on le réveillait en le frappant avec des battes de base-ball. On lui fourra même dans la bouche des substances incomestibles ; une fois, il reconnut des excréments et vomit. Puis, dans cette rapide descente vers l'inhumanité, il put désormais garder dans son estomac ce qu'on lui donnait. Lors des premières séances d'électricité, Ramfis l'interrogeait. Il répétait plusieurs fois la même question, pour voir s'il se contredisait. (« Est-ce que le président Balaguer est impliqué ? ») Il répondait en faisant des efforts inouïs pour que sa langue lui obéisse. Jusqu'à entendre des rires, puis la voix incolore et presque féminine de Ramfis : « Tais-toi, Pupo. Tu n'as rien à m'apprendre. Je sais déjà tout. Maintenant tu ne fais que payer ta trahison envers papa. » C'était la même voix aux aigus discordants de l'orgie sanguinaire, après le 14 juin, quand il avait perdu la tête et que le Chef avait dû l'envoyer se soigner dans une clinique psychiatrique de Belgique.

Lors de ce dernier dialogue avec Ramfis, il était incapable de le voir. On lui avait enlevé le sparadrap, en lui arrachant au passage les sourcils, et une voix avinée et gouailleuse lui annonça : « Maintenant tu vas avoir de l'obscurité, pour dormir comme il faut. » Il sentit l'aiguille lui trouer les paupières. Il ne bougea pas tandis qu'on les lui cousait. Il fut surpris de souffrir moins d'avoir les yeux scellés avec du fil que d'être secoué sur le Trône. Il avait alors échoué dans ses deux tentatives pour se tuer. La première, en se lançant, la tête en avant, de toutes les forces qui lui restaient, contre le mur du cachot. Il avait perdu connaissance et eu tout juste les cheveux ensanglantés. La seconde fois, il fut près d'y parvenir. En se juchant sur les grilles — on venait de lui ôter ses menottes afin de l'asseoir sur le Trône pour une nouvelle séance —, il avait brisé l'ampoule qui éclairait le cachot. À quatre pattes il avait avalé tous les bouts de verre, dans l'espoir qu'une hémorragie interne en finirait avec sa vie. Mais le S.I.M. avait là en permanence deux médecins et tout ce qu'il fallait pour empêcher les torturés de mourir de leur propre main. On le mena à l'infirmerie, on lui fit avaler un liquide qui provoqua ses vomissements, et on lui mit une sonde pour lui laver l'estomac. On le sauva, pour que Ramfis et ses amis puissent continuer à le tuer à petit feu.

Quand on le châtra, la fin était proche. Ses testicules ne furent pas tranchés au couteau, mais avec des ciseaux, pendant qu'il était sur le Trône. Il entendait des petits rires surexcités et des commentaires obscènes, d'individus qui n'étaient que des voix et des odeurs piquantes de sueur sous les bras et de tabac bon marché. Il ne leur fit pas le plaisir de crier. On lui fourra ses testicules dans la bouche, et il les avala en croyant ainsi hâter sa mort, lui qui n'avait jamais pensé la désirer avec tant de force.

À un certain moment, il reconnut la voix de Modesto Díaz, le frère du général Juan Tomás Díaz, dont on disait que c'était un Dominicain aussi intelligent que Caboche Cabral ou l'Ivrogne Constitutionnaliste. L'avait-on jeté dans la même cellule ? Le torturait-on comme lui ? La voix de Modesto était amère et accusatrice :

— Nous sommes ici par ta faute, Pupo. Pourquoi nous as-tu trahis ? Tu ne savais donc pas que tu finirais comme ça ? Repens-toi d'avoir trahi tes amis et ton pays.

Il n'eut pas la force d'articuler le moindre son, ni d'ouvrir la bouche. Quelque temps après — des heures, des jours, des secondes ? —, il perçut un dialogue entre un médecin du S.I.M. et Ramfis Trujillo :

— Impossible de prolonger davantage sa vie, mon général.

— Combien lui reste-t-il ? — c'était la voix de Ramfis, sans aucun doute.

— Quelques heures, peut-être un jour avec une double ration de sérum. Mais, dans son état, il ne

résistera plus à la moindre décharge. C'est incroyable
qu'il ait tenu quatre mois, mon général.

— Écarte-toi donc un peu, je ne vais pas le laisser
mourir de mort naturelle. Et mets-toi derrière moi, si
tu ne veux pas être atteint par les éclats.

Avec bonheur, le général José René Román sentit
la rafale ultime.

XXI

Quand, dans le grenier étouffant de la villa mauresque du docteur Robert Reid Cabral où ils étaient enfermés depuis deux jours, le docteur Marcelino Vélez Santana, qui était allé aux nouvelles dans la rue, revint lui dire, en posant une main compatissante sur son épaule, que sa maison de la rue Mahatma Gandhi avait été prise d'assaut par les *caliés* qui avaient emmené sa femme et ses enfants, Salvador Estrella Sadhalá décida de se livrer. En sueur, il ne pouvait plus respirer. Que faire d'autre ? Permettre à ces barbares de tuer son épouse et ses gosses ? Ils devaient sûrement les torturer à cette heure. L'angoisse ne lui permettait pas de prier pour sa famille. Il communiqua alors sa décision à ses compagnons de traque.

— Tu sais ce que ça signifie, Turco, lui dit Antonio de la Maza sur un ton de reproche. On va te frapper et te torturer sauvagement avant de te tuer.

— Et ils continueront à maltraiter ta famille devant toi, pour que tu dénonces tout le monde, ajouta le général Juan Tomás Díaz.

— Me brûlerait-on vif, personne ne me fera ouvrir la bouche, jura-t-il, les larmes aux yeux. Je ne dénoncerai que cette canaille de Pupo Román.

Ils lui demandèrent de ne pas quitter la cachette

avant eux et Salvador accepta de rester une nuit de plus. Que sa femme et ses enfants, Luis âgé de quatorze ans et Carmen Elly d'à peine quatre ans, se trouvent dans les cachots du S.I.M., entourés de salauds et de sadiques, le tint éveillé toute la nuit, haletant, sans prier, sans penser à autre chose. Le remords lui rongeait le cœur : comment as-tu pu exposer ainsi ta famille ? Et sa mauvaise conscience pour avoir malencontreusement tiré sur Pedro Livio Cedeño passa au second plan. Pauvre Pedro Livio ! Où devait-il être à cette heure ? Quelles horreurs avait-il dû subir ?

L'après-midi du 4 juin il fut le premier à quitter la maison des Reid Cabral. Il prit un taxi au coin de la rue et donna pour adresse la rue Santiago, celle de l'ingénieur Feliciano Sosa Mieses, cousin de sa femme, avec qui il s'était toujours bien entendu. Il voulait seulement savoir s'il avait des nouvelles de sa famille, mais impossible. Dès que Feliciano en personne ouvrit la porte et le vit, il recula violemment, Vade retro ! comme s'il avait vu le diable en personne.

— Qu'est-ce que tu fais là, Turco ? s'écria-t-il, furieux. Tu ne sais pas que j'ai de la famille ? Tu veux qu'ils nous tuent ? Va-t'en ! Sur ce que tu as de plus cher, fous le camp !

Il lui claqua la porte au nez avec une expression d'effroi et de dégoût qui le laissa désemparé. Il retourna à son taxi, tremblant et flageolant. Malgré la chaleur, il mourait de froid.

— Tu m'as reconnu, n'est-ce pas ? demanda-t-il au chauffeur, une fois assis.

L'homme, qui portait une casquette de base-ball enfoncée jusqu'aux sourcils, ne se retourna pas pour le regarder.

— Je vous ai reconnu dès que vous êtes monté, dit-il tranquillement. Ne vous en faites pas, avec moi vous êtes en sécurité. Je suis antitrujilliste aussi. S'il faut fuir, nous fuirons ensemble. Où voulez-vous aller ?

— Dans une église, lui dit Salvador. N'importe laquelle.

Il voulait recommander son âme à Dieu et, si possible, se confesser. Après avoir soulagé sa conscience, il demanderait au prêtre d'alerter les gardes. Mais au bout d'un moment, alors qu'ils se dirigeaient vers le centre dans des rues de plus en plus sombres, le chauffeur l'avertit :

— Ce type vous a dénoncé, monsieur. Nous avons les *caliés* au cul.

— Arrête-toi, lui ordonna Salvador. Avant qu'ils ne te tuent aussi.

Il fit le signe de la croix et descendit du taxi, les bras en l'air, indiquant ainsi aux hommes armés de mitraillettes et de pistolets qu'il n'opposait pas de résistance. Ils lui passèrent des menottes qui lui sciaient les poignets et le fourrèrent à l'arrière d'une de leurs Volkswagen ; les deux *caliés* à moitié assis sur lui sentaient la sueur et les pieds. Ils démarrèrent. Comme ils prenaient la direction de San Pedro de Macorís, il supposa qu'on le conduisait au Neuf. Il fit le trajet en silence, essayant de prier et désolé de ne pas y parvenir. Sa tête était bouillonnante, chaotique, tout agitée, et pas une pensée, pas une image : tout éclatait à sa conscience, comme des bulles de savon.

La fameuse maison se dressait là, au kilomètre 9, en effet, entourée d'un haut mur en béton. Ils traversèrent un jardin et il vit une propriété cossue avec une villa ancienne entourée d'arbres et flanquée de bâtiments rustiques sur les côtés. On le fit sortir de voiture avec brutalité. Il traversa un couloir dans la pénombre, avec des cellules où s'entassaient des hommes nus, et on lui fit descendre un long escalier.

Il se sentit pris à la gorge par une odeur âcre, piquante, d'excréments, de vomi et de chair roussie. Il pensa à l'enfer. Le pied de l'escalier était à peine éclairé, mais dans la semi-obscurité il put apercevoir une rangée de cellules, aux portes de fer et aux fenêtres grillagées, où des têtes se massaient pour le voir. Au bout du souterrain, on lui arracha sans ménagement son pantalon, sa chemise, son slip, ses chaussures et ses chaussettes. Il resta nu, menottes aux poignets. Il sentait ses plantes de pied patauger dans une substance poisseuse qui tachait tout le rude carrelage. Toujours en le bourrant de coups, on le fit entrer dans une autre pièce, presque totalement obscure. Là on l'assit et on l'attacha à un fauteuil déglingué, doublé de plaques métalliques — il eut un frisson — avec des courroies et des anneaux d'acier pour les mains et les pieds.

Pendant un bon moment il ne se passa rien. Il essayait de prier. Un des types en slip qui l'avait attaché — ses yeux commençaient à percer les ténèbres — se mit à passer un vaporisateur et il reconnut ce parfum bon marché, Nice, vanté à la radio. Il sentait le froid des plaques de fer contre ses cuisses, ses fesses, son dos, et en même temps il transpirait, à moitié étouffé par l'atmosphère brûlante. Il distinguait maintenant le visage des gens qui se pressaient autour de lui ; leur silhouette, leur odeur, leurs traits. Il reconnut cette face mollassonne à double menton, couronnant un corps contrefait à la bedaine proéminente. Il était assis sur un banc, entre deux personnes, à très peu de distance.

— Quelle honte, putain ! Le fils du général Piro Estrella fourré dans ce merdier, dit Johnny Abbes. Tu n'as pas la reconnaissance du ventre, bon Dieu de merde !

Il allait lui répondre que sa famille n'avait rien à voir avec ce qu'il avait fait, que ni son père, ni ses frères, ni sa femme, et moins encore Luisito et la petite Carmen Elly ne savaient rien de cela, quand la décharge électrique le souleva et l'aplatit contre les liens et les anneaux qui l'entravaient. Il sentit des aiguilles dans ses pores, sa tête éclata en petits bolides ardents, il pissa, chia et vomit tout ce qu'il avait dans les entrailles. Un seau d'eau le fit revenir à lui. Il reconnut immédiatement l'autre silhouette, à droite d'Abbes García : Ramfis Trujillo. Il voulut l'insulter et en même temps le supplier de relâcher sa femme, Luisito et Carmen, mais sa gorge ne put émettre le moindre son.

— C'est vrai que Pupo Román est du complot ? dit Ramfis de sa voix de fausset.

Un autre seau d'eau lui rendit l'usage de la parole.

— Oui, oui, articula-t-il sans reconnaître sa voix. Cet espèce de lâche, de traître, oui. Il nous a menti. Tuez-moi, mon général, mais relâchez ma femme et mes enfants. Ils sont innocents.

— Pas si facile, salaud, répondit Ramfis. Avant d'aller en enfer, tu dois passer par le purgatoire, fils de pute !

Une seconde décharge le catapulta à nouveau contre ses amarres — il sentit ses yeux sortir de leurs orbites comme ceux d'un crapaud — et il perdit connaissance. Quand il revint à lui, il était par terre dans une cellule, nu et menotté, au milieu d'une flaque boueuse. Il avait mal aux os, aux muscles, et il sentait une insupportable brûlure aux testicules et à l'anus, comme si on les lui avait écorchés. Mais plus angoissante était sa soif : sa gorge, sa langue, son palais étaient aussi râpeux que du papier de verre. Il ferma les yeux et pria. Il put le faire, entre des intervalles où sa tête était vide ; l'espace de quelques secondes, il se reconcentrait sur sa prière. Il pria la Vierge de la Merci, en lui rappelant sa ferveur juvénile au pèlerinage de Jarabacoa, montant au Santo

Cerro pour s'agenouiller à ses pieds dans le sanctuaire élevé à sa mémoire. Il lui demanda humblement de protéger sa femme, Luisito et Carmen Elly des cruautés de la Bête. Au milieu de l'horreur, il se sentit gratifié. Il pouvait prier à nouveau.

Quand il ouvrit les yeux, il reconnut, dans le corps écroulé à ses côtés, nu et meurtri, couvert de blessures et d'hématomes, son frère Guarionex. Dans quel état avaient-ils mis, mon Dieu, le pauvre Guaro ! Le général avait les yeux ouverts et le regardait, dans la lumière chiche qu'une ampoule du couloir laissait filtrer par la lucarne aux barreaux. Le reconnaissait-il ?

— Je suis le Turc, ton frère, je suis Salvador, lui dit-il en se traînant vers lui ? Peux-tu m'entendre ? Peux-tu me voir, Guaro ?

Il essaya pendant un temps infini de communiquer avec son frère, mais sans y parvenir. Guaro était vivant, il bougeait, geignait, ouvrait et fermait les yeux. Parfois il perdait les pédales et donnait des ordres à ses subordonnés : « Magnez-vous avec cette mule, sergent ! » Et eux qui avaient caché le Plan au général Guarionex Estrella Sadhalá parce qu'ils le tenaient pour trop trujilliste. Quelle surprise pour le pauvre Guaro : être arrêté, torturé et interrogé pour quelque chose qu'il ignorait du tout au tout. Il essaya de l'expliquer à Ramfis et à Johnny Abbes la fois suivante quand on le ramena à la salle de tortures et qu'on l'assit sur le Trône, il le leur répéta et le leur jura inlassablement, au milieu des évanouissements provoqués par les décharges, et tandis qu'on le fouettait avec ces nerfs de bœuf qui lui arrachaient la peau. Ils ne paraissaient pas intéressés par la vérité. Il leur jura ses grands dieux que ni Guarionex, ni ses autres frères, et moins encore son père, n'avaient pris part à la conjuration, et il leur cria que ce qu'ils avaient fait au général Estrella Sadhalá était une monstrueuse injustice dont ils auraient à répondre dans l'autre monde. Ils ne l'écoutaient pas, plus soucieux de lui appliquer la torture que de l'interroger. Ce n'est qu'après un temps interminable — s'était-il écoulé des heures, des jours, des semaines depuis sa capture ? — qu'il se rendit compte qu'avec une certaine régularité on lui donnait une soupe au manioc, une tranche de pain et des brocs d'eau dans lesquels ses geôliers avaient coutume de cracher. Mais pour lui rien n'avait plus d'importance. Il pouvait prier. Il le faisait dans tous ses moments de solitude et de lucidité, et parfois même endormi ou évanoui. Mais pas quand on le torturait. Sur le Trône, la douleur et la peur le paralysaient. De temps en temps, un médecin du S.I.M. venait écouter son cœur et lui administrer une piqûre qui lui rendait quelques forces.

Un jour, ou une nuit, car dans le cachot il était impossible de savoir l'heure qu'il était, on le tira de sa cellule, nu et menotté, et on lui fit monter l'escalier en le poussant dans une petite pièce ensoleillée. La lumière blanche l'aveugla. Il reconnut, enfin, le pâle et beau visage de Ramfis Trujillo et, à ses côtés, se tenant toujours droit malgré son âge, son père, le général Piro Estrella. En reconnaissant le vieillard, Salvador eut les larmes aux yeux.

Mais au lieu d'être ému par le déchet humain qu'était devenu son fils, le général beugla, indigné :

— Je ne te reconnais pas ! Tu n'es pas mon fils ! Assassin ! Traître ! — il étouffait de colère et gesticulait. — Tu ne sais pas ce que moi, toi et nous tous devons à Trujillo ? Et c'est cet homme que tu as assassiné ? Repens-toi, misérable !

Il dut s'appuyer à une table parce qu'il titubait. Il baissa les yeux. Le vieil homme faisait-il semblant ? Voulait-il de la sorte se gagner Ramfis, pour ensuite le prier de l'épargner ? Ou la ferveur trujilliste de son père était-elle plus forte que le sentiment filial ?

Ce doute le rongea tout le temps, sauf pendant les séances de torture, qui avaient lieu chaque jour ou tous les deux jours, assorties, cette fois, de très longs, d'affolants interrogatoires où, mille et une fois, on lui répétait les mêmes questions, lui réclamant les mêmes détails et essayant de lui faire dénoncer de nouveaux conspirateurs. Ils ne voulurent jamais croire qu'il ne connaissait personne d'autre que ceux dont ils avaient déjà l'identité, et qu'aucun membre de sa famille n'avait été complice, Guarionex moins que quiconque. Ni Johnny Abbes ni Ramfis n'assistaient à ces séances; elles étaient conduites par des subalternes qui finirent par lui être familiers : le sous-lieutenant Clodoveo Ortiz, maître Eladio Ramírez Suero, le colonel Rafael Trujillo Reynoso, le lieutenant de police Pérez Mercado. Les uns semblaient s'amuser en promenant ces bâtons électriques sur tout son corps, en lui cognant le crâne et le dos avec des matraques caoutchoutées et en le brûlant avec des cigarettes; d'autres semblaient le faire d'un air dégoûté ou ennuyé. Et toujours, au début de chaque séance, un des sbires demi-nus responsables des décharges vaporisait l'atmosphère avec du Nice pour voiler la puanteur des défécations et de la chair roussie.

Un jour, quel jour cela pouvait-il être ? on mit dans sa cellule Fifí Pastoriza, Huáscar Tejeda, Modesto Díaz, Pedro Livio Cedeño et Tunti Cáceres, ce jeune neveu d'Antonio de la Maza qui, dans le Plan original, devait prendre la voiture finalement conduite par Antonio Imbert. Ils étaient nus et menottés comme lui. Ils avaient toujours été ici, au Neuf, dans d'autres cellules, victimes du même traitement de décharges, coups de fouet, brûlures et aiguilles dans les oreilles et sous les ongles, soumis à d'infinis interrogatoires.

Il apprit d'eux qu'Imbert et Luis Amiama avaient

disparu et que, désespérant de les retrouver, Ramfis offrait maintenant un demi-million de pesos à qui permettrait leur capture. Il sut aussi qu'Antonio de la Maza, le général Juan Tomás Díaz et Amadito étaient morts les armes à la main. Et, leur isolement devenu plus souple, ils purent bavarder avec leurs geôliers et apprendre ce qui se passait à l'extérieur. Huáscar Tejeda, à travers un de ses tortionnaires avec qui il s'était lié, eut connaissance du dialogue entre Ramfis Trujillo et le père d'Antonio de la Maza. Le fils du Généralissime était venu informer don Vicente de la Maza, au cachot, que son fils était mort. Le vieux commandant de Moca demanda, sans tremblement dans la voix : « Est-il mort en combattant ? » Ramfis fit oui. Don Vicente de la Maza se signa : « Merci, mon Dieu ! »

Voir Pedro Livio Cedeño remis de ses blessures lui fit du bien. Négro ne lui gardait pas la moindre rancune pour avoir tiré contre lui dans l'affolement de cette nuit-là. « Ce que je ne vous pardonne pas, c'est ne pas m'avoir achevé, plaisantait-il. Pourquoi m'avoir sauvé la vie ? Pour me retrouver où je suis ? Connards ! » Le ressentiment de tous contre Pupo Román était très grand, mais aucun ne se réjouit quand Modesto Díaz raconta que, de sa cellule à l'étage, il avait vu Pupo dans ce même local, nu et menotté, les paupières cousues, traîné par quatre sbires à la chambre de tortures. Modesto Díaz n'était plus que l'ombre du politicien élégant et intelligent qu'il avait été toute sa vie ; outre qu'il avait perdu plusieurs kilos, son corps n'était que plaies et bosses et son visage, infini chagrin. « Je dois être pareil », se dit Salvador qui, depuis son arrestation, ne s'était pas regardé dans une glace.

Bien souvent il demanda à ses tortionnaires de l'autoriser à voir un confesseur. Et puis un jour le geôlier qui leur apportait leur fricot demanda qui voulait un curé. Ils levèrent tous la main. On leur fit mettre un pantalon et monter l'escalier raide vers la pièce où le Turc avait été insulté par son père. Voir le soleil, sentir sur sa peau sa chaude caresse, lui redonna courage. Et plus encore de se confesser et de communier, ce qu'il avait bien cru ne plus jamais faire. Quand l'aumônier, le père Rodríguez Canela, les invita à l'accompagner dans une prière à la mémoire de Trujillo, seul Salvador s'agenouilla et pria avec lui. Ses compagnons restèrent debout, gênés.

Par le père Rodríguez Canela, il sut quel jour c'était : le 30 août 1961. Trois mois seulement s'étaient écoulés. Il lui semblait que ce cauchemar durait depuis des siècles. Déprimés, affaiblis, démoralisés, ils parlaient peu entre eux, et les conversations tournaient toujours autour de ce qu'ils avaient vu, entendu et vécu au Neuf. De tous les témoignages de ses compagnons de cellule, Salvador ne retint, de façon indélébile, que l'histoire racontée par Modesto Díaz au milieu de sanglots. Les premières semaines il avait été compagnon de cellule de Miguel Ángel Báez Díaz. Le Turc se rappelait sa surprise, le 30 mai, sur la route de San Cristóbal, quand le personnage leur était apparu dans sa Volkswagen pour leur assurer que Trujillo, avec qui il avait fait la promenade de l'Avenue, allait venir, et qu'il avait su de la sorte que ce bonhomme du sérail trujilliste faisait lui aussi partie du complot. Abbes García et Ramfis s'étaient acharnés sur lui, pour avoir été si proche de Trujillo, assistant aux séances d'électricité, de nerfs de bœuf et de brûlures qu'on lui infligeait et ordonnant aux médecins du S.I.M. de le ranimer pour continuer. Au bout de deux ou trois semaines, au lieu de la répugnante écuelle de farine de maïs coutumière, on leur servit au cachot un rata avec des bouts de viande. Miguel Ángel Báez et Modesto se jetèrent dessus en mangeant avec les doigts jusqu'à s'étrangler. Le geôlier revint peu après. Il s'adressa à Báez Díaz : le général Ramfis Trujillo voulait savoir si ça ne le dégoûtait pas de manger son propre fils. Affalé par terre, Miguel Ángel l'insulta : « Dis-lui de ma part, à cet immonde fils de pute, qu'il avale sa langue et en meure empoisonné. » Le geôlier se mit à rire. Il s'en alla pour revenir en exhibant depuis la porte une tête d'enfant qu'il tenait par les cheveux. Miguel Ángel Báez Díaz mourut quelques heures plus tard, dans les bras de Modesto, d'une crise cardiaque.

L'image de Miguel Ángel, reconnaissant la tête de Miguelito, son fils aîné, obséda Salvador ; il avait des cauchemars où il voyait, décapités, Luisito et Carmen Elly. Les hurlements qu'il proférait dans son sommeil excédaient ses compagnons.

Contrairement à ses amis, dont plusieurs avaient tenté de mettre fin à leurs jours, Salvador était décidé à résister jusqu'au bout. Il s'était réconcilié avec Dieu — il continuait à prier jour et nuit, et l'Église interdisait le suicide. Il n'était pas facile, non plus, de se tuer. Huáscar Tejeda l'avait tenté, avec la cravate volée à un des geôliers (il la portait pliée dans sa poche arrière). Il avait tenté de se pendre sans y parvenir, à cause de quoi la torture redoubla. Pedro Livio Cedeño voulut se faire tuer en provoquant Ramfis dans la salle de tortures : « Enfant de salaud », « bâtard », « fils de pute », « ta mère, l'Espagnolette, se prostituait avant d'être la maîtresse de Trujillo », allant même jusqu'à lui cracher au visage. Ramfis n'avait pas tiré la rafale de mitraillette qu'il espérait : « Tu peux toujours courir. Ça, à la fin. Tu dois en chier encore. »

La seconde fois que Salvador Estrella Sadhalá sut quel jour on était, ce fut le 9 octobre 1961. Ce jour-là on lui fit mettre un pantalon et monter l'escalier raide vers cette pièce où les rayons blessaient ses yeux et réchauffaient sa peau. Pâle et impeccable dans son uniforme de général quatre étoiles, Ramfis était là, tenant à la main *El Caribe* du jour. Salvador lut la manchette : « Lettre du général Pedro A. Estrella au général Rafael Leónidas Trujillo Fils ».

— Lis cette lettre que m'a adressée ton père, fit-il en lui tendant le journal. Elle parle de toi.

Salvador, les poignets gonflés par les menottes, prit *El Caribe*. Malgré son vertige et un indéfinissable mélange de dégoût et de tristesse, il put aller jusqu'à la dernière ligne. Le général Piro Estrella appelait le Bouc « le plus grand de tous les Dominicains », se flattait d'avoir été son ami, son garde du corps et son protégé, et il parlait de Salvador en usant d'ignobles épithètes, évoquant « la félonie d'un fils égaré » et « la trahison de mon fils, qui a trahi son protecteur » et ses proches. Le paragraphe final était pire que les insultes : son père remerciait Ramfis, avec une servilité claironnante, de lui avoir offert de l'argent afin de l'aider à survivre lorsque ses biens familiaux avaient été confisqués en raison de la participation de son fils au tyrannicide.

Il revint à sa cellule dans un vertige de honte et d'écœurement. Il ne releva pas la tête, tout en tâchant, devant ses camarades, de dissimuler son découragement. « Ce n'est pas Ramfis, c'est mon père qui m'a tué », pensait-il. Et il enviait Antonio de la Maza. Quelle chance d'être le fils de quelqu'un comme don Vicente !

Quand, quelques jours après ce cruel 9 octobre, ses cinq compagnons de cellule et lui furent transférés à La Victoria — on les lava au tuyau d'arrosage et on leur rendit les vêtements qu'ils portaient au moment de leur arrestation —, le Turc était un mort vivant. Rien, pas même la perspective de recevoir des visites — une demi-heure le jeudi —, d'embrasser sa femme, Luisito et Carmen Elly ne pouvait lui ôter ce fiel qu'il avait au cœur depuis qu'il avait lu la lettre publique du général Piro Estrella à Ramfis Trujillo.

À La Victoria les tortures et les interrogatoires cessèrent. Ils dormaient toujours par terre, mais plus tout nus, car ils pouvaient porter les vêtements qu'on leur envoyait de chez eux. On leur ôta les menottes. Les familles pouvaient aussi leur envoyer de quoi manger, des boissons gazeuses et un peu d'argent, qu'ils utilisaient à soudoyer leurs gardiens pour se faire acheter des journaux, obtenir des nouvelles d'autres prisonniers ou passer des messages à l'extérieur. Le discours du président Balaguer aux Nations unies, condamnant la dictature de Trujillo et promettant une démocratisation « dans le respect de l'ordre », fit renaître l'espoir dans la prison. Pour incroyable que cela semblât, une opposition politique commençait à émerger, avec l'Union civique et le groupe du 14 Juin œuvrant en pleine lumière. Et puis ce qui réconfortait ses amis, c'était de savoir que les États-Unis, le Venezuela et d'autres pays avaient vu naître des comités exigeant qu'ils soient jugés par des tribunaux civils, avec des observateurs internationaux. Salvador s'efforçait de partager les illusions des autres. Dans ses prières, il demandait à Dieu de lui rendre l'espoir. Car il n'en avait aucun. Il avait vu cette expression implacable de Ramfis. Allait-il les laisser sortir libres ? Jamais. Il exercerait sa vengeance jusqu'au bout.

Il y eut une explosion de joie à La Victoria quand on apprit que Petán et Négro Trujillo avaient quitté le pays. Maintenant Ramfis s'en irait aussi. Balaguer n'aurait d'autre solution que d'accorder une amnistie. Mais Modesto Díaz, avec sa logique puissante et sa façon froide d'analyser les choses, les convainquit que c'était maintenant, surtout, que familles et avocats devaient se mobiliser pour les défendre. Ramfis ne partirait pas avant d'avoir liquidé les assassins de son père. Tout en l'écoutant, Salvador remarquait le déchet humain qu'était devenu Modesto : il avait encore perdu des kilos et son visage était celui d'un vieillard tout ridé. Et lui, combien de kilos avait-il perdus ? Il flottait dans les pantalons et les chemises que lui apportait sa femme, et devait chaque semaine faire de nouveaux trous à sa ceinture.

Il était toujours triste, quoiqu'il ne parlât à personne de la lettre publique de son père, qui était comme un poignard dans son dos. Bien que le plan n'eût pas tourné comme ils l'avaient espéré et qu'il y eût eu tant de morts et de souffrances, leur action avait contribué à changer les choses. Les nouvelles qui parvenaient jusqu'aux cellules de La Victoria parlaient de meetings, de jeunes qui décapitaient les statues de Trujillo et arrachaient les plaques avec son nom et celui de sa famille, du retour de quelques exilés. N'était-ce pas le début de la fin de l'Ère Trujillo ? Rien de tout cela ne serait advenu s'ils n'avaient pas tué la Bête.

Le retour des frères de Trujillo fit l'effet d'une douche froide sur les reclus de La Victoria. Sans cacher sa joie, le major Américo Dante Minervino, directeur de la prison, communiqua le 17 novembre à Salvador, Modesto Díaz, Huáscar Tejeda, Pedro Livio, Fifí Pastoriza et le jeune Tunti Cáceres qu'à la nuit tombante ils seraient transférés dans les cellules du palais de justice, parce qu'on procéderait le lendemain à une nouvelle reconstitution du crime, sur l'Avenue. Réunissant tout l'argent qu'il leur restait, ils firent parvenir à leurs familles par le biais d'un gardien des messages urgents, leur expliquant qu'il se passait quelque chose de suspect ; la reconstitution était, sans aucun doute, une farce, parce que Ramfis avait décidé de les tuer.

Le soir venu, on leur passa les menottes et on les conduisit tous les six dans une camionnette noire de celles que les gens de la capitale appelaient la Four-rière, aux fenêtres sombres, escortés par trois gardes armés. Les yeux fermés, Salvador pria Dieu de prendre soin de sa femme et de ses enfants. Contrai-rement à ce qu'ils redoutaient, on ne les mena pas aux falaises, lieu favori des exécutions secrètes du régime, mais bien dans le centre-ville et les cellules du palais de justice de la Foire. Ils passèrent la majeure partie de la nuit debout, car le local était trop étroit pour qu'ils puissent s'asseoir en même temps. Ils le faisaient en se relayant, deux par deux. Pedro Livio et Fifí Pastoriza avaient bon moral ; si on les avait amenés ici, c'était donc réellement pour la reconstitution. Leur optimisme contamina Tunti Cáceres et Huáscar Tejeda. Oui, oui, pourquoi pas ? On les remettrait entre les mains du Pouvoir judi-ciaire pour être jugés par des juges civils. Salvador et Modesto Díaz restaient silencieux, cachant leur scep-ticisme.

À voix très basse, le Turc murmura à l'oreille de son ami : « C'est la fin, pas vrai, Modesto ? » L'avocat acquiesça, sans rien dire, en lui serrant le bras.

Avant le lever du soleil, on vint les tirer du cachot et les faire remonter dans la Fourrière. Il y avait un impressionnant déploiement militaire autour du palais de justice et Salvador, dans la clarté encore incertaine, remarqua que tous les soldats portaient les insignes de la force aérienne. Ils appartenaient à la base de San Isidro, le domaine de Ramfis et de Virgilio García Trujillo. Il ne dit rien, pour ne pas inquiéter ses compagnons. Dans l'étroit fourgon il essaya de parler avec Dieu, comme il l'avait fait une partie de la nuit, lui demandant de l'aider à mourir avec dignité, sans se déshonorer par des gestes lâches, mais cette fois il ne put se concentrer. Cet échec l'angoissa.

Après un court trajet, la camionnette freina. Ils se

trouvaient sur la route de San Cristóbal. C'était le lieu de l'attentat, à coup sûr. Le soleil dorait le ciel, les cocotiers en bordure, la mer qui ronronnait en cognant contre la falaise. Il y avait beaucoup de gardes tout autour. Ils avaient barré la route et coupé la circulation dans les deux directions.

— Pourquoi cette farce ? entendit-il Modesto Díaz murmurer. Le fiston est aussi histrion que son père.

— Pourquoi parles-tu de farce ? protesta Fifí Pastoriza. Ne sois pas pessimiste. C'est une reconstitution. Les juges sont là, tu ne les vois pas ?

— Les mêmes clowneries qui plaisaient à son papa, insista Modesto en hochant la tête d'un air contrarié.

Farce ou pas, cela dura plusieurs heures, jusqu'à ce que le soleil soit au milieu du ciel et se mette à chauffer le crâne. Un par un, ils les faisaient passer devant une petite table de campagne montée en plein air, où deux hommes en civil leur posaient les mêmes questions qu'au Neuf et à La Victoria. Des dactylos enregistraient leurs réponses. Seuls des officiers subalternes rôdaient autour. Aucun des chefs — Ramfis, Abbes García, Biscoto León Estévez, Pirulo Sánchez Rubirosa — ne se montra par là tant que dura l'ennuyeuse cérémonie. On ne leur donna pas à manger, seulement quelques verres de limonade, à midi. Le soir commençait quand ils virent apparaître le dodu directeur de La Victoria, le major Américo Dante Minervino. Il mordillait sa petite moustache avec une certaine nervosité et son visage était plus sinistre que d'habitude. Il était accompagné d'un Noir corpulent, au nez aplati de boxeur, une mitraillette à l'épaule et un pistolet à la ceinture. On les fit monter dans la Fourrière.

— Où va-t-on ? demanda Pedro Livio à Minervino.

— On retourne à La Victoria, dit celui-ci. Je suis

venu moi-même vous conduire pour que vous ne vous perdiez pas en chemin.

— Quel honneur ! commenta Pedro Livio.

Le major se mit au volant et le Noir au visage de boxeur s'assit à côté de lui. Dans le fourgon de la Fourrière, les trois gardes qui les escortaient étaient si jeunes qu'on aurait dit de fraîches recrues. On les sentait tendus, accablés par la responsabilité de surveiller des détenus aussi importants. Non contents de les menotter, ils leur lièrent les chevilles avec des cordes un peu lâches, qui leur permettaient de faire de tout petits pas.

— Qu'est-ce que ça veut dire ces cordes, putain ? protesta Tunti Cáceres.

Un des gardes lui désigna le major, en portant un doigt à sa bouche : « Tais-toi. »

Pendant le long trajet, Salvador comprit qu'ils ne rentraient pas à La Victoria, et le visage de ses compagnons montra qu'ils l'avaient eux aussi deviné. Ils restaient muets, les uns, les yeux fermés, et les autres, les pupilles écarquillées, enflammées, comme essayant de transpercer les plaques métalliques du fourgon pour savoir où ils se trouvaient. Il n'essaya pas de prier. Son inquiétude était si grande que ce serait inutile. Le Seigneur comprendrait.

Quand la camionnette s'arrêta, ils entendirent le bruit de la mer, cognant au pied d'une haute falaise. Les gardes ouvrirent les portières du fourgon. Ils se trouvaient dans un lieu désert, à la terre rouge, aux arbres rares, qui ressemblait à un promontoire. Le soleil brillait encore, quoique déjà sur le déclin. Salvador se dit que mourir serait une façon de se reposer. Ce qu'il sentait maintenant, c'était une immense fatigue.

Dante Minervino et le Noir costaud au visage de boxeur firent descendre du fourgon les trois gardes adolescents, mais au moment où les six prisonniers s'apprêtaient à les suivre, ils les arrêtèrent : « Restez tranquilles. » Tout aussitôt, ils se mirent à tirer. Pas sur eux, mais sur les jeunes soldats. Les trois garçons tombèrent criblés de balles sans avoir eu le temps de s'étonner, de comprendre, de crier.

— Que faites-vous, que faites-vous, criminels ! rugit Salvador. Pourquoi contre ces pauvres gardes, bande d'assassins !

— Ce n'est pas nous qui les tuons, mais vous, lui répondit, fort sérieux, le major Dante Minervino, tandis qu'il rechargeait sa mitraillette ; le Noir au nez aplati éclata de rire. Maintenant oui, vous pouvez descendre.

Ahuris, hébétés par la surprise, les six détenus furent descendus et, en trébuchant — leurs liens les obligeaient à avancer par de ridicules petits sauts — sur les corps des trois gardes, conduits vers une autre camionnette identique, stationnée à quelques mètres. Il y avait là un seul homme en civil, qui la gardait. Après les avoir enfermés dans le fourgon, les trois autres se serrèrent sur le siège avant. Dante Minervino reprit le volant.

Cette fois, Salvador put prier. Il entendait un de ses compagnons sangloter, mais ces sanglots ne le distrayaient pas. Il priait sans difficulté, comme aux meilleurs jours, pour lui, pour sa famille, pour les trois gardes qui venaient d'être assassinés, pour ses cinq camarades dans le fourgon, dont l'un, dans une crise de nerfs, se cognait la tête contre la plaque métallique qui les séparait du chauffeur, en blasphémant.

Il ne sut combien de temps dura ce trajet, car à aucun moment il ne cessa de prier. Il éprouvait de la paix et une immense tendresse à se rappeler sa femme et ses enfants. Quand ils freinèrent et ouvrirent la portière, il vit la mer, le crépuscule, le soleil plongeant dans un ciel d'encre bleue.

On les fit descendre brutalement. Ils étaient dans le patio d'une grande villa, près d'une piscine. Il y avait une poignée de palmiers dressant leur crête, et à quelque vingt mètres, une terrasse avec des silhouettes d'hommes tenant un verre à la main. Il reconnut Ramfis, Biscoto León Estévez, le frère de ce dernier, Alfonso, Pirulo Sánchez Rubirosa et deux ou trois inconnus. Alfonso León Estévez accourut vers eux, sans lâcher son verre de whisky. Il aida Américo Dante Minervino et le boxeur noir à les pousser du côté des cocotiers.

— Un par un, Biscoto ! — ordonna Ramfis. « Il est ivre », pensa Salvador. Il a dû se soûler pour célébrer sa dernière fête, le fils du Bouc.

Ils criblèrent de balles d'abord Pedro Livio, qui s'écroula instantanément sous le tir serré des revolvers et les rafales de mitraillette. Ensuite, ils traînèrent jusqu'aux cocotiers Tunti Cáceres qui, avant de tomber, insulta Ramfis : « Salaud, lâche, pédé. » Puis vint le tour de Modesto Díaz qui cria : « Vive la République ! » et se tordit par terre avant d'expirer.

Lui, enfin. Ils n'eurent pas à le pousser ni à le traîner. En sautillant autant que le lui permettaient ses liens aux chevilles, il alla tout seul vers les cocotiers où gisaient ses amis, en remerciant Dieu de lui avoir permis d'être avec Lui dans ses derniers instants, et en se disant avec une certaine mélancolie qu'il ne connaîtrait jamais Basquinta, ce petit village libanais d'où, pour conserver leur foi, les Sadhalá étaient partis chercher fortune vers ces terres du bon Dieu.

XXII

Quand, encore dans son sommeil, il entendit sonner le téléphone, le président Balaguer pressentit
quelque chose de très grave. Il décrocha le combiné
tout en se frottant les yeux de sa main libre. Il entendit le général José René Román le convoquer pour
une réunion de haut niveau à l'état-major de l'armée.
« Ils l'ont tué », pensa-t-il. Le complot avait été cou-
ronné de succès. Il se réveilla tout à fait. Il ne pouvait
perdre de temps à s'apitoyer ou à se mettre en colère ;
pour le moment le problème était le commandant
des forces armées. Il se racla la gorge et dit, lentement : « S'il est advenu quelque chose d'aussi
grave, en tant que président de la République il ne
m'appartient pas d'être dans une caserne, mais au
Palais national. Je m'y rends. Je vous suggère que la
réunion ait lieu dans mon bureau. Bonsoir. » Il raccrocha, sans laisser au ministre des Armées le temps
de lui répondre.

Il se leva et s'habilla, sans faire de bruit, pour ne
pas réveiller ses sœurs. Ils avaient tué Trujillo, c'était
certain. Et un coup d'État était en marche, avec
Román à sa tête. Pourquoi pouvait-il bien l'appeler
à la Forteresse du 18 Décembre ? Pour l'obliger
à démissionner, l'arrêter ou exiger de lui qu'il sou-
tienne le soulèvement. Quelle maladresse, quelle

improvisation ! Au lieu de lui téléphoner, il aurait dû lui envoyer une patrouille. Román avait beau être à la tête des forces armées, il manquait de charisme pour s'imposer aux garnisons. C'était voué à l'échec.

Il sortit et demanda au piquet de garde de réveiller son chauffeur. Tandis que ce dernier le conduisait au Palais national par une avenue Máximo Gómez déserte et dans l'obscurité, il imagina les heures suivantes : affrontement entre garnisons rebelles et loyales et éventuelle intervention militaire nord-américaine. Washington réclamerait quelque simulacre constitutionnel pour cette action et, dans ces circonstances, le président de la République représentait la légalité. Sa charge était honorifique, certes. Mais, Trujillo mort, elle se chargeait de réalité. Il dépendait de sa conduite qu'il devînt, de simple leurre, authentique chef d'État de la République dominicaine. Sans le savoir, depuis sa naissance en 1906, peut-être attendait-il ce moment. Une fois de plus il se répéta la devise de sa vie : pas un moment, en aucun cas, ne se départir de son calme.

Cette décision se trouva renforcée dès qu'il pénétra au Palais national et perçut le désordre qui y régnait. On avait doublé la garde et dans les couloirs et les escaliers circulaient des soldats en armes, cherchant sur qui tirer. Quelques officiers, en le voyant gagner sans hâte son bureau, semblèrent soulagés ; lui, sans doute, saurait quoi faire. Il n'arriva pas à son bureau. Dans le salon des visiteurs jouxtant le bureau du Généralissime, il aperçut la famille Trujillo : l'épouse, la fille, les frères et les sœurs, les neveux et les nièces. Il se dirigea vers eux avec l'expression de gravité qu'exigeait la situation. Angelita, toute pâle, avait les yeux baignés de larmes ; mais sur le gros visage allongé de doña María il y avait de la rage, une rage incommensurable.

— Que va-t-il nous arriver, monsieur Balaguer ? balbutia Angelita en lui prenant le bras.

— Rien, il ne vous arrivera rien, lui dit-il en la réconfortant et en embrassant aussi la Très Honorable Dame. L'important est de rester sereins. Et de nous armer de courage. Dieu ne permettra pas que Son Excellence soit mort.

Un simple coup d'œil lui suffit pour comprendre que cette tribu de pauvres diables avait perdu la boussole. Petán, brandissant une mitraillette, tournait sur lui-même comme un chien qui veut se mordre la queue, suant et vociférant des jurons sur ces couilles molles de *Cocuyos* de la Cordillère[1], son armée particulière, tandis que Héctor Bienvenido (Négro), l'ex-Président, semblait atteint de crétinisme catatonique : il regardait dans le vide, la bave aux lèvres, comme s'il essayait de se rappeler qui il était et où il se trouvait. Et même le plus malheureux des frères du Chef, Amable Romeo (Pipí), était là, attifé comme un mendiant, recroquevillé sur une chaise, la bouche ouverte. Dans les fauteuils, les sœurs de Trujillo, Nieves Luisa, Marina, Julieta, Ofelia Japonesa, séchaient leurs yeux ou le regardaient en implorant son aide. Il adressa à tous et à toutes des paroles d'encouragement. Il y avait un vide et il fallait le combler au plus vite.

Il alla dans son bureau et appela le général Santos Mélido Marte, inspecteur général des Forces armées, l'officier de la haute hiérarchie militaire avec qui il avait les relations les plus anciennes. Il n'était au courant de rien et fut si stupéfait en apprenant la nouvelle que durant une demi-minute il ne put qu'ar-

---

1. Les *Cocuyos* ou « lucioles » de la Cordillère étaient une troupe d'hommes de sac et de corde à la solde de Petán, frère de Trujillo, recrutés dans ses terres de Bonao, localité de la Cordillère centrale.

ticuler : « Mon Dieu, mon Dieu ! » Il lui demanda d'appeler les généraux et commandants de garnisons de toute la République pour les assurer que ce probable assassinat n'avait pas altéré l'ordre constitutionnel et qu'ils avaient la confiance du chef de l'État, qui les confirmait dans leurs charges. « Je me mets au travail tout de suite, monsieur le Président », fit le général en raccrochant.

On l'avertit que le nonce apostolique, le consul américain et le chargé d'affaires du Royaume-Uni étaient aux portes du Palais, retenus par la garde. Il les fit entrer. Ils ne venaient pas à cause de l'attentat, mais en raison du brutal enlèvement de monseigneur Reilly par des hommes armés qui avaient fait irruption au collège Santo Domingo en enfonçant les portes. Tirant en l'air, frappant les sœurs et les prêtres rédemptoristes de San Juan de la Maguana qui accompagnaient l'évêque et tuant un chien de garde. Ils avaient emmené le prélat avec force bourrades.

— Monsieur le Président, je vous rends responsable de la vie de monseigneur Reilly, lui dit, comminatoire, le nonce.

— Mon gouvernement ne tolérera pas qu'on attente à sa vie, l'avertit le diplomate américain. Je n'ai pas besoin de vous rappeler l'intérêt que porte Washington à Reilly, qui est citoyen américain.

— Asseyez-vous, je vous en prie —, répondit-il en désignant les chaises qui entouraient son bureau. Il décrocha son téléphone et demanda à entrer en communication avec le général Virgilio García Trujillo, commandant de la base aérienne de San Isidro. Il se retourna vers les diplomates : — J'en suis encore plus désolé que vous, croyez-moi. Je ne ménagerai pas mes efforts pour remédier à cette barbarie.

Peu après, il entendit la voix du neveu par le sang

du Généralissime. Sans quitter des yeux le trio de ses visiteurs, il dit posément :

— Je vous parle en tant que président de la République, mon général. Je m'adresse au commandant de San Isidro tout autant qu'au neveu préféré de Son Excellence. Je vous épargne les préliminaires, au vu de la gravité de la situation. Dans un acte grandement irresponsable, quelque subalterne, peut-être le colonel Abbes García, a fait arrêter l'évêque Reilly, en l'expulsant par la force du collège Santo Domingo. J'ai devant moi les représentants des États-Unis, de la Grande-Bretagne et du Vatican. Si quelque chose devait arriver à monseigneur Reilly, qui est citoyen américain, on peut craindre une catastrophe pour le pays. Voire un débarquement de *marines*. Je n'ai pas besoin de vous dire ce que cela signifierait pour notre patrie. Au nom du Généralissime, de votre oncle, je vous exhorte à éviter un malheur historique.

Il attendit la réaction du général Virgilio García Trujillo. Ce halètement nerveux trahissait l'indécision.

— Ce n'était pas une idée à moi, monsieur Balaguer, l'entendit-il murmurer enfin. On ne m'a même pas informé de cette affaire.

— Je le sais fort bien, général Trujillo, l'encouragea Balaguer. Vous êtes un officier sensé et responsable. Vous ne commettriez jamais pareille folie. Monseigneur Reilly se trouve-t-il à San Isidro ? Ou l'a-t-on emmené à La Quarante ?

Il y eut un long silence, tendu. Il redouta le pire.

— Monseigneur Reilly est-il vivant ? insista Balaguer.

— Il se trouve dans une annexe de la base de San Isidro, à deux kilomètres d'ici, monsieur le Président. Le commandant du centre, Rodríguez Méndez, n'a pas permis qu'il soit exécuté. Il vient de m'en informer.

Le Président adoucit sa voix :

— Je vous prie d'aller, en personne, en tant qu'envoyé spécial de la Présidence, récupérer monseigneur. Et présentez-lui des excuses au nom du gouvernement pour l'erreur commise. Après quoi, vous accompagnerez l'évêque jusqu'à mon bureau. Sain et sauf. C'est une demande de l'ami et aussi un ordre du président de la République. J'ai pleinement confiance en vous.

Les trois visiteurs le regardaient, déconcertés. Il se leva, alla vers eux, pour les raccompagner jusqu'à la porte. En leur serrant la main, il murmura :

— Je ne suis pas sûr d'être obéi, messieurs. Mais vous voyez bien, je fais ce qui est en mon pouvoir pour que la raison l'emporte.

— Que va-t-il se passer, monsieur le Président ? demanda le consul. Les trujillistes vont-ils accepter votre autorité ?

— Cela dépendra beaucoup des États-Unis, mon ami. Franchement, je ne le sais pas. Maintenant, excusez-moi, messieurs.

Il retourna au salon où se trouvait la famille Trujillo. D'autres personnes encore y étaient présentes. Le colonel Abbes García expliquait que l'un des assassins, détenu à la Clinique internationale, avait dénoncé trois complices : le général en retraite Juan Tomás Díaz, Antonio Imbert et Luis Amiama. Sans doute y en avait-il bien d'autres. Parmi ceux qui écoutaient, suspendus à ses lèvres, il découvrit le général Román ; sa chemise kaki était trempée, son visage en sueur et il serrait sa mitraillette à deux mains. Son regard égaré traduisait l'affolement de l'animal qui se sait perdu. Les choses avaient mal tourné pour lui, c'était évident. De sa petite voix de fausset, le courtaud chef du S.I.M. assura que, d'après l'ex-militaire Pedro Livio Cedeño, la conspiration n'avait pas de ramifications dans les forces armées. Tout en l'écoutant, il se dit que le moment était venu d'affronter Abbes García, qui le détestait. Il n'avait que mépris pour lui. Dans un moment comme celui-ci, malheureusement, ce n'étaient pas les idées qui s'imposaient mais les pistolets. Il pria Dieu, en qui il lui arrivait de croire, de se mettre de son côté.

Le colonel Abbes García planta sa première banderille. Étant donné le vide laissé par l'attentat, Balaguer devait démissionner pour laisser la présidence à quelqu'un de la famille. Avec son intempérance et sa grossièreté, Petán l'appuya : « Oui, qu'il démissionne. » Lui écoutait, silencieux, les mains croisées sur le ventre, comme un paisible chanoine. Quand les regards se tournèrent vers lui, il acquiesça timidement, comme s'excusant de se voir forcé d'intervenir. Avec modestie, il rappela qu'il occupait la présidence par décision du Généralissime. Il démissionnerait sur-le-champ si cela était utile à la nation, naturellement. Mais il se permettait de suggérer que, avant de rompre l'ordre constitutionnel, on attende l'arrivée du général Ramfis. Pouvait-on exclure l'aîné du Chef dans une affaire aussi grave ? La Très Honorable Dame l'appuya aussitôt : elle n'acceptait aucune décision sans la présence de son fils aîné. Comme l'annonça le colonel Luis José León Estévez (Biscoto), Ramfis et Radhamés se préparaient déjà à Paris à louer un avion d'Air-France. La question fut ajournée.

En revenant à son bureau, il se dit que la véritable bataille, il n'aurait pas à la livrer contre les frères de Trujillo, cette bande de matamores idiots, mais contre Abbes García. C'était un fou sadique, certes, mais d'une intelligence luciférienne. Il venait de faire un faux pas en oubliant Ramfis. María Martínez était devenue son alliée. Il savait comment sceller cette alliance : l'avarice de la Très Honorable Dame serait utile dans les circonstances actuelles. Mais il était urgent d'empêcher un soulèvement. À l'heure où il avait coutume de se mettre au travail, il reçut l'appel du général Mélido Marte. Il avait contacté toutes les régions militaires et les commandants l'avaient assuré de leur loyauté au gouvernement constitué. Cependant, tant le général César A. Oliva, de Santiago de los Caballeros, que le général García Urbáez, de Dajabón, et le général Guarionex Estrella, de La Vega, étaient inquiets des communications contradictoires du ministre des Armées. Monsieur le Président savait-il quelque chose ?

— Rien de concret, mais j'imagine la même chose que vous, mon ami, dit Balaguer au général Mélido Marte. J'appellerai par téléphone ces commandants afin de les tranquilliser. Ramfis se trouve déjà dans l'avion du retour pour assurer la direction militaire du pays.

Sans perdre de temps il appela les trois généraux et leur renouvela sa confiance. Il leur demanda d'assumer tous les pouvoirs administratifs et politiques, de garantir l'ordre dans leurs régions et, en attendant l'arrivée du général Ramfis, de n'avoir que lui pour interlocuteur. Alors qu'il prenait congé du général Guarionex Estrella Sadhalá, les aides de camp lui annoncèrent que le général Virgilio García Trujillo se trouvait dans l'antichambre, avec l'évêque Reilly. Il fit entrer, seul, le neveu de Trujillo.

— Vous avez sauvé la République, lui dit-il en le serrant dans ses bras, chose qu'il ne faisait jamais. Si les ordres d'Abbes García avaient été exécutés et l'irréparable consommé, les *marines* seraient déjà à Ciudad Trujillo.

— Ce n'étaient pas les ordres d'Abbes García seulement, lui répondit le commandant de la base de San Isidro dont il nota la confusion. Celui qui a ordonné au commandant Rodríguez Méndez, du centre de détention des forces aériennes, de fusiller l'évêque, c'est Biscoto León Estévez. Il a dit que c'était une décision de mon beau-frère. Oui, de Pupo en personne. Je n'y comprends rien. Personne ne m'a même consulté. C'est un miracle que Rodríguez Méndez ait refusé de le faire avant de m'en parler.

Le général García Trujillo cultivait son physique et sa tenue vestimentaire — petite moustache à la mexicaine, cheveux gominés, uniforme coupé et repassé comme pour aller à la parade et les inévitables Ray Ban dans la poche — avec la même coquetterie que son cousin Ramfis, dont il était intime. Mais maintenant il apparaissait la chemise à moitié sortie du pantalon et dépeigné, avec méfiance et doute dans les yeux.

— Je ne comprends pas pourquoi Pupo et Biscoto ont pris une telle décision comme ça, sans en parler auparavant avec moi. Ils voulaient compromettre les forces aériennes, monsieur le Président.

— Le général Román doit être si affecté par l'attentat contre le Généralissime qu'il ne se contrôle plus, l'excusa le Président. Heureusement, Ramfis est en route. Sa présence est indispensable. C'est à lui qu'il revient, en tant que général quatre étoiles et fils du Chef, d'assurer la continuité de la politique du Bienfaiteur.

— Mais Ramfis n'est pas un homme politique, il déteste la politique, vous le savez bien, monsieur le Président.

— Ramfis est un homme fort intelligent et il adorait son père. Il ne pourra refuser d'assumer le rôle que la patrie attend de lui. Nous le convaincrons.

Le général García Trujillo le regarda avec sympathie.

— Vous pouvez compter sur moi en toute occasion, monsieur le Président.

— Les Dominicains sauront que, cette nuit, vous

avez sauvé la République, répéta Balaguer en le raccompagnant jusqu'à la porte. Vous avez une grande responsabilité, mon général. San Isidro est la base la plus importante du pays, aussi le maintien de l'ordre dépend-il de vous. S'il arrive quoi que ce soit, appelez-moi ; j'ai ordonné qu'on me transmette vos appels en priorité.

L'évêque Reilly avait dû passer des heures épouvantables aux mains des *caliés*. Sa soutane était déchirée et crottée, et de profondes rides creusaient son visage maigre, encore marqué d'une moue horrifiée. Il restait debout, droit et silencieux. Il écouta avec dignité les excuses et les explications du président de la République et fit même un effort pour sourire en le remerciant de ses démarches pour le libérer : « Pardonnez-leur, monsieur le Président, parce qu'ils ne savent pas ce qu'ils font. » Là-dessus, la porte s'ouvrit et, mitraillette au poing, transpirant, avec des yeux de bête, épouvantés et rageurs, le général Román fit irruption dans le bureau. Il suffit d'une seconde au Président pour savoir que, s'il ne reprenait pas l'initiative, ce primate se mettrait à tirer. « Ah, monseigneur, regardez qui est ici. » Empressé, il remercia le ministre des Armées d'être venu présenter ses excuses, au nom de l'institution militaire, à monsieur l'évêque de San Juan de la Maguana pour le malentendu dont il avait été victime. Le général Román, pétrifié au milieu du bureau, battait des paupières d'un air stupide. Il avait les yeux chassieux, comme s'il venait de se réveiller. Sans dire un mot, après avoir hésité quelques secondes, il tendit la main à l'évêque, aussi déconcerté que le général par ce qui se passait. Le Président prit congé de monseigneur Reilly à la porte.

Quand Joaquín Balaguer se fut rassis à son bureau, Pupo Román vociféra : « Vous me devez une explication, Balaguer. Qui croyez-vous être, nom de Dieu ? » en gesticulant et en lui fourrant sa mitraillette sous le nez. Le Président resta imperturbable, le regardant dans les yeux. Il sentait sur son visage une pluie invisible, la salive du général. Cet énergumène n'oserait plus tirer. Après s'être déchaîné en injures et gros mots au milieu de phrases incohérentes, Román se tut. Il demeurait à la même place, en soufflant. D'une voix douce et déférente, le Président lui conseilla de faire un effort pour se contrôler. En ces moments, le commandant des forces armés devait donner l'exemple de la pondération. Malgré ses insultes et ses menaces, il était disposé à l'aider, s'il en avait besoin. Le général Román éclata, de nouveau, en un soliloque semi-délirant où il lui fit savoir tout à trac qu'il avait donné l'ordre d'exécuter le major Segundo Imbert et Papito Sánchez, détenus à La Victoria, pour complicité dans l'assassinat du Chef. Il ne voulut pas continuer à écouter des confidences aussi dangereuses. Sans rien dire, l'autre sortit du bureau. Il n'eut plus aucun doute : Román était compromis dans la mort du Généralissime. Sa conduite irrationnelle n'avait pas d'autre explication.

Il retourna au salon. On avait trouvé le corps de Trujillo dans la malle arrière d'une voiture, dans le garage du général Juan Tomás Díaz. Plus jamais, de toute sa longue vie, le président Balaguer n'oublierait la décomposition de ces visages, les pleurs de ces yeux, l'expression orpheline, égarée, désespérée des civils et des militaires, quand le cadavre sanguinolent, criblé de balles, défiguré sous l'effet du projectile qui lui avait arraché le menton, fut étendu sur la table nue de la salle à manger du Palais où voici quelques heures Simon et Dorothy Gittleman avaient été fêtés, et qu'on se mit à le dévêtir et à le laver pour qu'une équipe de médecins puisse examiner les restes et les préparer pour la veillée funèbre.

Parmi les réactions de toute l'assistance, celle qui l'impressionna le plus fut celle de la veuve. Doña María Martínez observa la dépouille comme hypnotisée, toute droite dans ces souliers à hauts talons sur lesquels elle semblait toujours juchée. Elle avait les yeux dilatés et rougis, mais elle ne pleurait pas. Soudain elle rugit en gesticulant : « Vengeance ! Vengeance ! Il faut tous les tuer ! » Le président Balaguer s'empressa de lui passer un bras autour des épaules. Elle ne se dégagea pas. Il la sentait respirer profondément, bruyamment, tremblant convulsivement. « Ils devront payer, ils devront payer, répétait-elle. — Nous remuerons ciel et terre pour qu'il en soit ainsi, doña María », lui murmura-t-il à l'oreille. À cet instant, il eut l'intuition que c'était alors, en ce moment même, qu'il devait assurer ses positions avec la Très Honorable Dame, après il serait trop tard.

Lui pressant affectueusement le bras, comme pour l'éloigner du spectacle qui la faisait souffrir, il conduisit doña María Martínez vers un des petits salons jouxtant la salle à manger. Dès qu'il vérifia qu'ils étaient seuls, il ferma la porte.

— Doña María, vous êtes une femme exceptionnellement forte, lui dit-il d'une voix câline. C'est pourquoi je me permets, en ces moments si douloureux, de troubler votre peine par un sujet qui peut vous sembler inopportun. Mais il ne l'est pas. J'agis guidé par l'admiration et l'affection. Asseyez-vous, je vous prie.

Le visage rond de la Très Honorable Dame le regardait avec méfiance. Il lui sourit, attristé. Il était impertinent, sans doute, de l'empoisonner avec des choses pratiques, quand son esprit était absorbé par une douleur atroce. Mais, et l'avenir ? Doña María n'avait-elle pas une longue vie devant elle ? Qui savait ce qui pouvait se passer après ce cataclysme ? Il était indispensable de prendre quelques précautions, en pensant au lendemain. L'ingratitude des peuples était bien connue, depuis la trahison du Christ par Judas. Le pays pleurerait Trujillo et clamerait contre ses assassins, maintenant. Resterait-il, demain, loyal envers la mémoire du Chef ? Et si le ressentiment, cette maladie nationale, triomphait ? Il ne voulait pas lui faire perdre son temps. Il allait droit au but, par conséquent. Doña María devait se garantir, mettre à l'abri de toute éventualité les biens légitimes acquis grâce à l'effort de la famille Trujillo, et qui, en outre, avaient tant bénéficié au peuple dominicain. Et le faire avant que les réajustements politiques ne constituent, plus tard, un obstacle. Le président Balaguer lui suggérait d'en parler avec le sénateur Henry Chirinos, chargé de superviser les affaires familiales, et d'étudier quelle part du patrimoine pouvait être immédiatement transférée à l'étranger, sans trop de perte. C'était quelque chose qui pouvait encore se faire dans la plus totale discrétion. Le président de la République avait la faculté d'autoriser des opérations de ce genre — la conversion de pesos dominicains en devises par la Banque centrale, par exemple —, mais comment savoir si cela serait encore possible par la suite ? Le Généralissime avait toujours été rétif devant ces transferts, en raison de ses nobles scrupules. Maintenir cette politique dans les circonstances actuelles serait, s'il pouvait se permettre, insensé. C'était un conseil amical, inspiré par le dévouement et l'amitié.

La Très Honorable Dame l'écouta en silence, en le regardant dans les yeux. Finalement, elle acquiesça avec reconnaissance :

— Je savais que vous étiez un ami loyal, monsieur Balaguer, dit-elle, très sûre d'elle-même.

— Je compte vous le démontrer, doña María. J'espère que vous n'avez pas mal pris mon conseil.

— C'est un bon conseil, dans ce pays on ne sait

jamais ce qui peut arriver, grommela-t-elle entre ses dents. Je parlerai à Chirinos dès ce matin. Tout sera fait avec la plus grande discrétion, n'est-ce pas ?

— Je m'en porte garant, doña María, affirma le Président, la main sur le cœur.

Il vit une hésitation altérer le visage de la veuve du Généralissime. Et il devina ce qu'elle allait lui demander :

— Je vous demande de n'en rien dire à mes enfants, dit-elle tout bas, comme craignant qu'ils puissent l'entendre. Pour des raisons qu'il serait trop long d'expliquer.

— Je vous garantis que personne ne le saura, pas même eux, doña María, la tranquillisa le Président, cela va sans dire. Permettez-moi de vous redire combien j'admire votre caractère, doña María. Sans vous, le Bienfaiteur n'aurait jamais accompli tout ce qu'il a fait.

Il avait marqué un autre point dans sa guerre de positions contre Johnny Abbes García. La réponse de doña María Martínez était prévisible : la cupidité chez elle était plus forte que toute autre passion. Et il est vrai que la Très Honorable Dame inspirait un certain respect au président Balaguer. Pour se maintenir aussi longtemps auprès de Trujillo, maîtresse d'abord, ensuite épouse, l'Espagnolette avait dû se dépouiller de toute sensiblerie, de tout sentiment — la pitié, surtout — et se réfugier dans le calcul, un froid calcul, et peut-être aussi dans la haine.

La réaction de Ramfis, en revanche, le déconcerta. Deux heures après son atterrissage à la base de San Isidro avec Radhamés, Porfirio Rubirosa, ce *playboy*, et un groupe d'amis dans l'avion loué à Air-France — Balaguer fut le premier à l'embrasser, au pied de la passerelle —, il se présentait déjà, rasé de près et en uniforme de général quatre étoiles, au Palais national pour rendre hommage à son père. Il ne pleura ni n'ouvrit la bouche. Il était livide et son beau visage affligé avait une étrange expression, surprise, stupéfaite, distante, comme si ce corps en grande tenue, avec toutes ses décorations, gisant dans le somptueux cercueil entouré de candélabres, dans cette chapelle ardente, ne pouvait, ne devait être là, et révélât une faille dans l'ordre de l'univers. Il resta un long moment à regarder le corps de son père, en faisant des grimaces qu'il ne pouvait réprimer ; on aurait dit que les muscles de son visage tâchaient de repousser une invisible toile d'araignée collée à sa peau. « Je ne serai pas aussi généreux que tu l'as été envers tes ennemis », l'entendit-il dire à la fin. Alors Balaguer, qui se trouvait à ses côtés, dans ses habits de deuil, lui dit à l'oreille : « Il nous faudrait impérativement quelques minutes d'entretien, mon général. Je sais que c'est un moment très difficile pour vous. Mais la situation ne saurait attendre. » Se dominant, Ramfis acquiesça. Ils gagnèrent seuls le bureau de la présidence. En chemin, ils voyaient par les fenêtres l'immense foule d'hommes et de femmes grossir sans cesse, affluant des faubourgs de Ciudad Trujillo et des villages voisins. La queue, par rangs de quatre ou cinq, avait plusieurs kilomètres, et les soldats en armes pouvaient à peine la contenir. Ils attendaient là depuis des heures, se livrant à des scènes déchirantes, pleurs, crises d'hystérie chez ceux qui avaient déjà atteint les marches du Palais et se sentaient proches de la chapelle ardente du Généralissime.

Joaquín Balaguer avait toujours su que cette conversation engagerait son avenir et celui de la République dominicaine. Aussi prit-il une décision qui ne convenait qu'aux cas extrêmes, car elle allait contre sa prudence naturelle : jouer le tout pour le tout, dans une sorte de coup de poker. Il attendit que le fils aîné de Trujillo fût assis devant son bureau

— par les fenêtres la marée humaine se soulevait et tourbillonnait, dans l'espoir d'atteindre le cadavre du Bienfaiteur — pour, avec son calme habituel et sans trahir la moindre inquiétude, lui dire ce qu'il avait soigneusement mis au point :

— Il dépend de vous et de vous seul que l'œuvre réalisée par Trujillo dure un peu, beaucoup ou pas du tout. Si son héritage disparaît, la République dominicaine plongera derechef dans la barbarie. Nous nous retrouverons, comme avant 1930, à disputer à Haïti la palme de la nation la plus misérable et la plus violente de l'hémisphère occidental.

Il parla longtemps, sans être une seule fois interrompu par Ramfis. L'écoutait-il ? Il ne faisait ni oui ni non ; ses yeux, fixés sur lui la plupart du temps, s'égaraient parfois, et Balaguer se disait que de tels regards annonçaient ces crises de folie et de dépression extrême qui l'avaient conduit en clinique psychiatrique en France et en Belgique. Mais s'il l'écoutait, Ramfis devait soupeser ses arguments. Car cet ivrogne noceur sans vocation politique ni inquiétudes civiques, cet homme dont la sensibilité semblait se ramener à son goût pour les femmes, les chevaux, les avions et l'alcool, et qui pouvait être aussi cruel que son père, était malgré tout intelligent. Probablement le seul de la famille à voir plus loin que le bout de son nez, de son ventre et de son phallus. Il avait un esprit vif, aigu, qui aurait pu, à l'usage, donner d'excellents fruits. C'est à cette intelligence qu'il adressa son exposé, d'une franchise téméraire. Convaincu qu'il abattait là sa dernière carte, s'il ne voulait pas être balayé comme un papier usagé par les gars aux pistolets.

Quand il se tut, le général Ramfis était encore plus pâle qu'en observant le corps de son père.

— Vous pourriez perdre la vie pour la moitié des choses que vous m'avez dites, monsieur le Président.

— Je le sais, mon général. La situation ne me laissait d'autre issue que la sincérité. Je vous ai exposé la seule politique que je crois possible. Si vous en voyez une autre, à la bonne heure. Ma démission est toute prête dans ce tiroir. Dois-je la présenter au Congrès ?

Ramfis fit non de la tête. Il respira profondément et, au bout d'un moment, de sa voix mélodieuse d'acteur de feuilleton-radio, il s'expliqua :

— Je suis arrivé depuis longtemps, par d'autres voies, à ces mêmes conclusions, dit-il en haussant les épaules avec résignation. C'est vrai, je ne crois pas qu'il y ait d'autre politique. Pour nous épargner les *marines* et les communistes, pour que l'O.E.A. et Washington lèvent les sanctions. J'accepte votre plan. Mais chaque pas, chaque mesure, chaque accord, il vous faudra me les soumettre au préalable, et attendre mon blanc-seing. J'y tiens. Le commandement militaire et la sécurité sont mon domaine réservé. Je n'accepte aucune interférence, ni de votre part, ni de celle des fonctionnaires civils, ni des Yankees. Personne, directement ou indirectement lié à l'assassinat de papa, n'échappera au châtiment.

Le président Balaguer se leva.

— Je sais que vous l'adoriez, fit-il solennellement. Je reconnais vos sentiments filiaux à cette volonté de venger l'horrible crime. Personne, et moi moins que personne, n'entravera votre souci de rendre justice. C'est aussi, dois-je vous le dire ? mon désir le plus cher.

Après le départ du fils de Trujillo, il but un grand verre d'eau, à petites gorgées. Son cœur retrouvait son rythme. Il avait mis sa vie en jeu, mais le pari avait été gagné. Il fallait maintenant mettre en marche ce qui avait été décidé d'un commun accord. Il le fit d'abord aux obsèques du Bienfaiteur, en l'église de San Cristóbal. Son oraison funèbre, éloge émouvant du Généralissime, atténué cependant par de sibyllines allusions critiques, tira des larmes à quelques courtisans malavisés, en déconcerta d'autres, fit lever le sourcil à d'aucuns et plongea la plupart dans la confusion, mais lui valut les félicitations du corps diplomatique. « Les choses commencent à changer, monsieur le Président », approuva le consul des États-Unis, nouvellement affecté dans l'île. Le lendemain, le président Balaguer convoqua d'urgence le colonel Abbes García. Il lui suffit de le voir, son visage joufflu rongé par l'angoisse — il s'épongeait le front de son éternel mouchoir rouge —, pour se dire que le chef du S.I.M. savait parfaitement de quoi il retournait.

— Vous m'avez appelé pour me signifier mon renvoi ? — lui demanda-t-il sans le saluer. En uniforme, le pantalon pendant à demi et la casquette ridiculement penchée, il avait, outre son pistolet à la ceinture, une mitraillette à l'épaule. Balaguer aperçut derrière lui les visages peu avenants de quatre ou cinq gardes du corps restés sur le pas de la porte.

— Pour vous prier d'accepter une nomination diplomatique, fit aimablement le Président en lui désignant un siège de sa main minuscule. Un patriote talentueux tel que vous peut servir sa patrie dans des domaines fort divers.

— Où se trouve cet exil doré ? — Abbes García ne dissimulait pas sa frustration ni sa colère.

— Au Japon, dit le Président. Je viens de signer votre arrêté de nomination, comme consul. Votre solde et vos frais de représentation seront ceux d'un ambassadeur.

— Vous ne pouviez m'expédier plus loin ?

— Je ne vois pas où, s'excusa Balaguer sans ironie. Le seul pays plus éloigné est la Nouvelle-Zélande, avec qui nous n'avons pas de relations diplomatiques.

Le petit personnage trapu s'agita sur sa chaise en

soufflant. Un cercle jaune, d'infinie contrariété, entourait l'iris de ses yeux saillants. Il appuya le mouchoir rouge sur ses lèvres, comme s'il allait cracher dedans.

— Vous croyez que vous avez triomphé, monsieur Balaguer, fit-il haineux. Vous vous trompez. Vous êtes autant que moi identifié à ce régime. Aussi souillé que moi. Vous comme artisan de la transition démocratique, personne ne gobera ce petit jeu machiavélique.

— Il est possible que j'échoue, admit Balaguer sans hostilité. Mais je dois le tenter. Pour cela, certains doivent être sacrifiés. Je regrette que vous soyez le premier, mais il n'y a pas d'autre solution : vous représentez la pire face du régime. Une facette nécessaire, héroïque, tragique, je le sais. Assis sur la chaise que vous occupez, le Généralissime lui-même me le rappelait. Mais c'est cela même qui vous rend irrécupérable en ces circonstances. Vous êtes intelligent, vous n'avez pas besoin que je vous l'explique. Ne mettez pas le gouvernement dans un embarras inutile. Partez à l'étranger et restez discret. Il convient que vous soyez loin et vous fassiez invisible jusqu'à ce qu'on vous oublie. Vous avez beaucoup d'ennemis. Et combien de pays aimeraient mettre la main sur vous ! Les États-Unis, le Venezuela, Interpol, le F.B.I., le Mexique, toute l'Amérique centrale. Vous le savez mieux que moi. Le Japon est un endroit sûr, surtout avec un statut diplomatique. Je sais que vous vous intéressez au spiritualisme. À la Rose-Croix, n'est-ce pas ? Profitez-en pour réaliser cette vocation. Par ailleurs, si vous souhaitez vous installer autre part, ne me dites pas où, je vous prie, vous continuerez à percevoir votre salaire. J'ai signé un décret spécial, pour vos frais de transport et d'installation. Deux cent mille pesos, que vous pouvez retirer au Trésor. Bonne chance.

Il ne lui tendit pas la main, parce qu'il supposa que l'ex-militaire (il avait signé la veille le décret de sa mise en disponibilité de l'armée) ne la serrerait pas. Abbes García resta un bon moment immobile à l'observer, les yeux injectés de sang. Mais le Président savait qu'en homme pratique, au lieu de se laisser aller à une stupide bravade, il accepterait ce moindre mal. Il le vit se lever et s'en aller, sans lui dire adieu. Lui même dicta à un secrétaire le communiqué informant que l'*ex-colonel* Abbes García avait démissionné du Service d'Intelligence, pour remplir une mission à l'étranger. Deux jours plus tard, *El Caribe*, parmi ses avis de décès et d'arrestation des assassins du Généralissime, sur cinq colonnes, publiait un encart où l'on voyait Abbes García, engoncé dans un manteau à rayures et un chapeau melon de personnage de Dickens, gravir la passerelle d'embarquement de l'avion.

Dans la foulée, le Président avait décidé que le nouveau leader du parlement, qui aurait la charge de faire pivoter discrètement le Congrès vers des positions plus acceptables pour les États-Unis et la communauté occidentale, serait, non pas Agustín Cabral, mais le sénateur Henry Chirinos. Il aurait préféré Caboche, dont les mœurs sobres coïncidaient avec sa propre façon d'être, alors que l'alcoolisme de l'Ivrogne Constitutionnaliste lui répugnait. Mais il choisit ce dernier, car réhabiliter d'un coup quelqu'un tombé en disgrâce par décision récente de Son Excellence pouvait irriter les gens du sérail trujilliste, dont il avait encore besoin. Ne pas trop les provoquer, encore. Chirinos était physiquement et moralement repoussant ; mais son talent d'intrigant et de chicaneur était infini. Nul ne connaissait mieux que lui les chafouineries parlementaires. Ils n'avaient jamais été amis — à cause de l'alcool, qui dégoûtait Balaguer — mais, dès qu'il fut appelé au Palais et que le Président lui fit savoir ce qu'il attendait de lui, le sénateur exulta, autant que lorsqu'il lui demanda de faciliter, de la façon la plus rapide et la plus invisible, le transfert à l'étranger de fonds de la Très Honorable Dame (« Noble préoccupation que la vôtre, monsieur le Président : assurer l'avenir d'une illustre matrone en disgrâce »). À la suite de quoi le sénateur Chirinos, encore dans l'ignorance de ce qui se tramait, lui avoua qu'il avait eu l'honneur d'informer le S.I.M. qu'Antonio de la Maza et le général Juan Tomás Díaz rôdaient dans la ville coloniale (il les avait aperçus dans une voiture stationnée devant la maison d'un ami, dans la rue Espaillat) et lui demanda d'intercéder pour réclamer auprès de Ramfis la prime promise à tout informateur permettant l'arrestation des assassins de son père. Le président Balaguer lui conseilla de renoncer à cette gratification et de ne pas dévoiler cette délation patriotique : cela pouvait porter un préjudice irrémédiable à sa carrière politique. Celui que Trujillo surnommait parmi ses intimes l'Ordure Incarnée comprit sur-le-champ :

— Permettez-moi de vous féliciter, monsieur le Président, s'écria-t-il en gesticulant comme s'il était à la tribune. J'ai toujours pensé que le régime devait s'ouvrir aux temps nouveaux. Le Chef disparu, personne n'est plus qualifié que vous pour naviguer vent debout et conduire la barque dominicaine au bon port de la démocratie. Comptez sur moi comme votre collaborateur le plus loyal et le plus dévoué.

Il le fut, en effet. Il présenta au Congrès la motion accordant au général Ramfis Trujillo les pleins pouvoirs de la hiérarchie militaire et policière de la République, et il informa députés et sénateurs sur la nouvelle politique impulsée par le Président, et destinée non pas à renier le passé ni à condamner l'Ère Trujillo, mais à la dépasser dialectiquement, en l'accordant aux temps nouveaux, de sorte que ce beau pays de Quisqueya, au fur et à mesure — sans faire un pas en arrière — qu'il perfectionnerait sa démocratie, fût à nouveau accueilli par les nations américaines au sein de l'O.E.A. et, une fois levées les sanctions, réincorporé à la communauté internationale. Lors d'une de ses fréquentes réunions de travail avec le Président Balaguer, le sénateur Chirinos s'informa, non sans une certaine inquiétude, des projets de Son Excellence au sujet de l'ex-sénateur Agustín Cabral.

— J'ai ordonné de débloquer ses comptes bancaires et de reconnaître ses services rendus à l'État, pour qu'il puisse toucher une pension, l'informa Balaguer. Pour le moment, son retour à la vie politique ne semble pas opportun.

— Nous sommes tout à fait d'accord, approuva le sénateur. Caboche, à qui m'unit une vieille relation, est conflictuel et suscite l'inimitié.

— L'État peut utiliser son talent, à condition de ne pas trop le voir, ajouta le mandataire. Je lui ai proposé un poste de conseiller juridique dans l'administration.

— Sage décision, approuva encore Chirinos. Agustín a toujours été un homme de Droit.

Cinq semaines à peine après la mort du Généralissime, les changements étaient considérables. Joaquín Balaguer ne pouvait se plaindre : en un temps record, de Président fantoche, de monsieur personne, il était devenu un authentique chef d'État, charge reconnue par les uns et les autres, et surtout par les États-Unis. Malgré leur réticence initiale, lorsqu'il avait expliqué ses plans au nouveau consul, ils prenaient maintenant plus au sérieux sa promesse de conduire peu à peu le pays vers une démocratie pleine et entière, dans le respect de l'ordre, sans permettre aux communistes d'en profiter. Tous les deux ou trois jours il tenait réunion avec l'expéditif John

Calvin Hill — un diplomate à la carrure de cow-boy, qui parlait sans se perdre dans les détails —, qu'il finit par convaincre qu'en cette étape il convenait d'avoir Ramfis pour allié. Le général avait accepté son plan d'ouverture graduelle. Il avait le contrôle militaire dans ses mains, grâce à quoi ces gangsters de Petán et d'Héctor, tout comme les vieilles badernes trujillistes, étaient tenus en respect. Autrement, ils l'auraient déjà déposé. Peut-être Ramfis croyait-il qu'avec les concessions autorisées par Balaguer — le retour de quelques exilés, l'apparition d'une timide critique du régime de Trujillo sur les chaînes de radio et dans les journaux (le plus militant était un nouveau venu sorti en août, *La Unión Cívica)*, les meetings publics des forces d'opposition qui commençaient à gagner la rue, la droitière Union civique nationale de Viriato Fiallo et Ángel Severo Cabral, et le gauchiste Mouvement révolutionnaire du 14 Juin — il pouvait avoir, lui, un avenir politique. Comme si quelqu'un portant le nom de Trujillo pouvait figurer à nouveau dans la vie publique de ce pays ! Pour le moment, ne pas le tirer de son erreur. Ramfis contrôlait les canons et avait l'oreille des militaires ; démanteler les forces armées jusqu'à en extirper le trujillisme prendrait du temps. Les rapports du gouvernement avec l'Église étaient à nouveau au beau fixe ; il prenait parfois le thé avec le nonce apostolique et l'archevêque Pittini.

Le problème qu'il ne pouvait encore résoudre aux yeux de l'opinion internationale était celui des « droits de l'homme ». Chaque jour s'élevaient des protestations contre les emprisonnements politiques, les tortures, les disparitions, les assassinats, à La Victoria, au Neuf, à La Quarante, dans les prisons et les casernes de l'intérieur. Son bureau était envahi de manifestes, de lettres, de télégrammes, de rapports, de communiqués diplomatiques. Il ne pouvait faire grand-chose. Sauf de vagues promesses, non suivies d'effet. Il s'était engagé à laisser les mains libres à Ramfis, et, l'eût-il voulu, il n'aurait pu revenir sur cet accord. Le fils du Généralissime avait expédié doña María et Angelita en Europe et faisait inlassablement la chasse aux complices, comme si le complot visant la mort de Trujillo avait mobilisé des foules. Un jour, le jeune général lui demanda à brûle-pourpoint :

— Savez-vous que Pedro Livio Cedeño voulait vous impliquer dans la conjuration contre papa ?

— Cela ne m'étonne pas, dit le Président en souriant, sans se démonter. La meilleure défense des assassins, c'est de compromettre tout le monde. Surtout des gens proches du Bienfaiteur. Les Français appellent cela de « l'intox ».

— Si un seul des autres assassins l'avait confirmé, vous auriez connu le même sort que Pupo Román —, Ramfis semblait à jeun, malgré son haleine. — Et, à cette heure, vous maudiriez l'heure de votre naissance.

— Je ne veux pas le savoir, mon général, l'interrompit Balaguer d'un geste de sa petite main. Vous avez le droit moral de venger ce crime, mais ne me donnez pas de détails, je vous en prie. Il m'est plus facile de faire face aux critiques que je reçois du monde entier si j'ignore les excès que l'on dénonce.

— Très bien. Je vous informerai seulement de l'arrestation d'Antonio Imbert et Luis Amiama, quand nous les aurons capturés —, Balaguer vit le regard de Ramfis s'égarer, comme chaque fois qu'il mentionnait les deux derniers participants du complot à avoir échappé à la prison ou à la mort. — Croyez-vous qu'ils soient encore dans le pays ?

— Je pense que oui, affirma Balaguer. S'ils avaient fui à l'étranger, ils auraient donné des conférences de presse, reçu des prix, ils apparaîtraient sur tous les écrans de télévision. Ils jouiraient de leur condition de prétendus héros. Ils se trouvent, sans aucun doute, cachés quelque part ici.

— Alors tôt ou tard ils tomberont, murmura Ramfis. J'ai des milliers d'hommes qui les cherchent, maison par maison, trou par trou. S'ils sont toujours en République dominicaine, nous les aurons. Et sinon, il n'y a pas un seul endroit au monde où ils pourront échapper à la mort, car je leur ferai payer d'avoir assassiné papa. Dussé-je y dépenser jusqu'à mon dernier centime.

— Je vous souhaite d'y parvenir, mon général, dit Balaguer, compréhensif. Accordez-moi une faveur : essayez de respecter les formes. Montrer au monde que le pays s'ouvre à la démocratie est une délicate opération, à la merci du moindre scandale. Comme une autre affaire Galíndez, disons, ou une affaire Betancourt.

Le fils du Généralissime n'était intraitable que sur la question des conspirateurs. Balaguer ne perdait pas son temps à intercéder pour leur libération — leur sort en était jeté, tout comme celui d'Imbert et Amiama si on les capturait —, et par ailleurs il n'était pas sûr que cela favorisât ses plans. Les temps changeaient, en effet, et la populace était versatile. Le peuple dominicain, trujilliste à tous crins jusqu'au 30 mai 1961, aurait arraché les yeux et le cœur à Juan Tomás Díaz, Antonio de la Maza, Estrella Sadhalá, Luis Amiama, Huáscar Tejeda, Pedro Livio Cedeño, Fifí Pastoriza, Antonio Imbert et consorts, s'il avait mis la main dessus. Mais la communion mystique avec le Chef, dans laquelle le Dominicain avait vécu trente et un ans, avait du plomb dans l'aile. Les meetings auxquels appelaient les étudiants, l'Union civique, le Mouvement du 14 Juin, rachitiques au début, avec une poignée de craintifs, s'étaient multipliés au bout d'un, deux ou trois mois.

Pas seulement à Saint-Domingue (le président Balaguer tenait prête la motion qui restituerait son nom à Ciudad Trujillo, et que le sénateur Chirinos ferait approuver au Congrès par acclamation au moment opportun), où parfois ils remplissaient le parc de l'Indépendance, mais aussi à Santiago, La Romana, San Francisco de Macorís et d'autres villes. Les gens n'avaient plus peur et rejetaient peu à peu le trujillisme. Son fin odorat historique disait au président Balaguer que ce nouveau sentiment allait croître irrésistiblement. Et dans un climat d'antitrujillisme populaire, les assassins de Trujillo deviendraient de puissantes figures politiques. À qui cela convenait-il ? Aussi découragea-t-il la timide démarche de l'Ordure Incarnée quand, en tant que leader parlementaire du nouveau mouvement balaguériste, il vint lui demander s'il croyait qu'un accord du Congrès amnistiant les conspirateurs du 30 mai amènerait l'O.E.A. et les États-Unis à lever les sanctions.

— L'intention est bonne, sénateur. Mais avez-vous pensé aux conséquences ? L'amnistie blesserait les sentiments de Ramfis, qui ferait aussitôt assassiner tous les amnistiés. Nos efforts tomberaient à l'eau.

— Je ne me lasserai jamais d'admirer votre perception aiguë de la situation, s'écria le sénateur Chirinos, en applaudissant quasiment des deux mains.

En dehors de ce sujet, Ramfis Trujillo — quotidiennement plongé dans la beuverie sur la base de San Isidro et dans sa maison du littoral, à Boca Chica, où il avait fait venir, flanquée de sa mère, sa dernière maîtresse, une danseuse du Lido de Paris, abandonnant là-bas, enceinte, sa femme légitime, la jeune actrice Lita Milán — s'était montré souple au-delà de toutes les espérances de Balaguer. Il se résigna à rendre à Ciudad Trujillo le nom de Saint-Domingue, et à débaptiser les villes, bourgs, rues, places, accidents de terrain, ponts, appelés Généralissime, Ramfis, Angelita, Radhamés, doña Julia ou doña María, sans avoir la main trop lourde dans le châtiment des étudiants, des subversifs qui s'en prenaient aux statues, plaques, bustes, photos et affiches de Trujillo et de sa famille dans les rues, les avenues, les parcs et sur les routes. Il accepta sans discuter la suggestion du président Balaguer de céder à l'État, autrement dit au peuple, « dans un acte de générosité patriotique », les terres, fermes et entreprises agraires du Généralissime et de ses fils. Ramfis le fit savoir, dans une lettre publique. De la sorte, l'État devint propriétaire de quarante pour cent de toutes les terres arables, ce qui fit de lui, après l'État cubain, le possesseur du plus grand nombre d'entreprises publiques du continent. Et le général Ramfis apaisait les esprits de ces brutes dégénérées, les frères du Chef, que la disparition systématique des oripeaux et symboles du trujillisme laissait perplexes.

Un soir, après avoir partagé avec ses sœurs l'austère dîner de chaque jour, bouillon de poulet, riz blanc, salade et confiture de lait, alors que Balaguer allait se coucher, il s'évanouit. Il perdit connaissance quelques secondes seulement, mais le docteur Félix Goico le prévint : s'il continuait à travailler à ce rythme, avant la fin de l'année son cœur ou son cerveau allait exploser comme une grenade. Il devait se reposer davantage — depuis la mort de Trujillo il dormait à peine trois ou quatre heures par nuit —, faire de l'exercice et, en fin de semaine, se distraire. Il s'obligea à rester au lit cinq heures par nuit et, après ses repas, il marchait, quoique, pour éviter des associations d'idées compromettantes, à l'écart de l'avenue George Washington ; il se rendait à l'ancien parc Ramfis, rebaptisé parc Eugenio María de Hostos. Et le dimanche, après la messe, pour se détendre l'esprit, il lisait deux heures durant de la poésie romantique et moderniste, ou bien les classiques espagnols du Siècle d'Or. Parfois un passant irascible l'insultait dans la rue — « Balaguer, nabot de papier ! » — mais la plupart du temps on le saluait : « Bonsoir, monsieur le Président. » Il remerciait, cérémonieux, en ôtant son chapeau, qu'il avait pris l'habitude d'enfoncer jusqu'aux oreilles pour ne pas se le faire voler par le vent.

Quand il annonça le 2 octobre 1961 à l'assemblée générale des Nations unies, à New York, que « dans la République dominicaine [naissait] une authentique démocratie et un nouvel état de choses », il reconnut, devant une centaine de délégués, que la dictature de Trujillo avait été anachronique et avait violé les droits et les libertés. Et il demanda aux nations libres de l'aider à rendre la loi et la liberté aux Dominicains. Quelques jours plus tard, il reçut une lettre amère de doña María Martínez, depuis Paris. La Très Honorable Dame se plaignait que le Président eût tracé un tableau « injuste » de l'Ère Trujillo, sans se rappeler « toutes les bonnes choses que mon époux a faites aussi, et que vous-même avez tant louées au long de trente et une années ». Mais ce n'était pas María Martínez qui inquiétait le Président, c'étaient les frères de Trujillo. Il sut que Petán et Négro avaient eu une réunion tumultueuse avec Ramfis, qu'ils avaient interpellé : allait-il permettre que ce freluquet aille à l'O.N.U. outrager son père ? L'heure était venue de le foutre en l'air du Palais national et de remettre la famille Trujillo en selle, comme le réclamait le peuple ! Ramfis fit valoir que ce coup d'État entraînerait inévitablement l'invasion des *marines* : John Calvin Hill en personne l'en avait averti. La seule possibilité de conserver quelque chose était de serrer les rangs derrière cette fragile légalité : le Président. Balaguer manœuvrait astucieusement pour obtenir que l'O.E.A. et le *State*

Department lèvent les sanctions. C'est pour cela qu'il était forcé de prononcer des discours comme celui de l'O.N.U., contraires à ses convictions.

Cependant, au cours de la réunion qu'il tint avec le chef de l'État peu après le retour de ce dernier de New York, le fils de Trujillo se montra beaucoup moins tolérant. Son animosité était telle que la rupture semblait inévitable.

— Allez-vous continuer à attaquer papa, comme vous l'avez fait à l'assemblée générale ? — assis sur la chaise que le Chef avait occupée lors de leur dernière entrevue quelques heures avant d'être tué, Ramfis parlait sans le regarder, les yeux rivés sur la mer.

— Je n'ai d'autre solution, mon général, acquiesça le Président, peiné. Si je veux faire croire que tout est en train de changer et que le pays s'ouvre à la démocratie, je dois faire un examen autocritique du passé. C'est douloureux pour vous, je le sais. Ça ne l'est pas moins pour moi. La politique exige des déchirements, parfois.

Pendant un bon moment, Ramfis ne répondit pas. Était-il pris de boisson ? Drogué ? En proie à une de ces crises psychiques qui le menaient aux portes de la folie ? Avec ses grands cernes bleutés, son regard enflammé et inquiet, il faisait cette moue étrange.

— Je vous l'ai déjà expliqué, ajouta Balaguer. Je m'en suis tenu strictement à notre accord. Vous avez approuvé mon projet. Mais, naturellement, ce que je vous ai dit alors est toujours valable. Si vous préférez prendre les rênes, vous n'avez pas besoin de faire avancer les tanks de San Isidro. Je vous remets ma démission sur-le-champ.

Ramfis le regarda lentement, l'air dégoûté.

— Ils me le demandent tous, murmura-t-il sans enthousiasme. Mes oncles, les commandants de régions, les militaires, mes cousins, les amis de papa. Mais moi je ne veux pas m'asseoir là où vous êtes. Ce machin-là ne me plaît pas, monsieur Balaguer. Pourquoi le ferais-je ? Pour qu'on me paye de la même monnaie ?

Il se tut, profondément découragé.

— Alors, mon général, si vous ne voulez pas du pouvoir, aidez-moi à l'exercer.

— Plus encore ? rétorqua Ramfis, moqueur. Sans moi, mes oncles vous auraient depuis longtemps foutu en l'air.

— Ce n'est pas suffisant, répliqua Balaguer. Vous voyez l'agitation dans les rues. Les meetings de l'Union civique et du Mouvement du 14 Juin sont chaque jour plus violents. Cela ira de mal en pis si nous n'y mettons bon ordre.

Les couleurs revinrent aux joues du fils du Généralissime. Il attendait, la tête en avant, comme supputant si le Président oserait lui demander ce qu'il devinait.

— Vos oncles doivent partir, dit doucement Joaquín Balaguer. Tant qu'ils seront là, ni la communauté internationale, ni l'opinion publique ne croiront au changement. Vous seul pouvez les convaincre.

Allait-il l'insulter ? Ramfis le regardait ahuri, comme s'il n'en croyait pas ses oreilles. Il marqua une autre longue pause.

— Allez-vous me demander de partir moi aussi de ce pays que papa a fait, pour que les gens gobent ce bobard des temps nouveaux ?

Balaguer attendit quelques secondes.

— Oui, vous aussi, murmura-t-il en jouant son va-tout. Vous aussi. Mais pas encore. Après avoir fait partir vos oncles. Et après m'avoir aidé à consolider le gouvernement, à faire comprendre aux forces armées que Trujillo n'est plus là. Ce n'est pas une surprise pour vous, mon général. Vous l'avez toujours su. Que le mieux pour vous, votre famille et vos amis, c'est que ce projet aille de l'avant. Avec l'Union civique ou le Mouvement du 14 Juin au pouvoir, ce serait pire.

Ramfis ne tira pas son revolver, ne lui cracha pas au visage. Il pâlit à nouveau et reprit sa moue d'aliéné. Il alluma une cigarette et tira plusieurs bouffées en regardant se défaire la fumée qu'il soufflait.

— Je serais parti depuis longtemps de ce pays de cons et d'ingrats, marmonna-t-il. Si j'avais trouvé la trace d'Amiama et d'Imbert, je ne serais plus là. Ce sont les seuls qui me manquent. Une fois accomplie la promesse que j'ai faite à papa, je m'en irai.

Le Président l'informa qu'il avait autorisé le retour d'exil de Juan Bosch et de ses compagnons du Parti révolutionnaire dominicain. Il lui sembla que le général ne l'entendait pas lui expliquer que Bosch et le P.R.D. livreraient une lutte acharnée à l'Union civique et au Mouvement du 14 Juin pour prendre la tête de l'antitrujillisme. Et que, de la sorte, ils rendraient un grand service au gouvernement. Parce que le vrai danger venait de l'Union civique nationale, qui comptait beaucoup de gens fortunés et de conservateurs influents aux États-Unis, comme Severo Cabral ; Juan Bosch le savait bien, aussi ferait-il tout ce qui convenait — et même ce qui ne convenait pas — pour freiner l'accès au gouvernement d'un rival aussi puissant.

Il restait quelque deux cents complices, réels ou supposés, du complot à La Victoria et, une fois les Trujillo partis, il faudrait les amnistier. Mais Balaguer savait que le fils de Trujillo ne les laisserait jamais sortir vivants de prison. Il s'acharnerait sur eux, comme sur le général Román, qu'il avait torturé quatre mois avant d'annoncer qu'il s'était suicidé par remords d'avoir trahi (son corps ne fut jamais retrouvé), et sur Modesto Díaz qui, s'il était encore en vie, devait connaître encore les pires souffrances. Le problème était que les prisonniers — l'opposition les appelait les justiciers — ternissaient le nouveau visage que voulait se donner le régime. Il arrivait tout le temps des missions, des délégations, des hommes politiques et des journalistes étrangers qui s'intéressaient à eux, et le Président devait faire des tours de force pour expliquer pourquoi ils n'étaient pas encore jugés, jurer que leur vie serait respectée et qu'à leur procès, en bonne et due forme, assisteraient des observateurs internationaux. Pourquoi Ramfis n'en avait-il pas encore fini avec eux, comme il l'avait fait avec presque tous les frères d'Antonio de la Maza — Mario, Bolívar, Ernesto, Pirolo, et beaucoup de cousins, neveux et oncles, tombés sous les balles ou les coups le jour même de leur arrestation —, au lieu de les garder enfermés, au grand tapage des opposants ? Balaguer savait que le sang des justiciers rejaillirait sur lui : c'était le taureau sauvage qu'il lui restait à toréer.

Quelques jours après cette conversation, un coup de téléphone de Ramfis lui apprit l'excellente nouvelle : il avait convaincu ses oncles. Petán et Négro partiraient pour de longues vacances. Le 25 octobre, Héctor Bienvenido s'envola avec sa femme nord-américaine pour la Jamaïque. Et Petán leva l'ancre sur la frégate *Presidente Trujillo* pour une prétendue croisière aux Caraïbes. Le consul John Calvin Hill avoua à Balaguer que cette fois il y avait de sérieuses possibilités que les sanctions soient levées.

— Ne tardez pas trop, monsieur le consul, le pressa le Président. Chaque jour qui passe, notre république est un peu plus asphyxiée.

Les entreprises industrielles étaient presque paralysées par l'incertitude politique et les limites imposées à l'importation des facteurs de production ; les commerces, vides en raison de la chute des rentrées de fonds. Ramfis bradait les firmes non enregistrées au nom des Trujillo et les actions au porteur, et la Banque centrale devait transférer ces sommes, converties en devises à l'irréel change officiel d'un peso pour un dollar, à des banques au Canada et en Europe. La famille n'avait pas transféré à l'étranger autant de devises que le Président le craignait : doña María douze millions de dollars, Angelita treize, Radhamés dix-sept et, jusqu'à présent, Ramfis, environ vingt-deux, ce qui faisait au total soixante-quatre millions de dollars. Cela aurait pu être pire. Mais les réserves allaient se tarir sous peu et on ne pourrait plus payer les soldats, les maîtres ni les fonctionnaires.

Le 15 novembre, le ministre de l'Intérieur l'appela, atterré : les généraux Petán et Héctor Trujillo étaient revenus de façon intempestive. Il lui demanda de chercher refuge : à tout moment le putsch allait éclater. Le gros de l'armée les appuyait. Balaguer convoqua d'urgence le consul Calvin Hill et lui expliqua la situation. À moins que Ramfis ne l'empêche, de nombreuses garnisons appuieraient Petán et Négro dans leur tentative insurrectionnelle. Il y aurait une guerre civile au résultat incertain et un massacre généralisé d'antitrujillistes. Le consul savait tout cela. Il l'informa, à son tour, que le président Kennedy en personne venait d'ordonner l'envoi d'une flotte de guerre. En provenance de Porto Rico le porte-avions *Valley Forge*, le croiseur *Little Rock*, vaisseau amiral de la Deuxième Flotte, et les destroyers *Hyman*, *Bristol* et *Beatty* faisaient route vers les côtes dominicaines. En cas de putsch militaire, quelque deux mille *marines* débarqueraient.

Lors d'une brève conversation téléphonique avec Ramfis — Balaguer mit quatre heures avant d'obtenir la communication —, le fils du Chef lui annonça la funeste nouvelle. Il avait eu une violente discussion avec ses oncles, qui ne voulaient pas quitter le pays. Ramfis leur avait dit qu'alors c'est lui qui partirait.

— Que va-t-il se passer maintenant, mon général ?

— Eh bien, dit Ramfis en éclatant de rire, à partir de maintenant vous voilà seul dans la cage aux fauves, monsieur le Président. Bonne chance !

Le président Balaguer ferma les yeux. Les heures, les journées suivantes seraient cruciales. Que pensait faire le fils de Trujillo ? Partir ? Se brûler la cervelle ? Il s'en irait à Paris rejoindre sa femme, sa mère et ses frères, pour s'étourdir de fêtes, de matchs de polo et de femmes dans cette belle maison qu'il avait achetée à Neuilly. Il avait déjà fait sortir tout l'argent qu'il avait pu : il laissait sur place quelques biens immeubles qui, tôt ou tard, seraient saisis. Mais ce n'était pas cela qui posait problème, c'étaient ces brutes irrationnelles, les frères du Généralissime, prêts à faire donner l'artillerie lourde, tout ce à quoi ils étaient bons, d'ailleurs. Sur toutes les listes d'ennemis à abattre établies, selon la vox populi, par Petán, Balaguer figurait en tête. De sorte que, comme le disait ce dicton qu'il affectionnait, il fallait « nettoyer les écuries d'Augias ». Il voyait sans crainte mais avec tristesse que l'exquis travail d'orfèvre qu'il avait entrepris risquait de voler en éclats sous les balles d'un tueur.

Le lendemain matin, son ministre de l'Intérieur le réveilla pour l'informer qu'un groupe de militaires avait retiré la dépouille de Trujillo de sa crypte en l'église de San Cristóbal, pour la transférer à Boca Chica où, face à l'embarcadère privé du général Ramfis, mouillait le yacht *Angelita*.

— Je n'ai rien entendu, monsieur le ministre, l'interrompit Balaguer. Vous ne m'avez rien dit non plus. Je vous conseille de vous reposer quelques heures. Une très longue journée nous attend.

Contrairement à ce qu'il avait conseillé à son ministre, il ne prit pas le temps de se reposer. Ramfis ne partirait pas sans liquider les assassins de son père et cet assassinat pouvait flanquer par terre les laborieux efforts de ces derniers mois pour convaincre le monde que, lui président, la République s'acheminait vers la démocratie, sans la guerre civile ni le chaos redoutés par les États-Unis et les classes dirigeantes dominicaines. Mais que pouvait-il faire ? Tout ordre de sa part relatif aux prisonniers qui contredirait ceux de Ramfis serait désobéi et mettrait en évidence son manque absolu d'autorité sur les forces armées.

Cependant, mystérieusement, hormis la prolifération de rumeurs sur d'imminents soulèvements armés et des massacres de civils, il ne se passa rien ni le 16 ni le 17 novembre. Balaguer continua d'expédier les affaires courantes, comme si le pays jouissait d'une totale tranquillité. Le soir du 17 on l'informa que Ramfis avait quitté sa maison de la plage. Peu après, on l'avait vu descendre ivre d'une voiture et lancer un juron et une grenade — qui n'explosa pas — contre la façade de l'hôtel El Embajador. Depuis, on ignorait où il se trouvait. Le lendemain, une commission de l'Union civique nationale, présidée par Ángel Severo Cabral, exigea d'être immédiatement reçue par le Président : c'était une question de vie ou de mort. Il la reçut. Severo Cabral était hors de lui. Il brandissait une lettre gribouillée par Huáscar Tejeda à sa femme Lindín, clandestinement adressée de La Victoria, lui révélant que les six accusés de la mort de Trujillo (Modesto Díaz et Tunti Cáceres y compris) avaient été séparés des autres détenus politiques pour être transférés dans une autre prison. « Ils vont nous tuer, mon amour », ainsi s'achevait la missive. Le leader de l'Union civique exigea que les prisonniers soient remis entre les mains du Pouvoir judiciaire ou libérés par décret présidentiel. Les épouses des prisonniers manifestaient aux portes du Palais, avec leurs avocats. La presse internationale avait été alertée, tout comme le Département d'État et les ambassades occidentales.

Le président Balaguer, alarmé, leur assura qu'il se chargerait de l'affaire personnellement. Il ne permettrait pas un tel crime. D'après ses informations, le transfert des six conjurés avait pour objet, plutôt, d'accélérer l'instruction. Il s'agissait d'une simple reconstitution du crime, après quoi le procès commencerait sans délai. Et, naturellement, avec des observateurs de la cour internationale de La Haye, qu'il inviterait lui-même en République dominicaine.

Dès que les dirigeants de l'Union civique eurent quitté son bureau, il appela le procureur général de la République, José Manuel Machado. Savait-il pourquoi le chef de la police nationale, Marcos A. Jorge Moreno, avait ordonné le transfert d'Estrella Sadhalá, Huáscar Tejeda, Fifí Pastoriza, Pedro Livio Cedeño, Tunti Cáceres et Modesto Díaz dans les cellules du palais de justice ? Le procureur général de la République ne savait rien et réagit avec indignation : quelqu'un usurpait le nom du Pouvoir judiciaire, aucun juge n'avait ordonné une nouvelle reconstitution du crime. Au comble de l'inquiétude, le Président affirma que c'était intolérable et qu'il allait ordonner immédiatement au ministre de la Justice d'enquêter à fond, d'établir les responsabilités et d'inculper les fauteurs de droit. Pour laisser noir sur blanc ce qu'il faisait, il dicta à son secrétaire un mémorandum qu'il fit porter immédiatement au ministère de la Justice. Puis il appela le ministre au téléphone. Il le trouva bouleversé :

— Je ne sais que faire, monsieur le Président. J'ai à la porte les femmes des prisonniers. On me presse de toutes parts pour obtenir des informations et je ne sais rien. Savez-vous pourquoi ils ont été transférés dans les cellules du Pouvoir judiciaire ? Personne n'est capable de me l'expliquer. On les conduit maintenant sur la route nationale, pour une nouvelle reconstitution du crime qu'au demeurant personne n'a ordonnée. Il n'y a pas moyen de s'approcher de là-bas, car des soldats de la base de San Isidro ont établi des cordons de troupes. Que dois-je faire ?

— Allez-y personnellement et exigez une explication, lui donna pour instructions le Président. Il faut absolument qu'il y ait des témoins que le gouvernement a tout fait pour empêcher que la loi soit violée. Faites-vous accompagner par les représentants des États-Unis et de la Grande-Bretagne.

Le président Balaguer appela en personne John Calvin Hill et lui demanda d'appuyer cette démarche du ministre de la Justice. Il l'informa en même temps que si, comme il semblait, le général Ramfis s'apprêtait à quitter le pays, les frères Trujillo passeraient à l'action.

Il continua à vaquer à ses tâches, apparemment absorbé par la situation critique des finances. Il ne quitta pas son bureau à l'heure du repas et, travaillant avec le ministre des Finances et le gouverneur de la Banque centrale, il refusa de recevoir des appels ou des visites. À la tombée de la nuit, son secrétaire lui remit une note du ministre de la Justice, l'informant que le consul des États-Unis et lui-même avaient été empêchés par des soldats en armes des Forces aériennes de s'approcher du lieu de la reconstitution du crime. Il lui confirmait que personne au ministère, au greffe du tribunal ni au cabinet du procureur n'avait demandé cette procédure, dont nul n'était informé, et qu'il s'agissait donc d'une décision exclusivement militaire. En arrivant chez lui, à huit heures et demie du soir, il reçut un appel de l'actuel chef de la Police, le colonel Marcos A. Jorge Moreno. La camionnette avec trois gardes armés qui, après avoir accompli cette procédure judiciaire sur la route, ramenait les prisonniers à La Victoria, avait disparu.

— Ne ménagez pas vos efforts pour les retrouver, mon colonel. Mobilisez toutes les forces qu'il faudra, lui ordonna le Président. Vous pouvez m'appeler à toute heure.

À ses sœurs qui s'inquiétaient des rumeurs selon lesquelles les Trujillo avaient assassiné cet après-midi ceux qui avaient tué le Généralissime, il dit qu'il ne savait rien. Inventions probables des extrémistes pour accroître le climat d'agitation et d'insécurité. Tandis qu'il les tranquillisait par des mensonges, il réfléchissait : Ramfis partirait cette nuit, s'il ne l'avait déjà fait. L'affrontement avec les frères de Trujillo aurait lieu au lever du jour, donc. Le feraient-il arrêter ? Le tueraient-ils ? Leur petite cervelle était capable de croire qu'en le tuant ils pouvaient barrer la route à la mécanique de l'histoire qui, très vite, les effacerait de la politique dominicaine. Il n'éprouvait pas d'inquiétude, seulement de la curiosité.

Le colonel Jorge Moreno l'appela à nouveau alors qu'il enfilait son pyjama. La camionnette avait été retrouvée : les six prisonniers avaient fui, après avoir assassiné les trois gardes.

— Remuez ciel et terre jusqu'à retrouver les fuyards, fit-il très vite sans la moindre altération de sa voix. Vous me répondez de la vie de ces prisonniers, mon colonel. Ils doivent comparaître devant un tribunal, pour être jugés selon la loi pour ce nouveau crime.

Avant de s'endormir, il fut saisi par un sentiment de pitié. Non pour les prisonniers, probablement assassinés cet après-midi par Ramfis en personne, mais pour les trois petits soldats que le fils de Trujillo avait également fait tuer pour donner une apparence de vérité à la farce de la fuite. Trois pauvres gardes froidement anéantis pour une macabre mise en scène à laquelle personne ne croirait jamais. Que de sang versé inutilement !

Le lendemain, en se rendant au Palais, il lut dans les pages intérieures d'*El Caribe* le récit de la fuite des « assassins de Trujillo, après avoir traîtreusement achevé les trois gardes qui les ramenaient à La Victoria ». Cependant, le scandale qu'il redoutait n'eut pas lieu ; il fut masqué par d'autres événements. À dix heures du matin, un coup de pied ouvrit la porte de son bureau. Mitraillette en main, poignées de grenade et revolvers à la ceinture, le général Petán Trujillo, suivi de son frère Héctor, lui aussi en tenue de général, fit irruption, ainsi que vingt-sept hommes armés de sa garde personnelle, à la mine tout à la fois patibulaire et avinée. Le dégoût que produisit chez lui cette foule grossière fut plus fort que la peur.

— Je ne peux vous offrir de siège, je suis désolé, je n'ai pas autant de chaises —, dit le Président en se levant. Il semblait tranquille et son petit visage rond souriait avec courtoisie.

— C'est l'heure de la vérité, Balaguer —, rugit cette brute de Petán en postillonnant. Il brandissait, menaçant, sa mitraillette qu'il flanqua sous le visage du Président. Celui-ci ne recula pas. — Arrêtez vos conneries et vos hypocrisies ! Tout comme Ramfis a liquidé hier ces fils de pute, on va en finir, nous, avec ceux qui sont en liberté. À commencer par les judas, nabot, espèce de traître !

Ce bon à rien vulgaire était également soûl. Balaguer dissimulait son indignation et son appréhension, totalement maître de lui-même. Calmement, il montra la fenêtre :

— Je vous prie de m'accompagner, général

Petán —, il s'adressa ensuite à Héctor. — Vous aussi, je vous prie.

Il s'avança et, devant la fenêtre, il pointa un doigt vers la mer. C'était une matinée radieuse. Devant les côtes on apercevait très nettement, étincelants, trois bateaux de guerre nord-américains. On ne pouvait lire leur nom mais, en revanche, on voyait bien les longs canons du croiseur équipé de missiles *Little Rock* et des porte-avions *Valley Forge* et *Franklin D. Roosevelt*, braqués sur la ville.

— Ils attendent que vous preniez le pouvoir pour commencer à tirer, dit le Président très lentement. Ils attendent que vous leur donniez ce prétexte pour nous envahir à nouveau. Voulez-vous passer à l'histoire comme les Dominicains qui auront permis une seconde occupation yankee de la République ? Si c'est ce que vous voulez, tirez et faites de moi un héros. Mon successeur ne sera assis dans ce fauteuil pas même une heure.

Du moment qu'ils l'avaient laissé prononcer toute cette phrase, se dit-il, il était improbable qu'ils le tuassent. Petán et Négro faisaient des messes basses, parlant en même temps, sans s'écouter. Les tueurs et gardes du corps se regardaient, confus. Finalement Petán ordonna à ses hommes de sortir. Quand il se vit seul dans le bureau avec les deux frères, il déduisit qu'il avait gagné la partie. Ils vinrent s'asseoir en face de lui. Les pauvres diables ! Comme on les sentait gênés ! Ils ne savaient par où commencer. Il fallait leur faciliter la tâche.

— Le pays attend de vous un geste, leur dit-il avec sympathie. Agissez avec le désintéressement et le patriotisme du général Ramfis. Votre neveu a quitté le pays pour faciliter la paix.

Petán l'interrompit, de mauvaise humeur et direct :

— Il est très facile d'être patriote quand on a à

l'étranger les millions et les propriétés de Ramfis. Mais ni Négro ni moi n'avons à l'extérieur de maisons, d'actions, ni de comptes courants. Tout notre patrimoine est ici, dans ce pays. Nous avons été les seuls couillons à obéir au Chef qui avait interdit de sortir de l'argent à l'étranger. C'est juste, ça ? On n'est pas idiots, monsieur Balaguer. Toutes les terres et les biens que nous avons ici, on va nous les confisquer.

Il se sentit soulagé.

— Il y a une solution, messieurs, les tranquillisat-il. Il ne manquerait plus que cela ! Un geste généreux comme celui que la patrie vous demande doit être récompensé.

À partir de ce moment, tout se ramena à une assommante affaire de gros sous qui confirma le Président dans son mépris pour les gens cupides. C'était quelque chose qui lui était totalement étranger. Il finit par transiger sur une somme qui lui parut raisonnable, au regard de la paix et de la sécurité que gagnait en échange la République. Il donna ordre à la Banque centrale de remettre deux millions de dollars à chacun des frères, et de changer en devises les onze millions de pesos qu'ils possédaient, pour une part dans des boîtes à chaussures et le reste dans diverses banques de la capitale. Pour être sûrs que l'accord serait respecté, Petán et Héctor exigèrent qu'il soit visé par le consul nord-américain. Calvin Hill comparut immédiatement, enchanté de voir les choses s'arranger avec de la bonne volonté et sans effusion de sang. Il félicita le Président et décréta : « C'est dans les crises qu'on reconnaît le véritable chef d'État. » Baissant modestement les yeux, Joaquín Balaguer se dit que le départ des Trujillo provoquerait une telle explosion d'allégresse — turbulente et chaotique, aussi — que peu de gens se souviendraient de l'assassinat des six prisonniers, dont on ne retrouverait bien entendu jamais les corps. L'épisode ne lui nuirait pas trop.

Au conseil des ministres, il demanda un accord unanime du cabinet pour une amnistie politique générale, qui allait vider les prisons et annuler tous les procès pour subversion, et ordonna la dissolution du Parti dominicain. Les ministres applaudirent debout. Alors, les joues un peu rouges, le docteur Tabaré Álvarez Pereyra, son ministre de la Santé, lui fit savoir que depuis six mois il cachait chez lui — la plupart du temps reclus dans un cabinet étroit, entre des peignoirs et des pyjamas — Luis Amiama Tió, cet homme en fuite recherché par la police.

Le président Balaguer loua son esprit humanitaire et lui dit d'accompagner lui-même au Palais national le docteur Amiama, car aussi bien lui que don Antonio Imbert, qui, sans doute, apparaîtrait maintenant d'un moment à l'autre, seraient reçus en personne par le président de la République avec le respect et la gratitude qu'ils méritaient pour les éminents services rendus à la patrie.

XXIII

Après le départ d'Amadito, Antonio Imbert resta encore un long moment chez son cousin, le docteur Manuel Durán Barreras. Il n'avait plus l'espoir que Juan Tomás Díaz et Antonio de la Maza trouvent le général Román. Peut-être le plan politico-militaire avait-il été découvert et Pupo était-il déjà mort ou emprisonné ; peut-être avait-il fait lâchement marche arrière. Il n'y avait d'autre alternative que de se cacher. Avec son cousin Manuel, ils étudièrent diverses options avant de se décider pour une parente éloignée, Gladys de los Santos, médecin et belle-sœur de Durán. Elle vivait à deux pas d'ici.

C'étaient les premières heures du jour, mais il faisait encore sombre quand Manuel Durán et Imbert parcoururent d'un pas vif ces six pâtés de maisons, sans rencontrer de véhicules ni de passants. La femme tarda à ouvrir la porte. Elle était en robe de chambre et se frottait furieusement les yeux, tandis qu'ils lui expliquaient la situation. Elle n'eut pas trop peur et réagit avec un calme étrange. C'était une femme assez forte mais agile, entre quarante et cinquante ans, qui montrait de l'aplomb et regardait le monde avec flegme.

— Je me débrouillerai pour te loger, dit-elle à

Imbert. Mais ce n'est pas un refuge sûr. J'ai déjà été arrêtée une fois et suis fichée au S.I.M.

Pour éviter que la bonne ne découvre sa présence, elle l'installa près du garage, dans une remise sans fenêtres, où elle ouvrit un lit pliant. C'était un endroit minuscule et sans aération, et Antonio ne put fermer l'œil le reste de la nuit. Il garda son colt 45 à côté de lui, sur une étagère pleine de boîtes de conserve : nerveux, il était à l'affût de tout bruit suspect. Il pensait par moments à son frère Segundo et en avait la chair de poule : on devait le torturer, là-bas à La Victoria ou peut-être était-il déjà mort.

La maîtresse de maison, qui avait fermé la remise à clé, vint le tirer de sa réclusion à neuf heures du matin.

— J'ai autorisé mon employée de maison à aller voir sa famille à Jarabacoa, lui dit-elle pour lui redonner courage. Tu pourras circuler dans toute la maison. Mais que les voisins ne te découvrent pas. Quelle sacrée nuit tu as dû passer dans ce trou !

Tandis qu'ils prenaient leur petit déjeuner dans la cuisine — banane verte, fromage frit et café — ils écoutèrent les informations. Aucun des bulletins à la radio ne disait mot de l'attentat. Gladys de los Santos partit peu après à son travail. Imbert prit une douche et descendit au salon où, affalé dans un fauteuil, il s'endormit, le Colt sur les genoux. Il sursauta et gémit quand on le secoua.

— Les *caliés* ont arrêté Manuel ce matin, peu après son retour chez lui, lui dit-elle, anxieuse. Tôt ou tard ils lui arracheront que tu es ici. Il faut que tu partes, le plus tôt sera le mieux.

Oui, mais où ? Gladys était passée devant la maison des Imbert et la rue grouillait de gardes et de *caliés* ; ils avaient, sans doute, arrêté sa femme et sa fille. Il lui sembla que des mains invisibles lui serraient le cou. Il ne laissa pas paraître son angoisse, pour ne pas accroître la peur de la maîtresse de maison, qui était transformée : la nervosité lui faisait ouvrir et fermer les yeux sans arrêt.

— Il y a partout des Coccinelle avec des *caliés* et des fourgons remplis de gardes, lui dit-elle. Ils fouillent les voitures, demandent leurs papiers à tout le monde, perquisitionnent dans les maisons.

On ne disait rien encore à la télé, à la radio ni dans les journaux, mais les rumeurs allaient bon train. Le téléphone arabe clamait dans toute la ville qu'on avait tué Trujillo. Les gens étaient surpris et inquiets de ce qui pouvait arriver. Pendant près d'une heure il se creusa la cervelle : où aller ? Pour le moment, sortir d'ici. Il remercia Gladys de los Santos pour son aide et se risqua dans la rue, la main sur le pistolet qu'il portait dans la poche droite de son pantalon. Il déambula un bon moment, sans but, jusqu'à ce qu'il pense à son dentiste, le docteur Camilo Suero, qui habitait du côté de l'hôpital militaire. Camilo et sa femme, Alfonsina, le firent entrer. Ils ne pouvaient le cacher, mais ils l'aidèrent à étudier d'éventuels refuges. C'est alors qu'une image lui traversa l'esprit, celle de Francisco Rainieri, un vieil ami, fils d'Italien et ambassadeur de l'ordre de Malte ; son épouse, Venecia, et Guarina, sa femme, avaient coutume de prendre le thé ensemble et de jouer à la canasta. Le diplomate pourrait peut-être lui permettre de trouver asile dans une légation. Avec un maximum de précautions, il appela au téléphone la résidence des Rainieri et céda l'appareil à Alfonsina, qui se fit passer pour Mme Guarina Tessón, nom de jeune fille de la femme d'Imbert. Elle demanda à parler à Queco. Celui-ci prit aussitôt l'appareil et la stupéfia par son incroyable présence d'esprit :

— Comment vas-tu, très chère Guarina, enchanté de t'entendre. Tu appelles pour notre rendez-vous de ce soir, n'est-ce pas ? Ne t'en fais pas. J'envoie la voiture te prendre. À sept heures pile, si cela te convient. Rappelle-moi ton adresse, veux-tu ?

— Ou c'est un devin ou il est devenu fou, ou je ne sais quoi, dit la maîtresse de maison en raccrochant.

— Et maintenant, que fait-on jusqu'à sept heures, Alfonsina ?

— Prier Notre-Dame de la Altagracia, fit-elle en se signant. Si les *caliés* arrivent avant, tu n'as qu'à te servir de ton pistolet.

À sept heures précises une Buick bleue étincelante, à plaque diplomatique, s'arrêta devant la porte. Francisco Rainieri en personne conduisait. Il redémarra dès qu'Antonio Imbert fut assis à ses côtés.

— J'ai su que le message venait de toi, parce que Guarina et ta fille sont chez moi, lui dit Rainieri en guise de salut. Il n'y a pas deux Guarina Tessón à Ciudad Trujillo, ce ne pouvait être que toi.

Il était tout à fait calme, et même souriant, dans sa guayabera[1] bien repassée et fleurant la lavande. Il conduisit Imbert jusqu'à une résidence lointaine par des rues périphériques, en faisant un grand détour, car les principales avenues étaient barrées de chevaux de frise qui arrêtaient les véhicules pour qu'on les fouille. Cela faisait moins d'une heure qu'on avait officiellement annoncé la mort de Trujillo. Il régnait une atmosphère lourde et craintive, comme si tout le monde s'attendait à une explosion. Élégant comme à son habitude, l'ambassadeur ne lui posa pas la moindre question sur l'assassinat de Trujillo, ni sur ses compagnons de conjuration. Avec naturel, comme s'il parlait du prochain championnat de tennis au Country-Club, il commenta :

— Au point où en sont les choses, il est impen-

---

1. Vêtement typique des Caraïbes, chemise-veste à manches courtes en tissu léger.

sable qu'une ambassade t'accorde l'asile. Cela ne servirait pas non plus à grand-chose. Le gouvernement,
si tant est qu'il y ait encore un gouvernement, ne le
respecterait pas. On te ferait sortir par la force, où
que tu sois. La seule solution pour le moment c'est de
te cacher. Au consulat d'Italie, où j'ai des amis, entre
les employés et les visiteurs, il y a trop de va-et-vient.
Mais j'ai trouvé la personne, absolument sûre. Elle l'a
déjà fait une fois, avec Yuyo d'Alessandro lorsqu'il
était poursuivi. À une seule condition, que personne
ne le sache, pas même Guarina. Pour sa sécurité à
elle, surtout.

— Bien entendu —, murmura Tony Imbert, ébahi
que, de lui-même, cet homme auquel l'unissait une
amitié légère prît un tel risque pour lui sauver la vie.
Il était si déconcerté par la générosité téméraire de
Queco qu'il fut incapable de le remercier.

Chez les Rainieri il put embrasser sa femme et sa
fille. Malgré les circonstances, elles gardaient tout
leur calme. Mais en le tenant dans ses bras, il sentit
trembler le petit corps de Leslie. Il resta avec elles
près de deux heures chez les Rainieri. Sa femme lui
avait apporté un bagage à main avec du linge propre
et de quoi se raser. On ne mentionna pas Trujillo.
Guarina lui raconta ce qu'elle avait appris des voisines. Leur maison avait été investie à l'aube par des
policiers en uniforme et en civil ; ils l'avaient vidée,
brisant et pulvérisant tout ce qu'ils n'avaient pas
emporté dans deux camionnettes.

Quand ce fut l'heure, le diplomate lui fit un petit
geste, en lui désignant sa montre. Il étreignit et
embrassa Guarina et Leslie, puis suivit Francisco
Rainieri, par la porte de service, jusqu'à la rue.
Quelques secondes plus tard, un petit véhicule tous
feux éteints freina devant eux.

— Adieu et bonne chance, lui dit Rainieri en lui

serrant la main. Ne te fais pas de souci pour ta famille, elle ne manquera de rien.

Imbert monta dans la voiture et s'assit près du chauffeur. C'était un homme jeune, avec chemise et cravate, mais sans veste. Dans un espagnol impeccable, mais à la musique italienne, il se présenta :

— Je m'appelle Cavaglieri et je suis fonctionnaire à l'ambassade italienne. Ma femme et moi ferons notre possible pour que votre séjour chez nous soit agréable. Ne vous inquiétez pas, il n'y aura pas de témoins indiscrets. Nous vivons seuls et n'avons ni cuisinière ni femme de ménage. C'est mon épouse qui tient la maison et nous aimons tous deux cuisiner.

Il rit et Antonio Imbert se crut obligé, par courtoisie, d'émettre lui aussi un petit rire. Le couple habitait au dernier étage d'un immeuble neuf, non loin de la rue Mahatma Gandhi et de la maison de Salvador Estrella Sadhalá. Mme Cavaglieri était encore plus jeune que son mari — toute mince, les yeux en amande et les cheveux noirs — et elle le reçut avec une gentillesse naturelle et souriante, comme un vieil ami de la famille venu passer une fin de semaine. Elle ne montrait pas la moindre appréhension d'avoir à loger chez elle un inconnu, assassin du chef suprême du pays, que des milliers de gardes et de policiers recherchaient hargneusement, haineusement. Au long des six mois et trois jours qu'il vécut chez eux, jamais, pas une seule fois, aucun de ses hôtes ne lui fit sentir — alors même qu'il s'angoissait et fantasmait — que sa présence les gênait le moins du monde. Savaient-ils qu'ils risquaient leur vie ? Sûrement. Ils regardaient et écoutaient à la télé les récits détaillés de la panique provoquée par ces assassins pestiférés, et ils voyaient les Dominicains, pour la plupart, leur refuser refuge et s'empresser de les dénoncer. Ainsi virent-ils tomber, d'abord, l'ingénieur Huáscar Tejeda, expulsé d'ignoble façon par le prêtre terrifié de l'église du Saint-Curé d'Ars et jeté dans les bras du S.I.M. Ils suivirent par le menu l'odyssée du général Juan Tomás Díaz et d'Antonio de la Maza, parcourant en taxi les rues de Ciudad Trujillo et dénoncés par les gens à qui ils demandaient aide et protection. Et ils virent les *caliés* emmener cette pauvre vieille qui avait abrité Amadito García Guerrero, après la mort de ce dernier, et la foule hystérique mettre à sac la maison. Mais ces scènes de violence n'intimidèrent pas les Cavaglieri ni ne refroidirent la cordialité avec laquelle ils traitaient leur hôte.

À partir du retour de Ramfis, Imbert et les maîtres de maison surent que sa réclusion serait de longue durée. Les embrassades publiques entre le fils de Trujillo et le général José René Román étaient éloquentes : celui-ci avait trahi et il n'y aurait pas de soulèvement militaire. De son petit univers, dans le *penthouse* des Cavaglieri, il vit les foules faire des queues, des heures et des heures, pour rendre hommage à Trujillo, et il vit sa photo, sur l'écran de télévision, près de celle de Luis Amiama (qu'il ne connaissait pas), sous des annonces qui offraient cent mille, puis deux cent mille et, enfin, un demi-million de pesos, à qui dénoncerait leur cachette.

— Bof ! avec la chute du peso dominicain, ce n'est plus une affaire intéressante, dit Cavaglieri.

Très vite, leur vie s'installa dans une routine rigoureuse. Il avait une chambre pour lui seul, avec un lit et une table de nuit éclairée par une lampe de chevet. Il se levait tôt et faisait des pompes, des courses sur place, des abdominaux, pendant près d'une heure. Il prenait son petit déjeuner avec ses hôtes. Après de longues discussions, il les persuada de le laisser aider au ménage. Balayer, passer l'aspirateur, promener le plumeau sur les objets et les meubles devint un passe-temps et un devoir, auquel il s'appliquait consciencieusement, tout à la fois concentré et relativement joyeux. Mais Mme Cavaglieri ne le laissa jamais entrer dans la cuisine. Elle cuisinait fort bien, surtout les pâtes, qu'elle servait deux fois par jour. Lui, il aimait les pâtes depuis tout petit. Mais après six mois d'enfermement, jamais plus il ne retoucherait aux spaghettis, tagliatelles, raviolis, lasagnes, toutes ces pâtes italiennes.

Après avoir satisfait à ses obligations domestiques, il lisait plusieurs heures durant. Il n'avait jamais été un gros lecteur, mais ces six mois-là il découvrit le plaisir de la lecture. Livres et revues furent le meilleur rempart contre l'abattement provoqué parfois par la réclusion, la routine et l'incertitude.

Quand la télé annonça qu'une commission de l'O.E.A. était venue s'entretenir avec les prisonniers politiques, il apprit alors que Guarina était détenue depuis plusieurs semaines, tout comme les femmes de tous ses amis du complot. Ses hôtes lui avaient caché jusqu'ici la détention de Guarina. En revanche, deux semaines plus tard, ils lui annoncèrent tout contents la bonne nouvelle : elle avait été remise en liberté.

Jamais, même quand il époussetait, balayait ou passait l'aspirateur, il ne cessa de porter sur lui son Colt 45 chargé. Sa décision était inébranlable. Il ferait comme Amadito, Juan Tomás Díaz et Antonio de la Maza. Il ne se livrerait pas vivant, il mourrait l'arme à la main. C'était une façon plus digne de mourir qu'en étant soumis aux humiliations et aux tortures imaginées par les cerveaux malades de Ramfis et compagnie.

L'après-midi et le soir il lisait les journaux que ses hôtes rapportaient à la maison et il regardait avec eux le journal télévisé. Sans grande conviction, il fut le témoin de cette dualité confuse du régime : un gouvernement civil conduit par Balaguer qui multipliait gestes et déclarations pour assurer que le pays se démocratisait, et un pouvoir militaire et policier, manipulé par Ramfis, qui continuait à assassiner, torturer et enlever des gens avec la même impunité qu'à l'époque du Chef. Mais de toute façon, il ne pouvait manquer de se sentir réconforté par le retour d'exilés, l'apparition de modestes publications d'opposition — organes de l'Union civique et du Mouvement du 14 Juin —, et les meetings d'étudiants contre le gouvernement dont informaient parfois les milieux officiels, quoique seulement pour accuser les manifestants de communisme.

Le discours de Joaquín Balaguer aux Nations unies, critiquant la dictature de Trujillo et s'engageant à démocratiser le pays, le stupéfia. Était-ce là le même petit homme qui, trente et un ans durant, avait été le plus fidèle et constant serviteur du Père de la Nouvelle Patrie ? Dans leurs longues discussions du soir, quand les Cavaglieri dînaient à la maison — ils prenaient très souvent leurs repas dehors, mais alors Mme Cavaglieri lui laissait sur le feu les inévitables pâtes —, ceux-ci complétaient les informations en lui rapportant les rumeurs qui couraient dans cette ville bientôt rebaptisée de son ancien nom de Santo Domingo de Guzmán. Malgré la crainte générale d'un coup d'État des frères Trujillo, restaurant la dictature pure et dure, il était évident que peu à peu les gens n'avaient plus peur, ou plutôt se débarrassaient du sortilège qui avait attaché corps et âme tant de Dominicains à Trujillo. On voyait se multiplier déclarations et gestes antitrujillistes, au bénéfice d'une adhésion marquée à l'Union civique, au Mouvement du 14 Juin ou au P.R.D., dont les leaders venaient de rentrer au pays et d'ouvrir une permanence dans le centre.

Le jour le plus triste de son odyssée en fut aussi le plus heureux. Le 18 novembre, en même temps qu'elle annonçait que Ramfis quittait le pays, la télévision fit savoir que les six assassins du Chef (quatre exécutants et deux complices) avaient pris la fuite, après avoir assassiné trois soldats qui les ramenaient à la prison de La Victoria après une reconstitution du crime. Devant l'écran de télé il ne put se contenir et éclata en sanglots. Ainsi donc ses amis — dont le Turc, son frère d'âme — avaient été assassinés, en même temps que trois pauvres gardes, alibi de la pantomime. Naturellement, les corps ne devaient jamais être retrouvés. M. Cavaglieri lui servit un cognac :

— Consolez-vous, monsieur Imbert. Pensez que vous allez bientôt retrouver votre femme et votre fille. Cela touche à sa fin.

Peu après, on annonçait comme imminent le départ à l'étranger des frères Trujillo, avec leur famille. C'était, assurément, le bout de sa réclusion. Pour le moment, du moins, il avait survécu à la chasse à l'homme où pratiquement, à l'exception de Luis Amiama — il apprit bientôt que ce dernier avait passé six mois enfermé dans un cabinet de toilette plusieurs heures par jour —, les principaux conjurés, outre des centaines d'innocents, parmi lesquels son frère Segundo, avaient été assassinés, torturés ou emprisonnés.

Le lendemain du départ des Trujillo, l'amnistie politique fut proclamée. Les prisons s'ouvrirent. Balaguer annonça la constitution d'une commission d'enquête pour établir la vérité sur les « justiciers du tyran ». À partir de ce jour-là les radios, les journaux et la télévision cessèrent de les traiter d'assassins ; ceux qu'on appelait alors des justiciers allaient bientôt être traités de héros, et peu après rues, places et avenues du pays tout entier seraient rebaptisées de leur nom.

Le troisième jour, discrètement — les maîtres de maison ne lui permirent même pas de perdre son temps à les remercier de ce qu'ils avaient fait pour lui, lui recommandant seulement de ne divulguer à personne leur identité, pour ne pas compromettre leur condition de diplomates —, il quitta à la nuit son refuge et se présenta, seul, chez lui. Pendant un long moment, Guarina, Leslie et lui s'embrassèrent sans pouvoir parler. Puis, en s'examinant, ils constatèrent que si Guarina et Leslie avaient maigri, lui avait pris cinq kilos. Il leur expliqua que dans la maison où il était caché — il ne pouvait dire laquelle — on mangeait beaucoup de spaghettis.

Ils ne purent parler longuement. Le domicile délabré des Imbert commença à s'emplir de bouquets de fleurs, de parents, d'amis et d'inconnus qui venaient l'embrasser, le féliciter et — en tremblant parfois d'émotion et les yeux pleins de larmes — le traiter de héros et le remercier de ce qu'il avait fait. Parmi les visiteurs, un militaire apparut soudain. C'était un aide de camp de la présidence de la République. Après les salutations de rigueur, le major Teofronio Cáceda lui dit que don Luis Amiama — qui venait d'émerger aussi de sa cachette, qui n'était autre que le domicile de l'actuel ministre de la Santé — et lui seraient reçus par le chef de l'État, au Palais national, le lendemain à midi. Et avec un petit rire complice, il l'informa que le sénateur Henry Chirinos venait de présenter au Congrès (« Le Congrès même de Trujillo, oui monsieur ») une loi nommant Antonio Imbert et Luis Amiama généraux de division de l'armée dominicaine, pour services exceptionnels rendus à la nation.

Le lendemain matin, accompagné de Guarina et de Leslie — tous trois avec leurs meilleurs habits, quoique Antonio fût à l'étroit dans les siens — ils se rendirent à leur rendez-vous au Palais. Une nuée de photographes les accueillit, et une garde de militaires en uniforme de parade leur présenta les armes. Là, dans la salle d'attente, il fit la connaissance de Luis Amiama, un homme très mince et très grave, à la bouche sans lèvres, dont il allait être, dès lors, l'inséparable ami. Ils se serrèrent la main et convinrent de se voir après la réunion avec le Président, afin de rendre visite ensemble aux épouses (aux veuves) de tous les conjurés morts ou disparus, et pour se raconter leurs propres aventures. Sur ces entrefaites s'ouvrit le bureau du chef de l'État.

Souriant et avec une expression de joie profonde, le président Joaquín Balaguer s'avança vers eux, sous les flashs des photographes, les bras grands ouverts.

XXIV

— Manuel Alfonso est venu me chercher très ponctuellement, dit Urania en regardant dans le vide. Le coucou du salon chantait huit heures quand il a sonné.

Sa tante Adelina, ses cousines Lucinda et Manolita, ainsi que Marianita, sa nièce, cessent de se regarder entre elles pour éviter d'augmenter la tension ; elles ont les yeux fixés sur elle seule, suspendues et effrayées. Samson, endormi, a enfoui son bec recourbé dans ses plumes vertes.

— Papa est parti en courant dans sa chambre, en prétextant qu'il allait aux toilettes, poursuit Urania d'un ton froid, presque notarial. « Bye-bye, petite, amuse-toi bien », a-t-il dit sans me regarder.

— Tu te rappelles ces détails ? dit la tante Adelina en agitant son petit poing fripé qui a maintenant perdu toute énergie, toute autorité.

— J'oublie bien des choses, répond Urania vivement. Mais cette nuit-là, je m'en souviens par le menu. Tu va voir.

Elle se rappelle, par exemple, que Manuel Alfonso était en tenue de sport — étonnant, non, pour assister à une soirée chez le Généralissime ! —, avec une chemise bleue échancrée, une veste légère couleur crème, des mocassins de cuir et un foulard de soie cachant sa cicatrice. De sa voix empêtrée, il lui a dit que sa robe d'organdi rose était très belle, et que ses souliers à talons aiguilles la faisaient paraître plus âgée. Il l'a embrassée sur la joue : « Pressons, il se fait tard, beauté. » Il lui a ouvert la porte de sa voiture, l'a fait entrer, s'est assis à ses côtés, et le chauffeur en uniforme et casquette — elle se rappelait son nom : Luis Rodríguez — a démarré.

— Au lieu de descendre l'avenue George Washington, la voiture a fait des tours absurdes. Elle a pris par l'avenue Independencia en direction de la ville coloniale, et elle l'a traversée, pour tuer le temps. C'était donc faux qu'il était tard ; il était encore trop tôt pour se rendre à San Cristóbal.

Manolita avance ses mains et son petit corps potelé.

— Mais si cela t'a semblé bizarre, pourquoi n'as-tu pas posé de questions à Manuel Alfonso ? Rien de rien ?

Au début, non : rien de rien. C'était très bizarre, en effet, qu'ils parcourent la ville coloniale, et que Manuel Alfonso, pour se rendre à une soirée chez le Généralissime, soit habillé comme s'il allait à l'Hippodrome ou au Country-Club. Mais Urania n'a posé aucune question à l'ambassadeur. Commençait-elle à se douter qu'Agustín Cabral et lui lui avaient raconté des histoires ? Elle demeurait silencieuse, écoutant à moitié les propos truculents, syncopés, de Manuel Alfonso qui évoquait les anciennes fêtes du couronnement de la reine Élisabeth II, à Londres, où Angelita Trujillo et lui (« En ce temps-là une petite jeune fille aussi belle que toi ») avaient représenté le Bienfaiteur de la Patrie. Elle se concentrait, plutôt, sur les bâtisses immémoriales ouvertes à deux battants, ne laissant rien ignorer de leur intimité, et les familles dehors — vieux, vieilles, jeunes gens, enfants, chiens, chats et même perroquets et canaris — pour prendre le frais après la journée torride, papotant sur leurs chaises, banquettes, fauteuils à bascule, ou sur le pas de la porte, voire assis sur le trottoir, transformant les vieilles rues de la capitale en immense causette ou kermesse populaire, à laquelle restaient indifférents, rivés à leur table éclairée de lampes à pétrole ou à huile, les groupes de deux ou quatre — toujours des hommes, toujours d'un certain âge — joueurs de dominos. C'était un spectacle, tout comme celui des joyeuses épiceries avec leurs comptoirs et leurs étagères de bois blanc débordant de conserves, de bouteilles de vin Carta Dorada ou Jaca et de cidre de Bermúdez, et de boîtes de toutes les couleurs, avec toujours plein de clients, que la mémoire d'Urania conserverait très vif, un spectacle sans doute disparu ou en voie d'extinction dans le Saint-Domingue d'aujourd'hui, et d'ailleurs n'existant peut-être alors que dans ce quadrilatère d'antiques maisons où, des siècles plus tôt, un groupe d'aventuriers venus d'Europe avait fondé la première ville chrétienne du Nouveau Monde, en lui donnant ce nom musical de Santo Domingo de Guzmán. C'est le dernier soir que tu allais voir ce spectacle, Urania.

— Dès qu'on a pris la route, peut-être quand la voiture passait à l'endroit où deux semaines après Trujillo serait assassiné, Manuel Alfonso a commencé —, une inflexion de dégoût interrompt le récit d'Urania.

— Qu'est-ce que tu veux dire ? demande Lucindita après un silence. A commencé quoi ?

— À me préparer, dit Urania en se ressaisissant. À m'adoucir, à m'effrayer, à me séduire. Comme les fiancées de Moloch, que l'on choyait et habillait en princesses avant de les jeter au bûcher, par la gueule du monstre.

— Ainsi donc, tu ne connais pas Trujillo, tu ne lui

as jamais parlé, s'écrie Manuel Alfonso avec ravissement. Ce sera l'expérience de ta vie, ma petite !

Et ce le serait en effet. L'auto roulait en direction de San Cristóbal, sous un ciel étoilé, entre les cocotiers et les palmiers, au bord de la mer des Caraïbes se brisant bruyamment contre les récifs.

— Mais qu'est-ce qu'il te disait, fait en l'encourageant Manolita, car Urania s'est tue.

Il lui décrivait cet homme irréprochable qu'était le Généralissime dans son commerce avec les dames. Lui, si sévère en matières militaires et gouvernementales, avait fait sa philosophie du dicton : « À peau douce, pétale de rose. » Et c'était toujours sa manière avec les jolies jeunes filles.

— Quelle chance tu as, petite —, il essayait de lui faire partager son enthousiasme, cette émotion chatouillée qui le faisait bafouiller encore davantage. — Trujillo t'invitant en personne à sa Maison d'Acajou, quel privilège ! On compte sur les doigts de la main celles qui ont mérité pareil honneur. Je te le dis, fillette, tu peux me croire.

Alors Urania lui a posé sa première et dernière question de la nuit :

— Qui d'autre a-t-on invité à cette soirée ? — elle regarde sa tante Adelina, Lucindita et Manolita : — Pour voir ce qu'il allait répondre. Je savais bien que nous n'allions à aucune soirée.

Ce désinvolte visage d'homme s'est tourné vers elle et Urania a vu briller les pupilles de l'ambassadeur.

— Personne d'autre. C'est une soirée pour toi. Pour toi seule, tu t'imagines ? Tu te rends compte ? Ne t'ai-je pas dit que c'était quelque chose d'unique ? Trujillo t'offre une soirée. Tu as tiré le gros lot, Urania.

— Et toi ? Et toi ? s'écrie dans un filet de voix Marianita, sa nièce. Qu'est-ce que tu as pensé, tantine ?

— Je n'ai pensé qu'au chauffeur de la voiture, Luis Rodríguez. Seulement à lui.

Quelle honte tu éprouvais à cause de ce chauffeur à casquette, témoin du grotesque discours de l'ambassadeur. Il avait mis la radio où l'on diffusait deux chansons italiennes à la mode — *Volare, Ciao ciao bambina* — mais, elle en était sûre, il ne perdait pas un mot des bobards que Manuel Alfonso essayait de lui faire gober, pour qu'elle apprécie son bonheur et sa chance. Une soirée de Trujillo pour elle toute seule !

— Tu pensais à ton père ? laisse échapper Manolita. Que mon oncle Agustín t'avait, qu'il... ?

Elle se tait, ne sait comment achever. Des yeux, la tante Adelina lui adresse un reproche. Le visage de la vieille femme s'est creusé, et son expression révèle un profond abattement.

— C'était Manuel Alfonso qui pensait à papa, dit Urania. Étais-je une bonne fille ? Voulais-je aider le sénateur Agustín Cabral ?

Il le faisait avec ce doigté acquis dans ses années de diplomate habitué aux missions difficiles. Et n'était-ce pas là, de plus, une occasion extraordinaire pour Urania d'aider son ami Caboche à sortir du piège que lui avaient tendu les éternels envieux ? Le Généralissime pouvait être un homme dur, implacable, pour tout ce qui intéressait le pays. Mais au fond il était romantique ; sa dureté fléchissait devant une gracieuse jeune fille comme un cube de glace exposé au soleil. Si, intelligente comme elle l'était, elle voulait que le Généralissime donne un coup de main à Agustín, lui rende son rang, son prestige, son pouvoir, ses charges, elle y parviendrait. Il lui suffisait de toucher le cœur de Trujillo, un cœur qui ne savait rien refuser aux prières de la beauté.

— Il m'a donné aussi quelques conseils, dit Urania. Ce que je ne devais pas faire, pour ne pas contrarier le Chef. Il aimait que les jeunes filles soient tendres, mais sans exagérer leur admiration, leur amour. Je me demandais : « C'est à moi qu'il dit cela ? »

Ils étaient entrés dans San Cristóbal, ville célèbre parce que le Chef y était né, dans une modeste maison jouxtant la grande église que Trujillo avait fait construire, et que le sénateur Cabral était allé visiter avec Urania, en lui expliquant les fresques bibliques peintes sur ses murs par Vela Zaneti, un artiste espagnol exilé à qui le Chef, magnanime, avait ouvert les portes de la République dominicaine. Durant cette promenade dans San Cristóbal, le sénateur Cabral lui avait montré aussi la fabrique de bouteilles et la manufacture d'armes, et fait parcourir toute la vallée baignée par le Nigua. Maintenant son père l'envoyait à San Cristóbal prier le Chef de bien vouloir lui pardonner, débloquer ses comptes bancaires et le rétablir à la présidence du Sénat.

— De la Maison d'Acajou il y a une vue merveilleuse sur la vallée, le Nigua, les chevaux et l'élevage de l'Hacienda Fundación, lui détailla Manuel Alfonso.

La voiture, après avoir passé un premier poste de garde, grimpait la colline au sommet de laquelle avait été érigée, avec le précieux bois d'acajou en voie d'extinction dans l'île, la maison où le Généralissime se retirait deux jours par semaine, pour y tenir des rendez-vous secrets, réaliser de sales besognes ou d'audacieuses affaires, dans une discrétion totale.

— Pendant longtemps, je ne me suis rappelé de la Maison d'Acajou que ce tapis. Il couvrait toute la pièce et comportait, brodé, un gigantesque écusson national, avec toutes ses couleurs. Par la suite, je me suis souvenue d'autres choses. Dans la chambre à coucher, une armoire vitrée pleine d'uniformes, de tous les styles et, au-dessus, une rangée de casquettes et de képis. Même un bicorne napoléonien.

Elle ne rit pas. Elle a l'air grave, avec quelque chose de caverneux dans les yeux et la voix. Sa tante Adelina ne rit pas non plus, ni Manolita, ni Lucinda, ni Marianita, qui vient de revenir des toilettes où elle est allée vomir. (Elle a entendu ses hoquets.) Le perroquet doit toujours dormir. Le silence est tombé sur Saint-Domingue ; pas un klaxon, pas un moteur, pas une radio, pas de rires d'ivrognes, ni d'aboiements de chiens errants.

— Je m'appelle Benita Sepúlveda, entrez, lui dit la dame, au pied de l'escalier de bois. — D'un certain âge, indifférente, et avec pourtant quelque chose de maternel dans ses gestes et ses façons, elle portait un uniforme domestique et un foulard sur la tête. — Venez par ici.

— C'était la gouvernante, dit Urania, celle qui était chargée de mettre des fleurs chaque jour dans toutes les chambres. Manuel Alfonso est resté à bavarder avec l'officier en faction à l'entrée. Je ne l'ai plus revu.

Benita Sepúlveda, lui montrant de sa petite main potelée l'obscurité, au-delà des fenêtres protégées par de fins grillages métalliques, lui expliqua que « cela » c'était un fourré de rouvres, et que le parc abondait en manguiers et en cèdres, mais que le plus beau c'étaient les amandiers et les acajous qui entouraient les murs et dont le parfum pénétrait tous les coins de la maison. Vous le sentez ? vous le sentez ? Elle aurait bien l'occasion de voir, au lever du soleil, le paysage — le fleuve, la vallée, la plantation de sucre, les étables de l'Hacienda. Prendrait-elle un petit déjeuner dominicain, avec de la purée de banane, des œufs au plat, du saucisson ou de la viande séchée, et un jus de fruits ? Ou, comme le Généralissime, seulement du café ?

— J'ai su par elle que j'allais passer la nuit là, que je dormirais avec Son Excellence. Quel honneur !

La gouvernante, avec la désinvolture que donne une longue pratique, la fit s'arrêter au premier étage, et entrer dans un très grand salon éclairé à moitié. C'était un bar, avec des sièges en bois tout autour, dont les dossiers collés contre le mur dégageaient au centre la piste de danse, un juke-box et des étagères pleines de bouteilles et de verres en cristal. Mais Urania n'avait d'yeux que pour l'immense tapis gris à l'écusson dominicain qui recouvrait d'un bout à l'autre la vaste pièce. Elle remarquait à peine sur les murs les portraits et tableaux du Généralissime — à pied ou à cheval, en uniforme ou en civil, assis à son bureau ou debout à une tribune, chamarré de l'écharpe présidentielle —, tout comme les trophées d'argent et les diplômes remportés par les vaches laitières et les chevaux de race de l'Hacienda Fundación, mêlés à des cendriers en plastique et des babioles bon marché, avec encore l'étiquette des magasins new-yorkais Macy's, qui décoraient les tables, dessertes et consoles de ce temple du kitsch où Benita Sepúlveda l'abandonna, après lui avoir demandé si elle ne voulait vraiment pas un petit verre de liqueur.

— Le mot kitsch n'existait pas encore, je crois, se reprend-elle comme si sa tante ou ses cousines avaient fait quelque observation. Des années plus tard, quand j'ai entendu ou lu ce mot, et que j'ai su quel extrême mauvais goût, quelle enflure prétentieuse il exprimait, j'ai tout de suite pensé à la Maison d'Acajou. Oui, un temple du kitsch.

Cette chaude nuit de mai, au demeurant, elle aussi faisait partie du kitsch avec sa petite robe d'organdi rose digne d'un bal des débutantes, son collier d'argent orné d'une émeraude et les boucles d'oreilles en plaqué or qui avaient appartenu à sa mère et que son père l'avait autorisée exceptionnellement à mettre pour se rendre à la soirée de Trujillo. Son incrédulité l'empêchait d'avoir clairement conscience de ce qui lui arrivait. Il lui semblait que ce n'était pas elle cette gamine dont les pieds foulaient l'écusson de la patrie, dans cet extravagant salon. Le sénateur Agustín Cabral la livrait-il, vivante offrande, au Bienfaiteur et Père de la Nouvelle Patrie ? Oui, sans aucun doute, son père avait manigancé tout cela avec Manuel Alfonso. Et pourtant, elle voulait encore douter.

— Quelque part, en dehors de la pièce, on mit un disque de Lucho Gatica, *Bésame, bésame mucho, como si fuera esta noche la última vez.*

— Je m'en souviens, fit Manolita avec une moue, honteuse d'intervenir : On passait *Bésame mucho* toute la journée, à la radio et dans les soirées dansantes.

Debout près de la fenêtre par où pénétraient une brise étouffante et un lourd parfum de champs, d'herbes et d'arbres, elle entendit des voix. Celle, cassée, de Manuel Alfonso ; l'autre, criarde, avec des hauts et des bas, ne pouvait être que celle de Trujillo. Elle sentit des chatouilles dans sa nuque, et à ses poignets, là où le médecin lui prenait le pouls, une démangeaison qui la prenait toujours au moment des examens, et même aujourd'hui, à New York, face aux décisions importantes.

— J'ai pensé me jeter par le fenêtre. Me mettre à genoux, l'implorer, pleurer. J'ai pensé que je devais me laisser faire ce qu'il voudrait, en serrant les dents, pour pouvoir vivre et, un jour, me venger de papa. J'ai pensé mille choses, tandis qu'ils parlaient là en bas.

Dans son fauteuil à bascule, la tante Adelina fait un petit bond, ouvre la bouche, mais elle ne dit rien. Elle est blanche comme un linge, ses petits yeux profonds baignés de larmes.

Les voix se turent. Il y eut une parenthèse de silence, puis des pas qui montaient l'escalier. Son cœur avait-il cessé de battre ? Dans la clarté blafarde du bar, la silhouette de Trujillo apparut, en uniforme vert olive, sans vareuse ni cravate, un verre de cognac à la main. Il s'avança vers elle en souriant.

— Bonsoir, beauté —, murmura-t-il en s'inclinant. Et il tendit vers elle sa main libre, mais quand Urania, dans un geste automatique, tendit à son tour la sienne, au lieu de la lui serrer il la porta à ses lèvres et la baisa : — Bienvenue à la Maison d'Acajou, beauté.

— Ces yeux, ces regards de Trujillo, j'en avais souvent entendu parler. Par papa, par ses amis. J'ai su à ce moment-là que c'était vrai. Un regard qui vous taraudait, qui allait tout au fond. Il souriait, des plus galants, mais ce regard m'avait vidée de ma substance, ne laissant de moi que l'enveloppe. Et je n'ai plus été moi-même.

— Benita ne t'a rien offert ? — sans lâcher sa main, Trujillo la mena vers la partie la plus éclairée du bar ; un tube fluorescent diffusait une clarté bleuâtre. Il la fit s'asseoir sur un canapé, puis l'examina en promenant lentement ses yeux de haut en bas, de la tête aux pieds, la toisant sans se gêner, comme il aurait examiné les nouvelles acquisitions bovines et équines de l'Hacienda Fundación. Dans ses petits yeux gris, fixes, inquisiteurs, elle ne perçut ni désir ni excitation, seulement un inventaire, une froide jauge de son corps.

— Il était déçu. Je sais maintenant pourquoi, mais ce soir-là je ne le savais pas. J'avais un corps élancé, très mince, et lui, il aimait les femmes en chair, avec une poitrine et des hanches marquées. Les formes généreuses. Un goût typiquement tropical. Il a même dû envisager de réexpédier ce squelette à Ciudad Trujillo. Vous savez pourquoi il ne l'a pas fait ? Parce que l'idée de déchirer le petit con d'une vierge, ça excite les hommes.

La tante Adelina gémit. Son petit poing fripé dressé en l'air, sa bouche entrouverte dans une expression d'effroi et de blâme, elle l'implore, en faisant des grimaces. Mais sans pouvoir prononcer un mot.

— Pardonne ma franchise, ma tante. C'est lui-même qui l'a dit, plus tard. Je le cite littéralement, je te le jure : « Ça excite les hommes de déchirer le petit con d'une vierge. Petán, cette brute de Petán, ça l'excite encore plus de les déchirer avec le doigt. »

Il avait dû le dire plus tard, quand il avait perdu la tête et que sa bouche vomissait des incohérences, des soupirs, des jurons, un feu excrémentiel où se soulageait son amertume. À ce moment-là, il se comportait encore avec une correction étudiée. Il ne lui offrait pas ce qu'il buvait, le Carlos I pouvait bien brûler les entrailles d'une fille aussi jeune. Il allait lui donner un petit verre de xérès doux. Il le lui servit lui-même et porta un toast, en trinquant. Bien qu'elle eût à peine trempé ses lèvres, Urania sentit des flammes dans sa gorge. Essayait-elle de sourire ? Demeurait-elle sérieuse, affichant sa panique ?

— Je ne sais plus, dit-elle en haussant les épaules. Nous étions sur ce canapé, tout près l'un de l'autre. Le petit verre de xérès tremblait dans ma main.

— Je ne mange pas les petites filles, dit Trujillo en souriant et en prenant son verre qu'il posa sur une table. Es-tu toujours aussi silencieuse ou seulement maintenant, beauté ?

— Il m'appelait beauté, comme l'avait aussi fait Manuel Alfonso. Pas Urania, Uranita ou petite, mais beauté. C'était un jeu qui les amusait tous les deux.

— Aimes-tu danser ? Sûrement, comme toutes les jeunes filles de ton âge, dit Trujillo. Moi, beaucoup. Je suis très bon danseur, quoique je n'aie pas toujours le temps pour ça. Viens, dansons.

Il se leva et Urania l'imita. Elle sentit son corps

robuste, son ventre un peu proéminent lui frôlant l'estomac, son haleine de cognac, sa main tiède autour de sa taille. Elle crut qu'elle allait défaillir. Lucho Gatica ne chantait plus *Bésame mucho*, mais *Alma mía*.

— Il dansait très bien, c'est vrai. Il avait de l'oreille et évoluait comme un jeune homme. C'est moi qui perdais la mesure. On a dansé deux boléros, et une guaracha de Toña la Negra. Des merengues, aussi. Il a dit que si on dansait le merengue dans les clubs et les maisons comme il faut, c'était grâce à lui. Qu'avant il y avait des préjugés, que les gens bien disaient que c'était de la musique de nègres et d'Indiens. Je ne sais pas qui changeait les disques. À la fin du dernier merengue, il m'a embrassée dans le cou. Un baiser doux, qui m'a donné la chair de poule.

En la tenant par les mains, les doigts entrelacés, il la ramena à son fauteuil et s'assit contre elle. Il l'examina, amusé, tout en sirotant son cognac. Il semblait détendu et content.

— Es-tu toujours muette comme un sphinx ? Non, non. C'est que tu dois avoir pour moi trop de respect, fit Trujillo en souriant. J'aime les beautés discrètes, qui se laissent admirer. Les déesses indifférentes. Je vais te réciter un vers, écrit pour toi.

— Il m'a récité un poème de Pablo Neruda. À l'oreille, en me la frôlant, ainsi que mes cheveux, de ses lèvres et de sa petite moustache : « Tu me plais quand tu ne dis rien, car tu es comme absente ; on dirait que ton regard s'est envolé et qu'un baiser a fermé ta bouche. » Quand il est arrivé à « bouche », sa main a attiré mon visage et il m'a embrassée sur les lèvres. J'ai fait ce soir-là un tas de choses pour la première fois : boire du xérès, mettre les bijoux de maman, danser avec un vieux de soixante-dix ans et recevoir mon premier baiser sur la bouche.

Elle était déjà allée à des soirées dansantes, mais

un garçon ne l'avait embrassée qu'une fois, sur la joue, lors d'une fête d'anniversaire dans la grande maison de la famille Vicini, au croisement des avenues Máximo Gómez et George Washington. Il s'appelait Casimiro Sáenz et était fils de diplomate. Il l'avait invitée à danser et, à la fin du morceau, elle avait senti ses lèvres sur son visage. Elle avait rougi jusqu'à la racine des cheveux et, à confesse le vendredi suivant avec l'aumônier du collège, en mentionnant ce péché la honte lui avait coupé la voix. Mais ce baiser-là ne ressemblait en rien à celui-ci : la petite moustache de Son Excellence lui griffait le nez, et maintenant sa langue, une petite pointe visqueuse et chaude, s'efforçait de lui ouvrir la bouche. Elle avait résisté, puis avait séparé ses lèvres et ses dents : une petite vipère humide et fougueuse était entrée furieusement dans sa cavité buccale, s'agitant avec avidité. Elle sentit qu'elle s'étranglait.

— Tu ne sais pas embrasser, beauté, lui dit en souriant Trujillo en lui baisant à nouveau la main, agréablement surpris. Tu es une vraie jeune fille, n'est-ce pas ?

— Il était tout excité, dit Urania en regardant dans le vide. Il a eu une érection.

Manolita laisse échapper un petit rire hystérique, très bref, mais ni sa mère, ni sa sœur, ni sa nièce ne l'imitent. Elle baisse les yeux, confuse.

— Je suis désolée, je dois parler d'érections, dit Urania. Si le mâle s'excite, son sexe durcit et pousse. Quand il a mis sa langue dans ma bouche, Son Excellence s'est excitée.

— Montons, beauté, dit-il d'une voix légèrement pâteuse. Nous serons plus à l'aise. Tu vas découvrir une chose merveilleuse. L'amour. Le plaisir. Tu vas jouir. Je t'apprendrai. N'aie pas peur de moi. Je ne suis pas comme cette brute de Petán, je ne jouis pas en traitant les filles avec brutalité. Moi, j'aime qu'elles jouissent aussi. Je te rendrai heureuse, beauté.

— Il avait soixante-dix ans et moi quatorze, précise Urania pour la cinquième ou dixième fois. On faisait un couple très dissemblable, en montant cet escalier à rampe métallique et barreaux de bois. En nous tenant par la main, comme des fiancés. Le grand-père et sa petite-fille, en route vers la chambre nuptiale.

La lampe de chevet était allumée et Urania vit le lit carré en fer forgé, la moustiquaire levée, et elle sentit les pales du ventilateur tourner lentement au plafond. Il y avait un couvre-lit blanc, brodé, et une foule de coussins et d'oreillers s'entassaient contre le dosseret. Cela sentait les fleurs fraîches et l'herbe des prés.

— Ne te déshabille pas encore, beauté, murmura Trujillo. Je vais t'aider. Attends, je reviens.

— Tu te rappelles avec quelle nervosité nous parlions de la perte de la virginité, Manolita ? dit Urania en se tournant vers sa cousine. Je n'avais jamais imaginé que je perdrais la mienne à la Maison d'Acajou, avec le Généralissime. Je pensais : « Si je saute par le balcon, papa aura de terribles remords. »

Il revint au bout d'un moment, nu sous un peignoir de soie bleu à pois blancs, des mules de satin rouge aux pieds. Il but une gorgée de cognac, posa son verre sur une armoire au milieu de photos de lui entouré de ses petits-enfants, puis, saisissant Urania par la taille, il la fit asseoir au bord du lit, sur la partie ouverte par la gaze de la moustiquaire, deux grandes ailes de papillon enlacées au-dessus de leurs têtes. Il se mit à la déshabiller, sans hâte. Il déboutonna le dos, bouton après bouton, et retira la ceinture qui tenait sa robe. Avant de la lui enlever, il s'agenouilla et, se penchant avec une certaine difficulté, la déchaussa. Avec précaution, comme si la fillette avait risqué de se briser sous un geste brusque de ses doigts, il lui retira ses bas nylon, en lui caressant les jambes.

— Tu as les pieds glacés, beauté, murmura-t-il tendrement. Tu as froid. Viens par ici, laisse-moi te les réchauffer.

Toujours à genoux, il lui frotta les pieds de ses deux mains. De temps en temps, il les portait à sa bouche et les embrassait, en commençant par le cou-de-pied pour descendre des orteils jusqu'au talon, lui demandant s'il lui faisait des chatouilles, avec un petit rire coquin, comme si c'était lui qui était chatouillé.

— Il est resté comme ça un long moment, à me réchauffer les pieds. Et si vous voulez le savoir, je n'ai pas éprouvé, une seule seconde, le moindre trouble.

— Quelle peur tu devais avoir, cousine ! dit Lucindita en l'encourageant à poursuivre.

— À ce moment pas encore. Ensuite, énormément.

Laborieusement, Son Excellence se releva et se rassit au bord du lit. Il lui retira sa robe, le soutien-gorge rose qui enserrait ses seins à demi formés, et son slip triangulaire. Elle se laissait faire, sans opposer de résistance, le corps mort. Alors que Trujillo faisait glisser son slip rose le long de ses jambes, elle remarqua que les doigts de Son Excellence se hâtaient : moites, ils embrasaient la peau qu'ils touchaient. Il la fit s'étendre, puis se redressa, ôta son peignoir et se coucha à ses côtés, tout nu. Avec soin, il enroula ses doigts dans le rare duvet pubien de la fillette.

— Il était toujours très excité, je crois. Quand il s'est mis à me toucher et à me caresser. Et à m'embrasser, en m'obligeant toujours, avec sa langue, à écarter mes lèvres. Sur les seins, dans le cou, dans le dos, sur les jambes.

Elle ne résistait pas ; elle se laissait toucher, caresser, embrasser, et son corps obéissait aux mouvements des mains de Son Excellence et aux positions qu'il lui faisait prendre. Mais elle ne répondait pas à ses caresses et, quand elle ne fermait pas les yeux, elle fixait les lentes pales du ventilateur C'est alors qu'elle l'avait entendu se dire à lui-même : « Ça excite toujours les hommes de déchirer le petit con d'une vierge. »

— Le premier mot grossier, la première vulgarité de la soirée, précise Urania. Ensuite, il en dirait de pires. Je me suis rendu compte à ce moment-là que quelque chose n'allait pas. Il devenait furieux. Parce que j'étais inerte, morte, parce que je ne l'embrassais pas ?

Ce n'était pas cela, elle le comprenait maintenant. Qu'elle participât ou non à sa propre défloration n'importait pas tellement à Son Excellence. Pour se sentir comblé, il lui suffisait qu'elle ait son petit con intact et que lui puisse le lui déchirer, en la faisant gémir — crier, hurler — de douleur, en y introduisant sa grosse verge tuméfiée et heureuse, en la sentant bien serrée entre les chairs de cette intimité fraîchement forcée. Ce n'était pas de l'amour, ni même du plaisir qu'il attendait d'Urania. Il avait accepté que la fillette du sénateur Agustín Cabral vienne à la Maison d'Acajou seulement pour se prouver que Rafael Leónidas Trujillo Molina était encore, malgré ses soixante-dix ans, ses ennuis prostatiques et les maux de tête que lui donnaient les curés, les Yankees, les Vénézuéliens et les conspirateurs, un mâle accompli, un bouc avec un chibre encore capable de durcir et de fendre les petites figues vierges qu'on lui présentait.

— Malgré mon manque d'expérience, je m'en suis rendu compte —, sa tante, ses cousines et sa nièce rapprochent leur tête pour entendre son murmure, — quelque chose n'allait pas, je veux dire en bas. Il ne pouvait pas. Il allait se déchaîner, il allait oublier ses bonnes manières.

— Ça suffit de jouer les saintes nitouches, beauté, a-t-il dit autoritaire, transformé. À genoux. Entre mes jambes. Comme ça. Tu le prends dans tes mains et dans ta bouche. Et tu le suces, comme je t'ai sucé la figuette. Jusqu'à ce qu'il se réveille. Malheur à toi s'il ne se secoue pas, beauté.

— J'ai essayé, essayé. Malgré ma terreur, mon dégoût. J'ai tout fait. Je me suis accroupie, j'ai mis son sexe dans ma bouche, je l'ai embrassé, sucé jusqu'à en avoir des nausées. Mou, mou. Je priais Dieu de le faire bander.

— Assez, Urania, assez ! — la tante Adelina ne pleure pas. Elle la regarde avec épouvante, sans compassion. Elle a les sourcils haussés, les yeux retournés, tout blancs ; elle est hystérique, prise de convulsions. — À quoi bon, ma petite ? Mon Dieu, ça suffit !

— Mais j'ai échoué, insiste Urania. Il a couvert ses yeux de son bras. Il ne disait rien. Quand il l'a relevé, il me détestait.

Il avait les yeux rougis et ses pupilles brillaient d'un éclat jaune, fébrile, de rage et de honte. Il la regardait maintenant sans une once de courtoisie, avec une hostilité agressive, comme si elle lui avait fait un tort irréparable.

— Tu te trompes si tu crois que tu vas sortir d'ici vierge et te moquer de moi avec ton père, martelait-il avec une colère sourde qui lui faisait faire des couacs.

La saisissant par un bras il la fit tomber à ses côtés. S'aidant des jambes et des reins, il bascula sur elle. Cette masse de chair l'écrasait, l'enfonçait dans le matelas ; son haleine de cognac et de rage lui donnait des hauts le cœur. Elle sentait ses muscles et ses os broyés, pulvérisés. Mais l'asphyxie ne l'empêcha pas de sentir la rudesse de cette main, de ces doigts qui exploraient, grattaient et entraient en elle de force. Elle se sentit déchirée, trouée ; un éclair la parcourut de la tête aux pieds. Elle gémit, sentant qu'elle mourait.

— Crie, chienne, ça t'apprendra, lui cracha la petite voix blessante et offensée de Son Excellence. Maintenant, ouvre-toi. Laisse-moi voir si tu ne fais pas semblant et si je t'ai défoncée pour de bon.

— Je ne faisais pas semblant. Le sang coulait entre mes jambes et tachait tout, le drap et lui.

— Assez, assez ! Pourquoi insister, ma fille ? rugit sa tante. Viens ici, signons-nous, prions. Sur ce que tu as de plus cher, ma petite. Crois-tu en Dieu ? En Notre-Dame de la Altagracia, patronne des Dominicains ? Ta mère, Urania, la vénérait tellement ! Je la revois, se préparant chaque 21 janvier à faire le pèlerinage à la basilique de Higuey. Tu es pleine de rancœur et de haine. Ce n'est pas bon. Même si tu as subi tout ce que tu as subi. Prions, ma fille.

— Et alors, poursuit Urania sans lui prêter attention, à nouveau Son Excellence s'est étendue sur le dos, s'est couvert les yeux. Il était tranquille, très calme. Il ne dormait pas. Un sanglot lui a échappé. Il s'est mis à pleurer.

— À pleurer ? s'écrie Lucindita.

Un charivari soudain lui répond. Toutes cinq tournent la tête : Samson s'est réveillé et l'annonce à tue-tête.

— Pas à cause de moi, précise Urania. À cause de sa prostate enflée, de son sexe mort, de cette déchéance de devoir s'envoyer les filles avec les doigts, comme Petán.

— Mon Dieu, petite, sur ce que tu as de plus cher, prie sa tante Adelina en faisant le signe de la croix. Ça suffit comme ça.

Urania caresse le petit poing de sa tante, couvert de taches de vieillesse.

— Ce sont des mots horribles, je le sais bien, des choses que je ne devrais pas dire, tante Adelina, dit-elle d'une voix radoucie. Je ne le fais jamais, je te jure. Ne voulais-tu pas savoir pourquoi j'ai dit ces choses sur papa ? Pourquoi, quand je suis partie à Adrian, je n'ai plus rien voulu savoir de la famille ? Maintenant tu le sais.

De temps en temps il sanglote et ses soupirs soulèvent sa poitrine. Des poils blancs la parsèment entre ses mamelles et autour de son nombril sombre. Il a toujours les yeux cachés sous son bras. L'a-t-il oubliée ? L'amertume et la souffrance qui se sont emparées de lui l'ont-elle abolie ? Elle est plus effrayée qu'avant, quand il la caressait ou la violait. Elle oublie la brûlure, la plaie entre ses cuisses, l'effroi provoqué par ces taches sur ses jambes et le couvre-lit. Elle n'ose bouger. Devenir invisible, inexistante. Si cet homme sanglotant aux jambes sans poil la voit, il ne lui pardonnera pas, il déversera à nouveau sur elle la colère de son impuissance, la honte de ce sanglot, et il l'anéantira.

— Il disait qu'il n'y a pas de justice dans ce monde. Pourquoi cela lui arrivait-il après avoir tant lutté, pour ce pays ingrat, pour ces gens sans honneur. Il parlait à Dieu. Aux saints. À Notre-Dame. Ou au diable, peut-être. Il rugissait et priait. Pourquoi le soumettait-on à de telles épreuves. Cette croix qu'étaient ses fils, les conspirations pour l'abattre, pour détruire l'œuvre de toute une vie. Mais il ne se plaignait pas de cela. Il savait se battre contre des ennemis en chair et en os. Il l'avait fait depuis son plus jeune âge. Il ne pouvait tolérer ce coup bas, qui le laissait sans défense. Il semblait à moitié fou, de désespoir. Maintenant je sais pourquoi. Parce que ce chibre qui avait défoncé tant de petits cons ne se redressait pas. Cela faisait pleurer le titan. C'était à mourir de rire, pas vrai ?

Mais Urania ne riait pas. Elle l'écoutait, pétrifiée, osant à peine respirer, pour qu'il ne se rappelle pas qu'elle était là. Le monologue se fractionnait, était incohérent, interrompu par de longs silences ; il haussait la voix et criait, ou alors il l'étouffait jusqu'à la rendre inaudible. Un murmure pitoyable. Urania était fascinée par cette poitrine qui montait et descendait. Elle essayait de ne pas regarder son corps, mais parfois ses yeux parcouraient ce ventre un peu mou, ce pubis chenu, le petit sexe mort et les jambes imberbes. C'était cela le Généralissime, le Bienfaiteur de la Patrie, le Père de la Nouvelle Patrie, le Restaurateur de l'Indépendance financière. C'était cela, le Chef que papa avait servi trente ans avec dévouement et loyauté, à qui il avait fait le présent le plus délicat : sa fille de quatorze ans à peine. Mais les choses n'avaient pas tourné comme le sénateur l'espérait. De sorte que — le cœur d'Urania se réjouit — il ne réhabiliterait pas son père ; il le mettrait même en prison, ou le ferait tuer, peut-être.

— Soudain, il a levé le bras et m'a regardée de ses yeux rouges, gonflés. J'ai quarante-neuf ans, et j'en tremble encore. Depuis ce moment-là, ça fait trente-cinq ans que je tremble.

Elle tend ses mains et sa tante, ses cousines et sa nièce le vérifient : elles tremblent.

Il la regardait avec surprise, avec haine, comme une apparition maligne. Rouges, flambants, fixes, ses yeux la glaçaient. Elle ne pouvait plus faire un geste. Le regard de Trujillo la parcourut, descendit jusqu'à ses cuisses, sauta sur le couvre-lit taché de sang, et la foudroya à nouveau. S'étouffant de dégoût, il lui ordonna :

— Va-t'en, va te laver, tu vois dans quel état tu as mis ce lit ? Fous-moi le camp !

— Un miracle qu'il m'ait laissée partir, réfléchit Urania. Après l'avoir vu désespéré et en larmes, se plaignant, se lamentant sur lui. Un miracle de notre sainte patronne, ma tante.

Elle se redressa, sauta hors du lit, ramassa son linge éparpillé par terre et, trébuchant contre un tiroir, elle alla se réfugier dans la salle de bains. Il y avait une baignoire en faïence blanche, pleine d'éponges et de savons, et un parfum pénétrant lui tourna la tête. Avec des mains qui lui répondaient à peine, elle se lava les jambes, mit une petite serviette pour étancher l'hémorragie, et s'habilla. Elle avait du mal à boutonner sa robe, à boucler sa ceinture. Elle n'enfila pas ses bas, seulement ses chaussures et, en se regardant dans un des miroirs, elle vit son visage barbouillé de rouge à lèvres et de rimmel. Elle ne prit pas le temps de se nettoyer ; il pouvait changer d'avis. Courir, quitter la Maison d'Acajou, fuir. Quand elle revint dans la chambre, Trujillo n'était plus nu. Il avait passé son peignoir de soie bleue et tenait à la main son verre de cognac. Il lui montra l'escalier :

— Fous-moi le camp ! s'étranglait-il. Que Benita apporte des draps propres et un couvre-lit, qu'elle me nettoie cette porcherie !

— Dès la première marche, j'ai trébuché et j'ai cassé le talon d'une chaussure, j'ai failli dévaler les trois étages. Ma cheville a enflé, ensuite. Benita Sepúlveda se trouvait au premier étage. Toute tranquille et souriante. J'ai voulu lui dire ce qu'il m'avait ordonné. Pas un mot ne sortait de ma bouche. J'ai seulement fait un signe vers le haut. Elle m'a prise par le bras et m'a conduite auprès des gardes, à l'entrée. Elle m'a montré un coin avec une chaise : « C'est ici qu'on lustre les bottes du Chef. » Ni Manuel Alfonso ni sa voiture n'étaient là. Benita Sepúlveda m'a fait asseoir et s'est dirigée vers les gardes, puis, à son retour, elle m'a conduite par le bras jusqu'à une

Jeep. Le chauffeur était un militaire. Il m'a ramenée à Ciudad Trujillo. Quand il m'a demandé : « Où se trouve votre maison ? », je lui ai répondu : « Je vais au collège Santo Domingo. C'est là que j'habite. » Il faisait encore nuit. Trois heures du matin, ou quatre heures, peut-être. On tardait à ouvrir la grille. Je ne pouvais toujours pas parler, quand le gardien est sorti. Je n'ai pu le faire qu'avec *sister* Mary, la bonne sœur qui m'aimait tant. Elle m'a menée au réfectoire, m'a donné à boire, m'a humecté le front.

Samson, silencieux depuis un moment, manifeste à nouveau sa joie ou son mécontentement, en gonflant ses plumes et en criant. Personne ne dit rien. Urania prend son verre, mais il est vide. Marianita le lui remplit ; nerveuse, elle renverse la carafe. Urania boit quelques gorgées d'eau fraîche.

— J'espère que ça m'a fait du bien de vous raconter cette histoire terrible. Maintenant, oubliez-la. Ça y est, c'est passé et on n'y peut rien. Une autre que moi l'aurait peut-être surmontée. Je n'ai pas voulu ni pu.

— Uranita, ma cousine, que dis-tu ? proteste Manolita, mais vois un peu ce que tu as fait. Ce que tu es devenue, ce que tu as. Une vie que t'envieraient toutes les Dominicaines.

Elle se lève et va vers Urania. Elle la serre dans ses bras, l'embrasse sur les joues.

— Tu m'as brisé le cœur, Uranita, lui reproche tendrement Lucinda. Mais comment peux-tu te plaindre, ma chérie. Tu n'as pas le droit. Dans ton cas, on peut vraiment dire qu'à quelque chose malheur est bon. Tu as fait des études dans la meilleure université, tu as réussi dans ta carrière. Tu as un homme qui te rend heureuse et ne te gêne pas dans ton travail...

Urania lui tapote le bras et fait non de la tête. Le perroquet se tait, attentif.

— Je t'ai menti, je n'ai aucun amant, cousine, dit-elle en souriant à demi, la voix encore brisée. Je n'en ai jamais eu, et n'en aurai jamais. Tu veux tout savoir, Lucindita ? Aucun homme n'a plus jamais posé sa main sur moi, depuis cette fois-là. Mon seul homme a été Trujillo. Comme je te le dis. Chaque fois que quelqu'un s'approche, et me regarde comme une femme, j'éprouve du dégoût. De l'horreur. L'envie de le voir mourir, de le tuer. C'est difficile à expliquer. J'ai fait des études, j'ai un job, je gagne bien ma vie, c'est vrai. Mais je suis vide et pleine de peur, encore. Comme ces vieux de New York qui passent leurs journées dans les parcs, les yeux dans le vide. Travailler, travailler, travailler jusqu'à n'en plus pouvoir. Ce n'est pas pour qu'on m'envie, je t'assure. C'est plutôt vous que j'envie. Oui, oui, je sais bien, vous avez des problèmes, des difficultés, des déceptions. Mais, aussi, une famille, un mari, des enfants. Ces choses remplissent la vie. Mais papa et Son Excellence ont fait de moi un désert.

Samson s'est mis à se promener, nerveux, derrière les barreaux de sa cage ; il se dandine, s'arrête, aiguise son bec contre ses pattes.

— C'était une autre époque, Uranita chérie, balbutie la tante Adelina en ravalant ses larmes. Tu dois lui pardonner. Il a souffert, il souffre. Il t'est arrivé une chose terrible, mon enfant. Mais c'étaient d'autres temps. Agustín était désespéré. Il pouvait aller en prison, on pouvait l'assassiner. Il ne voulait pas te faire du tort. Il a pensé, peut-être, que c'était la seule façon de te sauver. C'étaient des choses qui se faisaient, même si elles sont inconcevables aujourd'hui. C'était ça la vie, ici. Agustín t'a aimée plus que personne au monde, Uranita.

La vieille femme se tord les mains, en proie à l'agitation, et s'agite dans son fauteuil à bascule, hors d'elle. Lucinda s'en approche, lui lisse les cheveux, lui donne quelques gouttes de valériane : « Calme-toi, petite mère, ne te mets pas dans ces états. »

Par la fenêtre du jardin, les étoiles brillent dans la paisible nuit dominicaine. Était-ce une autre époque ? Des flots de brise chaude entrent, par moments, dans la salle à manger et agitent les rideaux et les fleurs dans un pot, au milieu des statuettes de saints et des photos de famille. « Ça l'était et ça ne l'était pas, pense Urania. Il flotte encore ici quelque chose de ce temps-là. »

— Ça a été terrible, mais cela m'a permis de connaître la générosité, la délicatesse, l'humanité de *sister* Mary, dit-elle en soupirant. Sans elle, je serais ou folle ou morte.

Sister Mary trouva des solutions pour tout et fut un modèle de discrétion. Depuis les premiers soins, à l'infirmerie du collège, pour stopper l'hémorragie et soulager sa douleur, jusqu'à la mobilisation en moins de trois jours de la Supérieure des Dominican Nuns, qu'elle réussit à convaincre d'accorder, toute affaire cessante, à Urania Cabral, élève exemplaire dont la vie était en danger, cette bourse pour poursuivre ses études à la Siena Heights University, à Adrian, Michigan. *Sister* Mary parla avec le sénateur Agustín Cabral (le tranquillisant ? l'effrayant ?) dans le bureau de la directrice, seuls tous les trois, pour le presser de permettre à sa fille de se rendre aux États-Unis. Et le persuader aussi de renoncer à la voir, tant elle était perturbée par ce qu'elle venait de vivre, à San Cristóbal. Quelle tête fit Agustín Cabral devant la *sister* ? Urania s'est bien des fois posé la question : surprise hypocrite ? malaise ? confusion ? remords ? honte ? Mais elle ne l'a pas demandé et *sister* Mary ne le lui a pas dit. Les sœurs allèrent au consulat nord-américain obtenir le visa, et demandèrent audience au président Balaguer afin d'accélérer la procédure que devaient suivre les Dominicains pour se rendre à l'étranger, une démarche qui prenait des semaines. Le collège paya son billet d'avion, car le sénateur Cabral était devenu insolvable. *Sister* Mary et *sister* Helen Claire l'accompagnèrent à l'aéroport. Quand l'avion eut décollé, ce qu'Urania apprécia le plus chez elles, c'est d'avoir tenu leur promesse de ne pas la laisser voir son père, ne serait-ce que de loin. Maintenant, elle leur était reconnaissante aussi de l'avoir sauvée de la colère tardive de Trujillo, qui aurait pu l'enfermer dans cette île ou l'envoyer au fond de la mer nourrir les requins.

— Il est très tard, fit-elle en regardant sa montre. Deux heures du matin, presque. Je n'ai même pas fait ma valise et mon avion part de très bonne heure.

— Tu rentres demain à New York ? s'affligea Lucindita. Je croyais que tu allais rester quelques jours.

— J'ai du travail, dit Urania. Au cabinet, une pile vertigineuse de dossiers m'attend.

— Maintenant, ce ne sera plus comme avant, n'est-ce pas, Uranita ? — Manolita l'embrassa. — On va s'écrire, et tu répondras à nos lettres. De temps en temps, tu viendras en vacances, rendre visite à ta famille, n'est-ce pas, ma chérie ?

— Oui, bien sûr —, acquiesce Urania en l'embrassant aussi. Mais elle n'en est pas sûre. En quittant cette maison, ce pays, peut-être préférera-t-elle oublier à nouveau cette famille, ces gens, son passé, regrettera-t-elle d'être venue et d'avoir parlé comme elle l'a fait ce soir. À moins que non ? Peut-être voudra-t-elle reconstituer d'une façon ou d'une autre le lien avec ce qui lui reste de famille. — Peut-on appeler un taxi à cette heure ?

— On va te reconduire, fait Lucindita en se levant.

Quand Urania se penche pour embrasser sa tante Adelina, la vieille femme s'accroche à elle et lui

plante ses doigts aiguisés et tordus comme des crochets. Elle semblait s'être calmée, mais la voilà maintenant à nouveau agitée, et l'angoisse se lit dans ses
yeux enfoncés, ses orbites entourées de rides.

— Agustín n'a peut-être rien su, bégaye-t-elle avec
difficulté, comme si son dentier allait se décrocher.
Manuel Alfonso a pu tromper mon frère qui, au fond,
était très naïf. Ne lui en veux pas, ma petite. Il a vécu
très seul, il a beaucoup souffert. Dieu nous apprend
à pardonner. Pour ta mère, qui était si catholique, ma
petite.

Urania tâche de la calmer : « Oui, oui, ma tante, si
tu veux, ne t'agite pas, je t'en prie. » Ses deux filles
entourent la vieille femme, en essayant de la calmer.
Elle se rend, enfin, et demeure recroquevillée dans
son fauteuil, le visage décomposé.

— Pardonne-moi de t'avoir raconté tout cela, dit
Urania en l'embrassant sur le front. C'était une folie.
Mais cela me rongeait depuis tant d'années.

— Elle va se calmer maintenant, dit Manolita.
Je vais rester avec elle. Tu as bien fait de nous le
raconter. Je t'en prie écris, appelle de temps en
temps. Ne reperdons pas le contact, cousine.

— Je te le promets, dit Urania.

Elle l'accompagne jusqu'à la porte et lui dit adieu,
devant la vieille auto de Lucinda, une Toyota d'occasion stationnée à l'entrée. Quand elle l'embrasse une
dernière fois, Manolita a les yeux baignés de larmes.

Dans la voiture, en direction de l'hôtel Jaragua,
tandis qu'elles parcourent les rues solitaires de Gazcue, Urania s'angoisse. Pourquoi l'as-tu fait ? Vas-tu
te sentir différente, libérée de ces démons qui ont
desséché ton âme ? Bien sûr que non. Cela a été
une faiblesse, une chute dans cette sensiblerie, cette
autocompassion qui t'a toujours répugnée chez les
autres. T'attendais-tu à ce qu'on te plaigne, qu'on ait
pitié de toi ? C'est cette réparation que tu voulais ?

Et alors — c'est parfois un remède à ses dépressions — elle évoque la fin de Johnny Abbes García. Racontée des années plus tard par Esperancita Bourricaud, une collègue de la Banque mondiale détachée à Port-au-Prince, où l'ex-chef du S.I.M. avait échoué, après avoir bourlingué au Canada, en France et en Suisse — mais jamais au Japon —, dans cet exil doré imposé par Balaguer. Esperancita et les Abbes García étaient voisins. Il était venu à Haïti comme conseiller du président Duvalier. Mais au bout d'un certain temps il s'était mis à conspirer contre son nouveau chef, en appuyant les plans subversifs d'un gendre du dictateur haïtien, le colonel Dominique. Papa Doc résolut le problème en dix minutes. Esperancita vit un matin descendre de deux fourgonnettes une vingtaines de Tontons Macoutes qui envahirent la maison de ses voisins en tirant. Dix minutes, pas plus. Ils tuèrent Johnny Abbes, sa femme et ses deux enfants, ses domestiques et aussi ses poules, ses lapins et ses chiens. Puis ils mirent le feu à la maison et repartirent. Esperancita Bourricaud avait eu besoin d'un traitement psychiatrique en rentrant à Washington. Est-ce la mort que tu aurais voulu pour ton père ? Es-tu pleine de rancœur et de haine, comme l'a dit la tante Adelina ? Elle se sent, à nouveau, vide.

— Je regrette beaucoup cette scène, ce mélodrame, Lucindita —, dit-elle à la porte du Jaragua. Elle doit parler fort, parce que la musique du casino au premier étage couvre sa voix. — J'ai gâché la soirée à la tante Adelina.

— Ne t'en fais pas, ma chérie. Je comprends maintenant ce qui s'est passé avec toi, ce silence qui nous faisait si mal. Je t'en prie, Urania, reviens nous voir. Nous sommes ta famille, c'est ici ton pays.

Quand Urania dit au revoir à Marianita, celle-ci l'étreint comme si elle voulait se souder à elle, s'enfoncer en elle. Son petit corps filiforme tremble comme une feuille.

— Je vais beaucoup t'aimer, tante Urania —, lui murmure-t-elle à l'oreille, et Urania se sent envahie de tristesse. — Je vais t'écrire tous les mois. Peu importe si tu ne me réponds pas.

Elle l'embrasse sur la joue plusieurs fois, de ses lèvres toutes minces, comme un oiseau qui picore. Avant d'entrer dans l'hôtel, Urania attend que la vieille voiture de sa cousine se perde sur l'avenue George Washington, sur fond de vagues bruissantes et écumeuses. Elle entre au Jaragua et, à main gauche, le casino et la boîte contiguë sont effervescents : rythmes, voix, musique, machines à sous et exclamations des joueurs autour de la roulette.

Quand elle se dirige vers les ascenseurs, une figure masculine l'intercepte. C'est un touriste quadragénaire, roux, chemise à carreaux, jeans et mocassins, légèrement ivre :

— *May I buy you a drink, dear lady ?* dit-il en s'inclinant galamment.

— *Get out of my way, you dirty drunk*, lui répond Urania sans s'arrêter, mais en lisant sur le visage de l'infortuné une expression de surprise et de peur.

Dans sa chambre, elle commence à faire sa valise, mais au bout d'un moment elle va s'asseoir près de la fenêtre regarder les étoiles brillantes et l'écume des vagues. Elle sait qu'elle ne fermera pas l'œil et que, par conséquent, elle a tout le temps de finir sa valise.

« Si Marianita m'écrit, je répondrai à toutes ses lettres », décide-t-elle.

Le traducteur salue l'aide efficace de Lauro Capdevila, auteur de *La Dictature de Trujillo* (L'Harmattan, 1998), pour l'établissement des notes explicatives. Par ailleurs, il exprime ses plus vifs remerciements à Anne-Marie Casès pour sa précieuse collaboration dans la relecture de ce texte.

DU MÊME AUTEUR

Aux Éditions Gallimard

LA VILLE ET LES CHIENS (« Folio », nº 1271. Préface d'Albert Bensoussan).

LA MAISON VERTE (« L'Imaginaire », nº 76).

CONVERSATION À « LA CATHÉDRALE ».

LES CHIOTS, *suivi de* LES CAÏDS

PANTALEÓN ET LES VISITEUSES (« Folio », nº 2137).

L'ORGIE PERPÉTUELLE. Flaubert et « Madame Bovary ».

LA TANTE JULIA ET LE SCRIBOUILLARD (« Folio », nº 1649).

LA DEMOISELLE DE TACNA, *théâtre* (« Le Manteau d'Arlequin, nouvelle série »).

LA GUERRE DE LA FIN DU MONDE (« Folio », nº 1823).

HISTOIRE DE MAYTA (« Folio », nº 4022).

QUI A TUÉ PALOMINO MOLERO ? (« Folio », nº 2035).

KATHIE ET L'HIPPOPOTAME, *suivi de* LA CHUNGA, *théâtre* (« Le Manteau d'Arlequin, nouvelle série »).

CONTRE VENTS ET MARÉES (« Arcades », nº 16).

L'HOMME QUI PARLE (« Folio », nº 2345).

L'ÉLOGE DE LA MARÂTRE (« Folio », nº 2405).

LES CHIOTS / *LOS CACHORROS* (« Folio bilingue », nº 15. Préface et notes d'Albert Bensoussan).

LES CHIOTS (« Folio » à 2 €, n° 3760).

LA VÉRITÉ PAR LE MENSONGE. Essais sur la littérature
(« Le Messager »).

LE FOU DES BALCONS, *théâtre* (« Le Manteau d'Arlequin,
nouvelle série »).

LE POISSON DANS L'EAU (« Folio », n° 2928).

LITUMA DANS LES ANDES (« Folio », n° 3020).

EN SELLE AVEC TIRANT LE BLANC (« Arcades », n° 49).

LES ENJEUX DE LA LIBERTÉ.

UN BARBARE CHEZ LES CIVILISÉS (« Arcades », n° 54).

LES CAHIERS DE DON RIGOBERTO (« Folio », n° 3343).

L'UTOPIE ARCHAÏQUE. José María Arguedas et les fictions
de l'indigénisme.

JOLIS YEUX, VILAINS TABLEAUX (« Le Manteau d'Arle
quin, nouvelles série »).

LETTRES À UN JEUNE ROMANCIER (« Arcades », n° 61).

LA FÊTE AU BOUC (« Folio », n° 4021).

LE PARADIS — UN PEU PLUS LOIN.

COLLECTION FOLIO

Dernières parutions

3891. Daniel Boulanger   *Talbard.*
3892. Carlos Fuentes   *Les années avec Laura Díaz.*
3894. André Dhôtel   *Idylles.*
3895. André Dhôtel   *L'azur.*
3896. Ponfilly   *Scoops.*
3897. Tchinguiz Aïtmatov   *Djamilia.*
3898. Julian Barnes   *Dix ans après.*
3899. Michel Braudeau   *L'interprétation des singes.*
3900. Catherine Cusset   *À vous.*
3901. Benoît Duteurtre   *Le voyage en France.*
3902. Annie Ernaux   *L'occupation.*
3903. Romain Gary   *Pour Sgnanarelle.*
3904. Jack Kerouac   *Vraie blonde, et autres.*
3905. Richard Millet   *La voix d'alto.*
3906. Jean-Christophe Rufin   *Rouge Brésil.*
3907. Lian Hearn   *Le silence du rossignol.*
3908. Kaplan   *Intelligence.*
3909. Ahmed Abodehman   *La ceinture.*
3910. Jules Barbey d'Aurevilly   *Les diaboliques.*
3911. George Sand   *Lélia.*
3912. Amélie de
     Bourbon Parme   *Le sacre de Louis XVII.*
3913. Erri de Luca   *Montedidio.*
3914. Chloé Delaume   *Le cri du sablier.*
3915. Chloé Delaume   *Les mouflettes d'Atropos.*
3916. Michel Déon   *Taisez-vous... J'entends venir
     un ange.*
3917. Pierre Guyotat   *Vivre.*
3918. Paula Jacques   *Gilda Stambouli souffre et se
     plaint.*
3919. Jacques Rivière   *Une amitié d'autrefois.*
3920. Patrick McGrath   *Martha Peake.*
3921. Ludmila Oulitskaia   *Un si bel amour.*
3922. J.-B. Pontalis   *En marge des jours.*

3923. Denis Tillinac   *En désespoir de causes.*
3924. Jerome Charyn   *Rue du Petit-Ange.*
3925. Stendhal   *La Chartreuse de Parme.*
3926. Raymond Chandler   *Un mordu.*
3927. Collectif   *Des mots à la bouche.*
3928. Carlos Fuentes   *Apollon et les putains.*
3929. Henry Miller   *Plongée dans la vie nocturne.*
3930. Vladimir Nabokov   *La Vénitienne* précédé d'*Un coup d'aile.*
3931. Ryûnosuke Akutagawa   *Rashômon* et autres contes.
3932. Jean-Paul Sartre   *L'enfance d'un chef.*
3933. Sénèque   *De la constance du sage.*
3934. Robert Louis Stevenson   *Le club du suicide.*
3935. Edith Wharton   *Les lettres.*
3936. Joe Haldeman   *Les deux morts de John Speidel.*
3937. Roger Martin du Gard   *Les Thibault I.*
3938. Roger Martin du Gard   *Les Thibault II.*
3939. François Armanet   *La bande du drugstore.*
3940. Roger Martin du Gard   *Les Thibault III.*
3941. Pierre Assouline   *Le fleuve Combelle.*
3942. Patrick Chamoiseau   *Biblique des derniers gestes.*
3943. Tracy Chevalier   *Le récital des anges.*
3944. Jeanne Cressanges   *Les ailes d'Isis.*
3945. Alain Finkielkraut   *L'imparfait du présent.*
3946. Alona Kimhi   *Suzanne la pleureuse.*
3947. Dominique Rolin   *Le futur immédiat.*
3948. Philip Roth   *J'ai épousé un communiste.*
3949. Juan Rulfo   *Llano en flammes.*
3950. Martin Winckler   *Légendes.*
3951. Fédor Dostoievski   *Humiliés et offensés.*
3952. Alexandre Dumas   *Le Capitaine Pamphile.*
3953. André Dhôtel   *La tribu Bécaille.*
3954. André Dhôtel   *L'honorable Monsieur Jacques.*
3955. Diane de Margerie   *Dans la spirale.*
3956. Serge Doubrovski   *Le livre brisé.*
3957. La Bible   *Genèse.*
3958. La Bible   *Exode.*
3959. La Bible   *Lévitique-Nombres.*
3960. La Bible   *Samuel.*
3961. Anonyme   *Le poisson de Jade.*
3962. Mikhaïl Boulgakov   *Endiablade.*

3963. Alejo Carpentier — *Les Élus et autres nouvelles.*
3964. Collectif — *Un ange passe.*
3965. Roland Dubillard — *Confessions d'un fumeur de tabac français.*
3966. Thierry Jonquet — *La leçon de management.*
3967. Suzan Minot — *Une vie passionnante.*
3968. Dann Simmons — *Les Fosses d'Iverson.*
3969. Junichirô Tanizaki — *Le coupeur de roseaux.*
3970. Richard Wright — *L'homme qui vivait sous terre.*
3971. Vassilis Alexakis — *Les mots étrangers.*
3972. Antoine Audouard — *Une maison au bord du monde.*
3973. Michel Braudeau — *L'interprétation des singes.*
3974. Larry Brown — *Dur comme l'amour.*
3975. Jonathan Coe — *Une touche d'amour.*
3976. Philippe Delerm — *Les amoureux de l'Hôtel de Ville.*
3977. Hans Fallada — *Seul dans Berlin.*
3978. Franz-Olivier Giesbert — *Mort d'un berger.*
3979. Jens Christian Grondahl — *Bruits du coeur.*
3980. Ludovic Roubaudi — *Les Baltringues.*
3981. Anne Wiazemsky — *Sept garçons.*
3982. Michel Quint — *Effroyables jardins.*
3983. Joseph Conrad — *Victoire.*
3984. Emile Ajar — *Pseudo.*
3985. Olivier Bleys — *Le fantôme de la Tour Eiffel.*
3986. Alejo Carpentier — *La danse sacrale.*
3987. Milan Dargent — *Soupe à la tête de bouc.*
3988. André Dhôtel — *Le train du matin.*
3989. André Dhôtel — *Des trottoirs et des fleurs.*
3990. Philippe Labro/ Olivier Barrot — *Lettres d'amérique. Un voyage en littérature.*
3991. Pierre Péju — *La petite Chartreuse.*
3992. Pascal Quignard — *Albucius.*
3993. Dan Simmons — *Les larmes d'Icare.*
3994. Michel Tournier — *Journal extime.*
3995. Zoé Valdés — *Miracle à Miami.*
3996. Bossuet — *Oraisons funèbres.*
3997. Anonyme — *Jin Ping Mei I.*
3998. Anonyme — *Jin Ping Mei II.*
3999. Pierre Assouline — *Grâces lui soient rendues.*

Composition CMB Graphic
et impression Bussière Camedan Imprimeries
à Saint-Amand (Cher), le 20 mars 2004.
Dépôt légal : mars 2004.
Numéro d'imprimeur : 041304/1.
ISBN 2-07-031412-X./Imprimé en France.